博雅弘毅　文明以止　成人成才　四通六识

珞珈博雅文库

（通识教材系列）

诺贝尔文学奖作品导读

主　编　赵小琪

副主编　张　晶　徐　旭　叶雨其

图书在版编目(CIP)数据

诺贝尔文学奖作品导读/赵小琪主编.—武汉：武汉大学出版社，2020.9

珞珈博雅文库.通识教材系列

ISBN 978-7-307-21555-9

Ⅰ.诺…　Ⅱ.赵…　Ⅲ.世界文学—文学欣赏　Ⅳ.I106

中国版本图书馆 CIP 数据核字(2020)第 091136 号

责任编辑:李　琼　　责任校对:李孟潇　　版式设计:韩闻锦

出版发行：**武汉大学出版社**　(430072　武昌　珞珈山)

(电子邮箱：cbs22@whu.edu.cn　网址：www.wdp.com.cn)

印刷:武汉鑫佳捷印务有限公司

开本:720×1000　1/16　印张:34　字数:521 千字　插页:2

版次:2020 年 9 月第 1 版　2020 年 9 月第 1 次印刷

ISBN 978-7-307-21555-9　定价:88.00 元

主编简介

赵小琪，湖南邵阳人，博士，现任武汉大学文学院教授、博士生导师；兼任中国新文学学会副会长、中国世界华文文学学会学术委员会副主任、中国比较文学学会理事、湖北省比较文学学会常务副会长；已出版《跨区域华文诗歌的中国想象》《中国现代诗学导论》等个人专著、合著十余部，在《文学评论》《文艺研究》等刊物上发表论文180余篇；主持完成多项国家、省部级人文社科项目；武汉大学第二届“我心目中的好导师”十佳导师第一名，国家精品在线开放课程、“学习强国”学习慕课主讲人。

《诺贝尔文学奖作品导读》编委会

《珞珈博雅文库·通识教材系列》总序

小而言之，教材是“课本”，是一课之本，是教学内容和教学方法的语言载体；大而言之，教材是国家意志的体现，是高校教学成果和科研成果的重要标志。一流大学要有一流的本科教育，也要有一流的教材体系。新形势下根据国家有关要求，为进一步加强和改进学校教材建设与管理，努力构建一流教材体系，武汉大学成立了教材建设工作领导小组、教材建设工作委员会，设立了教材建设中心，为学校教材建设工作提供了有力保障。一流教材体系要注重教材内容的经典性和时代性，还要注重教材的系列化和立体化。基于这一思路，学校计划按照学科专业教育、通识教育、创业教育等类别规划建设自成系列的教材。通识教育系列教材即是学校大力推动通识教育教学工作的重要成果，其整体隶属于“珞珈博雅文库”，命名为“通识教材系列”。

在长期的办学实践和教学文化建设过程中，武汉大学形成了独具特色的融“五观”为一体的本科人才培养思想体系：

即“人才培养为本，本科教育是根”的办学观；“以‘成人’教育统领成才教育”的育人观；“厚基础、跨学科、鼓励创新和冒尖”的教学观；“激发教师教与学生学双重积极性”的动力观；“以学生发展为中心”的目的观。为深化本科教育改革，打造世界一流本科教育，武汉大学于2015年开展本科教育改革大讨论并形成《武汉大学关于深化本科教育改革的若干意见》、《武汉大学关于进一步加强通识教育的实施意见》等文件，对优化通识教育顶层设计、理顺通识课程管理体制、提高通识教育课程质量、加强通识教育保障机制等方面提出明确要求。

早在20世纪八九十年代，武汉大学就有学者专门研究大学通识教育。进入21世纪，武汉大学于2003年明确提出“通专结合”，将原培养方案的“公共基础课”改为“通识教育课”，作为全国通识教育改革的先行者率先开创“武大通识1.0”；2013年，经过十年的建设，形成通识课程的七大板块共千门课程，是为“武大通识2.0”；2016年，在武汉大学本科教育改革大讨论的基础上，学校建立通识教育委员会及其工作组，成立通识教育中心，重启通识教育改革，以“何以成人，何以知天”为核心理念，以“人文社科经典导引”和“自然科学经典导引”两门基础通识必修课为课程主体，同时在通识课程、通识课堂、通识管理和通识文化四大层次全面创新通识教育，从而为在校本科生逾三万的综合性大学如何实现通识教育的品质提升和卓越教学探索了一条新的路径，是为“武大通识3.0”。

当前，高校对大学生要有效“增负”，要提升大学生的学业挑战度，合理增加课程难度，拓展课程深度，扩大课程的可选择性，真正把“水课”转变成有深度、有难度、有挑战度的“金课”。那么通识课程如何脱“水”冶“金”？如何建设具有武汉大学特色的通识教育金课？这无疑要求我们必须从课程内容设计、教学方式改革、课程教材资源建设等方面着力。

一门好的通识课程应能对学生正确价值观的塑造、健全人格的养成、思维方式的拓展等发挥重要作用，而不应仅仅是传授学科知识点。我们在做课程设计的时候要认真思考“培养什么人、怎样培养人、为谁培养人”这一根本问题，从而切实推进课程思政建设。武汉大学学科门类齐全，教学资源丰富，这为我们跨学科组建教学团队，多维度进行探讨，设计更具前沿性和时代性的课程内容，提供了得天独厚的条件。

毋庸讳言，中学教育在高考指挥棒下偏向应试思维，过于看重课程考核成绩，往往忘记了“教书育人”的初心。那么，应如何改变这种现状？答案是：立德树人，脱“水”冶“金”。具体而言，通识教育要注重课程教学的过程管理，增加小班研讨、单元小测验、学习成果展示等鼓励学生投入学习的环节，而不再是单一地只看学生期末成绩。武汉大学的“两大导引”试行“8+8”的大班授课和小班研讨，经过三个学期的实践，取得了很好的成效，深受同学们欢迎。我们发现，小班研讨是一种非常有效的教学方式，能够帮助学生深度阅读、深度思考，增加学生课堂参与度，培养学生独立思考、理性判断、批判性思维和团队合作等多方面的能力。

课程教材资源建设是十分重要的。老师们精心编撰的系列教材，精心录制的在线开放课程视频，精心设计的各类题库，精心搜集整理的与课程相关的文献资料，等等，对于学生而言，都是精神大餐之中不可或缺的珍贵元素。在长期的教学实践中，老师们不断更新、完善课程教材资源，并且教授学生获取知识的能力，让学习不只停留于课堂，而是延续到课后，给学生课后的持续思考提供支撑和保障。

“武大通识 3.0”运行至今，武汉大学已形成一系列保障机制，鼓励教师更多地投入到通识教育教学中来。学校对通识 3.0 课程设立了准入准出机制，建设期内每年组织一次课程考核工作，严格把控立项课程的建设质量；对两门基础通识课程实施助教制，每学期遴选培训研究生和青年教师担任助教，辅助大班授课、小班研讨环节的开展；对投身通识教育的教师给予最大支持，在“351 人才计划（教学岗位）”、“教学业绩奖”等评选中专门设定通识教育教师名额，在职称晋升等方面也予以政策倾斜；对课程的课酬实行阶梯制，根据课程等级和教师考核结果发放授课课酬。

武汉大学打造多重通识教育活动，营造全校通识文化氛围。每月举行一期通识教育大讲堂，邀请海内外一流大学从事通识教育顶层设计的领袖性人物、知名教师、知名学者、杰出校友等来校为师生做专题报告；每学期组织一次通识教育研讨会，邀请全校通识课程主讲教师、主要管理人员参加，采取专家讲座与专题讨论相结合的方式，帮助提升教师的通识教育理念；不定期开展博雅沙龙、读书会、午餐会等互动式研讨活动，有针对性地选取主题，邀请专家报告并研讨交流。这些都是珍贵的教学资源，有助于我们多渠道了解通识教育前沿和通识文化真谛，不断提升通识教育的理论素养，进而持续改进通识课程。

武汉大学的校训有一个关键词：弘毅。“弘毅”语出《论语》：“士不可以不弘毅，任重而道远。”对于“立德树人”的武大教师，对于“成人成才”的武大学子，对于“博雅弘毅，文明以止”的武大通识教育，皆为“任重而道远”。可以说，我们在通识教育改革道路上所走过的每一步，都将成为“教育强国，文化复兴”强有力的步伐。

“武大通识 3.0”开启以来，我们精心筹备、陆续推出“珞珈博雅文库”大型通识教育丛书，涵盖“通识文化”、“通识教材”、“通识课堂”和“通识管理”四大系列。其中的“通识教材系列”已经推出“两大导引”，这次又推出核心和一般通识课程教材十余种，以后还将有更多优秀通识教材面世，使在校同学和其他读者“开卷有益”：拓展视野，启迪思想，融通古今，化成天下。

周叶中

目 录

第一部分 诺贝尔文学奖欧洲作家作品

第二部分　诺贝尔文学奖北美作家作品

第三部分 诺贝尔文学奖中南美洲作家作品

第四部分 诺贝尔文学奖亚洲、非洲、大洋洲作家作品

第一部分　诺贝尔文学奖欧洲作家作品

十字军骑士

作者：显克维奇

类型：小说

一、作者简介

亨利克·显克维奇（Henryk Sienkiewicz，1846—1916），生于波兰华沙附近伏拉·奥克热伊村的没落小贵族家庭，家族的爱国传统对显克维奇的个人成长产生了深刻影响。他于1866年考入华沙高等学校法律系，不久转入语文系，开始文学创作。为抗议沙俄政府将学校改名为“华沙帝国大学”，1871年显克维奇愤而离校，用李特沃斯的笔名为报刊撰稿。1876—1879年，作为《波兰报》记者，显克维奇游历了美国与西欧，极大地扩展了见识。这一时期的作品包括《旅美书简》及许多中短篇小说，初步展现出他对多样题材的驾驭力与杰出的现实主义写作才能。为了号召人民共同反抗外国侵略，激励波兰民族的爱国主义精神，从1883年起，显克维奇陆续创作了以17世纪波兰抗击外族侵略为背景的历史小说三部曲:《火与剑》《洪流》《伏沃迪约夫斯基先生》，引起极大反响。在1896年和1900年分别发表了他最优秀的两部长篇历史小说《你往何处去》和《十字军骑士》，获得了巨大成功。1905年他因“作为一个历史小说家的显著功绩和史诗般叙事风格取得的杰出艺术成就”而获得诺贝尔文学奖。

二、作品简析

在垄断资本主义迅速发展、帝国主义不断扩张的19世纪末，被沙皇俄国、奥匈帝国和普鲁士王国等列强环伺的波兰民族受到了巨大的生存威胁。民族起义失败，帝国主义横征暴敛，爱国志士流亡国外，国内到处是投降派与妥协派，波兰王国一片污浊之气，人们普遍处在消极悲观的情绪之中。面对黑暗现状，显克维奇将目光投向了历史，希望通过再现历史上波兰民族不畏强敌、反抗外侮取得的伟大胜利来为现实中的波兰民族打入一针强心剂，使波兰人民团结起来共抗他国侵略，争取民族独立与解放。

《十字军骑士》作为显克维奇最重要的历史小说之一，取材于波兰中世纪的历史。公元14世纪，波兰王国内部由分裂逐渐走向统一，但外部始终受到十字军骑士团的军事威胁。为了对抗十字军的侵略野心，波兰与立陶宛联合起来共御外侮，小说正是在这个紧张多变的背景下展开的。少年兹比什科为骑士团使臣里赫顿斯泰因所记恨而招致死刑，却为达奴霞所救，两人于是缔结婚约，达奴霞却在新婚之夜受到骑士团诱拐，最终被折磨致死。与此同时，波兰人民在劫掠成性、残忍凶暴的骑士团的不断压迫下积恨愈加深重，最终决意联合立陶宛奋起反抗，并取得了格隆瓦尔德战役的决定性胜利。作品两线并置，明暗交织，在尾声汇至一处，互为映衬而又丝毫不乱。从思想层面来说，它热情讴歌了波兰人保家卫国、抵御侵略者的反抗斗争精神，强调了正义终将获胜的道理，展现出不畏强敌、不屈不挠的奋战精神；从艺术层面上来说，它场面宏大开阔而又不失精细之处，人物立体饱满而又不乏成长之变，结构复杂圆融而又丝毫不乱，是高度的历史还原与高超的艺术表现手法完美结合的典范。

《十字军骑士》可以称得上是一部波兰民族的史诗。从题材上看，它围绕着波兰民族对抗十字军骑士、保卫祖国统一的反侵略战争始末，通过对波兰人民携手同心、共抗敌军的描绘，展示了波兰人爱国、团结、勤劳、宽容的民族精神，也凭借对以兹比什科为代表的顽强拼搏、坚贞勇猛的骑士阶层的刻画，表现了波兰人正直、友善、坚毅、勇敢的民族性格。文本着重再现了爆发于15世纪初的格隆瓦尔德战役，却又没有将目光仅仅停留在这一战役之上，而是从1399年雅德维佳王后逝世开始，一方面通过众人的叙述与事件的回溯，详尽描画了十字军骑士的无恶不作与波兰人民的深重屈辱，另一方面则通过场面的细致描绘生动刻画了兹比什科与达奴霞的爱情悲剧、达奴霞与尤兰德的亲情悲剧，从而全方位、多层次、形象化地展现出十字军的凶残狡诈、灭绝人性，揭示出十字军失败的必然性与反抗战争的正义性，突出了邪不胜正这一主题。

《十字军骑士》全景式地再现了15世纪波兰社会生活的真实画面。在创作这部小说时，显克维奇展开了详尽的调查，不仅花费多年时间收集了大量历史文献资料，同时亲赴马尔堡等地区实地调查，力求进行高度的历史还原。在这些画面中，既有诸如格隆瓦尔德战役这样的战争场面，也有宴饮、狩猎这样的宫廷生活场面，更有农事、聚会这样的小贵族乃至平民的生活场面。文中出现的地点包括宫廷、城堡、修道院、庄园、酒店、街道、密林和湖泊等，无论是对自然风光还是对人文风貌的描绘，无论是对宏大场面还是对细节的把控都十分逼真，引人入胜，给人身临其境之感。显克维奇善写战争场面，例如，“波兰军队以整齐的战斗队形走出森林和灌木丛，走在前面的‘切尔尼’（方阵），是由最雄健威武的骑士所组成，他们的后面便是主力部队，再后面便是步兵和雇佣兵。军队排成方阵前进，方阵之间留出了两条通道”，这是大会战前的最后准备，显得大气磅礴，其余多场战役也各有特点，扣人心弦。宫廷生活场景的描摹同样有声有色，例如，“来自立陶宛的公爵和贵族们，分列在国王的两旁，尽管夏日炎热，但为了显示他们的高贵，都穿着珍贵的裘衣；俄罗斯的公爵们穿着宽大笔挺的外袍，在教堂墙壁和镀金挂屏的衬托下，活像一幅幅拜占庭的画像”，宫廷华美的生活在一场场宴饮、交谈、游猎和游吟歌手的歌唱中跃然纸上。在对平民生活场景的描写里，小说既写到市集广场“穿得五颜六色、打扮得像鲜花一样的女市民们，便挤满了通往市中心的各条街道”；也写到小酒店“有许多别的人，有贵族，有自耕农，有佃农，还有几个‘江湖艺人’在那里表演日耳曼人的戏法……牛膀胱做的窗户很难透进光来”；还写到幽深的密林、静谧的湖泊与秀美的山川等，涉及15世纪波兰政治、经济、文化、军事、风土、人情的方方面面。其事无巨细之处，场面宏大，细节真实，让人在阅读过程中仿佛亲身走入了那个刀光剑影的时代。

《十字军骑士》还是一部中世纪波兰民族的人物画廊，塑造了一系列有血有肉、有爱有恨的人物形象，上至王公将领，下至贩夫走卒，无不生动立体，光彩照人。兹比什科是骑士阶层的代表，嫉恶如仇，骁勇善战，但他绝非一出场便已是众人的楷模，反而因年少气盛冒犯了十字军骑士的重要人物里赫顿斯泰因，而后者睚眦必报，凭借使臣的身份迫使国王判处兹比什科死刑。最终，他为公爵夫人的侍女达奴霞所救，并与之悄然举办了婚礼。不料刚举行完婚礼不久，达奴霞又被十字军骑士设计掳走，兹比什科闻讯立即启程，跋山涉水誓要救回妻子。在寻找达奴霞的过程中，兹比什科从行事莽撞的少年逐渐成长为有胆有识的青年骑士，不仅力敌悍勇奸诈的罗特盖尔，而且连败十二骑士，获得了大团长弟弟的赏识。他在深入骑士团腹地的过程中目睹了骑士团无数罪行，达奴霞被折磨而死后，兹比什科悲愤欲绝，他对骑士团的仇恨达到了顶峰，同时一步步变得成熟稳重起来，最终在抗击十字军骑士的战役中发挥了巨大作用。兹比什科虽然是作者理想化的人物，其个性却绝非平面呆板、一成不变，而是不断发展、不断成长，他的成长是在环境中的成长，融入了时代的气息，显得合情合理、真实动人。

显克维奇擅长以丰富的心理活动展现人物性格，他对人物心理的刻画向来为人所称道。兹比什科的叔父马奇科是小说中的另一个重要角色，相对于兹比什科的刚直不阿、完美无瑕，马奇科则一方面看重骑士荣誉，忠君爱国、足智多谋、武艺出众，另一方面又因为背负着振兴家族的重任，而有着自己的“小算盘”。他看重钱财，想到“将田产典押给修道院院长，让这位富有的修道院院长去经营博格丹涅茨会更容易些”，在典回田产时，“他知道，在这种场合，他争论得越凶，得到的好处便越多”，从而轻易拿了回来；为了积蓄财富，他多番撮合兹比什科与雅金卡，甚至不惜故意说错一些话来误导雅金卡，好让这位家产丰厚的少女死心塌地地等待兹比什科，他心想“修道院院长会给雅金卡一笔财产，这是确凿无疑的，因为他自己在兹戈热利兹时就曾亲口说过。由于雅金卡的关系，他也可能不会把兹比什科漏掉”。但是，他这么做并非为自己打算，而是为了家族的重新崛起考虑，也从未将钱财用到自己身上。通过细致入微的心理描写，一个更接近于爱憎分明、有着七情六欲的“凡人”马奇科形象便跃然纸上。除此之外，复仇者尤兰德、活泼善良的雅金卡、纯真无瑕的达奴霞等也都各具特点，十分迷人。

总体来看，《十字军骑士》既有对历史宏大场面的把握与精细之处的还原，又能体现出民族性格与时代精神；既有人物塑造的成长性与多面性，又能将纷繁的故事结构变化安排得恰到好处；人物心理描写丝丝入扣，情节线索紧张刺激而扣人心弦；语言上融合了中世纪波兰语的特征，再现了一个时代的历史风貌，可以称得上是中世纪波兰社会生活与民俗文化的百科全书。

三、作者自白

在文学生活中，会发生许多像死亡这样突然和意料不到的事情，我们要尽量避免它们在我们的社交集团中发生，否则我们就只能对这种不幸表示哀悼了。如果说到我，作为一个世纪真正的孩子，若有人像下面这样对我说，我会感到非常奇怪：

他还年轻，生活很有节制，

他老了，任何时候都不抱怨和责怪。

到那个时候，我会磕头作揖，请求人们把这个优美的童话继续说下去，或者我最多像克拉西茨基那样，给它加上这样一个结尾：

所有的一切都很可能，

是的，但我要给童话加上这个。

——［波］亨利克·显克维奇，张振辉译：《旅美书简》，中国社会科学出版社 2013 年版，第 43 页。

一个人不知道要采取什么生活方式才是最好的，是在森林里，还是在城里逛马路？实际上他如果能够脱离社交集团，摆脱个人微不足道的好恶，抹掉自己身上小小的伤痛，不管那些琐碎的小事，放弃一切可有可无的奢求，他的生活面就会扩大……他会成为一个独立自主的人，这种独立自主比别的什么都更有价值。你们不要以为我在劝人去当流浪汉，谁如果在家里有责任和工作，他还是留在家里。至于我，我在华沙能干什么？我写了我现在在加利福尼亚干什么？我也写了我将来在南极和北极干什么？简单地说，我干的永远是我自己要干的，我所以认为这么干很好，是因为我写的都是一些有趣的事儿。

——［波］亨利克·显克维奇，张振辉译：《旅美书简》，中国社会科学出版社 2013 年版，第 403 页。

四、名家点评

亨利克·显克微支是波兰最受欢迎的作家，他和不知疲倦的鼓动家希维恩托霍夫斯基正好成为尖锐的对比。他有贵族的天性，富有多方面的才能。他的作品感情洋溢，同时好作尖刻的讽刺。他在《炭画》中达到了他的最高峰，表明他在精神领域中是个目光锐利的现实主义者。

——［丹］勃兰兑斯，成时译：《十九世纪波兰浪漫主义文学》，人民文学出版社 1980 年版，第 136 页。

因为所求的作品是叫喊和反抗，势必至于倾向了东欧，因此所看的俄国，波兰以及巴尔干诸小国作家的东西就特别多。也曾热心的搜求印度、埃及的作品，但是得不到。记得当时最爱看的作者，是俄国的果戈理（N. Gogol）和波兰的显克微支（H. Sienkiewitz）。

——鲁迅：《我怎么做起小说来》，载《鲁迅全集·第四卷》，人民文学出版社 2005 年版，第 525 页。

五、研讨平台

1. 研讨题目：历史小说中的真实与虚构

提示：历史小说取材于历史人物或事件，通过再现特定历史时期的时代面貌及发展趋势，揭示出社会历史发展的本质特征，集历史的真实与艺术的虚构于一体。一方面，历史小说所描写的主要人物或事件应有一定的历史依据，所描写的时代环境也应与当时的生产力发展水平相适应。另一方面，历史小说不同于历史文献，还应具有文学性，允许一定程度的艺术想象，以达到生动逼真地还原日常生活细节的目的。

2. 关于“历史小说中的真实与虚构”的重要观点

历史学家和诗人的区别不在于是否用格律文写作……而在于前者记述已经发生的事，后者描述可能发生的事。所以，诗是一种比历史更富哲学性、更严肃的艺术，因为诗倾向于表现带普遍性的事，而历史却倾向于记载具体事件。

——［古希腊］亚里士多德，陈中梅译注：《诗学》，商务印书馆 1996 年版，第 81 页。

把历史和诗相比可能更有益、更富有真实性。人们可以由此得出“真实”、“逼真”、“可能”的正确的含义；同时确定“奇异”一词的明确意义，这是各种诗体的共同用语，可是只有少数诗人能给予恰当的定义。

——［法］狄德罗，张冠尧、桂裕芳等译：《狄德罗美学论文选》，人民文学出版社 2008 年版，第 143 页。

六、文献目录

[1] Monica M. Gardner. Sienkiewicz. The Slavonic Review, 1925.

[2] Robert J. Werenski. The Polish Seminary and Sienkiewicz. Polish American Studies, 1958.

[3] 陈冠商:《〈十字军骑士〉的思想与艺术》,载《上海师范大学学报》(哲学社会科学版) 1984 年第 3 期。

[4] [波] 亨利克·显克维奇,林洪亮译:《十字军骑士》,人民文学出版社 2018 年版。

[5] [波] 亨利克·显克维奇,张振辉译:《旅美书简》,中国社会科学出版社 2013 年版。

[6] 孙爽:《亨利克·显克微支历史小说研究》,山东师范大学硕士学位论文,2009 年。

[7] 赵志卓:《诺贝尔文学经典导读》,中国华侨出版社 2016 年版。

[8] 郑万里:《诺贝尔文学之魅:人类的文化记忆与精神守望》,广东人民出版社 2010 年版。

(王婧苏)

基 姆

作者：吉卜林

类型：小说

一、作者简介

约瑟夫·鲁德亚德·吉卜林（Joseph Rudyard Kipling，1865—1936），英国记者、小说家、诗人，生于印度大城市孟买。1878年，他进入一所位于英国西南部德文郡专为英国海外扩张战争培养士兵的联合服务学院学习。1882年，结束了学习的吉卜林回到印度孟买，并于1883年到1889年供职于巴基斯坦第二大城市拉合尔的《军民报》报社，“日不落帝国”统治时期的印度生活极大地激发了吉卜林的文学创作热情。也是在这段时间内，他的短篇小说开始获得关注，《百愁门》《山中的平凡故事》《三个士兵》《加兹比一家的故事》都是这个时期的作品，主题也大多与英国殖民统治下的印度生活息息相关。1889年，在游历新加坡、日本、中国、美国之后，他回到伦敦，创作也逐步进入鼎盛时期。1892年吉卜林迁居美国，随后陆续发表了《消失的光芒》《勇敢的船长们》《基姆》《丛林之书》等作品。1907 年，42 岁的吉卜林凭借作品《基姆》被授予诺贝尔文学奖，这使他成为第一位获得诺贝尔文学奖的英语作家，也是迄今为止最年轻的诺贝尔文学奖获得者，奖项委员会评价他“以观察入微、想象独特、气概雄浑、叙述卓越见长”。吉卜林一生的足迹伴随着英国帝国主义殖民扩张的脚步遍布世界各地，特殊的人生经历使他的小说充满浓郁的异域风情和冒险家式的魔幻情节，海明威、福克纳、博尔赫斯等小说家都受到他的启发。

二、作品简析

在阅读、鉴赏一部文学作品的时候，读者的阅读体验很容易受到个人经验的影响。在浩如烟海的文学作品中，我们不仅体验着作者的人生，同时也在不断地验证着自我的经验。优秀的文学作品像一面镜子，能让读者发现自我，《基姆》就是这样一部作品。

在 19 世纪中叶，英国的货船和战舰几乎遍布世界各个角落，“日不落帝国”对于世界的掌控逐渐渗透到其殖民地国家的每一根血管之中。帝国不断扩张的不止是地理空间，还有精神文化空间。文化作为帝国的利刃和绳索，一度将相隔万里的殖民版图割裂并重新捆绑，最终形成了复杂和多元的话语体系。个体在这一过程中的成长和转变都或多或少地带着历史的印记。阅读《基姆》，实际上是在阅读三个男性的成长史。

首先是主人公基姆。他是一个驻印度爱尔兰士兵的孤儿，其父亲因母亲的早逝而酗酒、吸毒，随后也离他而去。故事一开始，基姆就是一个“身份不明”的孩子，尽管他的说话方式、肤色都和印度人没有太大区别，但是作者特别强调他的身份是一个“穷白人”。基姆一直在追寻自己真正的身份，这个身份既不是英国殖民者，也不是土著，而是一个更为复杂的个体。传统评论家认为吉卜林在小说中的东方风情最令人瞩目，但细读作品就会发现，真正打动人心的其实是读者与小说人物共有的成长经验和蜕变历程。13 岁的少年找寻自我身份归属的故事，因作家细腻的笔触而引发读者强烈的共鸣。从参与“大游戏”计划到找寻“箭河”的漫长旅途，基姆逐渐从一个流浪街头的自我认知不明的少年成长为一个机智坚韧的青年，直到最后大病痊愈，基姆经历了精神和肉体双重的蜕变。在小说最后，有这样一幕动人的场景：“他凝视着映衬在柠檬黄的余晖里喇嘛那盘腿趺坐的黑黢黢的身形。拉合尔博物馆里有一座菩萨石像也是这么跏趺俯视着入口处那个专用自动记录旋转栅门的。喇嘛宁静安详地坐着。印度傍晚时分那层烟雾缭绕的柔和的静谧将他们俩紧紧裹住，四周只回响着念珠的咔哒声和马哈布渐渐远逝的啪啪脚步声。”这一份令人神往的静谧与自由，既不属于印度，也不属于英国，而是人类与自然、自我与他者、神性与诗性三重关系的高度融合。

第二位男性是基姆的导师——喇嘛。喇嘛来自西藏，为了寻找传说中的“箭河”而来，一路上他保护、教育、鼓励基姆，师徒两人在寻找箭河的路上艰难地前行。西方小说中常常写到男性与男性之间的类似于师徒的关系，尤其在冒险小说中，像《鲁滨逊漂流记》中的鲁滨逊和星期五，《白鲸》中的埃哈伯与比普。男性之间跨越代际的友谊与类似父子的感情是这类小说的共同特点。《基姆》中的这层关系则充满了佛教色彩。喇嘛离开西藏 40 年，只为寻找箭河，相传这条河可以洗清罪孽、摆脱轮回。小说开始，喇嘛的姿态是急切的，在被告知馆长并不知道箭河在哪的时候，他显得甚至有一些气急败坏，箭河已经成为他的心病。喇嘛和基姆的关系并不是单向的，而是一种互相保护的关系。他们在熙熙攘攘的北印度集市中漫游，挤上拥挤的火车……游历之中，基姆也在悄然改变着喇嘛，喇嘛感受到了来自基姆的青春活力与鼓励。喇嘛在不断传教的过程中悄然改变着周围众人的人生，比如哈利尔巴布就从一个油嘴滑舌的马贩子变成了另一个全新的成熟稳重、博学多识的人。到后来，喇嘛渐渐不再对箭河格外痴狂，而变得更加超然洒脱，认为自己只是一个寻求解脱的灵魂，箭河也不再是一个田野中的具象，而是一种心灵上的救赎——一条会涌现在脚边的虚幻的河流。最终，在与基姆一同从磨难与大病中解脱出来之后，喇嘛终于达到了灵魂无拘无束的境界：“它像老鹰似的盘旋，它看见既没有德寿喇嘛，也没有任何其他灵魂。像一滴水珠掉进水里，我的灵魂慢慢地靠近超越一切的大灵魂。在感知神的存在而欣喜万分的瞬间，我看见了整个印度。”吉卜林将自己对于佛性与神性的领悟融入喇嘛寻找箭河之旅中，将喇嘛的人物形象塑造得立体丰满，这在 19 世纪的英语文学创作中格外引人注目。

最后一位男性就是作家吉卜林。虽然《基姆》不是吉卜林的自传小说，但读者在阅读的过程中还是会经常自然而然地想起与主人公吉姆有相似经历的作者。吉卜林关于印度题材的小说在《基姆》这里达到了其艺术成就的巅峰，从早期的《山中的平凡故事》《加兹比一家的故事》《三个士兵》中歌颂英国殖民者的英勇无畏，到《丛林之书》《许多发明》中，他对待两个国家的态度变得更为复杂而微妙，他的写作姿态也变得更加亲近印度。在《基姆》中，吉卜林的创作身份不再是一个完全的殖民者，也不是印度土著，而是更为接近自己的真实身份——一个出生在印度的英国人。他笔下的印度自然风光瑰丽无比，印度民众也更加平和真切、富于变化。吉卜林曾经多次修改《基姆》的手稿，最终出版的版本与早期的手稿已经有了一定的差别。通过阅读吉卜林的小说，我们可以看到一个出生在印度、教育在英国、工作在印度的帝国时期的作家，如何与自身的文化背景和自己身边的环境共处。吉卜林一度因为赞扬英国殖民者的英勇而被诟病为“大英殖民主义的鼓吹手”，但是读完《基姆》，相信有心的读者就可以理解吉卜林身份认同的复杂性及其转变，正如理解基姆和喇嘛的成长史一样。恰如萨义德在其《文化与帝国主义》中的评价：“《吉姆》是一部具有巨大美学价值的作品。不能简单地指责它是混乱的、极端反动的帝国主义的种族主义想象力的产物。”

另外值得一提的是，吉卜林非常擅长描绘自然景色，笔法浪漫清新，令人难忘。他对于景色的描写手法与电影镜头处理风景的手法非常类似，远景与近景相互交错，多重色彩交相辉映，自然与人类和谐共存。例如，“这时阳光穿过芒果树的低枝叶照射下来，形成一道道金色光柱；鹦鹉呵鸽子呵成百只地飞返鸟巢；灰背七姐妹几乎是在游人脚边三三两两地踱步，它们叽叽喳喳细谈着一天来的经历；树枝间噼哩啪啦，这是蝙蝠在准备外出执行夜间巡逻。不一会儿，残晖聚集起来，一刹那间将面孔呵，车轮呵，还有牛角全部都映照成血红色”。这样的描绘，如诗语一般充分点缀了基姆和喇嘛的探险之路——湖光山色之间，师徒两人的旅途充满了诗情画意。一方面吉卜林以一种充满童真的眼光注视着印度的山水鸟兽，另一方面他的文字又像是被赋予了光与影的魔术——不只是将印度神秘的东方面纱揭下，而且将这层薄纱变得艺术化，让印度绮丽多姿的东方生活更加引人向往。

吉卜林擅长写人物对话，他的小说常以对话引领情节推进，在对话中塑造人物形象并且透露人物的性格转变。他笔力雄厚细腻，长篇大段的人物对话不但不会让人觉得昏昏欲睡，反而充满生活情趣和严密的逻辑，并在人物一来一往的对话中将对话者的处境很好地展现出来。《基姆》有时像是众人参演的话剧，在一个宏大的舞台上，在看似缓慢推进的情节中，有人从少年成长为青年，有人历经磨难找到彼岸，而作为这剧本背景的则是印度洋上轰隆作响的巨型货轮，是袅袅升起的庙堂烟雾，以及两种文明剧烈碰撞所发出的长达几个世纪的回声。

三、作者自白

了解了一个孩子最初六年的生活，就可以了解他以后的生活。回顾我的这七十年，在我的职业生涯中，我似乎从来都是按照命运发的牌行事。因此，我将所有的好运气归功于真主阿拉——世界的管辖者。首先，刚出生的时候——我脑海中初始的印象来自破晓时分，明亮的、红润的、金色的、紫色的果实与我的肩膀平齐，这就是我记忆中清晨走向孟买水果集市的景象，一开始是和我的奶妈一起，后来则是和我的推着手推车的姐姐，当我们回去的时候，车头上会堆满买回来的东西。

——［英］约瑟夫·鲁德亚德·吉卜林，丁才云译：《谈谈我自己》，江苏教育出版社 2006 年版，第 3 页。

书本和图画是世界上最重要的事，我可以阅读我自己挑选的书，我向每一个遇到的人询问一些事情的意义，我还发现了一个人可以拿起钢笔，记下自己的感想，没有人会因此责怪他爱“炫耀”。

——［英］约瑟夫·鲁德亚德·吉卜林，丁才云译：《谈谈我自己》，江苏教育出版社 2006 年版，第 25 页。

四、名家点评

最成熟的印度作品，最伟大的小说。

——T. S. Eliot. On Poetry and Poets. Octagon Books, 1975: 289.

《吉姆》在鲁迪亚德·吉卜林的一生和事业中，乃至英国文学中都是独一无二的。它是在1901年，即吉卜林离开印度十二年以后问世的。印度将永远和他的名字连在一起。印度是他的出生地和他的国家。更令人感兴趣的是，《吉姆》是吉卜林唯一经久不衰而且成熟的长篇小说。少年人喜欢它，成年人阅读它时也都会怀有崇敬的心情和兴趣……正像印度本身一样，吉卜林既是一位大艺术家，也是历史的产物。

——［美］爱德华·沃第尔·萨义德，李琨译：《文化与帝国主义》，生活·读书·新知三联书店2003年版，第187页。

五、研讨平台

1. 研讨题目：殖民背景下的宗教如何影响文学创作

提示：宗教作为人类文明精神的产物，在世界各地有着各种各样的形式。在殖民历史中，宗教既可以成为殖民者的工具，也可以成为抵抗者的武器。宗教关注人类的精神世界，在发展过程中逐步成为文化语境的一个部分，殖民作为入侵行为，对相对静态的原始文化语境产生了破坏，从而形成了新的混杂的文化语境。殖民背景下的宗教问题，影响着文学创作的题材、思路、叙述、情感。对于这一话题的探讨，则因为丰富的历史背景、文化语境而拥有了更多的讨论余地。

2. 关于“殖民背景下的宗教如何影响文学创作”的重要观点

这说明了作者自己也晓得救主基督和中国群众底灵魂不能起什么变

涉，反映着传教士底烦恼，同时也说明了她把在另一意义上的基督教对于中国社会的重大作用轻轻地掩盖了。

——胡风：《〈大地〉里的中国》，载《胡风评论集》，人民文学出版社 1984 年版，第 194~195 页。

从 19 世纪早期以来，当第一批美国殖民文学史与早期美国文学史开始产生时，批评家与历史学家曾经哀叹早期美国文学遗产的贫瘠，把美国文学写作不成熟的窘困与当代英格兰、苏格兰诗歌作品的雅致比较，批评者提供了种种借口以解释为什么美国人作为文学艺术家的失败……另一个论据是清教徒主义在文化中拥有一种强大的势力，以致其种种反对想象放任的规定和走向功利主义的限制，压制了美学的成就，仅仅怂恿了呆板与说教形式之文学的产生。接下来的原因是，在新英格兰由于神职人员通常控制着出版业，并且他们又是写作世界的主人，在北部殖民地，传教是唯一达向公众的文学形式。关于说明在中部殖民地与南部殖民地极小量的文学产生，存在一种既成的解释，即气候与地理不支持文化中心的创造，或者没有赐予文学的产生以一种充盈的精力。

——［美］艾默利·艾利特：《北美殖民地作家 1606—1734》，（Emory Elliott. American Colonial Writers，1606- 1734）前言，见艾默利·艾利特，杨乃乔译：《文学传记词典》（Emory Elliott. Dictionary of Literary Bi-ography. Gale Research Company，1984：xiii）第 24 卷。

六、文献目录

［1］Allen Charles. Ruddy's Search for God：The Young Kipling and Religion. Kipling Journal，2009.

［2］Page Norman. A Kipling Companion. Macmillan，1984.

［3］Roger Lancelyn Green. Rudyard Kipling：The Critical Heritage.

Routledge，1971.
［4］陈兵：《鲁德亚德·吉卜林研究》，北京大学出版社 2013 年版。
［5］［美］爱德华·沃第尔·萨义德，李琨译：《文化与帝国主义》，生活·读书·新知三联书店 2003 年版。
［6］萧莎：《今日重读吉卜林》，载《外国文学评论》2004 年第 3 期。
［7］［英］约瑟夫·鲁德亚德·吉卜林，黄若容、周恒译：《基姆》，辽宁教育出版社 1998 年版。
［8］［英］约瑟夫·鲁德亚德·吉卜林，丁才云译：《谈谈我自己》，江苏教育出版社 2006 年版。

（刘婉仪）

骑鹅旅行记

作者：拉格洛夫

类型：童话

一、作者简介

塞尔玛·拉格洛夫（Selma Lagerlöf，1858—1940），出生于瑞典西部韦姆兰省莫尔巴卡庄园。她自幼腿脚残疾无法行走，在祖母和父亲为她讲述韦姆兰民间传说和故事的岁月中长大。1882年，拉格洛夫考入斯德哥尔摩皇家女子师范学院，三年后她毕业并任教于伦茨克兰一所女子学校，在教学之余从事文学创作。1891年，拉格洛夫出版了第一部小说《古斯泰·贝林的故事》，此后又创作了多部作品，其中《耶路撒冷》更是公认的杰作，成为瑞典19世纪末后浪漫派文学的代表。1902年，拉格洛夫应邀为青少年编写一部涵括瑞典历史、地理、民俗和动植物的知识读物，由此诞生了《骑鹅旅行记》。1909年，因其“作品中特有的高贵的理想主义，丰富的想象力和平易而优美的风格”，拉格洛夫荣获第9届诺贝尔文学奖。她是第一位获此殊荣的瑞典作家、第一位诺贝尔文学奖的女性得主，也是迄今为止唯一一位凭借童话作品获得诺贝尔奖的文学家。1914 年，她被选为瑞典学院第一位女院士，并被挪威、芬兰、比利时和法国等国授予国家最高勋章。拉格洛夫终生未婚，但当她 82 岁去世时，全世界有无数热爱她和《骑鹅旅行记》的孩子们。

二、作品简析

童话是最受孩子们欢迎的艺术美餐，因为优秀的童话能够让他们驰骋在幻想的广阔天地，《骑鹅旅行记》的主要阅读群体是青少年儿童，但它又不同于一般的儿童读物，成年人读起来也是趣味盎然、爱不释手。这部 40 余万言荣获诺贝尔文学奖的游记作品情节简单，并没有悬念丛生、荡气回肠的故事，那么为何如此富有魅力呢？因为童话故事总是在表达一种面对艰难困苦时勇敢无畏的生活观，所以优秀的童话也是成人们不可或缺的精神食粮。

> 美国童话心理学家贝特尔海姆说："童话故事千方百计使儿童理解：同生活中的严重困难作斗争是不可避免的，是人类生存的固有部分——但如果一个人不是躲避，而是坚定地面对出乎意料而且常常是不公正的艰难困苦，他就能战胜重重障碍，取得最后胜利。"①

《骑鹅旅行记》的全译名是《尼尔斯·豪格尔森周游瑞典的奇妙旅行》，它讲述了瑞典南部乡村一个名叫尼尔斯的 14 岁小男孩的历险故事。尼尔斯不爱读书学习，经常捉弄小动物取乐，是个调皮的"小坏蛋"。初春的一天，他在家里捉弄一个小精灵，反被小精灵施以魔法变成一个拇指大的小人。此时，一群大雁从空中飞过，家中的公鹅马丁想跟随雁群自由飞翔，尼尔斯紧紧抱住马丁的脖子坚决不让它飞走，结果却被公鹅带上了高空。从此，他骑在鹅背上跟随雁群开始了长途旅行，历时 8 个月才重返故乡。在这期间，尼尔斯

① ［美］布鲁诺·贝特尔海姆，舒伟等译：《童话的魅力：童话的心理意义与价值》，社会科学文献出版社 2015 年版，第 8 页。

饱览了瑞典的秀丽山川，学习了许多地理、历史、动植物知识，听到了许多故事传说，也经历了不少风险和苦难。这段经历不仅磨炼了他的性格和意志，还让他从大雁和其他动物身上学到不少道理。当脱胎换骨的尼尔斯回到家乡时，他已经变成一个温和善良、乐于助人且勤劳勇敢的英俊少年。

《骑鹅旅行记》的主题蕴意集中在两方面：爱心与成长。首先，作者本人是一位充满爱心的艺术创作者，《骑鹅旅行记》中对动物的描述固然基于它们的自然习性，但作者也赋予了它们以人的情感。例如这样的描写：

> 拉普人和驯鹿也在向山下转移，他们井然有序地走着，一个拉普人在前面领队，后面是拖着帐篷、搬运行李的驯鹿，最后面是七八个拉普人。雁群看见那些驯鹿，就低飞叫道："谢谢今年夏天相处的日子！谢谢今年夏天相处的日子！""过得还好吧！欢迎你们下次再来！"驯鹿答道。
>
> ……
>
> 山谷的中间，有一所学校。当下课铃声响起时，孩子们从教室鱼贯而出，校园里到处是玩耍的孩童。大雁们正从上方飞过，孩子们听到大雁们的叫声，大声叫问道："你们去哪里？你们去哪里？""飞到没有书本，不用上课的地方去！"尼尔斯答道。"带上我们吧！带上我们吧！"学生们叫嚷着。"现在不行！以后吧！以后吧！"尼尔斯回答道。

全书通过大量如此这般的描述，让读者领会到野生动物同人类之间的矛盾和友情。正如瑞典学院给她的颁奖辞中所说："她充满爱意的眼睛，追寻着生命的真谛。她灵敏的耳朵，聆听着内心发出的声响。她取得成功的秘诀，就是自无数神话、逸闻趣事、《圣经》传说中获得灵感。没有一颗童心的话，是无法发现这些美丽的，唯有孩童般无邪的灵魂才能看见。诗人这颗纯洁的心，可以用老祖母们常说的话来评述：'具有灵魂的双眼才能发现神的秘密'。"拉格洛夫说她想要写的是一本富有教益、严肃认真和一句假话也不讲的书，她想让孩子们看到在这片土地上生活劳作的人们，了解这个国家的地理风貌，体会动物和植物的生存处境。少年儿童们透过尼尔斯的眼睛，饱览了瑞典的锦绣河山，学习了它的地理历史知识和风俗民情，也熟悉了生长在这片土地上的各种动物和植物，感受到了故乡的亲切、美丽，从而把对家乡的热爱演唱成了一曲曲爱国家、爱人民、爱护环境、爱护动物的爱的赞歌。

《骑鹅旅行记》着重讲述了只有历经磨难才能成长为人的道理。尼尔斯在漫长艰险的旅途中，性格不断改进、发展和完善，从一个缺乏同情心、不能善待动物的坏小孩变成一个懂事、听话、勇敢又有爱心的少年，最终完成了自我救赎的蜕变。在此过程中，头雁卡斯特对于尼尔斯的成长起到了极大的帮助作用，在旅途中它不断教导尼尔斯如何做人和做事，鼓励他战胜困难，纠正他的胆小、怯懦和错误，引导他走出不知所措的迷茫。这使尼尔斯明白了必须要跟动物们和解并和谐相处，只有这样，当他有危险时动物们才会努力帮助他。在克服重重困难的过程中，尼尔斯为他曾经虐待动物而深深忏悔，意识到人与动物彼此需要，人应该善待动物。尼尔斯在跟随大雁飞行的过程中，与雁群和其他动物产生了深厚的感情，以至于雁群愿意为他牺牲，他也多次奋不顾身解救马丁和大雁。后来，当尼尔斯听说他变成正常人的条件是让家鹅马丁成为人类的盘中餐时，他宁愿不回家而跟随大雁们生活。可见这部奇幻的历险作品富有教育意义，目的在于启发少年儿童克服自己的缺点，虚心向他人学习，培养良好的品德，使他们的心灵变得更纯洁善良，更富于同情心，更加尊重自然、尊重生命。

《骑鹅旅行记》是一部知识性很强的教育型书籍。作为教师的作者从教育学的立场出发，用讲述童话故事、寓教于乐的方法来传授比较枯燥的历史、地理、动植物知识，使孩子们产生阅读与学习的兴趣。为此，拉格洛夫将相关知识以童话、传说和民间故事的形式大量穿插在作品中，给读者讲述地形地貌，展示自然风光，叙述历史事实，描述民俗风情，介绍动植物的生活和生长规律，歌颂善良战胜邪恶，赞扬扶助弱者的优良品德。

形象而生动的比喻和拟人手法是《骑鹅旅行记》主要的艺术特色，作者将世间万物都赋予了生命和情感，让所有动植物形象都跃然纸上，并且把幻想同真实交织在一起，把人类世界发生的事情搬到动物、植物世界中去。作者根据儿童心理，把瑞典的平原山川、城市岛屿和江河湖泊都比喻成孩子们熟悉的事物，例如瑞典南部的斯康奈平原被比喻成一块五彩缤纷的“方格子布”，东耶特兰大平原是“粗麻布”，大雁们把雨称作“长面包”，海豚宛似

“黑色的线穗”，等等，这样的描述让字里行间充满了情趣和动感。

《骑鹅旅行记》情节结构上的突出特点是作者精巧地构思了一系列按时间顺序划分的小故事，全书在以尼尔斯从人变成拇指大的小人，又从小人重变成人为主线的故事中间穿插了许多独立成篇的故事、童话和传说，使得各章既自成一体，又互相连贯。为了使小读者能够看得懂，作者使用平实朴素的语言，采取平铺直叙和素笔白描的写法，对人物、景物、事物除了必要的简洁叙述，一般不做浓墨重彩、长篇大论的描写。

三、作者自白

我受到的帮助实在是太多了！在儿时，经常有些穷苦又流落在外的流浪者，在威兰姆各个角落谋生，上演着逗人的戏法，唱着童谣。他们的表演，对我怎么能够没有影响？年长者们经常告诉我少女受困于魔法的故事，还有那群居住在森林深处灰色小屋中的精灵们和喜爱恶作剧的爱人们，把女孩带进山里的神奇故事。深受这些故事的熏陶，我在面对冰冷的岩石和幽暗的丛林时，都能够品读出其中饱含的韵味。……飞鸟走兽，草木虫鱼，我从它们身上得到了它们所有的秘密！

——［瑞典］塞尔玛·拉格洛夫，吴阿文、谢丽译：《尼尔斯骑鹅旅行记》，北京理工大学出版社2015年版，第10页。

在我还是个孩子的时候，还受过那些伟大的挪威作家和俄国作家们的帮助。他们赐予我的恩惠，是我无法估量的！……其他数不胜数的新晋作家及其作品，不仅给我带来更为传神的想象力，而且更加鼓励我勇往直前的战斗之心，让我的梦想实现，得到了硕果累累。他们对于我来说，难道不是恩重如山吗？

——［瑞典］塞尔玛·拉格洛夫，吴阿文、谢丽译：《尼尔斯骑鹅旅行记》，北京理工大学出版社2015年版，第11页。

四、名家点评

拉格洛夫作品的特色就在于她描叙世间事物之中的这种丰富的幻觉……凡她笔触所及，世间万物甚至是没有生命的一草一木、山水景物都有了自己的肉眼无法看到却又十分真实的生活，因此她那艺术大师的如椽巨笔并不满足于仅仅描写景物的外在的美。她那热爱人生的眼光探索着生命的内涵，她那敏锐的听力于无声处听到了大自然的心声。

——［瑞典］克拉斯·阿内斯坦特：《授奖辞》，载宋兆霖主编：《诺贝尔文学奖全集（1901—2012）》，北京燕山出版社2012年版，第103~104页。

小说《尼尔斯骑鹅旅行记》（1906—1907）中，丰富童话情节的是对瑞典自然的抒情描写。拉格洛夫为人谱写了振奋人心的壮歌，尽管她承认，吉普林的《热带丛林》是她模仿的样本。《尼尔斯骑鹅旅行记》引人入胜之处，与其说是对动物的感人塑造，不如说是对主人公内心世界的细腻体验。这部作品中作家强调的是善良必然战胜邪恶。

——高尔基世界文学研究所编撰：《世界文学史》（第八卷上册），上海文艺出版社2013年版，第612页。

五、研讨平台

1. 研讨题目：童话中的动物叙事与生态反思

提示：从当代生态批评和生态文学的视角反观，拉格洛夫的《骑鹅旅行记》较早体现了人与自然和谐相处的生态意识。作者以拟人的手法将自然与人类社会平等看待，尼尔斯化身为人类的“大使”出使大自然，倾听大自然的声音，而自然界动植物的声音都饱含着对于人类过度索求的控诉。尼尔斯变身小人后与动物的冲突关系是现实中人与自然不友善的写照，随着尼尔斯深刻的自我反思与自我救赎，人与动物之间的紧张关系不断改进，双方成为平等和友善的朋友，建立了深厚的友谊。拉格洛夫通过生态批评与儿童文学的有机结合，批评了以“人类为中心”的思维方式，体现出作者对自然和生命的尊重。尼尔斯的游历正是这种与自然和谐相处的“生态意识”的生成过程。

2. 关于“童话中的动物叙事与生态反思”的重要观点

> 动物是人不可缺少的，必要的东西；人之所以为人要依靠动物，而人的生命和存在所依靠的东西，对于人来说就是神。

——［德］费尔巴哈，荣震华等译：《费尔巴哈哲学著作选集》（下卷），生活·读书·新知三联书店 1962 年版，第 438~439 页。

> 动物是拥有欲望和感情的生物，它们只是在程度上与我们有区别，它们有它们自己的权利。这个事实，现在才开始被白种人的世界所认识到，而在两千多年前就已经出现在佛教的教义中了。

——［加］塞顿，李雪泓译：《我眼中的野生动物》，海南出版社 2004 年版，第 5 页。

六、文献目录

［1］Bettelheim Bruno. The Uses of Enchantment：The Meaning and Importance of Fairy Tales. Vintage Books，1977.

［2］Sundmark Bjorn. Citizenship and Children’s Identity in The Wonderful Adventures of Nils and Scouting for Boys. Children’s Literature in Education，2009.

［3］Sundmark Bjorn. Of Nils and Nation：Selma Lagerlöf’s The Wonderful Adventures of Nils. International Research in Children’s Literature，2011.

[4] 程庆：《浅谈儿童文学作品中的荒诞性——以〈尼尔斯骑鹅旅行记〉为例》，载《大众文艺》2012年第19期。
[5] 方华：《拉格勒芙与〈尼尔斯骑鹅旅行记〉》，载《电影研究》1983年第4期。
[6] [瑞典] 塞尔玛·拉格洛夫，石琴娥译：《尼尔斯骑鹅旅行记》，中央编译出版社2015年版。
[7] 王晔：《这不可能的艺术——瑞典现代作家群像》，广西师范大学出版社2015年版。
[8] 杨坤伦：《生态批评赋予儿童文学新寓意——以〈尼尔斯骑鹅旅行记〉为例》，载《作家》2012年第4期。

（洪思慧）

特雷庇姑娘

作者：保尔·海泽

类型：小说

一、作者简介

保尔·海泽（Paul Heyse，1830—1914）生于19世纪普鲁士的文化、经济、政治中心柏林。普鲁士现代化的大学制度、专门化的知识教育体系以及强烈的理性美学对其在文学创作方面的思维方式有着决定性的影响。海泽曾先后在德国东部的柏林大学和西部的波恩大学接受古典语言学的教育，并于1853年受马克西米连二世的邀请，正式移居慕尼黑，开始参与巴伐利亚的文化政治建设工作，并成为“慕尼黑作家集团”中的一员，生活足迹可谓遍布整个德国。海泽的父亲为知名的古典语言学专家，母亲为银行家之女。海泽在幼年时，家中“谈笑皆鸿儒，往来无白丁”，所接触到的均是普鲁士乃至全德语文化圈内最为优秀的文化人。耳濡目染之下，海泽自小便有着极为敏锐的文学感觉。他热爱思考，善于观察，因此，他常常能够从旅行中获得素材、灵感以及触动——1852 年的意大利之旅就为其文学创作提供了极为丰富的素材，也改变了海泽的世界观念和自我认知。1910 年，已 80 岁高龄的海泽成为第一位获得诺贝尔文学奖的德国作家。其代表作主要有小说《犟妹子》《特雷庇姑娘》，戏剧作品《塞拜恩妇女》等。

二、作品简析

在众多的近代德语小说中，保尔·海泽的小说以自己独有的热情和人性力度独树一帜。传统的剧情转折、紧凑的情节安排以及鲜明的人物塑造使其小说极具歌德式的古典主义气息。所谓“古典主义气息”，指的就是：小说家在叙事的过程中忠实于现实环境、注重情节内部的戏剧冲突且能最终通过善恶对立来凸显出人性之美。这一特点在海泽小说的内容情节设置上有着鲜明的体现。对海泽来说，其在青年时期所经历的为期一年的意大利考察之旅为其小说在古典风格之外又增添了一份明快纯粹的异域色彩。作为人文主义发源地，意大利以其厚重的文化氛围、深刻的宗教情感以及明媚旖旎的风土人情紧紧地牵引着海泽的心。他深深地爱着这个与德国尤其是与其自小生活的勃兰登堡——普鲁士地区完全不同的国度。这一热爱当然也以一定的方式影响到了海泽的创作——海泽最为人所知，同时艺术水准最高的一批小说几乎均以意大利为背景。这其中，又以创作于 1855 年的《特雷庇姑娘》最为知名。“特雷庇”是意大利的一处地名，在海泽的描述中，该地位置偏僻，居民多为牧羊人：“向上通往那儿去的全是些无法行驶车辆的羊肠小道；为了翻过山去，邮车和出租马车都只好兜一个大圈，走往南几公里外的公路。”这个因为交通不便而依然保有着淳朴气息的小村庄为一个一波三折的爱情故事奠定了基础。故事的男主人公是一位名叫菲利普的青年律师，他在前往托斯卡纳参加“决斗”的途中恰巧经过特雷庇，于是来到女主人公——费妮娜的小酒店中歇脚。然而，两人早已相识，并曾在七年前有过一段情感纠葛。此时菲利普的偶然重现在费妮娜的心中掀起波澜，而当她得知菲利普此行是为了一场决斗时，对恋人生命安危的担忧又令其十分不安。她采取了种种策略，比如设法令菲利普睡过了头以至于错过决斗，又比如故意带错路，使得菲利普被困在山中。菲利普在恍惚之中坠崖后，费妮娜仅凭一己之力将其背上山顶，最终救回他一命。而为了令菲利普彻底打消前往托斯卡纳的念头，费妮娜还连夜赶往当地，当面与对方交涉，提出请对方放菲利普一条生路的要求，可谓有勇有谋。菲利普却因此误会费妮娜，认为其间接令自己成为一个背信弃义的小人。最终，菲利普明白了费妮娜的一片真心，二人在美丽的村庄里互诉衷肠，皆大欢喜。

小说中最引人注目的当属“费妮娜”这一女性形象。在费妮娜身上，海泽不光赋予了其传统女性形象那真挚热情、敢作敢为、正直善良的特征，还通过极为细致的传统人物刻画手法，极力表现出这位意大利少女的勇敢与智慧。这一“勇敢与智慧”首先在外形上就颇有体现：与彼时大部分小说所塑造出的孱弱女性形象不同，海泽笔下的费妮娜形象呈现出一种有别于城市女性的勃勃生机：“她的嘴唇红艳艳的，充满着青春的魅力……眼下，她站在桌子跟前，更显出了她身材的粗犷美，尤其是那后颈与脖子，更是迷人之极。”这一充满了生命力的女性形象在同时代的其他小说之中再难找出第二个。可见，少女的生命力与她的勇敢智慧这类“反传统”的女性特征之间存在着关联，我们因而不光可以将这一生命力解读为费妮娜本身的特征，还可以将其视为海泽的女性观念相较于传统女性观念的革新之处。这一“反传统的生命力”还体现为费妮娜情感上的持久与坚贞。通过在费妮娜与菲利普之间进行的对话，我们可以发现，这位姑娘不光美丽，还坚贞无比：“就算死神挡在我们中间，我也要伸出有力的胳膊把你拖过来。死也好，活也好，菲利普，你都属于我！”这种掷地有声的表白之语可谓开了德语传统小说创作的先河。费妮娜勇敢地追求着自己的幸福，跟随心底的愿望，奔走在保护爱人的路上。在海泽笔下，“意大利”“女性”“生命力”三者之间构成了对话关系：意大利作为一个区别于德国，尤其是区别于普鲁士地区的南方异国，炫目的阳光、醇厚的人文在某种程度上成为海泽想象意大利女性的背景环境；而在此之外，意大利那灿烂的文化传统、人文主义精神，被海泽转换为意大利女性身上的自主、坚定、勇敢与聪明。最终，在海泽笔下的费妮娜身上，我们可以解读出整部小说的核心思想：在作者看来，来自人文主义时期的古典思想最能为注重实际、强调奋斗、追逐名利的普鲁士社会注入新的血液。在塑造一个如此耀眼的女性形象之外，海泽还通过菲利普的言谈举止，建构出了一个血气方刚、怀抱崇高理想的理想男青年形象："那人佯称自己必须去托斯卡纳，硬逼我到那边与他决斗。我同意了，因为作为一个有深谋远虑的人，我当时正需要向那班脑袋发热的朋友们证明，我们对他们的行动持保留态度，不是由于缺少勇气，而纯粹是在一个居于巨大优势地位的政权面前，对所有密谋活动一点不抱成功希望的缘故。"他心中清楚自己的托斯卡纳之行凶多吉少，却毅然执意前往，所抱着的，正是一种为了自己的政治理想不惜牺牲生命的必死信念。通过塑造这两位具有典型意大利人文主义理想光环的小说主角，海泽谱出了一首虽主要在表现儿女情长，却依然不失磅礴的"乡村恋曲"。隐藏在恋情背后的诡谲政治环境更是显现了海泽的现实关怀。值得一提的是，与当时的主流作家不同，海泽的小说多以意大利女性为主，并且这些意大利女性普遍是敢爱敢恨、有勇有谋的新女性。"意大利"这一地理异域与"女性"这一对于男性作家来说同样为"异域"的元素之间的结合，竟在海泽的笔下擦出了独特的火花。从这一方面来说，海泽的意大利之旅不光是作家的自我确证、自我发现之旅，同时还是其探索理想人性的"朝圣之旅"。小说中的意大利女性寄托了海泽对人性的美好愿望：他鼓励人们去主动探索自己的内心世界，明白自己的真实需求，然后再勇往直前地去追逐精神理想。这一劝导人们将思想付诸行动的观念间接体现了普鲁士资产阶级的"进步"原则与新教中的"劳动""奋斗"的天职意义，从中，我们也可以看出，海泽在普鲁士度过的童年时代对他的小说创作有着一定的影响。

理解整部小说的关键之处，在于其中无处不在的意大利风景。海泽笔下的意大利风景主要具有三层含义：首先，塑造异域风情。在小说的一开头，海泽就以三言两语在交代故事背景之余描绘出了一幅意大利的乡间美景："由于一整天烈日暴晒，峡谷中便升起一片片轻雾，正慢慢在雄伟的没有树木的山岗上铺撒开来。"这种多山、潮湿、阳光充足的地理环境与作者所生活的德国有着明显的区别，通过这种异域环境的塑造，海泽能使读者于精神上首先从自己所熟知的环境中抽离出来，沉浸于这种异国风情里，从而获得现实生活之外的另一重生活。其次，推进故事情节。"山"与"海"这种典型非大陆型的地理风貌对于这部爱情小说而言具有一定的叙事作用；在两人上路前往决斗的途中，典型的地中海风情为这一段原本悲壮的路途增添了一股极为强烈的浪漫感："到了这会儿，菲利普才看出在一面明净的天幕下，这个荒无人烟的高原有多么雄伟庄严。道路在宽宽的山梁上蜿蜒向北，在坚硬的岩石上只留下一条隐约可辨的暗线。在左边的远方地平线上，在对面平行的山脉偶尔低下去的地方，便露出闪亮的大海的一角来。"旖旎的风光似乎预示着明朗化的结局，而在故事的末尾，两人也的确在这明媚的环境中开始了幸福的生活。最后，实现自我确认。就整部小说来说，意大利风景的根本作用在于一个"异"字。对于德国人而言，意大利是风景迥异的人文主义的发源地；而对于男性作者而言，风景的"异"始终与女性有着不可分割的关联。在海泽笔下，作为"异域"的意大利与作为"异性"的女性人物结合到了一起，对小说中的男性角色而言发挥了"双重镜像"的作用：作为"主体"的自我在异域中经历了截然不同的自然环境、人文风情之后，获得了崭新的世界图景，从而明确了自身在世界中的位置；而作为"男性心理象征"的自我，在与异国女性进行了一段情感纠葛之后，获得了进入女性所象征的另一重女性心理世界的契机，从而明确了自我在情感上的匮乏与需求，最终使其在经历了一段爱情之旅的同时，更是经历了一段发掘内心世界的自我之旅。

总而言之，这是一部情节上一波三折、扣人心弦、跌宕起伏，语言上醇厚地道、精简扼要、字字珠玑的小说。由于其所延续的是与歌德一脉相承的德国古典主义传统，海泽的其他小说随着时代的更迭而逐渐淹没在了诸多现代主义新小说之中，然而，其以《特雷庇姑娘》为代表的一系列"意大利故事"至今仍光芒未减，不断得到诸多读者的喜爱。

三、作者自白

我们期待着一种能使我们赋予其艺术价值的小说，它必须呈现给我们有意义的人类命运，一种情感的，知识的，或者道德上的冲突，且以一种不寻常的开头为我们揭示出人性的崭新一面。

——Paul Heyse. In Defense of Paul Heyse, Feminist. The German Quarterly, 1936: 92.

我处在一个政治与哲学相继跌至真实底端的时代，史学领域中的文献学研究以物理与化学作为其实施的基础手段。

——Paul Heyse. Paul Heyse's Novellentheorie: A Revaluation. Germanic Review, 1965: 173.

四、名家点评

海泽一贯坚持走自己的路，他总是忠实于事实，但赋予它以美感，他采用这样一种方式，用外在的写实反映出内心世界。……美这个东西，应该被解放、被重新创造；既不该一味抄袭，也不该弃如敝屣，它应该纯朴无瑕，海泽便是以这种观点来显示美的。

——［瑞典］C. D. 阿夫·维尔森，堵军主编：《保尔·海泽》，载《诺贝尔文学奖获得者作品暨演讲文库》，中国物资出版社 2004 年版，第 3884 页。

他既不同于典雅、宁静的歌德，更不同于神秘、诡谲的霍夫曼，也与深刻、细腻的凯勒和凄清、柔美的施托姆大异其趣，而是明朗、和谐、优美。整个说来，他的中短篇小说创作以现实主义为基调，同时又富于戏剧性和浪漫色彩，每一篇较优秀的作品都自有引人入胜和出人意表之处，也就是说都有他自己的"鹰"。

——杨武能：《反常，但不偶然》，载保尔·海泽，杨武能译：《特雷庇姑娘》，四川文艺出版社 2017 年版，第 5 页。

五、研讨平台

1. 研讨题目：文学中的漫游者

提示：在诸多经典小说中，不少主角被作者塑造为“漫游者”。这样的漫游者往往对新的世界充满好奇，对未知的事物报以强烈认知欲望，从而最终在异域中实现了自我成长与自我发现。从歌德的《威廉·麦斯特的学习时代》到诺瓦利斯的《奥夫特丁根》，从莫里茨的《安通·莱瑟》到瓦肯得罗的《一个热爱艺术的修士的内心倾诉》，主人公的漫游历程始终与强烈的自我反思相结合，从而形成了独一无二的生命感悟和人生哲学，其中尤以保尔·海泽的一系列以意大利为背景的小说为甚。“意大利之旅”在德语小说传统中有着强烈的印记。这一方面是由于德国大部分地区缺乏阳光，从而使德国人向往热情奔放、一年四季阳光充沛的意大利，另一方面还因为德国作家普遍深受意大利人文主义思潮的影响，从而对天主教世界的中心——罗马教廷、文艺复兴的发源地——佛罗伦萨、风景绝美的“上帝后花园”——意大利与瑞士交接处的阿尔卑斯山区怀以憧憬。朝向意大利的漫游因而在德语文学中通常被演绎为朝圣之旅，或者被转化为故事的大背景，间接谱出一段漫游者与意大利姑娘的浪漫恋曲。然而无论如何，“漫游”这一行为本身就极具哲学反思性。正因如此，“漫游者”这一形象在文学创作中常常与“成长”“凝视”“分裂”相结合，一方面体现出了西方文学传统，尤其是德语文学中的宗教基因，另一方面又在之后的诗学发展中体现出了现代都市文化生成与现代社会主体建构的交互作用。

2. 关于“文学中的漫游者”的重要观点

“漫游者”在虔诚运动中意味着人在世上无家可归的感觉，只有神的怀抱才是人获得最终救赎的家，人在世上只是一个寻找这个最后归宿的漫游者和朝圣者。然而安通·莱瑟则把漫游视为实现自我意志、通向自我完善的道路。

——谷裕：《隐匿的神学——启蒙前后的德语文学》，华东师范大学出版社 2008 年版，第 227 页。

都市漫游者通常被描述为有特权的资产阶级男性，他巡游且主宰现代都市的社会空间；他也被描述为不稳定的男性自我，在都市生存压力下产生自我断裂。他被阐释为都市侦探的原型，预示现代社会学家与都市调查者的形象。但也被表现为民主化的都市消费者，初次投身 19 世纪末期的大众文化。或许最为普遍的是将都市漫游者与一种流动的、美学的情感相连，它意味着控制世界的政治、道德与认知理性的让位。

——［美］玛丽·格拉克，罗靓译：《流行的波西米亚——19 世纪巴黎的现代主义与都市文化》，安徽教育出版社 2009 年版，第 85~86 页。

六、文献目录

[1] Gabriele Kroes-Tillmann. Paul Heyse Italianissmo. Königshausen & Neumann, 1993.

[2] Madleen Podewski. Christoph Grube: Warum Werden Autoren Vergessen? Mechanismen Literarischer Kanonisierung am Beispiel von Paul Heyse und Wilhelm Raabe. Jahrbuch der Raabe-Gesellschaft, 2017.

[3] Urzula Bonter. Das Romanwerk von Paul Heyse. Königshausen & Neumann, 2008.

[4] 韩耀成：《德国文学史》第 4 卷，译林出版社 2008 年版。

[5] 任卫东、刘慧儒、范大灿：《德国文学史》第 3 卷，译林出版社 2007 年版。

[6] 施梓云：《德国古典的余晖——保尔·海泽和〈特雷庇姑娘〉》，载《淮阴师专学报》1990 年第 2 期。

[7] 杨武能:《反常,但不偶然——关于保尔·海泽》,载《读书》1983 年第 8 期。
[8] 余匡复:《德国文学史》,上海外语教育出版社 2007 年版。

(叶雨其)

青　鸟

作者：梅特林克

类型：戏剧

一、作者简介

莫里斯·梅特林克（Maurice Maeterlinck，1862—1949），出生于比利时根特市的一个中产阶级家庭。他在1886年依照家族的要求前往巴黎学习法律。他在那里结识了巴那斯派诗人，深受象征主义美学的感染，最终抛弃了律师职业。1889年，梅特林克的第一部诗集《温室》发表并备受好评。他也创作散文、小说和文学评论，但真正为他赢得文坛声誉的是戏剧创作。梅特林克早期的戏剧具有浓郁的悲观主义思想，第一个剧本《玛莱娜公主》和早期代表作《佩莱亚斯和梅丽桑德》都以无缘无故而又无可奈何的悲剧作为结尾，文笔阴森、压抑。1895年，梅特林克与法国女演员乔热特·勒布朗相恋，次年移居法国。大概是出于生活状况的改变，他试图从悲观主义中挣脱，开始创作一些肯定爱情、道德和生命价值的戏剧，例如 1896 年创作的《阿格拉凡和塞利赛特》被认为是“近百年来最优美、最经典的诗作之一”（诺贝尔文学奖颁奖词）。1908 年，他创作了《青鸟》，这是一部“蕴含着诗意般的奇思妙想”的童话剧。由于梅特林克在戏剧创作上的卓越成就，诺贝尔文学奖评审委员会将 1911 年的诺贝尔文学奖授予了他。

二、作品简析

放眼欧洲文学的漫漫长卷，“寻找”应当是一个贯穿其始终的主题。俄狄浦斯王的悲剧因追问身世之谜而起；但丁在《神曲》中游历三界，试图探寻忏悔与净化之途、知识理性与神学信仰的共处之道；浮士德的五次追求体现了人类对于生命价值和社会理想的不懈探索。在梅特林克的六幕十二场剧《青鸟》中，“寻找”这一主题就体现在蒂蒂尔和米蒂尔兄妹寻找青鸟的旅途中。

“寻找”既是主题所在，也构成了戏剧最清晰的表层结构。全剧讲述了圣诞夜里，贫苦樵夫家的孩子——蒂蒂尔和米蒂尔兄妹共同的一个梦。兄妹俩梦见邻居化身的仙女请求他们寻找青鸟，用于挽救自己病重的小女儿。在仙女的帮助下，他们得以见到“物体隐秘的生命”，在光的引领和猫、狗、水、火、面包、糖的陪伴下踏上旅途。

兄妹俩寻找青鸟的旅途串起了一系列人类智慧尚未洞悉的世界。在“思念之土”，逝去的生命能够感知活人的思念，但这里的青鸟只是虚无的幻影，兄妹俩离开思念之土踏上下一段旅程，这可以看作梅特林克对前期虚无主义、神秘主义美学思想的告别。“森林”一幕揭示了自然的法则及万物的生存智慧。在森林中，面对蒂蒂尔的询问，橡树说：“我知道你在寻找青鸟，就是说，寻找一切事物和幸福的秘密，好让人类使我们的奴隶地位变得更加难熬……”这里的青鸟意味着自然的奥秘。在与《青鸟》同年发表的散文《花的智慧》中，梅特林克表达了对于自然的独到见解：“尽管有些植物和花可能会表现笨拙或遭遇不幸，但没有一棵植物、一朵花儿，会一无智慧和灵性。”他提出质疑：“当我们发现了生活中广为流布、总量如此浩繁的一种智慧，这生活是否可能不应对这种智慧插手呢？也就是说，不应把追求幸福、完美以及战胜湮灭——即我们所谓的邪恶、死亡、黑暗、毁灭等——作为一个目标。湮灭，或许只是生活正面的阴影，或者就是生活本身的睡眠。”人类对青鸟的渴望，在自然界看来只是一种自私的掠夺和强行的干预，因此前往森林寻找青鸟的旅程同样是无功的。旅途的最后一站是“未来王国”，这里的一切事物和尚未出世的孩子“都呈现一种虚幻的、有仙境意味的深青色”。从孩子们的发明和抱负及其对生命和存在的超然理解可以看出，未来人类已经拥有了青鸟。但毕竟，作为“一切事物和幸福的秘密”的青鸟是人类目前所把握不住的，思念之土只存有它的幻影，它为自然所严密保守，它从未到过罪恶的夜之宫，官能的幸福也与它无关。只有真诚的幸福可以接近青鸟——孩子们结束旅途回到家中，发现自家的鸟正是青色，并用它治愈了邻居的小女儿。然而这幸福仍是转瞬即逝的，青鸟随即飞走，蒂蒂尔面向观众呼喊：“如果有谁抓到了，愿意还给我们吗？……我们为了将来的幸福非要它不可……”

就像欧洲文学史上那些经典的“寻找”最终留下的是关于命运、信仰、道德或者生命价值的种种谜题，《青鸟》也并未向我们揭示幸福的真谛。倘若始终将目光锁定于那只模糊暧昧的青鸟，就会遮蔽作品潜藏在表层结构之下的真正立意。《青鸟》强调的并非寻找的结果，而是寻找的过程，而照亮整个寻找之途的正是“光”的形象。剧本提到“光已经完全站到人类那一边”“正义欢乐盼望您来盼望了多久呀”“光和理解、欢乐长时间拥抱”，由此，可以将光看作人类意志的象征。在意志的引导下，人类探索自然的奥秘，揭开感官享乐的面纱，找寻正义、理解乃至生命存在的价值。在突破了悲观主义和宿命论的桎梏之后，梅特林克对于意志的肯定，还可见于他发表于1898年的散文集《智慧与命运》，这部作品清晰地提出，人的命运是由意志决定的。从这个意义来看，第一次世界大战以后兴起的存在主义哲学，在梅特林克笔下似乎已初露端倪。

作为第一位将象征主义手法运用到戏剧中的作家，梅特林克的大部分作品是富于诗意的。这种诗意绝不仅仅见于作品的语言或者某些带有诗感的意象，而是贯穿于他整个的创作理念。他的前期作品极力倡导“静剧”主张，《不速之客》《盲人》，都是以宁静、微妙却极具张力的戏剧片段，将读者带入对灵魂、死亡、宿命以及种种神秘未知事物的沉浸感中，甚至会让人有一种不寒而栗的震惊，不由自主地去思考那些本原的、终极的、永恒的问题。他关于蜜蜂、蚂蚁和花的哲理散文同样蕴意深刻，具有诺贝尔文学奖颁奖词赞赏的“如诗一般丰富”的想象力。他的作品构成了一个饱含张力而又复杂多义的世界，我们更愿意称其为诗的世界。更难能可贵的是，这个诗意的世界又往往是通过平凡甚至微小的题材展现出来的。

诺贝尔文学奖的颁奖词称“梅特林克的著作中体现出的时间和空间，都仿佛被一张模糊得像梦一样的网子笼罩着。而存在的意义往往暗藏于这张网之下，只要有一天把网揭开，就能显露出事物的本质”。我们的感觉是，网之下的世界极度广袤和深邃，直指人类一切思维活动与心灵情感。例如《青鸟》描写的不过是兄妹俩的一场梦，但梦中既有现实世界的贫富对立、忠诚与虚伪的博弈、温情的母爱、稀松平常的死亡，也有远大的抱负、正义和理解、生命意志……正如梅特林克自己所说，梦就是“我们真实而永恒不变的生活”，“我们自我的反光就投射在这场梦幻中”。梅特林克曾提出植物和昆虫的世界有千百种法则，是一个人类智慧未曾洞察的宝库，但他显然更在意人类本身。这也就像诺贝尔文学奖颁奖词最后所说的，“在他的作品中，我们体会到了那深藏于人类内心的融洽和谐的震撼”。

三、作者自白

诗歌之所以接近美和一种更高级的真理，是由于它摒弃了那些解释行动的语言，代之以这样的语言，能解释心灵趋向于美和真理的无以名之的捉摸不住的不断努力，而不是解释所谓的“心灵状态”。也正是在这种情况下，诗歌接近了真正的生活。

——［比］梅特林克，郑克鲁译：《日常生活的悲剧性》，载《文艺理论研究》1981 年第 1 期。

我们的肉体和精神生活中发生的种种重大事件，在黑暗也如同在光明中一样充分和不可避免。在期待谜底之时毕竟还得生活；只有尽可能幸福和高尚地生活，我们才能振奋精神，获得尽可能大的勇气、独立精神和洞察力等必要的品质，去追求和寻找真理。最后，无论发生什么事情，我们用来研究自我的时间都不会白费。无论随着时间的推移，这个世界会向我们展示什么样的面貌，人类的心灵中总会保存着比与地球相联系的星辰、比科学业已阐明的秘密还多的不容侵犯也不会改变的感情。

——［比］梅特林克，陈训明译：《智慧与命运》，载《梅特林克散文选》，百花文艺出版社 2004 年版，第 360 页。

四、名家点评

他在《青鸟》里面，将宇宙间一切有生无生的事物的灵魂，都从他们的物质的躯壳里呼唤出来，容他们将一向无法可发表的衷曲，尽情地宣泄一下。

——傅东华：《〈青鸟〉序》，载《青鸟》，商务印书馆 1923 年版，第 4 页。

他的作品虽然带有忧伤的情调、悲观的色彩和明显的宿命论观点，但他通过对弱者的同情、对美的歌颂、对光明的渴求，而给予观众向往正义的感受。他的戏剧往往带有梦幻色彩，在梦幻中隐藏事物的本质。舞台意境似梦非梦，也具有象征意义。他的语言充满诗意。

——郑克鲁：《〈青鸟〉译序》，载《青鸟》，中央编译出版社 2015 年版，第 2 页。

五、研讨平台

1. 研讨题目：西方现代主义文学的非理性因素

提示：西方现代主义文学兴起于资本社会矛盾激化、信仰失范、自我认同缺失之际，科技理性显然无法解决一切问题，文学转而将视野投向人类心灵深处或是神秘的彼岸世界。19 世纪中期至 20 世纪上半叶，西方现代主义文学普遍带有非理性因素，这并不意味着文学抛弃或对抗人的理性思维，而是以其特有的梦幻、象征等形式，试图打破或超越传统，重建人类的精神世界，寻求永恒的精神家园。戏剧《青鸟》的“寻找”主题、梦幻手法以及对意志的肯定，都可以视作非理性因素的呈现。主人公不断突破困境、不懈追求幸福的旅程，也反映出西方现代主义作家建造“诗意乌托邦”的决心。

2. 关于“西方现代主义文学的非理性因素”的重要观点

所谓直觉，就是一种理智的交融，这种交融使人们自己置身于对象之内，以便与其中独特的，从而是无法表达的东西相符合。

——［法］柏格森，吴士栋译：《形而上学导言》，商务印书馆 1963 年版，第 324 页。

在直觉界限以下的是感受，或无形式的物质。这物质就其为单纯的物质而言，心灵永不能认识。心灵要认识它，只有赋予它以形式，把它纳入形式才行。单纯的物质对心灵为不存在，不过心灵须假定有这么一种东西，作为直觉以下的一个界限。物质，在脱去形式而只是抽象概念时，就只是机械的和被动的东西，只是心灵所领受的，而不是心灵所创造的东西。没有物质就不能有人的知识或活动；但是仅有物质也就只产生兽性，只产生人的一切近于禽兽的冲动的东西；它不能产生心灵的统辖，心灵的统辖才是人性。

——［意］克罗齐，朱光潜译：《美学原理》，上海人民出版社 2007 年版，第 12 页。

六、文献目录

[1] Franc Chamberlain. Presenting the Unrepresentable：Maeterlinck's L'Intruse and the Symbolist Drama. Contemporary Theatre Review，1997（4）.

[2] [英] 阿·尼柯尔，徐士瑚译：《西欧戏剧理论》，中国戏剧出版社 1985 年版。

[3] [比] 梅特林克，陈训明译：《梅特林克散文选》，百花文艺出版社 2004 年版。

[4] [比] 梅特林克，张裕禾、李玉民译：《梅特林克戏剧选》，外国文学出版社 1983 年版。

[5] 华明：《梅特林克的“静剧”》，载《戏剧文学》1998 年第 1 期。

[6] 彭应翃：《〈青鸟〉的人物原型》，载《戏剧文学》2010 年第 9 期。

[7] 冉东平：《一部浓郁的象征主义戏剧——评梅特林克的〈闯入者〉》，载《戏剧》1999 年第 1 期。

[8] 伍蠡甫：《西方文论中的非理性主义》，载《外国文学研究》1982 年第 7 期。

[9] 张国申：《梅特林克及其象征主义戏剧》，载《外国文学》2002 年第 5 期。

[10] 张沁文：《寻找青鸟：现代精神寓言——梅特林克剧作〈青鸟〉解读》，载《汉中师范学院学报》1999 年第 1 期。

（赵坤）

群　鼠

作者：豪普特曼

类型：戏剧

一、作者简介

盖哈特·豪普特曼（Gerhart Hauptmann，1862—1946），德国著名剧作家，同时又是诗人和小说家。豪普特曼出生于德国东部西里西亚的上萨尔茨布隆，其父是当地“普鲁士王冠”旅店的老板。在当地读了四年小学后，豪普特曼于1874年到省会布列施劳（现属于波兰）读六年制中学。但他中途退学转习农业，后又中断学农并于1880年进入布列斯劳艺术学院学习雕塑。在此期间，豪普特曼进行一些戏剧片段和诗歌的写作。1884年，豪普特曼进入柏林大学读戏剧学，并受到当时“自然主义”思潮的影响。1889年，剧本《日出之前》的首演成功使豪普特曼一举成名，也使得他成为德国自然主义戏剧的代表人物。此后，豪普特曼创作风格复杂多变，作品数量众多，且涉及领域广泛。他的作品中不仅有现实主义题材的悲剧

《织工》(1892)、社会喜剧《海狸皮大衣》(1893) 等，还有新浪漫主义的童话剧《小汉娜升天记》(1894)、象征主义戏剧《沉钟》(1897) 等，此外还有意义重大却不乏争议的长篇小说《信奉基督的笨蛋埃马努埃尔·克文特》(1910)。除了近六十部戏剧、十几部小说外，他还创作了数量相当可观的散文和诗歌。1912 年，豪普特曼因为在戏剧艺术领域中取得“丰硕、多样而又出色的成就”而荣获诺贝尔文学奖。

二、作品简析

豪普特曼在《群鼠》中一如既往地运用了现实主义与象征主义相结合的手法。他不仅极为真实地描写出大都市柏林底层群众生活的困苦与精神的危机，而且巧妙地通过旧公寓、群鼠来暗示德国社会制度之腐朽没落。他描写了一群住在破落公寓里的普通小人物，诸如女仆、清洁妇、泥瓦匠、妓女、破落大学生等，以期反映出转型时期的德国的鱼龙混杂与新旧交替，探讨小人物的生存困境与人之危机，并怀着强烈的同情心与道义感试图给他们、给社会指出一条出路。所以作品中的突出人物形象，如清洁妇约恩太太、女仆皮帕卡尔卡、妓女克诺伯太太、破落大学生施皮塔、施皮塔的姐姐（未出场）以及泥瓦匠约恩等，无一例外地遭受着来自外在和自我的双重困境，而这困境恰恰也正是德国社会转型的阵痛所在。

以贯穿戏剧始终的复杂人物约恩太太为例，她原本温厚善良、勤劳能干，任劳任怨、本本分分地经营着她的家。然而在她以诱骗的手段获取皮帕卡尔卡的孩子后，她和她的生活都发生了翻天覆地的变化。因为自此之后，她变得冷酷无情、阴险狡诈、神经兮兮，最终不堪重负，跳楼自杀。原本规规矩矩、本本分分地过着自己小日子的约恩太太走向了自杀的结局，这是外在压力和自我折磨双重作用的结果。来自丈夫约恩的外在压力使得约恩太太心生歹念买来孩子，而买下孩子后的内心折磨直接导致了约恩太太的自我毁灭。没有买孩子，就不会产生阴谋、恐惧和杀人行为，更不会有由此带来的精神折磨，而没有强烈的精神折磨也就不会有约恩太太的自杀。

约恩太太之所以买来孩子并对外谎称是自己的孩子，主要是遭受了两方面的压力：一方面是来自约恩的外在压力，另一方面就是来自母亲身份的内在压力。因为家里没有孩子，约恩便觉得了无牵挂，于是他撇下约恩太太而只身远赴汉堡工作——“顶多一个月回来一次”。这使得约恩太太觉得没有孩子会威胁自己女主人和妻子的身份。她清清楚楚地知道：“对一个男人来说，没有孩子，生活就简直没有意思。他产生了稀奇古怪的念头，想到汉堡去挣大钱，甚至还想去美国。”为了守住约恩，守住这个家，极其爱恋约恩的约恩太太便想出买孩子的对策。然而更为可悲的是，知道真相的约恩弃绝了约恩太太。约恩太太所承受的压力，除了来自约恩的外在压力外，还有源自本身的内在压力，即约恩太太出于喜爱孩子的母亲本能而导致的对母亲身份的自我认同和自我塑造。由于她和约恩唯一的孩子才出生八天就死了，约恩太太强烈地想有个孩子实现良心上的弥补与母爱的寄托。因此她不惜给皮帕卡尔卡一大笔封口费，并满怀真诚地向她保证：“真的，鲍丽娜，以我的生命发誓，只要那个小家伙一生下来，从那一刻起，他就会得到一切，就会像富贵人家那样……我怎么说呢？就会要什么有什么。”所以，约恩太太剥夺了可怜的皮帕卡尔卡作为母亲的权利，并向约恩和外人声称皮帕卡尔卡的孩子是自己生的孩子。然而，伴随着皮帕卡尔卡想要认回孩子一事的不断发展，约恩太太随时都有可能失去孩子。于是，担心东窗事发的约恩太太极度不安。她开始战战兢兢、魂不守舍，这一心理状态后来在得知布鲁诺杀死皮帕卡尔卡而自己成为间接杀人凶手时濒临崩溃的边缘。那时她出现了幻觉、梦境，经常无意识地自说自话，情绪极不稳定。总而言之，她由此遭受自我心灵冲突的极度折磨，而这也恰恰是她最终不堪重负走向死亡的直接原因。

除约恩太太外，戏剧中的其他女性形象——无论是皮帕卡尔卡、妓女克诺伯太太，还是施皮塔的姐姐，也都遭受着相似的源自外在与自我的双重困境。一方面，她们由于未婚先孕被外在的社会道德、宗教教义、原生家庭所弃绝，被法律制度所威胁，只能落入越来越悲惨的处境而无力抵抗。另一方面，她们不仅饱受贫穷、欺压、侮辱的痛苦，而且深切地遭受着良心的不安与灵魂的折磨。比如说，克诺伯太太“靠酒精和吗啡”来“忘掉一切”，而皮帕卡尔卡则忍受不了出卖孩子的内心折磨，以至于梦见出卖肉体得来的钱“像毒蛇一样从枕头底下钻出来”缠在她身上，并咬了她一口。她们都是可悲的，都遭受侮辱与损害却毫无自救能力，只能更加堕落或走向死亡。这悲剧的根源则是德国为了军事扩张大肆剥削底层群众而造成的物质匮乏。她们生活在社会的最底层，靠打扫卫生、做女仆、当妓女挣得微薄的收入，勉强果腹。

除此之外，当时也正值德国工业化起步阶段，新兴的社会观念和宗教观念悄然滋长，而传统的资产阶级法律制度和宗教道德观念仍然像一座堡垒一样顽固地存在着。在从旧向新的转型之际，豪普特曼深怀同情地借约恩之口试图给这些被损害的底层群众寻找出路："不能生活在这样的环境中，跟这样的无赖呆在一起！""难道我的孩子应该在这样的环境中长大，像布鲁诺一样被警察追捕，并且在监狱里呆上一辈子？"通过叙写约恩要带领新生儿离开这个随时都可能倒塌的腐朽破落的旧公寓，豪普特曼试图唤起人们改变现状的热情和信心，鼓舞底层群众满怀希望地投入到建设新的柏林、新的德国中去。在戏剧中，约恩是这样描述那个旧公寓的："一切都腐朽了！木头全部腐烂了！一切都被蛀虫蛀空，被老鼠啃光了！一切都在摇晃，每时每刻都可能彻底倒塌。"这个破落的旧公寓，就象征着德国转型期的旧的不合理的文艺观念、社会制度和宗教道德，同时又象征着旧的德国帝国大厦根基之腐朽。豪普特曼借神学院学生施皮塔之口表明了新时期的年轻人对戏剧艺术观念、对宗教道德的理解与革新。施皮塔反对古典主义时期的戏剧，认为他们"矫揉造作""虚假夸张""惺惺作态"，应该被"完全合乎自然"的戏剧取而代之，并且采用平民的人设——"一个剃头匠或者穆克大街的一个扫街妇，可以像麦克白夫人和李尔王一样成为悲剧的主人公"，叙写平民的生活来真真实实地展现当时的资本主义生产关系和社会道德，以期唤醒人们认识生活、改革生活的智慧和力量。关于虚伪狭隘的宗教道德，施皮塔更是批判道："啊，这些基督徒！这些上帝的牧羊人，就是这样对待他们所谓的迷途的羔羊的！啊，亲爱的上帝呀，你的训谕完全被颠倒了，你的教诲被篡改了，完全走向了反面！"由此可见，旧的宗教道德不仅没有帮助那些像皮帕卡尔卡一样未婚先孕的"迷途的羔羊"，反而把她们逐出教堂，将她们推向深渊。

综上可见，"群鼠"在一定程度上代指过往的古典主义、浪漫主义以及不合理的资产阶级法律制度、虚伪的社会宗教道德对旧社会的啃噬和侵蚀。正是这些“群鼠”的啃咬，旧的社会才慢慢自取灭亡，而新的更加光明、更加合理、更加美好的社会将在旧社会的废墟上巍然屹立。当然，“群鼠”还象征一群软弱无力、疲于奔波、辛辛苦苦而只能勉强饱腹的像约恩太太、克诺伯太太这样住在旧公寓里的人。他们像繁华柏林大都市的老鼠一样，栖息在昏暗潮湿难见天日的环境里，为最基本的饱腹需求而辛劳奔波，与最底层的污秽肮脏共处一室。他们周遭遍布着偷情、乱伦、打骂、告密、监视、饥饿……他们像老鼠一样卑微地生存，也像老鼠一样脆弱得毫无抵抗能力。他们只能任凭社会大环境和宗教道德、法律制度裹挟而无处可逃，成为受害者和殉葬品。这一切显现了豪普特曼深沉的人道主义同情与敏锐的社会洞察力。

除了戏剧中明显的象征艺术外，整部戏剧结构精巧而完整，情节环环相扣而有起有落，尤其令人称道的是人物塑造的个性化与丰富性。这其中，引人瞩目的是豪普特曼对人的内心隐秘世界的出色探求与精细描述。他通过描述变态心理、梦境幻觉、无意识行为以及瞬间反应的方式将人物的内心世界极其完整丰富地呈现在我们面前，让我们更好地感知人物的隐秘心理与心灵历程。这在塑造约恩太太时表现得尤为突出：正是描写了约恩太太的失神、恍惚、幻觉，才使我们清楚地感知约恩太太的内心挣扎与变化过程，从而更深刻、更全面地认识这一复杂人物形象。

三、作者自白

在孤独中，我学会了自立并且有了自己的思想。我开始觉悟，意识到了自己的价值和权利。因此我获得了独立，变得坚定，而且拥有我至今仍享有的理智上的自由。

——［德］盖哈特·豪普特曼：《豪普特曼自传》，载［德］盖哈特·豪普特曼，陈恕林、章国锋、胡其鼎译：《群鼠》，漓江出版社 1997 年版，第 400 页。

自由、太平、欢乐、独立自主：为什么人就应该想成为另一个样子？

父母的各种管教都没打破这种状态。难道他们想要夺去我的这种生活，而代之以“应该”和“必须”吗？难道他们想要我违反一种尽善尽美的、完全适合我的生存形式么？

——［德］盖哈特·豪普特曼，姚宗保译：《上学的第一天》，载宋兆霖选编：《诺贝尔文学奖获奖作家散文选》，浙江文艺出版社 2005 年版，第 42 页。

四、名家点评

豪普特曼的最大优点是他具有对人的内心世界的敏锐洞察力，并且持批判的态度。正是因为这种才华，他在剧本和小说中创造了真正栩栩如生的人物，而不是只代表某种观点或意见的类型。我们见到的所有角色，即使是配角，都有着丰富的生活经历。

——［瑞典］汉斯·希尔德布兰特：《颁奖辞》，载［德］盖哈特·豪普特曼，陈恕林、章国锋、胡其鼎译：《群鼠》，漓江出版社 1997 年版，第 395 页。

他是一个极富同情心的作家。家庭的环境使他更易与贫困的人们接近，他经常与林业工人、渔夫、雇农、洗衣妇攀谈，了解他们的痛苦、欢乐和希望。下层人民的生活使他体察到人的心灵的挣扎和命运的力量，他那颗人道主义的灵魂不能安宁。他终生都在注视人的命运，因此，描写人与环境的关系，表达人内心的渴望和痛苦，揭示人内心深层的灵魂，成为豪普特曼创作的总特征。

——唐文平：《豪普特曼》，载吴富恒主编：《外国著名文学家评传》第四卷，山东教育出版社 1990 年版，第 705 页。

五、研讨平台

1. 研讨题目：文学中的象征手法与象征主义

提示：象征是文学作品中常见的一种修辞手法，它借助具体的可感可知的人、物的形象来表达抽象的思想、概念和情感。这种化抽象为具象的修辞手法，意蕴丰富，立意深远，而且耐人寻味，令人印象深刻。至于象征主义文学，是源起于19世纪末并于20世纪扩及欧美各国的一个文学流派。这个流派突出的特点就是不再忠实地表现外部世界，不去涉及广阔的社会题材，而是着迷于表现个体的主观感觉和心灵的内在力量。在艺术技巧上，象征主义文学强调运用隐喻、象征、暗示、对比、烘托和联想等方式创造晦涩朦胧的抽象和不稳定的形象。

2. 关于“文学中的象征手法与象征主义”的重要观点

> 作为象征来用的符号是另一种，例如狮子象征刚强，狐狸象征狡猾，圆形象征永恒，三角形象征神的三身一体……象征所要使人意识到的却不应是它本身那样一个具体的个别事物，而是它所暗示的普遍性的意义。

——［德］黑格尔语，转引自祖晓春编著：《20世纪西方现代主义文学教程》，宁夏人民出版社2013年版，第7页。

> 整个可看见的宇宙，不过是个形象和符号的金库而已，而这些形象和符号应由（诗人）的幻想力来给予相应的位置和价值。它们是（诗人的）幻想力应该消化和加以改造的。

——［法］波德莱尔语，转引自陈雅谦：《超现实的梦幻象征主义文学》，海南出版社1993年版，第162页。

六、文献目录

[1] Wolfgang Leppmann. Gerhart Hauptmann. Scherz，1986.

[2] Wolfgang Kayser. Gerhart Hauptmann. Neophilologus，1933.

[3] 殷明明：《象征资本与权力场：“十七年”场域中德国文学在中国的译介与出版》，《外国语文研究》2019 年第 4 期。

[4] [德] 盖哈特・豪普特曼，陈恕林、章国锋、胡其鼎译：《群鼠》，漓江出版社 1997 年版。

[5] 祖晓春：《20 世纪西方现代主义文学教程》，宁夏人民出版社 2013 年版。

[6] 张杰：《吉哈特・霍普特曼的柏林戏剧》，载《文艺研究》2016 年第 4 期。

（刘诗雯）

约翰·克利斯朵夫

作者：罗曼·罗兰

类型：小说

一、作者简介

罗曼·罗兰（Romain Rolland，1866—1944），法国著名的文学家、思想家和音乐评论家，1915 年诺贝尔文学奖得主。1886 年他考入巴黎高等师范学院。上学期间，他阅读了大量著作，并和托尔斯泰有书信往来，深受其影响。1889—1891 年，在罗马的法国学校就读。其后入罗马法国考古学校当研究生。归国后，罗兰先后在巴黎高等师范学院和巴黎大学讲授艺术史，并开始从事文学创作。1898 年他发表了历史剧《群狼》，后陆续发表《圣路易》《阿埃特》《丹东》《七月十四日》等剧本，20 世纪初又陆续发表《贝多芬传》《米开朗基罗传》《托尔斯泰传》等名人传记。1904 年至 1912 年，罗兰完成长篇小说《约翰·克利斯朵夫》，获得众多好评。“一战”后罗兰发表了中篇小说《哥拉·布勒尼翁》和一系列反战小说。1922 年，他离开法国隐居瑞士，数年时间写成长篇小说《母与子》（旧译《欣悦的灵魂》）和一些散文、传记等其他作品。1935 年，罗兰应高尔基之邀，访问苏联，返回瑞士后创作《莫斯科日记》。“二战”爆发后法国沦陷，罗兰隐居维兹莱，闭门写回忆录《心灵旅程》和友人传记《贝玑传》。1944 年 12 月 30 日，罗兰与世长辞。

二、作品简析

《约翰・克利斯朵夫》写的是音乐家约翰・克利斯朵夫从出生到死亡的奋斗历程，讲述了一个音乐天才在世俗、倾轧的现实世界里与自己、艺术以及社会不断斗争的人生。约翰・克利斯朵夫为了人道主义的理想和对自由的追求而不懈奋斗着，在与反动势力毫不妥协的斗争中逐渐丢弃了心灵深处的卑微、怯懦，变得坚毅刚强；同时他不断升华自己、完善自己，使原本幼稚、充满矛盾的思想日趋成熟、完美。在小说的扉页上，有罗兰的题词，将小说献给“各国的受苦、奋斗，而必战胜的自由灵魂”。克利斯朵夫的奋斗，反映了作家对知识分子的幻想，他希望优秀的知识分子能解救人类文明的危机，而克利斯朵夫的死亡则意味着这一幻想的破灭。但罗兰在小说的最后又给我们留下了希望，“有一天，我将为新的战斗而再生”。整部作品通过描写音乐家的奋斗赞扬了那种不屈不挠、勇于斗争的顽强拼搏精神，宣扬了人道主义和英雄主义，也揭示了光明终将战胜黑暗的真理。

小说主要取材于贝多芬的生平，还融入了德国其他几个音乐家的经历，是一部具有很强现实意义的小说。小说以约翰・克利斯朵夫的一生为主线，描写了他在不同人生阶段的生活环境、政治环境、思想变化、生活变迁、亲朋好友、社会地位等。随着约翰・克利斯朵夫的足迹，作品还描绘了德、法、意三个国家对待音乐与自由的不同态度，体现出这三个民族的差异。小说以克利斯朵夫、奥里维和葛拉齐亚三个人物分别代表德意志、法兰西和意大利三个国家的文化心理：克利斯朵夫所代表的德意志强悍有力，充满理想和热情，具有创造力；奥里维代表的法兰西自由清新，温和淡泊，具有先进思维；而葛拉齐亚所代表的意大利纯洁美好，和谐温情，具有现实精神。三者也各有自己的不足之处：德国因过度理想主义而浮夸，法国因自由主义泛滥而腐败，意大利安宁柔美但缺乏宽阔胸襟。克利斯朵夫与奥里维是心灵相通的至交好友，他与葛拉齐亚之间有着超脱情欲的“柏拉图”式爱情。罗曼·罗兰用三人的关系象征着创造、思维和现实的密不可分、相辅相成，由三人构成的德、法、意“三重奏”也体现出作者对西方精神的重构，即对军国主义、民族歧视的反抗，对人道主义理想的宣扬，由此主张人类世界的和谐一致。作者罗曼·罗兰也因《约翰·克利斯朵夫》所体现出的重构西方精神的梦想而被称为“欧洲的良心”。

《约翰·克利斯朵夫》时间跨度长，地域空间广，是一部气势磅礴的音乐史诗。它借音乐的斗争折射出不同民族间的对抗与融合，借克利斯朵夫的奋斗史展现出真正英雄的心灵历程。它将 20 世纪初年轻人的那种奋斗激情展现得淋漓尽致，体现出一种时代精神。整部小说共十卷，分为四册，就像交响乐的四个乐章，将主人公约翰·克利斯朵夫的一生也分成四个阶段。第一册包括小说的前三卷，分别是《黎明》《清晨》《少年》。少年时代是克利斯朵夫感官与感情的苏醒期，在祖父和舅舅的熏陶下他爱上音乐，并显露出非凡的音乐天赋，在教导音乐的过程中，他与邻家女孩弥娜相恋。先是因身份地位不般配，他和弥娜的恋情遭到弥娜母亲的反对，之后他的父亲又因醉酒溺死在池塘，接连的打击让他领悟到人生是一场无休止的无情战斗。第二册是《反抗》《节场》两卷，描写了克利斯朵夫的斗争。他觉得艺术失去了思想，艺术家都在取悦他人，于是年轻幼稚的他开始狠狠批判艺术。这些新奇的思想使他受到批评界的攻击，一瞬间他仿佛站在所有人的对立面，愤怒和孤独使他想远走他乡。克利斯朵夫因在一次斗殴中误伤他人而离开祖国，前往法兰西。第三册包括《安多纳得》《户内》《女朋友们》这三卷，这部分的节奏不再如上一册那么激烈，它主要咏叹了友谊和爱情，弥漫着一种温和宁静的气氛。克利斯朵夫在一次晚会中认识了青年诗人奥里维，他们互相理解，志同道合。法国文艺界的现状让克利斯朵夫失望，只有和奥里维之间的友情是他唯一的安慰。经过几年的艰辛创作，克利斯朵夫的《大卫》演出获得巨大成功，他以前被人喝倒彩的作品也开始为人们喜爱。第四册是最后两卷，《燃烧的荆棘》《复旦》，在摧毁一切的激越之后，作品基调归于清明高远。奥里维死于一次“五一”示威游行，克利斯朵夫因杀死警察而流亡瑞士，意志消沉的他想在宗教中寻求安慰。一个夏日，克利斯朵夫重遇了一直帮助他的葛拉齐亚。历经磨难和孤独的克利斯朵夫，最终创作出巅峰之作：《平静的岛》和《西比翁之梦》。他的剧作演出成功，名气越来越大，与过去的敌人也开始和解。历经风霜的他领会到对传统的反叛，必须建立在了解传统的基础上，他也开始反对年轻一辈那种不顾一切的盲目斗争，体现出一种长者的睿智。葛拉齐亚去世后不久，克利斯朵夫也平静地离开人世。他是一名伟大的音乐家，一辈子都在坚持纯粹的艺术之路。

《约翰·克利斯朵夫》是一部小说，也是一部音乐史诗，整部作品具有很强的音乐性。小说不仅描写的是一位音乐家的一生，且在人物形象、性格塑造、情节发展和小说结构等方面也具有音乐性，其中对自然音乐的描述更是细腻生动。如选文中的“乐队合奏”：“一群飞虫绕着清香的柏树发狂似的打转，嗡嗡的苍蝇奏着军乐，黄蜂的声音像大风琴，大队的野蜜蜂好比在树林上面飘过的钟声，摇曳的树在那里窃窃私语，迎风招展的枝条在低声哀叹”。罗兰将大自然的各种声响比拟成音乐声，场景描写活泼生动，满满的乐感，而且欢快的环境也与主人公初次突破桎梏的愉悦心境相应和。小说中多次出现莱茵河、圣马丁教堂的钟声，它们贯穿整部作品，就如同合奏中的主导乐器，前后呼应，首尾对照。用音乐环境营造背景和氛围是《约翰·克利斯朵夫》的独特魅力所在，这种描述不仅展现了生动立体的纷繁场景，而且细微地刻画出人物的思想感情。

罗曼·罗兰对音乐精神有着深刻的理解，他通过描绘积极奋进的艺术战胜消极堕落的艺术的过程，歌颂了一种充满生命活力的音乐理念。小说用大量内心描写展现人物的矛盾心理，用自然景物描绘来衬托人物性格，语言优美，情感真切，自出版便在世界文坛引起巨大反响。《约翰·克利斯朵夫》被誉为20世纪第一部最伟大的小说，爱德曼·高斯称它是20世纪最高贵的小说作品，高尔基称它为一首长篇叙事诗。

三、作者自白

可是我对他的幻象是从那一天开始的。我的法纳斯古宫所记的笔记中曾写下这件事。这是那序曲开始的几声和弦，以后所作的交响乐则跟我的生命一起成长，中间也有个别音符的变化、和声的变幻、节奏的更动和意想不到的变调——但都是根据那姜尼克仑的主题。仿佛一架飞机，在地面上回旋，接着起飞了；仿佛我滑翔到高空中，脱离这世纪了。从远处，我看到我的时代、我的祖国、我的种种偏见和我本身。破天荒第一次我自由了。

——［法］罗曼·罗兰：《谈〈约翰·克利斯朵夫〉的创作》，载王宁、顾明栋编：《诺贝尔文学奖获奖作家谈创作》，北京大学出版社 1987 年版，第 12 页。

我在《约翰·克利斯朵夫》一书中进行了斗争，反对巴黎的“广场集市”，反对艺术和思想的剥削者，反对他们的虚伪，反对唯美主义者和哗众取宠者的“理想主义的谎言”。人们把宗教说成是“人民的鸦片”，对半个世纪以来欧洲的文学艺术来说，这是再恰当不过了！

——［法］罗曼·罗兰：《向高尔基致敬》，载郭谦、葛杏春编：《外国散文欣赏》，北京出版社 1985 年版，第 24 页。

四、名家点评

《约翰·克利斯朵夫》不是一部小说——应当说：不止是一部小说，而是人类一部伟大的史诗。它所描绘歌咏的不是人类在物质方面而是在精神方面所经历的艰险，不是征服外界而是征服内界的战迹。它是千万生灵的一面镜子，是古今中外英雄圣哲的一部历险记，是贝多芬式的一阕大交响乐。

——傅雷：《译者献词》，载罗曼·罗兰，傅雷译：《约翰·克利斯朵夫》，人民文学出版社 1957 年版，前言。

《约翰·克利斯朵夫》究竟是一部什么样的作品呢？是一部传统意义上的传记小说吗？这部书像宇宙一样浩瀚，是我们这个时代的天体图谱，不可能用一个词语来描述她包罗万象的丰富内容。……《约翰·克利斯朵夫》不只是一本叙事体小说，而是一部总揽全局的创作，一部百科全书式的作品，一部频繁论述全球性问题的巨著。它把对灵魂的深刻洞悉与对时代的深入剖析结合起来，是一部虚构的人物传记，又是我们整整一代人的图解。

——［奥］斯蒂芬·茨威格，云海译：《罗曼·罗兰传》，团结出版社2003年版，第153页。

五、研讨平台

1. 研讨题目：理想与现实的关系

提示：理想主义源于18世纪的启蒙主义和19世纪的理性主义，是一种基于信仰的追求，以精神层面为核心，它对社会的认知与宣扬常常导致乌托邦主义。而现实主义摒弃了理想化的想象，更为关心现实和实际。理想来源于现实，是对现实的反映；但它又高于现实，是对现实的升华。同时，理想也不能脱离现实，理想的材料、可能性和动机都来源于现实。理想与现实之间存在一种既对立又统一的关系，理想是未来的现实，现实是理想的基础。人们追求理想，但也需要从现实出发，否则理想只是空中楼阁，永远无法实现。

2. 关于“理想与现实的关系”的重要观点

我既写人在现实中是怎样的，也写人在现实中应该怎样。通过“应该怎样”，体现现实主义亦应具有的温度，寄托我对人本身的理想。

——转引自丛子钰：《梁晓声：现实主义亦应寄托对人的理想》，载《文艺报》2019年1月16日。

现实主义从不反对显现理想，只不过这些理想必须接受历史逻辑的审核。

——南帆：《现实主义、理想与历史逻辑》，载《文艺报》2019 年 3 月 4 日。

六、文献目录

[1] Avocat Eric. Romain Rolland, Dramaturge Revolutionnaire (Etudes en Francais). Etudes de Langue et Litterature Francaises, 2010.

[2] María Ángeles Caamaño Piñeiro. Romain Rolland: une Rencontre avec l'Inde. Revista de Estudios Franceses, 2015 (11).

[3] 罗大冈:《论罗曼·罗兰》，上海文艺出版社 1984 年版。

[4] 罗大冈编选:《认识罗曼·罗兰》，中国社会科学出版社 1988 年版。

[5] 钱学森:《法国作家与中国》，福建教育出版社 1995 年版。

[6] 斯蒂芬·茨威格，云海译:《罗曼·罗兰传》，团结出版社 2003 年版。

[7] 宋学智:《翻译文学经典的影响与接受: 傅译〈约翰·克利斯朵夫〉研究》，上海译文出版社 2006 年版。

[8] 王宁、顾明栋编:《诺贝尔文学奖获奖作家谈创作》，北京大学出版社 1987 年版。

[9] 杨晓明:《欣悦的灵魂: 罗曼·罗兰》，四川人民出版社 2000 年版。

（尹菁华）

企鹅岛

作者：法朗士

类型：小说

一、作者简介

阿纳托尔·法朗士（Anatole France，1844—1924），原名阿纳托尔·弗朗索瓦·蒂波，法国作家、文学评论家、社会活动家。法朗士出生于巴黎的一个书商家庭，自幼受到父亲旧书店文化氛围熏陶，养成了热爱读书的习惯。中学毕业后，他在出版社工作中接触到《近代高蹈派》杂志，逐渐成为主张“为艺术而艺术”的高蹈派的一员，并开始自己的创作，于1873年出版第一本诗集《金色诗篇》，“法朗士”这一笔名开始逐渐为人所知。1881年，法朗士出版了他的第一部长篇小说《波纳尔的罪行》，在法国文坛一举成名。1886年，法朗士开始在《时代报》文学专栏发表书评，他重视个人感受、坦言不讳的批评风格被认为开启了主观的印象主义批评先路。1896年，法朗士成为法兰西学院院士。德雷福斯事件爆发后，法朗士逐渐转向社会主义，关心社会问题，积极参与社会活动，这一时期作品中的批判性也明显增强。1921 年，法朗士获诺贝尔文学奖。1924 年，法朗士去世，法国政府为他举行了国葬。法朗士的重要作品有：诗集《金色诗篇》《柯林斯人的婚礼》；小说《苔依丝》《红百合花》《现代史话》《克兰比尔》《企鹅岛》《诸神渴了》等；自传小说《友人之书》；历史传记《圣女贞德的一生》；文学评论集《文学生活》；回忆录《小皮埃尔》《如花之年》。

二、作品简析

法朗士的《企鹅岛》（*L'ile Des Pingouins*，1908）是一部具有历史意义的小说，19 世纪末 20 世纪初广阔复杂的社会现实带给作者的思想冲击与情感触动在这部作品中得到了充分体现，小说摄入法国历史现实的典型图景，以寓言的形式演绎典型事件，以稳健的文风、臻于纯熟的技法、优雅精当的腔调将法朗士长期以来的文化积淀与时事促成的思想转变融会呈现，混合了情感的温度、思想的深度、艺术的精度，在对法兰西传统的继承与发扬、对现实的关注与超越中展示出诺贝尔文学奖颁奖词中赞赏的“一个真正法国性情所形成的特质”。

《企鹅岛》讲述了阿尔卡的企鹅人这一民族的故事，全书共八卷，含起源、古代、中世纪和文艺复兴、近代、未来五部分，以一个个独立的故事串联起一部源流连贯完整、前后呼应联系的企鹅国历史。书中的企鹅人有着“严肃沉着的外表、滑稽可笑的威严神色、坦率轻信的随便态度、好开玩笑的善良性格、又笨拙又庄严的举止”，一度好战，继而厌恶了战斗，“爱好和平，多嘴饶舌，爱看热闹，热心公众事务，也许还有点儿嫉妒有权有势者”，他们原本是海岛上的企鹅，意外从圣玛埃尔处受洗，经天国会议讨论承认洗礼的有效性，从此获得了灵魂，由鸟变形成人，随之变得骄傲、虚伪、残忍，在原始的战争和征服中建立起企鹅国，在王朝更迭中逐渐形成企鹅人的文明。小说以一个历史学家的视角来挖掘、运用史料，对企鹅人的历史进行艺术性的呈现，“我”的这一历史叙述实际上是法朗士对于法国历史与人类文明的理解与表达，企鹅国的历史处处影射着法国的历史与现实，故事中的企鹅人大多能在法国历史上找到现实原型，近代篇的“八万捆干草案件”更是完整再现了世纪之交在法国引起剧烈震动的德雷福斯事件。法朗士以寓言的形式将幻想与历史结合，在古典主义的历史趣味中融入现实主义的审视与批判，在幽默戏谑的讽刺与严谨透辟的议论中给予历史、宗教、传统、未来以自己的阐释，以充满张力的艺术形式表达出真挚复杂的思想情感内涵。

以建构历史的方式解构历史、言说现实，是法朗士《企鹅岛》的基本思想架构。正如马克·布洛赫所说，“对现实的不理解，必然肇始于对过去的无知”，《企鹅岛》以丰富的想象力复现历史的源流，以一种整体性视野展开历史与现实的对话，在戏仿式的历史建构中消解历史神圣性，批判传统话语权威性，重塑驱魅化的现实体认。小说一开始，即以“我们永远没法准确地知道过去的事是怎样发生的”“历史学家互相抄袭”直接点出历史叙述的不可靠性，指出传统的历史书写通过赞美“对财富的尊重，虔敬的宗教感情，特别是穷人的安于天命”而为统治阶层服务的虚伪性质。后文正式展开的对企鹅国历史的叙述在这一前置观念的统领下更是时时流露出意味深长的悖谬性与讽刺性：企鹅人的谋杀和抢劫是“帝国的神圣基础以及一切道德和一切人类的荣华富贵的源泉”，葛雷多克通过打死无辜的农夫而建立起一个高贵的家族，成为“合法权力和世袭财产的创始人”；假扮凶龙进行劫盗的克拉康通过自导自演、愚弄百姓，摇身一变成为屠龙英雄，“不费吹灰之力就能获得巨大的财产”，为其子德拉科建立企鹅人的第一个王朝打下基础；放荡的奥博萝丝谎称自己是“上天指定来降龙的那个童贞女”，凭借编造出的“虔敬”“纯洁”受到公众崇拜，去世后成为企鹅国最著名的主保圣人；“帮人拉皮条”的鲁坎大婶为名利而押宝，拿炉灰和啃剩下的骨头顶替，凭借保存女圣人遗骸的虔诚信教行为而被载入宗教史；被指控倒卖八万捆干草、犯下叛国罪的犹太军官比罗，他的“有罪正是由于它根本不存在而无法推翻”；“对富人的敬重和对穷人的蔑视”成为国家得以稳固的公共道德基础……深受古典传统影响的法朗士将理性思想注入对历史的关注中，以健康的怀疑态度对政治、经济、宗教、道德、习俗予以思考，纵观企鹅人的存亡兴替历史，进化意味着堕落，文明源于残忍，宗教是虚伪的，道德是自私的，习俗是盲目的，政治充满荒唐儿戏，经济机械磨损人性。故事映射着历史，幻想直指真实，在法朗士节制克己的叙述中，笼罩在传统与权威之上的那层神圣荣光被剥除，约束着现实的层层桎梏被打破，最本质的人文关切最终浮现。

嘲讽中蕴含同情、悲观中带着快乐，这是法朗士《企鹅岛》的主要艺术情调。诺贝尔文学奖颁奖词中大力称赞的那种“博学、富幻想，清澈迷人的风格”“融合讽刺和热情所产生的神奇效果”“深厚的人类同情心，优雅和真正的高卢人气质”在法朗士的这部小说里同样有着经典的呈现。小说运用影射与象征的手法，假托企鹅国故事对法国的历史与现实进行了生动的夸张与犀利的讽刺，以富有生机的语言、充满人情味的谈吐将作者对法兰西文明、资本主义社会、人类生活的认识从容有致地表达出来，温和矜持的说理寓于流畅自然的叙述，沉郁深刻的议论蕴于丝丝入扣的寓言。在小说中，法朗士始终秉持着怀疑主义的观点，他“独特的、细致的、具有哲理性的、不道德的、超验的、极其可怕的、充满邪恶的、对任何财产会招致损失的、与国家的治安和帝国的昌盛相抵触的、给人类带来严重损害的、对神带来毁灭的、天上和人间都厌恶”的怀疑颇为反讽地彰显出极少数人拥有的智慧和可贵的勇气，同时，他的怀疑主义并不完全是悲观的，正如法朗士自述，“智慧要他怀疑，情感要他希望”，他的怀疑主义带着对生活幽默乐观的态度，他的嘲讽中蕴含对人类命运深切的同情，他状似循环论的历史观中充满对社会丑恶的抨击、对现实问题的警醒、对人类意识觉醒的期许以及找寻更好的世界的努力。

小说的最后，阿尔卡岛上企鹅人的历史又一次上演。历史总是相似，却又不尽相同，正如企鹅受洗变形成为企鹅人这一超自然起源是对神学的信仰，现代人所持的人类进化这一物种起源观是否另一种程度上也是对科学的信仰呢？企鹅人中的修道士玛尔博德探冥府、访维吉尔，发现但丁创作《神曲》背后“死人只有活人赋予他们的生命”的真相，那么，我们阅读法朗士的《企鹅岛》何尝不也是从企鹅人的经历中获得生命移植的体验、接受被赋予的价值观念？在这部充满了奇迹与谎言、弥漫着怀疑与信念的小说中，大师以丰富的想象力打开理解的可能性，将觉知的权利交给读者自己。20 世纪初响起的声音经历了一个世纪的人世变迁后依旧清晰有力，那颗宁静包容的心灵以及对人类的怜悯至今熠熠生辉。

三、作者自白

大自然只是显示出来的那个样子：本身既不美也不丑。只是人的目光造成了天空和大地的美。我们把美赋予热爱的事物。爱包含着理想的一切秘密。

——［法］法朗士，吴岳添译：《文学渴了：法朗士评论精选集》，北京燕山出版社 2011 年版，第 155 页。

我不埋怨生命。她曾经给了许多别的人的伤痕，她并不曾同样地给我。她，这位顶无情的东西，有时我甚至于还得着她的温存！为要补偿她给我的困难，曾经给了我许多宝贝，除了这些宝贝之外，我所渴求过的一切，而今都化为灰烬了。总之，我失望了。现在我不能听说“明天”二字而不感受一种忧愁与疑惑的情绪。……不！我现在对于我的老朋友，生命，没有信托心了。但是我还是爱她，我只要一看见她的神光照在三个白额上面，三个亲爱的额角上面，我说她究竟是美的，我为她祝福。

——［法］法郎士，金满成译：《友人之书》，北新书局 1926 年版，原序第 25 页。

我越是思索人的一生，我就越是坚信嘲讽与同情必须成为生命的见证和评判，就像埃及人把死亡当作是伊希斯和奈芙蒂斯两位女神一样。嘲讽和同情是两个使者，前者令生命同她一起愉快地生活，后者使生命同她一起落泪伤感与付出。只要嘲讽有度，不跨界批判爱与美，如果嘲讽宽容得以静息暴戾，那就让我们嘲笑愚笨与黑暗。如果不这样，它最终会成为我们所痛悔的软肋。

——［法］法朗士：《伊比鸠鲁的花园》，载法朗士，徐蔚南译：《泰绮思》，北京理工大学出版社 2015 年版，第 172 页。

四、名家点评

综合法郎士的一生对于人类的贡献并不止于他的一百多种的著作，能以激动，唤起读者的心灵，而在乎他对于人类全体的勇敢的热情的使人间生活向上去的主张。他一生全在奋力于文学事业，及社会改善的两条路上大踏步的向前走，除开在他少年时期曾单独倾向空想生活之外。到了 1900 年以后，他的如火灼的热诚，如泉涌的思潮，都向社会革命一方施去，他不绝的反抗强权，反抗上级阶级漠视下级阶级的态度；他更反对“残民以逞”为无正义的帝国主义而起的战争，总之：他一生为公理争面目，为正义寻根源，为怀疑种种要求得出人类为何生活的真谛。

——王统照：《法郎士之死》，载《晨报副刊》1924 年 10 月 25 日（第 51 号）。

只有对于艺术的人们，才真正地没有所谓希腊人和犹太人之分！对于他们，人——首先是一个悲切和狂暴的灵魂，是一个被卑劣的生活创造出的残酷所毁损的灵魂。每一个悲剧地遭受到丑恶的精神病狂者的暴力所毁害的人，这些精神病狂者认为自己是上天命定了来管理各民族的命运的——但对于艺术——都是一个智慧与诗歌、伟大与渺小、痛苦与平凡的竭取不尽的源泉。是的，只有艺术的人们——才永远是保持永恒的美、真实与正义的忠实的骑士，正因为这样，只有他们——才是世界上真正的贵族！

——［苏］高尔基，苏牧译：《论艺术：写给阿拉托尔·法郎士的信》，载《时代杂志》1946 年第 27 期。

阅读法朗士的作品，我们不仅可以汲取丰富的知识，获得优美的艺术享受，而且可以了解一个人道主义者与旧世界顽强斗争的曲折历程，在目前对资产阶级人道主义进行重新评价的时候，我们应该把对法朗士的研究和介绍作为文艺评论工作的一项任务，给法朗士以应有的历史地位。

——吴岳添：《被遗忘了的法朗士》，载《世界图书》1981 年第 3 期。

五、研讨平台

1. 研讨题目：知识分子的“良心”与“介入”

提示：19 世纪末的德雷福斯事件中，“intellectual”一词首次作为名词被使用，“知识分子”一词的诞生同时伴随着法国现代意义上的知识分子群体的崛起。在当时的现实语境下，西方传统的“静观的人生”与“行动的人生”实现了融合，知识分子作为“社会的良心”来“介入”社会生活形成了一种传统，与“知识”属性相伴的“介入”功能从传统的遮蔽中越来越多地步入现实。

2. 关于“知识分子的‘良心’与‘介入’”的重要观点

今天西方人常常称知识分子为“社会的良心”，认为他们是人类的基本价值（如理性、自由、公平等）的维护者。知识分子一方面根据这些基本价值来批判社会上一切不合理的现象，另一方面则努力推动这些价值的充分实现。这里所用的“知识分子”一词在西方是具有特殊涵义的，并不是泛指一切有“知识”的人。这种特殊涵义的“知识分子”首先也必须是以某种知识技能为专业的人，他可以是教师、新闻工作者、律师、艺术家、文学家、工程师、科学家或任何其他行业的脑力劳动者。但是如果他的全部兴趣始终限于执业范围之内，那么他仍然没有具备“知识分子”的充足条件。根据西方学术界的一般理解，所谓“知识分子”，除了献身于专业工作以外，同时还必须深切地关怀着国家、社会，以至世界上一切有关公共利害之事，而且这种关怀又必须是超越于个人（包括个人所属的小团体）的私利之上的。

——［美］余英时：《士与中国文化》，上海人民出版社1987年版，自序第2页。

我只有这样一种热情，以全人类的名义看到光明；人类遭受了无穷的苦难，应该有权获得幸福。我的激动的抗议是我灵魂的呼声。让人们把我带到刑庭受审吧，我要求公开的调查！

——［法］左拉：《我控诉!》，载楼均信等选译：《1871—1918年的法国》，商务印书馆1989年版，第66页。

让我们永不忘记一位伟大作家的勇气，他冒尽风险，不顾自身的安危、名誉甚至生命，运用自己的天分，执笔为真理服务。左拉，一位杰出的文坛健将，伦理道德的捍卫者，明白自己有责任明辨事理；当别人保持缄默时，他表达己见，一如伏尔泰，他是最佳知识分子传统的化身。

——［美］迈克尔·伯恩斯，郑约宜译：《法国与德雷福斯事件》，江苏教育出版社2006年版，第184~185页。

六、文献目录

［1］D. Drake. French Intellectuals and Politics from the Dreyfus Affair to the Occupation. Palgrave Macmillan, 2005.
［2］陈乐民：《法朗士的企鹅岛》，载《读书》1996年第3期。
［3］［法］法郎士，金满成译：《友人之书》，北新书局1927年版。
［4］［法］法朗士，徐蔚南译：《泰绮思》，北京理工大学出版社2015年版。
［5］［法］法朗士，吴岳添译：《文学渴了：法朗士评论精选集》，北京燕山出版社2011年版。

[6]［法］罗杰·法约尔，怀宇译：《法国文学评论史》，四川文艺出版社1992年版。

[7] 吕一民、朱晓罕：《良知与担当：20世纪法国知识分子史》，浙江大学出版社2012年版。

[8]［法］皮埃尔·布吕奈尔，郑克鲁等译：《20世纪法国文学史》，四川文艺出版社1991年版。

[9] 吴岳添：《法朗士：人道主义斗士》，长春出版社1995年版。

[10] 余中先：《法国文学大花园》，湖北教育出版社2007年版。

（杜什悦）

驶向拜占庭

作者：叶芝

类型：诗歌

一、作者简介

威廉·巴特勒·叶芝（William Butler Yeats，1865—1939），生于爱尔兰首都都柏林附近的山迪蒙的画家家庭，自小对艺术和神秘事物具有浓厚的兴趣。1883年，叶芝毕业于伊雷斯摩斯·史密斯中学。1884年，他进入都柏林的大都会艺术学校学习。不久，他的兴趣由绘画转向诗歌创作。1885年，叶芝在《都柏林大学评论》上发表了第一首诗作《雕塑的岛屿》。此后，叶芝相继推出了叙事长诗《乌辛之浪迹》和诗集《乌辛之浪迹及其他诗作》。这一时期，叶芝的诗歌深受浪漫主义和唯美主义文学的影响。1890年，叶芝与欧那斯特·莱斯等一群诗友共同创立了“诗人会社”。1889年，叶芝与格雷戈里夫人、约翰·辛格、乔治·摩尔等一起创办“爱尔兰文学剧场”。1904年，他们又创立了阿贝影院。这一期间，他相继推出了诗剧《胡里痕的凯瑟琳》《黛尔丽德》等和诗集《芦苇中的风》《在七座森林中》《绿盔》《责任》等。晚年，叶芝的诗歌的知性含量日趋加强，象征手法的运用日趋娴熟。这一时期的主要作品有诗集《古堡》《幻象》《塔》等，散文剧《窗棂上的世界》，诗剧《炼狱》等。由于叶芝“以其高度艺术化且洋溢着灵感的诗作表达了整个民族的灵魂”，因而，诺贝尔文学奖评审委员会将1923年诺贝尔文学奖授予叶芝。

二、作品简析

翻开人类文化史，人类对永恒的追求源远流长。在岁月的长河中，在不同的历史时期，人们总能听到柏拉图、康德、艾略特等哲学家、诗人围绕着时间、生与死、历史和永恒进行着顽强而又充满着炽热理想主义情怀的追问：人应该怎样看待自己，人的生命怎样才能获得永恒的意义？

叶芝的《驶向拜占庭》就是一首在世界诗歌史上追问生命永恒的经典之作。在诗中，叶芝借助拜占庭这面镜像，充分利用象征、自由联想等修辞手段，将暮年与青春、自然与艺术、情欲与理智等相互对立、相互否定的因素组合在一起，使诗歌内涵、形式与语言形成了极大的张力。

这首诗内涵的张力，首先来源于叶芝对暮年与青春这一二元对立关系的思考和表现。自古以来，人类就为时间与永恒的问题所深深困扰。作为人，站在地上世界，望着的却是那夕阳西下时的地平线，想着的是那死后的归宿，他无论如何也不会满足于生命这种有限的存在，不能不对生命的永恒充满着憧憬。在这首诗中，叶芝以一种非常个性化的自我体验的表现方式，思考前在与后在的生命形态，展现生命的流变与永恒。在现实中，“青年人/在互相拥抱”，而“一个衰颓的老人只是个废物，/是件破外衣支在一根木棍上”。就现实时间的角度而言，后在的存在总是意味着对立面先在的衰老和消亡，这种衰老和消亡对于生活在现实世界中的人来说是悲哀的，但对于生活在循环时间观念的人而言则别有一番意义。在现实世界中，“一个衰颓的老人”的“灵魂拍手作歌”只能是痴人说梦，而在拜占庭，“一个衰颓的老人”的“皮囊的每个裂绽唱得更响亮”。因为，拜占庭是一种古老文明的代表，是一个永恒的艺术理想之邦。在这个艺术理想之邦，“智者们”“从神火中走出来”“为我的灵魂作歌唱的教师”，使“我”的身体在超越最终的轮回时与“永恒”相连，成为一种“脱离自然界”时间约束的完美形态。这样看来，诗中的拜占庭既是炼狱也是乐园，在这里，艺术将暮年与青春的对立关系转化为一种互生关系。

这首诗内涵的张力，其次来源于叶芝对肉体与灵魂这一二元对立关系的思考和表现。如果我们将叶芝这首追问生命永恒的诗歌看作一个母系统，那么，我们就可以看出，这个母系统的子系统的组合意象上，经常有肉体与灵魂的对立和整合。

20 世纪 20 年代的爱尔兰，物质与精神的不同步发展所带来的恶果，便是造成人的向着物欲层次的日趋堕落。诗歌一开始，我们所看见的“躺在彼此臂弯里”的“年轻人”“树上的鸟们”“鱼”“兽”等生物，就无一不是物欲世界的耽迷者和歌唱者。他们“一整个夏天在赞扬 /凡是诞生和死亡的一切存在。/沉溺于那感官的音乐，个个都疏忽 /万古长青的理性的纪念物。”然而，物欲世界“感官的音乐 ”等“诞生和死亡”的存在都是短暂而有限的，“年轻人”“树上的鸟们”等物欲世界的耽迷者对它们的歌唱自然也是短暂而有限的。随着他们日趋远离“万古长青的理性的纪念物”，他们的感官的内在机能日益萎缩、退化。

与“年轻人”“树上的鸟们”等物欲世界的耽迷者和歌唱者相比，作为老年人的“我”不是物欲世界的得宠者，而是物欲世界的失意者。“我”的衰老的躯体要想获得拯救，就必须努力突破物欲世界的束缚，义无反顾地向理性的拜占庭世界奔去。因为，只有借助于理性的拜占庭世界的“神火”的焚烧，“我”的“为欲望所腐蚀，/已不知它原来是什么了”的心才能恢复它的理智和本性，升华为一种理性、永恒的精神存在。由此，“我就不再从 /任何自然物体取得我的形状”，“我”也不像“年轻人”“树上的鸟们”那样将歌声献给物欲世界，而是像拜占庭艺术世界中的金鸟一样“在金树枝上”将婉转悠扬的歌声献给灿烂不朽的艺术世界。此时，“我”的生命生存于理性的拜占庭艺术世界之中，理性的拜占庭艺术世界也生存于“我”的生命之中，“我”的生命已融入至大无匹的理性的拜占庭艺术世界，成为不受时间和物质束缚的理性的精神存在，它与天地同其不朽，与宇宙共其辉煌。

西方象征主义诗人认为，世界是矛盾统一的存在体，青年与老年、生与死、恐惧与欢乐既是相互对立的，又是相互联系和转化的，诗人的任务，就是在诗的语言结构内部表现事物的这种矛盾的同一性。作为西方后期象征主义的代表性诗人，叶芝的这首诗很好地实践了这种理论。在诗中，他常巧妙地运用矛盾语、矛盾意象，将多种多样相互关联的对立、相反和矛盾的东西同置于统一的语境中，借此形成诗的语言、形式上的一种强大的张力。

这种语言形式的张力，首先来源于叶芝对诗的语言结构内部矛盾情境的营造。诗歌的第一节，诗人描述的是一个“感官”、世俗的现实世界，这个世界属于那些“互相拥抱着”的青年人；诗歌的后三节，诗人描述的是一个理性、艺术的拜占庭世界，这个世界属于那些像“披在一根拐杖上的破衣裳”的“老年人”。情境的逆转和对比，既显示了诗人对肉欲横流的现实世界的批判和否定，又表现了诗人独特的历史观，那就是，理性、艺术的拜占庭世界是超时空的，过去、现在和未来在此相互交集，它既是历史，又是现在和未来。由此，在“感官”、世俗世界与理性、艺术拜占庭的对峙和转换中，诗人完成了对于生命时间的思索，在更为广大的时空中，赋予有限的生命以无限的形式。

其次，这种语言形式的张力来源于叶芝对矛盾语言、矛盾意象的运用。在诗中，诗人并不满足于借助前后情境的对峙去形成矛盾性的语境的方法，而是在诗的语言结构中自始至终以矛盾性的意象和语言密切地叠印出一种互抗互拒的情境，由此形成一种更具震撼力的张力化语境。在诗中，“年轻人”“大海”“青花鱼”“兽”“大海”“树上的鸟们”等世俗性意象与“上帝”“神火”“智者”“金枝”“金鸟”等宗教意象构成对比和冲突关系。前者象征的是英国化的物质性、肉欲性、庸俗性的爱尔兰现实世界，后者象征的是拜占庭化的具有精神活力、理性和优雅气质的传统的爱尔兰世界。借用“金枝”“金鸟”等具有的神奇力量，叶芝希望爱尔兰民族抛弃身上贫穷与落后的“衣裳”，迎接民族精神的新生，重建民族昔日的辉煌。

三、作者自白

拜占庭以其物理力量的荣耀代替了从前罗马的华丽，拜占庭的建筑风格让人联想起圣·约翰《启示录》中的圣城。我想我要是能到古代活上一个月，呆在我所选择的地方，那我就住在拜占庭，稍早于查士丁尼开设圣·索菲亚教堂并关闭柏拉图学院时期。

——［爱尔兰］叶芝，西蒙译：《幻象》，作家出版社 2006 年版，第186~189 页。

描述基督教第一个千年终结时的拜占庭。一具行路的干尸。街角的火焰。那里灵魂得到净化，锻打出的金鸟歌唱在金色的树上，在港口，背向恸哭的死者，它们也许要负载这些死者进入乐园。

——［爱尔兰］叶芝，西川译：《叶芝日记选》，载王家新编选：《叶芝文集》第二卷，东方出版社 1996 年版，第 299 页。

四、名家点评

他倾吐心灵的话语，是爱尔兰的，也是人类的。他广收博采昔日诗人写作技巧的精华，最终形成自己的风格。他关注自己细微的美质，掌握了语言蕴含的音乐美。

——［印度］泰戈尔，刘安武等主编：《泰戈尔全集》第 22 卷，河北教育出版社 2000 年版，第 152~153 页。

而在较早的姊妹篇《驶向拜占廷》（1927）一诗中，这一信念表达得更为清晰：诗人祈愿，灵魂脱离自然的肉身之后，不再投托凡胎转世，而要依附于一只古代巧匠铸造的金鸟，借助艺术的力量获得不朽。可见，叶芝最崇尚的不朽还是世俗成就，而不是印度圣哲所追求的灵魂的寂灭。

——傅浩：《叶芝诗中的东方因素》，载《外国文学评论》1996 年第 3 期。

五、研讨平台

1. 研讨题目：艺术的永恒性与历史性

提示：优秀的艺术作品，一方面，具有超越特定的民族、阶级、地域、时代的特性，展现出一种能够被不同时间、空间的人们所共同接受的审美趣味和审美观念，是不朽的存在；另一方面，它又是具有时间性的，它的意义总是处于一个不同时代读者对它的变化的、流动的、开放的阐释的历史过程之中，是历史性的存在。

2. 关于“艺术的永恒性与历史性”的重要观点

美永远是、必然是一种双重的构成……构成美的一种成分是永恒的不变的，其多少极难加以确定，另一种成分是相对的、暂时的，可以说它是时代、风尚、道德、情欲。永恒性部分是艺术的灵魂，可变成分是躯体。

——［法］波德莱尔，郭宏安译：《波德莱尔美学论文选》，人民文学出版社 1987 年版，第 475 页。

在漫长的艺术史中，撇开那些审美趣味的变化论，总存在着一个恒常不变的标准。这个标准不仅使我们能够区分出“高雅的”与“低俗的”文学作品，区分出正歌剧与轻歌剧，区分出喜剧与杂耍，而且在这些艺术形式中，还能进一步区别出好的和坏的艺术。

——［美］赫伯特·马尔库塞，李小兵译：《审美之维》，广西师范大学出版社 2001 年版，第 190 页。

六、文献目录

［1］W. B. Yeats. Essays and Introductions. Macmillan，1961.

［2］［美］爱德华．W. 萨义德，李琨译：《文化与帝国主义》，生活·读书·新知三联书店 2003 年版。

［3］傅浩：《叶芝评传》，浙江文艺出版社 1999 年版。

［4］傅浩：《叶芝诗中的东方因素》，载《外国文学评论》1996 年第 3 期。

［5］何宁：《叶芝的现代性》，载《外国文学评论》2000 年第 3 期。

［6］李静：《叶芝诗歌：灵魂之舞》，东方出版中心 2010 年版。

［7］李潮：《〈驰向拜占庭〉——叶芝精神归宿的象征之路》，载《中山大学学报》1999 年第 5 期。

［8］刘文刚、关福：《诺贝尔文学奖名著总解说》，春风文艺出版社 1996 年版。

［9］袁可嘉：《现代主义文学研究》，中国社会科学出版社 1989 年版。

［10］王家新编选：《叶芝文集》，东方出版社 1996 年版。

［11］［爱尔兰］叶芝，傅浩译：《叶芝抒情诗全集》，中国工人出版社 1994 年版。

（赵小琪）

圣女贞德

作者：萧伯纳

类型：戏剧

一、作者简介

萧伯纳（George Bernard Shaw，1856—1950）生于爱尔兰首都都柏林的一个没落贵族家庭中，1876年其父母婚姻破裂，萧伯纳遂随母远赴伦敦。此时的萧伯纳因家境贫寒进入社会谋生，但他没有固定的工作，主要靠在各种报纸发表乐评、剧评为生。1884年萧伯纳进入费边社，从这时起他开始关注社会经济问题。在文学上，萧伯纳借鉴了易卜生的戏剧理念与创作实践，决心一改英国剧坛陈陈相因的颓废状态。1892年萧伯纳开始正式从事戏剧创作，完成了他的第一出戏《鳏夫的房产》，随后接连创作了《华伦夫人的职业》等剧。进入20世纪后，萧伯纳的戏剧日趋成熟，创作出《巴巴拉少校》（1905）、《皮格马利翁》（1912）等佳作。1923年的历史剧《圣女贞德》为萧伯纳赢得了国际声誉，该剧可以看作萧伯纳随后获得诺贝尔文学奖的重要原因。1925 年，因为“理想主义和博爱的标记，其刺激的讽刺往往被注入了一个独特的诗意美”（诺贝尔文学奖颁奖词），萧伯纳获得诺贝尔文学奖。此后萧伯纳还创作了《苹果车》（1929）等佳作。1950 年，萧伯纳在英国病逝，享年 94 岁。

二、作品简析

戏剧不同于其他叙事性文学之处在于，可表演性与表演效果是衡量一部戏剧剧本艺术价值高低的重要标尺。一出剧的好与坏，不仅要看剧本本身所呈现的文学价值与功能，还应注意其是否适合搬上舞台，以及剧本在舞台上的最终呈现效果等。萧伯纳的《圣女贞德》（以下简称《贞德》）就是一部充满着文学价值与表演价值的剧本，自问世以来，《贞德》就受到了世界各地观众的热烈欢迎。该剧在纽约、伦敦、柏林、巴黎等各大欧洲城市的剧场中，都留下过浓墨重彩的痕迹，而受到该剧启发的种种跨舞台、跨媒介的改编故事，就更是汗牛充栋了。这充分说明了，《贞德》剧本具有极大的表演价值与改编潜力。那么，究竟是什么使得《贞德》成为观众爱看且常演常新的剧目呢？这或许要归功于萧伯纳那天才般的语言功力与他对传统戏剧的革新。

首先来看语言，在该剧中，萧伯纳发挥了其一以贯之的特长，用千锤百炼又雅俗共赏的戏剧语言塑造了一个个栩栩如生、丰满真实的戏剧人物，完成了某种程度上形而上的辛辣讽刺与深切悲悯，正因如此，即使我们已经离萧伯纳创作时的语境十分遥远，但我们仍能深切感受其艺术魅力。尤其是贞德这一少女的形象，得益于贞德传说故事本身的张力与萧伯纳在剧中出神入化的塑造，这一形象才在世界范围内广泛传播，成为一个世人皆知的文化符号，时至今日仍经久不衰。

《贞德》的语言接近当时的英国口语，但又比口语精致。与前辈文豪莎士比亚相比，萧伯纳没有使用过多华丽繁富的辞藻，但简约不等于简单，萧翁的语言天赋与苦心经营使得《贞德》剧中的语言同样充满着机锋、巧智和强劲的表现力，这就使得该剧不仅能流行于上流阶层，而且能为文化程度不高的下层群众所喜闻乐见。这里仅以第一幕开头，罗伯特上尉因没有鸡蛋大骂管家的两段话为例：

ROBERT. No eggs! No eggs!! Thousand thunders, man, what do you mean by no eggs?

……

ROBERT [driving him to the wall, adjective by adjective] You have not only the honor of being my steward, but the privilege of being the worst, most incompetent, drivelling snivelling jibering jabbering idiot of a steward in France. [He strides back to the table].

由这两段引文可见，萧伯纳使用的几乎全是日常生活中常用的词汇，但这些词汇到他的如椽大笔之下却显示出了远超日常口语的表现力。第一段话寥寥数语便勾勒出了一个“雷霆万钧”的场面，而令这位上尉气得要重复多次自己的话的事件，竟然只是“No eggs”，“Thousand thunders”与“No eggs”之间因毫不匹配而产生的张力使得这段质问充满了小人穿大鞋的滑稽感，讽刺也因此而生。第二段话则更精彩，honor 一词是明显的正话反说，但虚词“not only…but”的应用则更加精彩，这一句型在结构上表示了递进关系，但在语义上却是地地道道的转折关系：你不仅荣为我的管家，还有恃无恐地成为最差的那一位。之后的“drivelling snivelling jibering jabbering”不仅因押了尾韵“ing”而朗朗上口，而且因为没加标点而显得一气呵成一泻千里一发不可收，如此一来，一位飞扬跋扈又咄咄逼人的法国贵族形象，便仅仅通过他自身的发言而跃然纸上了。

正如萧伯纳的另一部名剧《皮格马利翁》所揭示的，语言是人的名片，即使共享着同种语言，不同背景的人必然也操持着不同的腔调。《贞德》剧中语言的另一特点就在于，萧伯纳能针对不同背景的不同人物设计出符合他们各自身份、地位与阶层的语言，达到闻声识人的效果，这样，剧中人物的形象就得到了极大的丰富。仅以第六场对贞德的审讯为例：

D'ESTIVET [harshly] Woman: it is not for you to question the court: it is for us to question you.

……

D'ESTIVET. You tried to escape?

JOAN. Of course I did; and not for the first time either. If you leave the door of the cage open the bird will fly out.

D'ESTIVET [rising] That is a confession of heresy. I call the attention of the court to it.

JOAN. Heresy, he calls it! Am I a heretic because I try to escape from prison?

D'ESTIVET. Assuredly, if you are in the hands of the Church, and you wilfully take yourself out of its hands, you are deserting the Church; and that is heresy.

JOAN. It is great nonsense. Nobody could be such a fool as to think that.

D'ESTIVET. You hear, my lord, how I am reviled in the execution of my duty by this woman. [He sits down indignantly].

从这几句交锋之中，我们不难得知村姑少女贞德与检察官教士德斯蒂维操持着风格迥然不同的语言。作为一个村姑，贞德显然不可能懂得太多的宗教词汇与高级词语，她的语言根植于大地与生活，因此贞德的话语是易懂的日常化口语，没有什么宗教术语，也没有太多的抽象词语，其中不乏 fool 等相对粗俗的词汇；她爱使用身边事物的比喻来进行说明与辩白，她使用的句子简单直白肆无忌惮，她甚至直接说检察官不正常，这也体现出了她刚正勇敢的性格；与之相对的，教士德斯蒂维则喜欢摆弄各种宗教术语和抽象词汇，诸如 confession、heresy、desert、execution 等，他爱用副词（assuredly、wilfully）来进行矫饰，他用不容置疑的口吻（it is...）来凸显自己和教会的权威，他直呼贞德 woman 以进行毫不留情的质询，他一句又一句断言式的判断充满了其作为检察官的傲慢与偏见，他习惯了宗教审讯，用一个个用心险恶的问句将贞德推入陷阱。由此可见，萧伯纳在《贞德》中确实通过不同人物的不同语言出色地打造出了专属于他们的名片，贞德的天真烂漫与刚正不阿、教士的阴险虚伪与诡计多端全都通过剧中人自己口中的话语成为现实。

但出彩的语言还不能算是该剧艺术生命经久不衰的主要原因，许多语言清新隽永的戏剧同样也被遗忘在了历史的尘埃里。《贞德》之所以能够历久弥新，最主要的原因恐怕还在于萧伯纳对历史剧乃至戏剧这一文学体裁大刀阔斧的改革上。萧翁的戏剧改革主要可以概括为以下两点：一是对历史剧中真实与虚构问题的重新认识，二是对戏剧社会功能与现实价值的强调。

历史剧创作的一个重要问题在于如何处理文学作品的历史真理认识功能与文学创作中虚构的关系问题，在这个问题上，萧伯纳突破前人之处在于：他虽然搜集了大量一手历史资料，但他没有过分拘泥于某些琐碎的事实，而是大胆地将圣女贞德的故事情境进行优化，使矛盾冲突更加集中以适应戏剧舞台。他的创作理念倒是很像亚里士多德在《诗学》中所说的诗与真理的关系：诗比历史更接近于真理，因为诗描述的是可能发生的具有普遍性的事情，而历史描述的是已经发生的偶然的事情。萧伯纳大量研读历史资料，为的并不是搞清楚某些细枝末节的东西，他想了解的是关于那段时期的历史真实和历史逻辑，并按照这一真实逻辑的原则来指导人物形象的塑造和故事情节的安排。因此，在《贞德》中，萧伯纳大胆地删繁就简、去糟存精，去除了原本民间故事中宗教显灵、巫术密教、爱情传奇等杂芜和自相矛盾的成分，并对各个重大事件发生的时间节点进行了微调，使故事的节奏更加紧凑。萧伯纳用他“创造进化论”的思想统摄全剧，尽管我们有理由对剧中体现出的萧伯纳的“创造进化论”思想抱有保留态度，但无法否认的是剧中人物的形象在萧翁的改造下显得更加真实可信。但《贞德》最为出彩的地方恐怕还在于那神来之笔的尾声，在尾声中，萧伯纳大胆地将梦幻与虚构的手法应用于历史剧中，让死人与活人一同登场，这本来就是现实中无法发生的魔幻场景，因此每个人的对话自然也都是不折不扣的虚构。但我们读来却完全没有虚假之感，因为他们的话语，不仅符合其身份、地位与性格，而且也符合剧中的情境，主教的威严与气度、国王的愚钝与迟缓、圣女的天真与虔诚、大兵的混沌与无畏，全都栩栩如生令人信服，而这就是一种在虚构中体现出的历史真实。

另一方面，萧伯纳对于戏剧的功能与价值也有着自己独到的理解。他反对当时流行于英国的重视情节、擅长利用巧合制造舞台效果的“佳构剧”（well-made play），也不同意纯粹的“为艺术而艺术”，但他的戏剧同样也不能被简单地概括为“社会问题剧”或“现实主义戏剧”。他的戏剧观颇为类似于存在主义哲学家萨特的“介入”理念和戏剧理论家布莱希特的“间离化”理念。萧伯纳不仅主张通过戏剧这一文艺武器反映政治经济学意义上的现实，同时主张通过戏剧介入现实，而这种介入，更多的是认识意义上的。因此，他认为观众应通过戏剧这一媒介对社会现实进行思考，反对那种耽于形式让观众过于入戏而放弃对现实思考的旧式戏剧，作者本人的伦理倾向在某种程度上隐而不彰，而读者则常被引入剧中讨论的伦理困境之中，在矛盾与彷徨的同时开始反躬自省、思考现实。《贞德》同样也有着深厚的现实关怀与介入意识。首先，在主题选择上，萧伯纳没有将这个拥有多重阐释向度的题材处理为巫术异端或爱情罗曼史，而是将贞德这一形象中信仰基督教的成分与爱国主义的成分结合起来，将其塑造为圣俗一体的少女。联系到其第一次世界大战之后的创作背景，我们不难理解这一方面是萧伯纳对战后一系列民族独立运动的回应与声援，另一方面则是他对宗教与信仰这一在战争中被破坏了的灵魂安居之所的重新建构。其次，在《贞德》的行文中，也处处体现着萧伯纳的社会历史观与介入意识。《贞德》剧本并不特别注重情节的传奇性或结构的工整完美，剧中一如既往地体现着萧伯纳将戏剧作为其社会思想传声筒的创作理念。剧中有着大段关于宗教与世俗、关于政治与阴谋的辩论与交锋，更让人称奇的是，某些反派人物充满着雄辩力量的话语在某种程度上击碎了读者原本天真的道德期待，正是在这种棒喝之中，读者才能脱离剧场的幻象，获得独立思考的能力，而这正是萧剧介入现实的重要方式之一。这些悖论般的文段考验着我们的耐心，但同时也期待着慧心的读者。萧翁如此安排，不仅仅体现出其讽喻的造诣，而且体现了他对社会历史乃至人类本性中亘古不变的某些部分的辩证体察以及深刻悲悯。

三、作者自白

无论如何，我必须警告我的读者：我的攻击是直接针对读者自身，而非针对我舞台上的人物。

——Bernard Shaw，L. Conolly Mrs Warren's Profession. Broadview Press，2005：164.

如果贞德没有被纯良常人们的正义之火焚尽，那么她的死就不会比东京大地震更为重要，因为地震的劫火同样焚毁了众多少女。此类悲剧的悲剧之处就在于其罪非凶手所犯。它们是法庭上的谋杀，是虔诚的谋杀；而这种悖反则立刻将喜剧元素带入悲剧之中：天使会为惨剧而哭泣，而神则嘲笑凶犯。

——Bernard Shaw. Saint Joan：A Chronicle Play in Six Scenes and an Epilogue. Brentano's，1924：76.

四、名家点评

他说的是真话，偏要说他是在说笑话，对他哈哈的笑，还要怪他自己倒不笑。他说的是直话，偏要说他是讽刺，对他哈哈的笑，还要怪他自以为聪明。他本不是讽刺家，偏要说他是讽刺家，而又看不起讽刺家，而又用了无聊的讽刺想来讽刺他一下。

——鲁迅：《谁的矛盾》，载《鲁迅全集》第四卷《南腔北调集》，人民文学出版社 2005 年版，第 505 页。

他以难以预料的准确性将女主人公的形象描写得单纯易懂，同时也使那些保留下来的形象难得地新鲜、生动，他还赋予《圣女贞德》直接吸引住观众的力量。或许可以说，这部想象力丰富的作品是独一无二的，因为它表现了在一个对真正的英雄主义极为不利的时代里的英雄主义。这个剧目没有失败，这件事实本身就使剧本显得极其非凡。

——［瑞典］佩尔·哈尔施特龙：《1925 年诺贝尔文学奖授奖词》，

载［爱尔兰］萧伯纳，杨宪益、申慧辉等译：《圣女贞德》，漓江出版社 1987 年版，第 721~722 页。

五、研讨平台

1. 研讨题目：文学的真理认识功能

提示：毫无疑问，任何文学都多少具有对事实真理的认识功能，哪怕是歪曲的认识，涉及历史事件的文学创作更是如此。但并不是所有文论家都认为文学具有或应当承担事实真理或价值真理的认识功能。值得思考的是，真理认识功能对于文学艺术而言，到底是连接虚构与现实的必由之路，还是破坏文学独立王国的不能承受之重？我们必须承认文学与现实之间的关联，尽管这种关联其实也具有多种形式，而对真理的表述与言说只是其中一种。文学当然不必死守“言说伟大真理”（黑格尔语）这一沉重而光荣的任务，但完全放弃“城堡上飘扬的旗帜”（什克洛夫斯基语）一头扎进语言与形式的游戏中似乎不能也不应成为文学的终极选择。文学在现实与虚构之间摇摆，在沉重与轻灵之间滑动，在真理与游戏之间驰骋，而这或许正是其魅力所在。

2. 关于“文学的真理认识功能”的重要观点

> 诗人的职责不在于描述已经发生的事，而在于描述可能发生的事，即根据可然或必然的原则可能发生的事。历史学家和诗人的区别不在于是否用格律文写作，而在于前者记述已经发生的事，后者描述可能发生的事。所以，诗是一种比历史更富哲学性的、更严肃的艺术，因为诗倾向于表现带普遍性的事情，而历史却倾向于记载具体事件。

——［古希腊］亚里士多德，陈中梅译注：《诗学》，商务印书馆 1996 年版，第 81 页。

> 艺术的目的是提供作为视觉而不是作为识别的事物的感觉；艺术的手法就是使事物奇特化的手法，是使形式变得模糊、增加感觉的困难和

时间的手法，因为艺术中的感觉行为本身就是目的，应该延长；艺术是一种体验事物的制作的方法，而“制作”成功的东西对艺术来说是无关重要的。

——［俄］维·什克洛夫斯基：《艺术作为手法》，载［俄］托多罗夫编，蔡鸿滨译：《俄苏形式主义文论选》，中国社会科学出版社 1989 年版，第 65 页。

六、文献目录

[1] C. Innes, et al. The Cambridge Companion to George Bernard Shaw. Cambridge University Press, 1998.

[2] Bernard Shaw, Conolly L. Mrs Warren's Profession. Broadview Press, 2005.

[3] Bernard Shaw. Saint Joan: A Chronicle Play in Six Scenes and an Epilogue, Brentano's, 1924.

[4] 陈静：《走下神坛的少女——论萧伯纳历史剧对圣女贞德的形象重构》，载《合肥工业大学学报》（社会科学版）2007 年第 4 期。

[5] 黄嘉德：《萧伯纳研究》，山东大学出版社 1989 年版。

[6] 秦文：《理智与情感的失衡——萧伯纳女性形象创作得失谈》，载《中央戏剧学院学报》2004 年第 3 期。

[7] ［爱尔兰］萧伯纳，方湘等译：《圣女贞德》，中国致公出版社 2005 年版。

[8] ［爱尔兰］萧伯纳，杨宪益、申慧辉等译：《圣女贞德》，漓江出版社 1987 年版。

（陈志文）

新娘·女主人·十字架

作者：西格丽德·温塞特

类型：小说

一、作者简介

西格丽德·温塞特（Sigrid Undset，1882—1949），出生于丹麦的卡隆堡。其父是北欧著名的考古学家，母亲为丹麦贵族后裔。温赛特 11 岁时由于父亲的病逝，家道中落，17 岁便开始了工作生涯。初入职场的温赛特饱尝了底层职员的心酸生活，体会到了人的渺小，但接触到的大量中下层人物的生活也给温赛特提供了极佳的创作素材。这时期的主要作品有《玛莎·欧利夫人》《欢乐时代》《珍妮》《穷人的命运》《春天》《镜中的影像》《才女》等。20 世纪 20 年代，温塞特的创作转向了历史小说，这使她进入了创作的巅峰时期。同时，给她带来了诺贝尔奖荣誉的小说——《新娘·女主人·十字架》，也是创作于这个时期。她于此时期创作的作品还包括《欧拉夫·奥东逊》《奥东逊和他的孩子》《燃烧的丛林》等。20 世纪30年代后期，由于“二战”的爆发，挪威被法西斯占领，温塞特开始了颠沛流离的生活，这个时期创作的主要作品包括《艾达·伊丽莎白》《贞洁的妻子》《逃向未来》《挪威的欢乐时光》《圣徒凯瑟琳传记》等。

二、作品简析

温塞特的历史小说创作于其写作生涯的巅峰时期。其父是北欧著名的考古学家，这样的特殊家庭背景培养了她对北欧历史的浓厚兴趣。然而，历史从来不是拘囿温塞特想象翅膀的枷锁，而是助她腾飞的东风。历史是真实的，小说是虚构的，如何将历史和虚构完美地融合在一起，需要每个作家根据自己想要表达的内容而有所侧重。温塞特选择的策略是将历史后置为人物活动的背景，以虚构的主人公的人生为主线，塑造鲜明的人物形象，最终完成历史小说生活化的写作。

《新娘·女主人·十字架》艺术上的第一个特点，就是塑造了鲜活的人物形象。从善良隐忍的父亲劳伦斯、沉默而不善表达的母亲拉根弗丽德，到为爱隐忍一生的西蒙、任性却透彻的妹妹兰波，都体现了圆形人物的丰富性，而其中又以男女主人公克里斯汀和伊兰德塑造得最为成功。《新娘·女主人·十字架》这三部曲的各自标题代表了主人公克里斯汀一生中的三个阶段：无知天真的童年期和追求自由爱情、违反禁令的青年期；婚后对家庭生活的全心付出，以及与丈夫间渐渐隐现的矛盾的婚姻期；经历生活剧变回到生活起点后的独自操劳，以及最后在孤独中皈依宗教后得到救赎的老年期。通过克里斯汀一生的经历，我们可以看到一个为了爱情、家庭而挣扎奋斗的女人的一生。她倔强、孤独而又充满了女性的温情与慈爱。大概是由于自身的婚姻经历，温塞特在描写家庭生活时总是带着黯然神伤的笔调。克里斯汀的一生可以总结为对社会纲常，即父权、神权和夫权的三次背离：第一次是对父权的背离。父母“双方为安德列斯的次子西蒙和劳伦斯之女克里斯汀定下婚约”（《新娘·柔伦庄园》），然而这只是双方父母对这桩婚姻的满意，此时的克里斯汀并不了解什么是爱情婚姻，西蒙的温和性格与良好的修养只是让克里斯汀感觉到满意，并非喜爱。她的心里有着对青梅竹马的阿尔纳朦胧的爱情意识，这驱使她在阿尔纳临行前的那个晚上不顾流言独自赴约。这是她第一次对父亲意愿的背离。当阿尔纳死后，为了寻求内心的宁静，父亲将她送到奥斯陆修道院。修道院的人生经历让她遇到了真正带给她爱情的那个人——尼古拉斯之子伊兰德。为了心中的爱情她义无反顾地要求与西蒙解除婚约，这违背了父亲的心愿。在背离父权的同时，克里斯汀也背离了宗教神权。伊兰德带给了克里斯汀从未有过的爱情，当一颗向往自由爱情的心被激活之后，任何人都阻挡不住为爱献身的冲动，即使在宗教背景下，在修道院的高墙之下，也无法阻拦。违反宗教禁欲主义的私自结合，似乎是对宗教的一次赤裸的反讽与背离。第三次就是对夫权的背离。和西蒙解除婚约后，克里斯汀如愿嫁给了伊兰德，然而因爱情而结合的婚姻家庭并不一定都是幸福的。婚后两人性格上的矛盾开始渐渐出现。如果说伊兰德属于冒险的大海，那么克里斯汀就是属于务实的平原。来到丈夫的庄园，一切都要重新开始，面对丈夫的不事生产，克里斯汀承担了家里的大部分劳作，在孩子一个接一个出生后，更是将全部的精力奉献给了家庭。“她果真是女主人!”（《女主人·罪恶的果实》）在丈夫出外谋事的那些年里，克里斯汀独自支撑着家庭的生活，扮演着男人应做的角色。伊兰德也并非作为一种典型的正面主人公形象出现。相反，在他的身上我们可以看到诸多的背离性和反传统性。他年少时做过很多荒唐的事：私生活混乱，被教会除名，在明知社会道德不允许的情况下依然和克里斯汀私下结合，结婚后依然和其他女人暧昧不清，甚至为此牺牲了自己的前途，等等。这些行为都不能说伊兰德是一个完美的主人公形象。但其荒唐的性格中也有闪光耀眼之处。他对于政治时事的深刻见解，对于家庭婚姻的恪守，政治事变败露后，对罪责一力承担的义气，等等。这样的不完美形象，甚至是背离社会习俗的形象，让读者感受到了一种真实。这样的人是会在日常生活中出现的，他们不怎么好，也不怎么坏，但当他们落难时你也会由衷地生出怜悯之情。

《新娘·女主人·十字架》艺术上的第二个特点，就是它非常注重多场景描写。虽然《新娘·女主人·十字架》是一部历史小说，但其主要内容则是人物的生活而非重要历史事件。克里斯汀的一生主要活动的地区有两个，一个是父母居住的柔伦庄园，一个是丈夫的胡萨贝尔庄园。虽然空间涉及的范围并不广阔，但是作家描写了丰富的家庭生活、宗教生活和政治生活。家庭生活包括日常生活场景，劳作打猎场景，以及与仆人农夫的交往等。“劳伦斯确实很爱到教区外面的高山屯垦地以及出租地来看一下这些贫困的人，他与这群人在一起，总感觉很快乐。他们彼此肆意地谈论着森林中的野兽及高原荒地的一群群麋鹿，或者是这个地方出现过的各种各样的动物。”（《新娘·柔伦庄园》）“克里斯汀的第一件事就是让仆人们把全部家具搬出去，用消毒水洗干净，而且把房屋墙壁洗了一遍，接着把干稻草搬出来烧了，铺上新鲜的稻草，再铺上她随身带来的新的床单。”（《女主人·罪恶的果实》）整部小说中人物与生活紧密结合，形象的塑造也是在生活描写中丰满起来的。

宗教生活贯穿了主人公心灵历程的全部。克里斯汀成长于充满了浓厚的宗教氛围的家庭，然后在修道院遇到自己生命中最为重要的爱人伊兰德。故事结尾，为了救助一个小男孩，克里斯汀感染上了鼠疫，在她生命的最后一刻，她看到了主对她的救赎，也实现了对自己一生背负的罪责的救赎。“她是主的侍女，是一个桀骜不驯的仆人，不虔诚的祈祷者，心里不忠诚，懒散邋遢，对别人的建议感到不满，言行不一。但主一直守护着她，在她的戒指上悄悄留下了一个印记，证明她是主的女仆，属于艾利夫神父现在召请来的那个人，他现在要给予她自由，解救她……”（《十字架》）

政治生活作为历史背景被隐于叙事主线之外，只是作为人物命运的转折点而存在。与政治生活关系最密切的则是伊兰德。他在效忠皇室的时候得到了无数的土地、荣誉，而当他密谋造反，推翻一主两国的统治模式，打算另立新主的时候，却被剥夺了所有的财产。可以说，政治生活是改变伊兰德人生轨迹的主要原因。

《新娘·女主人·十字架》艺术上的第三个特点，就是它对家庭关系和两性关系的深入探讨。上一辈的家庭关系中，以父亲劳伦斯和母亲拉根弗丽德为代表。在外人看来，两人的婚姻是幸福美满的象征。父亲劳伦斯为人和气善良、正直朴素，不仅是个好庄稼人，而且是一个优秀的猎手，同时还是一个慷慨的地主。“他们夫妻感情融洽，劳伦斯不喜欢其他女人，什么事都和她商量，不管是在清醒的时候，还是喝醉酒的时候。他从来不会对拉根弗丽德说一句语气很重的话。”（《新娘·柔伦庄园》）然而这样相敬如宾的家庭婚姻生活真的就是幸福的么？答案显然是否定的。夫妻两人似乎并不怎么交流内心情感，一切都是平淡而安详的。拉根弗丽德虽然生活如意，受人尊重，但是一直不怎么开心，容貌也显得苍老。除了夭折的三个孩子这一原因之外，婚前的失贞也如魔咒一般折磨着她。一个自认为有罪无法向对方敞开心扉，一个没有体察到妻子的细微情绪，彼此都无法和爱人交流沟通。表面上看似美满的婚姻，却于暗层涌动着破裂的危机。即使他们携手走过这一生，那也很难说是因为爱情。克里斯汀和伊兰德的婚姻是建立在爱情之上的，他们为了爱情可以冲破宗教道德的束缚，然而回归到现实的婚姻后，就真的能如愿获得永久的幸福么？克里斯汀和伊兰德一直都是相爱的，但随着时间环境的变化，爱情也掺杂着更多世俗的杂质。孩子一个个地出生，克里斯汀也将感情分给了心爱的孩子们，在伊兰德外出任职时，她一个人支撑门庭。婚前失贞的不洁罪恶感也时刻提醒着她，让自己对家人怀有不尽的悔愧之情。伊兰德也因为政治的失意而不得不接受妻子的家产来过活，内心却一直处于矛盾状态。两人的争吵时时刻刻在发生，虽然拥有爱情，但是无法用正常的方式交流表达。西蒙和兰波的婚姻更多的像是一种补偿——克里斯汀的悔婚。因此这样的爱情也不会得到幸福。西蒙对兰波没有爱情，他一直将兰波当成小孩子一样去疼爱，害怕她受委屈，担心她生气。就像兰波说的，“他会微笑地扶我骑马，同意我去各地游玩和看亲戚。等我回来时，他也会微笑着迎接我……他会轻轻地抚摸我，好像我是只小狗或者是他的爱马一样。但当我离开时，他也不会思念我”（《十字架·赎罪者》）。这种保护就像是父亲对女儿的爱护，甚至西蒙会时常怀疑“他和兰波之间是否真的相处融洽”（《十字架·亲戚的情分》）。西蒙爱的一直是克里斯汀，他没有办法将自己的爱情给兰波，只能用疼爱和保护来补偿。三种婚姻家庭模式无疑都是失败的，但作者对理想的婚姻状态依然向往。

《新娘·女主人·十字架》艺术上的第四个特点，就是它注重对自然景物的描绘。在小说中，自然景物的描写随处可见，这不仅有利于消解历史的厚重感，而且可以带领读者领略异域风光，感受异国特色。不论是寒冬凛冽的雪国天地，还是盈盈绿意的春回大地，温塞特的笔调总是最简单直接的白描，却是最生动的。平实朴素的文字，就这样疏淡地画上几笔，景色就已鲜活地出现在眼前。“克里斯汀站在费根斯勃列克山上。她俯视着夕阳中闪烁着金色光芒的城市。在波光粼粼的宽阔的河流对面，是一栋褐色的建筑物，房顶上是绿色的青草，花圃中种满了树木，它的周围呈现梯形排列着很多石屋，一些教堂就在那些房顶中显现出来，还有些教堂的屋顶在阳光的映衬下反射出的黯淡的光芒，那座最大的教堂就在这座城市的中央，立在最高处，非常宏伟，俯视着整个城市。余晖落在墙上，使得玻璃窗异常夺目，一旁的神坛上也闪耀着金光，坦露和尖顶好像和天空连接了起来，这一切看起来令人眩晕。”（《女主人 · 罪恶的果实》）这里写的是克里斯汀生下第一个孩子纳克后，为了让自己从未婚先孕的罪责中得到宽恕，她决定带着孩子去朝圣。当她终于到达圣地时，她感谢主的保佑。此时眼中所及的一切景物仿佛染上了圣光，自己的心情也得到了抚慰。教堂此刻不再是严肃沉重的，而是充满了温情。

温赛特的《新娘 · 女主人 · 十字架》将小说的虚构性和历史的真实性完美地融合到了一起，不仅将挪威几个世纪以来的历史都涵盖在了小说中，而且细腻地描绘出了人物内心的纤细情感，以及日常生活和风土人情。女主人公克里斯汀就是在历史长河中扬帆起航的舵手，她将全部的热情挥洒在自己为之珍视的爱情、家庭和生活上。在小说的最后，也是她用生命捍卫了自己的尊严。

三、作者自白

挪威不需要穿瑞典裤子改制的大衣。他们知道这件大衣永远不会适合他们的身材。

——［挪］西格丽德 · 温塞特：《挪威的欢乐时光》，载毛信德、李孝华主编：《诺贝尔文学奖获奖作家散文精品》，百花洲文艺出版社 2011 年版，第 64 页。

这是我们的国家，没有任何强权国家有权占领挪威……我从不相信我们会放弃为公正而斗争，我希望有那么一天，我们的孩子能够在解放了的挪威的土地上，作为自由的公民而生活。

——［挪］西格丽德·温塞特，载陈春生编著：《捧得诺贝尔桂冠的10位文学女性》，哈尔滨出版社2005年版，第58页。

四、名家点评

温塞特小说所呈现的是，中世纪的人们以他们独特的方式似乎享有比现代人更丰富的精神生活。这些先辈珍视荣誉，尊奉信仰，然而令人感到困惑的是，他们同时也迷恋男女私情，追求感官愉悦——这种追求在很大程度上决定了他们对真与美的领悟。

——［瑞］佩尔·哈尔斯特龙语，载刘硕良主编：《诺贝尔文学奖授奖词和获奖演说1901—2012》，漓江出版社2013年版，第142页。

西格丽德·温塞特所创作的题材广泛的叙事作品堪称一部北欧的《伊利亚特》。我们的先辈曾在日耳曼文化的基础上建设了理想的社稷，温塞特正是通过她的作品使先辈的理想重新放射出灿烂的光芒。

——［瑞］戈斯塔·弗塞尔语，载刘硕良主编：《诺贝尔文学奖授奖词和获奖演说1901—2012》，漓江出版社2013年版，第144页。

五、研讨平台

1. 研讨题目：宗教与爱情的关系

提示：自古以来爱情便是文学作品中永恒的母题，宗教因素在西方文学作品中也占有重要的地位。前者是人原始情欲的外化表现，后者则是洗涤心灵、祈祷来生救赎的工具。两者无论是从内涵还是结果来看都是相互矛盾的。

大多数作品把两者描述为相互矛盾的，如霍桑的《红字》。而在《新娘·女主人·十字架》中浓厚的宗教氛围和爱情因素的结合却呈现出特殊的一面，女主人公一面背离宗教，一面又在宗教中寻求救赎。

2. 关于“宗教与爱情的关系”的重要观点

作为基督教伦理的基础的贞洁具有神秘的宗教裁判所的作用。为了“道德的完美”，贞洁把人类自戕的残酷形式神圣化了。认为性欲仿佛会糟蹋人的精神，降低他的创造力，这种观点是错误的。事实表明的情况恰好相反。天才从来就不是阉人。

——［保］基·瓦西列夫，赵永穆、范国恩、陈行慧译：《情爱论》，生活·读书·新知三联书店1984年版，第8页。

我恍然大悟：正是那些肉欲横流的幽灵在此经受如此痛苦的酷刑，因为它们放纵情欲，丧失理性。正像紫翅椋鸟的双翼，把它们一群群带入寒风冷气，那狂风也同样使这些邪恶的阴魂，上下左右不住翻滚。

——［意］但丁，黄文捷译：《神曲·地狱篇》，译林出版社2005年版，第42页。

六、文献目录

［1］M. Mitzi. Brunsdale. Stages on Her Road：Sigrid Undsets Spiritual Journey. Religion & Literature，1991.

［2］陈春生：《捧得诺贝尔桂冠的10位文学女性》，哈尔滨出版社2005年版。

［3］郭娜：《和谐之声——解读〈新娘·女主人·十字架〉》，载《中北大学学报》2014年第1期。

［4］刘硕良：《诺贝尔文学奖授奖词和获奖演说1901—2012》，漓江出版社2013年版。

[5] 莫运平:《基督教文化与西方文学》,中央编译出版社 2007 年版。
[6] 毛信德、李孝华主编:《诺贝尔文学奖获奖作家散文精品》,百花洲文艺出版社 2011 年版。
[7] 肖淑芬、杨肖:《诺贝尔文学奖获奖女作家研究》,社会科学文献出版社 2013 年版。
[8] [挪] 西格丽德·温塞特,王玲楠译:《新娘·女主人·十字架》,海峡文艺出版社 2017 年版。

(张其月)

魔　山

作者：托马斯·曼

类型：小说

一、作家简介

托马斯·曼（Thomas Mann，1875—1955）生于德国北部汉萨联盟的中心城市吕贝克。其一生可以称得上是一部“放逐史”：幼年在波罗的海浪漫气息的浸染之下长大，汲取了丰富的德国北部文化；青春期在德国南部的文化中心慕尼黑度过，同时从事文学活动，见识到了近阿尔卑斯地区的活力与天主教氛围；之后与兄长前往意大利，在天主教的中心——罗马正式开始了其自由创作的生涯；晚年移居美国，改入美籍，却又无法从心底接受美国社会的主流价值观念，于是辗转移居瑞士。托马斯·曼的一生经历过一战、魏玛共和国的建立以及二战，其在作品中也不时投射出对现实的关切、对政治的议论以及变化鲜明的战争观——他曾经支持一战，认为战争可以令欧洲“改头换面”，然而随着对战争残酷性的认识，托马斯·曼开始抵抗战争，并于之后持续地反对纳粹的种族主义观念和法西斯思想，也因此不得不于二战期间被迫流亡美国，最终病逝于苏黎世。其代表作为长篇小说《布登勃洛克一家》《魔山》《死于威尼斯》《浮士德博士》《绿蒂在魏玛》等。其子克劳斯·曼（Klaus Mann）与其兄海因里希·曼（Heinrich Mann）同样也是值得研究的作家。

二、作品简析

在19、20世纪之交的欧洲，科技革命的发展改写了人类文明史，同时也卸下了宗教高高在上的冠冕。浸润在巨大物质财富中的盲目自信与“上帝已死”的悲观感受成为彼时欧洲时代精神的整体特征。《魔山》这部鸿篇巨制的主旨思想，就是对这一时期的西方文明的破落与衰竭进行揭示与批判。这一宏大的命题被托马斯·曼以妙笔浓缩在瑞士达沃斯的疗养区里，将彼时欧洲中上流社会人群的情爱纠葛和日常生活构成了一部广阔庞杂的心灵史，并通过对这一坐享雪山湖泊却又终日被死亡之幽魂所笼罩的“魔山”的建构，令迍邅之世里行尸走肉一般的男男女女有如浮世绘般在我们眼前徐徐展开。

托马斯·曼对西方文明的反思首先体现在小说中的环境描写之上。其笔下的环境描写兼具艺术性与思想性，艺术性主要体现为对故事气氛的烘托：在故事的一开始，托马斯·曼以只言片语，便营造出了故事发生的独特场景，瞬间将读者从人间引至一个既非世俗世界，又非黑暗地狱，更非天堂幻境的“异托邦”：“在那儿一片微微突出的草坪上，朝着东南方。坐落着一幢长方形的建筑以及附带的半圆顶的钟楼……暮色迅速降临，一抹曾经使单调的天空一度显得有些生气的淡淡晚霞业已消散，整个自然界都处于那种没有色彩、没有生气的可悲的过渡状态，随后而来的就将是沉沉的暗夜了。”在上述这一艺术性之外，托马斯·曼笔下的环境还具有一定的思想深度。这一思想深度主要体现在以下两个方面：首先，其所建构出来的“魔山”，是一个与世隔绝的空间。这一空间首先是一个“物质空间”——疗养院，在这一具有实体性的建筑里，建筑自身所具有的空间阻隔性便自然而然地“圈”出了一个封闭的精神空间。其次，这一空间还是一个人造空间，山上的诸多病人与医生，便既是这一空间的创造者，也是这一空间的参与者，人与人之间的日常生活、关系网络乃至男女之间于情感上的暗流涌动，均是这一精神空间的主要“成分”。综上，魔山所具有的象征意味不言而喻：它既是彼时外在欧洲社会的缩影与隐喻，还是内在人性与精神的外化。小说中环境描写的思想性还体现为托马斯·曼对自然环境的“泛神”表达。在小说最为精妙的“雪”这一节中，托马斯·曼对于汉斯·卡斯托普被困于暴风雪中的刻画，既具有人文主义气息，又展现出了自然神秘、深不可测、充满灵气的特征。其笔下的人与自然之间存在着精神的互动与灵魂的共振，自然不再是人心里的一面镜子，而是参与到了人的自我建构这一过程之中：“四周的寂静不发出任何一点儿声音，却包孕着巨大的力量。白茫茫的雪地迷了他的眼，他暂时收回目光，只觉得心由于爬坡而跳得很厉害——整个心肌器官的动物构造和跳动情况，他曾在透视室里咔嗒咔嗒的闪光下，也许是罪恶地偷看过。他不禁动了感情，对他自己的心脏，对人的跳动着的心脏，油然生出一种单纯而又虔诚的同情来，而且偏偏是在这山顶上，在这似谜一般令人疑惑不解的冷冰冰的虚无境界。……真是太静了，太孤单了，叫人简直害怕。然而，他又为征服了它们而感到骄傲，并且因为觉得自己配享受这个环境而充满勇气。”在被皑皑白雪所包裹的天地之间，卡斯托普第一次看到了自己的心，人类与生俱来的孤独与骄傲如此清晰地倒映在雪山化作的镜子之中，这也在之后令他奇迹般地由危转安。在托马斯·曼所塑造出的自然环境之中，“神性”成为主体与客体之间的共性，使人与自然互为镜像；充满了神性的自然景观同时也对魔山这一“人造空间”进行了对照，达到了反讽的美学效果。这种“人与自然统一于神性之中”的环境描写令整部小说充满了终极性，同时也进一步地延伸出小说关于“魔世”与“人间”、“生”与“死”、“此在”与“存在”的辩证主题，使小说在艺术性与批判性上自然而然地达到了和谐又不失细腻的境地。

在看似随意却笔笔直入人心的环境烘托之中，小说中的人物群像也得到了托马斯·曼精准的表现。结合小说批判西方文明的主题，托马斯·曼笔下的“人物形象”在作为群体与个体来看待时，均有其不同的意义与价值。在作为群体来看时，人与人之间的交错与言谈不光生动地反映了彼时欧洲社会的文化窠臼，如重视门第、爱慕虚荣等，还凸显了人物心底的孤独，比如卡斯托普与其表哥约阿希姆均容易对女性动心，且一旦动心，就一发而不可收。这种孤独是灵魂的孱弱，也是精神的疲态，人物群体之间的关系网络在构成小说的基本情节之外，更多了一层深化主旨的含义。而在把每一位人物分开来看时，我们可以发现，魔山上的主要人物多达数十人，而每一位从着装、言谈、性格到所代表的阶层以及象征意义都各不相同："上等俄罗斯夫妇"与"下等俄罗斯夫妇"象征着彼时俄罗斯最为欧洲化的都市——圣彼得堡的复杂社会阶层，令卡斯托普一见倾心的舒夏特小姐是轻浮放荡的资产阶级女性的典型代表，掌控着大家生命的贝伦斯大夫则可以说是死神的代言人……这些人物有如历史长河中斑斑点点的星辰，在从不同的侧面展现彼时欧洲人整体面貌的同时，又颇具艺术性。主人公卡斯托普是德国上流社会的缩影，这位出身于汉堡贵族阶级的青年一无所知地来到魔山看望表兄约阿希姆，他有着轻佻、单纯的少爷毛病，却又为人真挚、乐于倾听、善于思索。卡斯托普所偏爱的玛利亚·曼齐尼雪茄在小说中看似无足轻重，却贯穿始终，托马斯·曼总在不经意之处通过对其吸烟的描绘，揭露出其性格的特征："他用挂在表链上的一把弯角小刀削去头子，揿燃从衣袋里掏出的打火机，把那长长的、前头粗壮的雪茄凑上去，吧嗒吧嗒地吸燃，吸得陶然欲醉。"——一位讲究、养尊处优且注重享受的公子哥形象顿时跃然纸上。

小说最为引人入胜的当属作者倾注其中的宏大的哲学、宗教命题。法国大革命之后的欧洲父权文明已经于20世纪前后发展到了最为衰竭的时期：革命推翻了君主的权威，架空了"国父"；工业化进程令父亲走出家门，来到工厂，"一家之主"从此缺席了；往昔的基督教之父的"上帝"在此时被人自身的逐利本性所解构……上述"父性"的匮乏导致人的精神空虚，而这一精神空虚归根结底，源于人的"此在"（Dasein）与"存在"（Sein）的分离状态：人只顾及眼前的"生活"，却遗忘了何为"生命"。对于时间性的探讨于是成为托马斯·曼解决这一问题的核心线索：在故事的开头，作者就借由约阿希姆之口道出了魔山的最大特征——"无时间性"："这儿的人对时间才不在乎哩。三个星期对于他们就像一天。你会看见的。你也会学会这一切。"而随着卡斯托普的经历，我们发现，时间确实在这魔山上丧失了效力：他原本只打算在山上呆三周，却一再地因为诸种偶发事件而被迫将下山的时间推迟，以致最终呆了整整七年。作者也经常在小说中直接对时间性问题发表个人见解："时间以其看不见的、缓慢的、神秘的然而是运动的方式不断地前进，发生着变化"。人对于生命的真切感受直接地来自时间，时间序列令人的此在得以展开。而在这已经丧失了时间性的魔山之上，没有过去，没有未来，只有及时行乐的现在，这宛如冥界一般的"异度空间"剥夺了病人们的生命意义，摧毁了他们的精神支柱，可以说，作者的每一次发问，都是来自人类心底深处对生命本质的深刻叩问。在哲学意蕴的基础之上，托马斯·曼通过小说中的宗教思想进一步地对人性、社会乃至整个西方文明的"病灶"进行了揭示：在小说的前半部分，作者的宗教思想主要是通过来自奥地利的耶稣会士纳夫塔与来自意大利的作家赛特姆布里尼二人之争辩来呈现。这两个人物，一个代表了彼时对于非理性主义、精神分析学说的崇尚思潮，另一个则代表了传统欧洲文化中的理性主义、人文主义思想，而这恰恰象征着当时发生在德意志、法兰西乃至整个欧洲的资产阶级自由主义与贵族阶级保守主义之间的尖锐对立。托马斯·曼的过人之处在于，他深刻地洞察了这一政治纷争背后的思维本质，看清了这是原始异教文化与现代基督教文明这两大思维之间长久斗争的现代变体。这一意识通过小说后半部分对许多异教思想的描绘而得以展开，如诺斯替教的对立统一学说、摩尼教的一元论以及佛教的轮回思想，等等。最为精彩的是作者假借纳夫塔之口对墓穴的一段论述："对于神秘化学（炼金术）的这种转化，最好的象征是墓穴……那是尸体腐烂的所在。墓穴意味着密封起来与外界隔绝，无异于一个容器，一个结晶蒸馏罐，物质在里边被强制着完成自身最后的转化和净化"。从这种包含生死转化意味的异教言论中，我们发现，托马斯·曼明显受到了以巴霍芬（Bachofen）、拉菲陶（Lafitau）为代表的考古人类学家的影响，对人类远古时代的母系社会有着异样的热情与隐秘的憧憬。他通过卡斯托普的"神庙中的人肉宴"这一梦境，隐晦地表达了自己所受到的相关影响：在典型父权建筑——古罗马式神庙建筑里，正在分食婴儿的两个女妖可以说明显体现了作者对父权制社会潜在的反抗本能，同时揭露了他心底对于母性力量的畏惧。从中我们能看到当时从阿尔卑斯地区的艺术家中心——瑞士阿斯科纳真理山（der Monte Verità）往外传播的哲学思潮的影子：这群以黑塞为代表的诗人、哲学家、艺术家崇尚印度宗教、中国文化等东方非基督教思想，对重返墓穴、在子宫中重生的愿望报以热忱；他们渴望以远古母权来拯救当今父权社会，渴望以解构“一夫一妻制”、提倡柏拉图式“同性之爱”等方式，来反对父权文明对人之性本能、爱本能等原欲的长久压抑。这在令其作品更为深刻的同时也使其作品变得更加丰富多义。相关的异教神秘主义氛围在小说的前半部分被作者所深深地压抑着，仅在不引人注意的地方偶尔显露踪迹，然而，到了小说尾声，在卡斯托普的表哥约阿希姆已经在战场上病入膏肓，返回山上疗养却已无力回天、撒手人寰之后，托马斯·曼又设置了“疑窦重重”一节，通过“生者招魂”“死者显灵”等情节的安排令这种暗自涌动了许久的神秘气息猛然喷薄而出：“约阿希姆正坐在那里……他仰身向后坐着，一条腿搁在另一条腿上。尽管有帽子遮着，仍然可以看出他的脸庞憔悴。这是痛苦的印记，男子汉认真和严肃的表情。一双眼睛上方的前额有两条皱纹，深深陷在骨窝里，但它无损于这对美丽乌黑的大眼睛闪烁出敦厚的目光，文静而亲切地窥视着汉斯·卡斯托普，独独注视着他一个人。”约阿希姆与卡斯托普之间的这一超时空的对视将全书的高潮部分蒙上了一层炼金术的神秘薄纱，一种生死转化的光环，既充满了死亡之寂静，又蕴藏着生死对话、阴阳重逢之壮美。

作为托马斯·曼最负盛名的作品之一，《魔山》在艺术手法与思想深度上均代表着20世纪初德语文学的巅峰水平。从其1924年问世至今已经过去了将近一百年的时间，这部作品中的诸多命题仍一再地被人们所讨论。其中对生之本质、死之奥义的壮阔书写到如今依然没有得到明确的意义决断，而没有答案也许正是这一作品的伟大之处：每当我们重读《魔山》时，都会从雪山之镜中看到自己那颗时而怯懦、时而空虚，却始终不曾丧失勇气的人类之心。

三、作者自白

我在战前不久开始写一部中篇小说——一个具有教育和政治意图的故事。情节发生在山中的一所肺病疗养院里，在这里，一个年轻人遇到了极大的诱惑，遇到了死亡，并且滑稽而可怕地经历了人道与浪漫主义、进步与反动、健康与疾病的矛盾。但与其说是为了要解决什么，倒不如说是为了理解和获得认识。这一切具有幽默的虚无主义精神。

——［德］托马斯·曼，钱鸿嘉译：《魔山》，上海译文出版社 2007 年版，第 1 页。

是的，现代的知识者阶级有个重大的责任。我对于这责任有个极深厚的意识。所以我对于死，和关于死的一切，比对于生，和生的工作还要同情。我的气质，浪漫的多于古典的，艺术的多于资产阶级的。

——［德］托马斯·曼，时甫编译：《欧美现代作家自述》，商务印书馆 1938 年版，第 81 页。

四、名家点评

这部作品初版面世距今已有六十年，小说随着时间而醲醇。一个时代的反讽从来不能成为另一时代的反讽，而今看来，《魔山》散发着淳朴的严肃，这部作品变得如书中令人叹赏的主角汉斯·卡斯托尔普那样挚诚恺切、深情。

——［美］哈罗德·布鲁姆，翁海贞译：《史诗》，译林出版社 2016 年版，第 302 页。

托马斯·曼不愿像 18—19 世纪欧洲传统作家那样，只给读者讲一个情节曲折的故事，他更希望在作品中展现自己的思想，坦诚地表露对德意志民族和德意志祖国的认识、评论和深沉的爱。

——余匡复：《余匡复文集》，上海外语教育出版社 2016 年版，第 53 页。

五、研讨平台

1. 研讨题目：文学中的炼金术

提示：作为近代化学的雏形，炼金术是中世纪及文艺复兴时期风靡欧洲的一种技术，其目的简而言之，就是将不同的物质融合起来，使之性质发生改变，以最终炼出使人长生不老的"哲人石"。炼金术的基本程序中包含着"双性同体""近亲繁殖""转化生成"等思维，这一逻辑不光在特拉克尔的诗歌之中通过"兄妹恋情"而大放异彩，还在歌德的《浮士德》中以两极事物的杂糅为形式，营造出了神秘气息。以炼金术为故事原型的西方文学还有许多，比如安吉拉·卡特的《新夏娃的诞生》、詹姆斯·乔伊斯的《芬尼根守灵夜》等，在著名心理学家荣格的思想之中，更是处处透露出炼金术的气息。这一"异教"为何赢得了如此多作家、哲学家、思想家的青睐，它的思想在西方文化之中到底有着何种举足轻重的地位？从"炼金术"这一问题出发，对西方异教文化史进行追踪，我们将会发现：在西方古代文化中，竟存在着那么多与道家"阴阳圆成""对立转化"如此相似的思想观念！

2. 关于"文学中的炼金术"的重要观点

> 关于炼金术的任何讨论背后都萦绕着一个问题：中世纪那些（有文化修养和教养）想必很有才智的人如何可能会认真看待把贱金属变成黄金这样的荒唐行为？这样的愚蠢行为难道不是把他们绝对排除在严肃科学的界限之外，从而超出了本书范围吗？不！恰恰相反。……与此相比，一种金属嬗变成另一种金属远没有那么难。也有理论为嬗变的可能性提供了支持。亚里士多德曾经宣称，所有物体都有基本的统一性……只要改变性质，一种元素就可以嬗变成另一种元素。改变元素在复合物中的比例，该复合物就可以嬗变成另一种实体。

——［美］戴维·林德伯格，张卜天译：《西方科学的起源》，湖南科学技术出版社 2013 年版，第 458~459 页。

“（炼金术中的）着黄”这个过程在希腊语中叫做 baptein，而宗教意义上的“洗礼”叫做 hobaptismo……这一词同时具有了“净化”和“染色”的含义……通过这个仪式，接受洗礼者经历了一场蜕变，从一种存在转向了另一种存在，或者说获得了一次再生。

——［德］汉斯-魏尔纳·舒特，李文潮、萧培生译：《寻求哲人石——炼金术文化史》，上海科技教育出版社 2006 年版，第 50 页。

六、文献目录

[1] Andrea Blödorn, Friedhelm Marx. Thomas Mann Handbuch, Leben-Werk-Wirkung. Metzler, 2015.

[2] Harvey Goldman. Max Weber and Thomas Mann. University of California Press, 1991.

[3] Manfried Flügge. Das Jahrhundert der Manns. Aufbau, 2016.

[4] ［德］艾丽卡·曼，潘海峰、朱妙珍译：《我的父亲：托马斯·曼》，东方出版社 2001 年版。

[5] 贾峰昌：《浪漫主义艺术传统与托马斯·曼》，浙江大学出版社 2012 年版。

[6] 李昌珂：《“我这个时代”的德国：托马斯·曼长篇小说论析》，北京大学出版社 2012 年版。

[7] 宁瑛：《托马斯·曼》，华夏出版社 2002 年版。

[8] ［日］上山安敏，孙传钊译：《神话与理性——19 世纪末至 20 世纪初欧洲的知识界》，上海人民出版社 1992 年版。

（叶雨其）

福尔赛世家

作者：高尔斯华绥

类型：小说

一、作者简介

约翰·高尔斯华绥（John Galsworthy，1867—1933），英国小说家和剧作家。1867 年 8 月 14 日，他出生于伦敦一个富裕的中产阶级律师家庭，先后在哈罗公学和牛津大学法学院接受教育。1895 年，高尔斯华绥放弃律师工作，开始文学创作，师承俄法两国现实主义大师（屠格涅夫、莫泊桑）。他于 1897 年发表处女作《天涯海角》；1904 年出版《岛国的法利赛人》；1906 年完成长篇小说《有产业的人》；1920 年和 1921 年完成两个续篇——《骑虎》和《出租》。1932 年，高尔斯华绥荣膺诺贝尔文学奖。他被学界认为是现实主义文学传统的优秀继承者：他的小说没有吊诡离奇的表现手法，只有对现实社会的细致叙述。他在对典型人物、典型性格的塑造中揭示自我的褒贬态度，他的小说语言流畅自然，情节跌宕起伏。

高产作家高尔斯华绥在世的66年中创作了17部小说、26部剧本、12部短篇小说、散文、诗歌和书信集，与威尔斯、贝内特并称为“20世纪英国现实主义三杰”。除去上述提到的作品之外，他的代表作还有《现代喜剧》三部曲——《白猿》(1924)、《银匙》(1926)、《天鹅曲》(1928)，《尾声》三部曲——《女侍》(1931)、《开花的荒野》(1932)、《河那边》(1933)。他的主要戏剧作品有《银盒》(1906)、《斗争》(1909)、《正义》(1910)、《鸽子》(1912)、《皮肤游戏》(1920)和《忠诚》(1922)等。

二、作品简析

在《福尔赛世家》第一部《有产业的人》第一卷第一章“老佐里恩家的茶会”中，高尔斯华绥设置了利于展现福尔赛家族成员全貌的“茶会”场景，对小说主人公们进行了从内到外的全景式描绘，使得他们以群像形式第一次出现在读者面前。至此我们不难看出，这是一部家族小说：《福尔赛世家》的书名从字面意思上来看，指的是福尔赛家族的家族历史。家族小说主要围绕一个或多个主人公的个人生活事件展开，辐射到整个家族的盛衰荣辱，叙写家庭内部成员命运连环发展、情节线索互相影响的故事。

瑞典文学院在高尔斯华绥的诺贝尔文学奖颁奖词中这样写道：“如果想到欧陆方面在家族史的写作上已经有相当出色的成果，那我们对他的胆识与努力会更加敬佩。”欧陆先贤的家族小说有：法国左拉的《卢贡—马卡尔家族》(1868—1893)，内容如其副标题“法兰西第二帝国时期一个家族的自然史和社会史”所言；德国托马斯·曼的《布登勃洛克一家》(1901)被誉为德意志资产阶级的“一部灵魂史”。《福尔赛世家》的出现，从某种程度上颠覆了我们对家族史作品的刻板印象，同时也填补了英格兰家族史写作的空白。

首先，在《福尔赛世家》中值得我们关注的是作家对中上流社会和资产阶级家族的批判性讽刺。

统观《福尔赛世家》三部曲，高尔斯华绥为读者讲述了英国日趋衰亡的中上流社会和资产阶级家族在房地产、金融（股票、债券）和艺术品收藏行业的金钱博弈和财产增减，作家在选材上对于金钱和财富主题的专注显著加重了作品对以福尔赛家族为代表的英国“财产至上”的“占有主义”资产阶级的讽刺。这种暗藏的机关从全书的开始就具有卓越的反讽作用，为后文福尔赛家族成员强烈的占有欲，锱铢必较、斤斤计较的经济行为习惯和小肚鸡肠的人物性格进行了铺垫。

书名中的“世家”二字，不单是指家族成员数量多、辈分复杂、世代更迭时间长久，更着重于家族的历史积淀深厚、社会背景复杂、经济实力强大、政治能力卓越、审美品位高雅等方面。单从中国古代的《史记》来讲，“世家”指的是门第高贵的大姓家族，只有王侯才能以“世家”来论处，将相断不能妄图企及。但是福尔赛家族的成员们出身卑微，三代以上均为来自社会底层的农民，只是凭借祖辈的小生意和“福尔赛精神”一步步敛财守财，才具有现今的资本积累规模。他们却妄图抹掉这一事实，厚着脸皮与有爵位的上流社会贵族攀亲家，嫌恶那些被他们认为更为“低等”的其他中产阶级。高尔斯华绥在作品中以冷眼旁观的克制陈述深刻地讽刺了福尔赛家族子弟厚颜无耻的捧高踩低行为，使读者在不带任何情感的批判性叙事中，接收到作家的倾向性信号。

其次在《福尔赛世家》中值得我们关注的是作家对英国当时的政治经济状况与社会危机的反映。

高尔斯华绥的《福尔赛世家》创作时间跨度长达 15 年（1906—1921）。在《有产业的人》（1906）创作之前，作家经历了以繁荣的外贸和强大殖民扩张而著称的维多利亚王朝（1837—1901）的衰落和终结；在《骑虎》（1920）和《出租》（1921）创作之前，作家目睹了第一次世界大战（1914—1918）给祖国带来的创伤。他看到了英国的社会危机随着时间的推移、世界政治经济环境的剧变而逐渐加深，因此他在作品中对现实社会的批判力度愈发增强，批判维度也愈加广阔。在传统的批判现实主义的文学观指导下，贯穿全书的反讽手法的运用不但贴合了作家创作的时代背景，而且反映了作家对于批判现实主义文学优秀传统的继承。

福尔赛家族成员受到“维多利亚风尚”的价值观影响，又在工业革命、自由贸易和海外殖民等事业中攫取了大量的物质财富，从而谋求社会政治地位的提升。而这一家族是当时英国整个新兴中产阶级的代表，作为社会中流阶层缩影中的缩影，作品男主人公之一索密斯狂热地追名逐利，并戴上名为“绅士风度”文化风格（包括优雅的穿着打扮和温和的行为举止）的面具自欺欺人，以掩盖其敏感自私的本性和痛苦不堪的内心。

再次在《福尔赛世家》中值得我们关注的是作家借家族小说题材展现的现实主义文学倾向。

作为一个在现代主义文学大行其道的年代写作的现实主义作家，高尔斯华绥在作品中坚持文学与生活的相互观照，这一点在其作品对于当时的政治经济状况的客观反映方面就不难看出。他认为：一方面，生活是文学的源泉。另一方面，文学具有社会性和社会功能，能解决社会问题，具有（过分的）改造社会的能力；作家也具有社会责任，作家为艺术而献身是“为了巨大的幸福和人的伟大”①；艺术应该服务于人。因此文学不能不批评现实，作家不能不坚持创作上的现实主义道路。

高尔斯华绥在时代赋予的现代主义浪潮之中独善其身，被学界认为是现实主义文学传统的优秀继承者。他的作品情节跌宕起伏，语言流畅自然，在对社会现实的细致叙述和对典型人物典型性格的塑造中揭示自身对人物的褒贬态度。但是，他绝非墨守成规地不关注语言艺术或表现手法，而是在反对形式主义和唯美主义的前提下重视文学技巧和艺术形式的运用。

作为一本纪事体小说，《福尔赛世家》按照主人公们的人生轨迹来叙述个人遭遇、事件矛盾和人生百味等繁琐事情，这就没有给予高尔斯华绥多少在创作手法上创新的余地。作家将典型场景中的典型人物，如“新修的长廊”中“蛮横的商人、粗俗的妇人和放荡的女子”，“俱乐部里的绅士、政客、艺术家、小孩和狗”，如走马灯一般展现在我们的视线之中。对于语言艺术的过度关注，在某种程度上，会妨碍作家达成塑造福尔赛这个旧式家族真实的生活形态的目标。

除了对高尔斯华绥不重视语言艺术技巧与形式的指摘，那些标榜自己为反传统的（反现实主义的）现代主义作家们还对其未使用精神分析学方法颇有微词。诺贝尔文学奖颁奖词提及：“当高尔斯华绥在研究人的原动力时，他

---

① ［英］约翰·高尔斯华绥，汪培基等译：《英国作家论文学》，生活·读书·新知三联书店 1985 年版，第 404 页。

采取简单、直接的方式进行，而未试用20世纪初开始风行的弗洛伊德精神分析法。”这部作品虽然没有使用当时先锋的精神分析学方法，而是延续以往文学创作的直接叙事传统模式，但是也并没有什么不妥之处。他的批判现实主义手法通过许多细腻的心理描写展现了小说创作中心从外部客观世界向内心主观世界转化的现代主义倾向。

在作品中，高尔斯华绥为了塑造“福尔赛精神”与反“福尔赛精神”的具象载体，对福尔赛家族中构成人物对照关系的一对堂兄弟——小佐里恩和索密斯进行了深入的心理剖析。通过心理描写在第一人称与第三人称间的自由转变，并辅以男主人公们的动作和神态描写，作家借男主人公们的口与心道出了自我的价值判断和道德准则。就三部曲而言，作家细腻入微的心理分析与当时先锋的精神分析在刻画人物形象和揭示小说主题上所起到的作用并无二致。

高尔斯华绥成功地对福尔赛家族的家庭观念、财产意识和占有欲以及随之而来的伪善和自私进行了辛辣的讽刺，用犀利的笔法毫不留情地揭露和深刻地控诉了资产阶级普遍存在的“福尔赛精神”，精彩地将英国国民性中的丑恶、冷酷、狭隘的一面融进政治经济、文化社会的繁复叙事之中，在痛感世道不公的同时在《福尔赛世家》中说道：我们不能控制生活，但是我们能够和它斗争。

三、作者自白

在他们看来，一切有家室的人都不应当越过园子的篱笆，去采摘那外面的野花。爱情简直像是生麻疹一样，一个人可以在适当的时机染上它，然后得益于一贴混合了牛油和蜂蜜的膏药，他将在令人心满意足的婚姻生活中得到医治，然后，穷此一生永远不再染上这玩意儿。这便是福尔赛家族为爱情定下的规矩。

——［英］约翰·高尔斯华绥，马婷婷、曹丽译：《福尔赛世家》，海峡文艺出版社2017年版，第148页。

文学是当生活从艺术家的血性中敲打出火星来的时候开始的，而生活则是具有多种多样色彩和气味的整个巨大的、沸腾的、喧哗的戏剧。

——［英］约翰·高尔斯华绥，汪培基等译：《英国作家论文学》，生活·读书·新知三联书店 1985 年版，第 400 页。

四、名家点评

高尔斯华绥的全部创作中，以描写福尔赛家族的两个三部曲《福尔赛世家》和《现代喜剧》最为重要，这两个三部曲描写了这一家族从发家到衰败的五代人的变迁。但是，它们和左拉的《卢贡—马卡尔家族》不同，那里所写的并不是一个只有血缘关系的人群，而是一个整体，高尔斯华绥把它看成社会的缩影，英国资产阶级的缩影。作家把这个家族与英国社会、英国历史紧密地联系在一起，通过这个家族内部的矛盾以及它兴衰变迁的历史，写出英国从 19 世纪末到 20 世纪初所发生的历史性的变迁，这就是英国资本主义从自由竞争到垄断集中、从极盛走向衰落的历史变迁，英国资产阶级从兴旺到衰退的演变。

——陈惇：《二十世纪现实主义的重要代表——高尔斯华绥》，载《北京师范大学学报》1993 年第 5 期。

《福尔赛世家》写福氏家族几房人的活动，内容本身就为复杂的故事结构创造了条件。在小说中，福家各房人的行动，诸如房子的修建、情人的幽会、婚丧嫁娶等等，都不是按一条线索发展的，作家展示的是一个大的横截面，许多事件都处在互相交错的共时结构之中。《福尔赛世家》后两部的写作仅用了两年时间（1919—1920），但两部小说的情节在时间上却发生了近二十年的跳跃，这已经不是在按时序的发展来描写家族了。

——邵旭东：《在传统派与现代派之间——高尔斯华绥小说创作的革新意义》，载《外国文学研究》1986年第2期。

五、研讨平台

1. 研讨题目：资本主义的超越与困境

提示：19世纪末20世纪初，随着资本主义社会经济的不断发展，新兴的产业形式、行业形态、工业类别如雨后春笋般不断涌现出来，社会生产资料的丰富和生产力的提高为人类的生活带来了巨大的质变。同时，社会阶级的流动性增强，社会财富的转移速率加快，为新兴资产阶级和中流社会的崛起创造了机会，许多家族由农民一跃成为绅士。

传统的法律、行为规范、职业道德已经逐渐不能适应人们的现实需求。在这一过程中，过渡性的资本主义带来了文学形式由传统的现实主义向新兴的现代主义转化，同时带来了文学创作对象外在和内在两个方面的异化。

2. 关于"资本主义的超越与困境"的重要观点

对财富的贪欲，根本就不等同于资本主义，更不是资本主义的精神。倒不如说，资本主义更多地是对这种非理性（irrational）欲望的一种抑制或至少是一种理性的缓解。不过，资本主义确实等同于靠持续的、理性的、资本主义方式的企业活动来追求利润并且是不断再生的利润。因为资本主义必须如此：在一个完全资本主义式的社会秩序中，任何一个个别的资本主义企业若不利用各种机会去获取利润，那就注定要完蛋。

——［德］马克斯·韦伯，于晓、陈维纲译：《新教伦理与资本主义精神》，生活·读书·新知三联书店1987年版，第8页。

这是最美好的时代，这是最糟糕的时代；这是智慧的年头，这是愚昧的年头；这是信仰的时期，这是怀疑的时期；这是光明的季节，这是黑暗的季节；这是希望之春，这是失望之冬。

——［英］狄更斯，宋兆霖译：《双城记》，华夏出版社 2007 年版，第 3 页。

六、文献目录

[1] John Galsworthy. The Forsyte Saga: Including The man of Property, In Chancery, To Let. New Orchard Editions, 1978.

[2] 陈焘宇:《论高尔斯华绥的中短篇小说》，载《南京师大学报》1993 年第 4 期。

[3] 毛敏诸:《论高尔斯华绥在英国文学史上的地位问题》，载《上海外国语大学学报》1987 年第 2 期。

[4] ［英］乔治·奥威尔，李存捧译：《政治与文学》，译林出版社 2011 年版。

[5] 苏联科学院高尔基世界文学研究所编，秦水、尚怀娥译:《英国文学史：1870—1955》，人民文学出版社 1983 年版。

[6] 邵旭东:《步入异国的家族殿堂——西方“家族小说”概论》，载《外国文学研究》1988 年第 3 期。

[7] 汪培基等译：《英国作家论文学》，生活·读书·新知三联书店 1985 年版。

[8] ［英］约翰·高尔斯华绥，马婷婷、曹丽译:《福尔赛世家》，海峡文艺出版社 2017 年版。

[9] ［英］约翰·高尔斯华绥，方宏译:《列夫·托尔斯泰侧面像》，载《文艺理论研究》1982 年第 2 期。

（汪楚琪）

米佳的爱情

作者：蒲宁

类型：小说

一、作者简介

蒲宁（1870—1953），全名伊凡·阿列克谢耶维奇·蒲宁，也译作布宁。蒲宁出生于一个没落的俄国贵族家庭，中学没有毕业，后在哥哥尤里的引导下，自修完成中学课程。1887年，蒲宁开始尝试创作诗歌《乡村乞丐》。1901年，长诗《落叶》获得了俄国科学院普希金文学奖。1907年，他翻译的美国诗人朗费罗的《海华沙之歌》出版并再次获得此项荣誉。在1917年之前，他先后创作了一系列优秀作品，诸如《乡村》《苏霍多尔》《从旧金山来的绅士》《四海之内皆兄弟》等。1920年，蒲宁带着家眷离开战火纷飞的俄罗斯，远赴法国。1933年，其自传体长篇小说《阿尔谢尼耶夫的一生》完成，同年他获得诺贝尔文学奖。流亡法国时期的蒲宁仍笔耕不辍，先后创作出中篇小说《米佳的爱情》以及短篇小说《幽暗的林间小径》《三个卢布》《在巴黎》等多脍炙人口的名篇。1953 年 11 月 8 日，蒲宁在巴黎一个简朴的公寓里与世长辞。

二、作品简析

情欲在人类的生存体系中占据重要的位置。叔本华将情欲视为意志和一切欲望的焦点。19 世纪俄国作家对人类情欲与社会礼法、宗教之间的复杂冲突给予了较多的关注。作为一个永恒性主题，情欲本身的理想性色彩和非理性特质在 20 世纪初作家笔下得到愈来愈多的诠释。直视情欲本身的复杂面孔，深入人类情感世界剖析情欲与人的生存、信仰之间的关系，这是蒲宁后期创作的一个重要内容。

在蒲宁笔下，情欲时而是幸福的花火，时而幻化成残酷的杀手。情欲本身的在场和缺席会给人带来巨大震撼。在一定程度上，情欲维系着生命的存在并赋予其价值和可能。具体到人物身上，情欲以其魔力对小说男主人公米佳进行双重施压，使得米佳与恋人卡佳的爱情经历由最初的美好向最后的绝望发展。在这个过程中，米佳成为一场情欲之战中的牺牲品，而文本内外也因此弥漫和升腾着忧伤的氛围。就米佳而言，前期爱情的充盈与后期爱情的缺席构成了鲜明的两极对比。

小说首先描述了热恋期间的米佳那纯真执着而又敏感多思的情感走向。小说一开始聚焦于米佳的情感裂变："米佳在莫斯科的幸福日子到 3 月 9 日就戛然而止了。至少他是这么认为的。"小说就这样开篇，将米佳过往的情感和谐带来的美好的感受屏蔽之后，逐步呈现米佳情感在下一个阶段的复杂走势。小说善于将外界的事物诸如动物、植物、云彩等的细微变化与人物内在情感的波澜起伏生动地结合起来。同时，小说将人物的触觉、听觉、味觉、视觉等各要素进行了一种有机的融合，最终给我们展示出米佳的情感变化轨迹。

米佳情绪的第一个变化是怀疑，而这种怀疑主要体现在爱情中的幻觉化体验上。小说用倒叙的方式交代了男、女主人公米佳和卡佳之间爱情的开始。他们初识相爱，一切都是美好的，幸福即将兑现："卷起了一股幸福的旋风，昼夜呼啸，刮得米佳的爱情扶摇直上"。但即使幸福已在眼前时，米佳也并不觉得他是完全踏实幸福的，反而时常感觉不能紧紧地抓住爱情，于是“已经有某种东西开始侵扰和毒化这幸福（而且越来越频繁）”。情感本身的虚幻性和游离性尤其体现在他的内心体验上：他“时常感到存在着两个卡佳，一个是他一见倾心、执着地眷恋着、须臾也分不开的卡佳，另一个则是平平常常、本来面目的卡佳，与前一个相距万里，这使他深感苦恼”。这种情感的折磨让米佳的性情开始变得起伏不定。在现实和幻觉之间，他既追求完美无瑕的爱情，又难以接受尘世的丑陋和瑕疵，尤其是不容情感世界被他人玷污。这样，我们看到的恋爱中的年轻人米佳似乎总是不断地被幸福和烦恼同时包裹着。这其中的烦恼，最终被放大，并成为引发米佳爱情悲剧的导火线。米佳的情绪开始向极端化方向推进。米佳发现卡佳被戏剧学校的校长所诱惑，因为在米佳的眼中，卡佳贪图校长的权欲，为了艺术不惜出卖自己的青春和身体，并沉溺其中，不可自拔。这对米佳来说，是不能忍受的。由此，他的生活开始发生了剧烈变化：由不断的生疑、猜想到后来的妒火中烧。小说细致地描述了这种心境：“他自己拉着卡佳避开人们所做的一切，他认为都是纯洁无邪的，似天堂一般美妙。可是只要他开始想象另一个人取他而代之，那么眼前种种旖旎风光，顷刻之间就会黯然失色，变作某种恬不知耻的东西，使他恨不得要把卡佳掐死，而且，首先是掐死她，而不是想象中的那个情敌。”由此，我们可以看到情欲是如何将他一步步从快乐的天堂推到一个残酷的炼狱的边缘。

处于痛苦之中的米佳对一切事物都失去了兴致。卡佳过去曾是他“王国的主宰”，可是现在卡佳的一切行为在米佳的眼中都充满着“风骚轻佻的味道”。情欲本身的炽烈和变形也导致米佳精神的畸变。这个时候，与其说米佳爱的是卡佳，倒不如说米佳爱的是对爱情之美妙甜蜜的幻想。也正因如此，“他不知道为什么要爱她，也无法明确讲出究竟要她的什么”。情欲本身的虚幻造成米佳意识的迷离与含混。这种意识的撕扯使得米佳“晕晕乎乎”，而他那狰狞的表情和倔强的行为则昭示着他内心的焦灼不安。

从拉康的精神分析视角看，每一个婴儿在幼年时都要经历一个镜像阶段。镜像中的自我作为一个他者构成婴儿社会化的第一个步骤，而与此同时婴儿的性别意识与社会学知识开始在一种“误认”与“误判”中悄然萌生。米佳在幼年和童年时代，不只一次地经历情欲热浪的冲击，而他的“自我认知”正是在一种以情欲为主体的他者世界中被建构起来的：“他总是怀着一种隐秘的、饥渴的好奇心”注视着女孩子的一举一动，“几乎无日不钟情于某一个人”，以至于“那时他爱所有的中学女生，爱天下所有的姑娘”。小说用了不少篇幅细腻地呈现米佳幼年和童年时期的镜像记忆，并由此引出镜像阶段情欲如何参与了他的成长过程。而在这个过程中，米佳不断让自己的思想交织在现实和理想之间，不断出入于纯情的漩涡和卑俗的肉体这一矛盾之中不能自拔，进而引发出一种痛苦甚至不惜沉溺于死亡的快感体验。“要是一个礼拜后再没信来，我就开枪自杀！”这句独白表露了他已濒临绝望的深谷。小说通过米佳内心流程的书写和对周遭环境的主体性感知，呈现出米佳与欲望化主体之间的征服与被征服的关系。对蒲宁而言，他试图完成的也正是对情欲本身虚幻而又具有巨大能量的展示。

依照拉康的精神分析理论，情欲作为米佳的一种欲望化主体，天生地背离了个体原初的意义领域。当欲望化主体米佳在缺少了欲望的目标卡佳时，欲望显然处于一种真空化地带。这对于欲望化主体来说，当然是一刻也不能忍受的。缺少了一种实体化的兑现的欲望化主体会释放巨大的能量，不惜一切地去尝试寻觅目标。由此，我们可以看到米佳的烦恼，可以看到他拼尽一切想去挣脱却又无能为力的窘困场景：“虽然懂得自杀是愚蠢的，但是有什么办法呢？在他看来，世界好比一个樊笼，在这个樊笼内，越是美好的东西，就越使人痛苦，越使人受不了。然而他怎样才能逃出这个樊笼？再说又能逃到什么地方去呢？幸福遍于万汇之中，团团包围了他，惟独他所不可或缺的那一点儿幸福却无从获得。叫人难以忍受的正是这一点。”

从另一个角度来看，米佳的爱情的失败是一场典型的欲望主体狂欢化的结果。我们可以从小说中看到那隐藏着上帝一般的“欲望之手”对米佳的操控：“他觉得自己成了梦游病患者，正身不由己地听任某种外力的摆布，越来越快地朝一个致命的然而却无法回避的深渊走去”。就像小说中所描述的那样，米佳在缺乏卡佳的情感世界中越走越远，最终他深陷于情欲的虚幻之中。他与阿莲卡约会后，懊恼不已，随即又接到卡佳的绝情的信件。应该说，当欲望化主体一旦碰触现实的地平线，卑俗的品质便凸显无疑，并让人无法忍受。

拉康认为，人类的生活是一种异化，而长大就是一个被社会化和被规训化的变异的过程——任何人都不能幸免。或者也可以说，在这个过程中，我们的每一步都是意义中的“不是”，但最终成全了实在界中的“我是”，从而为我们看待世界和人生提供一种视角和方法。米佳的爱情也是拉康意义上的一种欲望化的符号。米佳是一个典型的实在世界和幻想世界的牺牲品。这种情欲悲剧不再单一地把批判的矛头指向某一制度或权力机构，而是着力于呈现主体的情欲姿态和情欲镜像，最终则彰显情欲与人的生存现实之间的紧张关系。

三、作者自白

后来还有什么呢？我记得自己已经不再对其进行模仿，而只是产生了某种愿望，某种在我的生活中出现过无数次的强烈愿望：想要创作出普希金式的作品，写出某种美好的、自由的、严整的东西来。这个愿望来自爱，来自对他的亲属感，来自普希金式的愉悦的心境，而这样的东西我们只能偶尔通过上帝的恩赐才能获得。

——［俄］蒲宁，陈倩译：《蒲宁回忆录》，江苏凤凰文艺出版社 2017 年版，第 247~248 页。

我大概是个天生的诗人。屠格涅夫也首先是个诗人。对他来说，短篇小说中最主要的是声音，其余的都是次要的。对我来说，主要的是找到声音。一旦我找到了它，其余的就迎刃而解了。我已知道，可以一挥而就了。

——［俄］康·帕乌斯托夫斯基，戴骢译：《金玫瑰》，上海译文出版社 2004 年版，第 209 页。

四、名家点评

较之于高尔基、安德烈耶夫或象征派之外任何一位同时代作家，他显然是一位更大的艺术家。他的文学祖先清晰可辨，即契诃夫、托尔斯泰、屠格涅夫和冈察罗夫。他与后两位作家显而易见的亲缘关系赋予他一种“古典”外貌，使他迥异于同时代人。

——［俄］德·斯·米奇斯基，刘文飞译：《俄国文学史》，人民出版社2013年版，第126页。

俄罗斯的景色，它的温柔，它的羞涩的春天，开春时的丑陋，以及转眼之间由丑陋变成的那种恬淡的、带有几分忧郁的美，终于找了表现它们的人，而这个人是从来不去粉饰它们，美化它们的。俄罗斯的景色中，即使是微小的细节，没有一处能逃过蒲宁的眼睛，没有一处未被他描绘过。

——［俄］康·帕乌斯托夫斯基，戴骢译：《金玫瑰》，上海译文出版社2004年版，第213页。

布宁笔下的爱情是一种特殊的、独一无二的个人存在，爱情产生时人会体验到一种完整的感觉、肉欲和精神、身体与心灵、美与善的和谐一致。但是，在爱情中感受到存在的完整之后，人对生活就会产生更高的要求和期待，而日常生活对这些要求和期待是无法回应的，由此使得主人公极有可能陷入灾难之境。

——［俄］谢·伊·科尔米洛夫主编，赵丹、段丽君、胡学星译：《二十世纪俄罗斯文学史：20—90年代主要作家》，南京大学出版社2017年版，第109页。

五、研讨平台

1. 研讨题目：感官体验与文化记忆

提示：感官体验与文化记忆之间的关系十分密切。但是感官体验不易被准确转化成语言，因此它对作家和诗人的美学观念和创作机制发起挑战。事实上，普鲁斯特、蒲宁、劳拉·埃斯基韦尔等作家已在他们的小说中充分描摹了感官体验与人类精神活动的关联作用。蒲宁的小说更是用人物的感官体验接驳个体记忆、集体/族群记忆。他精心地在小说中编织一个“天地氤氲、万物化醇”的世界，将大自然、人物与小说主题进行有机组合。感官体验所牵引的绵长的文化记忆、感官体验参与审美的历程、感官体验与艺术思维之间的交融错杂关系的研究还没有引起研究界足够的重视。

2. 关于“感官体验与文化记忆”的重要观点

> 真正适宜于思维活动的“心理意象”，绝不是对可见物的忠实、完整和逼真的复制。这种意象是由记忆机制提供的，记忆机制完全可以把事物从它们所在的环境（或前后关系）中抽取出来，加以独立的展示。

——［美］鲁道夫·阿恩海姆，滕守尧译：《视觉思维——审美直觉心理学》，四川人民出版社1998年版，第136页。

> 我们是从自己的身体开始认识这个世界的。正是人的身体而不是精神成为人在世的根基，并且成为人认识自我、确认自我的出发点。梅洛·庞蒂指出，“正是从身体的‘角度’出发，外向观察才得以开始——如果不承认这一身体理论就不可能谈论人对世界的感知。我们对日常生活的感知取决于我们的身体”。

——黄子平：《由爱姑的“钩刀样的脚”论定〈离婚〉的主旨并非“反封建”，又由此论及鲁迅的“身体记忆”》，载《上海文化》2018年第9期。

六、文献目录

[1] James Woodward, Ivan Bunin. A Study of His Fiction. University of North Carolina Press, 1980.

[2] 冯玉律：《跨越与回归——论伊凡·布宁》，上海外语教育出版社 1998 年版。

[3] 刘淑梅：《贵族的文明，俄罗斯的象征：布宁创作中的庄园主题研究》，黑龙江大学出版社 2014 年版。

[4] 邱运华：《蒲宁》，四川人民出版社 2003 年版。

[5] 万丽娜：《轻盈的呼吸：布宁小说的现代主义文学诠释》，人民日报出版社 2018 年版。

[6] 王文毓：《布宁小说的记忆诗学特色》，厦门大学出版社 2016 年版。

[7] 杨明明：《当代俄罗斯的布宁研究》，载《当代外国文学》2011 年第 3 期。

[8] 叶红：《蒲宁在中国》，载《俄罗斯文艺》2005 年第 1 期。

（张益伟）

六个寻找剧作家的角色

作者：皮兰德娄

类型：戏剧

一、作者简介

路伊吉·皮兰德娄（Luigi Pirandello，1867—1936），出生于意大利西西里岛阿格里琴托，被誉为20世纪前半叶意大利最重要的诗人、小说家与剧作家。皮兰德娄一生的创作大致可以分为三个时期：早期为诗歌创作阶段，其公开发表的第一部作品是诗集《欢乐的痛苦》（1889），此后又出版了《杰亚的复活节》（1891）、《莱诺挽歌》（1895）等多部诗作；中期以小说创作为主，起初受意大利真实主义理论影响较深，后逐渐形成了自己的风格，其中长篇小说《被遗弃的女人》（1901）、《已故的帕斯卡尔》（1904）均对欧洲文坛有着重要影响；晚期的皮兰德娄转向戏剧舞台，写作了《六个寻找剧作家的角色》（1921）、《亨利四世》（1922）、《寻找自我》（1932）等一系列后来被称为“怪诞剧”的作品，给当时的戏剧界造成了巨大的冲击，被认为在戏剧领域有着堪比乔伊斯之于小说和毕加索之于绘画的贡献。1935年，因“果敢而灵巧地复兴了戏剧艺术和舞台艺术”，皮兰德娄被授予诺贝尔文学奖。

二、作品简析

自古希腊伊始，戏剧长久以来都在西方文学中占据着崇高的地位，但与此同时，戏剧的形式亦在相当程度上受到经典范式的制约。这一范式简要而言，便是经亚里士多德《诗学》中摹仿论发展而来的“幻觉剧场”观念，即认为剧场的任务是摹仿和再现现实世界，戏剧舞台应当通过叙事、服化、舞美、道具等种种方式创造出一种能使观众沉浸其中的幻觉感，以至于观众在观看戏剧时能够忘记自己身在剧场，转而相信舞台上所呈现的事件就是现实本身。

然而，伴随着现代主义思潮的推进和现代主义文学的发展，亚里士多德式的戏剧观念却在20世纪遭受了沉重的打击，以梅特林克、皮兰德娄、布莱希特为代表，众多现代剧作家都希望能够推翻幻觉剧场的大厦。通过对剧作内容与舞台形式的诸多革新，现代剧作家意图唤醒剧场中观众们对于自己“身在何地”的认知，在观众与戏剧舞台之间建立一定的审视距离和反思空间，由此创造出一种“反幻觉剧场”的全新艺术样式。

皮兰德娄的“怪诞剧”即属此列，所谓“怪诞剧”，可追溯到皮兰德娄本人在其论著《幽默主义》中的相关论述。在该作中，作家特别强调了反思对于幽默主义的重要性。皮兰德娄认为，反思能够“指引人们重组事物表象的所有元素，从而深入事物内部，体会到‘相反的情感’”，而当戏剧以一种“怪诞”的方式登场，人们就需要通过反思去重组怪诞中的种种元素，发现内在其中的真实。因此，在皮兰德娄的作品中，事物尽管有着怪诞的外表，但其内在的境遇却往往根植于真实，而联系着外在怪诞与内在真实的则是读者和观众的思考。

外在怪诞和内在真实之间的张力由此构成了皮兰德娄剧作最重要的特征，这一点突出地表现在其代表作《六个寻找剧作家的角色》中。就怪诞特征而言，这部作品异乎寻常的地方主要表现在以下两个方面：

其一是“剧中剧”叙述框架的怪诞性。从叙述的内容来看，《六个寻找剧作家的角色》是一部“关于戏剧的戏剧”，亦即现代戏剧中的“元戏剧/后设戏剧”（metatheatre），剧作围绕一部正在排演的剧作展开。更为特别的是，其在排演过程中又插入和展开了一个新的剧作，而当剧中人说服现实世界的剧组人员开始排演新剧时，他们的演出又不断地遭遇到来自现实世界剧组人员的中断、评论与干预。这一双重的自我指涉一方面使得剧作具备对剧场、演员、戏剧自身进行评述的可能，剧作中因此穿插了大量关于“戏剧的真实性与幻觉性”“戏剧的限制性与现实的多样性”等戏剧剧场与戏剧美学层面的思考，甚至还有针对剧作家皮兰德娄本人的评论，这无疑构成了观众观剧体验中的一个崭新的维度。另一方面，“剧中剧”的叙述框架又使得叙述对象与表现对象之间具备了物质上的合一性，使得舞台上发生的事既发生于剧场层面，又能在现实层面生效。如在戏剧中段，导演排演完“剧中人”第一幕的故事后“钦佩而信服地”喊道：“对，就该在这时落幕！落幕！落幕！”道具员听到后果真把大幕落下，原本存在于剧场层面的情节也就延展到了现实层面，剧作随之在此分节。而之所以能产生出这些怪诞的舞台效果，无疑都与剧作家所采用的“剧中剧”形式有着密切的关联。

其二是叙述情节与人物的怪诞性。《六个寻找剧作家的角色》一作中的人物依照其来源可以被划分为现实空间中的剧组人员，以及由文学空间进入到现实空间的六个剧中角色，两组人马的相遇是通过后者对前者戏剧排练的打断来呈现的。通过这一打断的行动，观众们的注意力从原本占据了舞台的“剧组人员”自然而然地转向了剧场新来的“闯入者们”——而这显然是一群怪诞的闯入者，他们来自一位剧作家未完成的剧本，因剧作的缺席从文学剧本中的“角色”变为了现实世界的“人物”，他们的着装也不同寻常，脸上戴着面具，穿着自带的“戏服”，与现实空间的剧组人员显得格格不入。更为怪诞的是，这些闯入者的出场和谢幕完全依托于排演过程中剧情的发展：六位角色的登场是为了恳求导演完成剧作家未能完成的剧作，剧中第七位角色“帕琪夫人”更是随着情节的演进需要通过“召唤”的方式到来的；同样，这些角色一旦完成了自己在舞台的“表演”便谢幕离去，甚至于伴随着这出悲剧的落幕，剧中角色的死亡也成了舞台上人物的死亡。这一系列超现实的情节与人物，在显示剧作怪诞特点的同时，又打破了经典戏剧的幻觉模式，为皮兰德娄所提倡的反思提供了充分的空间。

而在内在真实的方面，《六个寻找剧作家的角色》最大的特点则体现为心理描写上的高度写实。与戏剧形式、故事情节的高度怪诞不同，《六个寻找剧作家的角色》中对人物情感、心理冲突的呈现是极其细腻和准确的。这些冲突大多围绕人际关系展开，六位剧中人通过互相攻击、互相斗争的方式表露自己内心的情感与痛苦，而这些情感与痛苦不是来自其他，恰恰就是源于剧作家本人的精神世界。在剧作中，除了年幼的小儿子和小女儿，剧中人更多的是充当着旁观者的角色。几乎每两位剧中人之间都存在着矛盾冲突，这些矛盾冲突首先便内在于角色的“人物设定”之中，因此每一个剧中角色在出场时都需要佩戴相应的面具以显示其情感基调所在，但剧作家又并未让冲突一股脑地爆发（尽管其中也存在有“情节概要”式的复述），而是通过戏剧排演在线性时间上的推进逐层披露人物复杂的内心情感和痛苦挣扎。不同于现实空间的剧组人员，来自虚空的剧中人们与其说是在表演一个特定的形象，毋宁说是借由叙事的方式在舞台上自我暴露。正如母亲这一角色所言：“事情没有过去，它正在发生，而且永远不会过去。”对于这些剧中人而言，他们高度细腻的心理活动不是表演出来的内容，而是人物在体验事件时最真实的心理状态，是他们希望逃避却又无法逃避的本质性存在。因此，即使母亲与儿子不愿意参与这场演出，他们却不得不在该他们上台表演的时候上台表演，并在他们所逃避的舞台上重新经历他们希望漠视的痛苦。就此而言，剧中人的心灵是绝对透明的存在，他们不具备隐瞒的能力，因为除去这些想要隐瞒的东西，他们别无他物。皮兰德娄在此显示出了他设置这一情景的巧妙之处，通过创造这六个不得不说的角色，剧作家使排演过程中大段大段的独白具有了充足的合法性，心理描写上的高度写实特征亦在这一情景中得到出色的呈现。

正是在这一层面，怪诞与真实、现实与虚构这一组组貌似对立的概念最终在《六个寻找剧作家的角色》中达成了共生的关系：因其怪诞，真实才具备言说的空间；因其虚构，现实才有了复现的可能。皮兰德娄的确是果敢而灵巧地复兴了戏剧艺术，这不在于他讲了一个多么巧妙的故事，而在于他逼迫着剧中人和观众去破除一种既定的幻觉，回到心理与事实的层面，审视自我的存在。

三、作者自白

现在应该说明，对于我来说，表现某个人物的性格特征并非为表现而表现，叙述某件事的快意或悲戚并非为叙述而叙述，而描写某一自然景色亦并非为描写而描写。有些作家（为数还不少）确有这种癖好，并以此为满足，不再有别的追求。确切地说，这些作家具有史学家的特点。另有一些作家，他们除有这种癖好之外，还感到一种更加深刻的精神需要。为了这种需要，他们只写那些生活中具有个性并能从中获得普遍性的人物、事件和自然景色。确切地说，这些作家具有哲学家的特点。我不幸属于后者。

——［意］皮兰德娄，吕同六编选：《皮兰德娄精选集》，山东文艺出版社 2000 年版，第 6~7 页。

这六个人物自己走上舞台，尽情发泄自身的感情，在他们相互的激烈争斗中，在分别地或集中地与无法理解他们的剧团导演及演员们进行的斗争中，一下子找到了最初在他们身上想找而未能找到的那个所谓的普遍意义。在这种激烈的灵魂冲突之中，他们中的每一个人，为了对付别人的攻击并为自己辩解，不知不觉地表现出他自己的强烈情感和经历的痛苦——那也正是我多年来在心灵中经受的情感与痛苦。

——［意］皮兰德娄，吕同六编选：《皮兰德娄精选集》，山东文艺出版社 2000 年版，第 9 页。

四、名家点评

皮兰德娄对同行的影响主要就是他那些反幻术的创新，然而，他对普通人的深远影响却不只是戏剧上的，同时也是修辞上的。

——［美］哈罗德·布鲁姆，刘志刚译：《剧作家与戏剧》，译林出版社2016年版，第189页。

皮兰德娄创造出了一种新式戏剧，戏剧本身成了公众瞩目的讲述真理的方式。他的剧本中的那些人物自知其理解力有限，真理是相对的，他们的问题和我们的问题一样，乃是认识他们自己。

——［英］彼得·沃森，朱进东、陆月宏、胡发贵译：《20世纪思想史》，上海译文出版社2006年版，第219页。

皮兰德娄使人对他的时代产生了深刻的印象，或许没有任何人能像他那样为普及二战之后的剧作家所信奉的哲学观点做出过那样多的努力。

——［美］奥斯卡·G. 布罗凯特、［美］弗兰克林·J. 希尔蒂，周靖波译：《世界戏剧史》(第十版)，上海三联书店2015年版，第566页。

五、研讨平台

1. 研讨题目：皮兰德娄的“相对论”

提示：受到怀疑主义哲学与爱因斯坦相对论的影响，皮兰德娄的思想中有着突出的相对主义色彩，在他的作品中，现实、真理、身份、意义通常都是不确切的存在，在不同人的表述之中，它们有着不同的面向。以《六个寻找剧作家的角色》为例，试着分析皮兰德娄的“相对论”思想。

2. 关于“皮兰德娄的‘相对论’”的重要观点

由于对变幻莫测的人物性格的深入分析，《六个寻找作者的剧中人》成为20世纪戏剧的最成功之作。它将弗洛伊德的内在心理分析的方法和爱因斯坦的最新物理发现结合在一起，并以潇洒和智慧的笔法挥就，使之具有极强的娱乐性。在一个道德和心理相对主义盛行的时代，皮兰德娄这部杰作的出现成了后现代主义的一个奠基性的文本。

——［美］斯蒂芬·恩威、［美］卡罗拉·沃蒂斯，周豹娣译：《二十世纪西方戏剧指南》，百家出版社2006年版，第54页。

在那些怪诞剧作家看来，面具和隐藏在面具后面的真实情况是可以区分清楚的；但是皮兰德娄否定了这种看法，认为要充分了解每个人的真实情况也是不可能的。在他看来，真理是不断发生变化的，而且由于每个人的观点不同而有所不同。因此评论家们指出，皮兰德娄不是哲学家，相对论和不可知论的哲学思想却对他产生了深刻的影响。

——廖可兑：《西欧戏剧史》（下册），中国戏剧出版社2007年版，第435页。

六、文献目录

［1］Luigi Pirandello. Six Characters in Search of an Author. New Amer Library Classics，1998.
［2］［美］奥斯卡·G. 布罗凯特，［美］弗兰克林·J. 希尔蒂，周靖波译：《世界戏剧史》（第十版），上海三联书店2015年版。
［3］［美］哈罗德·布鲁姆，刘志刚译：《剧作家与戏剧》，译林出版社2016年版。
［4］［意］路易吉·皮兰德娄，吕同六译：《寻找自我》，漓江出版社1989

年版。
[5]［意］路易吉·皮兰德娄，吕同六编选：《皮兰德娄精选集》，山东文艺出版社 2000 年版。
[6]［意］路易吉·皮兰德娄，吴正仪译：《六个寻找剧作家的角色》，上海译文出版社 2011 年版。
[7]［英］雷蒙·威廉斯，丁尔苏译：《现代悲剧》，译林出版社 2007 年版。
[8] 吕同六：《地中海的灵魂：意大利文学透视》，社会科学文献出版社 1993 年版。
[9] 孙惠柱：《第四堵墙：戏剧的结构与解构》，上海书店出版社 2011 年版。
[10] 郑克鲁：《20 世纪外国文学史》，复旦大学出版社 2007 年版。

（张博炜）

蒂博一家

作者：马丁·杜加尔

类型：小说

一、作者简介

罗杰·马丁·杜加尔（Roger Martin du Gard，1881—1958），出生于法国塞纳河畔纳伊的一个富有家庭。1898 年，中学毕业后的杜加尔考入巴黎大学文学系，两年后因文学学士学位考试不及格而转入巴黎文献学院，热衷于研究历史。1908 年，他进行了精神病学的相关研究。同时，他在这一年一气呵成地完成了小说《变化》，并于当年秋天将其自费出版，受到了“令人鼓舞”的欢迎。1913 年，杜加尔完成并发表了对话体小说《让·巴鲁瓦》，这让他一举成名，也让他开始了与纪德、雅克·科博的友谊。他协助雅克·科博创办“老鸽舍”剧团，同时创作了不少戏剧，像《勒鲁老爹的遗嘱》（1914）和《大肚子》（1928）等农民笑剧，情节滑稽、对白生动，大受观众欢迎。从 1920 年起，杜加尔酝酿写作《蒂博一家》，直至1940年才完成了这部伟大的多卷集长篇小说。在此期间，他也完成了一些中篇小说，如《非洲秘闻》（1931）、《古老的法兰西》（1933）等。“二战”后，他全力写作《穆默尔中校的回忆》，却因年老力衰而功败垂成。1958年8月22日，他因病在法国贝莱姆逝世，给后人留下了这部未竟之作和他无与伦比的顽强精神。

二、作品简析

第一次世界大战让西方世界经受了前所未有的灾难。战争成为文人写作的一个重要主题。翻开《蒂博一家》，我们看到了一幕幕使人心碎的痛苦现实，回忆起战争的惨痛教训。在充满痛苦、怀疑的历史氛围中，小说穿插了关于战争、死亡、信仰等的多方面思考。作品以宏大的视野及写实的手法，塑造了蒂博家族的三个重要人物，展现了他们的一生。

反战是小说的重要主题。在战争中，人是最大的牺牲品。而富有讽刺意味的是，在政府的漫无边际的演说和鼓吹之下，身处和平环境的人们把参战当做了维护国家安全的正义之举，纷纷投身于这“无上光荣”的事业：法国颁布的动员令掀起了“保家卫国”的热潮；与此同时，德国也将“反抗入侵”作为战争口号。人的理智被伴装成民族情感的狂热之情淹没，一场浩劫随之而来，最终，鲜血流淌，苦难蔓延。小说表现了人民对待战争时的疯狂和麻木，以及当时整个法国社会的骚乱不安。当战争带来流血和死亡时，小说主人公雅克积极进行着反战宣传和反战行动。可悲的是，他以西西弗斯般的毅力奔走于各国各地，呼吁德法两国人民联合起来反抗战争，却死于同胞的枪口之下。这似乎证明了和平主义者的势单力薄和他们试图阻止战争的徒劳无功。杜加尔没有回避现实给出的残忍回答，他让雅克充满热情与希望，却让他于孤独和屈辱中痛苦地死去。没有什么比这惨痛悲剧更能直逼人心，并给予世人以警醒：正是血腥的暴力，沉重打击了我们对正义、真理和爱的信仰，并给人类留下了抚不平的创伤。

对怀疑主义精神的展示也是小说内容的一部分。这主要体现在安托万和雅克两个人物上。安托万是一个年轻医生，他受现代科学精神的影响，不接受任何宗教和哲学的教条。他在与韦卡尔神父的争辩中批驳了宗教世界观的荒谬，否定宗教思想的存在，甚至认为“思想本身就是怀疑”；又在给让·保罗的信中，表示“真理只有暂时的”。在安托万的哲学观里，科学能够让我们在黑暗中看得更清楚，但是它是不完善的，并非无所不知和绝对正确。所以，他试图用理性证明事实，同时又怀疑一切。而相比安托万，雅克的怀疑精神更多地体现在行动上。他是一个典型的叛逆者，用离家的方式表示自己对既有家庭和社会秩序的不满与反抗。之后，他又悄无声息地离开这个家，用行动对资产阶级秩序进行否定，对旧道德发出挑战。他投身政治活动，在坚决拥护革命信念的同时，又对革命领导者的学说产生怀疑。人们都相信暴力革命的真理，雅克却质疑暴力学说的真实原因。于是，他发表演讲以呼吁和平，到前线散发反战争的传单，以行动来否定自己怀疑的对象。在小说中，雅克的反抗者姿态与安托万的思考者气质形成对照。

死亡是人类命运的基本问题，《蒂博一家》也多次写到了死亡。在小说中，死亡故事伴随着一系列哲学、形而上学以及道德的思考。生命体现了个体的存在，而死亡让“未来的一切可能性都消失”。对于蒂博先生来说，死亡意味着他与人间的荣誉、事业、幸福的关系断裂，因而他迟迟不肯接受自己已经病入膏肓的事实，这使得他在人世最后的弥留变成一出闹剧。自然孕育了生命，最终让生命回归尘土。生死如四季更迭。当死亡不再被视作生命的端点时，它在宇宙整体中便可能具有再生的意义。这样，我们或许就能理解安托万面对死亡时的平静：他在无尽的孤独和漫漫长夜中思索，为处在生命有机体的世界感到又惊奇又赞叹，宇宙生命的璀璨压减了死亡来临时的黑暗与恐惧，人之将死则如星空里缓缓坠落的一抹亮光。

死亡还可以是肉体摆脱痛苦的方式。对于雅克来说，重伤和疼痛折磨着他的肉体，革命的失败让他感到痛苦，死亡是可怕的，但同时也是“到头了”的解放。老蒂博和安托万则在他人的帮助或自己的选择下结束了无法忍受的疼痛和生命。在《蒂博一家》中，死亡勾勒出了小说轮廓，让一个个人物丰满和立体起来。作品中的人物对于死亡有不同的思考，因而作者的分析和表现也各不相同，但是关于死亡的某些描写，可以说是小说中最动人和有力的内容。

在小说艺术上，马丁·杜加尔受到托尔斯泰的深刻影响。与托尔斯泰用作品反映俄国社会一样，杜加尔的《蒂博一家》亦可堪称法国社会的一面镜子。杜加尔以明朗、直接的描绘手法再现了当时的历史，以客观的笔触揭示了真实社会环境。从结构上看，《蒂博一家》的谋篇布局与《战争与和平》相似，即两者都以史诗结构的方式，以宏伟而不失细腻的手笔，描写了当时社会各阶层的历史风貌、战争的情景以及家族和个人的生活。《蒂博一家》采用时间推进的方式来完成对宏大历史的构建。正如纪德评价的那样，杜加尔"是作为历史学家按照事件的先后来展示事件，这就像一幅在读者面前展开的全景"。小说以时间为线索，交织展现了大历史下的家族与个人经历。老蒂博、安托万和雅克、小保罗是蒂博家族的三代人，他们的相继离去和出场线性地呈现出这个大家族的变化。由于小说的时间跨度与人物的生命历程完全结合，所以各个人物在死亡中相继退场便成了情节推进的方式之一。其中，安托万的死亡是他生命的终结，也是小说的尾声。

杜加尔也十分注意人物的内心情感变动和心理发展历程。小说有不少精彩的人物心理描写，比如在《诊病》一卷中，小说描写了埃凯的孩子的死让安托万陷入内疚之中：他徒步回家，一路上怀着不安的心情考虑着医生的职业道德问题，陷入推理逻辑矛盾的痛苦之中。在《1914 年夏天》一卷中，珍妮来到蒂博家中寻找安托万时，意外遇见雅克，而雅克晴天霹雳般的出现，让她"一下子就把父亲丢在脑后了"。小说细腻地描写了珍妮面对雅克时的身体的颤抖、剧烈的心跳和紧张不安的神情。此外，作品还通过意识流手法来展现人物的内心世界：如安托万给孩子做手术时的浮想联翩和他的微妙而复杂的心理；雅克在死前的迷糊状态中回忆起革命、珍妮和哥哥时所流露出的痛苦、不甘和眷恋之情等。

三、作者自白

在人类正经历的这个极端严重的时刻，我希望——并不是出于虚荣心，却是带着内心的极度不安，希望人们能阅读和讨论我的关于《1914 年夏天》的那些书，希望它们能提醒一切人——忘却往事的老人和不了解或不关心往事的年轻人——回忆起过去的惨痛教训。

——［法］马丁·杜加尔，文美惠译：《受奖演说》，载吴岳添编选：《马丁·杜加尔研究》，中国人民大学出版社1992年版，第366页。

客观小说家。这就是说与当代大多数基本上从内心源泉获取创作内容的作家相反，我在把素材加工为成品之前，得先将身外的素材创造出来置于面前，并且与我分开，使之与我几乎无关。我应赋予我的人物以特有的生活，不仅仅是把我自己的形象或多或少地反映在他们身上。

——［法］马丁·杜加尔，苏文平译：《马丁·杜加尔的信件和日记》，载吴岳添编选：《马丁·杜加尔研究》，中国人民大学出版社1992年版，第335页。

四、名家点评

在阅读《蒂博一家》时，我懂得只有它使我深感兴趣，它在与时代抗衡，逆流而上。我不想断言罗杰·马丁·杜加尔是唯一没有雕琢之痕的作家，但我感到在所有无意雕琢的作家中，只有他才名符其实。

——［法］安德烈·纪德，王正清译：《16位法国作家对马丁·杜加尔的评价》，载吴岳添编选：《马丁·杜加尔研究》，中国人民大学出版社1992年版，第226页。

人们可以讨论这部著作，可以试图看出它的局限性，但是不能否认它存在着，而且傲然屹立，具有难以置信的诚实。评论家们可以进行补充或删改，但并不妨碍它成为法国最出色的作品之一。

——［法］阿尔贝·加缪，王正清译：《16位法国作家对马丁·杜加尔的评价》，载吴岳添编选：《马丁·杜加尔研究》，中国人民大学出版社 1992 年版，第 231 页。

> 毫无疑问，罗杰·马丁·杜加尔的小说天地显得像一个悲剧世界，其中大部分人的命运都是在事业未竟之前便死去了。他的人物被囚禁在一个物质世界里，因为他们一开始便拒绝任何空想。这种态度使他的作品具有悲观的一面，人随着死亡而彻底消失，这种确信毕竟是一个令人无比绝望的真理。

——［法］梅尔文·加朗，吴岳添译：《马丁·杜加尔作品中的死亡主题》，载吴岳添编选：《马丁·杜加尔研究》，中国人民大学出版社 1992 年版，第 189~190 页。

五、研讨平台

1. 小说情节与时间叙事逻辑的关系

提示：时间对于小说的情节布局有着非常重大的意义，顺序的时间叙事和倒错、交叉、跳跃的时间叙事逻辑能使小说的文学形式和文学形象塑造完全不同。对于《蒂博一家》和《战争与和平》这样的多卷集长篇小说来说，顺序时间有利于作家展开对历史的书写，呈现出一幅广阔的社会全景图。在这些作品中，小说人物的成长和经历是一个循序渐进的过程，在延绵不断的时间下，情节稳步推进，并紧紧地嵌入传记时间里。这样的时间叙事有助于小说营造一种史诗般的壮阔格局，但是，也容易造成情节的冗长和过于紧密的“连接性”，导致一定程度上的悬念缺失。

2. 关于“小说情节与时间叙事逻辑的关系”的重要观点

> 它们（时空体）是组织小说基本情节事件的中心。情节纠葛形成于时空体中，也解决于时空体中。不妨干脆说，时空体承担着基本的组织情节的作用。

——［苏］巴赫金，白春仁、晓河译：《小说理论》，河北教育出版社1998年版，第451页。

情节属于小说那个讲求逻辑、诉诸智识的层面；它需要谜团……一个谜团就是一个时间上的空洞，它有时突然出现，有时则通过犹抱琵琶的姿态和含混其辞的话语展现。

——［英］E. M. 福斯特，冯涛译：《小说面面观》，人民文学出版社2009年版，第75~85页。

六、文献目录

［1］ Gene J. Barberet. Roger Martin du Gard: Recent Criticism. The French Review, 1967.
［2］［法］马丁·杜·加尔，王晓峰、赵九歌译：《蒂博一家》，上海译文出版社1984年版。
［3］江伙生、肖厚德：《法国小说论》，武汉大学出版社1994年版。
［4］［苏］巴赫金，白春仁、晓河译：《小说理论》，河北教育出版社1998年版。
［5］吴岳添：《马丁·杜加尔研究》，中国人民大学出版社1992年版。
［6］吴岳添：《世纪末的巴黎文化》，社会科学文献出版社1998年版。
［7］肖淑芬：《诺贝尔文学奖百年大观》，社会科学文献出版社2008年版。
［8］郑克鲁：《法国文学史》，上海外语教育出版社2016年版。

（覃琛然）

玻璃球游戏

作者：赫尔曼·黑塞

类型：小说

一、作者简介

赫尔曼·黑塞（Hermann Hesse，1887—1962）出生于德国南部卡尔夫一个具有多国血统的家庭中，外祖父曾长期在印度传教，父母皆为虔诚的基督徒，他从小就在开放多元和宗教氛围浓厚的环境中长大。1884 年，七岁的黑塞开始写诗。1891 年，考入毛尔布伦修道院的黑塞无法忍受经院教育，仅仅一年之后便选择退学。从 1895 年起，他对东西方哲学进行了深入研究，这为他日后的创作奠定了基础。1899 年，黑塞的处女诗集《浪漫之歌》（*Romantische Lieder*）出版，书里收录了其 18 ~ 21 岁的诗作。1904 年，黑塞的第一部小说《彼得·卡门青》，获得了包恩费尔德奖。随后，他移居波登湖畔，八年里，他潜心创作并娶了钢琴家玛丽亚·贝诺利为妻。从 1912 年起，他致力于同军国主义和法西斯作斗争，直至

“二战”结束。此后，他进入了创作高峰，出版了《悉达多》（1922）、《荒原狼》（1927）、《东方之旅》（1932）等小说。1943年出版的《玻璃球游戏》是他的最后一部长篇小说，他在书里探讨了个体之中的“二极性悖论”及其悲剧冲突，并于1946年凭此作品荣膺诺贝尔文学奖。1962年8月8日，黑塞因脑出血逝世于蒙塔纽拉。

二、作品简析

黑塞从1931年开始创作《玻璃球游戏》，精心耕耘十二载，运用了诗歌、自传、书信等多种文学体裁，讲述了主人公克乃西特从青年到老年对精神王国与世俗世界这两极的不断思考与追问。同时，黑塞也将东西方哲学思想融入文本之中，试图从这两种思想路径入手去实现精神与世俗的和谐统一。世俗与精神是许多文学作品讨论过的主题，但黑塞的这部小说却并不只是仅仅就矛盾而谈矛盾，而是跟随主人公的不断成长，让多层次的矛盾冲突渐渐涌现，让这部作品具备深刻丰富的主题张力。

这部作品的主题张力，首先体现在少年克乃西特对自由和限制的追问。小说的前部分讲述的是一位游戏大师的成长史，克乃西特所成长的卡斯塔里是黑塞构建出的一个不掺杂任何杂质的精神家园，来到这里的人都必须通过层层选拔，完全割断与世俗世界的联系，然后在华尔采尔接受教育后再被输送到宗教团体、研究机构等担任重要职务。他们所从事的玻璃球游戏是建立在由音乐代表艺术、数学代表科学演变而成的一门综合性艺术，它不追求实质性目的，仅仅只关注游戏本身。尽管这是一份十分受人尊敬的工作，但少年克乃西特也曾有过困惑：不同于其他学校可以自由选择专业，卡斯塔里人的主要任务便是学习玻璃球游戏，看似摆脱了世俗世界的束缚，但这实际上又“被迫”地进入到了被规定好的职业当中去，受到精神世界的限制。那么摆脱世俗的意义是什么？从事玻璃球游戏对人们精神上的解脱又有怎样的帮助？由此，克乃西特不得不发出质问：“自由究竟是什么？”音乐大师循循善诱地为他揭开了世俗世界“自由”的假象。一个人专业的选择并不存在完全绝对的自由，无法摆脱社会性的人必然会受到家庭、社会的影响，从而在种种隐形压力下作出自以为“自主”的选择。即使有人可以保证自己的专业选择权受到了完全的尊重，他的自由也仅仅只有专业选择这一次，专业被定下之后，他也相当于给自己选定了一个人生框架，他必须按照专业的设置完成课程和一系列严格刻板的考核，这个过程自然也没有太多自由可言。然而，毕业证书也并不是自由的通行证，它只意味着一个牢笼结束后的暂时喘息，人们不得不按照自己选定的职业投身于各个职业，成为社会机器运转中的一颗螺丝钉。但卡斯塔里人并不如此。尽管他们同样也要经受严苛的考试，但只要他们可以完成学业，没有什么太出格的事情，老师就必须按照他们个人的才能为其安排合适的职务，帮助他们实现自己的研究愿景。“他不须为金钱、荣誉、地位而奋斗，他不介入任何党派的纷争，他不会处于公与私、个人与官方的夹缝之中，他绝无成败得失之虑。”① 可见，自由与限制虽然是一对矛盾体，但并不存在完全绝对的自由，成为玻璃球游戏大师正是在限制的基础上将个人自由实现最大化的方式。于是，年轻的克乃西特全心全意地投入到追求精神世界的圆融与纯粹上，并且在许多世俗的反驳之中义无反顾地投身于玻璃球游戏，成为一代大师。

其次，随着克乃西特学习的不断深入，他又对新的矛盾感到了迷茫——世俗世界与精神世界的冲突。这组矛盾使得小说的主题张力更为丰富。世俗世界终会堕落，那么精神世界是否就可以在这种孤芳自赏的纯净之中实现世外桃源般的永恒？与好友特西格诺利的争论，引发了克乃西特的深入思考。两人年少时同在华尔采尔求学，不同的是，特西格诺利最后选择了回归世俗世界成为一个体面的政府官员，克乃西特则在玻璃球游戏之中不断求索。特西格诺利向昔日好友倾诉了自己竭尽全力将卡斯塔里与世俗世界拉在一起时所遇到的种种困难，他渴望认识、征服世界但同时也并不想舍弃在卡斯塔里学到的一切，他在这种夹缝中痛苦不已。克乃西特用卡斯塔里式的体贴与关怀化解了朋友的苦痛，但他本人也正是从这次相逢之后开始再次考虑精神世界与世俗世界的关系。他不再将精神世界完全凌驾于世俗世界之上，而是同样热切地希望向朋友倾诉作为这个精神乌托邦领袖的苦恼。在深思熟虑之后，

① ［德］黑塞，张佩芬译：《玻璃球游戏》，上海译文出版社 1998 年版，第 64 页。

克乃西特选择辞掉玻璃球游戏大师的职务，投身于世俗世界，去做好友特西格诺利的家庭教师。他在辞职信里指出，卡斯塔里这种崇尚科学、美与静修的高贵文化固然高尚无比，但是它却将卡斯塔里人引入到一种虚静的境界之中，与社会、历史割裂开来，在狭隘封闭的小群里衍生出一种贵族式的自我陶醉和自我夸耀。事实上，优秀的卡斯塔里人倘若能产生出一种服务意识，必然将会为社会作出更大的贡献。此时的克乃西特已从这种静止、智慧、肃穆的抽象艺术秩序中抽离出来，他所渴望的是在实践中实现思想和行动、自我与内外的统一。

最后，东西方哲学的对立与统一让作品的主题张力更为凸显。主人公克乃西特的确走出了卡斯塔里，却在开展教育的第一天便溺水而亡。新的尝试与实践必然会有牺牲者，克乃西特就是这样的存在。他的死亡并不意味着失败，而是另一种意义上的开端。他的学生，好友特西格诺利的儿子铁托将会循着老师的轨迹继续不断地去探索真正的统一。这样的结局也更加体现出了黑塞在作品中所融入的东西方哲学的思想。起初的不断追问、不断求真都是典型的西方哲学中理性思维的产物，克乃西特试图在不断地发问和实践当中去寻求人生的真谛，但在他作出积极尝试的第一天却骤然离世，小说运用留白的手法戛然而止，前期的一切追寻和试探猝然成空。然而，这样的“空”，这样的“无”，并非实际的一无所有，一切皆尽，而是包含着无限生、无限有、无限新的“空”。完成克乃西特使命的后继者是铁托，也会是我，是你，是这本书的所有读者。而这，正是东方传统智慧的无限魅力。东西方哲学思想的糅合让作品内涵愈显深刻。

三、作者自白

与很少有回旋余地的基督徒生活相比，印度宗教和诗歌的吸引力自然是大得多了。在这儿，我不感到任何事物迫近，闻不到灰色讲台持重的宣道和清教徒圣经课的味道，我的幻想有活动的空间，从印度世界传来的音讯我内心能够毫无阻力地接受，它们对我毕生产生影响。

——［德］黑塞，谢莹莹译：《我的信仰》，载《朝圣者之歌》，中国广播电视出版社 2000 年版，第 284~285 页。

我看清楚的不仅是各民族间使用武器进行战争的凶残和荒谬，而且更令我感到担忧的恰恰是每一场战争、恰恰是每一种暴力和好斗的私立，恰恰是任何一种对于生命的蔑视和任何一种对于他人的粗暴利用。我所理解的和平不仅是军事和政治上的，我所说的和平还意味着每个人与自身、与邻里的和平相处，意味着一种有意义的、充满爱的生命和谐。

——［德］黑塞，马剑译：《德国书业和平奖授奖感言》，载《书籍的世界》，花城出版社 2014 年版，第 226~227 页。

四、名家点评

黑塞在德国文坛上享有崇高的声誉，不仅因为他是 1946 年诺贝尔文学奖得主以及他个人鲜明的反法西斯立场，更是由于他对生活的独特体验和剖析，以及作品中所蕴涵的富有东方韵味的深刻哲理，打动了无数读者，激起强烈的社会共鸣。

——陈壮鹰：《赫尔曼·黑塞的中国情结》，载《中国比较文学》1999 年第 2 期。

黑塞的长篇小说《玻璃球游戏》对《易经》等中国元素的有效运用，延续了诺瓦利斯、弗·施勒格尔等早期浪漫派作家以诗为手段去包容、内化对立的各个极端的做法。《易经》在小说框架搭建中扮演了醒目的角色，由于它的参与，本可能沿黑格尔轨道辩证发展的小说情节避开了目的论的危险，主人公的成长动机也不再是浮士德式个体精神，而是一种更深刻的对于原初的宇宙关联的顺应。小说成为一个以变化为内在原则的有机过程，也给出了对一个非整体的整体、非框架的框架的暗示，这不但表达了黑塞这部当代教育小说的独特成长模式，也体现了由现代的混乱、对立生出的重新实现和解的努力。

——范劲：《〈玻璃球游戏〉〈易经〉和新浪漫主义理想》，载《中国比较文学》2011 年第 3 期。

五、研讨平台

1. 研讨题目：西方作家的东方想象——理解与误读

提示：西方在作品中如何描绘、想象东方，一直是学界关注的焦点之一。不同于西方哲学对于理性的执着追求，东方智慧强调的是和谐圆融。虽然一直以来东方处于相对弱势的地位，但其博大精深的文化思想却一直吸引并影响着众多西方作家，黑塞便是其中之一。然而，由于政治经济上的不平等地位，古老神秘的东方在引起了西方作家强烈好奇心的同时，也往往会成为一个没有话语权的、任人书写的东方。东方学的代表学者萨义德就认为，西方视野中的东方是按照他们自己的强势的话语权所建构起来的一个软弱的非理性的东方，东方思想在被传播、被理解的同时也往往会被误读。为了夺取文化强权，东方真正的面目已经被隐去，西方在文化构建弱势东方的同时，也会引导东方人进行自我东方主义，慢慢地丧失主体性。因此审慎地阅读西方作家笔下的东方就显得尤为必要，一方面，这可以使得东方对自我进行清醒的审视，了解他者眼中的自我；另一方面，则通过分析西方作家的误读，来对东方文化的传播与发展重新进行考量。

2. 关于“西方作家的东方想象——理解与误读”的主要观点

如果我运用一句话来概括一下中国和我们西方的主要差别，我会说大体看来，他们的目标是享乐，而我们是权力。我们喜欢的是支配别人的权力，和支配自然的权力。为了前者，我们建立了强有力的国家，为了后者，我们创立了科学。中国人对这些事太懒也太好脾气了。但是，说他们懒，这只是在某种意义上是真的。他们不是像俄国那样的懒，这就是说，他们为了生活愿意努力工作。劳动雇主会看出他们是非常勤劳的。但他们不愿意像美国人和西欧人那样，仅仅因为不工作就会感到厌烦，也不是因为要满足自己的好动而工作。当满足了生活所需，他们就依此为生，不再想通过艰苦工作来改善生活了。他们具有极大的作清闲娱乐的能力——看戏、清谈、鉴赏古代艺术品或在优美的环境中散步。按照我们的想法，这种消磨一生时光的方式，有点太轻松乏味了；我们更敬重那种整天跑办公室的人，即使他在办公室中所做的一切都是有害的。

——［英］伯特兰·罗素，江燕译：《真与爱——罗素散文集》，上海三联书店 1997 年版，第 70~71 页。

在西方影视作品中，东方阿拉伯人要么与好色要么与残忍和不诚实联系在一起。他们被描述为这样一副形象：因过分纵欲而颓废，善于玩弄阴谋诡计，有着施虐狂的本性，邪恶而低贱。奴隶贩子，赶骆驼的人，偷兑外币者，游手好闲的恶棍：这些是阿拉伯人在电影中的传统角色。我们经常可以看到一个阿拉伯头目（强盗头子、土匪头子、地头蛇）对抓到西方男主角与金发女郎（二者洋溢着健康和快乐）发出狞笑："我的人将处死你们，但——在此之前他们想乐一乐。"

——［美］爱德华·萨义德，王宇根译：《东方学》，生活·读书·新知三联书店 1999 年版，第 367 页。

六、文献目录

［1］Hermann Hesse. The Glass Bead Game. Picador，2002.

［2］［美］爱德华·萨义德，王宇根译：《东方学》，生活·读书·新知三联书店 1999 年版。

［3］胡继华：《生命的悖论与游戏的衰落——评赫尔曼·黑塞〈玻璃球游

戏〉》，载《外国文学》2009 年第 2 期。

［4］［德］黑塞，谢莹莹译：《朝圣者之歌》，中国广播电视出版社 2000 年版。

［5］林国良：《精神超越者的崇高与脆弱——从佛教思想看黑塞的〈玻璃球游戏〉》，载《社会科学》2004 年第 2 期。

［6］张佩芬：《架起一座“魔术桥梁”——谈赫尔曼·黑塞的〈玻璃球游戏〉》，载《读书》1990 年第 6 期。

（袁媛）

伪币制造者

作者：纪德

类型：小说

一、作者简介

安德烈·纪德（Andre Gide，1869—1951），出生于法国巴黎一个富有的书香之家。幼年丧父，纪德在母亲的清教徒式教育下度过了孤独而压抑的童年。早年的教育为纪德埋下了离经叛道的种子，却又使他难以挣脱宗教传统的束缚。1891年，纪德出版了首部作品《安德烈·瓦尔特手记》，并结识了当时颇负盛名的王尔德，后者放荡不羁的作风对他产生了深刻的影响。此后，纪德旅行各国，思想发生了重大的转变。这一时期是纪德的创作活跃期，他先后出版了《沼泽》《地上的粮食》《锁不住的普罗米修斯》《背德者》等作品。1908年，纪德创办了《新法兰西评论》，公开为同性恋辩护。1925年，纪德在游历北非的途中染上肺结核，死里逃生后，他对欲望与道德这一对博弈关系有了更深层次的思考。从1926年起，《伪币制造者》《如果种子不死》《刚果之行》等作品的相继问世，标志着纪德的创作走向成熟。由于纪德在其作品中“以无所畏惧的对真理的热爱，并以敏锐的心理学洞察力，呈现了人性的种种问题与处境”，1947 年他荣获诺贝尔文学奖。

二、作品简析

想要走进纪德的世界并不容易，这是一位捉摸不透的作家，其捉摸不透源自于他的自我反叛和追求变化。纪德是一个十分矛盾且复杂的人，他的作品就是他内心冲突的投射，他还宣扬自由行为，从不恪守既定的准则和成规，正是这种矛盾变幻的特性使纪德的作品充满了魅力和生命力。

《伪币制造者》就是一部改弦更张、再创辉煌的作品，这部发表于纪德年过半百之时，作为纪德唯一的长篇小说，凝聚了他毕生的思想精华，充分展示了纪德在文学创作上的抱负和种种探索。

这本题为《伪币制造者》的小说，书中真正与伪币制造有关的情节并不多。“伪币”只是小说的主旨，象征着这个道德失范的虚伪社会中的各种谎言和假象。在这里，亲情是“伪币”。小说一开始，裴奈尔偶然间发现自己是私生子的秘密，毅然离家出走。为了维持传统的家庭关系，家庭成员之间互相欺瞒。然而“伪币”终有被识破的一天，当掩盖的秘密浮出水面，如何面对真实的自己是一件无比痛苦的事情。友情是“伪币”。小波利为了融入集体，同时也是抱着对朋友的信任，加入了他们的死亡游戏。然而他最终遭到了背叛，小波利的牺牲是纪德献给这个残酷虚伪的世界的祭品。爱情是“伪币”。爱德华和萝拉相互吸引，但这种吸引只是浮于表面的。为了取悦喜欢的人，我们往往违背本性，把自己塑造成对方想要的模样，然而随着时间的剥蚀，这种伪饰终将消磨殆尽。

事实上，当社会上的每个人都在持“伪币”以相交时，真假的界限早已难以分辨，由此也就构成了一个混乱、荒诞的世界。在小说中，无论是裴奈尔的出走，还是小波利的自杀，或是萝拉的出轨，其实质都是一种对束缚人的传统旧道德的反叛。纪德安排了这些荒诞的情节，其实正是为了引导人不去做虚伪的“假币”，而要做忠实于自我的“真币”。通过揭露人们的“伪币”式面孔，小说中的人物也都以不同的方式完成了精神上的洗礼，重获新生。纪德想要展现的，是他在追求自由和真理的过程中，道德和欲望之间发生的激烈冲突。在纪德看来，人不该一生压抑自己的天性，活在清规戒律的枷锁下，成为高道德标准的奴隶。他选择用写作的方式来进行释放、思索和挑战，让笔下的人物无拘束地满足欲望和本能，代替自己去追寻生活中的每一种可能性，并借以深度剖析真实的自我。

作为一位超越时代的重要作家，纪德不仅颠覆了传统的道德观，还对小说的创作手法进行了大胆、透彻的探索和卓有成效的革新。在《伪币制造者》中，纪德致力于通过多线索的交织和变换叙事视点，以一种以小见大的方式来展现广阔的巴黎社会全景。在小说中，十几条故事情节线交织在一起。例如：斐奈尔发现自己私生子的身份而离家出走，在外经历风吹雨打后变得成熟；萝拉婚后出轨，怀孕后惨遭情夫抛弃，后又被丈夫原谅回归家庭；法官普罗费当经办一起牵涉巴黎上层子弟的伪币贩卖案；斐奈尔冒领爱德华的行李箱，机缘巧合下又被爱德华聘请为助理；俄理维受无良文人巴萨房的诱骗担任杂志主编，最后在爱德华的引领下迷途知返；拉贝鲁斯夫妇晚年穷困潦倒，互生龃龉，彼此折磨；爱德华为拉贝鲁斯老人到波兰寻找孙子；小波利在日里尼大尼索等人的逼迫诱导下自杀……这些线索牵涉社会的各个层面：学校、家庭、文坛、宗教、法院等，充分体现了纪德构思的全景性。由于线索错综复杂且零星分散，每一条线索都带出若干人物，而每一条线索的篇幅又大多很短，所以，纪德让同一个故事或人物在不同的叙事者口中反复出现，每一个叙事者只讲述这个故事或人物的一个方面或阶段，只有综合所有的叙述才能了解这个故事或人物的全貌。例如，萝拉和文桑婚外恋的故事，首先暴露于斐奈尔和俄理维的闲谈中；之后在莉莉安和罗培耳调情的一场叙述中，又呈现出这个故事的另一个侧面；而在萝拉寄给爱德华的信中，又透露了更多的细节和故事中人物的心理。这样，通过不同的人物之口，一个典型的巴黎偷情故事就逐渐丰满、立体起来，并且讲述这个故事的各个人物的形象也随之变得清晰、生动。纪德正是通过运用这一极具匠心的方法，把众多分散、独立的线索组合成为一个相互关联的有机整体。

在小说中，同样体现作者艺术匠心的还有“纹心结构”。所谓纹心，即在一个纹章的中心刻入一个图案完全相同而较小的纹章。《伪币制造者》的主人公爱德华也是一位小说家，他也在写一本叫《伪币制造者》的小说，同时，他还在写一本“伪币制造者日记”，日记的内容就是他为这本小说搜集的素材和小说创作要遵循的原则。这样，就形成了纪德《伪币制造者》中“纹心”的两层含义：爱德华对应纪德，爱德华的《伪币制造者》对应纪德的《伪币制造者》；爱德华借自己的日记表达他的小说创作理念，纪德也借爱德华之口阐述了自己对小说创作的一系列思考。这种互相映照的嵌套结构产生了一种“戏中戏”“画中画”“故事中有故事”的效果，从而加深了作品的艺术厚度。

正如爱德华在自己日记中所表达的，理想的小说创作应是“不离开现实，同时可又不是现实；是特殊的，同时却又是普遍的；很近人情，实际却是虚拟的”，纪德的《伪币制造者》也是基于这种理念创作的。为了实现自己“纯小说”的构想，纪德舍弃了“小说中一切不特殊属于小说的元素”。《伪币制造者》没有一个唯一的主题，淡化了故事情节，甚至为了避免束缚读者的想象力，连人物也没有描写得太细致。这种散文式的小说，着力于表现水流似的日常生活图景，虽然没有传统小说中跌宕起伏的“起承转合”的情节模式，却更需要作者花费一番心力去剪裁材料；虽然人物描绘是素描式的，却仅靠描写人物的精神状态和基本言行就用最少的笔墨使人物跃然纸上。并且，虽然小说的整体风貌看似松散自由，实则形散神不散，具有内在的有机联系。这是纪德对小说的写作手法进行思考后进行的一种新尝试，对此后的新小说派和存在主义文学产生了深远的影响。

三、作者自白

梅母灵和昆丁·梅西斯的某些画幅就是这样，一面发暗的凸面镜则映出绘画场面的房间。……在文学上，《哈姆雷特》中演戏的场面，在另外一些剧中亦然。……这些范例没有一例是绝对准确的。而我在我的《笔记》中，我的《纳喀索斯》的《爱的尝试》中，更好地将我所要表达的，要准确得多的，就是比之徽章之法，亦即将第二个嵌入第一个，“图中图”。

——［法］纪德，李玉民译：《纪德文集·日记卷》，花城出版社2002年版，第151页。

我创作阿莉莎这个人物就像创作我的作品中的其他人物一样，使用一套修剪树枝的办法，我可以说，删去一切无用的东西。一个人物，对于小说家来说，肯定有许多人类所共有的，而并非确是典型的东西。我认为这属于一套简化的方法。

——［法］纪德，罗国林、陈占元译：《纪德文集·传记卷》，花城出版社2002年版，第352页。

四、名家点评

纪德是人的一个样本，典型的例外，无法分类。仅仅说他复杂还不符合事实：他以一种最为真实的方式，从出生开始，就在肉体和道德上和矛盾极为复杂地纠缠在一起。他整个一生都用来进行评价，寻找那个内在的迷宫中引路的线。

——［英］艾伦·谢里登，刘乃银译：《安德烈·纪德：一个现实生活中的伟大人物》，群众出版社2003年版，第742页。

纪德的作品是他生活体验的戏剧性象征，撇开他的生活，就会失去完整的意义。它虽是一种纯象征，也一点都不会描述所过的生活；更确切地说，它再现了纪德的内在人格，这样的内在人格由他的经历结晶而成。

——张若名：《纪德的态度》，生活·读书·新知三联书店1997年版，第72页。

五、研讨平台

1. 研讨题目：小说中的作者与读者关系

提示：小说阅读是一个对话、交流的过程，一方面，小说是作者情感和思想的载体，在写作过程中，作者将自己的观点、知识渗透在文章的字里行间，借以引导、影响读者；另一方面，读者是阅读活动的重要参与者，具有能动性，在阅读过程中，读者不是被动地接受，而是在自己的旧有经验上对新文本意义进行积极的重建。

2. 关于“小说中的作者与读者关系”的重要观点

> 读者绝不是被动部分，绝不仅仅是反应连锁，而是一个形成历史的力量。没有作品的接受者的积极参与，一部文学作品的历史生命是不可想象的。

——［德］姚斯、［美］霍拉勃，周宁、金元浦译：《接受美学和接受理论》，辽宁人民出版社 1987 年版，第 24 页。

> 一个作者需要读者，就不能不看重读者，但是如果完全让读者牵着鼻子走，他对于艺术也绝不能有伟大的成就。

——朱光潜：《谈美 · 谈文学》，人民文学出版社 1988 年版，第 239 页。

六、文献目录

［1］Andre Gide. Pages Choisies. Boulevard Saint-Germain. 1979.
［2］［美］弗雷德里克 · R. 卡尔，陈永国、傅景川译：《现代与现代主义：艺术家的主权 1885—1925》，中国人民大学出版社 2004 年版。
［3］冯寿农：《〈伪币制造者〉的象征意蕴》，载《外国文学评论》1994 年第

3 期。
[4] [法] 纪德，李玉民译：《纪德文集·日记卷》，花城出版社 2002 年版。
[5] [法] 米歇尔·莱蒙，徐知免、杨剑译：《法国现代小说史》，上海译文出版社 1995 年版。
[6] 盛澄华：《盛澄华谈纪德》，广西师范大学出版社 2012 年版。
[7] 由权：《〈伪币制造者〉的叙述技巧》，载《外国文学评论》2000 年第 4 期。
[8] 朱静、景春雨：《纪德研究》，上海外语教育出版社 2005 年版。
[9] 赵芹：《纪德传》，时代文艺出版社 2013 年版。

（赵绮思）

荒　原

作者：艾略特

类型：诗歌

一、作者简介

托马斯·斯特恩斯·艾略特（Thomas Stearns Eliot，1888—1965），出生于美国密苏里州圣路易斯城的一个十分富裕的商人家庭。1906 年，艾略特考入哈佛大学。在校期间，他对白壁德、桑塔亚纳、塞门兹等人的著作产生了浓厚的兴趣。1910 年，他离开美国赴法国的索邦大学。在那里，柏格森的哲学课让他着迷。这促使他回到哈佛大学攻读哲学博士学位。1914 年，他离开美国前往欧洲旅行。在那里，他结识了著名诗人埃兹拉·庞德。1917 年，在庞德的资助下，艾略特的第一本书《普鲁弗洛克及其他》由《自我主义者》杂志出版，这奠定了他在英美现代诗坛的地位。1922 年，《荒原》刊载于他创办、主编的文学季刊《标准》的最初两期。由于该诗以广征博引、时空随意跳跃的写作方法表达了西方一代人精神上的幻灭与重生，因而，它被誉为西方现代文学中开一代诗风的作品。1948 年，由于对西方现代诗的革新作出的杰出贡献，艾略特获得了诺贝尔文学奖。除上述的作品以外，艾略特的诗歌代表作还有《诗集》《空心人》《灰星期三》《东方贤人之旅》《诗选》《四个四重奏》等，散文代表作有《安德鲁·马维尔》《但丁》《古典与现代散文》《诗与剧》等，戏剧代表作有《岩石》《大教堂中的谋杀》《家庭聚会》《老政治家》等，文学评论代表作有《传统与个人才能》《批评的功能》《诗的三种声音》《论诗与诗人》等。

二、作品简析

读艾略特的《荒原》，我们总像在人生的迷宫中经历一次惊心动魄的探险。迷宫中，所有的事物都不是按照我们习惯的那种合乎逻辑的思维组接在一起，远古的神话、传说和现代西方生活的符号混杂在一起，过去与现在、历史与现实的道路不断交叉、重叠。当我们行走到山穷水尽处时，又总是能够发现柳暗花明又一村。

艾略特创作《荒原》的时代，远不是一个充满浪漫情调的诗的时代。惨绝人寰的第一次世界大战不仅极大地损害了西方人的肉体，而且损害了西方人的精神。因为丧失信仰，西方社会成为一个混乱的世界："一堆破烂的偶像，承受着太阳的鞭打"。没有神性之光的照射，现代人成为失去记忆的"流浪汉"，"你什么也不知道？什么也没看见？什么也不记得？"这些失忆人在"没有水只有岩石 "的"砂石路"上漫游，对确定的终极目标茫然不知："如今我做什么好？我做什么好？"在沮丧、绝望之中，即使智慧和勇敢如西比尔者，也会对生命滋生厌倦之情："孩子们问她：你要什么，西比尔？/她回答道：我要死。"因为纵欲，现代人不再像马弗尔的诗歌《致我的羞怯的情人》中的情人那样害羞、含蓄，他们的情欲之水四处泛滥。卖淫的博尔特太太让自己的身体在许多男人的身体上漂泊："啊月亮照在博尔特太太/和她女儿身上是亮的/她们在苏打水里洗脚"。女打字员将做爱看得像穿衣、吃饭那样随便："总算完了事：完了就好。"丽儿只愿享受性爱的欢乐却不愿意承担繁衍下一代的痛苦。这种情欲之水的泛滥既淹没了道德和她们的廉耻之心，也淹没了她们的生活，最终将她们带入了“水里的死亡”的漩涡。

因为甘于平庸，现代人感官的内在机能日益萎缩、退化，他们失去了生活的目标，成为没有思想、没有灵魂的行尸走肉。在一个“并无实体的城”中，他们“在无边的平原上蜂拥而前，在裂开的土地上蹒跚而行”，麻木不仁地走向精神死亡之地。

不过，人因丧失生命活力而走向死亡只是《荒原》中的主题之一，人的死而复生则是它想要表现的另外一个主题。艾略特之所以借用《从祭礼到浪漫传奇》《金枝》中的渔王传说、湿婆传说作为建构诗歌的骨干结构，就在于它们都表现了死而复苏的主题。瑞恰慈对诗歌主题的这种复杂性认识得非常清楚，他说：“一味指斥和荒凉只是他底诗底表面而已”。而事实上，这首诗也显示了诗人一种“济世热情的返临”。由此可见，《荒原》中的死亡与其说是一种彻彻底底的死亡，不如说是一种精神上的脱胎换骨的仪式性死亡。这种仪式性死亡既体现在诗中不断出现的渔王、湿婆摆脱肉体束缚的精神超越过程之中，也表现在诗中具有复杂意义的水与火的意象之上。一方面，火是人的欲念的象征，如果无节制地燃烧，就会烧毁人的生命；另一方面，在佛教中，火又常被视为净化灵魂的象征。如果说欲念之火带给人的是伤害，那么，净化之火带给人的则是救赎的希望。正因如此，诗人在第三章的末尾写道：“烧啊烧啊烧啊烧啊/主啊你把我救拔出来/主啊你救拔/烧啊”。在佛陀净火的不断烧烤中，诗人终于在最后一章“雷霆的话”中看到人们心中的欲火已变成炼火，救赎之神已经“隐身在炼他们的火里”。

与火的意象一样，水的意象也具有二重性意义。一方面，水是放纵的欲望的象征，具有毁灭荒原和人的生命的力量；另一方面，在基督教中，水又是生命力的象征，具有滋润万物的力量。第 5 章《雷霆的话》开始时的荒原之所以“山上甚至连寂寞也不存在/只有绛红阴沉的脸在冷笑咆哮”，就是因为“这里没有水只有岩石”。而到了这一章的中间部分，当寻找圣杯的武士走向“一个空的教堂”时，这个世界突然发生了重大变化。“刷的来了一炷闪电。然后是一阵湿风/带来了雨”。于是，渔王复活了，“坐在岸上/垂钓”。这似乎意味着，人们只有皈依宗教，生命才能获得救赎；人类只有去除过度的欲望，美好的世界才会重新出现。

一个具有探索性的诗人总是善于将混乱、破碎的现实经验组成新的整体。艾略特就是这样的诗人。在《荒原》中，为了体现他在《传统与个人才能》中所倡导的历史和现实同时并存的理论观点，诗人采用了蒙太奇的手法，将荷马史诗、维吉尔的《埃涅阿斯记》、但丁的《神曲》、莎士比亚的戏剧、波特莱尔的《恶之花》等不同历史时间作品中的典故，吊西比儿的笼子与被遗弃的教堂、贵妇的香闺与粗陋酒吧、阴森空旷的教堂和没有实体的城、荒凉的大海和风花雪月的泰晤士河畔等不同空间中的人与事拼接在了一起，表面上看，它们之间并没有联系。而事实上，它们全部被"寻找圣杯"这一主线联系在了一起，共同表现了现代人和世界的衰竭与新生的主题。在诗歌中，艾略特除了用拼接不同时空中的人与事的技巧表现主题以外，也常用抽象的象征表现诗歌的主题。作为后期象征主义流派的代表诗人，艾略特善用不同类型、色彩、线条的客观对应物去编织诗歌的象征之网，使他的诗歌的象征表现出了复杂、多义性特征。像寻找圣杯这个《荒原》中最为基本的象征意义就是极为复杂、多义的。正是这种象征的复杂性和多义性，造成了学界对《荒原》主题的理解和阐释的差异。有的学者认为《荒原》的主题表现的是诗人对现代世界的绝望，有的学者认为《荒原》的主题表现的是神对现代世界的拯救。我们则认为，《荒原》中既表现了诗人的绝望也表现了诗人的希望。而事实上，由于这一象征的复杂性和多义性，我们对它的理解和阐释永远不会完成。而这，恰恰显示了艾略特的高明和《荒原》的魅力。

三、作者自白

这首诗不仅题目，甚至它的规划和有时采用的象征手法也绝大部分受魏士登女士有关圣杯传说一书的启发。该书即《从祭仪到神话》。确实我从中得益甚深。它比我的注释更能解答这首诗中的难点。谁认为这首诗还值得一解的话，我就向他推荐这本书（何况它本身也是饶有兴趣的）。大体说来，我还得益于另一本人类学著作，这本书曾深刻影响了我们这一代人：我说的就是《金枝》。

——［英］T. S. 艾略特，赵萝蕤、张子清等译：《荒原》，北京燕山出版社 2008 年版，第 66 页。

用艺术形式表现情感的唯一方法是寻找一个客观对应物；换句话说是用一系列实物、场景，一连串事件来表现某种特定的情感；要做到最终形式必然是感觉经验的外部事实一旦出现，便能立刻唤起哪种感情。

——［英］艾略特：《哈姆雷特》，载王恩衷编译：《艾略特诗学文集》，国际文化出版公司 1989 年版，第 13 页。

四、名家点评

《荒原》虽不过几百行，但它在内容和诗艺方面都为英美诗带来全新的气象。有的评论家略带夸大地说自《荒原》诞生以来，很长一个时期，西方文学是在这巨帧壁画上添加细节和人物，可见它的概括性之强。至少在五十年代以前，也就是在美国当代诗另立威廉·卡洛斯·威廉斯为盟主之前，艾略特的《荒原》以其诗艺足足统治了英美诗坛半个世纪之久，当今的美国诗人，当他们初展雏翅时，飞在他们心目中的老凤就是艾略特。

——郑敏：《从〈荒原〉看艾略特的诗艺》，载《外国文学研究》1984 年第 3 期。

《荒原》一诗必须一读，那是因为它曾经轰动一时，其影响之大之深是现代西方诗歌多少年来没有过的。其影响之所以大深，我想主要是因为它集中反映了时代精神，即第一次世界大战后西方广大青年对一切理想信仰均已破灭的那种思想境界。一位著名的美国评论家称这一长诗和诗人的其他许多较早诗篇为一种“大战后的贵族式的幻灭”，一语道破了秘密。

——赵萝蕤：《〈荒原〉浅说》，载《国外文学》1986年第4期。

五、研讨平台

1. 研讨题目：宗教的拯救与困境

提示：随着现代技术的高速发展，具有超越性的信仰世界逐渐瓦解，西方人被物质等外在的他者所束缚，精神上出现了重大的异化现象。面对西方人的这种信仰困境和精神危机，艾略特、叶芝等西方现代主义作家希望从宗教中寻找到救赎的资源和力量，以疗治西方社会的疾病。诚然，宗教对个体和群体具有重大的心理调节功能。它可以借助超人间的力量为人类变幻莫测的人生提供说明和解释，为人们提供一个精神上的避风港，减少和化解人们情感上的焦虑和恐惧。然而，宗教倡导人们对现实的苦难采取顺从和忍耐的态度，将解脱现实痛苦、获得生命拯救的希望完全寄托于彼岸世界，这在一定的程度上会使人们淡化对现实生活的激情，消解他们积极主动地改造现实世界、改造自我命运的精神。

2. 关于“宗教的拯救与困境”的重要观点

宗教是被压迫生灵的叹息，是无情世界的感情，正像它是没有精神的制度的精神一样。宗教是人民的鸦片。

——《马克思恩格斯全集》第1卷，人民出版社1956年版，第453页。

否定世界和肯定世界这两种倾向在张力下的共存，也许是每一种宗教的本质。

——［英］海伦·加德纳，沈弘、江先春译：《宗教与文学》，四川人民出版社1989年版，第158页。

六、文献目录

[1] T. S. Eliot. On Poetry and Poets. Farrav, Straus and Giroux, 1957.

[2] 昂智慧：《结构与神话》，载《安徽师范大学学报》1991 年第 4 期。

[3] [英] 彼得·阿克罗伊德，刘长樱、张筱强译：《艾略特传》，国际文化出版公司 1989 年版。

[4] 邓艳艳：《从批评到诗歌——艾略特与但丁的关系研究》，中国社会科学出版社 2009 年版。

[5] 方克强等：《试论〈荒原〉的艺术特色》，载《华东师范大学学报》1981 年第 3 期。

[6] 洪增流、于元元：《〈荒原〉的宗教思想主线的重新探讨》，载《外国文学》2004 年第 5 期。

[7] T. S. 艾略特，赵萝蕤、张子清等译：《荒原》，北京燕山出版社 2006 年版。

[8] T. S. 艾略特，王恩衷编译：《艾略特诗学文集》，国际文化出版公司 1989 年版。

[9] 余光中：《艾略特的时代》，载《余光中散文选集》，时代文艺出版社 1997 年版。

[10] 张德明：《〈荒原〉的复调性》，载《当代外国文学》1999 年第 4 期。

[11] 张剑：《T. S. 艾略特内心深处的荒原》，载《当代外国文学》1996 年第 2 期。

（赵小琪）

爱的荒漠

作者：莫里亚克

类型：小说

一、作者简介

弗朗索瓦·莫里亚克（François Mauriac，1885—1970），法国20世纪的著名作家，1952年诺贝尔文学奖获得者，以现实主义创作独树一帜。1885年，莫里亚克在法国波尔多出生，1905年毕业于波尔多大学文学系。他从小家境殷实，不过父亲早亡。母亲笃信天主教，他从小受到严格的管教，受宗教思想影响较深。从基督教的原罪思想出发，他关注现实世界的残酷丑恶，关注人们的罪恶与不幸。因此，他的作品中的人物孤独、彷徨、矛盾，互相难以沟通，痛苦万分。同时，基督教的救赎思想又让他相信：基督教的最大益处之一就是给人类的痛苦带来了一种意义。于是，他的作品中的人物虽然在“精神性”和“野兽性”间摇摆，但往往又在上帝和爱中得到救赎。此外，他的小说心理描写细腻：古典主义文学传统手法与意识流等现代主义创作手法在他的作品中得到了统一。代表作品主要有诗集《双手合十》，小说《给麻风病人的吻》《爱的荒漠》《苔蕾丝·德斯盖鲁》《蝮蛇结》等。其中，《爱的荒漠》于1952年获得诺贝尔文学奖，获奖理由是：“以强烈的艺术表达手段，在人情世态中挖掘了深刻的精神层面”。

二、作品简析

作品名为“爱的荒漠”，荒漠，没有生机，充满荒凉。在爱的荒漠里，人与人之间相互猜疑、妒忌、憎恨，难以沟通，亲情与爱情两种人间至情几乎寸草不生。《爱的荒漠》字里行间充斥着无以言说的孤独与绝望。20世纪二三十年代，莫里亚克凭借敏锐的分析和真实的笔触，不厌其烦地描绘人情世态中精神层面的隐秘与残酷。《爱的荒漠》不仅仅是他的一部中篇小说，也几乎是莫里亚克对自己作品内容的主题概括。

小说中，库雷热大夫医术高明且令人尊敬，但他认为“妻子庸俗，儿女冷漠”，与家人“隔着宽阔的荒漠”。失望之余，他爱上了玛丽娅·克罗丝，却不被对方理解接受，由此他认为自己成了“被活埋的人”，只好转头又期望从家庭中寻求爱的慰藉。可是，当他想向妻子露西倾诉衷肠时，妻子却沉浸“在她那庸俗的谈吐逐日耐心建成的高墙之外”。同时，17岁的库雷热之子雷蒙的稚气单纯让丧子的玛丽娅着迷，可当情窦初开的雷蒙试图接近她时，她又陷入了灵与肉、道德与欲望的激烈冲突之中，最终拒绝了雷蒙。而雷蒙被玛丽娅的这一行为改变一生，用漫长的岁月去游戏情场，寻求报复。最后，玛丽娅伤害了库雷热父子，甘心充当情妇，嫁给了包养她的拉鲁塞尔。17年后，她还在重逢时云淡风轻地在丈夫那儿嘲笑库雷热医生对她的感情。而医生在这17年里，心却一直在流血。在规矩的生活中，情欲被保存又被腐烂。可以说，一个认为“在世界上肯定没有人比我更孤独”的内心如荒漠的女人，将父子两人的命运改变，而这三人其实都在荒漠中踽踽独行。

作品看似并不出奇的故事，隐藏着的却是令人触目惊心的主题。20世纪20年代，资本主义社会的发展对人们的生活与心灵造成了不小的冲击，以至于物欲私欲横流，道德岌岌可危。人与人之间的关系往往充满妒忌、猜疑、憎恨，难以沟通，即使在血肉亲情联系的家庭内部，也不能幸免。在库雷热医生家，丈夫与妻子，父亲与儿女，母亲与儿女，儿子与女儿，女儿与女婿，仿佛缠在一起而又互相分离的电话线。每个人都无法与他人沟通，无法理解他人，也无法被他人理解。若说爱是甘泉，那库雷热家就如同爱的荒漠，令人窒息。于是，渴望摆脱窒息感的库雷热父子走出家门，寻求解脱，寻求爱的蕴藉，可又在玛利娅那里双双碰壁，遭受了同样的荒漠境遇。于是，医生陷入了更深的绝望，在家庭中碌碌度日；雷蒙也因玛丽娅的伤害而走上极端，混迹欢场，伤害了更多的女人。这一心想要摆脱荒漠的父子俩，最终还是走进了另一片更让人无望的荒漠。

而玛丽娅呢？她不知道自己到底要什么，死去的儿子是她心中纯洁的化身，对她影响很大，常让她陷入灵与肉的冲突中，影响着玛丽娅生活的很多重要时刻。她是个注重精神层面的人，一方面她渴望爱情，“她在空寂的房间里徘徊，靠在窗前，幻想一种她也不知道的沉静，在那种沉静中她能感觉到自己的爱情，而不需要任何爱情的语言——但心爱的人却能听见她，甚至在她的欲望还没有产生之前就能捕获她心中的欲望”。另一方面，她又否认自己的爱情与欲望，“任何爱抚都假定两个人中间有一段间隔，而他们两人却融合为一，因此不需要那种拥抱，那种为羞耻心多拆散的短暂的拥抱……羞耻！”她先是沉浸在丧子之痛中，但又没有勇气拒绝拉鲁塞尔的关照，于是委身拉鲁塞尔，可她又自命清高，认为这并非自己本意，整日闷闷不乐。当遇到唤起她爱意的雷蒙时，她又没有勇气冲破藩篱去追求，所以玛丽娅仍旧自诩是最孤单的人，只希望“内心的荒漠和宇宙的荒漠最后合为一体，好让她内心的寂静与星球的寂静归于一致”。在此之后，虽然她嫁给了拉鲁塞尔，从名义上脱离了出卖肉体之耻辱，但也只是走进了另一块叫作“家庭”的荒漠。

19 世纪中后期到 20 世纪初，科学技术迅速发展，“金钱至上”的观念横行，改变着人们的价值观念、生活方式和思维方式。面对人类面临的信仰和生存困境，莫里亚克用冷静甚至冷漠的笔触，将人与人之间、人与自己之间的荒漠打开。这些人物，虽然没有在荒漠里坐以待毙，他们进行了各种努力，在善与恶、道德与欲望、幻想与现实间游走，受到自我与现实的双重压迫，内心冲突剧烈，如滔滔洪水无处宣泄，但始终徒劳无功，最终灵魂受困，终身无法解脱。这残酷吗？人人都存在自由选择，那么相互间就会处于矛盾冲突中，无法达到自己的目的，只能处于痛苦而孤独的境遇。莫里亚克用他宗教徒式的激情，揭示并探索这种境遇，表达了自己对人类社会特有的人文关怀，毕竟荒漠就在那里，不暴露就永远不可能去治理。

在艺术表现上，《爱的荒漠》也是一部相当优秀的小说。首先，小说的构造有种“致命的吸引力”。在巴黎的迪福街酒吧，35 岁的雷蒙见到了玛丽娅。这其中没有想象中的线性讲述，而是“遇到”即“跳转”到雷蒙的 17 岁。就在雷蒙追忆往事时，又跳到了“面前的这个女人”玛丽娅。然后，中间又穿插库雷热医生与玛丽娅的各种线索，以及雷蒙与玛丽娅间的故事。最后，又“跳转”到现实，插叙若干人的命运……看似线性的时间线不断地倒叙插叙，意识流的趣味使人用敏锐触角才能连线故事，触摸感知人物，让人仿佛置身于文字迷宫破译人物密码，沉浸在阅读的乐趣中。

其次，莫里亚克的诗人气质又让小说描写极具诗歌意味。他善于赋予春夏秋冬、白昼黑夜等许多自然景物以人物色彩。在小说中，莫里亚克对玛丽娅居住的乡间别墅进行了详细描述，别墅外观奢华，而走进别墅，“地毯上的裂缝常常使来客踉跄，窗帘的折缝里隐藏着窟窿”。玛丽娅居住的地方外观奢华、内部寒酸，典型环境与典型人物性格相契合，映衬出了内心标榜自己清高独立、与众不同而现实中却自私懦弱、怠惰虚伪的玛丽娅形象。再比如，医生在准备向玛丽娅表明心迹前在街上漫步，此时首次斗牛盛典让人们欢呼，可“突然间阳光消失了，人们不安地瞧着天上一大块沉甸甸的乌云”，那一大团乌云不但笼罩在天上，还笼罩在医生的心头，暗示了医生准备去找玛丽娅表白时的不安与纠结。“不，在最后一头牛没有结束痛苦之前，雷雨是不会发作的”。此时，医生何尝不是那最后一头痛苦的牛呢？这种环境描写充满诗歌的隐喻意味，与脑海里盘旋的始终是玛丽娅的医生的心理十分相称。

最后，小说中的人物对白简洁而又富有张力，富有诗歌语言特色。当医生对玛丽娅表白遭到拒绝后，他想起了自己的誓言——“从今晚起，我要让露西幸福”，决心坚定不移地回归家庭。所以，他约妻子露西到花园散步，希望与妻子打开心扉：“挽住我的胳膊，露西，月亮被遮住了，什么也看不见……”妻子却说：“可是小径是白色的。”两句极其简约的语言将夫妻两人的隔阂状态暴露无遗，宣告了医生初次袒露心声的失败。医生没有气馁，继续和妻子谈论自己的儿子雷蒙。可他们的话语总不能围绕话题集中深入地进行，医生渴望与妻子实现真正的心灵交流，而妻子却一味地絮叨生活琐碎。最后，医生“感到胸中的潮水又落了下去，倾诉衷肠，表白，信赖，眼泪，这一切随着退潮一起消失了”，但他只是淡淡地说：“我进屋去了。”妻子露西感到自己很扫兴，她很想挽留自己的丈夫，也试图把头靠在丈夫肩上，可当她抬头看到房子，脱口而出：“你又忘了关房间的灯”。这一句话彻底宣告两人沟通失败，夫妻两人之间的荒漠原形毕露并几无修复的可能。这种富有张力的诗歌语言也出现在玛丽娅与雷蒙的对话中，当雷蒙满怀憧憬地来到玛丽娅的别墅，渴盼雷蒙到来却又自欺欺人的玛丽娅却说“你没有收到我的信?”这一句话极富张力，把玛丽娅渴望雷蒙到来可又努力避嫌的懦弱和矛盾心理描写得淋漓尽致。

总之，《爱的荒漠》是部内容与形式融合甚佳的小说。“爱的荒漠”仿佛是一剂慢性毒药，日复一日地消耗着一个人的热情、思维、感觉乃至灵魂，给人们带来的是永远的孤寂与无尽的绝望。莫里亚克在那个时代将这种状况呈现，希望重新唤起基督信仰的光辉。而同时，他也似未卜先知似地预见了当今人们的困境。不过，面对当今时事，基督信仰的救赎显然不合时宜。若人能尊重内心、不吝自律，人与人之间能真诚相待，并不让自己包裹于他人之外，主动沟通靠近，荒漠境遇可能将有甘泉潺潺，绿意葱葱。

三、作者自白

我的人物或许不全相信上帝还活着，但是，他们全都有一颗道德心。

——［法］莫里亚克：《在诺贝尔文学奖上的讲话》，载汪家荣、石横山等译：《爱的沙漠 · 莫里亚克选集 · 序言》，湖南人民出版社 1983 年版，第 2 页。

我确实爱我的那些阴险人物，我爱他们，正是因为他们丑恶，就像一个母亲自然地偏爱最不幸的孩子一样。

——［法］莫里亚克，刘崇慧译：《小说家及其笔下的人物》，载王忠琪等译：《法国作家论文学》，生活·读书·新知三联书店1984年版，第13页。

四、名家点评

在小说中深入刻画了人类生活的戏剧时所展示的精神洞察力和艺术激情。

——［瑞典］安德斯·奥斯特林，林帆译：《莫里亚克诺贝尔文学奖授奖词》，载桂裕芳译：《爱的荒漠·附录》，漓江出版社1983年版，第436页。

这部小说的格调十分低沉，在一定程度上反映了当时法国部分知识界的精神猥琐和思想空虚。法国文学界认为，《爱情的沙漠》这一书名足以概括莫里亚克全部小说的主题，因此常常用它来统称莫里亚克的作品。

——汪家荣：《小说家莫里亚克》，载《法国研究》1983年第3期。

五、研讨平台

1. 研讨题目：如何让现代人走出生存困境

提示：20世纪，随着现代技术的高速发展，超越意义的信仰世界逐渐瓦解，西方人被物欲等外在的他者所束缚，导致了人性的异化和生命的黯淡，人物常处在自身矛盾对立、人际关系恶化的困境中。如何让现代人走出这种生存困境，是每一个有责任感的现代作家都在探讨的问题。莫里亚克、艾略特等诸多现代作家都在作品中对此进行了解答。莫里亚克通过他的作品，希求从宗教、伦理和人性三个方面给出解答。在宗教救赎方面，莫里亚克是个天主教徒，他一直追寻精神救赎的可能性，认为天主教能净化人的心灵，人会在宗教中得到救赎。在伦理途径方面，莫里亚克关注现代家庭中“父亲”和“母亲”等形象的异化，思索家庭人员道德与欲望之间的对抗，试图通过爱来扭转异化境遇。在人性方面，他敏锐地关注到人性被扭曲被异化的现状，在作品中他描绘了一个个病态又陷入冲突的灵魂，肯定了情欲的合理性，认为生命的热情和爱的荒漠需要情欲来灌溉，希望人能够正视情欲，尊重生命。这些途径都有一定的合理性，但宗教倡导人们对现实的苦难采取顺从和忍耐的态度，将解脱现实痛苦、获得生命拯救的希望完全寄托于彼岸世界，这在一定程度上会淡化人们对现实生活的激情，消解他们主动改造现实世界、改造自我命运的精神。

2. 关于“如何让现代人走出生存困境”的重要观点

> 当一个人最坏的一面展现出来以后，就要在他身上找到那生来就有的善的火花，它是不可能在他的心灵中熄灭的。

——［法］莫里亚克，刘崇慧译：《小说家及其笔下的人物》，载王忠琪等译：《法国作家论文学》，生活·读书·新知三联书店 1984 年版，第 181 页。

> 文学通过生命过程的解释帮助人们对付生存困境，这种“帮助”的途径、功能和价值意义是多维的，它可以为人“指路”，也可以帮人“解脱”，可以陶冶情操，也可以消遣娱乐，可以激发情感，也可以使人沉思。更重要的是通过审美特性和艺术感染力使那些“不可理喻性问题”变得可以“理喻”，将人们从生命过程中的那些深层困境里拯救出来。从这个角度说，人文精神和现实情怀，是文学在对人的生命过程的解释中所体现的主要文化特质和价值意义。

——程金城：《生命过程的解释与对付困境的努力——论 20 世纪中国文学的文化特质和价值意蕴及其嬗变》，载《甘肃社会科学》2002 年第 5 期。

六、文献目录

[1] Kathleen Wilkinson. The Priest in the Novels of Francois Mauriac. ST. John's University, 1949.

[2] Lorean Adele Fisher. Attitudes Toward Religion in the Characters of Francois Mauriac Thesis. University of Cincinnati, 1960.

[3] [法] 弗朗索瓦·莫里亚克，桂裕芳等译：《莫里亚克精品集》，上海文艺出版社 2013 年版。

[4] [法] 莫里亚克，刘崇慧译：《小说家及其笔下的人物》，载王忠琪等译：《法国作家论文学》，生活·读书·新知三联书店 1984 年版。

[5] 刘小枫：《拯救与逍遥》，上海三联书店 2001 年版。

（孙培培）

鼠疫

作者：加缪
类型：小说

一、作者简介

阿尔贝·加缪（Albert Camus，1913—1960），生于法属殖民地阿尔及利亚的一个小镇上。父亲在“一战”中逝去，母亲带着年幼的加缪回到阿尔及利亚的娘家。加缪成长在阿尔及尔的贫民区，依靠着父亲战死的抚恤金完成了公立学校的教育。他在17岁时染上肺结核，积年的贫困和疾病给了他反思世界的精神动力。中学时期他便喜爱创作，离开校门后不久出版了散文集《反与正》和《婚礼集》，作品取材于平凡的生活日常却又充满哲思。1942年发表小说《局外人》和哲学随笔《西西弗神话》，开始了对荒诞哲学的探讨。1947年《鼠疫》问世，强化了对荒诞主题的阐释，表明从人类自身荒诞境况的觉醒到开始主动反抗荒诞。出版于1951年的随笔集《反抗者》，更是处处体现了“我反抗故我存在”这一主题。1957

年，“因为他杰出的文学作品阐明了当今时代向人类良知提出的各种问题”，加缪被授予诺贝尔文学奖。三年后不幸死于车祸，年仅 47 岁。

二、作品简析

20 世纪 40 年代某年的一个 4 月，北非的奥兰城突发了一场灾难性的瘟疫，成千上万的人丧生在病魔之下，奥兰沦为与世隔绝的一座“孤岛”。面对厄运，投机取巧大发横财、消极抵抗毫无建树、积极应对勇敢反抗者皆有之，不同的人做出了不同的选择，最后人们终于走上团结一致共抗疫病的道路，战胜了这场突降的灾难。历史上，40 年代的奥兰当然并没有发生过这样一场鼠疫，但我们却无法忽视这场毫无征兆的灾难背后的启示意义。那么，以揭示与思考人类荒诞的存在状态而著称的加缪究竟想告诉我们什么？

首先，《鼠疫》是一部优秀的以虚构事件反映现实、具有深厚时代精神与历史意识的小说。一场传染病，一座孤城，这个特殊的情境为人性提供了试验的温床。毫无疑问，《鼠疫》是一部象征小说，其主题历来众说纷纭。它发表于 1947 年，但成书的时间是在 1946 年。这个时间节点让人不得不联想到 1939 年到 1945 年那场席卷了欧洲的反抗纳粹侵略的战争。实际上，早在 20 世纪 40 年代初加缪就已有了对流行疫病的研究。从他的个人经历来看，二战期间在法国南部山区疗养的加缪一度失去家人的音讯，在孤独中倍感焦虑，正如鼠疫袭击下与外界隔离的奥兰市民一样。小说历时数年才最终完成，他曾表示“我希望人们在几种意义上阅读《鼠疫》，但是它最明显的意义是欧洲对纳粹主义的抵抗”。显然，这场传染病的爆发、演变与结局的走向都无不与纳粹在欧洲的势力发展相呼应。疫病突然爆发，很快以迅雷不及掩耳之势席卷全城，这是德国法西斯迅速攻占波兰、法国、荷兰、比利时等国的真实写照，而面对鼠疫，政府从无动于衷到不得不封城、人民从恐惧无措到投入争斗，也与德占期间的种种情状如出一辙。在灭顶危机到来之后，奥兰城的市民们齐心协力反抗瘟疫的行动，正象征着 40 年代反法西斯同盟为了赢得反侵略战争胜利而做出的巨大努力与牺牲。可以说，历史真实的面貌与文本中虚构的疫病是清晰叠合的。

其次，鼠疫作为恶的一种象征，其内涵具有普遍性和超越性。加缪十分推崇麦尔维尔的著名小说《白鲸》，《鼠疫》深受其影响。《白鲸》讲述了船长埃哈追捕白鲸莫比·迪克并最终与之同归于尽的故事。一方面，加缪赞赏麦尔维尔“根据具体事物创造象征物”的杰出才能，从而以“现实的厚度为依据”，绘声绘色地描写了一个笼罩在突发性大规模疫病之下的城市，细节真实准确，符合生活的逻辑，让读者身临其境。另一方面，他认为埃哈与白鲸的斗争是一部“促使人先是反抗造物及造物主，继而反抗同类和自己的那个不可抗拒的逻辑”的“关于人与恶搏斗”的故事。从这个角度来看，鼠疫绝不仅仅是某种单一又具体的瘟疫，而可以是人类一切苦难的象征。“鼠疫”是具有多重寓意的象征物，在《鼠疫》中，加缪着重展示了人类突出的生存境况：其一，鼠疫带来的既有生理上的疾病，也有精神上的隔绝。城市陷落，音讯不通，亲人朋友被迫分离，又因为疾病的阻隔，每个个体都陷入孤独的状态。其二，《鼠疫》是一部无女主人公的小说，女性缺失是性别的失衡，恶意肆虐，隐喻着人类社会的畸形、异常、单一且缺乏活力的状态。其三，更进一步的分离，也是更为恐怖的离别，是死亡带来的离别，而死亡意味着黑暗、绝境与毁灭。战争、疾病、孤独、死亡，任何一切恶都可以在这场浩劫中找到对应，《鼠疫》的结尾，里厄医生面对狂欢的人群发出警示：“也许会有那么一天，为了给人们带来灾难并教训人们，鼠疫会再次唤醒老鼠”，这代表着潜藏着的恶永远不会远离人们。

更向上一层，我们对加缪的荒诞哲学将有更深的理解。鼠疫导致封城，人们在隔绝的状态下遭受种种苦难，这地狱一般的生存图景无疑与人类正常的生存诉求是相违背的，人们不得不挣扎在这样的境况之中。疫病突然爆发又突然退去，无疑是令人费解的、“荒诞”的，它的力量十分强大，是因为荒诞既不是世界，也不是个人，而是存在于这两者之间的关系。人与世界的关系是不和谐的，甚至是敌对的，但同时又是紧密联系、密不可分的，因此才更显出一种荒诞。认识到人与世界的这种不协调性，感受到人类生存状态的荒诞性，仅仅是“觉醒”。而人一旦觉醒，就不得不反抗这种荒诞，这就是加缪在《鼠疫》中力图告诉我们的：人必须通过反抗走出荒诞状态，用精神的觉醒，推动反抗的行动来改变现实的状况。人在面对荒诞世界的时候，应该正视这份荒诞，抵抗并战胜它。荒诞的力量强大，但人类的反抗同样力量巨大，表面上人类是在无望中徒劳挣扎，而实际上这不仅是生命的拯救，更是灵魂的净化，是另一层面的自救，尽管荒诞无法在绝对意义上被消灭，但重要的却是反抗荒诞的过程中所展现的人类精神的力量。正如里厄提醒人们的那样，恶虽然暂时颓败却不能绝迹，人虽获得胜利却不能停止于此。

里厄医生是文本中着重塑造的人物，他是一个西西弗斯式的英雄。在神话中，西西弗斯终日推石上山，巨石滚落又重新推石，看似荒谬却是一种永不屈服的抗争，而里厄医生在深知力量有限、鼠疫难灭的情况下依然不辞辛苦治病救人，他也是这样一个初衷不改、不懈斗争的人。他从工人的儿子一步步奋斗成为可敬的医生，在奥兰城面临这种突然而至的灾难时，是他首先提出发生了鼠疫，也是他没日没夜奋战在拯救患者的第一线。无休止的出诊和竭尽全力挽救生命，其结果是无休止的失败，里厄医生清楚地表示："鼠疫，就是生活"。他告诉塔鲁："我想我对英雄主义和圣人都不感兴趣，我所感兴趣的是做一个人"，里厄看到了世界的荒诞，也知道人类的危机永远不会过去，但他相信：即便身处荒诞，人也一样具有尊严和价值，面对荒诞，人要承认和正视现实，要做出积极的反抗。神甫说他"也是为了人类的得救而工作"，他回答："人类的得救，这个字眼对我来说太大了，我没有这么高的境界。我是对人的健康感兴趣"，他只是一个普普通通、尽职尽责的人，面对疾病他做了一个医生能够做的一切。也正是在他的精神感召下，人们逐渐加入对鼠疫的斗争，齐心协力，共同奋斗。在他的周围，既有格朗那样的忠于职守、默默工作的人；有塔鲁那样原本不信上帝、"看破红尘"却最终为了内心的安宁而组建防疫队的人；也有朗贝尔那样放弃出城、放弃与爱人团聚而选择留下与鼠疫抗争的人。可以说，《鼠疫》中的各色不同的人们在以各种不同的方式进行反抗。

在人物塑造上，里厄医生等人或许被一些人诟病为是某种理念的形象化载体，失之立体独特，但实际上每一个人物的精神轨迹都是有迹可循的，每一个人物都仿佛是生活在我们身边的人，真实而又鲜明。在语言上，加缪向来不事华丽，对于鼠疫这样的大灾难的全记录也仍然显得朴素平实，而正是这样的从容不迫的口吻与惊心动魄的故事之间产生了巨大的张力，没有跌宕的情节与乏味的说教，其间却蕴含着意味深远的哲理。《鼠疫》以一种炉火纯青的现实主义手法，将鼠疫发展全过程的细节严格准确地展示出来。从大量死鼠出现，“人们见到它们躺在下水道里，尖嘴上带着一小块血迹”，到疫病严峻开始封城，人们发现“自己已陷于远离亲人、无依无靠，既不能重逢又不能通信的绝境”，再到对鼠疫病患们淋巴结肿大，伴随着斑点与腹股沟炎症以及高烧、谵语等细致描写，一个活生生的疾病肆虐的地狱图景让读者仿佛身在其中，与奥兰城的居民们共同经历这场浩劫。一方面，日常生活中随意可见的场景穿插其中，平淡中有直击人心的力量；另一方面，正如题词所引，逼真的现实主义描绘是为了“用虚构的故事来陈述真事”，这是一个涵括极广的现代人类抵抗恶的神话性隐喻。

三、作者自白

同流行的偏见完全不同的是，如果某人没有权力离群索居，那么这个人就应该是艺术家。艺术不应该是暗室里的独白，孤独的和不为众人所知的艺术家，倘若他向他的后继者求助时，只能重申他自己的使命。因为鉴于同当代那些聋哑人进行对话已成为不可能，他只能求助于人数更多的后代，同他们进行对话。

——［法］加缪：《在瑞典的演讲·1957 年 12 月 14 日在报告会上的演讲》，载柳鸣九、沈志明主编，王殿忠译：《加缪全集·散文卷Ⅱ》，河北教育出版社 2002 年版，第 375 页。

我并非一个哲学家，我所能讲的，只是我曾经历过的一些事情，我曾经历过虚无主义，经历过各种矛盾，经历过暴力，经历过战乱的破坏。但与此同时，我也欢呼过创新，欢呼着生存的伟大。没有任何事情可以强制我高高地站在与我休戚相关的这个时代之上来审判它，我只能在这个时代的内部，把自己也放进去加以评价。

——［法］加缪：《关于反抗问题的通信》，载柳鸣九、沈志明主编，王殿忠译：《加缪全集·散文卷Ⅱ》，河北教育出版社 2002 年版，第 153 页。

四、名家点评

他带来了新的气息，他的立场，他的观点，他的理念，他的视觉，他的表述方式自有其独特之处，是他以困顿与实践为特征的存在状态的凝现与升华，是他在生存荒诞与社会荒诞中没有停顿的实践在精神上的延伸。就像希腊神话中的安泰俄斯以大地为其无穷力量的根本源泉一样，加缪的全部论著、全部作品的力度，来自他的实践生活和身体力行的品格。

——柳鸣九：《加缪全集·小说卷·总序》，载柳鸣九、沈志明主编，王殿忠译：《加缪全集·散文卷Ⅱ》，河北教育出版社 2002 年版，第 7 页。

很少有人读过它而无动于衷，更少有人否认它是一件朴素无华的艺术珍品。这是为什么？恐怕是加缪用了最简单的语言叙述了一些普通人面对一场灾难的一些最简单的行为吧。所谓“最简单”，就是一些“非做不可的事”，就是一些“理所当然”的事，唯其普通、平凡、琐碎，才使我们普通人读起来感到亲切才具有持久长远的生命力。

——郭宏安：《读〈鼠疫〉》，载郭宏安：《从蒙田到加缪：重建法国文学的阅读空间》，生活·读书·新知三联书店 2007 年版，第 278 页。

五、研讨平台

1. 研讨题目：存在的荒诞性

提示：荒诞是一种对自身存在状态的认识，产生于对人与世界关系的反思，包含着对人与世界、人与人之间以及人与自身关系的断裂与对立的体会。

当人们意识到明晰的基本诉求与无法把控的世界间的冲突时所突然产生的感受就是“荒诞感”，是人自身的觉醒。在面对荒诞的人生时，重要的是人所采取的态度，既不能否定荒诞、无视现状，也不能随波逐流、无所作为，而应该采取积极的态度反抗荒诞、实现价值。

2. 关于“存在的荒诞性”的重要观点

当我进一步思考并且找到我们一切不幸的原因之后，想进一步发现其理由时，我就发现它具有一个非常实际的理由，那就是我们人类脆弱不堪而且终有一死的自然困境；它又是如此可悲，以至于当我们仔细地想到它时竟没有任何东西可以安慰我们。

——［法］帕斯卡尔，何兆武译：《思想录——论宗教和其他主题的思想》，商务印书馆 1985 年版，第 66 页。

人在宇宙和社会中无家可归，畏惧世界，畏惧生活，这三者汇合在一起就使人的状态显得是孤独的生存状态。

——［德］马丁·布伯：《对人的问题的展望》，载熊伟：《存在主义哲学资料选辑·上卷》，商务印书馆 1997 年版，第 180 页。

六、文献目录

［1］Thomas Hanna. The Thought and Art of Albert Camus. Gateway, 1958.
［2］［法］阿尔贝·加缪，沈志明选编：《加缪读本》，人民文学出版社 1997 年版。
［3］［法］阿尔贝·加缪，顾方济、徐志仁译：《鼠疫》，译林出版社 2003 年版。
［4］郭宏安：《从蒙田到加缪：重建法国文学的阅读空间》，生活·读书·新知三联书店 2007 年版。

[5] 柳鸣九 :《文学史：法兰西之韵》，中国社会科学出版社 2014 年版。

[6] [美] 伊丽莎白 · 豪斯，李立群、刘启升译：《加缪，一个浪漫的传奇》，中国人民大学出版社 2012 年版。

[7] 朱维之、赵澧、黄晋凯主编：《外国文学简编：欧美部分》，中国人民大学出版社 2011 年版。

[8] 郑万里：《诺贝尔文学之魅：人类的文化记忆与精神守望》，广东人民出版社 2010 年版。

（王婧苏）

日瓦戈医生

作者：帕斯捷尔纳克

类型：小说

一、作者简介

鲍里斯·帕斯捷尔纳克（1890—1960），俄罗斯诗人、作家、翻译家。主要作品有诗集《云雾中的双子座星》《生活，我的姐妹》《主题与变奏》，小说《空中道路》《安全保护证》等，翻译了《哈姆雷特》《罗密欧与朱丽叶》《浮士德》。长篇小说《日瓦戈医生》最先在欧洲发表，于 1958 年获诺贝尔文学奖，该作品既为帕斯捷尔纳克带来了荣誉，也带来了无尽的烦恼和困扰。在政治重压下，他不得不拒绝领奖。1960 年 5 月 30 日，他因肺癌在别列杰尔金诺去世。

二、作品简析

俄罗斯有着悠久的历史和灿烂的文明，19 世纪的俄罗斯作家用浪漫的抒情、精细的描述、逼真的刻画塑造出一系列辉煌的俄罗斯文艺形象，由此俄罗斯现实主义文学得以与西欧现实主义文学并驾齐驱。当历史的车轮走到20世纪初这个特定的节点时，俄国所处的外部世界风云激荡，俄国人的内在思想与情感也面临着诸多考验。作为俄罗斯诗人和作家中的一员，帕斯捷尔纳克似乎理所应当承担起描摹此一特定时空下俄国社会现实的重任，只不过对他而言，他要对现实主义的传统做出诗性的回归。

《日瓦戈医生》的诗性首先体现在小说的叙事风格顺应了20世纪初欧洲现实主义文学“向内倾”的总体趋势。对于俄国来说，十月革命前后，战争、灾难、动荡不安成为那个时期的集中性概貌，大量的现实事件是帕斯捷尔纳克亲身经历和体验过的。如何表现现实，作家显然有着自己的艺术标准，这个标准就是将历史事件处理成为一种背景性和辅佐性的材料，为展示主人公日瓦戈的成长蜕变及其结局服务。因此，由政治性变革所引发的俄国民众所产生的巨大的心灵震撼一应俱全地在《日瓦戈医生》中得以描摹。从这个层面上讲，小说其实是主人公日瓦戈的一部心灵史档案。它既体现在文本叙事的偏重点和着力点上，也体现在作家对人物内在心灵变化与外部世界关系的处理上。对帕斯捷尔纳克来说，虽然20世纪初的俄罗斯经历着种种裂变，但是他却希望并一直秉持着为日瓦戈建构一个诗性避难所的坚定信念，以此来保全日瓦戈作为一个正直的俄罗斯的“良心”形象。也正是在这样的基础上，日瓦戈的所见所闻、所思所想都以充盈的诗性和深刻的哲理性在文本中蔓延开来，使得小说避开了单一描写革命斗争与暴力事实的缺陷。我们从中既可以看到一个伟大而严谨的救人于乱世的军医，也可看到一个拥有赤子情怀的知识分子的深沉的爱情与信仰，既可以随着日瓦戈心灵的变化去感受在他视角之下的俄罗斯景观和社会变迁，又可以从哲思与历史的层面去反思人的生存与命运问题。

诗性叙事遍布整个文本，也在文体上不断刷新人们对这部小说的认识。俄国形式主义批评家雅各布森就曾经指出作家对材料的诗性处理主要表现在对转喻技巧的大量使用。俄罗斯氤氲的自然风景走进了日瓦戈的视野，消解了权力斗争年代虚妄的政治化修辞，这既构成日瓦戈天性正直的重要基础，也不断于反暴力的叙事中表达着知识分子对乌托邦的希冀和追求。瓦尔金诺无疑是日瓦戈的一个短暂的“世外桃源”。在这里，他可以不断思考和学习。普希金、列夫·托尔斯泰、陀思妥耶夫斯基、契诃夫、司汤达、狄更斯的作品让他浸淫其中，他一方面不断提炼对艺术独立性的认识，另一方面也不断拆解既有的伦理话语和修辞，指出其中的纰漏和虚妄。在瓦雷金诺，他曾在札记中写道：“什么东西妨碍我任职、行医和写作呢？我想并非穷困和流浪，并非生活的动荡和变化无常，而是到处盛行的说空话和大话的风气，诸如这类的话：未来的黎明，建立新世界，人类的火炬。刚听到这些话时，你会觉得想象力多么开阔和丰富！可实际上却是由于缺乏才能而卖弄词藻。”这些内容显示着日瓦戈医生对自我话语和个体伦理价值的维护，同时也是对动乱时局下盛行的虚妄的修辞的拒斥和抗议。

其次，《日瓦戈医生》的诗性还体现在人物对超越于现实的神性和哲性的追求上。如同卡尔维诺所说，一条“热切的哲学思考的血脉”贯穿全书，这种哲思路径不仅表现在人物对社会性、政治性事件的思考，也通过人物对生命的体验、感悟、直觉、梦幻而完成。小说第一章“五点的快车”便以尤拉·日瓦戈母亲的死亡为整个小说蒙上了浓郁的悲伤氛围，也为描写日瓦戈童年生活的忧伤和矛盾情感埋下了铺垫。10岁的日瓦戈成为孤儿，舅舅尼古拉耶维奇“崇尚自由”给童年的尤拉带来了不少欢愉，也形成了他多思、忧郁、富有同情心的宝贵品质。上大学后日瓦戈的思想逐渐成熟，作为外科医生，他不光具有高度严谨的客观求是的态度，也具有丰富的感情热度和思想深度，喜欢钻研判断，具有对事物保持思考与体悟的能力。在一次次被卷入严酷的现实和革命的洪流后，日瓦戈医生一方面刻苦工作，另一方面，他越发保持内心对神性的敬畏和对艺术的执着追求。第一次世界大战中，日瓦戈在生存无法维持时由莫斯科举家迁往乌拉尔，面对纷乱的世界局势，他时常陷入思考之中，树林中的蝴蝶让他“想到创造、生物、创作和作假”，“想到意志和适应性作为逐步适应环境的结果的，想到拟态，想到保护色。想到最适应生存的人活下来，想到自然淘汰的途径就是意识形成和诞生的途径”。正是这些转喻式的深度思考表现了日瓦戈作为一个典型的知识分子敏感多思的特征，也表现了他对于一切虚假观念的否定。瓦尔金诺对日瓦戈来说是一个保护伞，也是一个避险所。在这短暂的逃避时刻，日瓦戈的身心得以安静，在与大自然的融合中思考着那些对他来说至关重要的命题。

《日瓦戈医生》的诗性还体现在小说和诗歌两种文体的互文上。在这部小说中，作家塑造的日瓦戈既是一个医生，也是一个沉醉于艺术世界的追求者。日瓦戈酷爱文学作品，经常阅读莎士比亚的戏剧、普希金等人的诗歌，“哈姆雷特”更是他创作的第一首诗歌的标题。英国哲学家与思想家以赛亚·伯林在谈及帕斯捷尔纳克时说“无论他做什么，都是一位天才的诗人”。帕斯捷尔纳克最重要的身份是诗人，而他也正是通过诗性叙事来构建小说的。具体来说，其一，小说中穿插了大量的诗歌，这些诗歌一部分源自于包括俄罗斯民间文学和古典文学在内的世界文学，一部分是诗人自己的创作。这些诗歌表现了日瓦戈医生的知识分子身份和他对俄国古典文化传统的继承，同时也在一定意义上丰富了主人公日瓦戈的情感结构。这些诗歌是日瓦戈的精神食粮，是他的眼睛和灵魂，也是他感知世界和参与时代的方式。其二，诗歌营构了小说时而忧伤、时而温暖、时而深邃的氛围，调节着人物和故事之间的关系，在节奏、韵律、画面感上都丰富了小说的表现力。在小说最后一章“日瓦戈的诗”中一共有25首日瓦戈生前创作的诗歌，《哈姆雷特》《三月》《在基督受难周》《白夜》《春天的泥泞路》等诗篇以其深沉、清澈、哀怨、明朗的风格再现了乱世之中日瓦戈对纯真艺术的执着追求和对宗教的虔诚敬畏之心。这些诗篇恰似他的《白夜》中所描述的夜莺的歌唱：“那声音千回百转，如醉如狂”。从隐喻层面上讲，这声音恰似日瓦戈的声音和他的不死的灵魂得以复活，并永远像夜莺一样在俄罗斯诗性的夜空中吟唱。而《罪恶的日子》《抹大拉·马利亚》《客西马尼园》等诗篇又表现出日瓦戈对基督教的敬畏和在宗教的指引下进行自我救赎的诉求。在这些诗歌中，古老的基督教神话中的人物再次出现，并在一种新的诗性屏幕中上演着各自悲欢离合的故事。这些人物以浓厚的宗教气氛渲染了小说与基督教福音书之间的深切关联，同时也让小说主题接驳宗教信仰、俄罗斯灵魂这些古典传统的核心性资源，实现了小说在互文叙事网络中意义的不断增值和衍生。正如俄罗斯评论家德·贝科夫所说的“由于四周掀起的风暴，它将自己的种子播撒到远方”。

《日瓦戈医生》为我们提供了又一个漫游者形象，那就是知识分子与艺术家日瓦戈。他亲眼目睹并积极参与了世纪之交俄罗斯的剧烈社会变迁，以他深邃而又敏感的艺术家的情调表达着他对俄罗斯大地的热爱，也以他犀利的客观的视角表露着他对自由和个体意义的追求与实现。他的身上流动着无数个俄罗斯的灵魂因子，诚如俄罗斯思想家尼古拉·别尔嘉耶夫所说的“漫游者独立于‘世界’之外，整个尘世与尘世生活都被压缩成为肩膀上的一个小小的背包。俄罗斯民族的伟大和它对最高生活的使命都集中于漫游者的形象上。”这部作品因日瓦戈这个成功的漫游者形象而在世界上广为流传。

三、作者自白

完全相反，我经常所关注的是内容，我的夙愿是让诗本身有内涵，让它含有新的思想或新的图画。让诗以其所有特点刻进书中，以其全然沉默、乌黑、毫不鲜艳的印刷形式的全部色调从书页上说话。

——［苏］帕斯捷尔纳克等，安然、高韧译：《追寻——帕斯捷尔纳克回忆录》，花城出版社 1998 年版，第 40 页。

在全部艺术中只有创作的起源是最容易直接感受到的，因此对它无须多加猜测。我们不再去感知现实了。现实呈现为一种新的形式。这个形式我们觉得是用于它的一种状态，而不是用于我们的状态，这个状态以外，世上的一切都是有名称的。唯独它是新的，而且没有名称。我们试着给它一个名称。结果名之为艺术。艺术中最明显，易于记忆而且重要的是它的产生。

——［苏］帕斯捷尔纳克，乌兰、桴鸣译：《人与事》，生活·读书·新知三联书店 1991 年版，第 81 页。

四、名家点评

一个作家无论要说什么都必须通过他的艺术作品来表现，而不是以一种额外的艺术附加物的形式加诸他的艺术作品，或在艺术家创造的世界之外添加一些说教。在这方面，他追随契诃夫的做法，把所有要表达的内容毫无保留地全部转化到他的小说里。但他的创作，与契诃夫以及他所有伟大的先辈，包括那些伟大的象征派诗人（他只是其中的小字辈）一样，都渗透着艺术家的使命感。

——［英］以赛亚·伯林，潘永强、刘北成译：《苏联的心灵》，译林出版社 2010 年版，第 84~85 页。

对于一个圣愚来说，社会结构和社会的连续性是无关紧要的。同样，日瓦戈习惯法上的妻子和小孩都引不起他的专注。他的生活观和感受生活的圣愚方式关系密切，这种方式是片断的、混乱的和“没有结构的”。

——［美］埃娃·汤普逊，杨德友译：《理解俄国：俄国文化中的圣愚》，生活·读书·新知三联书店 1998 年版，第 240 页。

简言之，我不得不说，我最不同意《日瓦戈医生》的东西，就是它被当成日瓦戈医生的故事，换句话说，这个故事可归入当代文学的一个大部门，这个大部门被称为知识分子传记。我说的不是它明显的自传成分，这自传成分的重要性绝不应被贬低。我说的是叙述形式中那些信仰表白，这种叙述形式把一个人物置于中心地位，作为某一哲学或诗学的代言人。

——［意］伊塔诺·卡尔维诺，黄灿然、李桂蜜译：《为什么读经典》，译林出版社 2012 年版，第 223 页。

五、研讨平台

1. 研讨题目：20 世纪俄罗斯文学对 19 世纪俄罗斯现实主义文学的继承

提示：在 19 世纪的俄罗斯文学中，普希金、屠格涅夫、果戈理、列夫·

托尔斯泰、陀思妥耶夫斯基、契诃夫等现实主义作家怀着人道主义精神和俄罗斯固有的悲天悯人的态度成功塑造了系列艺术形象，建构起了具有极大艺术价值和辐射力的俄罗斯现实主义文学传统。20世纪的俄罗斯文学在承继俄罗斯现实主义文学传统上出现较大波折，其中，“白银时代”激进式的艺术变革曾一度中断了对宝贵传统资源的接续，白银时代结束后，现实主义文学在发挥俄罗斯传统思想上也出现了较为复杂的特征。

2. 关于“20世纪俄罗斯文学对19世纪俄罗斯现实主义文学的继承”的重要观点

他们对现实的思考少却了社会历史的关联，而饱含着对人、社会、世界本质的思考，对人性、民族和人类文化形态的深层开掘。超社会历史的价值判断和文化、哲学的思考成为这些作家共同的艺术思维特征，自我意识和主体性的高度张扬使得作家所呈现的理想、情感和意志更加丰富多样。在艺术上，由于得到了现代主义创作经验的熏染，他们将现代主义艺术元素有机地融进了现实主义文学之中。

——张建华、王宗琥主编：《20世纪俄罗斯文学：思潮与流派》，外语教学与研究出版社2012年版，第8页。

不难看出，俄罗斯文学实际上构成了俄国“知识分子的思想体系”，成为知识分子精神历程、心灵历程的形象描述；作为心灵的创造物的作品，往往是创造者心灵运动的形象记录。很多作家描写知识分子的作品都是自传性的，或带有一定的自传性成分。奥涅金之于普希金，毕巧林之于莱蒙托夫，罗亭和拉夫列茨基之于屠格涅夫，直到日瓦戈医生之于帕斯捷尔纳克，等等，莫不如此。契诃夫和高尔基在各自作品中的知识分子形象身上，凝铸了自己以及世纪之交整整一代知识分子的热情与痛苦、困惑与忧虑。每一位作家笔下的知识分子形象，都不只是作家自我心灵与生活的艺术写照，也不只是作家思想的载体，而是特定时代知识分子的性格、心理和命运的艺术概括。这些作品连缀起来，便构成一整部知识分子心灵历程的形象化历史，并映现出俄罗斯现代化转型的全部艰难历程。

——汪介之：《俄罗斯文学与现代化转型之关系的历史回望》，载《南京师大学报》2018 年第 1 期。

六、文献目录

[1] Суханова，Ирина. *Структура текста* романа Б. Л. Пастернака *Доктор Живаго*. Издательство ЯГПУ，2005.

[2] 包国红：《风风雨雨“日瓦戈”——〈日瓦戈医生〉》，云南人民出版社 2001 年版。

[3] [俄] 德·贝科夫，王嘎译：《帕斯捷尔纳克传》，人民文学出版社 2016 年版。

[4] 冯玉芝：《帕斯捷尔纳克创作研究》，人民文学出版社 2007 年版。

[5] 高莽：《帕斯捷尔纳克：历尽沧桑的诗人》，长春出版社 1999 年版。

[6] 何云波：《二十世纪的启示录——〈日瓦戈医生〉的文化阐释》，载《国外文学》1995 年第 1 期。

[7] 黄伟：《〈日瓦戈医生〉在中国五十年评与中国社会观念的变迁》，载《求索》2007 年第 12 期。

[8] 刘亚丁：《苏联文学沉思录》，四川大学出版社 1996 年版。

[9] 汪介之：《诗人的散文：帕斯捷尔纳克小说研究》，北京大学出版社 2017 年版。

[10] 张建华：《新中国六十年帕斯捷尔纳克小说研究之考察与分析》，载《外国文学》2011 年第 6 期。

（张益伟）

恶　心

作者：萨特

类型：小说

一、作者简介

让-保罗·萨特（Jean-Paul Sartre，1905—1980），法国著名哲学家、文学家和社会活动家。萨特出生于巴黎一个海军军官家庭，但他父亲在他还未满两岁时便去世。后来，他便随母亲在外祖父母家中生活。萨特的外祖父是位语言学教授，家中藏书颇丰。正是得益于此，萨特4岁便能阅读，8岁已会写作。1924年，萨特考入巴黎高等师范学院攻读哲学，毕业后服兵役一年半。1931年，萨特在中学教授哲学，同时也创作小说和撰写哲学论文。两年后，他又远赴德国留学，精研胡塞尔和海德格尔等人的哲学。1934年，萨特撰写出生平第一部探讨存在主义的专著《自我的超越性》。1943年，奠定萨特那独特的无神论存在主义——萨特式存在主义思想之基础的《存在与虚无》一书出版。而在此之前的1938年，萨特早以其中篇小说《恶心》充分展现了自己的存在主义思想。除成名作《恶心》外，萨特还创作过短篇小说《墙》、系列长篇小说《自由之路》以及戏剧《苍蝇》《地狱就是他人》《魔鬼与上帝》等其他文学作品，并且都以其萨特式存在主义哲学思想指导其文学创作。1964 年，萨特被授予诺贝尔文学奖，但他以“谢绝一切来自官方的荣誉”为由而放弃这一奖项。

二、作品简析

身为无神论存在主义哲学大师的萨特，不仅是一位卓越的哲学家，还是一位优异的文学家。不过，从学术背景来看，萨特首先是一位哲学家，其次才是一位文学家——尽管其文学成就并不亚于其哲学成就。也正因如此，几乎所有的萨特的文学作品，在很大程度上都是为阐发萨特式存在主义哲学思想而创作。中篇小说《恶心》从创作到修改，再到发表，历时七年之久，而在这期间，萨特也正致力于其存在主义哲学思想体系的建构。由此，《恶心》的创作受到萨特那独特的存在主义哲学思想的引领，甚或说《恶心》的创作即是以文学性的语言阐发这一哲学思想。事实上，《恶心》根本就是萨特的哲学巨著《存在与虚无》的小说版导言。显然，解析《恶心》势必需要联系萨特的存在主义哲学思想。

萨特认为，世间万物有且仅有两种不同的存在形式，即自为存在和自在存在。前者主要表现在人的层面，且其存在先于其本质，因为人之本质在于拥有意识且充满不确定因素，既是其所非又非其所是。后者主要表现在物的层面，且其存在后于其本质，因为物之本质在于缺乏意识或静止不变而处于自然浑成的状态，既是其所是又非其所非。依托主观意识的自为存在既虚无又自由，但终究需要自在存在的支撑，因为主观的人类意识源自对客观的自在存在的反映。可是，就在自为存在发现自己被客观的自在存在所支撑而意识到自在存在之存在的时候，也就会意识到自己被自在存在所充实和限定。显然，这与自为存在的虚无和自由相矛盾。换言之，此时此刻，自为存在的虚无和自由已不复存在。这种矛盾势必会引起拥有意识的自为存在的极度不舒服的感觉，而这恰恰就是所谓的“恶心”。

在小说中，主人公安托万·罗冈丹正是因为在用石子打水漂的过程中发现自己打水漂的行为需要石子的支撑（即需要石子协助完成），而意识到作为客体的自在存在——石子的存在。于是，罗冈丹身为自为存在的主体性和自由性在刹那间被击垮或剥夺，进而产生极度不舒服的感觉。进一步地，当罗冈丹意识到石子只是遍布世间的自在存在中的一个时，他也就瞬间明白周遭的一切物都是自在存在，都会击垮或剥夺其主体性和自由性。于是，他感到周遭的一切物都很恶心，而自己则无时无刻不被恶心所包围，亦即感到恶心无处不在以致自己无所适从。恶心在生理上是呕吐的一种前驱感觉，而恶心感则是那种试图呕吐却未能如愿，也即欲吐不能的极度不舒服的生理体验。显然，萨特笔下的恶心不仅限于欲吐不能的生理体验，更表现为那种无处不在又无所适从的极度不舒服的心理感受。

《恶心》一如其题目所示，几乎时时刻刻都在叙写恶心，但其主题其实并非恶心。这部小说最初名为《陈述偶然》，后来更名为《忧郁》，直到最后发表时才定名为《恶心》。其实，《陈述偶然》才是小说真正的主题之所在。也就是说，这部小说主要是为了揭示存在的偶然性。小说所描写的罗冈丹对恶心在生理和心理上的双重体验以及由之反映出的存在的荒谬性，都是为这一主题所服务。

在小说中，因为感到恶心无处不在而无所适从的罗冈丹，一度悲观地认为自己只是个多余的局外人，既渺小又懦弱、忧郁。不过，后来他发现造成这一切的原因不在于他自己本身，而在于整个世界的荒谬性，也即所有存在的荒谬性。虚无、自由的自为存在只有依靠具体、稳固的自在存在的支撑才能充实自己，确证自己的存在。反而言之，没有自在存在的这种依靠和支撑，自为存在就无法判定自己是否存在。然而，如此这般依靠、支撑，自为存在之所以为自为存在的虚无和自由似乎也就不复存在了。诚然，这会令自为存在感到恶心，但同时也昭示出存在的荒谬性。事实上，小说就是通过阐发自为存在（罗冈丹）和自在存在（罗冈丹周遭的事物）之间不可调和的矛盾来揭示存在的荒谬性。在小说中，罗冈丹正是因为意识到这种存在的荒谬性，才顿觉一切都了无意义，于是看破红尘的他放弃一度热衷的对 18 世纪冒险家德·罗尔邦侯爵的研究，并离开他所生活的布维尔城。

其实，存在的荒谬性不仅表现为自为存在和自在存在之间不可调和的矛盾，还表现为自为存在和自在存在，也即所有存在，都是荒谬的。在此基础上，萨特又借助于罗冈丹的精神求索和心理独白揭示出存在的荒谬性源自存在的偶然性。在萨特看来，万物来到这个世界上，并没有什么前因后果，也即没有任何情理可言。存在的没有任何情理也就是存在的不合情理，而进一步来说就是存在的荒谬性。因此，存在的偶然性一说不但既宣告了所有存在乃至于整个世界的荒谬，又宣告了号称能够主宰万物命运的上帝的死亡，进而宣告自为存在——人具有自由选择的权力、能够决定其命运。于是，在萨特的存在主义哲学中，人的存在其实就是对人的存在的偶然性不断加以摆脱甚至超越的过程。《恶心》的诞生恰恰源自萨特对存在偶然性的长期思索。萨特由存在的偶然性推导出的存在的荒谬性多少有些悲观，但他同样由存在的偶然性推导出的人的自由选择性则显然充满乐观。可以说，萨特的存在主义哲学既不尽是悲观，也不尽是乐观，但终究比较客观。也正因如此，小说中的罗冈丹虽然放弃原先的研究项目且离开布维尔城，但并没有因为自己是荒谬的存在而沉沦，反而踌躇满志地踏上新征程。

不失客观地说，与其说《恶心》是一部文学作品，倒不如说它是一部哲学著作。就结构形式而言，《恶心》虽然由各篇日记组成并用第一人称写作而俨然一部带有自传性质的日记体小说，但也仅仅是“俨然”而已。一方面，各篇日记的时间和内容都相对独立而并不连贯。换言之，《恶心》并不在意故事情节的完整性而有意无意地解构了作为小说三要素之一的情节。另一方面，各篇日记的中心人物固然都是主人公罗冈丹，但其人物形象既不典型也不鲜明。事实上，《恶心》根本就不以刻画人物形象为中心而故意解构小说三要素之二的人物。《恶心》倒是不乏环境描写，甚至可以说《恶心》还颇为注重环境描写，但人物和情节既已被解构，失去依托的环境已然构不成小说三要素意义上的环境。因此，从小说三要素的角度看去，《恶心》不完全是带有自传性质的日记体小说，并且也迥异于那些注重小说三要素的传统小说。

就叙述语言而言，《恶心》最大的特色就是艰深晦涩，而大量的心理独白更加剧了这种艰深晦涩。可以说，这既是作者萨特的无奈之举，又是其有意为之。大量的心理独白其实就是萨特对其存在主义哲学的思索，而这种哲学思索不发声便是心理独白，即使发声也只能是自言自语。所以，在模糊了人物也模糊了人物之交际的《恶心》中，萨特选择心理独白一途既是无奈的必然之举，也是恰当的有意为之。对于正在探索其存在主义思想而又尚未完全建立这种哲学的萨特而言，本身就难以用不艰深、不晦涩的语言去表述这种哲学。事实上，萨特选择以小说的形式去展现其存在主义哲学思想或其对存在主义哲学的思索，也未尝不是在探索一种不艰深、不晦涩地表述其存在主义哲学的方式。于是，肩负哲学阐释任务的《恶心》，其语言在文学层面的艰深晦涩也就必然而然又无可奈何了。

但是，挣脱传统小说的桎梏而从20世纪时兴的思想潮流、文学潮流来看，《恶心》又确乎是标准的小说，并且是标准的20世纪中前期的小说。仅就创作方法而言，《恶心》一方面以其颇为真实的笔调，相对客观地再现出20世纪30年代法兰西第三共和国的人和社会的风貌（包括社会习俗、经济衰退、人的异化等），从而表现出一种鲜明的现实主义特色；另一方面它又以相当细腻的笔法，绝对客观地描摹着自然事物甚至自然规律，并借此阐释20世纪30年代之人和社会的变化（包括习俗、经济、人性等的变化），因而透露出一种典型的自然主义色彩。《恶心》所叙写的情节不仅不连贯，而且颇为荒诞。至于其所描写的人物和环境，不仅处处展露出荒诞的样子，而且时时显现着扭曲的状态。诸如此类，又意味着《恶心》是一部现代主义文学作品。现实主义、自然主义、现代主义，再加之存在主义，几种或多或少互有抵牾的“主义”，就如此这般地融合在这部小说中，而且恰似水乳交融般不分彼此又相得益彰。这，或许也正是这部小说的伟大之处。

三、作者自白

当我写《恶心》的时候我还不知道自己是无政府主义者，我不明白对我写的东西可以有一个无政府主义的诠释，我只看到与“恶心”这个形而上学观念以及与形而上学的存在观念的关系。

——［法］萨特：《七十岁自画像》，载［法］萨特，沈志明、艾珉主编，施康强等译：《萨特文集》（文论卷），人民文学出版社 2000 年版，第 391 页。

> 我的自为有一种无地自容的无味的体味，这种体味甚至在我努力从中解脱时也一直伴随着我，并且就是我的体味，对我的这种自为的不断把握，就是我在别的地方在“恶心”（1a Nausée）名下所描绘的东西。

——［法］萨特：《为他的身体》，载［法］萨特，陈宣良等译：《存在与虚无》，生活·读书·新知三联书店 2007 年版，第 418 页。

四、名家点评

> 他的第一部小说，也是他自己最重视的小说《恶心》，纯粹是哲理性的，它通过一个知识分子单身汉安东纳·洛根丁的日常生活，表现了萨特本人对资本主义社会现实的感受和思考。

——柳鸣九：《编选者序》，载柳鸣九编选：《萨特研究》，中国社会科学出版社 1981 年版，第 5 页。

> 《恶心》，甚于加缪的小说《局外人》，更须被看作是终极的，萨特的问题是为自由观念找到同样令人信服的意象，这种自由观念认为，认识到荒谬之后就要行动。

——［英］阿诺德·P. 欣奇利夫语，载阿诺德·P. 欣奇利夫，李永辉译：《论荒诞派》，昆仑出版社 1992 年版，第 44 页。

五、研讨平台

1. 研讨题目：萨特式存在主义与人道主义之关系

提示：存在主义源出于索伦·克尔凯郭尔的神秘主义、尼采的唯意志主义、胡塞尔的非理性主义（现象学）等，其创始人为海德格尔，而发扬光大者则是萨特。萨特式存在主义疏离甚或抛弃索伦·克尔凯郭尔的神秘主义，继承更兼发展胡塞尔的非理性主义，同时又与尼采的唯意志主义关联密切。这种存在主义反映在文学中，便偏于叙写人生和世界的荒诞、偶然，展现人的忧虑、绝望，以至于不少接受主体都从中体验到悲观厌世的情感。也正因如此，许多人批判萨特式存在主义及其文学缺乏人道主义甚或反人道主义。为此，萨特还曾专门撰写《存在主义是一种人道主义》予以申说。

2. 关于“萨特式存在主义与人道主义之关系”的重要观点

构成人的超越性（不是如上帝是超越的那样理解，而是作为超越自己理解）和主观性（指人不是关闭在自身以内而是永远处在人的宇宙里）的关系——这就是我们叫做的存在主义的人道主义。

——［法］让-保罗·萨特，周煦良、汤永宽译：《存在主义是一种人道主义》，上海译文出版社 1988 年版，第 30 页。

存在主义并没有背叛基督教传统，即他们并非一个新教的新派别，他们是在试图开发一种比较灵活的宗教戒律，用以作为在混乱的现代世界中生存的指南。

——［美］戴维斯·麦克国伊，沈华进译：《存在主义与文学》，春风文艺出版社 1988 年版，第 52 页。

六、文献目录

［1］Jean-Paul Sartre. “What is Literature?” and other Essays. Harvard University Press, 1988.

［2］Andrevr N. Leak. “Sartre's Nausea: Text, Context Intertext”. French Studies, 2008 (1).

[3]［美］戴维斯·麦克国伊，沈华进译：《存在主义与文学》，春风文艺出版社 1988 年版。

[4]［法］高宣扬：《存在主义》，上海交通大学出版社 2016 年版。

[5] 黄忠晶：《百年萨特：一个自由精灵的历程》，中央编译出版社 2005 年版。

[6] 柳鸣九编选：《萨特研究》，中国社会科学出版社 1981 年版。

[7]［美］拉卡普拉，夏伯铭译：《评〈恶心〉》，载《现代外国哲学社会科学文摘》1983 年第 1 期。

[8]［美］罗纳德·阿隆森，章乐天译：《加缪和萨特》，华东师范大学出版社 2005 年版。

[9]［法］萨特，周煦良、汤永宽译：《存在主义是一种人道主义》，上海译文出版社 1988 年版。

[10]［法］萨特，沈志明、艾珉主编，施康强等译：《萨特文集》，人民文学出版社 2000 年版。

（徐旭）

静静的顿河

作者：肖洛霍夫

类型：小 说

一、作者简介

米哈依尔·亚历山大罗维奇·肖洛霍夫（Mikhail Aleksandrovich Sholokhov，1905—1984），俄罗斯作家，20 世纪苏联文学的杰出代表。肖洛霍夫是出生在顿河的外乡人，他小学没有毕业就被迫辍学，后又经历了 20 世纪初俄国的风云激荡和历史变迁。青年时期的肖洛霍夫参加过作家团体“青年近卫军社”，后加入“拉普”。1924 年，他发表处女作《胎记》。《顿河故事》是他的早期短篇小说集。1925 年，他开始创作《静静的顿河》。这部小说的发表曾引起巨大反响，并为他赢得了斯大林奖金。但是这部小说也给作家带来很多争议，如小说的主题就不断引起评论界和政治界的关注与讨论。1965 年，肖洛霍夫“因在描写俄国人民生活各历史阶段的顿河史诗中所表现的艺术力量和正直品格”而被授予诺贝尔文学奖。

肖洛霍夫创作力旺盛，并且后来创作的《被开垦的处女地》《一个人的遭遇》都是苏联文学史上的名篇。

二、作品简析

当我们回望20世纪俄罗斯文学史时，肖洛霍夫是不能被忘记的。他的《静静的顿河》被称作哥萨克社会历史的一面镜子。事实上，其意义又远远超越了对哥萨克社会历史的反映。正如匈牙利著名的文学批评家卢卡奇所说："一般与特殊的统一赋予肖洛霍夫这部著作真实性和史诗性"。沿着已有的研究思路，我们可以发现，肖洛霍夫在处理大写的历史和个体的人之间的关系上具有高超的技术，而这种技术让小说的意蕴和内涵不断生成并不断持续。

小说以20世纪初的俄德战争、苏联国内的十月革命和其他的政治运动对顿河的冲击为背景，集中表现哥萨克这个特定的群体如何被卷入到一次又一次的革命斗争之中。全书集中描写了以格里高利·麦列霍夫一家为代表的几个哥萨克家庭在和平与战争动乱年代的个人情感与命运走向。在处理大历史和个人之间的关系上，不同于19世纪现实主义作家托尔斯泰的贵族式批判和道德性规训，肖洛霍夫有着自己的艺术选择。在诺贝尔文学颁奖演说稿《现实主义的活力》中，他曾经说："同读者对话要坦诚，要向人们说真话——尽管真话有时是严酷的，但永远是勇敢的。"由此可以看出，肖霍洛夫在深入生活的过程中，十分清楚艺术和生活的差异，并且也极其关注读者中那些普通大众对他的艺术的接受性。肖洛霍夫有着自觉的艺术理念。具体来说，在小说中他使用了多套话语机制介入故事的讲述方法。不同的话语在不同的故事中发挥着各自的作用，同时，这些话语又在一定的场域中互相扭结、彼此牵连，助推着人物和故事的发展变化。

首先是乡土话语机制。乡土话语主要被用来呈现哥萨克人的乡民生活。在作家笔下，这种话语饱含着新鲜的原始乡民的气息，真实再现了哥萨克人虽然粗鄙但多姿多彩的生活，展现了他们勤劳而又勇敢、多情而又复杂的自然人性。在小说开头，展现在读者面前的是麦列霍夫家的生活情景。他们生活在一个哥萨克村庄——鞑靼村。院子在村子的尽头，临近顿河。一家人在顿河边的这块土地上快活地劳作、钓鱼、割草、繁衍生息。乡土话语体现在对顿河岸边旺盛的树林、迷人的朝霞、平静的沙滩等风景的描写上，如“小麦唱出了渐渐地嫩芽儿，天天见长；一个半月以后，连乌鸦的脑袋都能藏进去，麦子吮吸着土壤里的养料，抽了穗；然后开花，麦穗罩上了一层金黄的花粉；卖力灌满了香喷喷、甜丝丝的乳浆”，这些景象描写细腻生动。乡土话语也体现在对格里高利·麦列霍夫、阿克西妮娅以及其他哥萨克人的日常起居和他们的情感走向的描写上。山鸡、教堂、街道、裹着披肩的娇小女人、地窖、马群、母狗、钓竿……在每家每户的院子里、屋顶下发生的大小故事，无论喜怒哀乐，都是非常个人化和乡土化的。乡土话语还体现在对哥萨克的民俗和歌谣的描写上：司捷潘的短促顺口的歌声以及阿克西妮娅、达丽亚那美妙的歌声都是哥萨克活生生的地方文化的呈现。

其次是政治话语机制。政治话语与战争话语总是交织缠绕在一起，给原本平静的哥萨克人民的生活带来巨大的震动。同时，此种话语再现了一系列历史性事件，诸如二月革命、临时政府的成立、十月革命、苏联国内战争、哥萨克人听从波罗的海水兵的劝说撤出皇宫广场以及顿河革命军事委员会的成立等。为了强调政治叙事的合法性，作家还将政治人物，如列宁、斯大林、托洛茨基、布琼尼、白军将领等插入小说中，让他们积极参与历史事件的叙事。这在一定程度上增强了小说的史诗性的风范和政治性的内蕴，突出了哥萨克人所生活的时代是一个社会剧变的时代。政治话语也嵌入了大量政治和军事文献资料、电信电报等符号信息，而这些信息以不同的方式穿插在小说人物中间，构成了一些政治性修辞，推动着故事的进展和突变，丰富了小说的表现范围，从而提升了小说的政治认知价值。而战争叙事一方面呈现出革命暴动中的暴力和厮杀；另一方面，作家也力争抓住每一个缝隙和机会，通过细节描写的方式巧妙编织人道主义的因子，将人性的价值凸显出来。诸如：“霍皮奥尔河口镇的哥萨克塔拉索夫，从死人身上解下带着一条银链儿的怀表，当场就卖给了同排的下士。从死者的钱夹子里找到了一点儿钱，一封信，信封里有一绺金色的头发和一张少女的照片，姑娘在骄傲地微笑着。”即便是在严酷的战场上，作家仍然饱含深情，不放过每一次展示人类天性的机会。政治叙事话语所依据的价值标准是主流意识形态关于“政治真理”话语的合法性，而这套话语以其强大的支配力左右着包括政治人物也包括哥萨克在内的每一个人。

如果说政治战争话语是一种倾向于历史与战争的非虚构叙事的话语的话，那么乡土话语就完全是纯粹的虚构性话语。虚构的乡土叙事与非虚构的政治叙事之间存在着复杂的缠绕关系。在处理乡土叙事和政治叙事之间的关系上，肖洛霍夫有着自己对艺术和对生活的尊重。他既不能为了粉饰现实来减少乡土叙事中对哥萨克人的凋敝和苦难的描摹，也绝不会为了迎合与服从政治正确而牺牲乡土叙事中哥萨克人的抵抗意义。应该说，他深刻明白其中的利害和掣肘，但是艺术的自觉和哥萨克人生活的实质都要求他必须要尊重艺术和生活。正是这样，在两者之间的起承转合的过程中，我们就可以看到作家的调度能力和高超技巧。当战争的爆发触犯了哥萨克人的利益的时候，格里高利积极参与战争保护家园，而这既是人之常情，也是年轻人血气方刚的真实彰显。这时候我们便看见了两种叙事话语的重叠。当革命因决策者的失误而导致节节败退时，我们又可以看到两种叙事话语之间的对抗。

这部小说有许多经典的场面描写和细节描写，而作家又用高超的艺术处理方式让原本平凡、普通的题材显示出陌生化的艺术内蕴。与俄国形式主义理论家什科洛夫斯基倡导艺术要通过“反常化”来增强感受的难度和时延一样，肖洛霍夫充分调用了现实主义和超现实主义两种手法，集中展现特殊情境下主人公的体验——这既合乎现实规律又富有震撼力。如关于格里高利面对爱人阿克西妮娅惨死在他面前这一段情节，小说是这样描摹他的行为与视觉体验的：“仿佛是从噩梦中惊醒，他抬起头，看见头顶上黑沉沉的天空和一轮闪着黑色光芒的太阳。”对他来说，“黑色的太阳”是情感濒临绝望和崩溃的一种超现实的表达。这既贴近人物的真实状态，准确展示了人物的悲伤心理，也用色彩的变形和意象的陌生化增强了整个作品的艺术感染力。

三、作者自白

正直地同读者谈话，向人们说出真理——有时是严峻的，但永远是勇敢的真理，在人类心灵中坚定对于未来的信念和对于自己能够建成这一未来的力量的信念。要做一名争取全世界和平的斗士，并且用自己的语言在它所能达到的一切地方培养这样的斗士。要把人们联合在他们追求进步的自然的和高尚的意向之中。艺术具有影响人的智慧和心灵的强大力量。我想，那种把这一力量运用于创造人们灵魂中的美和造福于人类的人，才有权称之为艺术家。

——［苏］肖洛霍夫，载穆易编选：《给诺贝尔一个理由》，中国广播电视出版社 2006 年版，第 117~118 页。

粉饰现实从而直接损害真实、虚伪地迎合读者从而宽容读者的多愁善感的作家，不是好作家。我的书不是茶余饭后阅读的消遣品，不是以帮助消化作为惟一目的的读物。

——［苏］肖洛霍夫，金人、草婴、孙美玲译：《肖洛霍夫文集》第 8 卷，人民文学出版社 2000 年版，第 44 页。

四、名家点评

肖洛霍夫的地位如此之高，他几乎什么话都敢说。他是具有共产主义信仰的最伟大和最成功的艺术家。但是，他的作品不是简单的信条，而确实是出色的文学作品。

——［美］马克·斯洛宁，浦立民、刘峰译：《苏维埃俄罗斯文学》(1917—1977)，上海译文出版社 1983 年版，第 195 页。

《静静的顿河》里的主人公是不寻常的，是优秀的，是过渡时期出现的形象。葛利高里·麦列霍夫不是资产阶级小说中平常的、石蕊试纸类型的主人公（虽然他与那样的主人公必然有某些共同的特征），他体现了国内战争时期哥萨克人的动摇。他超出了一般的范围，成为他那个阶级的特殊代表。

——［匈］格奥尔格·卢卡奇：《论〈静静的顿河〉》，载刘亚丁编选：《肖洛霍夫研究文集》，译林出版社 2014 年版，第 216 页。

五、研讨平台

1. 研讨题目：长篇小说中的对话艺术

提示：对话是长篇小说中的一个重要的表现手法，因为对话不仅呈示着人物所在的社会的、道德的大环境，还传递着个人精神的、遗传的、心理的气质和思想。对话艺术既关联着对话主体如叙述者、故事中的人物，也关联着对话内容如事件以及对事件的评价，更关联着对话的形式诸如修辞、风格、语态等。对话艺术是分析和研究小说思想和艺术的一个重要途径。

2. 关于“长篇小说中的对话艺术”的重要观点

转述和讨论他人的讲话、他人的话语，是人类讲话的一个最普遍最重要的话题。我们在所有的生活领域和意识形态创造领域里讲的话，充满了他人话语，而转述他人话语时的准确程度和冷静程度又是千差万别。说话者集体的社会生活越是紧张、繁琐、层次高，在他们谈论的对象中他人话语、他人议论占的比重就越大，因为这能唤起人们的兴趣去传播、解释、讨论、评说、驳斥、支持，进一步发挥，如此等等。

——［俄］巴赫金，白春仁、晓河译：《小说理论》，河北教育出版社 1998 年版，第 124 页。

对话性现象，像文学中许多其他现象一样，古来有之，只是人们的认识水平在没有达到认识这种现象之前，就不会把它从众多纷繁的现象中分离出来，而且，在最初发现它的时候，总会以特殊而发现个别现象，之后上升到普遍规律（黑格尔所说的推论的第二式：特殊—个别—普遍)。对话性也是这样，巴赫金最初总以为是陀思妥耶夫斯基的创作的特点，把复调小说称之为他的独创，后来发现托尔斯泰小说的社会性指向，似乎又认为唯托尔斯泰独有。其实，对话性既然是个普遍现象，就无法下结论说这个作家有，而其他作家没有，特别是在每个作家都是一个说者的时候。

——董小英：《再登巴比伦塔：巴赫金与对话理论》，生活·读书·新知三联书店 1994 年版，第 47~48 页。

六、文献目录

[1] Neyman Emolaev. Mikhail Sholokhov and Art. Princeton University Press, 1982.

[2] 冯玉芝：《肖洛霍夫小说诗学研究》，山西人民出版社 2001 年版。

[3] 何云波：《肖洛霍夫》，四川人民出版社 2000 年版。

[4] 李毓榛：《萧洛霍夫的传奇人生》，北京大学出版社 2009 年版。

[5] 刘亚丁：《顿河激流：解读肖洛霍夫》，四川教育出版社 2001 年版。

[6] 刘亚丁编选：《肖洛霍夫研究文集》，译林出版社 2014 年版。

[7] 荣洁：《肖洛霍夫研究史——20 世纪 50 年代前苏联的肖洛霍夫研究》，载《外语学刊》2010 年第 5 期。

[8] 孙美玲：《肖洛霍夫的艺术世界》，社会科学文献出版社 1994 年版。

[9] 孙美玲编选：《肖洛霍夫研究》，外语教学与研究出版社 1982 年版。

[10] [俄] 瓦连京·奥西波夫，刘亚丁等译：《肖洛霍夫的秘密生平》，四川人民出版社 2001 年版。

[11] [俄] 瓦·李维诺夫，孙凌齐译：《肖洛霍夫评传》，中央编译出版社 2002 年版。

（张益伟）

等待戈多

作者：贝克特

类型：戏剧

一、作者简介

塞缪尔·贝克特（Samuel Beckett，1906—1989）作为改变了当代戏剧走向的文学巨匠，生于爱尔兰首都都柏林的犹太家庭，其父亲是测量员，母亲是护士。童年时代的贝克特多才多艺，对音乐、法语、体育以及写作的兴趣非常强烈。1927年贝克特考入三一学院，毕业后在坎贝尔学院从事语言教学工作。后来在巴黎高等师范学校担任了两年的讲师。在巴黎，贝克特结识了乔伊斯，深受其意识流小说的影响，并开始从事文学创作与评论。1931年，贝克特再次回到三一学院，在此研究笛卡尔哲学并获得了哲学硕士学位。1933年，亲人们的相继离世给贝克特带来了沉重的打击。尤其父亲的突然离世使贝克特的抑郁症越发严重，但在这样的情况下贝克特还创作了《克拉普的最后一盘录音带》和《徒劳无益》等作品，表现了生命的短暂与脆弱。之后为了缓解病痛，贝克特踏上了长达一年的欧洲之旅，而这为贝克特的文学创作思想注入了新鲜血液。尤其巴黎浓厚的艺术氛围和乔伊斯的意识流小说对贝克特之后的文学创作产生了巨大影响，并创作了第一部小说《莫非》。二战的爆发导致贝克特一家陷入了逃难的生活，这期间贝克特创作了小说《瓦特》。二战结束后贝克特相继创作了小说“三部曲”：《莫洛伊》《马龙之死》《无法称呼的人》以及戏剧作品《自由》《啊，美好的日子》《等待戈多》等。在 1969 年，贝克特“因以一种新的小说和戏剧形式，以崇高的艺术表现人类的苦恼”获得了诺贝尔文学奖。

二、作品简析

自古希腊时期开始，西方人就将“理性”视为人类认识与理解世界的基本方式。直到两次世界大战的爆发，西方一直倡导的“理性”，一方面为人类社会带来了前所未有的发展，而另一方面却给全人类带来了空前的灾难。西方现代哲学家们，如尼采、海德格尔、柏格森在直面这一灾难时，开始怀疑一直以来倡导的“理性”，并试图寻找其他出路。尤其在第二次世界大战之后科技的迅速发展、全球化的逐步实现以及信息时代的到来，不仅彻底改变了人类的生活方式，也对人类的思想观念产生了深刻的影响。到了 20 世纪 50 年代，在戏剧领域，法国荒诞派戏剧的异军突起吸引了无数的观众和批评家。尤其在 1953 年 1 月 5 日的巴黎巴比伦剧院，由罗歇 · 布兰导演的《等待戈多》的演出更加推动了荒诞派戏剧的发展。

在《等待戈多》问世之前，贝克特深受笛卡儿、叔本华和存在主义哲学的影响，并创作了诗歌《腥象》、短篇小说集《徒劳无益》、长篇小说《莫非》以及戏剧《自由》等。可以说，贝克特不仅仅是一名出色的戏剧家，而且几乎涉及了各种文学类型的创作，毕生都在为人类的困境寻找着出路。在《等待戈多》中，贝克特以其独特的创作思想和全新的艺术形式表达了现代人孤独、绝望的生存困境以及人与周围环境之间的不协调关系。

作为荒诞派戏剧的代表作品，《等待戈多》的荒诞性首先表现在作者通过静止、单调的空间和无始无终的时间之间产生的张力凸显了“等待”这一行为的荒诞性质。正如第一幕一开始所描绘的那样，人类周围只是一派荒原景象，即傍晚、一条路、一棵树以及一块石头。到了第二幕中，还是同样的时间和同样的地点，只是树上长了几片叶子而已。在这样一个静止、单调的空间中，爱斯特拉贡和弗拉第米尔在等待着戈多。在漫长的等待过程当中，时间对他们来说也是一种煎熬。例如，在第一幕中讨论是否谈关于两个盗贼的事情时，爱斯特拉贡拒绝了对方，但是对方说这样可以消磨时光。还有在说到等待戈多的具体日子是星期六时，爱斯特拉贡却不能够确定今天到底是星期几。爱斯特拉贡和弗拉第米尔两个人对时间的消磨体现在等待的过程中。时间并不会为个体生命带来任何希望，反而正摧毁着世间的一切。即便两个人时刻提醒着彼此在等待戈多，但是戈多迟迟不来。贝克特以独特的空间设计和时间感受彻底颠覆了传统戏剧严谨的情节发展和对立冲突的人物关系，使人物动作变得毫无意义。与此同时，"等待"这一行为在作品《等待戈多》中不仅仅是一个短暂的动态的动作行为，更是一种正在持续，甚至有可能永远持续的状态。例如，在这部戏剧作品中最能够体现他们矛盾的心态的对话就是"咱们走不走呢""咱们走吧""我们在等待戈多"等。两个人自始至终在走与留、等与不等的问题上徘徊与纠缠着。但是在作品中他们最终选择了等待。也就是说，在这部作品中两个人无论如何挣扎，等待早已经成为他们重要的存在方式，并且只有永远保持等待的行为才能够证明他们自己的存在和意义。其实贝克特眼中的"等待"行为也是现代人生存的困境和生命荒诞更为具体的表现。

其次，这部作品又体现了个体生命存在的荒诞性。《等待戈多》一共出现了五个人，分别是爱斯特拉贡、弗拉第米尔、波桌、幸运儿和一个小男孩。其中，爱斯特拉贡从第一幕开始直到剧目结束时一直在场，他由于脚的肿痛导致其不得不将鞋脱下来放松，并且脚的肿痛与脱鞋动作的重复随着时间的流逝并没有减少，反而变得越来越频繁。这一描写实际上隐喻了个体生命自身存在的荒诞性。脚和鞋子分别作为人行走的重要的身体部位和工具，在爱斯特拉贡这里失去了意义。病痛的反复发作、脱鞋的重复与人的生存方式之间发生了严重的矛盾。也就是说，由于脚的疼痛导致他不能够顺利穿上鞋子，所以他只能在反复脱鞋的动作中获得短暂的放松，也即在痛苦—痛苦的短暂消失—再痛苦的恶性循环中等待着戈多。另外，在第一幕中波桌与幸运儿的身体是健全的，然而在第二幕中两者分别成了盲人和哑巴。波桌与幸运儿是主仆关系，这从他们两次的出场都是由波桌在幸运儿脖子上系绳子引导着他走中就可以看出。但是到了第二幕中，两者分别成了瞎子和哑巴。这既表达了时间给个体生命带来了灾难，又隐喻了波桌与幸运儿对之前发生的事情的一种否定与拒认，从而体现其存在的荒诞性。作为人身体最为重要的器官的眼睛，不仅能够使人看到五彩缤纷的世界，而且也是一个人心灵的窗口。波桌的失明其实也隐喻了现代人内心世界的封闭与迷茫。与此同时，语言作为人与人之间沟通和表达内心情感的重要工具，在成为哑巴后的幸运儿这里也变得毫无意义。因此，不论是爱斯特拉贡的脚的疼痛、波桌的失明，还是幸运儿的聋哑，都表达了现代人生存的荒诞性。如果我们把疼痛、失明和聋哑等分别隐含的意义，即行动的阻碍、心灵的封闭和语言功能的丧失，归于现代社会中每一个生命个体的话，那么我们就会发现，贝克特的隐喻具有普遍的意义和价值。

最后，这部作品的荒诞性又体现在人物与人物之间的关系上。贝克特在这部简短的戏剧中通过描写爱斯特拉贡与弗拉第米尔、波桌与幸运儿之间极度不和谐的关系表达了现代社会人与人之间的冷漠与隔离。爱斯特拉贡与弗拉第米尔是贯穿全剧始终的人物，而他们唯一做的事情就是等待所谓的戈多。如果说连接爱斯特拉贡与弗拉第米尔的是一条无形的线索的话，那么连接波桌与幸运儿的则是一条有形的线索，即绳子。也就是说，贝克特特意将四个人组成两组，并通过每个组内部之间的对话体现了人与人之间的荒诞性关系。贝克特为了表现这一关系，特意将语言进行了解构，这也是他极具个性的创作手法。比如，在第一幕中波桌逼迫幸运儿思考时，幸运儿用了一大段的独白碎片表达了自己的思想。一方面，独白作为传统戏剧中人物表达内心情感或矛盾心理的重要手段，在《等待戈多》中却以“独白碎片”的新形式将幸运儿的思想表达了出来。而且在这一大段独白碎片中，标点符号的缺乏和个别字词的重复产生了杂乱无章的视觉效果和语无伦次的听觉效果。在这里，贝克特故意打乱语言的逻辑顺序，并以幸运儿自说自话的表达方式体现了现代人普遍存在的状态。这样的创作手法归功于他对语言独特的认识。在贝克特的眼中，语言危机是现代人生存危机的一个重要部分，其主要表现形式为现代人普遍患有的“失语症”。另一方面，独白作为语言的一种存在方式隐喻了语言在现代社会中具有荒诞的性质。在《等待戈多》中幸运儿不停地发泄导致了波桌的痛苦，因此波桌试图打断幸运儿，但好几次都被幸运儿杂乱无章的语言吞没了。语言在幸运儿和波桌两个人之间丧失了其最基本的交际功能。对作品中出现的人物来讲，说话并不是为了交流思想。在《等待戈多》中人的存在只是一种符号。由于思想本身是空洞之物，所以语言也就丧失了其意义，从而表现了现代人孤独、异化的一面。

三、作者自白

个体已处于一个没完没了的流动变化过程中，从盛着缓慢、苍白和单色的未来时间之流的管道，流入往昔那令人焦虑不安，每时每刻都充满奇迹的绚丽时光。一般说来，未来是乏味的，难以捉摸和没有个性的，没有任何博尔基亚家族的美德，慵懒地怀着朦胧的期望，在沾沾自喜的愿望的雾霭中生活，沉醉在恶性的不可救药的乐观主义中，我们似乎已被豁免遭受那在我们身处窥视着我们的厄运。

——［法］塞缪尔·贝克特，沈睿等译：《普鲁斯特论》，社会科学文献出版社 1999 年版，第 11 页。

别了别了。然后漆黑一团丧钟预奏轻轻敲响好听的声音恰好是到达的出发那一秒。最早和最晚的那一秒。只要还留着足够的可以吞噬一切。一秒接着一秒地贪吃。天空大地以及其他等等。任何地方都再也没有一片腐尸。舔舔嘴唇就够了。不。还有一秒钟。只消一秒钟。呼吸这一空无的时间。认识幸福。

——［法］塞缪尔·贝克特，余中先译：《看不清道不明》，湖南文艺出版社 2006 年版，第 232 页。

客体的活动性不仅是主体的功能之一，而且还是独立的、有个性的：两种内在推动力并不属于同步的时间体系，这样，对任何客体来说，我们的占有欲是无法真正获得满足的。充其量，所有这些在时间中实现的欲望（所有的时间产品），无论在艺术或在生活中，只能一步步获得，由各自独立的附加物构成一个系列——从来就没有一蹴而就。

——［法］塞缪尔·贝克特，沈睿等译：《普鲁斯特论》，社会科学文献出版社 1999 年版，第 12 页。

四、名家点评

在萨缪尔·贝克特的《等待戈多》中，法语的日常语言以另一种方式得到浓缩。通常只是在形式上将戏剧限定于谈话……在这一阶段，戏剧形式当然已不包含批判性的矛盾，谈话也不再是克服这一矛盾的手段。对白、形式的整体和人的存在，这一切都成了残砖碎瓦，可表述的只有否定性，即言语的毫无意义的机械性和戏剧形式的残缺。

——［德］彼得·斯丛狄，王建译：《现代戏剧理论（1880—1950）》，北京大学出版社 2006 年版，第 80~81 页。

作为现、当代西方人整体状况的写照的那两个流浪汉，尽管他们的等待从表现上看比哈姆雷特更不可理喻，但是却深刻地反映了处于物化和异化状态下的无奈和妄想。他们等待的戈多与其说是一个名字或符号，倒不如说是一种没有希望的希望，即虚无。尽管他们的等待是毫无意义的，但是他们还要等下去，等待已经从一种行为方式沉淀和转换为一种性格特征而被模铸和固定下来。

——陆贵山、杨恒达：《人论与文学》，中国人民大学出版社 2000 年版，第 328~329 页。

五、研讨平台

1. 研讨题目：荒诞派戏剧与悲剧意识

提示：作品的悲剧意识一直是诸多文学研究者关注的重要问题。人类社会进入 20 世纪以后，传统悲剧的思想意识已经不能够完全反映现代人所面临的困境，所以很多后现代主义作家都把目光从人的“理性”转移到了“非理性”方面。荒诞派戏剧在冲破“理性”观念的同时，也在悲剧意识的表现方面进行了彻底的革新，即用极具荒诞的手法表现了现代人的困境与悲剧。

2. 关于“荒诞派戏剧与悲剧意识”的重要观点

在这里，语言到处都生病了，而且在整个人性发展中留下了这可怕疾病的痕迹。因为语言不停顿地登上了它的疆界的最后一层阶梯，尽量远离那种它本来在完全的质朴性中能够加以满足的强烈感情冲动，为了占领与情感对立的思想的领域，在近代文明的短时期内，不得不因这种过度的自我扩展耗尽了自己的力量。……于是，人类在其一切痛苦之外，又加上了约定俗成这种痛苦，也就是说，并无情感的一致，却要在语言和行动方面达成一致。

——［德］尼采，周国平译：《悲剧的诞生：尼采美学文选》，生活·读书·新知三联书店 1986 年版，第 129 页。

最初的荒诞首先显示一种脱节现象：人对统一性的渴望与精神和自然不可克服的两元性相脱节；人对永生的憧憬与他的生命的有限性相脱节；人的本质是“关注”，但他的努力全属徒劳，这又是脱节。死亡，真理与万物不可消除的多元性，现实世界的不可理解性，偶然性——凡此种种都是荒诞的体现。

——［法］萨特，施康强选译：《萨特文论选》，人民文学出版社 1991 年版，第 55 页。

一旦世界失去幻景和光明，人就会觉得自己是局外人。他就成为无所依托的流放者，因为他被剥夺了对失去的家乡的记忆，而且丧失了对未来世界的希望。这种人与他的生活之间的分离，演员与舞台之间的分离，真正构成荒谬感。

——［法］加缪，杜小真译：《西西弗的神话》，生活 · 读书 · 新知三联书店 1987 年版，第 6 页。

六、文献目录

［1］J. Knowlson. Damned to Fame：The Life of Samuel Beckett. Bloomsbury，1996.

［2］［德］彼得 · 斯丛狄，王建译：《现代戏剧理论（1880—1950）》，北京大学出版社 2006 年版。

［3］冯伟：《〈等待戈多〉与西方喜剧传统》，载《外国文学评论》2015 年第 4 期。

［4］李静：《萨缪尔 · 贝克特的创作思想与戏剧革新》，中国书籍出版社 2017 年版。

［5］刘明厚：《二十世纪法国戏剧》，上海文艺出版社 2000 年版。

［6］彭国栋：《〈等待戈多〉中的悲剧意识与终极关怀》，载《戏剧文学》2006 年第 9 期。

［7］［法］萨缪尔 · 贝克特，余中先、郭昌京译：《等待戈多》，湖南文艺出版社 2015 年版。

［8］王丹：《〈等待戈多〉的荒诞元素分析》，载《戏剧之家》2017 年第

5期。

[9] 张士民：《贝克特的边界景观：退却的游戏》，外语教学与研究出版社 2009年版。

[10] 张荣：《荒诞、怪异、离奇——法国荒诞派戏剧研究》，社会科学文献出版社1995年版。

（郭文静）

癌病房

作者：索尔仁尼琴

类型：小说

一、作者简介

亚历山大·索尔仁尼琴（Alexander Solzhenitsyn，1918—2008），生于俄罗斯北高加索基斯洛沃茨克市一个贫寒的单亲家庭。1941 年，索尔仁尼琴以优异的成绩毕业于罗斯托夫大学。此时，深受托尔斯泰影响的索尔仁尼琴，最大的梦想是成为一名作家。苏德战争爆发后，索尔仁尼琴参战并屡获勋章。1962 年，在赫鲁晓夫的批示下，《新世界》杂志发表了他的处女作——小说《伊凡·杰尼索维奇的一天》，而这使索尔仁尼琴在文坛一炮而红。次年，3 部同类主题的中短篇小说相继问世：《克列切托夫卡车站事件》《马特廖娜一家》《为了事业的利益》。1964 年，索尔仁尼琴的小说因涉及对社会政治的批评而遭到公开批判与查禁，于是《癌病房》《第一圈》《红轮》《古拉格群岛》等辗转在国外出版。1974 年，索尔仁尼琴被驱逐出境，直到二十年后，才得以返回祖国。因为他在“追求俄罗斯文学不可或缺的传统时所具有的道义力量”，诺贝尔文学奖评审委员会将 1970 年的诺贝尔文学奖授予了索尔仁尼琴。

二、作品简析

在俄罗斯文学史的脉络中，肇始于托尔斯泰的“俄罗斯的良心”这一对知识分子的宏大褒扬始终是其中耀眼又悲情的历史伏线。何为“俄罗斯的知识分子”？按照 20 世纪最有影响的俄罗斯思想家别尔嘉耶夫的理解：“俄罗斯的知识分子……是一个不切实际的阶级，这个阶级的人们整个地迷恋于理想，并准备为了自己的理想去坐牢、服苦役以至被处死”。从某种意义上说，“俄罗斯的知识分子”事实上成了我们指认这个民族气质的标志之一。

索尔仁尼琴便是被如此定位的一个苏联作家。作为解冻先锋，大胆揭露社会阴暗面、呼唤人性的复归，始终是索尔仁尼琴创作中的重要主题之一。1963 年，在苏联文坛正如日中天的索尔仁尼琴，本着替千百万蒙冤受难者建立一座纪念碑的目的，以 1955 年自己在塔什干治疗癌症的经历为基础，开始了《癌病房》的写作。但等小说真正写成时，苏联的政治形势已经发生了翻天覆地的变化。索尔仁尼琴由《伊凡·杰尼索维奇的一天》带来的声望几乎是在一夕之间化为乌有，已经出版的作品均遭到大规模批判。《癌病房》最终辗转在瑞士出版。在这部作品中，索尔仁尼琴继续延续此前的创作主题，通过对 13 号楼这一隐喻空间的书写，对当时国内的种种乱象进行了毫不留情的讽刺。

对摧残个体的势力进行毫不留情的批判，是《癌病房》的一个首要的着眼点。一如索尔仁尼琴的一贯创作风格，《癌病房》讲述了一个颇为敏感的故事。故事的主角之一——从流放地来的科斯托格洛托夫，因为在上大学时和同学在集会中议论政事被逮捕继而被永久流放。早年他十分渴望重新回到正常的生活轨道，而随着岁月流逝，大赦一拖再拖，于是他完全认命，接受了自己必将被永远流放的命运。患了癌症后，与一心想要拯救他的医生相比，他反倒成了自己生命的看客。在治疗过程中，他多次拒绝配合主治医生董佐娃，并向医生宣称："我并不要求完全看好……我只想过几天太平日子"。科斯托格洛托夫的经历在《癌病房》里并不是孤例。大学教授也好，青年学生也罢，没有人在这场浩劫中可以全身而退。小说结尾处被烫伤了眼睛的猕猴，在20世纪40年代的苏联的语境中，再度成了寓言性的表达——无数的人平白无故被践踏，而青春甚至一生也便在这无妄之灾中随时代的洪流逝去了。薇拉死去的未婚夫倒成了某种令人羡慕的存在，因为他不用看到战争的全貌，也不必目睹它的结束以及往后漫长的艰苦岁月，更没有变成一个懒惰的笨重的男人。从此种意义上来说，科斯托格洛托夫从始至终地拒绝治疗，与其说是对医院的不信任，毋宁说是对自己生而为人之最后权利的捍卫："既然我本来就已经失去了全部生活，既然我直到骨髓里都记得自己是个永久的囚犯、永久的罪人，既然命运不能为我提供任何较好的前景……这样一条命何必去救它?"以此为中心，索尔仁尼琴对摧残个体完成了从外部的社会记录到个体心灵的转移。进一步来说，《癌病房》的主角是一群癌症病人。这一设定首先意味着，死亡问题并非某种形而上的哲学探讨，而是某种日常生活的真实。因此在一个骤然降临的厄运面前，如何理解人生、如何迎接死亡便显得格外引人注目。索尔仁尼琴给出的答案不难解读——迷恋托尔斯泰学说的叶甫列姆，在离开癌症楼时满怀生的喜悦，但不久便死于火车站；天真朴实的普罗什卡，在被告知可以出院时喜出望外，殊不知这只是院方对无药可救患者的一种托辞。保持自我的清醒，永远对生活怀抱希望。尽管这始终是一个颇为普遍的认知，但在当时苏联的语境中，对个体这一概念的重新凝视，对生存意义与信仰价值的重估，无疑具有某种高度自觉的象征意义。

其二是对医疗体制的反思。作为世界上第一个向全体公民允诺终身免费医疗的国家，苏联政府在建立完备的医疗体系方面不遗余力。但其不足之处同样不可否认。首先，医务人员任务多、待遇差。13号楼里医患比例严重失衡，医生从上班开始就连轴转。主治医生董佐娃已经在医院工作了很多年，可"即使在夏天，也看不见她拿着夹肉面包到花园里去休息一会"。与高强度的工作压力形成鲜明对比的却是低廉的报酬。一毕业就留任医院的薇拉只能和母亲住在条件很差的杂居公寓里；奥列宪科夫医生给人治了半个世纪的病，方才给自己买了单层小木屋。其次，病人对自己的治疗过程没有知情权。举例来说，囿于医疗条件，当时癌症的治疗手段一律采用大剂量 X 光照射，然而 X 光照射对病人的身体伤害很大，严重者甚至会终生残疾。但是病人并不会被提前告知这一情况，具体的治疗方案也无权知道。这一对病人知情权的剥夺构成了科斯托格洛托夫反抗的最大动因所在。然而在小说中，寻求改变的科斯托格洛托夫始终不曾获得真正意义上的成功，因为他的反叛之路最终只能走向自我的再次放逐——把悲痛和忠诚以及希望全部都交给乌什铁列克这块从大千世界看去小而荒凉的流放地。

索尔仁尼琴在叙事中对空间的运用强化了以上主题。居于中心景观地位的癌症楼，相当于一个小型的社会空间。这个狭小的局限性空间拥挤着乌兹别克的牧民、专注科研的地质学家、寻求生命意义的工人，还有年纪轻轻就要割掉乳房的姑娘。最基本的生活权利在这里是极度受限的：医院里经常对病人的床铺进行搜查，私人物品稍不留心便会被拿走。而与这个极度受限的空间相对照的，则是一个相对来说较为自由的空间——乌什铁列克流放地。这个原本平淡无奇甚或苦寒恶劣的空间，当科斯托格洛托夫满怀深情地把它从记忆中召唤出来的时候，充满着的是气味刺鼻的茄桑，多刺的冉塔克，5 月里开紫色花朵的珍吉尔，以及芳香过分浓烈的芝杜。而流放者的羁旅生涯，在癌病房这一局限性空间的映照下甚至也被涂上了某种温情脉脉的底色：在夏天夜里睡在星空下的行军床上，他可以根据星座的位置转移判断时间；在溽暑减退时，他可以沿着草原上的小路走到秋河较深处。简单的叙述掺和着含混的怅惘所构建起来的这些荒原记忆，使乌什铁列克流放地这一空间升格为了创世之初的伊甸园。当然，我们不难看出，流放地绝不是美好的乌托邦。只是相对于权利极度受限的癌病房这一空间来说，它意味着多一点的权利——“不必等候口令就可以在大地上迈步的权力；独自待会的权力；眺望星星、凝视灯光照不到的空间的权力；夜间熄灯在黑暗中睡觉的权力；往邮筒里投寄信件的权力；星期日休息的权力；在江河里游泳的权力”。这种乌托邦式的空间想象，使在政治至上的年代里逐渐被淡化的俄罗斯乡土，拥有了重新庇护个体灵魂的力量。于是癌病房里无所不在的焦虑、绝望在这种空间对比中愈发鲜明，而索尔仁尼琴也再次凭借一个受限的空间完成了对社会政治寓言、民族寓言的书写。

与此同时，对于时间节奏的把握则无疑在更深层次上开掘了《癌病房》的主题。1976 年，索尔仁尼琴在论及小说的创作时，首先强调的便是紧凑性。如何实现紧凑性？高度浓缩时间，大量运用梦境、幻觉、隐喻、象征、联想等意识流创作手法。《癌病房》长达 45 万字，但故事发生的时间仅仅是从科斯托格洛托夫入院治疗到出院这样短短的几个星期。内心独白、书信、人物之间的对话等串联起了广阔的社会生活。卢萨诺夫在人事部上了半辈子班，检举揭发了无数人，但在生活中他对自己的所作所为丝毫没有感觉到过愧疚。而在梦境的开启时分，因畏惧他的威胁而服毒自杀的女工、洞悉其秘密的年轻电焊工、放心托孤却反被其诬告致死的叶尔羌斯卡娅，纷纷出现并倾诉怨恨。这些过往人事，构成了对卢萨诺夫前半生的道德审判，同时也揭露了以其为代表的官僚阶层对普通民众的无情戕害。这种对时间的独特开掘极大地提高了文本的可读性，另外在克服了道德说教的基础之上，也使作品的思想内涵得到了升华。

毋庸置疑，《癌病房》的获奖，确乎存在着某种不可否认的政治炒作。但仅就其作品本身来说，《癌病房》仍然是一部伟大的艺术作品。这样一段由癌症病人在失望、绝望与漠然中渐次展开的生命段落，在一定程度上反映着索尔仁尼琴对极“左”政策的批判，同时也寄予着作者对个体存在、社会制度以及祖国命运将往何处去的深刻省思。其中对俄国批判现实主义文学传统的继承，以及对俄罗斯精神与自然充满深情的歌颂，无不书写着索尔仁尼琴这位“永远的持不同政见者”的某种心路——只有重回 19 世纪的农村浪漫主义，用爱来抵抗暴力，复活三位一体的宗教、土地、祖国的俄罗斯传统，才能真正把国家重新带回正轨。而拨开历史的迷雾，这种回到俄罗斯本源式的叙述，归根结底，仍然是俄罗斯大地上一曲知识分子的悲歌。

三、作者自白

我不属于我自己，我的文学命运也不是我个人的文学命运，而是所有那千百万人的命运，他们没有来得及写完、低声说完、用嗜哑的声音说完监狱里的命运和自己过于迟了的在劳改营中的发现。

——［苏］索尔仁尼琴，陈淑贤等译：《牛犊顶橡树》，时代文艺出版社1998年版，第5页。

我们不应该把过去的罪责归咎于某个领导人或政治体制，但我们必须明确，只有发自肺腑的自省和宽容才能为整个民族疗伤。换个角度说，外部的指责和声讨是毫无益处的。

——［苏］索尔仁尼琴：《我从未违背自己的良知》，载［德］《明镜》2007年7月25日。

四、名家点评

《癌病房》是一部结构严谨的社会心理小说。它不注重叙述故事情节，而把主要笔墨用于对人物心灵震颤的描摹上。在浓缩的时空和独特的观察点上，小说准确而又细腻地显示了不同阶层的人物的强烈的情绪波动，并以此揭示人物的性格、时代的氛围和历史的阴影。小说以近距离地反映社会生活和大胆地触及敏感的政治问题引起读者注意。作者在有限的场景中展开了广阔的历史背景，并且在主人公身上赋予了某种自传因素，这就为作者在小说中“抒一己之情，辩兴亡之理”创造了条件，从而使小说带上了鲜明的政论色彩和较强的辨析力量，成为特定时代的反思录。

——陈建华：《〈癌病房〉：特定时代的反思录》，载《外国文学评论》1989年第3期。

索尔仁尼琴善于用多幅笔墨来写小说。从整体上看，《癌病房》始终保持着与癌病楼的氛围相吻合的沉郁顿挫风格，但其间穿插着非常明亮的抒情性因素。如伴随生命力复苏而来的情欲萌动的摇荡煽情，成为第十八章“哪怕在墓道入口处”的亮色。在第三十五章“创世纪的第一天”中描写奥列格出院的文本里，在基督教文化隐喻的背景上，索尔仁尼琴为奥列格提供了一个类似于古希腊神话中维纳斯诞生时的明丽天穹，借此来渲染他新生的欣悦。背景和前景之间的张力很值得玩味。

——刘亚丁：《〈癌病房〉：传统与现实的对话》，载《名作欣赏》2009年第9期。

五、研讨平台

1. 研讨题目：文学作品的互文性

提示：正如伟大的思想一样，伟大的文学作品从来不是孤立存在的，而是非个人化的。文本与文本之间相互映照，彼此牵连，最终形成一个宏大的文学网络。《癌病房》的写作、出版并不是孤例的现象，它属于苏联20世纪60年代解冻文学中的一个至关重要的组成部分，与整个俄罗斯文学也有着千丝万缕的联系。

2. 关于“文学作品的互文性”的重要观点

任何文本都是一种互文文本……任何文本都是过去的引语的重新组织。种种规约碎片、格式、节奏范式、社会言语之片段，进入文本，并在文本中重新分配。

——［法］罗兰·巴特，张寅德译：《文本理论》，载《上海文论》1987年第5期。

诗学的研究对象不是文本，而是广义文本，广义文本无处不在，存在于文本之上、之下、周围，文本只有从这里或那里把自己的经纬与广义文本的网络联系在一起，才能编织它。

——［法］热奈特，史忠义译：《热奈特论文选》，河南大学出版社2009

年版，第 54 页。

六、文献目录

[1] Michael Scammell. Solzhenitsyn：A Biography. Norton，1984.

[2] [俄] 阿格诺索夫主编，凌建侯译：《20 世纪俄罗斯文学》，中国人民大学出版社 2001 年版。

[3] [俄] 俄尼·别尔嘉耶夫，雷永生、邱守娟译：《俄罗斯思想》，生活·读书·新知三联书店 1995 年版。

[4] 陈建华：《〈癌病房〉：特定时代的反思录》，载《外国文学评论》1989 年第 3 期。

[5] 邸小霞：《2011 年索尔仁尼琴国家学术研讨会》，载《外国文学动态》2012 年第 1 期。

[6] 黎壁莹：《苏联和东欧国家的医疗卫生政策》，载《医学与哲学》1986 年第 11 期。

[7] [苏] 索尔仁尼琴，荣如德译：《癌病房》，上海译文出版社 1980 年版。

（周秀勤）

女士及众生相

作者：海因里希·伯尔

类型：小说

一、作者简介

海因里希·伯尔（Heinrich Böll，1917—1985）生于德国莱茵河畔的古老都会科隆。与当地的大部分民众一样，伯尔一家人是虔诚的天主教信徒，天主教教义中的博爱精神与人道主义信念对其有着不可磨灭的影响。伯尔的一生主要在科隆以及波恩等北威州城市度过，并曾在科隆大学接受过德语文学和古德语文学的专业教育，这一经历在其小说中多有体现。1947年，伯尔正式开始其创作历程，其小说中主人公通常是与世俗观念格格不入的“小人物”，即其口中的“废物”，但这反而为他的小说赢得了全世界人民的喜爱。伯尔的代表作主要有《亚当，你在哪里?》《一声不吭》《无主之家》《小丑之见》《女士及众生相》《丧失了名誉的卡塔琳娜·勃罗姆》等小说。他一生反对纳粹主义与法西斯主义，同时也对社会主流道德观念以及公共理想审美嗤之以鼻。1972 年，伯尔获得诺贝尔文学奖。在授奖词中，瑞典学院称其作品“充满激情的美学，充满了讽刺、尽情的滑稽摹仿乃至深沉的痛苦”。

二、作品简析

在群星闪耀的世界文坛上，无数作家对人类文明史中最大的集体悲剧——两次世界大战进行了各不相同却同样深刻的描绘。海因里希·伯尔以“平庸的德意志妇女莱尼·普法伊弗”这一角色在其中杀出一条血路，使这部《女士及众生相》成为反映战争年代的扛鼎之作。莱尼·普法伊甫是一位在莱茵河畔长大的典型德意志女性，她的人生有着较高的起点，却不断在之后的走向中令人瞠目结舌。其幼年时获得了桀骜不羁的犹太裔修女拉黑尔的“倾情指点”，先于同龄人一步就早早了解了人体功能、粪便结构、生物序列以及所谓“爱经”。拉黑尔可谓是莱尼的人生导师，在她的点拨之下，莱尼体内所潜藏着的先天情欲官能被过早唤醒。这决定了莱尼今后的人生必然以感受和体验为主，而非计算、经营，更非世俗所谓之“谋略”。正因如此，莱尼从来不懂对自己的人生进行风险规避或未雨绸缪，她在跌跌撞撞的体验之路上散尽家财、“名声败坏”，从一个富家小姐落得一贫如洗，且三次成为“寡妇”，晚年还要为身陷牢狱之中的儿子殚精竭虑。莱尼的三任爱人均“不得善终”：第一位爱人在两人相爱后不久即战死沙场；第二位“爱人”模样俊俏、风流倜傥，并非莱尼心中所爱，但她为了满足自己“在石楠丛中钟灵受孕”的愿望而与之相好，谁知，在两人婚后的第三天，他就阵亡了。第三任爱人是有着良好德语文学修养的苏联青年波利斯，然而，“二战”之后，波利斯却阴差阳错地被美国人误认为是纳粹士兵并关进了战俘营，随即死于一场矿难。莱尼带着与波利斯共有的儿子莱夫一起生活，莱夫却在战争结束之后因时运突变而沦为阶下囚。“不如意的恋爱者，受挫的寡妇”，这句话，就是主人公莱尼的人生写照。

在对上述“莱尼的一生”进行叙述时，伯尔主要采用了“复调”的叙述技法。“复调”这一概念来自 19 世纪俄罗斯文论家巴赫金，其理论核心在于：

区别于传统的只有叙述者独白的“单声道”小说，“复调型”小说中充斥着各种不同人物的声音，且叙述者的声音与诸人物的声音之间是平等的关系。在这一类小说之中，叙述者不再以全知全能的“上帝视角”来对情节展开事无巨细、无所不知的“俯瞰型”叙述，而是成为一位故事的经历者、阅读者，在小说中诸人物声音的引领之下逐渐抵达故事的核心。伯尔对这一复调美学的运用首先体现在其所采用的“新闻体”体裁上：他通过引用诸多如心理鉴定、信件、警官记录等材料来实现情节的推进，并不停地出于“考察需要”而对小说中的人物进行实际的采访，让诸多人物能够发出自己的个人声音，而不是叙述者单纯对其话语进行转述，让人物的意识成为作者个人意识的客体。其次，这一复调美学还体现为伯尔对于小说情节的主动参与过程：作为小说的叙述者，伯尔不时煞有介事地以“寻找材料、实地考察”为由在故事情节中出现，还与拉黑尔修女生前的同僚、同样风流的克莱曼蒂娜修女有了一段罗曼史。这一令叙述者主动参与到情节之中的叙事手法，不光弱化了其叙事视角的上帝意味，还令小说脱离了现实主义的审美传统，从而变得荒诞不经：“笔者花言巧语向马尔娅·范·多尔恩苦苦哀求，用无数杯咖啡和几包不带过滤嘴的美国弗吉尼亚香烟贿赂了她（她 68 岁开始吸烟，觉得‘这玩意儿真不赖’），从莱尼难得打开的祖传五斗柜的抽屉中暂时偷出三封信，把它们快速地拍了下来。”传统现实主义小说中“全知”的叙述者在此处摇身一变，成为一位需要随着故事的展开不断去探索，才能获知后续的“考察者”。对于复调小说技法的运用，一方面使故事情节的发展具有一定的戏剧性和幽默色彩，另一方面又在整部小说的美学风格、思想内涵上均呈现出具有荒诞意味的现代性特征。

“复调美学”向我们揭示了这部小说于创作技法上的“现代性”特征。然而，在创作技法之外，小说的内容同样也是充满了现代性的审美价值。而在西方文化语境之中来看，所谓的“现代性”归根结底意味着：古典社会统一的价值体系不复存在了，人人均可定义自己的上帝，世界从以“上帝之言”为主要支撑的单声部世界转变为一个“世俗化”了的多声部“话语空间”。在《女士及众生相》这部小说中，伯尔通过“莱尼的一生”对这一“反传统”的世俗话语空间进行了呈现。这一呈现首先体现为伯尔对小说人物形象的“反圣像化”塑造。伯尔本人反对将小说中的主人公视为某一社会群体的缩影，抑或赋予其过多的象征意义以至于产生某种“圣像化”的艺术效果。他喜欢以无法融入社会的边缘群体等“废物”作为小说的主角，本书中的莱尼就是这种“废物”的典型：她在“作为年轻人开始自己的生活时，也就是十七八岁吧，几乎立即陷入了与社会对立的状态，而没有一种与社会对立的意识”；她“大智若愚，却又头脑简单”“一不怨天尤人，二不事后懊悔”，一生饱受生离死别之苦却又始终如一，坚持追随着自己的本能与直觉。莱尼的身上既没有伟大的圣母光环，也没有前卫的女性主义气质，她只不过是一位以自己的方式去认真生活的普通“莱茵妇女”，在历史的巨大更迭中专注于体验纯粹的生命。这样的女性角色在其他的现实主义小说之中也许会被塑造成单纯的圣女形象，然而伯尔既没有将她神圣化，也没有去赋予她多么重大的象征性与社会意义。她始终是她自己，始终自行支配着自己的命运，演绎着自己的故事。其次，这一呈现还体现为莱尼身上所折射出的伯尔式“反常”价值观。就个人日常生活而言，伯尔令莱尼有着一些与众不同的个人癖好，比如在自己的闺房中诡异地挂满人体器官的放大图片，又比如对特拉克尔——一位显然离经叛道之诗人的反常热爱，等等。种种异于常人的举止不光被莱尼坦然地坚持了下来，还成为她人生的“圣经”；而从现实成功学的角度来看，莱尼最终无疑是度过了失败的一生：她的一生波折不断，兄长父母纷纷撒手人寰，每当获得爱情时却又马上失去；她对人情世故缺乏算计，对经营牟利缺乏头脑，父亲留下的宝贵遗产被其不当一回事地消耗干净，在自己穷困潦倒之际却仍大方地将金钱赠予他人。然而，当我们跟着伯尔的叙述阅读完莱尼的整个人生，最终回到她逼仄狭小的闺房时，望着墙上挂着的人眼精确放大图（这无疑是其心灵导师拉黑尔修女为莱尼所开启的，看待世界的感性之眼）、人体生殖器官放大平面图（伯尔称其“早在色情神学推广它们之前很久就已挂在莱尼的家里了”），翻开被其所珍藏的布莱希特、荷尔德林、特拉克尔的诗集（特拉克尔的诗句曾在陵园花圃的上空如此应景地成为传递爱情的暗语）、卡夫卡和克莱斯特的散文集以及托尔斯泰的小说，此时我们便能发现，莱尼一生中所爱之人都以她自己最为渴望的方式在她的生命里烙下了印记。有别于汲汲营营的平庸之辈，她仅凭个人的本能而在乱世里活出了自己的人生。她拥有过最高的幸福，体验过最真的爱情，也在这无比真挚的感情中偶然获得了虽然细微却如钻石一般闪耀的“文学修养”，使自己的个人生命体验拥有了荷尔德林、克莱斯特、卡夫卡等一众文学巨匠的斑斑点缀。通过上述两种“反常”的价值观，伯尔试图告诉我们：灰暗的时代虽然造就了莱尼的痛苦，却无法左右她的决定；她在人生的每一个十字路口中所作出的重大决策都是自己的个人意愿，这种灼灼闪烁的自由之光成为那个几乎是要掐着人脖子的废墟年代中唯一的一道彩色风景。区别于功利的价值观念，在伯尔看来，“自由”才是人之为人的最大能量来源。正如众人都在有气无力地“重建”西德意志的战后，在漫天的尘土飞扬之中，唯有莱尼正奋力地踩着不知道从哪里借来的老自行车飞驰在各大战俘营之间，只为救出自己的心上人。在伯尔极为克制老练的描绘中，一个健壮的、有血有肉的、永远在路上的妇女形象跃然纸上——她无比自由地活过、失去过、爱过，且将继续去爱。

在小说的结尾，伯尔通过对新婚的莱尼留下一个“祝咒”，而赋予了这一结尾以开放性色彩：“‘由于尚未搞清楚的反射，她所看到的是她自己。’那么，‘尚未搞清楚的反射’一直还存在着，幕后一直还阴云密布，预示着风暴即将到来”。作为一位反权威、反传统、反常规的现代女性，莱尼既然选择了这样的人生，便当然要为自己那用“官能体验”取代了“计算理性”的生命模式而不断付出代价，这种在小说之外即将到来的“新的悲剧”不经令读者产生忧虑，而正是在这一忧虑之中，伯尔又再一次对人类命运的崇高与伟大进行了不动声色的隐晦表达：人类如同西西弗斯一般去不断地练习着爱与失去，而这种永将失败的生命悲剧以及不断重来的骄傲与勇气，便是伯尔在这部小说中借由莱尼的一生向我们所喊出的最为有力的自由之诗。

三、作者自白

哭和笑都是现代人的特征。在我看来，幽默只有一种人道的可能性：指出被社会宣布为废物，被当做废物的人的伟大……迷迷糊糊的、在美学和道德上颠三倒四的社会，不会如此轻而易举地使我们受到愚弄，而是使我们成为傻瓜，我说它缺少伟大，因此作者只有选取被社会宣布为废物或当作废物的人作幽默的重大对象……这种人不属于这个伟大的社会。不合群是高尚的，一个人要有幽默感才会觉得它高尚。

——［德］海因里希·伯尔：《法兰克福讲演集》，载高年生译：《女士及众生相》，漓江出版社 1991 年版，第 460 页。

我不想创造一个理想形象，而是想创造一个符合反对圣像崇拜的解决办法这一精神的完全没有图像的女主人公。我的女主人公不应当有图像——圣像和图像是同一个词——她只应当是她自己。她不是一个理想人物，而是静止的，一切都走向她，越过她；通过她。

——［德］海因里希·伯尔：《与科尔茨的谈话》，载高年生译：《女士及众生相》，漓江出版社 1991 年版，第 482 页。

我相信这个女人的官能享受同某种形式的感受能力，亦即肉体的感受能力、社会的感受能力、情爱的感受能力有关，因此她的感性生活变得十分复杂，无论是表面的感官享受如饮食衣着，还是情爱生活都是如此。在这样一个角色身上给这以新的表现，这简直使我入迷。

——［德］海因里希·伯尔：《与韦勒斯霍夫的谈话》，载高年生译：《女士及众生相》，漓江出版社 1991 年版，第 483 页。

四、名家点评

“莱尼”这个艺术形象承担着一种功能，可以跟石蕊在化学中的功能相比较。一片用石蕊浸制的试纸被放到化学溶液里，试纸的变色程度可以用来判别认识溶液的酸碱情况，同样，这位伯尔小说里的主要人物成为一个介质，用来帮助认识社会星丛（gesellschaftliche Konstellationen）和个体的状况。

——［德］拉尔夫·施纳尔，孙周兴、赵千帆译：《海因里希·伯尔与文学现代性》，载《同济大学学报》2006年第2期。

这部小说以“女士”莱尼的经历为主线，但莱尼几乎始终隐在幕后，没有出场。作者把一个记者推到台前，让他来进行介绍。莱尼的整个身世并不是直接向她本人打听得来的，而是出自那些与莱尼直接或间接有关的形形色色人物之口。这些知情人是“笔者”即记者经常采访的对象，他们在谈话中往往联系自己的经历，表明自己对一些问题的看法，因此这些采访记录自然反映他们的个性，清楚地勾勒出他们的轮廓，形成一幅以莱尼为中心的群像图。

——高年生：《人间自有真情在——试论伯尔的〈女士与众生相〉》，载《外国文学》1990年第2期。

五、研讨平台

1. 研讨题目：文学中的情结

提示：在历代世界文学作品之中，不少经典作品的故事都以主人公的情结为主干。这一情结可能是某种自卑情结抑或故乡情结，也可能是“弑父恋母”的俄狄浦斯情结，等等。在《女士与众生相》里，莱尼的情结即是修女拉黑尔对其性启蒙所造成的“青春期情结”——它开启了她的生命之门，在她之后的整个人生历程中均起到了强烈的心理暗示作用。每位作家个人的童年经历与相关情结也会对其创作产生强烈的影响，这一影响左右了他们对主人公性格的建构，抑或整部小说的核心思想表达，等等。对情结的执着追问与不懈探索催生出了一大批优秀的文学作品，它往往使小说在文学性之外更富于一种人性的深度与神秘气息。通过对这些作品的阅读，我们可以更了解自己的内心世界，从而认识自我、发现自我。

2. 关于“文学中的情结”的重要观点

> 我感到自己早年想成为一个学问渊博、超群出众的人的希望在胸中彻底破灭了……即使现在，我出了名，备受爱戴，快乐幸福，我在梦中还是常常忘记我有一个可爱的妻子，还有孩子，甚至忘记我一个人；孤独地漫步回到我生命中的那一段光阴中去。

——［英］狄更斯语，载［美］安妮特·T. 鲁宾斯坦，陈安全等译：《英国文学的伟大传统》，上海译文出版社 1998 年版，第 113~114 页。

> 情结是一种经常隐匿的、以特定的情调或痛苦的情调为特征的心理内容的团集物。这个单词有如一枚炮弹，能穿透厚厚的人格伪装层面打进暗层之中。

——［瑞士］荣格，成穷、王作虹译：《分析心理学的理论与实践》，生活·读书·新知三联书店 1991 年版，第 49 页。

六、文献目录

［1］Jochen Schubert. Herinrich Böll. Theiss，2017.

［2］Werner Martin. Herinrich Böll-eine Bibliographie Seiner Werke. Olms，1975.

［3］［德］海因里希·伯尔编，袁志英、李毅、黄凤祝等译：《伯尔文论》，生活·读书·新知三联书店 1996 年版。

［4］［德］海因里希·伯尔，钱鸿嘉译：《伯尔文集》，上海译文出版社 1996 年版。

［5］刘硕良主编：《诺贝尔文学奖作家论》，漓江出版社 2013 年版。

［6］［德］拉尔夫·施纳尔，孙周兴、赵千帆译：《海因里希·伯尔与文学现

代性》，载《同济大学学报》2006 年第 2 期。

[7] [瑞士] 荣格，成穷、王作虹译：《分析心理学的理论与实践》，生活·读书·新知三联书店 1991 年版。

（叶雨其）

菲奥里广场

作者：米沃什

类型：诗歌

一、作者简介

切斯瓦夫·米沃什（Czeslaw Milosz，1911—2004），生于当时属于波兰版图的立陶宛，诗人、散文家、文学史家，一生经历颇丰，曾任波兰驻美国、法国外交官。二战期间，米沃什亲眼目睹德国法西斯枪杀无数波兰人的残酷场面，并积极参与抵抗法西斯的运动。1951 年曾流亡法国，1960 年成为美国加利福尼亚大学伯克利分校的斯拉夫语言教授，1970 年加入美国国籍，却一直保持使用母语波兰语进行创作。1980 年荣获诺贝尔文学奖。主要作品有诗集《拯救》《白昼之光》《波别尔王和其他的诗》《无名的城市》《日出和日落之处》《被禁锢的头脑》《伊斯河谷》《个人的义务》《务尔罗的土地》《外省》《面对河流》等，小说《权利的攫取》，散文集《欧洲故土》《旧金山海湾幻象》等。

二、作品简析

当我们从历史的丛林中回首，会发现哲学家和作家都对充满着战争和劫难的20世纪进行了描述和思考，但是如何洞察在历史罅隙之间那些普通人和殉道者的意义？如何衡量与研判人类今天与昨天的差异抑或同质？人类如何勘探自身与其他事物之间的界限？这些问题依然会浮出水面，不断冲击着人类的神经。对诗人米沃什来说，回忆与反思这些问题总是痛并快乐着。他不仅直面历史的创伤与痛苦，而且以巨大的勇气力图主导时间的步伐，以诗为利剑，凿开那被遗忘的人性的荒漠，从人的存在、人的身份、人的天性等多个层面把握和度量意义的结构。

如同理想与现实之间的错位，在诗与思的领域中，矛盾对立的观念也时常是彼此交织的。诗人米沃什的诗歌为相对粗鄙和单一的20世纪增添了亮色。仔细阅读米沃什的诗歌，我们可以发现他对时间和存在的深刻考察。同时，作为人类的一员，他不遗余力地厘测人的良心，维护正义事物的权威并努力为意义的获取寻找那个最恰当的词语。因此，他的诗歌在世界诗坛中占据着显耀的位置。

在米沃什的众多诗歌中，《菲奥里广场》是一首极具代表性的诗篇。在这首诗歌中，诗人巧妙地将同一时间、不同空间下存在的发生以及人事的消长呈现出来，并从一个超越的位置去看怀疑之于存在的意义。也正是在这样的主题指涉中，诗性和哲思的意蕴喷薄而出，由其衍生出的人类的惰性与遗忘的外壳再次从沉默的历史中被一一发掘出来。整首诗一共七节。面对历史，诗人将时间分割成若干个不同的单元，并让人物和诗人的思考存在于不同的时空下，运用时间的不断叠加逐步推进，最终生成了诗歌完整的艺术结构。

具体来说，诗歌一开始描述了人们普泛化而又重复性的日常，将诗歌的空间定位于“在罗马的菲奥里广场上”，日常生存的场景大幕也随即拉开：商贩们忙碌于兜售“橄榄和柠檬”，“葡萄酒”溅过“鹅卵石”和“花朵的碎片”。这是再普通不过的一天，也是人类历史长河中不断重复的一天，最为常见却最具意义的时间就在这些看似稀松平常的日常事物中流逝着。动词“溅过”显示着时间的步伐和鲜活的背影，和平的年月给菲奥里广场带来了一派生机勃勃的模样。第二节中开始，笔锋一转，矛盾便产生了。乔丹诺·布鲁诺这位预言家和探险者被刽子手烧死在广场上，包括商贩们在内的广场上的普罗大众充当了见证人，同时，他们也是一群残忍的看客。“在火焰熄灭的那一刻”，广场恢复了往日的熙熙攘攘，日常生活的洪流又将广场安顿在既有的生存场景之中。在诗歌的第二节中乔丹诺·布鲁诺充当了诗歌的介质，将1600年布鲁诺被烧死的历史事实写入了诗歌。那时候欧洲依然被笼罩在中世纪宗教和教皇专制控制下，布鲁诺作为一个激进的思想家坚信哥白尼的日心说并终生致力于宣扬这一学说，以此对抗罗马教皇鼎力维持的托勒密地心说的谬论。可是布鲁诺终究抵不过权势的严酷制裁，他的死亡被教皇安置于一个繁忙的有着鲜花和葡萄酒的广场——菲奥里广场。宗教法庭和代表现世真理与权力的裁判修辞在诗歌中都没有出现，死亡因此更显得冷酷怃然。可是就像闻一多在诗歌中所说的，“这是一沟绝望的死水，清风吹不起半点漪沦”，社会普遍的麻木和被权力压制的环境无不显示着民众对“先知”牺牲一事的冷漠，这是刺激诗人神经的一个要核。当他将其转换成一种诗性场景时，我们便在诗行中看到了商贩们的日常尚在继续，橄榄和柠檬还是要出售的。作为彼时敢于挑战宗教权威的“叛徒”，布鲁诺的死亡似乎与其他人和事物的存亡没有必然的关系。伴随着“火焰”的熄灭，广场继续恢复了往日的热闹。

在第三节中，诗人给出了另外两种残酷的景象。我们先看第一种景象。时间显然不是第一节诗歌中的时间。“在一个晴朗的春天的傍晚”，一切事物都是美好的，生存世界的生生不息是一个不断重复的过程。身处如此欢乐的时空中，“我”却“想起了菲奥里广场”。在那里，“欢快跳跃的旋律”在持续不断，“淹没了/犹太区围墙内的枪炮声”。多么醒目而又多么刺眼的诗句！由诗人回忆起的特定时空下的菲奥里广场似乎总是交织着民众的欢乐与牺牲者的痛苦，汇聚着残忍与无常。犹太区的枪炮声是战争和种族屠杀的一种明证。在文明发展到20世纪初时，权力本身并没有改变其野蛮和残忍的面貌，而大屠杀是对启蒙以来的现代人类文明的极大反讽。阿多诺曾在《棱镜》杂志发表诗歌“在奥斯维辛之后，写诗是野蛮的”，以此来对人类的暴力和野蛮行径进行辛辣而又含蓄的讽刺。在这里，米沃什也用诗歌对人类的沉默的罪行进行揭露。接着，第二个与第三个景象也纷至沓来。阵阵硝烟飘荡在空中，风会把“黑色风筝”刮向空中。时间在这样普通的事物中慢慢流淌着，触目惊心的残忍和阴谋事件并非悄无声息，甚至也会影响着周边其他的人与物，比如“黑色的风筝”。但是“愉快的人们放声大笑”，即这里的“人们”对周遭环境中的死伤事件早已习以为常，无知与麻木已经成为一种常态。可是这一切都正常吗？诗人显然并不苟同并对其产生了怀疑。

在第四、五节中，诗人不再描述，而是开始阐述三类人对上述不同时间背景下的“菲奥里广场”的解读：“有的人”读出了道德的含义，“另一些人”则读出了“人性事物”的消失和“人们忘性”的增长，而“我”只想到“垂死者的孤独”以及乔丹诺的痛苦。在这里，菲奥里广场恰似一个复杂隐晦的文本矗立在人类记忆的长河中。三类人对广场不同的反应和解读，显示着人们对世界感知的差异。如果说前两种解读属于常态化的、出自普罗大众本能的理解，那么最后一种属于诗人的解读则给我们呈露了诗人在这首诗歌中想要表达的核心思想，那就是诗与思之间永难弥合的鸿沟和障碍。诗人巧妙地将这一困难裹藏在乔丹诺这一人物符号之中，通过想象他走上火刑架时的无计可施来陈述良知与智慧面对权力的无奈，传达出面对语言的被动。从立场上看，很显然，诗人作为诗歌中的第三类人是站在乔丹诺的立场上的。通过乔丹诺的死亡事件，诗人明白了语词的苍白和无力。在生存的荒漠之中，语言本身不过是一种掩饰的假象。

在第六节中，诗人艺术化地将广场上的“庸众”和死后的乔丹诺做了一个对比：“他们”或者在“喝酒”，或者在“叫卖”，谈笑风生，而乔丹诺“离他们已经很远了”。诗人依然用时间拉开智慧的化身——乔丹诺与人们之间的距离。第七节，诗人重新编制时间的框架，在“乔丹诺们”死后的世界中来体察他们曾经闪耀着的智慧的光芒，但是这种智慧“让我们感到陌生”，最终乔丹诺的语言成了人们无法理解的神话，被封存在历史遗忘的长河之中。而同样在菲奥里广场上，这段历史再次激发了“一个诗人的话语”的产生。由此，我们明白了全诗的主题。像先知乔丹诺一样，诗人是一个荒漠中的探险者，他勇敢地从庸常的日常生活中不断发掘现实世界中宝贵的灵魂和智慧。在诗行中，他发现了日常生活对庸众的同化和侵蚀，发现了真理的持有者

(先知者) 与人类语言之间存在着巨大的鸿沟和不可弥合的矛盾。在处理先知者的预言与死亡事件上，究竟如何表述？这是一个让诗人不断思考的问题。

米沃什的《菲奥里广场》从人们遗忘的角落出发勘探现实，考察语词与事物秩序、真理信仰之间的错位关系。他一直在思考言与意、语言与沉默在现实存在中的紧张对抗关系。在诗歌中，他将乔丹诺这位先知般的哲学家视为庸常现实中的逃逸者和叛变者。乔丹诺的生命结束于菲奥里广场，大多数沉默者是他死亡的见证者，而诗人恰恰也是在菲奥里广场表达着他对屠杀先知事件为代表的暴力行径的愤慨。菲奥里广场这一交织着欲望、权势、和平、残酷的公共空间便成为一个象征和记忆的符号。作为人类的代表，米沃什为到处充斥的战争、阴谋、掠杀、专制而深感不安。在 1945 年的《在华沙》中，诗人说“我怎能生活在这个国家？/在这里每一步脚都能踢到/未被掩埋的亲人的尸骨”，这是他对波兰所遭受的灾难的沉重诉说。作为诗人，米沃什像卡珊德拉一样，走在时间的前列，不断从时间的茂密丛林中检视人类意义的因子，并努力于荒漠般的坚实存在中找寻合适的表现意义的语词。在某种意义上，他对存在的勘探与海德格尔对诗与思关系的思考有着殊途同归的效应。

三、作者自白

我曾就许多问题写作，不过大部分文字不是自己本来希望付诸笔端的。这一回我也未能实现自己早已产生的意图。不过我始终明白自己想要的东西无法企及。我需要一种本领，能传达出对自己“在此”的全部惊奇，并用一个无法造出的句子来表述，它会同时传送出我皮肤的气味和肌理、储存在我记忆中的一切，还有我现在同意和反对的一切。然而在追求无法企及的东西时，我的确学会了一些事情。

——［波］米沃什，袁洪庚译：《随笔六篇》，载《世界文学》1996 年第 5 期。

20世纪的历史促使许多诗人构思意象，来传达他们的精神反抗。既要认清事实举足轻重，又要拒绝诱惑、不甘只做一个报告员，这是诗人面临的最棘手的难题之一。诗人要巧妙地择取一种手段并凝练素材，与现实保持距离、不带幻想地思考这个世界的种种。换言之，诗歌一直以来都是我参与时代的一种方式，我同时代人身处的为人所控的现世。

——［波］米沃什，林洪亮译：《冻结时期的诗篇》前言，上海译文出版社2018年版，第V-VI页。

四、名家点评

在米沃什的作品中，我赞赏、信任并一再参照的一切就在这些诗句里。不仅是深度意象，还包括深度理解。诗意时刻的现在和永远，这里和任何地方。那是存在的必需和紧迫，可是也经过了深思熟虑，并被诗歌自身的清晰秩序突然而迅速地抓住。这些诗句唤起的每一种联系都是对它们可解释的神秘主义的一次澄清。存在着一种内在的必然性，一种让我们直面意义根源的感觉。

——［爱尔兰］西默思·希尼，程一身译：《米沃什的现世与千禧年》，载《上海文化》2011年第5期，第62页。

可能有两个因素强化了米沃什与维尔诺的关系。一个是他的流亡：距离使得他自觉或不自觉地强化了自己的身份感；距离滤除了他与维尔诺的日常纠缠，使得维尔诺更容易进入书写。远景中的城市或许比近在眼前的事物更适于被观看。想想但丁与佛罗伦萨的关系，这个问题便很好理解。但有一点必须指出：米沃什心里装着维尔诺，并不等于国人所说的“怀乡病”，即使米沃什在流亡中思念家乡，他也在很大程度上克制住了自己的乡愁，从而避免了对于家乡的美化。

——西川：《米沃什的另一个欧洲》，载［波］切斯瓦夫·米沃什，西川、北塔译：《米沃什词典》，生活·读书·新知三联书店 2004 年版，第 6 页。

五、研讨平台

1. 研讨题目：诗歌与文化记忆

提示：诗歌是语言的产物。诗歌以独特的语言样态表征着人类个体的生存实践和社会文明的发展历程。诗歌也是文化的产物。诗歌积极参与到人类的物质文化改造活动、制度文化的塑造活动以及精神文化的创造活动中。诗歌作为艺术，既能以其主题的含混、张力表现人类幽微复杂的情志，也能够以形式的精致或结构的复杂构成体现人类的价值诉求。因此，诗歌成为人类文化记忆的重要载体和媒介。

2. 关于“诗歌与文化记忆”的重要观点

如果我们作为社会分子的生活——那就是我们的公众生活，那就是我们的政治生活——已经变成了一种生活，可以引起我们私人的厌恶，可以引起我们私人的畏惧，也可以引起我们私人的希望；那么，我们就没有法子，只得说，对于这种生活的我们的经验，是有强烈的、私人的情感的经验了。如果对于这种生活的我们的经验，是有强烈的、私人情感的经验，那么，这些经验便是诗所能使人认识的经验了——也许只有诗才能使人认识它们呢。

——［美］阿奇保德·麦克里希：《诗与公众生活》，转引自朱自清：《新诗杂话》，生活·读书·新知三联书店 1984 年版，第 171 页。

从专制社会向文明社会的转变需要承认过去、记住过去，并与超负荷的过去达成和解。由真相和解委员会在政治层面开启的记忆转变过程还需在社会层面加深和推进，这需要更多的时间。然而，无论需要花费多少时间，推进得多么深入，记忆都并非这一过程的目的，而只是一种途径。这个过程的目的是为了促进人们能够承认过去，与过去达成和解，并最终能够“忘却”，而这里的“忘却”是指为了能够预见的共同的未来而将创伤性的过去抛在身后。

——［德］阿莱达·阿斯曼，陶东风、王蜜译：《记忆还是忘却：处理创伤性历史的四种文化模式》，载《国外理论动态》2017 年第 12 期。

尽管我们确信自己的记忆是精确无误的，但社会却不时地要求人们不能只是在思想中再现他们生活中以前的事情，而是还要润饰它们，削减它们，或者完善它们，乃至于赋予它们一种现实都不曾拥有的魅力。

——［法］莫里斯·哈布瓦赫，毕然、郭金华译：《论集体记忆》，上海人民出版社 2002 年版，第 93 页。

六、文献目录

［1］Piotr Bukowski. “Harmony and Openness to Many Levels of Reality”—the Thought of Emanuel Swedenborg in the Writings of Czeslaw Milosz. Arcadia, 2012（2）.

［2］蔡波：《一部浸透了波兰知识分子苦难的思想文集——读切斯瓦夫·米沃什的〈被禁锢的头脑〉》，载《社会科学论坛》2016 年第 11 期。

［3］顾超：《非虚构文学的特质——以〈被禁锢的头脑〉和〈二手时间〉为例》，载《东吴学术》2018 年第 4 期。

［4］龙其林：《大地乌托邦的记忆者——切·米沃什诗歌的生态意识》，载《徐州师范大学学报》2012 年第 2 期。

［5］梅申友：《俄耳甫斯的绝响——评米沃什诗集〈二度空间〉》，载《外国文学》2008 年第 5 期。

［6］［波］切斯瓦夫·米沃什，西川、北塔译：《米沃什词典》，生活·读

书·新知三联书店2004年版。
[7] 孙传钊：《〈被禁锢的头脑〉的里里外外》，载《上海文化》2015年第1期。
[8] 西川：《米沃什的错位》，载《读书》2007年第1期。
[9] [爱] 西默思·希尼，程一身译：《米沃什的现世与千禧年》，载《上海文化》2011年第5期。

（张益伟）

蝇　王

作者：戈尔丁

类型：小说

一、作者简介

威廉·戈尔丁（William Golding，1911—1993），英国小说家、诗人，出生于英国西南部康沃尔郡的一个知识分子家庭，自幼爱好文学。1930年他遵父命进入牛津大学学习自然科学，却在两年之后转攻文学。1934年，戈尔丁的处女作——一本题为《诗集》的小册子问世，但并未引起多大反响。一年后，戈尔丁从牛津大学毕业，获文学学士学位。1935—1939年，戈尔丁在伦敦一家小剧团从事编导和演员工作。戈尔丁于1940年应征入伍，当了五年海军。战争的经历对戈尔丁影响深远，人类天生的野蛮与文明理性的斗争这一主题几乎贯穿了戈尔丁的全部创作。1945—1954年，戈尔丁在教书期间完成了四部小说，但均未出版。《蝇王》完稿后曾被21家出版社拒绝，直到1954年才得以出版，一经出版便颇受好评，戈尔丁因此一举成名。此后，戈尔丁陆续出版了《继承人》（1955）、《品契·马丁》（1956）、《自由坠落》（1960）、《教堂尖塔》（1964）、《金字塔》（1967）、《蝎神》（中短篇小说集，1971）、《看得见的黑暗》（1979）等作品。1983 年，戈尔丁因"小说用明晰的现实主义的叙述艺术和多样的具有普遍意义的神话，阐明了当今世界人类的状况"被授予诺贝尔文学奖。

二、作品简析

作为一名"寓言编撰家"，戈尔丁常常以寓言的形式揭示出文明与野蛮、民主与专制、友善与残暴之间二元对立的关系。其最具分量的小说《蝇王》便是一部关于人类在恶之本性与文明脆弱性之间激烈角逐的哲学寓言式小说。在英语中，"蝇王"是粪便和污物之王，是丑恶的同义词。在小说中，兽性和人性进行激烈角逐，兽性一度战胜了人性。

在一部以孩子为叙述对象的小说中，戈尔丁充分利用人物象征、意象象征、环境象征等建构起一个庞大的象征体系，进而揭示人性的本质。在小说中，戈尔丁将民主与专制、文明与野蛮、善与恶等相互对立的因素组合在一起，在两两对立的相互作用下呈现出人类在进行文明与野蛮、善与恶、美与丑等选择时的碰撞与冲突，传达出作者对人性的思考。

人物象征是小说中最突出的象征。小说围绕一群被困孤岛的孩童展开。拉尔夫和杰克作为小说的主人公，同时构成了小说中一对主要矛盾。拉尔夫是个金发少年，个子高大，从小生活条件优越，心地善良、文明理智。初到孤岛之时，拉尔夫便提出要建立规章制度，一心期待获救。毫无疑问，拉尔夫象征着文明和理性。与此对应的是另一主人公杰克。杰克一头红发，瘦高个儿，是教堂唱诗班的领队，在故事开端杰克尚且保留着孩童的善良与真诚，尔后他逐渐暴露出残暴、野蛮、专制的一面，象征野蛮与专制。

飞机坠落孤岛之初，孩子们齐心协力生火、打猎，试图自救。随着时间流逝，矛盾开始横亘在代表民主与理性的拉尔夫和代表野蛮与专制的杰克之间。崇尚科学和理性的拉尔夫将生火传递求救信号视为头等重要之事。与此同时，他要求大家建筑茅屋遮风避雨，维护荒岛卫生，在规定的地方解手。

拉尔夫试图将文明社会的行为规范移植到孤岛之上，体现出强烈的文明和理性意味。杰克作为与拉尔夫相对的另一极端，打猎进食构成了他的全部生活。他时常纠集一帮孩子去树林中围猎野猪并将其烤熟食肉，最后干脆学着野蛮人的做法将自己涂成花脸。看到自己的新形象，杰克兴奋无比："他朝比尔蹦跳过去，假面具成了一个独立的形象，杰克在面具后面躲着，摆脱了羞耻感和自我意识"。花脸模糊了个体身份，弱化甚至虚化了文明社会捆绑的种种规范，杰克以"花脸"的形式宣告了与文明世界的决裂。对于杰克只知打猎不关心其他事情的做法，拉尔夫嗤之以鼻，但久居荒岛不得救的现状却使越来越多的孩子站到了能为他们带来食物的杰克那一边，于是拉尔夫逐渐失势。在建造茅屋和打猎的选择上，两人产生了巨大分歧，"他们俩一块儿朝前走着，却如陌路相逢，感受和感情都无法交流"。拉尔夫和杰克理念的对立折射出人性的对立和博弈。随着先知先觉的西蒙被当作"野兽"活活打死，人性中潜藏的兽性全面复活。

拉尔夫和杰克作为主要矛盾串连起小说的主线，而两人的跟班——猪崽子和罗杰同样具有强烈的象征意味。猪崽子出身社会下层，父母早亡，寄宿在姨妈家，身体肥胖，戴一副近视眼镜，常发气喘病。他虽然脾气温和，谦虚忍让，却始终是个局外人，时常被其他孩子嘲笑讥讽，甚至连拉尔夫也不时捉弄他。猪崽子所戴的眼镜是科学和文明的象征，猪崽子清楚地意识到大家身处险境的事实，他的形象闪烁着智慧和善良的光芒。在其他孩童纷纷追随杰克之际，猪崽子一直跟随拉尔夫左右，坚信文明和理性是帮助他们得救的不二力量。罗杰是小说中着墨较少的人物，但其阴险和凶残的本性却异常突出。如果说猪崽子是善的象征，那么罗杰则是恶的代表。最后，象征恶的罗杰砸碎了代表文明和民主的海螺，撬下大石砸死了善良、聪明的猪崽子。在善恶决斗中，恶终于杀死了善。

关于人类天生的野蛮与文明理性的斗争几乎贯穿了戈尔丁的全部创作。"二战"之前，戈尔丁是一个理想主义者，在"二战"的战场上，战争的残酷使戈尔丁开始怀疑他关于理性和进步的观点。他感叹"人类没有进步，文明人在战争中的所作所为与野蛮人的行为无异"。从战场归来后，戈尔丁的思想有了深刻的转变，他曾说："经历过那些岁月的人如果还不了解，'恶'出于人犹如‘蜜’产于蜂，那他不是瞎了眼，就是脑子出了毛病。”《蝇王》中文明和秩序被颠覆，野蛮和残暴甚嚣尘上，人性本恶被体现得淋漓尽致。

多种意象的频繁出现丰富了文本的象征体系，加深了主题思想。海螺是小说中推动故事情节发展、展现矛盾冲突的重要意象。拉尔夫和猪崽子偶然间发现了海螺，并萌生出吹海螺召集大家开会的想法。第一声海螺响起后，“沿海滩约一百码的棕榈树林里冒出了一个男孩子”，随着海螺声持续不断，“海滩上此刻出现了一派生机勃勃的迹象”，越来越多的孩子闻声来到海滩上。拉尔夫拥有“碰不起的”海螺，理所当然成了这群孩子的头。“而最最说不清的，或许也是最强有力的，那就是海螺。他是吹过海螺的人，现在在平台上坐等着大家选他，膝盖上安安稳稳地搁着那碰不起的东西，他就是跟大家不同”。文明社会以法律约束人们的行为，而在与世隔绝的孤岛上，海螺则承载了法律和规则的作用：海螺在手便可获准发言，谁掌握海螺，谁便掌握了话语权。海螺在建构起孤岛上权力话语机制的同时规范了岛上的秩序。拉尔夫小心翼翼地守护着海螺，正是他竭力维护文明、民主的体现。杰克是最早反抗权威的人。生火失败后，猪崽子连续三次说道“我拿着海螺”试图引起大家的注意，而对于此举，杰克恶狠狠地回以“你闭嘴”。海螺的权威首次遭到挑衅。随着情节的推进，以拉尔夫为首的一群孩童和以杰克为首的一群孩童分裂对峙。拉尔夫建筑在海螺之上的权力空泛无物，队伍逐渐分崩离析。相较而言，杰克凭借狩猎的实力获得了能让大家果腹的食物，从而迅速积攒起一群拥护者，在建立起自身权威的同时，逐渐消解了海螺的权威。罗杰砸碎海螺的一刻，海螺所象征的和谐友爱、团结互助的关系也就土崩瓦解。

古希腊神话中先知普罗米修斯盗取天火为人类带来了光明，所以在西方文化语境下，火象征着希望和智慧。同海螺一样，火的意象在推动矛盾发展、强化主题方面发挥着不可替代的作用。最初，火是重要的求救信号。拉尔夫认为如果有个点燃的信号，过往的船只就会将他们带走。火寄托了他们脱离困境的全部希望。以拉尔夫为首的孩童守护火种正是他们对得救的无限期许。然而，在杰克等人看来，火不过是用来烤肉的工具。每每从林中打猎归来，杰克等人便用火将肉烤熟后分而食之。两派决裂时，杰克等人盗走了拉尔夫等人的火种，而为夺回火种，冲突再次爆发并迅速升级。夺取火种以失败告终，因为猪崽子惨死在罗杰手下。在野蛮对理性的强势碾压之下，希望之火熄灭。在小说结尾，为除掉拉尔夫，杰克等人放火烧毁了整个小岛，希望之火讽刺性地演变为了毁灭之火。

野兽是小说中最具神秘色彩的象征。人类对未知事物向来怀有莫名的恐惧。对野兽的恐惧如梦魇一般纠缠着孩子们。孩子们围绕野兽的有无开展了无休无止的争论。崇尚科学的猪崽子说出“除非咱们害怕的是人”试图打消他人对臆想出来的“野兽”的畏惧；先知先觉的西蒙也提出：“我是想说……大概野兽不过是咱们自己”。然而，最早对“野兽”有明确洞见的猪崽子和西蒙却死于“野兽”之手——人的手上。在文明、理性消失后，人类嗜血的本能便会显现出来，野蛮、残忍最终将世外桃源异化为了人间地狱。

环境象征作为文本中又一重要象征，在渲染情节氛围方面发挥着重要作用。孤岛作为故事发生的场景，同时又是重要意象，建构起了一种象征——落入孤岛的孩子们按自身对文明社会的认识创造的一个小社会。而随着孩子们境遇的改变，孤岛呈现出的氛围也有所差异。在和谐相处、互助友爱之时，孤岛是一片乐园。拉尔夫和杰克一块儿扛一根大树枝时，关系融洽，有说有笑，这时，“在微风中、在欢叫中、在斜射到高山上的阳光中，再次散发出一种魅力，散发出一种亲密无间、大胆冒险和令人满足的光辉，一种奇妙而无形的光辉”。当杰克等人想置拉尔夫于死地时，环境变得险恶、晦暗。“在乱丛棵子之下，大地在微微地颤动着”，“鸟儿在喳喳惊鸣，老鼠在吱吱尖叫，一个双足跳的小动物也钻到了‘毯子’底下，吓得发抖”。最终，充满神奇魅力的岛屿在野蛮的践踏下毁于一旦。

在通往自我意识的路上，拉尔夫艰难地明白了人性黑暗的本质，不禁失声痛哭。野蛮最终征服了文明，理性终究败给了非理性。

三、作者自白

在第二次世界大战以前，我这辈人总的来说确实对人的可完善性抱着一种自由派的天真信念。我们在战争中即使没有在身体上变得坚强了，至少也在道德观念上不可避免地变得粗俗了。此后，我们一点一点地看到人能对别人做出什么事来，这种高级动物能对他的同类干出什么事来。沉淀到这本书中的我的生活，不是多年的思考而是多年的感受——多年沉闷无语的苦熬，促使我形成了一种态度，而不是一种见解。

——［英］威廉·戈尔丁，迎红、立涛译：《活动靶——1976 年 5 月 16 日在法国英国研究学会鲁昂分会的演讲》，载《外国文学》1999 年第 5 期。

止步回头吧！现在就向回走。你们之间的协议不需要聪明机智、周密策划和调动演习。它需要常识，尤其是，一份真心的慷慨。给予！给予！给予！给予！它必将成功，因为它附和了全世界的信仰、赞同和欢欣，而所有的后代们将赞颂你们的姓名。

——［英］威廉·戈尔丁：《1983 年 12 月 10 日威廉·戈尔丁在诺贝尔文学奖获奖晚宴上的演讲》，载毛信德主编：《诺贝尔文学奖颁奖词与获奖演说全集》，浙江工商大学出版社 2013 年版，第 428 页。

四、名家点评

《蝇王》是戈尔丁为人类的明天安排的一次人类的今天和人类的昨天的对话。可惜双方没有共同语言，对话不成立。

——徐青根：《人性·兽性·社会——〈蝇王〉的新阐释》，载《当代外国文学》1999 年第 1 期。

戈尔丁小说还充满了对现实、对传统的批判精神——这才是他的艺术的精髓。甚至可以说，“反传统”正是戈尔丁不同于现实主义作家而与“后现代主义”的杰出代表们本质相通之处。

——潘绍中：《讽喻·现实·意境·蕴涵——评威廉·戈尔丁小说的解读

及其意义》，载《外国文学》1999 年第 5 期。

五、研讨平台

1. 研讨题目：狂欢与创新

提示：将狂欢节的庆贺、仪式、形式转化为文学的语言，就是所谓的狂欢化。狂欢化是用来进行文学批评和文本分析的诠释策略。狂欢化理论从文本自身出发进行历时性的探索，其双生思维和对立思维的确立为认识艺术作品的手段和结构提供了新的借鉴。拉尔夫凭借海螺“加冕”，却因无法驾驭集体狂热被“脱冕”，而杰克的自我加冕与聚众狂欢，猪崽子与西蒙的脱冕与加冕，以及书中充斥的诸多意象，使《蝇王》充满了狂欢节的颠覆精神。

2. 关于“狂欢与创新”的重要观点

> 所有这些仪式和演出形式，作为取乐为目的的活动形式，同严肃的官方的——教会和封建国家的——祭祀形式和庆典都有明显的区别，可以说是原则性的区别，他们显示了看待世界、人和人的关系的另一个角度，绝对非官方、非教会和非国家的角度。

——［俄］巴赫金，佟景韩译：《巴赫金文论选》，中国社会科学出版社 1996 年版，第 100 页。

> 在《蝇王》的世界中，秩序被混沌颠覆，文明被野蛮推翻，更遭到无情的嘲弄与殴打。在冷峻严肃的外表下，作家事实上是在用戏谑的笔触来对传统荒岛文学加以嘲讽，滑稽地模仿传统文学的外形，却赋予小说以全新的主题和视角，不仅流露出庄谐体的戏谑性特征，也体现了狂欢广场上亲昵的氛围和不拘形迹的往来。

——张旸：《黑色的宴飨：论〈蝇王〉的狂欢精神》，载《名作欣赏》2015 年第 10 期。

六、文献目录

[1] John Carey. William Golding : The Man and His Books (1986). Faber & Faber, 2009.

[2] 陈光明、李洋：《国内威廉·戈尔丁研究30年回眸》，载《当代外国文学》2013年第3期。

[3] 冯丹丹：《威廉·戈尔丁传》，时代文艺出版社2013年版。

[4] 李丹：《〈蝇王〉：启蒙现代性方案的解构》，载《外国文学研究》2009年第2期。

[5] 罗振西：《从〈蝇王〉看荒岛文学的嬗变》，载《湖南社会科学》2012年第3期。

[6] 沈雁：《戈尔丁后期小说的喜剧模式》，上海外语教育出版社2011年版。

[7] 沈雁：《威廉·戈尔丁小说研究》，苏州大学出版社2014年版。

[8] 杨静：《戈尔丁〈蝇王〉中人物的象征意义》，载《前沿》2012年第8期。

（栗超）

弗兰德公路

作者：克洛德·西蒙

类型：小说

一、作者简介

克洛德·西蒙（Claude Simon，1913—2005），法国新小说派代表作家。西蒙出生于非洲马达加斯加的一个殖民地军官家庭，父亲早逝，少年时代就成为孤儿，成年后先后进入英国牛津大学和剑桥大学学习。1933 年，他师从法国绘画大师安德烈·洛特学习绘画，这为他日后创作“诗与画完美结合”的作品奠定了基础。1941 年，西蒙开始创作。他的第一部小说《作假者》虽有一些对新形式的探索，但总体来说仍是以传统的方法进行创作的。1954 年，他以反传统的形式创作小说《春之祭》，这标志着他创作的转折点。之后他将这种反传统的创作实践一直延续着。曾获 1960 年法国《快报》文学奖的小说《弗兰德公路》是让西蒙声名鹊起的作品，也是为其带来诺贝尔文学奖的作品。他的主要代表作还有小说《风》

《草》《历史》《农事诗》《植物园》《有轨电车》《双目失明的奥利翁》《三折画》《洋槐树》等。

二、作品简析

20世纪人类经历的两次世界大战，猛然间将人从“世界的主人”的神坛拉下。于是，人们变得开始怀疑一切，而西方世界也开始进入一个充满怀疑与反叛的时代。“新小说”就是在这种怀疑与反叛的思潮中应运而生的“奇葩”。在“新小说派”作家的作品中，主题不再鲜明深刻，结构不再脉络清晰，故事不再有头有尾，叙事不再中规中矩。诚如法国“新小说派”领袖罗伯·格里耶在阐释“未来小说的一条道路”中所提出的：“我们必须尝试着构筑一个更坚实、更直观的世界，来代替充满‘意义’（心理学的、社会的、功能上的）这一宇宙。首先，让物体和动作以它们的在场来起作用，随后，让这种在场继续凌驾于所有解释性理论之上。”可以说，“反传统”“反意义”“反小说”成为“新小说”流派作品的最大特点。作为法国“新小说”流派代表作家的西蒙，他的小说《弗兰德公路》就集中体现了“新小说”的这些创作特点。

《弗兰德公路》是为西蒙赢得诺贝尔文学奖的作品，该小说被评论界称为“一场战争的片断回忆”。小说以第二次世界大战初期法军在弗兰德地区大溃败后仓皇撤退的经历为背景，以主人公佐治一夜的断片回忆拼接起前后近150多年的历史，棱镜般地展示了以佐治为代表的三个骑兵及其队长德·雷谢克在战争中的痛苦经历，展现了人在战争中的处境。小说熔客观细致的叙述、光影斑驳的描写、色彩浓烈的笔调、色彩鲜明的巴洛克风格、自由切换的蒙太奇手法、混乱驳杂的意识流动等艺术手法于一炉，表现了战争的荒诞和世界的无意义，揭示了人的物化、工具化以及人类终归虚无的存在真相。

表现战争的荒诞和世界的无意义是西蒙《弗兰德公路》小说的一大主题。作为战争题材小说，小说《弗兰德公路》对战争的正义性、崇高感和意义进行了解构。在小说中战争所具有的唯一意义便是使人拥有快捷地占有别人的东西的能力。作者借小说主人公佐治的父亲的口一语道破战争的实质：“在一般情况下，人首先是选择战争的方式，因为这在他看来是最容易而且最快捷的。”小说也并没有表现英雄和英雄主义。在小说中我们看不到一个高大英勇、与敌人殊死搏斗的英雄形象，有的只是主人公和队友在溃退路上无休无止的逃亡、逃亡途中迷乱迭现的幻觉以及混乱无爱的情欲回忆。小说甚至还充斥着人对战争机会的利用——战争竟然让队长德·雷谢克的自杀得以体面地实现。对于队长德 ·雷谢克的死，作者借主人公佐治的口给予了这样的评价：“这谈不上什么光荣或勇敢，更谈不上什么出色风度，完全是因为个人私事。”小说也没有两军对垒、你死我亡的紧张激烈的战争场面描写，有的只是对战争溃败场面的铺陈：“残垣碎片，像堆积如山的垃圾绵延数公里长。散发出的气味不是战场上尸堆和在腐烂中的尸体发出的那种传统的带英雄气味的气味，而只是垃圾的臭气……”小说甚至连一个敌人也没有出现，但是如主人公佐治所说：“除了肯定要死之外，没有什么是比这更真实的了。”小说通过对传统战争小说的宏大主题和深度模式的解构与反拨，形象展现了战争的荒诞和无意义。正如西蒙晚年接受采访时所说：“然而，活到 72 岁，我还没有发现这一切有什么意义，除非是像巴尔特——我想是在莎士比亚之后——所说的那样：‘如果说世界有什么意义，那就是它什么意义也没有’，除了它自身的存在。”

展示人与世界、人与物、人与人的新型关系，是《弗兰德公路》的另一大主题。在“新小说”中，人不再凌驾于物之上，因为物具有与人同等的地位。马，自有人类历史以来至近现代，一直与战争紧密相连。而且，它不仅作为战争的工具，还作为战争的意象与人类社会发展密切相关。在传统小说中，马始终是为人所驯服，也即人是凌驾于马之上的。但在《弗兰德公路》中，马作为一个贯穿小说始终的意象，不再被人所驯服，而是与人具有同等的价值与地位。小说多处将马人格化。在文中，作者将马的临死状态描绘成腹中婴儿祷告的姿态：“它的两只前脚屈起，其姿势像腹中胎儿跪着做祷告的样子。”作者还将佐治祖母的出身种族比拟为牝马种族：“只为看看在他那长脚的地方是不是长了马蹄，只是为了想知道他的祖母是哪一个种族的牝马……”不唯如此，马甚至凌驾于人之上，如作家写佐治与布吕姆讨论马的价值时说：“我觉得目前一公斤的马比一公斤的士兵值钱些。”作者之所以在物的描写上不遗余力，极其细致精确，甚至将物凌驾于人之上，意在表明人的物化，尤其是战争使人工具化并异化，进而表现人存在世界上的无能为力、不能自主。在小说中，人与人的关系就如同物与物之间的关系一样，不能理解、不能沟通、不能对话，而这形象地揭示了后现代人“物化”的存在状态。

《弗兰德公路》在情节结构上摒弃了传统小说的有头有尾、有因有果、脉络清晰的线性结构，有意打乱传统的时序观念，运用意识流结构全篇。小说涉及150多年的历史，但这一切全被浓缩在主人公佐治一夜迷乱斑驳、错综萦绕的回忆中。佐治的记忆在小说240多页的文字叙述里漫无边际地游走。随着他的意识流动，我们可以看到上一秒还是紧张激烈的赛马场，下一秒就是闷罐子车的溃败逃亡；前一秒还是溃败途中的饥寒交迫，后一秒就是热烈纠缠的男女情事；前一瞬还是惨烈狰狞的战场溃败，后一瞬即是躁动郁热的情欲冲动；上一刻还是色彩斑斓的季节迁移，下一刻就是死亡阴影的黑云笼罩；一边是马的扬蹄奋疾，一边是人的四散溃败；刚刚是战场上的行军指挥，马上就是莫名其妙的饮弹自尽……在小说里，世界变得和我们的记忆一样：往事、幻想、形象、情感和现实通过主人公的自由联想不断地重现交叠、渗透融合，形成一幅多维多变庞杂的立体网络图。正如西蒙所说：“有些东西哪怕是不顾一切地抛弃、割舍，也无法从记忆中抹去，即使想忘却也做不到，而这些东西往往是荒谬绝伦、毫无意义，既无法理喻也控制不住。”他还说：“无人能描绘自己生命的确切图像，我们只得取其片段……我们都是小碎块，且有如此无形而多样的结构，每一块，每一时刻皆有自己的戏。”混乱无序、滞留延宕、自由散发、跳跃驳杂是所有人的意识特征，而西蒙在小说中把记忆的这种特性完全展示了出来。他通过意识的自由流动将记忆的断片拼贴在一起，并使之互相重叠、交叉、融合、渗透，从而形成一幅复杂多变的记忆图像，并对之反复解构重构，以求最真实地接近记忆过程，表现记忆本身，最终则是对人类的存在本质进行思考。

西蒙不仅是作家，而且是出色的画家和电影家，而这多重身份使其作品极具立体感的绘画风和电影风。曾立志做一名画家的西蒙娴熟地将印象派画家的绘画元素融入小说创作中，使其小说色彩感特别强烈，具有浓郁的绘画风。这种浓郁的绘画风在《弗兰德公路》中随处可见。如小说的第一部分关于赛马场面的描写，作者并没有直接描写紧张激烈的赛马情景，而是用紫色、绿色、蓝色、金色、金黄色、黄色、珊瑚色、白色、褐色等令人炫目的大色块拼贴来展现赛马的紧张激烈；在色彩密集的大色块拼接之间，又特别以色彩鲜明的粉红色、黑色和灰色来作为零星点缀。作为情欲对象的科里娜是穿着闪耀着金色光芒的粉红色长袍出现和消失在赛马场上的："依格莱兹亚穿着粉红色的绸上衣骑马过来，眼睛没有朝她望。这上衣似乎在他身后留下她的肉体芬芳的痕迹，好像她拿起这样丝绸的衬衣，扔到他身上来……""她那轻飘飘的不成体统的红色长袍在她的腿上摆来摆去……"；而主人公佐治则常常与黑色、灰色相联系，如他观看赛马时的感觉是这样的："我老是看见马在我们之前呈现的黑色的外形轮廓。""这些黑影似乎和其相似之物被一些无形的锁链连接起来：四个黑点—四个马蹄—交替地分开、回合。""与此同时，在黑影下相继展现尘土飞扬的侧道、砾石路径、野草。像浓重的化开的墨迹，像战争遗留下后面的一长条的拖痕、污迹、沉船的余波，在散开又在汇合。"在这里，西蒙通过色彩密集、令人炫目的大色块拼贴变幻以及冷暖色调的强烈穿插对比，极大地弱化了传统小说的时间连续性和情节连贯性，为读者带来全新的阅读体验。此外，作为电影家的西蒙还在小说中大量使用电影艺术中蒙太奇的快镜头手法——"切、划、闪回、淡入、淡出、叠化"等，使小说的情节连贯性被消解殆尽。

瑞典皇家学院曾这样评价《弗兰德公路》："在西蒙的小说中，我们首先是通过语言和记忆看到生命的成长、创造的活力和坚韧力，通过我们似乎不是其主人而是其工具的语言文字和叙述使现在和过去复苏起来并具有灵魂和生命。"作为"新小说派"后期代表的西蒙，通过以《弗兰德公路》为代表的一系列作品，对人生和世界意义进行了再探索，对人和物的关系进行了再诠释，对记忆本身进行了逼真表现，对共时性进行了独到把握。它在将我们带入全新的艺术世界的同时，也创造性地记录下了"新小说"在"创造历史"过程中的点滴印记。

三、作者自白

当我面对白纸而坐时，我面临着两样东西：一方面是我内心涌动的感想、回忆和形象的模糊混杂体；另一方面是语言，是讲述它所要寻求的词汇和安排这些词的句法，这句法将把这些词凝聚在一起。

——［法］克洛德·西蒙，张容译：《在斯德哥尔摩的演说》，载柳鸣九主编：《从现代主义到后现代主义》，中国社会科学出版社 1994 年版，第 417 页。

我们大家都发现传统小说的形式已经死亡。从这点否定出发，我们每人沿着自己特有的方向创作。非常幸运的是，这些方向十分相异，不然，我们恐怕都会写出同样的书啰。

——［法］克洛德·西蒙，余中先译：《1982 年 12 月西蒙在法西边境家中接受〈新观察家〉记者迪迪埃·埃里邦的采访》，载《外国文学动态》1986 年第 8 期，第 32 页。

四、名家点评

克洛德·西蒙对 20 世纪法国战争历史、大众生存的悖谬处境与战后工业文明的畸形发展进行了独特书写，其小说创作根植于西方文明深层的意识形态与心理结构，将人物的自我探寻与亘古的人类行为原型联系在一起，试图帮助现代人在混乱的历史中找到一种秩序与平衡。

——刘海清：《克洛德·西蒙小说：历史与神话之间的“自我”探寻》，载《外国文学研究》2017 年第 1 期，第 80 页。

克洛德·西蒙本人的意识流方法别具一格的运用，最重要的还在于其绘画化或影视化。

——柳鸣九：《从选择到反抗——法国二十世纪文学史观》，文汇出版社

2005年版，第182页。

> 克洛德·西蒙所创造的世界是一个持续不断地震荡着的世界，而那些伟大的动荡正在不断地搞乱一切，在摧毁的同时，又在重新创建。

——Alain Robbe-Grillet. Preface to a Writer's Life, France Culture/Seuil, 2005：18.

五、研讨平台

1. 研讨题目：时间与空间的关系

提示：主题鲜明、中心人物突出、情节完整、逻辑连贯等，是传统小说在内容和形式上的特色，这直接得益于作家们在作品中对于线性的连续的永恒的时间的把握与表现。也就是说在传统作家的作品中，时间是表现时间经过的唯一方式。但到了以反传统为旗帜、致力于创造新历史的"新小说"派这里，作家们则对传统小说的内容与形式进行了彻底的革故鼎新：传统小说中突出鲜明、宏大深刻的主题思想、中心人物不见了，故事情节也降到了非常次要的地位，极其细致入微、逼真繁复的景物描写和不再有因有果、首尾连贯的充满共时性的叙述与画面大量出现，共时性的空间成为表现时间经过的方式，小说成为"同时体"的艺术。这种"同时体"的新艺术，在为我们带来全新的艺术享受和阅读体验的同时，也极其准确地传达了后现代社会人类的生存真相。

2. 关于"时间和空间关系"的重要观点

> 一切存在的基本形式是时间和空间，时间以外的存在和空间以外的存在，同样是非常荒诞的事情。

——《马克思恩格斯选集》第3卷，人民出版社1995年版，第91页。

在文学中的艺术时空体里，空间和时间标志融合在一个被认识了的具体的整体中。时间在这里浓缩、凝聚，变成艺术上可见的东西；空间则趋向紧张，被卷入时间、情节和历史的运动当中。时间的标志要展现在空间里，而空间则要通过时间来理解和衡量。这种不同系列的交叉和不同标志的融合，正是艺术时空体的特征所在。

——［俄］巴赫金：《小说理论》，河北教育出版社 1998 年版，第 274~275 页。

六、文献目录

［1］William Cloonam. Memory and the Collapse of Culture：Claude Simon's La Route des Flandres. Symposium，1997（3）.

［2］Andrea Goulet. Blind Spota and After Imagea：The Narrative Optics of Claude Simon's Triptyque Romantic Review，2000（3）.

［3］樊咏梅、张新木：《西蒙〈弗兰德公路〉中的女性形象》，载《当代外国文学》2016 年第 1 期。

［4］方芳：《电影化的叙事——西蒙的小说〈弗兰德公路〉新读》，载《毕节师专学报》1994 年第 3 期。

［5］［法］克洛德·西蒙，林秀清译：《弗兰德公路》，上海译文出版社 2008 年版。

［6］［法］克洛德·西蒙，余中先译：《植物园》，湖南文艺出版社 1999 年版。

［7］邱华栋：《克洛德．西蒙：文字画与巴洛克结构》，载《文学前言》2003 年第 9 期。

［8］张志庆：《克洛德．西蒙：叙述的历险者》，载《山东大学学报》2001 年第 2 期。

（徐莉）

失明症漫记

作者：萨拉马戈

类型：小说

一、作者简介

若泽·萨拉马戈（José Saramago，1922—2010），生于葡萄牙的一个农民之家，以葡萄牙语写作。萨拉马戈于幼年时先后经历过亲生哥哥的早夭与祖父的病亡，见识了生命的脆弱；早年的记者生涯则奠定了其之后简洁、冷静、残酷的文风。他从中年时代开始进行专业的文学创作，并在之后逐渐发展出了自己独特的寓言小说体裁，在含有浓厚宗教/反宗教意味的同时富于现实性。60岁时，萨拉马戈凭借着小说《修道院纪事》受到广泛的关注，而发表于1995年的小说《失明症漫记》更是为其赢得了世界声誉，并使其于1998年获诺贝尔文学奖。哈罗德·布鲁姆将《失明症漫记》称为“萨拉马戈最令人吃惊和不安的作品。他那极具说服力的想象震撼人心，让读者深刻意识到，人类社会竟是如此脆弱、荒诞。这部作品必将永存”。1992 年葡萄牙总统阿尼巴尔称其小说《耶稣基督眼中的福音书》有亵渎宗教之嫌，将其从亚里斯提获奖名单中除名。这一审查行动使得萨拉马戈对葡萄牙彻底心灰意冷，从而选择远离故土并自我放逐到西班牙小岛兰扎罗得，在那里定居直到去世。

二、作品简析

在《失明症漫记》中，萨拉马戈以一个充满了魔幻感的故事实现了对人类现代文明的反讽与批判：一场不可预料、毫无征兆且具有极强传染性的眼疾忽然席卷了整个国家。眼疾的症状是满眼可见的只有白色，像是“掉进牛奶海中”。几天之内人们一个接一个地丧失了视力，唯有一位眼科医生的妻子除外。卫生部将所有的失明者与其所接触过的人集中到一家精神病院里与外界隔离开来，而为了陪伴丈夫，医生妻子谎称自己也身患此疾，于是被一起送进了隔离区，从而见证了这一“人间炼狱”里所发生的种种罪恶。在隔离区，人们以宿舍为单位活动，凭借仅有的社会关联结成了一个个社群。然而，随着政府暴力的管理方式和患者的逐渐增多，这个“失明者的社会”逐渐丧失了秩序：一群失明者因为误闯边界而被守卫的士兵开枪打死。这一所谓“破坏规则”的事件还带来了惩罚，即食物的减少。在饥饿、欲望、恐惧、幽闭面前，人们竭尽全力去维持的教养最终变得不堪一击。

小说的主旨是对“人类文明”进行批判，这一批判综合体现在小说的“隐喻美学”之中。这一隐喻首先体现为“视觉隐喻”。在小说的内容上，通过一幕幕触目惊心的场景，萨拉马戈告诉我们：当羞耻被人类所逐渐习惯时，羞耻就成为文明。精神病院宛如人间炼狱，充斥着人类的诸多罪孽：丈夫为了食物而出卖妻子，上流社会的知识分子为了欲望互相背叛，人们如此熟练且急不可耐地暴露出自己体内的动物性，在这场灾难中将人性之恶与文明的不堪一击赤裸裸地揭示了出来。此时唯一还具有视觉能力的医生妻子自始至终都在照顾着宿舍里的其他人，她带领他们寻找食物，做他们精神上的“母亲”，并于最终，当精神病院在一场暴乱中被烧毁时带领着他们宿舍的七个人逃了出来，为他们在外面同样混乱不堪的世界中找到了庇护所与食物，并最终牵引着他们抵达了自己的家——一个在此时唯一能被称为“人的居所”的唯一净土。此时医生妻子所具备的视觉能力相当于整个世界中仅剩的人类之光，它在“炼狱”之中将人们“引渡”，在死亡逼近的时候又将人们从死神的手下救出。这一“视觉”因而区别于传统意义上的视觉：它与神圣力量、阴性力量乃至生命力紧密相关，且这些力量只有在他人丧失视力时，才能显现出自己的救赎功能。“视觉”因而首先作为一种“反社会”“反常规”“反大众”的隐喻，实践了作者“反文明”的话语策略。

而在“视觉隐喻”之外，小说的“隐喻美学”更进一步地体现为“女性隐喻”。失明症患者被政府引入精神病院，就像被魔鬼带着返归那个史前光与暗、日与夜、天与地尚无分别的混沌之中。然而，在医生妻子的带领之下，这场从医院到她家的旅程有如从炼狱上升至天堂。萨拉马戈在这里将原本作为一家之主的医生的职能隐去了，只凸显了医生妻子的作用：如同在“炼狱”中一样，即便是回到了自己的家中，她也一直在忙碌着，为所有人换下肮脏的衣裳，安抚大家的情绪，照顾大家的起居。这一形象充满了神性之美。萨拉马戈以最后一场从天而降的暴雨，描绘了一次神圣的沐浴。这场沐浴发生在“医生的家”这片净土之中。三个在阳台上用雨水冲洗彼此的女人，三个刚从“炼狱”中脱身、急不可耐地想要将自己清洗干净的女人，在白色的泡沫中完成了某种仪式：“也许我们这样想象她们有失体统，行为不端，也许我们看不见本市有史以来这最美好最壮观的景象，从阳台地板上落下一帘白毛巾似的泡沫，但愿我和泡沫一起落下去，无尽地下落，干净，纯洁，一丝不挂。”她们在此期间同时进行了一次交谈：“只有上帝看得见我们，第一个失明者的妻子说，尽管经历了一次次绝望和不快，她依然坚信上帝没有失明；医生的妻子反驳说，不仅上帝失明了，天空也被乌云遮住了，只有我能看见你们”。这一交谈并非仅仅发生在她们三个人之间，虚拟的上帝也参与其中，最终，医生妻子将他剔除了。这是小说中唯一的诗意之处。女性的力量在这部小说之中十分明显，在萨拉马戈看来，人类文明，尤其是人类现代文明的缔造者与原始模型均是父权话语。从国家制度到社会秩序，从教育事业到宗教建设，从知识权力到……上述诸多当今人类赖以生存的外在制度无一不是抽象的、建构性的、强加于人身上的桎梏。

追根溯源，这一桎梏来自原始人类对于“稳定性”的本能需求：他们对于世界之中的神秘性充满困惑与不安，于是逐渐形成了一套人类的话语体系，以试着通过逻辑、规则、秩序的制定，来对世界的神秘性与纵深性进行理解，以至于达到根本上的对于客体的“把握”“改造”。小说中，女性形象显然以其自身所具备的强烈象征性色彩对这一抽象话语进行了解构与颠覆。歌德曾说：“永恒的女性，引领我们上升。”医生妻子宛如但丁的贝阿特丽采，带领人们经历了火舌的舔舐与魔鬼的拷问，冲破外在于自身的种种桎梏，盘旋着登上了通往真正天国的阶梯。

小说中最为重要的隐喻当属“失明隐喻”。萨拉马戈特意设置了一个失明症患者误闯教堂的情节：当盲人们被医生妻子带领着摸索进教堂时，眼前的景象令她震惊，所有的神像都被白色的布条蒙住眼睛，画像里圣人们的双眼则被涂抹成了白色，神灵与教徒的双目均被白色包裹。这意味着，作者本不是站在宗教的立场上来歌颂善、严惩恶；在混沌的世界之中，善与恶本身就难以区分彼此。他借用了宗教的话语框架，反过来将基督教中黑白分明的权威观念进行了一番赤裸裸的戏谑。“失明”因而在小说中意味着真正的真实，人类通过失明见识到了人性的真面目，而在故事的末尾，当全世界再度重见光明时，作者却留下了一条暗示：在目睹了过多的“恶”之后，医生的妻子似乎偏偏丧失视力了。这一次是真实的失明，不是之前的那种“牛奶海”，而是完完全全的黑暗，此外无他。倘若是从传统的宗教意义上来解读这一设置，似乎可以将其理解为，由于医生妻子目睹了过多罪责，自己也因为拯救大家的目的而亲手结束了一个人的生命，从而获得了“失明”这一惩罚。然而，这无疑是对神意的讽刺：为什么恶人都重见光明，善者却堕入黑暗？进一步对这一问题进行深究，可以发现萨拉马戈的用意之深：在这部小说中，“失明”本不是惩罚，“复明”才是地狱之门，是魔鬼对世人最后的致命一击；这样的一个丑陋的世界里，即便所有人都重获了视力，仍然难掩其本质的腐坏。这个世界，马上就要在重见光明之后恢复正常的运转了，它即将被所谓的父权文明、信仰、道德所再次统治。此时作家索性令医生妻子失去了视力，这不是一种惩罚，而是一种保护，令她可以在这个世界披上虚伪外衣的时候以“失明”为铠甲，从而得以置身其外。

《失明症漫记》这部小说虽然淋漓尽致地展现了人性的残酷，却仍在思想上对“人性之美”抱以希冀。戴墨镜的年轻妓女和戴黑眼罩的老人于失明之后相遇于“炼狱”里，在伸手不见五指的黑暗中，人性中的一丝光芒与另一丝光芒如此轻易地感应到了彼此。二人决定了此后要一起生活，然而，老人仍坚信，妓女会在复明之后后悔此刻的决定。当这一天真的来临时，迎接老人的是妓女真实的热情——只有在妓女身上，这一场摧毁了一切的失明症才真正发挥了它的仪式作用。细细咀嚼二人的外貌特征，可以发现，此处同样具有隐喻的内涵：戴墨镜的妓女和戴眼罩的老人，二人在失明之前就被遮住了双眼（一个身患结膜炎，一个身患白内障），然而仅有这两人还在“炼狱”中享有着人性中柔软的一面，并从这场“浩劫”中收获了爱情。此外，“失明”还令妓女实现了一种身份的转换——她是在床笫之间失明的，然而此后却于伸手不见五指的世界中听到了自己灵魂的倾诉。这一情节的设置颇具反抗意味：现存的一切制度、法律等权威，无一不是父系制度的产物，人们过于坚信真理的存在，就像坚信有一个无所不能的天父在密切地俯视着我们。宗教只是这一意识的投影，是人类自古以来自欺欺人的产物。萨拉马戈深刻地意识到了这一问题的症结，于是赋予了小说中诸位重要的女性主人公以“异世界力量”般的重大意义，并将文末处那双为戴黑眼罩老人仔细擦拭身体的女性的双手，描写得圣洁而神秘：“当时有那么多水在他身上流过，滴滴都是圣水。”

在这部近 20 万字的小说中，萨拉马戈以简洁有力的笔触、细致的描绘、独特的想象、冷静的语气以及极富动感的叙述节奏，给这个原本荒诞的故事赋予了一种触目惊心的真实。作者挑战了人类在现代社会中所笃信的几乎全部真理及准则，以一个“失明症”将人类数千年来引以为傲的文明瞬间击溃。在整部小说的情节之中，我们处处可见隐喻的踪迹。其中有对现代文明的隐喻、对宗教伦理观念的隐喻、对人性的隐喻、对国家机构的隐喻以及对社会关系的隐喻等。隐喻的存在赋予了这部作品以多种解释的可能，我们无法穷尽对其意义的探讨，只能管中窥豹，以这一“失明症”的故事，一探人性之幽深。

三、作者自白

文学常常像一种装饰品摆在那里。当然，在某些时候，文学试图起更大的作用，特别是当它遇到理解作者意图的读者的时候。所幸的是，一切东西都有自己的位置，一切人都有自己的位置，甚至胸无大志的人也有自己的位置。文学，要成为好的文学，不一定涉及对人类的未来具有重大意义的题材，人类的未来不掌握在某个作者的手里。

——［葡］萨拉马戈，朱景东译：《我怎么想就怎么说》，载宋兆霖选编：《诺贝尔文学奖获奖作家访谈录》，浙江文艺出版社 2005 年版，第 394 页。

瞎了。这位学徒想，“我们都瞎了”，他坐下来，写下了《失明症漫记》，以警醒那些看到这本书的人：当我们玷污我们的生活时，我们推翻了自己的理性；人类的尊严每天都被我们自身世界的权力侵犯；放之四海皆准的谎言代替了多元的真理；当人类对他的同类失去了尊敬时，他也就失去了自尊。于是，这位学徒，似乎想要驱除理性的失明所制造的怪物，开始写一个最简单的故事——一个人寻找另一人，因为他意识到人生中没有比寻求别人更重要的了。

——［葡］萨拉马戈：《获奖演说》，载刘硕良主编：《诺贝尔文学奖授奖词和获奖演说》，漓江出版社 2013 年版，第 200 页。

四、名家点评

小说探索了真实与感知的本质问题。这也是萨拉马戈最阴暗的作品之一，详细叙述了人类以科学、信仰和理性的名义把残暴互相强加在对方身上，而这条道路几乎没有尽头。

——［美］保罗·格里内：《若泽·萨拉马戈》，载［美］维克多·泰勒、［美］查尔斯·温奎斯特编，章燕、李自修等译：《后现代主义百科全书》，吉林人民出版社 2007 年版，第 434 页。

这类作家能把奇崛的想象、务实的行文、蓬勃的游戏精神、清冷的理性、深重的怀疑主义、诡异的修辞以及彻骨的荒谬感几乎完美地结合到一起。这让萨拉马戈成为一个既执着又散漫、既狭窄又宽阔、既冷静又激情、既深邃又天真的大师。十余年来，无数次阅读萨拉马戈，每当我费尽心思想要总结我阅读感受时，头脑中都一次次闪现他不同角度和表情的面孔，仿佛这些小说都写在他的脸上。

——徐则臣、陈克海主编：《2015 年散文随笔选粹》，北岳文艺出版社 2016 年版，第 223~224 页。

五、研讨平台

1. 研讨题目：文学中的“失明”主题

提示：在古今中外的优秀文学作品之中，存在着大量对“失明”的阐释。古希腊神话中提瑞西亚斯之失明令其成为杰出的预言家，不光能洞悉真相，还能道破天机。而不少优秀的现代文艺作品中，也或多或少地蕴含着失明的潜在主题，其中又以 20 世纪初的欧洲表现主义思潮为甚。表现主义艺术家们反对对现实的视觉观察与僵化反映，提倡回归内心世界，以心灵之眼而非肉身之眼来体悟世界的真实。浸润在人类艺术的海洋中，“失明”主题不断地得到演绎。它作为一种圣洁的清洗力量、一种来自异世界的神秘光芒引导着人类去反思文明，重返自我。

2. 关于“文学中的‘失明’主题”的重要观点

他（提瑞西亚斯）是盲人，他已经被丢失了，处于从世界中退后一步的位置。因此，他处于原理上真实的位置，通过从外部接受些许症候，就具有了洞穿世界的能力。他失去了视力，也因此能够避开明眼人常被蒙蔽的视觉陷阱。

——［日］福原泰平，王小峰、李濯凡译：《拉康——镜像阶段》，河北教育出版社 2002 年版，第 20 页。

人类有这样一种习惯，在某个时期内，他们总是一味地追逐看得见的东西，沉溺于感性事物之中，他们陷得如此之深，以至于他们的所有的内在需求完全消失。

——［奥］赫尔曼·巴尔，徐菲译：《表现主义》，生活·读书·新知三联书店 1989 年版，第 32 页。

六、文献目录

［1］Andrew Laird. Death, Politics, Vision, and Fiction in Plato's Cave (After Saramago). A Journal of Humanities and the Classics, 2003 (10).

［2］Harold Jack Bloom. José Saramago. Chelsea House Publischers, 2005.

［3］［葡］安东尼奥·若瑟·萨拉伊瓦，张维民译：《葡萄牙文学史》，澳门文化学会 1982 年版。

［4］［美］查·爱·诺埃尔，南京师范学院教育系翻译组译：《葡萄牙史》，江苏人民出版社 1974 年版。

［5］［日］福原泰平，王小峰、李濯凡译：《拉康——镜像阶段》，河北教育出版社 2002 年版。

［6］孙成敖：《一位作家的自白——若泽·萨拉马戈访谈录》，载《外国文学》1999 年第 1 期。

［7］王辽南：《站在世纪门槛上的敲钟人——萨拉马戈及其〈失明症漫记〉探析》，载《当代文坛》1999 年第 4 期。

［8］［法］雅克·拉康，褚孝泉译：《拉康选集》，上海三联书店 2001 年版。

[9] [英] 肖恩·霍默，李新雨译：《导读拉康》，重庆大学出版社 2014 年版。

（叶雨其）

铁皮鼓

作者：格拉斯

类型：小 说

一、作者简介

君特·威廉·格拉斯（Günter Wilhelm Grass，1927—　），当代德国最具影响力的作家之一，1999 年诺贝尔文学奖得主。瑞典文学院盛赞他“是寓言家和学问渊博的学者，是各种声音的录音师，也是倨傲的独白者，既是文学的集大成者，也是讽刺语言的创造者”。他曾与海因里希·伯尔并列为联邦德国文坛盟主，多次荣获毕希纳奖、冯塔纳奖、特奥多尔·豪斯奖等德语文学大奖，也是首位获得西班牙阿斯图里亚斯亲王奖的非西班牙语作家。格拉斯在 20 世纪 50 年代以诗歌创作登上文坛，出版了《风信鸡的长处》《三角轨道》《盘问》三部诗集，并创作了《还有十分钟到达布法罗》《洪水》《叔叔》《平民试验起义》《在此之前》等多部实验戏剧和《铁皮鼓》《猫与鼠》《狗年月》《比目鱼》《母老鼠》等长篇小说。格拉斯的小说成就尤为突出，常以荒诞魔幻的黑色幽默讽刺德国社会的历史与现实，被誉为“德国二战之后文学最恰当的代表”。

二、作品简析

长篇小说《铁皮鼓》是格拉斯小说创作的处女作，也被公认为是战后德国文学的复兴之作。格拉斯曾多次指出，“二战”中德国纳粹法西斯主义的罪行不能只归咎于希特勒一个人，战争结束后医治人性的精神创伤远比清扫战争的废墟更重要，也更艰难。从这个意义上看，小说《铁皮鼓》可以视作格拉斯用文学反思德意志民族历史、批判欧洲社会现实的一个政治寓言。

《铁皮鼓》这部长篇小说一共 3 篇 46 章，它的时间跨度从 1899 年写到 1955 年，既记载了奥斯卡的外祖父母、奥斯卡的父母亲、奥斯卡自己以及奥斯卡的儿子这四代人的家族史，也展现了两次世界大战期间波罗的海东南沿岸海滨小城——但泽的城市历史。但泽是作者君特·格拉斯的故乡，也是格拉斯自《铁皮鼓》之后创作《猫与鼠》《狗年月》等多部长篇小说的故事发生地。回顾历史，但泽在 20 世纪上半叶曾经因为战争而多次更改归属国：“一战”前属于波兰，“一战”中被划归于普鲁士，“一战”结束后成为受波兰保护、国际共管的自由市，“二战”从但泽打响，“二战”期间又为纳粹德军所占领，“二战”后再次归入波兰政权。但泽的人口结构也因“二战”发生了巨大的变化：“二战”前，德意志人是但泽的主要居民，还有少量的卡舒贝人和犹太人在此定居，而在“二战”结束后，不仅犹太人灭绝，世代定居于此的德意志人也因纳粹的罪过而被全体驱逐出但泽。1927 年出生在但泽的君特·格拉斯亲身经历这一切，因此他将深刻改变了但泽这个城市和但泽人命运的“二战”作为《铁皮鼓》这部小说谋篇布局的重要依据，并以此将小说划分为三篇：分别讲述了主人公奥斯卡·马策拉特“二战”前在但泽的童年生活，“二战”中在德、法、意等国游历的少年时光，以及“二战”后在杜赛尔多夫的艺术人生。通过奥斯卡的观察、体验和叙述，为我们勾勒了一幅 20 世纪上半叶风云变幻、虚实相间的欧洲社会全景图。

为此，君特·格拉斯为《铁皮鼓》设置了一个可以让两条时间线索并行不悖又能让多重叙事视角自由转换的框架式结构，并将这样精巧而复杂的叙事重任交给了小说的主人公奥斯卡，用他在精神病院的回忆串联起“现实”与“过去”两个时空。一个叙事时空讲述的是1952年至1954年间奥斯卡因妄揽杀人罪行而在疗养院接受精神治疗的现实生活，另一个则是从19世纪末到1952年间奥斯卡在但泽小城、欧洲游历和在杜塞尔多夫学艺期间的各种人生经历。因而，奥斯卡既是小说的主人公，又是故事的叙事者，是《铁皮鼓》思想内涵与叙事艺术的核心。

作为《铁皮鼓》最重要的人物，奥斯卡是一个集欲望、神性与邪恶于一身的混合体，从他的身上我们能看到人性的多面与复杂。他是人，既有对权力的渴望，也难逃情欲的诱惑。《铁皮鼓》里写到奥斯卡从小就有取代耶稣的野心，他趁母亲在圣心教堂忏悔时爬上圣母的怀里取下不会击鼓的假耶稣，还在欧洲回来后做了一个名叫“撒灰者”的青年团伙的首领。即便是侏儒之身，奥斯卡也从来不乏性的体验，孩童时他就怀着强烈的恋母情结窥视母亲偷情，少年时不仅引诱邻居少女玛丽偷食禁果，又在玛丽嫁给自己的父亲后常常爬上蔬菜商太太的床与其鬼混，欧洲旅行中又与同样是侏儒的梦游女罗斯维塔一见钟情……同时，《铁皮鼓》又极具魔幻色彩地写到奥斯卡具有超人的神性的一面，他早在娘胎中智力就已发育完全，一出生便失去对世界的兴趣，三岁时就决定以自残的方式停止生长，并获得用尖叫唱碎玻璃的特异功能。在拥有人性和神性之外，奥斯卡还如恶魔一般邪恶。这突出地表现在小说中与奥斯卡最亲密的几个人物的死亡都直接或间接地与他有关。母亲阿格奈斯正是因为对奥斯卡摔下酒窖而不再长个的厄运心怀愧疚而死，她认为这是上帝对她滥情的惩罚，殊不知是奥斯卡早有预谋的安排。在残酷的“二战”中，他利用扬和马策莱特这两个男人都将他视为己出的宠爱，一再故意将父亲们置于死地。而如果他愿意为爱人下车取一杯咖啡，他最爱的梦游女也不会被炸弹击中。

作为叙事者，奥斯卡兼具三种视角，作者一个是回忆者的视角，一个是经验者的视角，这两者都具有内聚焦的视角优势，还有一个则是替作者代言、全知全能的外聚焦视角。因此，《铁皮鼓》采用了第一人称和第三人称混合使用的方式，第一人称让《铁皮鼓》具有自传体回忆录打动人心的真实性，第三人称则为小说增添了插科打诨式的幽默感和旁观者一针见血的客观性。即便同是第一人称的内聚焦视角，作者也会让处于不同的年龄阶段（孩童/成年）和不同的叙事时空（现在/过去）的“我”交替发声，造成《铁皮鼓》中多种叙事声音众声喧哗的复调效果。《铁皮鼓》的每一章中几乎都是先由成年奥斯卡在现在时空的回忆视角转入过去时空中童年或少年奥斯卡的经验者视角，再在结尾回到叙述者的现在时空中来，形成了一个回环往复的环形叙事模式。

通过拥有多重叙事视角的奥斯卡对于自己成长经历、对于身边人和事的叙述，读者还能从小城但泽“朗富尔区拉贝斯路”看到“二战”前夕但泽市民社会的缩影。比如，奥斯卡用讽刺的语调叙述着他的父亲马策莱特是如何见风使舵地先戴上党帽，再分别穿上揭衫、党裤、皮靴直至整套党服去参加纳粹集会，又是如何口里含着纳粹党徽而被苏联红军乱枪射死。由此让我们知道：像马策拉特那样盲目加入纳粹组织的德意志人不是少数，随大流的小市民心理是德意志民族滋养纳粹思想的温床。同时，《铁皮鼓》还无情地揭示了德国市民社会道德堕落的危机。3岁的奥斯卡正是因为在酒桌下看到了成人世界的混乱不堪而从酒窖跳下制造永远不再长高的假象。奥斯卡的母亲阿格奈斯一面在教堂忏悔自己对丈夫的不忠，一面又迫不及待地去与自己的表兄偷情。这种只为满足一时私欲而寻欢作乐、麻木盲从的市侩习气正是格拉斯在《铁皮鼓》中深刻反思并严厉批判的德意志民族的劣根性。

正如瑞典文学院评价格拉斯是“以嬉戏的幽默描绘了历史被遗忘的一面”，小说《铁皮鼓》既沿用了欧洲流浪汉小说的传统叙述形式，又将荒诞、象征等现代艺术手法融入其中，呈现出怪诞魔幻的艺术风格。奥斯卡手中敲打的“铁皮鼓”、外祖母肥大的长裙、恐怖的“黑厨娘”、飞蛾与灯泡……大量寓意深刻、体现格拉斯启蒙意图的象征符号被深深潜藏在小说《铁皮鼓》中，而在这众多象征符号中，主人公奥斯卡无疑是最具荒诞性和象征性的形象：他在娘胎时就已经完成了智力的发育；他一出生便预感到人世的黑暗而想重返娘胎；他因为厌恶成人世界而决定不再长高；他还拥有能将玻璃唱碎的特异功能。奥斯卡的身上集结着人性普遍的善与恶，是耶稣，也是撒旦，是怀疑与叛逆精神的象征。此外，小说其他人物荒诞离奇的故事也常让人忍俊不禁：外祖母年轻时在土豆地里撩起四条裙子救下被宪兵追捕的纵火犯，母亲阿格奈斯因暴食鳗鱼而身亡，博物馆里能让人离奇死亡的裸体木雕尼俄柏……这些只有在童话故事里才会出现的离奇人物和荒诞情节竟与《铁皮鼓》展现历史时代风云和市民社会风貌的严肃主题同时存在。“让人笑不出来时笑、哭不出来时哭，让人从往事中看到现实、在现实中不忘往事”，这或许便是《铁皮鼓》最令人难忘之处，也是格拉斯小说艺术的高明之处。

三、作者自白

> 作家就其本义而言，是不能把历史描绘成太平盛世的，他们总是迅速揭开被捂住的伤口，他们在关闭的大门背后窥视，发现了食品柜里吃剩的骨头，发现有人甚至贪吃神圣的乳牛……换言之，对于他们来说不存在神圣的东西，资本主义更不是什么神圣的货色，这就使他们成为冒犯权贵的人，甚至成为罪人。但是，在他们拒绝与历史的成功者联手的一切事务中，最惹麻烦的是，他们乐于与失败者，与那些有很多话要说却没有讲坛诉说的失败者搅在一起，评点历史的进程。通过为失败者代言，他们对成功者提出了质疑，通过与失败者联系，他们站到了同一阵线中。

——［德］格拉斯：《未完待续》，载穆易编选：《给诺贝尔一个理由：诺贝尔文学奖获奖演说精选》，中国广播电视出版社 2006 年版，第 29～30 页。

> 根据我的经验，我认为，文学比所有的新媒体都强大。它的优点在于：比如，它有能力使人们了解像广播这种媒体的意义。《铁皮鼓》开了个头，《狗年月》有与它类似的作用。

——［德］格拉斯：《拒绝经典——论美学与真实的获得》，载［德］君特·格拉斯、［德］哈罗·齐默尔曼，周惠译：《启蒙的冒险：与诺贝尔文学奖得主君特·格拉斯对话》，浙江人民出版社 2001 年版，第 19 页。

四、名家点评

君特·格拉斯一九五九年以《铁皮鼓》走红文坛，这是一部糅合寓言手法——一个儿童主人公，他拒绝成长，以抗议他周围的世界——和现实主义手法——以厚密的质感表现战前的但泽——的长篇小说，它宣布魔幻现实主义在欧洲的登场。

——［南非］库切，黄灿然译：《君特·格拉斯与“威廉·古斯塔夫号”》，载《内心活动——文学评论集》，浙江文艺出版社 2010 年版，第 134 页。

1959 年第一本长篇小说《铁皮鼓》就一鸣惊人。那是一本夸张而富于传奇色彩的伟大作品，几乎运用了所有的创作风格和手法，充分展开想象的翅膀，把自己被扭曲的经历再恣肆地加以扭曲。——波兰和德国在但泽的二元体制、普通人乃至家庭的渐渐纳粹化、战争年代日渐绝望的消耗、俄国人的到来、由于“经济奇迹”在西德的出现而产生的自鸣得意的气氛……都在这部小说里入骨地一一再现，不仅给过来人，也给后来者以强烈的震撼。

——白桦：《画如其人，文如其人——忆君特·格拉斯》，载《南方周末》2010 年 2 月 24 日。

五、研讨平台

1. 研讨题目：文学象征的文化记忆与文化创新

提示：作为文学表现手法的象征，它和人类艺术文化中其他各种形式的象征一样，创造和阐释的最终意义都将超越形式，指向人类丰富复杂、无形无相的精神世界。文学作品中形式新颖而意蕴丰厚的象征既是作家艺术个性与创作才华的体现，也是特定文化集体记忆延续和维系的结果。这意味着文学象征也是人类感性文化存在的一种重要形式，在保存、重构与创新文化记忆中发挥着重要的作用。

2. 关于“文学象征的文化记忆与文化创新”的重要观点

> 象征一般是直接呈现于感性观照的一种现成的外在事物，对这种外在事物并不直接就它本身来看，而是就它所暗示的一种较广泛较普遍的意义来看。因此，我们在象征里应该分出两个因素，第一是意义，其次是这意义的表现。意义就是一种观念或对象，不管它的内容是什么，表现是一种感性存在或一种形象。

——［德］黑格尔，朱光潜译：《美学》，商务印书馆 1997 年版，第 10 页。

> 象征与创造力源于人类无意识的精神活动过程，有些艺术家创作自己的作品时，未必完全明了自己无意识状态下使用的象征语言，直到自身的艺术养分经过不断沉淀之后，他们再来分析自己的作品，才能发现那些象征意象所隐喻的深奥内涵。

——［英］戴维·方坦纳，何盼盼译：《象征世界的语言》，中国青年出版社 2001 年版，第 61 页。

六、文献目录

［1］Rebecca Braun. Construction Authorship in the Work of Günter Grass. Oxford University Press，2008.

［2］华少庠：《荒诞的意义——君特·格拉斯的小说〈铁皮鼓〉中的现实与超现实》，载《四川大学学报》（哲学社会科学版）2001 年第 4 期。

［3］［德］君特·格拉斯，胡其鼎译：《铁皮鼓》，上海译文出版社 2005

年版。

[4] [德] 君特·格拉斯，林茄、陈巍译：《与乌托邦赛跑》，上海译文出版社 2008 年版。

[5] 李万钧：《格拉斯的〈铁皮鼓〉与 20 世纪小说叙事学》，载《福建师范大学学报》（哲学社会科学版）2001 年第 2 期。

[6] 马爱华：《论〈铁皮鼓〉的狂欢诗化精神》，载《当代外国文学》2002 年第 3 期。

[7] 叶廷芳：《西方现代文艺中的巴洛克基因》，载《文艺研究》2000 年第 3 期。

（张晶）

钢琴教师

作者：耶利内克

类型：小说

一、作者简介

埃尔弗里德·耶利内克（Elfriede Jelinek，1946— ），奥地利著名女作家，2004年诺贝尔文学奖得主。耶利内克自幼学习音乐，曾在维也纳音乐学院学习作曲，并在维也纳大学获得管风琴师硕士学位。20世纪60年代中期她以诗歌创作登上文坛，后又在小说和戏剧创作上成果斐然，曾荣获海因里希·伯尔奖（1972）、彼得·魏斯奖（1994）、毕希纳奖（1998）、柏林戏剧奖（2002）、拉斯克·许勒剧作奖（2003）、莱辛批评奖（2004）等诸多德语文学大奖。她的作品以大胆犀利的文风著称，着力探讨现代社会性与政治的纠葛，以及女性在其中所遭受的侮辱和摧残，批判现代强权社会的专制与暴力。主要代表作品有：诗集《丽莎的影子》，长篇小说《女情人们》《钢琴教师》《欲》《死者的孩子们》《贪婪》以及戏剧《克拉拉S》《城堡戏剧》《在阿尔卑斯山上》《死亡与少女》等。

二、作品简析

对于大多数中国读者而言，《钢琴教师》这部长篇小说最初带给我们的阅读震撼无疑是巨大而强烈的，甚至可以用触目惊心、不忍卒读来形容。事实上《钢琴教师》这部小说自1983年问世以来，便一直因为小说中的“性主题”“性描写”而备受争议，即便对于许多欧洲读者而言也同样难以接受。《钢琴教师》的表现内容可谓惊世骇俗，它通过对女主人公自残、偷窥、性虐待等病态心理的解剖式展现让读者亲眼目睹了一个被扭曲了的现代知识女性最隐蔽幽暗的内心世界以及现代强权社会下人性扭曲、人伦变异的可怕图景。

首先，这部小说大胆地颠覆了几乎所有文化对“母爱”的讴歌与赞美。由于父亲的缺席，埃里卡的母亲被异化成一个“在国家生活和家庭生活中集中世纪异端裁判所的审讯官和下枪决命令者于一身的人物”。她以母爱为保护伞，通过对埃里卡无微不至的照顾和陪伴实现了她对女儿人生的全部控制。她将女儿视为自己的私有财产，她剥夺女儿买衣服、化妆等所有女性爱美的乐趣，她规定女儿每天必须分秒不差地回家，每晚要和她睡在一张没有任何私密性可言的双人床上。科胡特太太对埃里卡几十年如一日的高压管教和严密控制并没有让女儿成为她梦想中那个可以给她带来优越物质生活而又受人仰慕的天才钢琴家，却让年近四十岁依然单身、离群索居、苦闷压抑的钢琴女教师埃里卡只能以用刀片划破私处、偷窥别人性爱、观看色情电影等近乎病态的方式让压抑的性能量得以宣泄。

母亲控制着女儿的肉体和精神，女儿则近乎沉默地臣服和接受着母亲的禁锢，科胡特太太和埃里卡母女俩就像一对奇异的“双生人”，彼此依靠、相依为命却又相互排斥、相互伤害，共同维系着“一座贞操的庙宇，一座门神严密监护的温暖的庙宇”。从表面上看，《钢琴教师》所描写的科胡特太太、埃里卡以及二人扭曲变异的母女关系只是一个欧洲家庭教育失败的个案，但实质上却反映了实用、功利主义至上的欧洲中产阶级价值观对知识女性的腐蚀与迫害：一方面她们向往上流社会的成功、名望、尊严与富有，企图通过艺术技能的训练获得衣食无忧、情趣高雅的生活，另一方面她们又自视甚高，不屑与平庸大众为伍，时时标榜自己的艺术优越感。因而，在母亲的驯服之下，无力反抗也默然秉持着这样一种庸俗而矛盾的价值观去追求高雅艺术人生的埃里卡注定只能以失败而告终，而她自身也成为人性扭曲最可悲的牺牲品。

同时，《钢琴教师》还残忍地毁灭了我们大多数人对爱情的美好幻想，将性变态、性暴力、施虐与受虐等丑陋病态的两性关系赤裸裸地置于读者眼前。四十岁的钢琴教师埃里卡与年轻帅气的大学生克雷莫尔之间没有丝毫男欢女爱的浪漫与温情，却更像是一场猎人与猎物之间征服与被征服的权力角逐，他们在各自欲望的驱使下相互利用、相互博弈。克雷莫尔将埃里卡当作积累情场经验的“二手小型车”，通过占有和征服这个孤傲冷漠的女人来获得成就感和满足感；毫无恋爱经验却有受虐倾向的埃里卡则将克雷莫尔当作性幻想的对象，幻想在克雷莫尔对自己的暴虐中控制他、占有他，并与他走向婚姻的殿堂。《钢琴教师》用大段的篇幅细细地叙述了埃里卡一反常态、变被动为主动的“性虐”计划以及这个失败的计划对埃里卡的精神与肉体所造成的双重致命打击。她用写信的方式向克雷莫尔发号施令，企图以受虐的反常方式来挑战、控制并主导这场情爱关系，但这样的逆反行为最终激怒了克雷莫尔，并遭到克雷莫尔的暴打和强暴。而当埃里卡决定去报复时，当她看到在人群中嬉笑的年轻的克雷莫尔，她却最终还是将尖刀刺向了自己。耶利内克将埃里卡在这场情爱闹剧中疯狂的、病态的、复杂的心理世界最大限度地袒露于文本中，用最冷酷、强烈的光线照射于人性最幽微、隐蔽之处，将性的燃烧、挣扎、变异与毁灭淋漓尽致地展现于我们眼前，进而直指我们的内心。耶利内克曾直言：“性即暴力”，美国作家凯特·米利特也在《性政治》这本女权主义批评著作中从政治的角度阐释性的权利关系，认为性不仅是一种生理和肉体的行为，也是文化所认可的各种态度和价值观的集中表现。由此可见，耶利内克在《钢琴教师》中对埃里卡和克雷莫尔之间病态暴力的性关系的书写，不仅控诉了奥地利社会中产阶级价值观对女性人格心理的扭曲，更以埃里卡的悲剧人生揭示了在人类社会既定的性别政治的强权秩序下，女性的反抗不但无法争取到同男性相当的平等权利，反而只能以更惨烈的自伤而结束。

从以上我们对《钢琴教师》中三个主要人物以及由此构成的两组人物关系的分析来看，小说《钢琴教师》的情节线索并不复杂，但真正要读懂这部小说却需要我们勇敢地放弃那些习以为常的道德观念和置身于外的优越感。耶利内克在《钢琴教师》中对人性近乎阴鸷而绝望的观察和描写，不仅有自己的人生经历和体验作为基础，而且来自她对奥地利现实社会强权暴虐之风的不满与愤怒。耶利内克曾坦言："压迫着我的是对奥地利的愤怒"，这句话既说明了作为反叛者的耶利内克创作激情的现实来源，也让我们对小说中如科胡特太太、埃里卡那样病态可怕的怪女人产生了更多的同情和理解。如果女性无法获得与男性平等的环境和话语，她们的人生只能被男性权力主导的价值观所左右，而更可怕的是，在这样一种不公正的权力结构和社会秩序之下，女性的生存会陷入更为绝望和无助的困境：女性愈努力、愈认真地生活，就会愈发加剧让自己沦为强权暴力的对象和异化扭曲的怪物的可能性。耶利内克说："如果她们总是被排挤出社会，她们当然会退化，变成鬼怪。"如果埃里卡不是成长在由科胡特太太一人主导的、男性缺席的畸形家庭中，她对爱的表达就不会只有从科胡特太太那里感受到的孤注一掷、隔绝监控、强势独占的那一种方式，也绝不会将受虐当作爱的享受，更不会在她极度需要爱时将她所理解的施暴与受虐的爱理所当然地施加于克雷莫尔。耶利内克正是这样一步一步启发我们从《钢琴教师》中那些极端乖戾、疯狂、病态的人物及其行为心理去感受人性在现代理性社会的束缚与压制之下那可怕的扭曲、变异和挣扎，进而发现那些被隐藏在社会结构和人性深处的权力。

与此同时，《钢琴教师》杂糅的叙事声音和多变的语言风格也让读者眼花缭乱、目不暇接。《钢琴教师》是一部几乎全篇都看不到引号的小说，叙述者、人物、作者往往三位一体地出现，叙述时没有任何过渡、提示和符号的转化，有的只是各种各样的"声音"——叙述者的声音、主人公的声音、作者的声音在文中交错出现、相互应和。叙述者不动声色的客观讲述、人物之间声情并茂的对话、人物内心隐蔽私密的独白、作者态度鲜明的冷嘲热讽，这些声音在《钢琴教师》中有如多个声部交合和音响，自然而然地汇成了一条音乐的河流。精通音乐的耶利内克像弹奏钢琴一般在《钢琴教师》里娴熟地运用着隐喻、反讽、象征、双关、反复、顶针等各种语言技巧和修辞手法，为小说阴鸷沉闷的内容调配出别具一格的灵动色彩。那些匠心独具，如匕首般犀利深刻的语句在小说中随处可见："埃里卡作为刨花被抛洒到了地上""她能用切割玻璃的目光挨个打量学生"；"这两位老妇人因缺乏硅酸而干枯了的私处，如同一只正待毙命的鹿角甲虫的钳夹在一开一闭地掀动，但没有猎物落入她们的掌心。于是她们紧紧抓住她们自己的女儿和孙女鲜嫩的肉，慢慢地把它撕成一小块一小块。与此同时，它们的装甲车严守着年轻的鲜血，以防其他人走近并给鲜血下毒"……耶利内克对人间世态入木三分的观察和灵活高超的语言技巧使得小说《钢琴教师》的语言风格时而滑稽幽默，时而冷峻突兀，时而粗俗直白，时而高雅深刻，只有反复回味之后才会有柳暗花明之感。

三、作者自白

其实，我只是一个小地方的作家，用一种特定的方式和语言在写作，德国人都不见得能读懂。我继承的是维也纳的传统，从早期的维特根斯坦，到卡尔·克劳斯，再到维也纳派，这是一种完全语言为中心的文学，在内容上并不是很下功夫，而是在语调、在语言的声音上，这是无法翻译的。

——［奥］耶利内克：《耶利内克访谈录》，载周晓萍编：《文学峰景：与22位世界文学巨擘的对话》，中央编译出版社2010年版，第138页。

我想打破的是父权文化及男性崇拜。我们所拥有的美学标准是由男人制定的，女人必须服从他，我也如此。我以写作来反对这种不公平。没有可以让我依靠的女性价值体系。

——［奥］耶利内克：《"我让语言自己说话，而我紧随其后"——耶利内克答译林出版社责任编辑陆智宙问》，载［奥］耶利内克，陈良梅译：《逐爱的女人》，译林出版社2005年版，第4页。

四、名家点评

我看过《钢琴教师》的英文版图书和电影，她的书和电影不一样，因为写作的语言非常舒服。其实我觉得她获奖并不值得惊讶，近年来德法文学的发展方向都有着个性化、女权化和窥私倾向，而且最火的作家也都专注于这些方面。而耶利内克和别的作家相比，可以说更先锋，彻底站在女性角度反映女性的思维，在这方面更极端和突出。

——虹影：《2004年诺贝尔文学奖获得者耶利内克给中国作家新参照》，载《北京娱乐信报》2004年10月10日。

耶利内克是一个正义的作家，关心妇女的地位，传统生活方式的僵化，教会虚伪、道德沦丧，她义愤填膺，她揭露、呼号、讽刺、嘲笑、挖苦，直指本国的政治与社会体制。这一切我都由衷地崇敬。

——林白：《不读耶利内克的理由》，载《南方文坛》2005年第4期。

五、研讨平台

1. 研讨题目：女性作家身体写作的文化批判与美学追求

提示：伴随着现代女权主义运动的兴起，世界各国文坛都涌现出越来越多女性作家的身影，甚至不乏将写作视为反抗男权社会、争取女性话语权的具有鲜明女权主义色彩的作家。她们注重在文学创作中书写女性经验尤其是与性相关的女性的身体，并且以强烈的女性意识与叛逆的艺术姿态彰显女性文学独立的存在与意义。但同时我们也要看到女性作家的身体写作又极易沦为私人生活的曝光、感官经验的暴露与庸俗情欲的宣泄，远离了文学真善美的大道，放弃了对语言艺术美学的追求，更悖理了女性政治运动的初衷。

2. 关于"女性作家身体写作的文化批判与美学追求"的重要观点

文学对于妇女而言，和对于男子相同，将成为一种需要予以研究的艺术。妇女的天才将受到训练而被强化。小说不再是囤积个人情感的垃圾堆。与现在相比，它将更加成为一种艺术品，就像任何其他种类的艺术品一样。

——［英］伍尔夫：《妇女与小说》，载瞿世镜编：《伍尔夫研究》，上海文艺出版社 1988 年版，第 592 页。

妇女的身体带着一千零一个通向激情的门槛，一旦她通过粉碎枷锁，摆脱监视而让它明确表达出四通八达贯穿全身的丰富含义时，就将让陈旧的、一成不变的母语以多种语言发出回响……妇女必须通过她们的身体来写作，她们必须创造无法攻破的语言，这语言将摧毁隔阂、等级、花言巧语和清规戒律。

——［法］埃莱娜·西苏：《美杜莎的笑声》，载张京媛编：《当代女性主义文学批评》，北京大学出版社 1992 年版，第 201 页。

身体不是私人性的表达，而是一个政治器官，是宇宙的和社会的实在之镜像，反映着人的病相、毒害和救治过程。在身体这个位置上，人们可以审美地、社会地、政治地、生态地经验世界。

——［德］E. M. 温鲍尔，刁文俊译：《女性主义神学景观》，生活·读书·新知三联书店 1995 年版，第 476 页。

六、文献目录

［1］Brenda Betan. "Obscene fantasies": Elfriede Jelinek's Generic Perversion.

Peter Lang, 2011.

[2] Matthias Konzett Piccolruaz. Margarete Lamb-Faffelberger. Elfriede Jelinek: Writing Woman, Nation, and Identity : A Critical Anthology. Fairleigh Dickinson University Press, 2007.

[3] [奥] 埃尔弗丽德·耶利内克，宁瑛、郑华汉译：《钢琴教师》，北京十月出版社 2005 年版。

[4] 程三贤编：《给诺贝尔一个理由：诺贝尔文学奖获奖演说精选》，中国广播电视出版社 2006 年版。

[5] [美] 凯特·米利特，钟良鸣译：《性的政治》，社会科学文献出版社 1999 年版。

[6] 宁瑛：《反叛的艺术家》，载《外国文学动态》2004 年第 6 期。

[7] 袁志英：《试读耶利内克》，载《德国研究》2005 年第 2 期。

[8] 张京媛编：《当代女性主义文学批评》，北京大学出版社 1992 年版。

（张晶）

生日晚会

作者：哈罗德·品特

类型：戏剧

一、作者简介

哈罗德·品特（Harold Pinter，1930—2008），英国剧作家及戏剧导演，是英国荒诞派戏剧的代表人物，其作品涵盖舞台剧、广播、电视及电影等。品特在哈克尼文法学校就读期间开始接触文学与戏剧。1960 年，剧作《看门人》首演获得巨大成功并于同年获得《晚间新闻报》戏剧奖，品特开始在剧坛声名鹊起。1966 年，品特被授予大英帝国荣誉勋章。1973 年，品特成为国立皇家剧院副导演。1995 年，品特获大卫科恩奖；2002 年品特获得英国名誉勋位，并于 2007 年获法国荣誉军团勋章。品特的作品可大致分为三个阶段：早期经典的“威胁喜剧”，代表作有《生日晚会》《送菜升降机》《看门人》等；中期着力于对家庭和婚姻伦理的深入探讨，代表作有《一夜外出》《情人》等，和以时间为主题的“记忆的戏剧”，如

《风景》《无人之境》等；后期作品带有强烈的政治倾向，如《山脉语言》《归于尘土》等。2005 年品特因“在剧作中揭示出隐藏在日常闲谈之下的危机，强行进入受压抑的封闭空间”获得诺贝尔文学奖。

二、作品简析

品特戏剧的威胁性与喜剧性都与其独特的语言风格有关。他无疑是一位优秀的“语言裁缝”，善于将日常生活中直白平淡的语言通过巧妙的裁剪和拼贴制成戏剧的华服。他短小精悍的语言产生的留白效果带来巨大的解读和想象空间，因此他的戏剧也被冠以“语言剧”（Language Play）的标签。品特认为自己的戏剧是真实的但绝非现实主义的。他打破了现实主义的秩序，建构了一个个含混的、动荡的、充满不确定性的世界，但这个世界是建立在绝对的真实生活之上的。他的真实细腻的戏剧语言虽非常接近现实生活中普通人的用语，但因独特的排列方式而充满矛盾的张力。他颠覆了传统戏剧语言准确与清晰的规范，迫使观众面对语言中的各种停顿、重复和混乱。如同诺贝尔文学奖颁奖词对品特戏剧的评价：“品特让戏剧回归到它最基本的元素：一个封闭的空间和不可预知的对话。人们在对话中受到彼此的控制，一切矫饰土崩瓦解。只需要很简单的情节，剧情就从权力之争和捉迷藏式的对话中逐级展开。”

《生日晚会》是品特“威胁喜剧”及“语言剧”的代表作之一。《生日晚会》讲述了一个典型的荒诞故事：六十多岁的梅格和丈夫彼梯在海边开了一家经营惨淡的家庭旅馆，他们唯一的房客就是自称是“斯坦利”的中年人。斯坦利身份神秘，而梅格怀着母亲与情人的双重情感对斯坦利照顾有加。一天，新房客戈德伯格和麦卡恩的到来打破了他们平静的生活。两位新房客带着目的缠上了斯坦利，并提议为他举办一场生日晚会。在这场奇怪的生日晚会上，他们对斯坦利进行了如逼供一般的问话，最终导致斯坦利失去正常的语言表达能力。第二天，他们借由治疗的名义将斯坦利带走。在《生日晚会》中，言语的个体受制于庞大的语言网络：人是被言说的对象，试图在混乱的语言中一次次建构自我的身份。

“重复”作为品特戏剧里经常使用的一种手法，无论发出者是主动还是被动，它实质上都体现了外部力量对人的胁迫。在《生日晚会》里，重复式回答更多地体现了回答者对问题的逃避。回答者的答非所问制造了对话的死循环：表面上对话仍在进行，但实际对话的意义早已终止，真相依然遥遥无期。回答者仿佛在与发起者捉迷藏：

斯坦利：来点茶怎么样？

梅格：你想要茶？说个请字。

斯坦利：请。

梅格：先说对不起。

斯坦利：先说对不起。

梅格：不，就说对不起。

斯坦利：就说对不起！

这段话体现了梅格和斯坦利的暗中权力较量。梅格对斯坦利的关心到了无微不至的程度，在她的眼里，斯坦利就像一个孩子般需要呵护，同时她也对斯坦利有着情人般的依赖和要求。在表面上看，似乎是梅格在处处讨好斯坦利，但实际上斯坦利在这段关系上处于下风。梅格在呵护关心他的同时，也在以一个长辈的身份向他施威，将自身凌驾于斯坦利之上，像老师一样对他进行教化。梅格和斯坦利的这段对话正如母亲在教训孩子如何遵守社会规范，利用社会准则压抑他的个性，企图将这个不听话的“孩子”驯化成符合礼仪的、温顺的社会人，成为没有自己思考，被他者权力完全压制的容器。梅格和斯坦利的形象超越了剧中展现的母与子，更可引申为社会秩序规范对异端的压制。而斯坦利巧妙运用重复规避了梅格的控制，消解了梅格在话语中建立的等级秩序。这种答非所问也制造了滑稽的对话效果，并且语言重复变为机械的动作。语言仅仅作为语言本身存在，失去了它要传递其背后隐喻的意义。这样的重复构筑了一座语词的迷宫，使人物在其中逐渐迷失自我。

理解语言与权力的暴力合谋是深入剖析这部戏剧本质的有效途径。人是语言的存在，却不是语言的主宰。

在品特的戏剧中，人物对话的每一处停顿与沉默都有特定的作用，也蕴含巨大的能量，达到了意味深长的效果。停顿和沉默是品特戏剧的又一特色：惜字如金的品特从不吝啬于剧中停顿的设置。停顿和沉默代表一种短暂的终结，人物复杂的心理考量在无声对白中尽现。

在最开始面对戈德伯格和麦卡恩两位不速之客的到来时，斯坦利在对话中有两次停顿：

戈德伯格：请他坐下。
麦卡恩：是，纳特。请你坐下好吗？
斯坦利：不，不好。
麦卡恩：是吗，可——你最好还是坐下。
斯坦利：你为什么不坐下？
麦卡恩：不，我不坐——你坐。
斯坦利：不，谢谢（停顿）。
……
麦卡恩：（对斯坦利）坐下。
斯坦利：为什么？
麦卡恩：你会舒服一点。
斯坦利：你也应该是吧。（停顿）
麦卡恩：好吧，如果你坐，我也坐下。

从这时开始，戈德伯格与麦卡恩已经进入了审问斯坦利的准备。斯坦利显然意识到了这一点，所以他开始采取自我防备的策略。在毫无意义的互相要求对方坐下的推拉战中，斯坦利渐渐开始处于下风。他也意识到，一旦顺从，结局就是完全被掌控。面对麦卡恩的要求，斯坦利一开始是明确拒绝的："不，不好。"且反问他："你为什么不坐下？"麦卡恩回避了他的提问，并依然态度坚决地请他坐下——这个时候斯坦利已经隐隐感觉到了被威胁的压迫感，所以在再一次拒绝后说了"谢谢"进行斡旋，而这时候的停顿已经暴露了他内心的恐慌。对话双方开始进入僵持阶段。这个停顿充分展现了气氛渐趋紧张的态势。而第二个停顿则是将这种僵持推向了极致。这时候斯坦利的停顿已经充分展现出了不配合的态度。在双方尴尬的对峙中，麦卡恩终于松口："好吧，如果你坐，我也坐下。"这种看似妥协的态度实则是一种策略的变换：引诱斯坦利上钩——从强势要求变成以退为进，从而打消斯坦利高度的戒备心理。如果斯坦利接受，或许审问会温和地开始。然而斯坦利依旧选择拒绝，这直接导致两次停顿中蓄积的恐怖能量的爆发：失去耐心的戈德伯格和麦卡恩终于开始对斯坦利施行语言暴力。

戈德博格与麦卡恩的强迫性重复与密集发问是一种典型的权力威胁方式。连环发问具有极强的进攻性与侵犯性，这直接导致了斯坦利心理防线的全面崩溃。问答的交流方式本就易制造心理恐慌，若再辅以明确进入他人生活的企图则会更具有强大的破坏力量。

戈德伯格和斯坦利的对话虽然简洁，但蕴含丰富的信息量。审问开始，戈德伯格从"昨天你干了什么？"到"你为什么离开了组织?"，再到"为什么小鸡要过马路?"，对斯坦利进行了一系列不容拒绝的强势发问。这些问题看似毫无逻辑、天马行空，但这种用零乱无逻辑的对话营造出剑拔弩张的紧张氛围，以至于接受审问的斯坦利从最开始的拒绝沟通，到最后无法回答直至崩溃。戈德伯格和麦卡恩用荒诞的话语捏造出莫须有的罪行强加给斯坦利，这样做是为了让斯坦利产生负罪感且一并剥夺他说话的权利。

戈德伯格屡次质问斯坦利："小鸡为什么要过马路?"这个问题看似十分荒谬，但通过他不容置喙的语气一再逼问，斯坦利就轻易掉入了恐慌的陷阱。斯坦利从试图回避使用语言回答到完全语无伦次只会机械重复，意味着他被戈德伯格的问题完全控制，迷失在权力胁迫下的语言陷阱里。一开始明确与语言操控对抗的斯坦利最终只能选择自行破坏语言系统，背离语言代表的社会秩序，变得疯疯癫癫。同时他也被秩序淘汰，成为任由他人处置的傀儡。这才使得戈德伯格最后能顺利将斯坦利带回组织接受惩罚。品特这样设置的用意在于告诉人们，语言的实质就是这般混乱和暴力。与权力结合的语言，有着将所有试图逃离其控制的人卷入漩涡中的巨大能量。许多社会法则也是如此，本身毫无道理却要求个体都臣服于它。

传统的戏剧通常倾向于文学式的优美表达，尽可能规避日常语言的漏洞和错误。品特的戏剧却反其道而行之，它试图跳脱语言陷阱，旨在通过少而精的语言表达尽量丰富的意义。剧中人物缺乏合理逻辑与动机的行为、闹剧式的矛盾冲突、支离破碎的语言激荡起令人不安的带有攻击性同时也不乏幽默滑稽色彩的喜剧效果，使品特戏剧拥有了独特的风格和深刻的意蕴。

三、作者自白

在我的剧作《生日晚会》中，我想我是让所有的选择都在一座可能性的茂密森林里自由行动，直至最后才集中于一个征服行为。

——［英］哈罗德·品特：《艺术、真相与政治》，载华明译：《归于尘土》，译林出版社 2010 年版，第 4 页。

在真实与假想之间没有明确的区别，在真实与虚假之间也没有。一件事物并不必然不是真的就是假的；它可以既是真的又是假的。

——［英］哈罗德·品特：《为戏剧而写作》，载华明译：《归于尘土》，译林出版社 2010 年版，第 321 页。

四、名家点评

在所有荒诞派戏剧大师中，品特是独具代表性的先锋派和传统因素的结合。他的想象世界是一个处于卡夫卡、乔伊斯和贝克特阴影下的诗人的世界。但是他把这种幻象变为一种具有精确选择时机和技巧和格言警句智慧的戏剧实践，而这种格言警句智慧是与康格里夫到王尔德和诺埃尔·考沃德等英国轻喜剧大师们一脉相传的。

——［英］马丁·艾斯林，华明译：《荒诞派戏剧》，河北教育出版社 2003 年版，第 178 页。

实际上，没有人能说清剧中发生的一切到底是怎么回事，也没人能说清闯入者戈德伯格和麦卡恩从何而来，为何斯坦利如此害怕他们。然而，这就是这部戏最大的特点。正是这种说不清、道不明的特点让人毛骨悚然。

——Harold Hobson. The Screw Turns Again. Review of the Birthday Party, Sunday Times, 1958.

五、研讨平台

1. 研讨题目：文学中的荒诞

提示：“荒诞”在《辞海》中的解释是“虚妄不可信”，它从音乐术语演变而来，意味着“失去和谐”。自20世纪中叶以来，荒诞派戏剧以其反理性、反现实的特征备受关注。它用叛逆的方式呈现作品，其中常出现的元素有神经质的人格、散漫无逻辑的台词、诡异的舞台布景、没有明显故事特征的剧情等。荒诞派戏剧以这些艺术手法被冠以“反传统”“反戏剧”之名，形成其独树一帜的艺术风格。荒诞派的作品集中呈现了世界对人类的敌意以及对人类毫无存在的真正价值的失落感。荒诞派戏剧的出现反映了战争和死亡带给人类的心灵创伤以及资本主义社会的冷漠自私。

2. 关于“文学中的荒诞”的重要观点：

荒诞派戏剧不再争辩人类状态的荒诞性；它仅仅是呈现它的存在——也就是说，以具体的舞台形象加以呈现。

——［英］马丁·艾斯林，华明译：《荒诞派戏剧》，河北教育出版社2003年版，第9页。

荒诞剧派是对某些存在主义和存在主义后时代哲学概念的艺术吸收。这些概念主要涉及人在一个毫无意义的世界里试图为其毫无意义的存在找出意义的努力。这世界之所以毫无意义，是因为人为了自己的“幻想”而建立起来的道德、宗教、政治和社会的种种结构都已经崩溃了。

——［美］爱德华·阿尔比，袁鹤年译：《哪家剧派是荒诞剧派?》，载《外国文学》1981年第1期。

六、文献目录

［1］Brown John Russell. Theatre Language：A Study of Arden，Osborne，Pinter and Wesker. Taplinger Publishing Company，1972.

［2］Martin Esslin. Pinter the Playwright. Methuen，2006.

［3］蔡芳钿：《哈罗德·品特的戏剧艺术》，中国人民大学出版社2016年版。

［4］陈红薇：《战后英国戏剧中的哈罗德·品特》，对外经济贸易大学出版社2007年版。

［5］［英］哈罗德·品特，华明译：《送菜升降机》，译林出版社2010年版。

［6］［英］哈罗德·品特，华明译：《归于尘土》，译林出版社2013年版。

［7］华明：《品特研究》，商务印书馆2014年版。

［8］［英］马丁·艾斯林，华明译：《荒诞派戏剧》，河北教育出版社2003年版。

［9］齐欣：《品特戏剧中的悲剧精神》，天津人民出版社2009年版。

［10］［美］威廉·巴克尔，任蕾蕾、孟国锋译：《哈罗德·品特传》，江苏人民出版社2017年版。

（刘芷懿）

金色笔记

作者：多丽丝·莱辛

类型：小说

一、作者简介

多丽丝·莱辛（Doris Lessing，1919—2013），出生于伊朗的一个英国家庭，5岁时随家人移居到南罗德西亚。在经历了两次破碎的婚姻后，莱辛与自己的小儿子定居伦敦。19世纪文学大师的作品治愈了莱辛的灵魂，同时也为莱辛的文学创作打下了坚实的基础。因为在非洲殖民地的经历，莱辛早期非常痛恨殖民主义，并开始热衷于共产主义事业。2007年，莱辛成为诺贝尔文学奖迄今为止最为年长的获奖者。瑞典文学院在颁奖词中称莱辛是“女性经验的史诗作者，以其怀疑的态度、激情和远见，对一个分裂的文明作了详尽细致的考察”。莱辛的小说题材和主题变化多端，涉及了殖民主义、现代女性困境、环境保护主义、神秘主义等等。除了最具代表性的《金色笔记》外，她的长篇小说代表作有《裂缝》《又来了，爱情》《暴力的孩子们》等，科幻小说代表作有《什卡斯塔》《第三、四、五区域间的联姻》《天狼星试验》《八号行星代表的产生》等，短篇小说代表作有《非洲故事集之一：这是老酋长的国度》《短篇小说五篇》《非洲故事集之二：阳光洒在他们脚下》以及散文集《回家》《风儿吹走了我们的话》等。此外，莱辛还创作了大量的诗歌、剧本、文论等作品。

二、作品简析

人应该如何认识自己，如何认识自己所处的这个世界，在历史的洪流中又如何去看待个人与集体之间纠缠不清的关系，等等，这些问题从古希腊时期以来就困扰着人们。我们从莎士比亚、弥尔顿、乔伊斯、卡夫卡等伟大作家的作品中看到了他们精妙的回答。作为一个优秀的“竞争者”，莱辛也给出了自己的答案，并获得了伟大声誉。在《金色笔记》这部小说里，她将个人与社会、理想与现实、混乱与秩序、人的本质与存在等冲突和问题通通整合放置于文本中，让各种形式的对话得以并列进行。

在《金色笔记》里，莱辛雄心勃勃地将20世纪中期整个世界的风貌为读者勾画出来，涵括麦卡锡主义、斯大林执政时期、赫鲁晓夫领导时期、朝鲜战争时期英法对埃及的侵略等。除此之外，读者惊喜地发现作者还试图一并展现这个混乱时代的道德风貌。这种宏大的叙述背景以主人公安娜的个人经历为针线拼接出来，从她的非洲经历、加入和退出英国共产党、情感问题、写作障碍到精神崩溃，这些私人经历与波澜壮阔的历史潮流混杂在一起，共同创造了一个缤纷斑驳、分崩离析的世界。为了建构这个文学新世界，莱辛选择突破和颠覆传统文学的形式，小说情节不再连贯完整，仿佛胡乱拼凑在一起。但在这混乱无序的背后，却是作者的精心营构。莱辛曾经表示“本书的关键就在于各部分之间的关系”。形式和内容这两个文学的基本要素的位置在这部书中似乎发生了变化，莱辛这位极具创新意识的作家大胆地选择让内容服务于形式，而小说的结构将直接承担揭示主题的重要作用。她特别强调《金色笔记》这部书是自己为自己作注，它将“通过自己的结构方式来说话”。

小说由《自由女性》为题的故事和5本笔记构成。莱辛有意将整个故事分割成5个部分，其中前四部分以《自由女性》为首，然后依次按顺序插入黑色、红色、黄色、蓝色笔记。金色笔记出现在第四部分与第五部分中间，最后一部分又以《自由女性》作为结尾。其中黑色笔记记录了安娜的作家生活和相关思考，红色笔记记录了她的政治生活，黄色笔记通过安娜创作的《第三者的影子》折射了她的情感生活，而蓝色笔记则记录了安娜的精神生活。这样费尽心思的布局在读者看来似乎有些杂乱仓促，但是这正是莱辛的着力点。她意图用这种“杂乱”来对应外部世界的四分五裂以及这个时代氛围下人的精神上的错乱与分裂。安娜试图在分裂矛盾的生活中找到一条和谐有序的道路。有意思的是，这四本笔记便是她协调各方面而所作出的努力。

作为总结性的金色笔记是安娜精神分裂后记录下的日记，带着一种哲理性的思考。它也代表了安娜决心建立新理性、新秩序的起点。其中大致描述了安娜与美国作家索尔·格林相遇后的一些故事。《自由女性》则讲述了安娜与阔别一年的好友摩莉的生活与事业，以及发生在她们周围的故事。关于《自由女性》在全书所起的作用及意义一直以来众说纷纭。我们注意到在安娜克服写作障碍以后，她与索尔约定互相给对方的小说写下第一句话。细心的读者会发现安娜写下的这句话是“两个女人独自住在伦敦一座公寓里”，这句话正是第一部分《自由女性》开头的第一句话。而这里也帮助我们厘清了其中的关系，很明显，《自由女性》便是安娜治愈写作障碍后写下的。莱辛在这里完成了小说的首尾呼应。同时我们发现《自由女性》里面关于自由、两性等问题的探讨与其他笔记形成平行、对话的关系。在文章的最后安娜准备前往婚姻中心工作，为那些婚姻出了问题的人提供建议。摩莉也决定结束独居生活，准备与一位犹太商人开始一段新的婚姻。莱辛将它放在小说的末尾，从某种意义上回应了安娜从分裂走向整合的变化。

整部小说最为关键的主题便是“分裂与整合”。“二战”以后西方社会伤痕累累，衰微破败，仿佛艾略特《荒原》中“缥缈的城”。这样的时代背景也深深地影响了人们的精神世界，近千年的西方价值观念体系遭受到了前所未有的冲击。人们对外在的世界感到绝望与茫然，想要获得拯救却不可得。在这样的时代氛围下，虽然安娜试图保持自己精神的健全与人格的完整，但常常无法抵御现实生活中的混乱与冲突、空洞与平庸。她在日记里记录了对这个社会的失望感，外部世界的各种血腥战争，个人婚姻的失败和创作的疲软，这一切都让安娜感觉无力。尽管如此，安娜始终怀着满腔热情去探索人的本质和本性问题。她曾认为寻求人生的真谛在于为人类的共同幸福而奋斗，因此在接触到英国共产党后她欣然加入了英国共产党反剥削、反压迫的革命事业中，决定以共产主义理想去对抗社会的种种不如意。可政治生活并没有使安娜的人生充盈，她反而觉得更加空虚无聊，甚至开始怀疑社会环境与人两者的必然关系。安娜为了寻找人性的终极答案殚精竭虑，找不到人生的出路和方向让她异常苦闷，比如她在翻读自己的日记时就常常感到一片空虚和焦虑，陷入迷惘和苦恼之中。那些文字“像无边黑暗中跳动的脉搏”，“犹如毛虫硬挤出的带状分泌物，在空气中逐渐硬化”，它们通通“变得全无意义”。在经过漫长的自我对抗和自我反思后，安娜逐渐意识到人性的多元性、矛盾性、复杂性和分裂性，试图对其进行明确的界定和阐释是不可能的。正如索尔告诉安娜的那样，“亲爱的安娜，我们并非如我们想象的那样是失败者，我们终其一生地努力着，使人们不至于像我们那么愚笨，让其接受伟人们早已懂得的真理，你和我，我们将穷极一生地用尽我们全部力量将那块圆石往上推进哪怕一英尺”。因此当她在经历过迷惘与混乱之后，便选择又回到现实中来重新进行创作，将自身对人性的答案融注进小说中。到这里，安娜也完成了“自我医治，释放自我矛盾，消除分裂的过程”，最终走向了心灵的整合。需要注意到的是，《金色笔记》绝不仅仅是莱辛个人意识和经验的直白，因为作者坦言自己始终是充满着理智和道德的热情去创作这一本“非个人性”的小说。她将战后一代个人私密的心灵体验与复杂、深刻、宏大的社会问题结合在一起，描绘了安娜们认识自己、认知世界与人生的过程。

哈罗德·布鲁姆在谈到文学作品的经典性时曾坦言：“一部文学作品能够赢得经典地位的原创性标志是某种陌生性，这种特性要么不可能完全被我们同化，要么有可能成为一种既定的习性而使我们熟视无睹。”① 莱辛毫无疑问就是第一种可能性的例子。《金色笔记》是她对于传统写作方式的一场反叛与

① ［英］哈罗德·布鲁姆，江宁康译：《西方正典》，译林出版社 2005 年版，第 3 页。

挑战，而她选择了用独特的结构去实现宏大叙事的伟大革新，表达了她对人和人的本性的独特思考。《金色笔记》前三个部分作者主要使用现实主义手法进行创作，而第四、五部分则主要使用现代主义手法进行创作。尽管莱辛赞美现实主义作家们的人道主义情怀，但她对现实主义创作方法依然无法苟同。她认为这类小说流于俗套，大多只是将社会生活简单化、碎片化和片面化，现实和个体本身的丰富复杂性则在叙述中被遮蔽了。安娜的第一部小说《战争边缘》和《金色笔记》中的“黑色笔记”都是现实主义小说在莱辛这里的“再写”，而安娜对于这本小说的失望其实暗指了莱辛对这类小说的不满。现代主义小说虽然呈现了丰富的精神世界，但莱辛认为这类小说以解剖的方式割裂了个体与外部生活之间的联系，最后导致小说与社会真实相距甚远。安娜创作的第二部小说《第三者的影子》以细腻的笔触描述了爱拉丰富复杂的情感经历，是一部不折不扣的现代主义小说。然而小说完成后，安娜依旧不满于自己对爱拉内在情感和社会生活的割裂式处理。莱辛在这里其实也是借安娜之口表明了自己对现代主义小说的失望，她认为这类小说虽然为读者呈现了丰富的精神世界，但代价是分裂了个体与客观物质活动之间的联系，最后导致了小说与生活真实相距甚远。莱辛在深刻反思了现实主义小说和现代主义小说的题材内容、主题思想以及思维方法后，确认了自己将要在此基础上创立一种新小说写作模式。所以在小说的第六部分“金色笔记”里，莱辛创造性地使用并列多维方法来进行写作。她跳脱了现实主义小说将关注重心放在外部生活、现代主义小说将关注重心放在内部生活的单一思维，对生活进行了广泛而深刻的动态展示，重点揭示了人性中的丰富性和开放性。因此我们在莱辛的《金色笔记》里看到的不是传统小说中的叙述模式，甚至以往我们在其他小说中习惯的连贯情节也变得支离破碎。尽管这对于部分读者来说似乎有些难以卒读，但是我们不能否认莱辛隐藏在文字中的感化和浸染能力。

三、作者自白

如果你注意这本小说的结构，就会发现那是一个消亡的过程。所有的事情都变得支离破碎。故事以她的精神崩溃宣告结束，你知道那种崩溃，彻底的精神崩溃。……我总在以各种各样的方式不断调整我的思想。……我经历了一战和二战，因为我觉得我的同龄人也有同样的经历。你知道，活到我这把年龄的人已经不多了。那些经历积压在我心中，我必须把它写出来。……《金色笔记》仍然会很受欢迎，因为它很好地记录了那个时代，我想不出更好的东西了。今天的人们不可能写出《金色笔记》了，因为那个时代已经过去。

——焦小婷、赵琳娅编译：《心灵的对话·2007 年诺贝尔文学奖得主多丽丝·莱辛访谈录》，河南大学出版社 2014 年版，第 196~199 页。

最让我感兴趣的就是我们的思想究竟是如何变化的，以及我们感知现实的方式又是如何发生变化的。

—— Doris Lessing. The Small Personal Voice. Paul Schluetered. A Small Personal Voice. Alfred A. Knopf，1974：66.

四、名家点评

多丽丝·莱辛的创作一直致力于对社会与人生的关注，其具有开放性、流动性的创作风格和她的生活经历、生命感受以及思想情感是分不开的。因此，要真正认识作家创作的价值、意义和特色，就必须了解她的生活经历和她整个生命的存在方式，把她的小说创作道路和她的人生历程联系起来加以考察。

——冯春园：《多丽丝·莱辛·自传、自传体小说中的身份研究》，南开大学出版社 2017 年版，第 3 页。

《金色笔记》是一部结构严谨但却冗长，几乎是有些笨拙的小说，如果单从美学上来评析它，我们将可能失去这部作品的分量所在。这部小说的力量不在于构成作品叙述的几部笔记的安排，也不在于作品中纯文学写作的质量，而是在于作品中体现出的莱辛女士的广博兴趣，特别是她试图诚实地写作妇女生活的尝试。

——Karl F. R. Doris Lessing in the Sixties：The New Anatomy of Melancholy. Contemporary Literature，1972：15.

在我们仅限于《自由女性》（且不管那五本笔记）讨论问题时，说莱辛是女权主义自我意识的先驱，也是不合适的。莱辛不是什么先驱，更不是极力主张女权主义的斗士，而是一个女权主义的悲观论者。“自由女性”在她笔下只是一个反语。像塞万提斯以模仿骑士文学来否定骑士文学那样，莱辛也是想以标榜女性的自由为幌子来证明女性自由的非现实乃至荒谬。只不过她的行文不像塞万提斯那样辛辣、咄咄逼人，而是更温和、更含蓄罢了。

——陈才宇：《形式也是内容：〈金色笔记〉释读》，载《外国文学评论》1999年第4期。

五、研讨平台

1. 研讨题目：女权主义

提示：《金色笔记》作为多丽丝·莱辛的代表作品，自问世以来便引起众多争议与各式各样的解读。不少评论家和女权运动者认为这部作品“流露出强烈的女性意识和女权主义倾向”，而莱辛认为这种观点是在“贬低”这部作品。她认为自己从来都不是一位积极的女权主义者，甚至于女权运动的基础对于她来说“太意识形态化”。相对于当时整个时代大背景，妇女问题只是其中很小的问题。然而尽管作者反复声明《金色笔记》的主题为“精神崩溃”与“分裂和统一”而非“女权主义”，但不予置否的是小说文本所传达出的女性经验与女性意识，对于当时的女性读者有着重要意义。在当时，这部小说与波伏娃的《第二性》以及贝蒂·弗里丹的《女性奥秘》成为女权主义者的必读书目。

2. 关于“女权主义”的重要观点

为了争取妇女解放和妇女平等（且不云平等是如何界定的），女权主义者认为女性是一个具有集体身份的特殊社会团体，正是这种集体身份构筑了女权斗争的基础。在指出女性的集体身份不同于男性身份的过程中，不管女权主义者如何冒着生育危险，即便采用不同的形式，差异的定义已经使妇女长期处于从属地位了。

——［英］简·弗里德曼，雷艳红译：《女权主义》，吉林人民出版社2007年版，第14~15页。

在妇女这片疆域内没有任何东西可以纳入理论，没有任何科学可以对之作任何解释。人只能说，写作可以吟唱它，可以与之游戏，却不能讲述它或将它理论化。坚持以话语来把握这片疆域无异于妥协于理论的简单化。当人们同你谈起妇女时，你必须回应，像回答一份起诉那样回应。我总是以对自己危害最小的方式回应，始终知道也承认与这一切伴随而来的是永恒性、不可定义性、无限性的丧失。

——［法］埃莱娜·西苏：《从潜意识场景到历史场景》，载张京媛主编：《当代女性主义文学批评》，北京大学出版社1992年版，第227~228页。

六、文献目录

［1］Stephen Gray，Doris Lessing. An Interview with Doris Lessing. Research in African Literatures. Special Focus on Southern Africa，1986（3）.

［2］陈才宇：《形式也是内容：〈金色笔记〉释读》，载《外国文学评论》

1999 年第 4 期。
[3] [英] 多丽丝・莱辛，陈才宇、刘新民译：《金色笔记》，译林出版社 2000 年版。
[4] 胡勤：《审视分裂的文明 多丽丝・莱辛小说艺术研究》，广西师范大学出版社 2012 年版。
[5] 焦小婷、赵琳娅编译：《心灵的对话・2007 年诺贝尔文学奖得主多丽丝・莱辛访谈录》，河南大学出版社 2014 年版。
[6] 姜仁凤：《空间与自我——多丽丝・莱辛小说研究（英文版）》，上海交通大学出版社 2017 年版。
[7] 姜红：《〈金色笔记〉中〈自由女性〉与笔记之间的对话与认知》，载《外国文学》2009 年第 6 期。
[8] 刘雪岚：《分裂与整合——试论〈金色笔记〉的主题与结构》，载《当代外国文学》1998 年第 2 期。
[9] 薛华：《"女权主义"还是"精神崩溃"？——〈金色笔记〉主题探析》，载《复旦外国语言文学论丛》2008 年第 2 期。
[10] 肖锦龙：《拷问人性——再论〈金色笔记〉的主题》，载《外国文学研究》2012 年第 2 期。
[11] 肖锦龙：《从莱辛的〈金色笔记〉看她的小说创作理念》，载《国外文学》2011 年第 3 期。
[12] 张金泉：《语言美与修辞：多丽丝・莱辛部分作品的修辞效果赏析》，中国社会科学出版社 2013 年版。

（朱钰婷）

诉讼笔录

作者：勒克莱齐奥

类型：小说

一、作者简介

让-马里·居斯塔夫·勒克莱齐奥（Jean Marie Gustave Le Clézio，1940— ），法国著名作家。勒克莱齐奥出生于法国海滨城市尼斯，但其童年为躲避战乱而在山间村庄度过。1947年，年仅8岁的勒克莱齐奥随母亲前往非洲尼日利亚探望具有英国国籍且时为英国军队战时医生的父亲，并在这次旅途中开始其最初的写作。1949年，勒克莱齐奥返回尼斯，一直生活至高中毕业。1957年，勒克莱齐奥前往英国布里斯托尔大学学习英语，但不久后又返回尼斯，在当地一个文学院学习。1963年，勒克莱齐奥获文学学士学位，同时出版其小说处女作《诉讼笔录》。《诉讼笔录》被当时的评论界奉为媲美加缪的《局外人》之作，并因此荣获法国勒诺多文学奖。之后，勒克莱齐奥又在法国埃克斯·普罗旺斯文学院和佩尔皮尼昂的美洲研究所攻读硕士学位和博士学位。自硕士毕业后开始，勒克莱齐奥曾在泰国、墨西哥等地服兵役，又曾在美国、墨西哥、韩国等地任教，其足迹几乎便及世界各地。迄今为止，勒克莱齐奥已出版50余部作品。其中，小说作品除《诉讼笔录》外，还有中长篇小说《战争》《沙漠》《乌拉尼亚》以及短篇小说集《发烧》《飙车》《燃烧的心》等。此外，勒克莱齐奥还著有散文集《物质的沉迷》《瞳孔扩大》等。除法国勒诺多文学奖外，勒克莱齐奥还曾斩获法兰西学院保尔·莫朗文学奖、罗曼文学拉丁联合会国际奖、摩纳哥大公国文学奖等众多文学大奖，并于2008年获得诺贝尔文学奖。

二、作品简析

或许是因为生活足迹几乎遍及世界各地，勒克莱齐奥常常选择漂泊母题来演绎其小说，以至于他的小说往往充满“逃离”“流浪”“出走”之类的字眼或事件。勒克莱齐奥所叙写过的漂泊多种多样，这其中既有漂泊主体迫于当下无法解决的困境而被逼无奈地逃离当下情境的无奈出逃式漂泊，也有漂泊主体并不面临当下无法解决的困境而自由自主地展开的漫无目的的自我放逐式漂泊或目的明确的主动找寻式漂泊，等等。长篇小说《诉讼笔录》是勒克莱齐奥的成名作和代表作，而它恰恰就以漂泊为母题，叙写主人公亚当·波洛的自我放逐式漂泊。

在自我放逐式漂泊中，漂泊主体并不面临当下无法解决的困境——至少在客观上是如此，所以自我放逐式漂泊不具漂泊被迫性而富于漂泊自主性。人的行为——尤指由人所特有的意识所指导的行为一般都有其目的指向，但自我放逐式漂泊的目的大多限于精神意义而显得颇为抽象，以至于从客观的角度看去，自我放逐式漂泊俨然缺乏漂泊目的。因此可以说，自我放逐式漂泊富于漂泊自主性却缺乏漂泊目的性。自我放逐式漂泊以漂泊主体的形骸流浪为表现形式，但更彰显漂泊主体的精神流浪。甚至可以说，自我放逐式漂泊根本就是漂泊主体以放浪形骸的形式放浪精神。作为漂泊主体，亚当就完全是一个放浪形骸且又具有放浪精神的人，因为他不仅经常在大街小巷中毫无目的般地东游西荡，甚至还做出模仿狗的动作并尾随狗的行踪之类的奇异举动。在客观上，并没有那种当下无法解决的困境迫使亚当漂泊，但他终究还是自主地选择了放逐自己。在主观上，亚当的自我放逐式漂泊可能在追寻某种精神，但他事实上又并不真正地明白自己的漂泊目的所在。所以，亚当的漂泊是典型的自我放逐式漂泊。

其实，自我放逐式漂泊在客观上的真正的漂泊动因是稳健状态失态。稳健状态失态一般奠基于两重意义，一是人以外的外在社会现实的失态直接危及人的客观生存，二是人在感知外在社会现实的失态后所引起的自身内在心理状态的失态，而后者即是引发自我放逐式漂泊的真正动因之所在。在《诉讼笔录》中，亚当感知到了外在社会现实的失态："天空仿佛时刻就要堕落，朝我们头上砸来"，"地面在溶化，沸腾"，"大海开始扩展，吞噬了灰蒙蒙的狭窄海滨，接着上涨，向山丘发起攻击"，甚至"连人也变得充满敌意，残忍不堪"。且不说亚当所感知到的外在社会现实的失态未必就是客观事实，而就算这些感知到的内容是客观事实，也并没有直接地危及亚当的客观生存。然而，亚当随即产生自身内在心理状态的失态，并因此而做出一系列奇异的举动。一般而言，自身内在心理状态的失态不会直接地危及人的客观生存，但会间接地引起人的精神困惑。精神困惑往往会导致漂泊主体表现出两种截然相反的思想和行为，即沉沦或反抗。但在勒克莱齐奥所叙写的自我放逐式漂泊中，漂泊主体往往都是沉沦者，而亚当也不例外。他一如忧天之杞人，又如预言之先知，一厢情愿地认为自己所生存的世界已经被人类糟蹋得面目全非而随时都会危及人类的生存。为此，亚当焦虑不已并试图警醒世人。但是，他最终选择了放逐自己而并没有为改变世界贡献自己的心力，甚至还做出虐杀小白鼠之类的不可思议的暴行。所以，亚当实际上已放弃整个世界而成为一名自我放逐的沉沦者。

勒克莱齐奥叙写漂泊的小说一般都隐含着对异托邦的建构，而《诉讼笔录》也是如此。身为异托邦理论的创始人，法国哲学家米歇尔·福柯（Michel Foucault，1926—1984）曾评价《诉讼笔录》激烈反抗西方现代文明而为西方社会敲响警钟。福柯的评价其实基于他那关注边缘存在、维护边缘空间并反思现代文明的异托邦理论，而《诉讼笔录》就是探寻现代文明中的边缘人性之作。

从福柯的异托邦理论的角度看去，自我放逐式漂泊中的漂泊主体都是游离于主流空间和主流存在之外且生活于边缘空间的边缘存在，而勒克莱齐奥为这类边缘存在所建构的边缘空间则是与危机异托邦有所关联却又有所不同的偏离异托邦。在福柯的异托邦理论中，危机异托邦是最原始也最基本的异托邦形式，指涉身体羸弱且身处危机状态的边缘存在（如青春期男女、经期妇女、老年人等）所生活的特殊空间，因此危机异托邦具有浓厚的忧患色彩甚或灾难色彩。至于偏离异托邦，则是危机异托邦在现代文明社会的移置，指涉偏离甚或违背规训（主流存在制定的社会规范）的边缘存在被主流存在所安置甚或禁闭的惩罚性空间。偏离异托邦显然也具有危机性，但更强调同主流空间的疏离性。从主流存在的眼光看去，如果说危机异托邦中的边缘存在还是精神正常者的话，那么偏离异托邦中的边缘存在则都是精神异常者(不仅限于医学意义)。监狱是典型的违背规训者的偏离异托邦，而精神病院则是典型的偏离规训者的偏离异托邦。不过，在叙写包括《诉讼笔录》在内的自我放逐式漂泊的作品中，勒克莱齐奥所建构的偏离异托邦往往都是精神病院式偏离异托邦。

勒克莱齐奥所叙写的自我放逐式漂泊中的漂泊主体，即边缘存在，虽是思想异常者却非医学意义上的精神病患者。亚当就不仅思维清晰、逻辑严密，而且富有长远见识和深邃思想。然而，亚当又是一名不折不扣的思想异常者，因为他的思想不仅异于主流存在的思想，而且超越主流存在的认知。可想而知，无论亚当异常的思想多么深邃而正确，都绝不会被主流存在所认同和接受。异常的思想往往会导致异常的行为，而亚当就做出了一系列在主流存在看来极为奇异的举动。也正因如此，亚当终究还是被主流存在视为精神病患者而被强行送进精神病院。自我放逐式漂泊中的漂泊主体一般都是主动边缘化，而亚当就以其异常的思想和行为自绝于主流存在，之后才遭到主流存在的排斥而被彻底边缘化。作为精神病院式偏离异托邦中的边缘存在，自我放逐式漂泊中的漂泊主体除了思想和行为异于常人外，还往往具有身份待定的特点。在《诉讼笔录》正文前，勒克莱齐奥曾撰文指出亚当是个不知道从军营还是精神病院出来的男子。不过，亚当的身份待定并不只是指小说没有明确交代身份，而更主要的是指亚当自己无法明确其个人身份及社会身份。事实上，身份是规训的内涵之一，而身份待定显然又是偏离甚或违背规训的表现之一。所以身份待定者既会被主流存在所排斥而被动边缘化，又会被自我存在所困扰而主动边缘化。

异常的思想、行为以及自我存在的压抑就是亚当自身内在心理状态失态的直接表现之一，也是他沦落偏离异托邦——尤其是精神病院式偏离异托邦的直接原因之一。福柯阐发的偏离异托邦揭示并质疑现代文明社会中的规训与惩罚，而《诉讼笔录》中的精神病院式偏离异托邦则偏重于质疑一端。概而言之，这部小说既通过肯定思想异常的边缘存在的正常来否定思想正常的主流存在的异常，又通过肯定偏离异托邦的合理性来否定主流空间的荒谬。

《诉讼笔录》并不是传统意义上的小说，因其对传统小说的三要素存在着不同程度的解构。整部小说分为“A”至“R”这 18 个部分，且各部分都没有标题。最为重要的是，整部小说的故事情节并不连贯。一方面，18 个部分之间的故事情节不太连贯。另一方面，各部分自身在叙述时也不太连贯，甚至会时不时地插入一些几乎不关涉故事情节的内容，如化学公式、漏页或缺字的手稿、带删除符号的手稿、节目单、广告以及一整份报纸等。显然，《诉讼笔录》并不注重传统小说的故事情节的完整性而有意无意地解构了作为小说三要素之一的情节一项。小说虽然叙写了包括主人公亚当在内的不少人物，但同样包括主人公亚当在内，各个人物的形象都不太典型或鲜明。事实上，《诉讼笔录》根本就不以刻画人物形象为中心而故意解构小说三要素之一的人物一项。此外，《诉讼笔录》还鲜有环境描写。因此，从小说三要素的角度看去，《诉讼笔录》完全迥异于那些注重小说三要素的传统小说。不过，勒克莱齐奥这种独特的写法倒与其在小说中建构精神病院式偏离异托邦若合符契又相得益彰。

三、作者自白

《诉讼笔录》叙述的是一个不甚清楚是从军营还是精神病院出来的男子的故事。因此，我一开始便存心提出了一个微不足道而又抽象的论题。我很不顾忌现实主义（我越来越感到现实并不存在），我希望我的小说被当作纯粹虚构的东西，其唯一的价值就在于在阅读者的脑中引起某种反应（哪怕瞬息即逝）。

——［法］勒·克莱齐奥，许钧译：《诉讼笔录》，安徽文艺出版社 1992 年版，第 3 页。

自打提笔写作开始，是什么滋养了我的创作？回想起来，我发现相较于“幻想”，回忆的比重日增——比起想象，我更愿意说幻想，因为幻想带着幻觉的意味，也可以说有一种妄念。

——［法］勒克莱齐奥，施雪莹译，许钧校：《想象与记忆》，载《外国文学研究》2016 年第 1 期。

四、名家点评

不难看出，亚当·波路所选择、所追求的感觉方式带有明显的针对性，包含着强烈的逆反心理，他的这三种感觉方式的关键与核心，都是对现代文明的摈拒、排斥与否定。

——柳鸣九：《对现代西方文明的极端厌弃》，载［法］勒·克莱齐奥，许钧译：《诉讼笔录》，安徽文艺出版社 1992 年版，第 11 页。

像《诉讼笔录》这部小说，很难用一种形式进行界定。读前几章，看到亚当给米歇尔写的信，读者会以为是部情感小说，在后面，看到医生对亚当的心理分析，又可能会以为是部心理分析小说。你（指勒克莱齐奥）试图去打破各种界限，调动各种可能性，去揭示你想揭示的现实。

——许钧：《勒克莱齐奥的文学创作与思想追踪——访诺贝尔文学奖得主勒克莱齐奥》，载《外国文学研究》2009 年第 2 期。

五、研讨平台

1. 研讨题目：文学中的虚构与想象

提示：虚构与想象是文学创作、文学研究中的常见概念，但人们往往不是将二者等而视之，就是将虚构归入想象。实际上，虚构与想象是两个有所关联却并不等同的概念。虚构的对立面是现实，但虚构的内容既不超出人类认知的范畴，又具有实现的可能性。至于想象，从现象学的角度来说，其对立面不是现实而是感知（即知觉）。同时，想象的内容不管是否超出人类认知的范畴，都不具有实现的可能性。但是，无论是虚构还是想象，他们都奠基于现实。因此，文学文本实际上是现实事物与虚构事物、既定事物与想象事物相纠缠、相混合的产物。

2. 关于“文学中的虚构与想象”的重要观点

现实、虚构与想象之三元合一的关系是文学文本存在的基础。

——［德］沃尔夫冈·伊瑟尔，陈定家、汪正龙等译：《虚构与想象：文学人类学疆界》，吉林人民出版社 2011 年版，第 3 页。

意象的对象只要是被想象的，其存在的类型在本质上也就不同于那种被认为是现实的对象的存在类型。

——［法］让-保罗·萨特，褚朔维译：《想象心理学》，光明日报出版社 1988 年版，第 272 页。

六、文献目录

［1］Jean-Xavier Ridon. Between Here and There：A Displacement in Memory. World Literature Today，1997.

[2] Keith Moser. “Privileged Moments” in the Novels and Short Stories of J. M. G. Le Clézio：His Contemporary Development of a Traditional French Literary Device. Edwin Mellen Press，2008.

[3] Marlies Kronegger，Anna Teresa，Tymieniecka. Life：Differentiation and Harmony-Vegetal，Animal，Human. Kluwer Academic Publishers，1998.

[4] 高方、许钧：《反叛、历险与超越：勒克莱齐奥在中国的理解与阐释》，南京大学出版社 2013 年版。

[5] 路斯琪、高方：《空间隐喻与时空流变——勒克莱齐奥〈诉讼笔录〉评析》，载《当代外国文学》2018 年第 3 期。

[6] [法] 勒克莱齐奥、许钧编，高方、施雪莹、张璐等译：《文学与我们的世界——勒克莱齐奥在华文学演讲录》，译林出版社 2018 年版。

[7] 唐洁：《流浪方舟——论勒克莱齐奥与三毛的流浪书写及流浪精神》，江南大学出版社 2010 年版。

[8] 王雨：Interview avec Jean-Marie Gustave Le Clézio，《法语学习》2009 年第 1 期。

[9] 许钧、[法] 勒克莱齐奥，许钧编，许钧、张璐、施雪莹等译：《文学，是诗意的历险——许钧与勒克莱齐奥对话录》，译林出版社 2018 年版。

[10] 张璐：《身体诗学：勒克莱齐奥作品探微》，中山大学出版社 2018 年版。

（徐旭）

逃　离

作者：门罗

类型：小说

一、作者简介

艾丽丝·门罗（Alice Munro，1931—　），本姓莱德劳（Laidlaw），生于加拿大安大略省休伦县的温厄姆。1949 年，她以优异成绩获得西安大略大学为期两年的奖学金，进入该校学习。在校期间，她与来自中产阶级家庭的詹姆斯·门罗（James Munro）相爱。1951 年，因经济原因，艾丽丝辍学与詹姆斯结婚，改随夫姓门罗。在大学就读期间，她创作了短篇小说《阴影的维度》，显示了其非凡的创作才华。1968 年，随着第一部短篇小说集《快乐影子之舞》的出版，门罗一举成名。门罗先后出版《女孩和女人们的生活》《你以为你是谁?》《爱的进程》《公开的秘密》《好女人的爱情》《恨，友谊，追求，爱情，婚姻》《逃离》《幸福过了头》《亲爱的生活》等 14 部短篇小说集。

门罗在短篇小说创作方面成绩卓越，被美国小说家乔纳森·弗兰岑誉为“当今北美最杰出小说家”。她三次荣获加拿大总督文学奖、两次荣获吉勒奖。她还先后将布克奖、雷短篇小说奖、莱南文学奖、英国 W. H. 史密斯图书奖、美国国家书评奖、英联邦作家奖、欧·亨利奖、加拿大-澳大利亚文学奖等多种奖项收入囊中。2013 年，门罗摘得诺贝尔文学奖桂冠，成为加拿大第一位诺贝尔文学奖得主。

二、作品简析

“逃离”是一个世界性的文化母题，也是一个永恒的文学母题，更是女性文学中一道独特的风景线。夏洛蒂·勃朗特、伊迪丝·华顿、多丽丝·莱辛、安吉拉·卡特、艾丽丝·默多克、托尼·莫里森、艾丽斯·沃克、玛格丽特·阿特伍德、庐隐、杨沫等中外女作家皆涉猎过逃离主题，构建了姿态万千的逃离场景、刻画了形形色色的女性出逃形象。不同国度、不同种族、不同时代女性作家群体对逃离主题的反复吟唱，揭示了这样一种客观事实：只要存在肉体和精神的禁锢，存在对自由的渴求和追寻，女性就永远不会停止和放弃逃离。

门罗对女性逃离的书写并非简单地复制这一恒久的文学和文化母题，而是通过独具匠心的创作理念和艺术境界对其予以深化和拓展。从文本结构来看，门罗的短篇小说集《逃离》是由八个故事组成的“短篇故事合成体”。八个故事独立成篇，具有各自的完整性，但各篇由逃离主题统摄，具有主题的统一性，构成一个有机的整体。对同一叙述主题的鲜明指向构成了作品的主题互文性。而且，《机缘》《不久》《沉寂》这三则故事拥有相同的女主人公，讲述的是朱丽叶在不同年龄阶段的人生遭际，弹奏的是朱丽叶的“人生三部曲”，具有情节和内容上的关联性和互文性。

门罗通过相同主题或相同人物将不同故事串联起来，每个单篇恰似长篇小说中的章节，形成了内容和形式上的完整性和统一性。由此，短篇小说集《逃离》拥有了短篇和长篇的双重属性，即同时具备了长篇小说的整体性、统一性和短篇小说的缀段性、零碎性。更为重要的是，通过这种有机合成，故事单篇与单篇之间具有了显而易见的“外互文性”，囊括多个单篇的“故事合成体”则彰显着丰富的“内互文性”，从而使向心力和离心力并存。多股向心和离心的合力交互作用，因而产生源源不断的张力，进一步深化了作品的内蕴和表现力，升华了作品的美学价值和主题意义。这种具有创新性的文本形式实验是门罗诸多短篇小说集的共同特征。

门罗在凸显短篇小说集《逃离》之主题统一性的同时，也彰显了各篇在表现形式上的殊异性。八个故事在逃离主体、逃离的对象和逃离形态等多个层面并非千篇一律，即便是关于朱丽叶的三部曲，也做到了形态各异。就逃离主体而言，门罗笔下的逃离主体较为丰富，有家庭妇女、旅馆女招待、知识女性、学童、病人等不同年龄阶段、不同社会领域、不同身体状态的女性人物，还有家养动物。就逃离主体和逃离对象的关系来看，主要表现为女儿逃离父母、妻子逃离丈夫、未婚妻逃离未婚夫、学生逃离学业、雌性山羊逃离主人等关系模式。当然，门罗笔下的逃离主体绝大多数是女性，尽管她们个性迥异，人生形态相去也甚远，对逃离的认知也存在霄壤之别，但她们在不同程度上都实践了逃离行为，丰富了逃离话语。山羊弗洛拉似乎是卡拉的启迪者和引导者，它在现实和卡拉梦境中的表现催发了卡拉的逃离欲望。

门罗通过对形形色色逃离场景的描绘，为我们呈现了加拿大女性的喜怒哀乐和悲欢离合，表达了她们的主体诉求。门罗笔下的逃离形态具有多样性。从逃离主体的态度来看，主要表现为犹豫不决的逃离和坚定不移的逃离两种类型。前者以卡拉尝试逃离无爱婚姻为典型例子。对丈夫忍无可忍的卡拉，得到了象征着智慧和理智的西尔维亚的帮助，走上了逃离之路，却在中途幡然反悔，回到了丈夫的怀抱。前念与后念的反差，出走与回归的矛盾，人物念念不停的背后是门罗对女性逃离之复杂性的严肃思考。与之相对的是，卡拉逃离其母亲和继父，佩内洛普逃离其母亲，格雷斯逃离其未婚夫，表现的皆是坚定不移的行为形态。逃离还是皈依？门罗在文本中并未给予明确的答案。这是门罗对逃离者自主选择的尊重，也是她对读者自由诠释的尊重。

门罗对逃离主题的偏爱在某种程度上源于其自身在生活中也是一个逃离者。出生于20世纪30年代的她，经历了经济萧条环境下家庭的困窘和艰难。因母亲患帕金森氏综合征，门罗十多岁时就被迫承担家务的重担。这种家庭空间显然不适合一心想成为作家的门罗。获得大学奖学金之后，18 岁的她得以逃离原生家庭的重负，向自己的梦想迈进。门罗一生经历了两次婚姻。第一次婚姻维持了 22 年，和詹姆斯育有四个女儿（其中一个出生不久后夭折），最终却走向分离。据说，两人夫妻关系出现裂痕的导火索是丈夫违背妻子意愿，买下了一幢大房子，这意味着家务活动将占据门罗的大部分时间。为保证有足够的时间进行创作，门罗再一次逃离，离开了第一任丈夫。毋庸置疑，门罗的逃离经历是其逃离叙事的有价值的创作源泉。

女性的逃离行为和逃离话语往往会被放在女性主义意识形态框架下去诠释。然而，若我们给门罗贴上女性主义作家的标签，不免有将其过分简单化之嫌，可能会影响我们对门罗作品全面深刻的认知。曾有人向门罗提问“你是早期的女性主义者吗?”针对这一问题，门罗戏谑地回答“我当然是女性主义者，因为实际上在我所成长的那片加拿大地区，女性比男性更容易从事写作。那些大作家，重要的作家，可能是男性，但男性写小说可能会影响其名誉，女性写小说倒并不丢脸。因为那不是男人的职业”①。不难发现，门罗所说的“女性主义”与三波女性主义的主张并无直接关联，在所指意义上迥然不同。门罗对女性主义概念的认知显然有别于通常意义上的女性主义。门罗的目标读者也从未局限于女性。事实上，她并不在乎读者的性别和年龄。她更为关注的是读者能否从作品中得到启迪和收获。

罗瑟琳·科渥德曾指出，“以妇女为中心的作品与女性主义有必然联系是不可能的”②，换言之，以女性为中心的小说并不一定是女性主义小说。科渥德强调，判断一部作品是否女性主义小说，标准是该作品是否具有女性主义的兴趣，是否具有鲜明的女性主义政治色彩，因为女性主义是“在一种具有特殊政治目标的政治运动中妇女所结成的联盟”③，是一种“基于政治利益而

① Buchholtz, Mirosława. Alice Munro: Understanding, Adapting and Teaching. Springer, 2016: 2.

② ［英］罗瑟琳·科渥德：《妇女小说是女性主义的小说吗?》，载张京媛主编：《当代女性主义文学批评》，北京大学出版社 1992 年版，第 76 页。

③ ［英］罗瑟琳·科渥德：《妇女小说是女性主义的小说吗?》，载张京媛主编：《当代女性主义文学批评》，北京大学出版社 1992 年版，第 85 页。

非基于共同经验的联合”①。门罗的作品大多聚焦于女性主人公，且采用女性视角开展叙事，堪称“以妇女为中心的作品”，但似乎没有科渥德所说的“特殊政治目标”②。这是我们没有给门罗贴标签的主要原因。

尽管我们不愿将门罗“标签化”，但我们并不否认，《逃离》具有埃莱娜·西苏所说的“女性写作”的鲜明特征，是一本妇女书写妇女的优秀女性文学作品。门罗对女性的深切关怀在作品中得到淋漓尽致的体现。她对逃离主题冷静密集的关注和书写，对逃离者群体客观公正的展示，表征了其生活观和创作观。逃离的本质在于人对现实的不满，反映的是逃离主体内在的诉求。较之于逃离的结果，门罗更为关注的是逃离的状态和逃离的过程。在门罗笔下，逃离是女性的自我救赎之路，是女性确证自我主体性的重要环节，同时也是女性的一种生存方式，彰显的是女性的生存智慧和生存哲学。

历经六十多年的创作生涯，门罗形成了自己独特的创作风格，主要表现为她对地域书写、心理现实主义、后现代主义等多元创作手法的杂糅。门罗的作品具有浓烈的地域特色。门罗运用大量具有安大略省地域色彩的意象，构建了自成体系的独特的意象群落。门罗以特定的地域为背景，讲述具有该地域文化特色的人和事，使文本真实可感。

门罗是现实主义大师，尤其熟谙心理现实主义创作技巧的运用。她致力于表现人物的内心世界，用简洁、优雅、冷静、细腻的笔致，深入人物的心理空间，解剖人物复杂的心理结构，揭示其精神和思想状态，剖析其女性意识和逃离意识，肯定人物为摆脱现实桎梏所进行的精神超拔与灵魂升华。门罗作品的重心并非故事的情节性，亦非人物的形象性。她更为关注的是人物永不停息的心理运动过程、对生活本质的永无止境的反思和追问。门罗对人物心理的解剖是现实的、客观的、理性的、清醒的、严肃的。

门罗的作品还浸染了浓厚的后现代主义色彩，主要表现在混杂的叙述文体、非线性叙事、不可靠叙事、时空跳跃、元小说性、复调性、对话性、互

① ［英］罗瑟琳·科渥德：《妇女小说是女性主义的小说吗?》，载张京媛主编：《当代女性主义文学批评》，北京大学出版社 1992 年版，第 85 页。

② ［英］罗瑟琳·科渥德：《妇女小说是女性主义的小说吗?》，载张京媛主编：《当代女性主义文学批评》，北京大学出版社 1992 年版，第 85 页。

文性、不确定性、开放式结局、黑色幽默等特征。门罗的各部作品都灵活采用了多种创作技巧，只是每部作品中突出的技巧各色迥异。其中，最值得我们注意的是门罗作品中的不确定性和开放式结局，这两个特征凸显了门罗作品的多义性、复杂性和开放性。

三、作者自白

三十岁之前，阅读真的就是我的生活。我就活在书里面。美国南部的作家是最早一批让我感动的作家，他们向我展示你可以描述小镇，描述乡下人，而这些正是我非常熟悉的生活。不过，有意思的是，连我自己都没太意识到，我真正热爱的美国南部小说家都是女性。我不是太喜欢福克纳。我热爱尤多拉·韦尔蒂、弗兰纳里·奥康纳、凯瑟琳·安·波特，还有卡森·麦卡勒斯。她们让我觉得女性也可以写奇特、边缘化的东西。

——［英］艾丽丝·门罗，《巴黎评论》，载梁彦译：《艾丽丝·门罗访谈》，载《书城》2013 年第 12 期。

我的一个短篇叫《逃离》：一个女子婚姻非常不幸，决定离开丈夫，一位非常理性、比她年长的妇女也鼓励她这么做，于是她下了决心。就当她离家出走时，她又意识到不能走，走不了。逃离不幸的婚姻，是明智的，她有许多理由逃，但她不能逃。怎么回事呢？我写的就是这类事情，因为我也不知道“怎么回事”。但我必须关注，值得关注的。

——［英］艾丽丝·门罗，赵庆庆译：《“写作：就像抓住大于你的东西”》，载《西部》2014 年第 1 期。

四、名家点评

契诃夫之后，在展现某种人生方面，门罗比其他任何作家都更追求格式塔式的完整性，且更有成就。她总是有着培育和打开顿悟时刻的天赋，但是她取得真正巨大的、世界级的飞越，成为一位悬念大师，是在自《短篇小说选集》（1996）之后的三本集子中。如今，她追逐的时刻不是领悟的时刻，而是做出命定的、无可挽回的戏剧性行为的时刻。对于读者，这意味着在你知晓每个转折之前，你甚至无法开始猜测故事要讲什么，总是到最后一两页，所有的灯才会被打开。

——［美］乔纳森·弗兰岑：《是什么让你那么确定：自己不是邪恶的那一个?》，载［英］艾丽丝·门罗，李文俊译：《逃离》，北京十月文艺出版社2016年版，第VI页。

她的作品之所以有力度，原因之一是她的创作深深植根于现实生活，具有鲜明的地方色彩和浓郁的生活气息。她笔下的故事大都来源于自己的所见所闻和亲身经历，描写常人俗事，表现各种人际关系……她特别精于描写少男少女的迷惘、困惑、矛盾和好奇心理，作品常以聪颖、敏感、精神生活中充满烦恼的女性为主角，以女作家特有的洞察力、女性独特的感受和视角描写生活中的冲突。

——赵慧珍：《加拿大英语女作家研究》，民族出版社2006年版，第324页。

五、研讨平台

1. 研讨题目：身份与空间

提示：逃离行为意味着逃离主体在不同空间的挪移、跨越、穿梭。对空间之物理性、文化性、社会性、政治性及象征性的探究有助于理解逃离者身份的文化性、能动性、动态性和实践性。空间属性和身份属性具有密切的关联性。空间的转换为身份的转换提供了可能性。身份与空间的关系是双向的：一方面，主体的身份是在空间中形成的，受到空间的束缚和制约；另一方面，主体可以通过选择或建构属于自己的空间来定义自身的身份。

2. 关于“身份与空间”的重要观点

空间是社会性的；它牵涉再生产的社会关系，亦即性别、年龄与特定家庭组织之间的生物—生理关系，也牵涉生产关系，亦即劳动及其组织的分化。

——［法］亨利·列斐伏尔：《空间：社会产物与使用价值》，载包亚明主编：《现代性与空间的生产》，上海教育出版社 2003 年版，第 48 页。

恰如空间、时间和物质能划定并包容自然世界的基本特性，空间性、时间性和社会存在可以被看作这样一些抽象方面：它们一起构成了人类生存的一切具体方面。说得更具体一些，这些存在的抽象的每一个方面，都作为一种社会观念而获得生命，它塑造了经验的现实，而在同时又被经验的现实所塑造。因而，人类生存的空间秩序产生于空间的（社会）生产，各种人文地理的结构既反映又构建了世界的存在。

——［美］爱德华·W. 苏贾，王文斌译：《后现代地理学——重申批判社会理论中的空间》，商务印书馆 2004 年版，第 39 页。

六、文献目录

［1］Mirosława Buchholtz . Alice Munro：Understanding，Adapting and Teaching. Springer，2016.

［2］Coral Ann Howells. Alice Munro. Manchester University Press，1998.

［3］Charles Edward May. Alice Munro. Ipswich. Salem Press，2013.

［4］Robert Thacker. Alice Munro：Writing Her Lives：A Biography. McClelland and Stewart，2011.

［5］［英］艾丽丝·门罗，李文俊译：《逃离》，北京十月文艺出版社 2016

年版。
[6] 傅利、杨金才主编：《写尽女性的爱与哀愁 艾丽丝·门罗研究论集》，译林出版社 2015 年版。
[7] [英] 罗瑟琳·科渥德：《妇女小说是女性主义的小说吗?》，载张京媛主编：《当代女性主义文学批评》，北京大学出版社 1992 年版。
[8] 王丽亚：《论“短篇故事合成体”的叙事结构：以爱丽丝·门罗的〈逃离〉为例》，载《英美文学研究论丛》2016 年秋。
[9] 张磊：《崛起的女性声音：艾丽丝·门罗小说研究》，中国财富出版社 2014 年版。
[10] 周怡：《艾丽丝·门罗：其人·其作·其思》，花城出版社 2014 年版。

（杨春芳）

暗店街

作者：莫迪亚诺

类型：小说

一、作者简介

帕特里克·莫迪亚诺（Patrick Modiano，1945— ），生于法国巴黎布洛涅-比扬古地区的一个犹太商家庭。1968年，第一部短篇小说《星形广场》在出版后先后斩获当年罗歇·尼米埃奖和费内翁奖，而作者因此一举成名。之后，莫迪亚诺陆续发表了小说《夜巡》（1969）、《环城大道》（1972）、《凄凉的别墅》（1975）、《家庭手册》（1977）、《暗店街》（1978）等。作为早期创作，他的这些作品大多以他未曾经历过的战争为背景，探索人性在纷乱历史中的挣扎与选择，探索追寻的主题。20世纪80年代，他又先后创作了《青春狂想曲》（1981）、《往事如烟》（1984）、《八月的星期天》（1986）、《戴眼镜的女孩》（1988）、《缓刑》（1988）等。这些作品高度关注人的生活现实，着重表现生活的辛酸与人的无奈。90

年代以来，《废墟的花朵》（1991）、《狗样的春天》（1993）、《夜半撞车》（2003）、《青春咖啡馆》（2007）、《地平线》（2010）、《夜的草》（2012）等作品常将过去与现在交融在一起，侧重在神秘氛围中表现当下人与现实存在之间的关系。他的作品充满了回忆和想象，常以现实和虚构相结合的手法描写战争背景下的城市故事。2014 年，他以“他的作品唤起了对最不可捉摸的人类命运的记忆”为由被授予诺贝尔文学奖。

二、作品简析

随着历史不断远去，记忆成为 20 世纪文学所极力表现的热点话题之一。书写记忆、挖掘回忆、表达梦幻与潜意识、抗拒遗忘等与记忆相关的主题不断涌现在各国的文学作品当中。个人记忆和历史记忆总是交织在一起，构成身份建构的重要内容。记忆本身所具有的整体性同它总会呈现出的不连续性之间形成差距时，则引发记忆的焦虑，而身份定位的问题也随之面临危机。

《暗店街》描述的是一个关于寻找记忆的故事。作者将过去与现在、真实与虚构交织在一起，使得记忆在他所营造的这股神秘朦胧的悬疑气氛中充满历史感，却又显得破碎且捉摸不定。作品采用象征和暗示的手法，用极其简练的语言在一定程度上反映了德占时期的法国乃至欧美地区政治动荡的局面，勾勒出当代人在局外人的虚无状态下不懈寻根的矛盾心理。

首先，作品通过不同角色的人们拼凑起来的记忆侧面反映了二战时期欧美的动荡时局。出生于二战即将结束时的莫迪亚诺，其作品大多数以德占时期的法国尤其是巴黎地区的社会生活为背景，充满政治忧虑。《暗店街》的主人公“我”在 10 年前突然得了遗忘症。常常生活在迷雾当中的“我”一直在寻找和自己的过去有关的线索，试图寻回记忆。在这个过程中，他在好友兼老板的另一个失忆人于特的支持下，分别寻访了酒吧老板、餐馆老板、俄国流亡贵族、无国籍的难民、夜总会钢琴师、美食专栏编辑、古城堡园丁、德国摄影师、英国赛马骑师等。这些来自不同国家、职业和阶层的人们不仅为他的过去提供了或多或少的线索，而且向他勾勒了在他记忆中一片空白的战时城市状况。作者自身并没有真正经历过那个时代的战争，但他在小说中通过许多不同国籍、阶层和职业的人的回忆，拼凑起当时巴黎这座城市的一些碎片化的形象，以虚构的方式反映了来自不同视角的历史现实的另一种可能，充实了关于一座城市和个人的群体记忆。

其次，作品通过主人公的经历展现了既在流浪又在寻根的当代法国人矛盾的“海滩人”形象。作品中所描写的“海滩人”是丧失了踪迹的人。一方面，他流浪在一张又一张的度假照片背景中。他没有名字、不明来历、不知去向，也不被注意，作为背景虚无地存在着，是没有存在感的局外人。另一方面，他又如“我”一般在一张张照片的背景中努力寻找自己的踪迹，试图在对过去的重新挖掘中重建自己的身份，并因此成为默默无闻而坚持不懈的寻根者。在虚无的流浪者和努力的寻根者之间，尽管遗忘和回忆分别作为二者的存在特征是充满悖论意义的，但个人对身份确认的需要却是他们共有的意识。也就是说，这种流浪者的虚无感和寻根者的存在感共同构成了战后一代法国人在身份建构过程中最真实的形象特质，是他们在确认身份的过程中的矛盾心理的生动写照。

再次，作者通过追寻记忆的故事探讨了个人记忆与集体记忆、遗忘与寻根这些重要的当代文化命题之间的深刻联系。作品中的“我”丧失了个人记忆而成为没有踪迹的“海滩人”，因而陷入虚无的困境。在同遗忘做斗争的寻找记忆的行动中，“我”逐渐通过不同人的回忆获得了对战时巴黎这座城市的记忆。尽管这些记忆是拼凑起来的碎片式的回忆，却是充满了多重声音的集体记忆。并且主人公曾参与其中，而这又赋予了虚无的主人公以真实的历史存在感。然而，记忆在时间中绵延，在空间中存储。作为建构身份的要素，记忆的时空特点使得它具有断裂的、碎片化的可能。由于备受遗忘的干扰，它是不稳定的。这就使得身份认同的行为也相应地处在不断变化和调整中。作为集体记忆重要的承载方式，个人记忆在遗忘与回忆的循环中不断被修改和更新，始终处于一个富有生命力的律动状态。由于个人记忆具有动态性，因而，与其密切相关的身份认同的问题也就相应地处于非静止状态。在个人记忆不断被拼凑起来的过程中，《暗店街》主人公的个人身份的确认感也在不断加强。

《暗店街》在艺术上所表现出的特色也是鲜明的。

首先，简练传神、富有表现力的语言风格作为莫迪亚诺文学创作最直观的特色，也是《暗店街》最鲜明的艺术特征。“我什么也不是。”作品开篇第一句话便表明“我”是没有历史和身份的人。简短直接的否定句有力地增强了自我否定的意味，显出主人公对此所怀有的绝望感。“一切都在旧巧克力盒、饼干盒或者雪茄盒里了结。”无形无穷的记忆丢失了，最终只化为几个盒子里的一点纪念品。这样的语言既冷静又干脆，形象地传达了记忆在存储过程中的苍白无力，也表现出作家对存在的怀疑态度以及遗忘的绝望感。作者还常常用诗意而又现实的比喻句呼应沉浸在朦胧梦幻的氛围中的叙述，营造出主人公恍惚而又迷茫的状态。“一种感觉油然而生，好像那些稍纵即逝的梦的碎片，你醒来时试图抓住它们，以便把梦补圆。”梦幻与现实既对照又呼应，这充分调动了读者的生活经验，也使得读者产生强烈的共鸣。

其次，作品充满了象征和暗示。通过写实与虚构手法的相结合，小说的艺术表现力得以进一步增强。除了小说的直译名称《暗店街》中的“暗”的朦胧的象征以外，《暗店街》中有不少环境的描写都暗示着主人公因失忆而感到茫然和焦虑的状态。当主人公“我”和酒店老板见面时，屋顶投向他的白色灯光使他处于被关注的焦点。然而强烈的存在感和记忆空白的大脑之间形成的巨大反差让他极其紧张失措。绿色是作者描述最多的颜色，而环境中的绿色常常能够引起主人公极大的注意。从头到尾，连缀在小说中的绿色不仅暗示了主人公隐隐约约的记忆中的真实，而且象征着他的希望和焦虑。小说结尾处写道：“礁湖的绿色逐渐消失，湖面一点点变暗。”尽管身份依然不确定，但随着所获得的线索越来越多，主人公的焦虑感已不似先前那么强烈。在小说接近尾声时，主人公逐渐想起曾经被困在大雪包围的木屋别墅里的日子。在那里有一些美好的夜晚，但也有些夜晚总让他感到窒息：“我们被囚禁在这深山峡谷中，大雪将渐渐把我们埋葬。挡住地平线的群山最令人沮丧。”在困境中，出于对“地平线”所具有的一览无余的视觉感的渴望，主人公对“群山”所怀有的沮丧感恰恰暗示着它们是作为坦途的障碍的象征性存在。除了视觉感受，作者也常常着意用味觉去暗示主人公的状态。最初在厄尔特的餐馆里，主人公遇到一位有着金黄色头发的女孩。她身上散发出胡椒的香味，让他觉得很熟悉却又什么都想不起来。在部分记忆被唤起以后，他想起当初同他一起逃亡的伴侣身上也有的胡椒味。这样的写作铺垫，在记忆的迷雾被拨开时是一种写实，而在寻找记忆的过程中又充满了暗示。同样，作者也时常描写空气中女贞树所散发出来的清香。在寻求记忆的过程中，主人公曾一度误以为自己的童年是在那迷宫式的城堡中度过的，而那里散发着女贞树和松树的清香。后来，在找回的与伴侣德妮丝的部分记忆中，他回忆起两人一起度过的一些时光，而那些时光里恰恰弥漫着女贞树的气息。后来在主人公处境困难的时候，湿土和腐叶的气味代替了女贞树的清香。作者通过对气味的虚与实的描写，暗示着主人公隐约所有的某些记忆的真实性。小说看似在政治现实中进行，但充满想象的叙述又使得小说的政治氛围几乎仅仅是一个外壳。换句话说，小说通过叙写主人公寻找个人记忆的过程想要表达的寻求身份的这一真正主旨，不是通过实写而是通过虚写来象征性地呈现的。

再次，小说结构紧凑，情节环环相扣，具有传统小说情节发展在时间和空间上依照次序展开的基本特点，却又完全不属于传统小说。由于《暗店街》是以传统小说的基本结构建构起来的一个寻找个人过去历史的故事框架，因此它常被看作传统意义上的侦探小说。但实际上，它和传统侦探小说有着迥异的区别。《暗店街》在时间上的跨度长达 20 年，在空间上涉及许多国家和地区，而在篇幅上则共有 47 个片段，诸如此类的众多不同的结构要素共同建构的是寻找记忆这一个叙述主题。每一个片段都有一个悬疑，但每个悬疑都没有终点——哪怕是最后一个片段也没有解决主人公的“身份”悬疑。如果说侦探小说是在巧合和悬疑的设置下，将事件引入真相的话，那么，《暗店街》则是在现实的偶然性和未知中将小说引向一种有关命运的暗示。相比侧重生活现实的侦探小说，《暗店街》则侧重对精神和命运的揭示。

莫迪亚诺的小说秉承了法国文学的某些传统，但又表现出 21 世纪法国文学的现代性特征。他被诺贝尔文学奖委员会秘书林格伦视作当下时代的普鲁斯特。然而，他对记忆的不连续性和不可靠性的理解却迥异于将记忆更多地视为整体的马尔克斯。从他所呈现的记忆危机与身份认同的关系这个角度来看，他将记忆书写发挥到了一个新的时代高度。

三、作者自白

促使我写作的，是又寻找到了记忆里留下的痕迹。不要以直接的方式叙述事情，并且但愿这些事情有点儿神秘莫测。与其重新寻找到事物的本身，倒不如重新寻找到这些事情的痕迹。当人们正面接触这些事情时，更能引起人们的联想。就好像一尊被损坏的雕像……人们总想要把它恢复原样。暗示更加重要。

——［法］洛朗斯·利邦辑录，李照女译：《莫迪亚诺访谈录》，载《当代外国文学》2004 年第 4 期。

我想，梦境中的东西有时或许更接近事情的真相。想象可以讲述某些现实。也因为通过写作，人们可以感知到一种现实所能激发的本有的直觉。尽管占领时期是可怕的，但仍然有它不真实的地方。

——［法］玛丽莲·艾克辑录，郑立敏译：《唯写作最真实——莫迪亚诺访谈录》，载《当代外国文学》2015 年第 1 期。

我常常需要依赖一些真实的细节，这对我来说具有某种吸引力。这些细节必须是真实而业已消失的……这些不断反复出现的数字、人名、地址和我认识的一些人联系在一起……这些重复往往是无意识的。15~28 曾经是朋友的电话号码。但这些重复出现的元素不一定具有自传的意味。它们是真实的，但不总是反映有关个人的东西。

——［法］玛丽琳·海克：《专访莫迪亚诺：我的创作全部起始于追寻》，载《雪莲》2017 年第 7 期。

四、名家点评

莫迪亚诺的作品是在面对自传体风格的一种吸引力和抵抗力共存的矛盾变化中创作而成，最终形成一种拥有传记特点和寓言特点的“自传空间”。

——杨正润：《现代传记研究》（第2辑），商务印书馆2014年版，第138页。

在勒克莱齐奥获得诺贝尔文学奖之后仅仅六年，法国作家莫迪亚诺又获此殊荣，既超乎想象又在情理之中。莫迪亚诺的创作历程，他的作品内容和艺术特色，充分表明他的获奖是实至名归，理所当然。与勒克莱齐奥一样，莫迪亚诺是在继承传统小说的基础上，吸收了现代派文学的手法，创作出了一系列融现实主义与现代主义于一体的新型小说。

——吴岳添：《莫迪亚诺获得诺贝尔文学奖的启示》，载《东吴学术》2015年第1期。

五、研讨平台

1. 研讨题目：个人记忆与身份认同

提示：身份认同的过程具有流动性，其意义也与社会文化息息相关。从个人角度来看，在时间中建立个人历史时，个人感知世界的方式构成了身份认同的核心，而个人的感知是随着历史不断变化的。从社会层面来看，身份认同又是综合环境共时建构的结果，而综合环境又是不稳定的。从这两个层面上来看，个人记忆所体现出的重要性就在于，它一方面通过个人所形成的差异而帮助个体走出惧怕失去个性的心理焦虑，建立起了独特性；另一方面又使个人在群体中实现了对稳定和安全感的需要，从而使其具备了集体性。

综合而言，尽管集体记忆不是个人记忆的总和，但个人记忆是集体记忆的重要构成。个人的身份认同建立在个人记忆和集体记忆的基础之上，并在同集体和社会进行沟通和互动的过程中实现。从整个社会来看，文化的延续同以个人记忆为原初记忆场的身份认同问题也密切相关。

2. 关于“个人记忆与身份认同”的重要观点

> “记忆”代表着人类过去所有被抑制、被忽视和被压制的东西，从而依其性质从来没能进入被集体地认知与承认的公共领域——这一直都是传统意义上“历史”的领地。

——［荷］F. R. 安克斯密特，周建漳译：《历史表现》，北京大学出版社 2011 年版，第 157~158 页。

> 集体构建了一种自我形象，其成员与这个形象进行身份认同。集体的认同是参与到集体之中的个人来进行身份认同的问题，它并不是“理所当然”地存在着的，而是取决于特定的个体在何种程度上承认它。它的强大与否，取决于它在集体成员的意识中的活跃程度以及它如何促成集体成员的思考和行为。

——［德］扬·阿斯曼，金寿福、黄晓晨译：《文化记忆：早期高级文化中的文字、回忆和政治身份》，北京大学出版社 2015 年版，第 133 页。

六、文献目录

［1］Akane Kawakami. A Self-Conscious Art: Patrick Modiano's Postmodern Fictions. Liverpool University Press, 2001.

［2］Patrick Modiano. Missing Person. Translated by Daniel Weissbort. Great Britain, 1980.

［3］艾珉：《法国文学的理性批判精神》，载《文艺理论与批评》1991 年第

3 期。

[4] 冯寿农:《文本·语言·主题 寻找批评的途径》,厦门大学出版社 2001 年版。

[5] [法] 罗杰·法约尔,怀宇译:《批评:方法与历史》,百花文艺出版社 2002 年版。

[6] 柳鸣九:《从选择到反抗——法国二十世纪文学史观》(五十年代—新寓言派),文汇出版社 2005 年版。

[7] [法] 帕特里克·莫迪亚诺,王文融译:《暗店街》,上海文艺出版社 2017 年版。

[8] 钱翰:《二十世纪法国先锋文学理论和批评的"文本"概念研究》,北京大学出版社 2015 年版。

[9] 翁冰莹、冯寿农:《寻根与遗忘——试论莫迪亚诺〈暗店街〉的文学主题》,载《当代外国文学》2015 年第 2 期。

[10] 乐黛云、钱林森主编:《跨文化对话》(第 34 辑),生活·读书·新知三联书店 2015 年版。

(张海峡)

远山淡影

作者：石黑一雄

类型：小说

一、作者简介

石黑一雄（Kazuo Ishiguro，1954—　），一直被世界文坛视为当今流散作家的主要代表之一。他生于日本长崎，5 岁时移居英国，26 岁时加入英籍。石黑一雄笔法细腻，情感克制，擅长描写大时代背景之下的个人心绪，并不时涉足科幻领域以及阶级变革等题材，其“日裔英籍”的杂糅身份也令他常常从自己的生活感受出发，抒写出具有典型后殖民色彩的“虚构的日本”与“他人的英国”。石黑一雄的代表作有长篇小说《远山淡影》《别让我走》《长日留痕》《上海孤儿》，小说集《小夜曲》等，其中《别让我走》和《长日留痕》曾被改编为广受好评的电影，使其进一步在世界范围内广为人知。石黑一雄于 2017 年获得诺贝尔文学奖，在此之前，他就曾获得英国布克奖，并受到英语、日语、汉语学界的持续关注。其作品因简洁优雅的笔触、深沉克制的情感以及开阔而不失细腻的世界情怀而兼具通俗性与深度，瑞典文学院在2017年诺贝尔文学奖颁奖词中称其“在具有强大情感力量的小说中，揭露我们与世界连接的错觉底下的深渊”。

二、作品简析

作为人类最为永恒的主题之一，“回忆”得到了古往今来众多作家的精彩演绎。人类通过回忆去重新经历过去的事件，从而加深曾经的感受，抑或通过虚构个人回忆，对过去的诸种遗憾进行自我催眠式的抚慰，甚至自我欺骗式的篡改。回忆的多重性使人更靠近理想化的自我，同时也让人更贴近心灵真实。作为一部典型的“回忆式小说”，《远山淡影》中所讲述的，便是这样一段“虚构的真实”：“我”（悦子）的女儿景子在房间中上吊自杀了，“我”于是一边回忆一边道出了十年前在日本长崎所认识的一个女人——佐知子的故事。彼时战争方兴未艾，佐知子带着尚且年幼的女儿万里子准备改嫁一位品行不甚端正的美国大兵。这一行为遭到了万里子的强烈反抗，佐知子却一意孤行，不顾万里子的意愿，执意要携其移居美国，并在行前亲手溺死万里子的小猫，从而间接导致了万里子的自缢。随着悦子亦真亦幻的叙述，读者来回穿梭于佐知子与悦子两人的世界之间，却又不时留意到其中反常的细枝末节：比如佐知子与女儿万里子之间淡漠得不真实的感情，比如悦子与佐知子之间坦率得诡异的亲密与真诚，再比如悦子对万里子诸种细节极为清晰的记忆等。而随着悦子的叙述进行到了最后，我们可以发现，悦子即是佐知子——她在回忆中无法直面自己导致了女儿自缢这一事实，于是虚构出佐知子与万里子的故事。但是，悦子越是逃避事实的真相，我们越能从字里行间感受出她心底的悔恨。作者用尽曲笔，一再从侧面去描绘悦子的心境，却将这一人性悲剧愈演愈烈。虽然这只是石黑一雄通过一位女性之口所讲述的个人故事，却暗示了整个时代的悲剧，在突显战争的残酷性之余还揭示了战后移民的心底创伤，发人深省。作者通过这一故事所告诉我们的是，自欺欺人的“回忆”并不能治愈人心，面对业已造成的创伤，人自始至终无法逃避，只能承担。

石黑一雄擅长通过对话来实现小说世界的建构。通过悦子与万里子之间的对白，他隐晦地表达了万里子在感觉到自己快要被遗弃，且试图自杀未遂时心底的深深的绝望感：“‘妈妈说我们不能带着小猫。你要一只吗？’‘我不想要。’‘可是我们得赶快帮它们找到一个家。不然妈妈说我们就得把它们淹死。’”而通过悦子与佐知子之间的激烈对话，石黑一雄则暗示了我们：这是同一个人的双重自我在相互斗争：“‘其实，我担心的是万里子。她会怎么样呢？’‘万里子？哦，她没问题的。你了解小孩子。他们比大人更能适应新环境，不是吗？’‘不过对她来说仍是个很大的变化。她准备好了吗？’”而通过悦子与女儿妮基之间的对话，石黑一雄在揭露了事情的真相之余，还为读者撕开了悦子的精神伪装，将小说的主题进一步地从个人悲剧深化为时代悲剧。可以说，外嫁的抉择与客居他乡的酸楚所造成的创伤不只是悦子一个人的，也不光是景子的、妮基的。这一情感黑洞甚至波及悦子的英国丈夫，而这一切是通过妮基与悦子的对话而得以展开的：“（景子）她从来就不是我们生活的一部分——既不在我的生活里也不在爸爸的生活里。我从没想过她会来参加爸爸的葬礼”。这句话道出了景子与家人关系不和的事实，暗示出个人心理阴影对家庭关系的深远影响，使我们得以一窥动荡年代之后，日裔移民在英国的生活真相。

小说最令人瞩目的艺术特色，体现在贯穿着这一回忆始终的“河流”意象上。作为人类之集体无意识的河流首先是母性的化身：十几年前的悦子正是在身怀六甲之时于河边与万里子相遇，两人之间的种种交集也离不开“河流”这一背景。此外，河流还具有区分“真实”与“虚构”的空间作用：悦子通过河流建构起了一个不真实的想象空间，在这一想象空间中，她弥补了现实之中所缺失的身为人母的职责，劝阻着试图在河水中溺死小猫的佐知子，陪伴着独身一人的万里子。河流同时还象征着死亡与创伤：“小巷的尽头是一条运河，那个女人跪在那里，前臂浸在水里。……一开始我以为那个女人是个瞎子，因为她的眼神，她的眼睛好像什么也看不见。然后，她把手臂从水里拿出来，让我们看她抱在水底下的东西。是个婴儿。”万里子于童年时目睹了这一溺婴的一幕，河流于是成为一个凝聚了她强烈精神体验的载体，在她彼时尚且稚嫩的心里刻下了一道阴影。她如此地畏惧河流，又如此地喜爱在河边玩耍，可以说，河流的多义性有如复杂的人性，它为我们揭示了一切创伤的起点——万里子幼时所目睹的童年悲剧，同时也间接道出了万里子心底对于母亲的眷恋、对于母爱的渴望。在梦幻般的回忆中，一切都在晃动，唯有川流不息的河流，如同梦呓一般如此永恒，如此真实。

河对岸的稻佐山同样也具有象征意味。这座山上所发生的一切对万里子而言，有如一个温情脉脉的梦境；在悦子多年之后的回忆中，稻佐山也因为万里子彼时的快乐而洒满了夕阳的余晖。在那里，万里子度过了一个开心的傍晚——她惩罚了伤害她的小男孩，并在回家的途中抓阄抽中了“大奖”——一个大篮子，在她看来这是最适合小猫居住的新家，而她对马上要搬去妈妈的伯父家、能够与妈妈一起相依度日的新生活充满了憧憬。然而，对于佐知子来说，在山上所发生的一切则是她人生欲求的缩影——那个下午充满了她的野心、渴望以及摆脱过往、出人头地的强烈决心。在山上玩耍的时候，一位富裕太太的言语挑衅彻底刺激到了佐知子，唤起了她的内心欲望；与美国女人用英语进行的顺畅交谈则令她开始自我肯定，心底想要远渡重洋的欲望于是再度滋长了起来。她决心做一个外国人的妻子，而不再是动物园饲养员的遗孀；她决心去一个崭新的世界过崭新的日子，而不是窝在这个破败的小地方，因毫无地位而遭人羞辱。小说中，这座山是故事的转折点，在山上发生的一切既是万里子的渴望，也是佐知子的渴望，而最后，前者彻底破灭了，后者虽然成功实现，却也令其付出了巨大的代价。石黑一雄以“远山淡影”（A pale View of Hills）为小说命名，无疑带有深意：在经历过创伤之后，人类的生之渴望，将如同远山淡影一般，影影绰绰，虚幻如光。

在描述个人情感世界之外，石黑一雄在小说中还显露出了自己的家国情怀。他以极短的篇幅侧面揭示了战后日本的病态状况：“我们献身教育，确保优良的传统传承下去，确保孩子们形成正确的国家观、民族观。以前的日本有一种精神把大家团结在一起。想象一下现在的孩子是怎么样的。在学校里他学不到什么价值观——也许除了说他应该向生活索取任何他想要的东西。回到家里，他发现父母在打架，因为他母亲拒绝投票给他父亲支持的党。这是什么世道？……我们尽全力教导这个国家。很多好东西都被毁了。”这种“个人—国家—世界”的悲悯意识扣动着每位读者的心弦，由于石黑一雄通常并不直接对这一内容进行叙述，而是通过极为细腻的情感故事来辗转进行到对人类宏大命题的侧面反映、用尽曲笔，他笔下的国家意识、世界意识反而显得更为真实、动人。

正如石黑一雄在小说中借悦子之口所言："回忆，我发现，可能是不可靠的东西；常常被你回忆时的环境所大大地扭曲，毫无疑问，我现在在这里的某些回忆就是这样。比如说，我发现这种想法很诱人，即：那天下午我看见了一个先兆；那天我脑子里闪过的可怕的画面和一个人长时间地无聊时做的各种白日梦是完全不同的，来得更加强烈、更加逼真。"悦子的自私、自我、自欺乃至自责随着回忆的推进而逐渐展现，而克制的语调、温情的悲悯、深沉的感触以及减去了枝枝蔓蔓的笔法则使得这一真实的人性更容易激起读者的共鸣，这一切均使得《远山淡影》这部早期的作品超越了许多石黑一雄后期的成熟之作，成为学界所持续关注的对象，更成为不少读者心中历久弥新的"白月光"。

三、作者自白

我喜欢回忆，是因为回忆是我们审视自己生活的过滤器。回忆模糊不清，就给自我欺骗提供了机会。

——［英］石黑一雄，张晓意译：《远山淡影》（译后记），上海译文出版社 2011 年版，第 241 页。

但我真正关心的不是那种念旧情绪。我认为纯粹的个人念旧感情常常是对童年的记忆，或者至少是这样一段时期的记忆，那时我们心里描绘的世界常常比后来我们所看到的这个世界更为美好。……从某种程度上说，有时我觉得理想主义于心智恰如念旧情结于情感，因为它本质上是在描绘一个更完美的世界。不过，当然咯，和理想主义一样，念旧既引向积极的一面也有可能导致毁灭性的行为，但我想，这是人们心中一股强大的力量。

——［英］石黑一雄，李春译：《石黑一雄访谈录》，载《当代外国文学》2005 年第 4 期。

四、名家点评

石黑一雄小说中的叙述者并非恶棍，然而，他的生活的基础是不敢面对，或者逃避与己与人有关的事实。他的叙述是一种自白，其中不乏毫无根据的自我肯定和特殊请求。只是到了最后他才真正了解自己，可此时已为时过晚。

——［英］戴维·洛奇，王俊岩等译：《小说的艺术》，作家出版社 1998 年版，第 170 页。

我想，石黑小说的出众之处，固然是说每一册的构成方式多少都彼此各异，各自朝着不同的方向。结构也好文体也好，每一部作品都明显并且有意地有所区别。尽管如此，每部作品又确实无疑、色彩浓烈地刻印着石黑这个作家的标记，一本本都构筑起独自的小宇宙。各具魅力、美轮美奂的小宇宙。

——［日］村上春树，施小炜译：《无比芜杂的心绪》，南海出版公司 2013 年版，第 217 页。

五、研讨平台

1. 研讨题目：文学中的“水”意象

提示：早在人类具备意识能力之前，水就以物质形式环绕在婴儿的周围。水是先于人类意识存在的集体无意识，它凝结了生欲、死欲、爱欲，是人类最为原始的精神载体。文学作品中的水意象数不胜数，它始终作为一种双重性的辩证介质，在生与死、自我与他者、理智与疯狂、现实与幻觉之间来回穿梭：古希腊神话中的卡翁摆渡于冥河之上，纳瑟斯在水中看到了自己的镜像与短暂人生，《哈姆雷特》中奥菲利亚的疯癫在水中终结，湖畔诗人在水边与自然万物一齐共振……水的神秘性、永恒性、复杂性以及所蕴含的些许狂暴特征给予了文学作品极为丰富的阐释可能。对水的文化意义加以了解，我们将能获得一把理解诸多文学作品的“金钥匙”。

2. 关于“水意象”的重要观点

水是无意识的最为司空见惯的象征。山谷中的湖泊是无意识，或者说无意识位处意识之下，所以它经常被人称作“潜意识”（subconscious，又译下意识），往往带有劣等意识的贬义。水是“谷之精灵”，即本质与水相似的道（Tao）之龙——包含在阴之中的阳。因此，从心理学上讲，水意指已然成为无意识的精神。

——［瑞士］荣格，徐德林译：《原型与集体无意识》，国际文化出版公司 2011 年版，第 18 页。

初看，在埃德加·坡的诗歌里，人们会相信诗人们普遍歌颂的水的多样性。特别是会发现两种水，快活的水和苦难的水。但是，回忆只有一种。沉重的水永远变不成轻盈的水，阴暗的水永不会变得明亮。这总是出现相反的情况。水的故事是正在死亡的水的人间的故事。遐想有时始于面对着清澈的水，整个水面是一片辽阔的倒影，发着叮咚的悦耳之声。遐想在忧郁而阴沉的水之中，在传来古怪而阴森的耳语的水之中告终。水边的遐想在重见逝者之中消亡，如同被淹没的天地。

——［法］加斯东·巴什拉，顾嘉琛译：《水与梦》，岳麓书社 2005 年版，第 53~54 页。

六、文献目录

[1] Brian W. Shaffer. Conversations with Kazuo Ishiguro. University Press of Mississippi, 2008.

[2] Matthew Beedham. The Novels of Kazuo Ishiguro. Palgrave Macmillan, 2010.

[3] Matek Ljubica. Narrating Migration and Trauma in Kazuo Ishiguro's A Pale View of Hills. American, British and Canadian Studies, 2018.

[4] Sebastian Groes. Kazuo Ishiguro-new Critical Visions of the Novels. Palgrave Macmillan, 2011.

[5] [美] 爱德华·W. 萨义德，王宇根译：《东方学》，生活·读书·新知三联书店 2007 年版。

[6] [英] 戴维·洛奇，卢丽安译：《小说的艺术》，上海译文出版社 2010 年版。

[7] [法] 加斯东·巴什拉，顾嘉琛译：《水与梦》，岳麓书社 2005 年版。

（叶雨其）

第二部分　诺贝尔文学奖北美作家作品

大　街

作者：刘易斯

类型：小说

一、作者简介

辛克莱·刘易斯（Sinclair Lewis，1885—1951），出生于美国明尼苏达州的索克中心镇。他自幼性格孤僻，后不满于小镇狭隘的生活，异地求学。他 17 岁考入耶鲁大学，毕业后在美国从事新闻工作。在工作期间，他开始文学创作。1914 年，他发表首部长篇小说《我们的雷恩先生》。1916 年，他辞去工作，开始全职写作。他早期几部作品大多具有较强的浪漫情调。后期文风有所改变，由浪漫主义转向现实主义。1920 年，他通过创作《大街》一举成名，随后进入创作黄金时期。1922 年，出版《巴比特》。1925 年，出版《阿罗史密斯》。1930 年，他成为美国第一位获得诺贝尔文学奖的作家。刘易斯的其他作品有长篇小说《多兹沃思》，书信集《从大街到斯德哥尔摩》，杂文集《来自大街的人》等。刘易斯善于刻画小镇的人生百态，嘲弄保守主义者的愚昧思想。他的作品文风犀利，笔调诙谐，具有讽刺意味。他的创作为美国文坛开启了新的方向。

二、作品简析

20 世纪初，美国作家大多集中于描写都市的奢靡之风，而刘易斯却将视角转向乡村的守旧主义。戈镇居民粗俗狭隘的思想体现了人们的守旧观念，这种观念根深蒂固，一时难以改变。戈镇中居民的生活状态和思维模式不是个例，也不仅仅只存在于当时的美国。在现在的社会中，类似的现象也是比比皆是。

首先，《大街》中戈镇的保守生活隐喻了整个美国社会生活的封闭和保守。戈镇的建筑设计理念，无形中束缚了居民的想象力和创新力，压制了居民追求新事物的激情和欲望。居民的生活一板一眼，枯燥无比。当时的美国社会充斥着一种世代相传的保守和胆怯。不同地点的小镇有着普遍的相似性：人们自以为是，沉浸在自己的生活是与众不同的幻想里。“如果肯尼科特被人从戈镇劫走，然后立刻送到很远的一个小镇，他也肯定不会注意到。他会走到显然是一样的大街上。”当时美国乡村小镇的建筑风格和田园设计没有太大的区别，而人们的生活方式和思维方式也千篇一律。“匹兹堡以西，有一样的木材厂，一样的火车站，一样的乳品厂”。戈镇中的居民大多丧失了独立思考的能力，他们习惯于那种模式化的生活状态。

戈镇死气沉沉，可是居民却沉浸在理想田园的梦境之中，觉得自己处在一个世外桃源一般的环境里，自己居住的城镇是最独特的。当时的美国吸收了很多外来文化，神奇的是受到的影响却极其少，因为人们似乎不愿意被改变，固执己见。作者敏锐地观察戈镇居民的生活、思想和行为，通过精妙的手法，精确真实地呈现戈镇居民生活的真实状态，借此投射出整个美国的生活状态，刻画的细致程度仿佛照相一般逼真。当卡罗尔离开戈镇，意图寻找新的生活时，他却发现华盛顿竟是全国各地小镇的聚合体。

戈镇作为一种隐喻符号，代表着当时的美国社会人们的通病。不仅戈镇居民保守偏执，大城市的人也是这样的。他们享受安稳，生活状态相似，没有激情，排斥自由主义的思想。戈镇和其他大城市的气息是共通的，而人们的褊狭庸俗也出人意料地一致。

其次，《大街》突破性地描写了之前美国文学作品中较少出现的等级压制和精神暴虐。自以为高人一等的白人对黑人的种族歧视，城镇居民对乡村居民的地方歧视，资产阶级对农民的阶级轻视，以及各种党派纷争，深刻地揭示了当时社会的黑暗面。卡罗尔对女仆贝亚的态度是比较友好的，其他夫人却不是这样。他们认为仆人就是低人一等的阶级，卡罗尔是奇怪的。作者渴望人与人之间消除种族歧视和阶级歧视，提醒人们重新审视不平等的等级观念。

作者运用讽刺夸张的手法，塑造了戈镇中一个个生动鲜活的人物形象，如踏实善良却沾染了“乡村病毒”的肯尼克特，具有进取和反叛精神的卡罗尔，勤劳热情的女仆贝亚。其中卡罗尔的形象表现力十足，突出了斗争、反叛和进取的主题。卡罗尔的形象体现了女性独立意识的觉醒。

卡罗尔不满足戈镇的生活，想要反抗现实，并采取行动。但是戈镇里的居民不愿意被改变，他们对于卡罗尔提出的设想常常感到奇怪。卡罗尔举办了一些晚会，可是晚会结束后，一切又归于平静。她成立了死亡俱乐部，但大家兴趣不大。她鼓励大家在图书馆阅读书籍，人们却担心看书会弄脏了书籍。她的改革措施收获甚微。最终她失败了，不得不屈服于现实。卡罗尔陷入困惑和惶恐之中，她没有同伴，感觉孤独。正如书中所说，“卡罗尔觉得自己和外国移民一样，也被同化了，于是她奋力反抗，惶惶不可终日”。这片广袤的土地曾经让她无比振奋，现在却让她感到恐惧。她觉得自己永远都不可能了解和改变它。

卡罗尔所反叛的是美国虚伪的民族性，并且她想要摆脱美国固有的阶级观念，想要为乡镇带来改变，为人们争取自由。但是她所处的时代，一个人的觉醒并不能影响大部分人的心态。她想要改革乡镇，一定程度上来讲是妄图依靠一人之力改造自然和社会。她的精神是超越时代的，她的想法是领先时代的，因此她的形象有一种闪光却孤独的美。

在当时的资本主义社会，女性作为财产从属于男性，依附于男性生活。经济上的从属地位决定了女性在社会地位上的不平等。刘易斯在作品中塑造了一个新时代的新女性角色，因为卡罗尔是一个受过高等教育的女性，有着独立的先进的思想，渴望不一样的生活，追求自由和平等。在当时的美国社会，女性一般是不能出去工作的。卡罗尔发现“她不可以外出就业，对于乡村医生的太太来说，这是个禁忌”。

在《大街》中一个德国妇女向丈夫讨要25美分给孩子买个玩具，被拒绝了，并遭到男人们的嘲笑。戴尔太太想要买些衣物也遭到了丈夫的羞辱。这些现象体现了当时美国普通女性依附于男性的生活常态。女性在经济上对男性的依赖，阻挡了女性寻求平等的权利。女性要取得社会地位上的独立和自由，就得取得经济上的自由。卡罗尔说：“我和他们处境一样，我也得求你给钱，天天如此。”卡罗尔不能接受这样的生活。她拥有工作的能力，却不能工作，其生活也同样依靠丈夫的施舍。她对此进行反抗，于是对丈夫说：“下一次，我不会求你了，我宁可饿着肚子。”卡罗尔争取女性与男性平等的权利，争取工作的机会，这体现了女性自我精神与独立意识的觉醒。正因如此后来她离开丈夫，离开戈镇，去华盛顿展开了一段独立自由的生活。

离开戈镇后的卡罗尔最终又回到戈镇，她意识到美国到处都是追求物质文化享受的人们，平庸保守的观念很难一时得到改变。这是现实，无法逃避，因此女主人将希望寄托于未来。在现实中卡罗尔的反抗失败了，但是她反叛的精神还在，自由的灵魂还在，给未来的人们留下激励的力量。她知道下一代是希望的一代，所以她将对未来社会的美好期冀寄托于未来的英雄。

再次，刘易斯在描写美国地方风情上非常出色，他刻画的戈镇的季节变幻蕴含了现实特色，渗透了浪漫的自然情调。刘易斯善于描写生活细节，他作品中很多情节令人感到亲切。这拉近了读者和作品的感情，使得读者在阅读时，仿佛身临其境。我们阅读《大街》时感受到脑海中呈现出一幅幅生动精致的自然景色画面，从而沉迷于美国的地方风情，感受到自然的魅力。

刘易斯对戈镇景色的描写夹杂着浪漫的韵味，几笔几画就生动呈现出戈镇的田园魅力。春天到来的时候，卡罗尔走进乡野，看到令人沉迷的田园风光：“道路的尽头，一片开阔的田地，一片起伏的麦田，青翠欲滴，生机勃勃”，“湖边有一个牧场，牧场里零星散着野花和柔软的黄花烟草，伸展开去，宛如一条古老的波斯地毯”。这些优美的自然描写常常令人在阅读《大街》时感到一种怡然自得的舒适。

昔日作家在创作乡土文学时，大多只描写人们美好自得的生活，乐观阔达的心理，刘易斯却将视角集中于讲述现实中被人们忽视的社会黑暗面：美丽的田园风光和人们的平庸浅薄形成鲜明的对比，由此通过美好的田园风情反衬居民形象的保守庸俗。刘易斯赋予卡罗尔开拓和反叛的精神，意在致力于改造人们的思维、人们的精神，并以此来嘲弄物质主义和保守主义的狭隘。

戈镇一定程度上是刘易斯对自己记忆中家乡小镇的投射。作家在创作时，不可避免地受到成长环境的影响。他对戈镇田园景色的描写，隐喻了一种对家乡的爱。美好的自然环境象征自然的纯洁和美好，而他对这种美国地方风情的美好是怀念的。他一方面对家乡是怀念的，一方面又无法忍受乡民的狭隘愚昧，以至于妄图逃离家乡。这种渴望接近家乡又想要远离家乡的矛盾心理在作品中隐隐出现。

最后，《大街》对中国元素的引入不失为一个亮点。卡罗尔在戈镇举办的聚会中采用了中国的服饰，展示了中国的游戏，表演了中国的乐器，吸引了居民的兴趣。戈镇居民头一次见到这些新奇的事物，一个个如痴如醉。在妇女会上年轻的太太们有时谈论埃德加太太穿着中国风的紧身晚礼服，有时谈论中国的饮食和音乐。“这些东西是地地道道的中国化装舞会的戏装”，卡罗尔在宴会上向大家宣布。

作为一个有进取心的新女性形象，卡罗尔对新的事物充满了热爱，而且这种热爱不是一时的。她对中国服装和音乐的接受体现了她对异国文化的喜爱，对新事物的包容与接纳。这些抽象的中国风元素、新奇的中国符号、别致的中国设计图案，呈现了一种不同的文化内涵和文化风貌的沟通和融合。戈镇人们对中国元素在一定程度上的接受也展示了当时的美国文化和中国文化的交流。

刘易斯在《大街》中从社会学和历史学的角度看待社会问题。他在《大街》中描绘了美国乡镇百科式的生活全景，刻画了美国乡镇居民迂腐的乡土观念，塑造了一个个鲜活的人物形象，映射了保守主义的顽固，从而在平淡的叙述中蕴含了鄙夷和讽刺。《大街》将直抒胸臆的批判方式和揶揄的讽刺方式相结合，笔调幽默风趣，令人眼前一亮。其中蕴含的深刻思想，丰富的人文内涵以及迷人的美国地方风情描写使得这本书极具魅力。

三、作者自白

描写苏克中心镇的人们，让人真正感受到他们一般。我们的小说传统写法，是把生活在中西部乡镇的人们描写成是高贵、幸福的；我们之中，无一人肯把生活在乡镇大街中亲睦的、极大的幸福，交换成纽约、巴黎和斯德哥尔摩那种不道德、俗丽的生活。然而，在葛兰先生的《旅人大路》里，我发现，有这么一个人他相信中西部的农夫有时是困惑、饥饿而卑鄙的以及英雄主义式的。理解了这个观点，我获得解放了，我能够描写人生，生动的人生。

——［美］辛克莱·刘易斯，李斯译：《诺贝尔文学奖文集》，时代文艺出版社2006年版，第11页。

我的创作生涯就是从《大街》开始的。

——［美］辛克莱·刘易斯，潘庆舲译：《大街》，长江文艺出版社2008年版，第2页。

四、名家点评

在这部成名作中，刘易斯选择女性作为小说主人公，对一战后美国生活的好几个方面进行了反映：在这个政治解放、社会变迁的时代中职业与家庭之间的矛盾，女性的认识态度的改变，以及对传统的性别角色进行的反叛等。

——虞建华：《置于死地而后生——辛克莱·刘易斯研究和当代文学走向》，载《外国文学》2004年第4期。

在《大街》中，辛克莱·刘易斯以其敏锐的观察力和娴熟的技巧对戈镇的丑陋的外表、无聊的生活、思想狭隘，尤其是可怕的“乡村病毒”进行了无情的讽刺和抨击。必须指出，刘易斯的抨击是带普遍性的。戈镇只是整个国家的缩影。通过抨击戈镇，刘易斯也抨击了20年代美国所有的小镇。像卡萝尔·肯尼科特这样的故事不仅会发生在戈镇，而且也会发生在许许多多类似的小镇。

——李美华：《20年代美国的“乡村病毒”——评辛克莱·刘易斯的〈大街〉》，载《外国文学研究》1998年第2期。

五、研讨平台

1. 研讨题目：消费文化与等级观念

提示：戈镇上的人们存在一种炫耀性的消费，体现了狭隘的等级观念和种族偏见。人们可以从消费行为中看出等级观念。在作品中卡罗尔买东西，受到小镇居民的指指点点。戈镇居民对消费的热衷和攀比体现了当时美国物质文化的盛行。作品描写戈镇居民购买东西常常私下攀比，而人们的这种消费心理折射出居民心中认为购买力可以体现等级地位高低、身份贵贱的浅薄想法。作者详细描写人们的消费观念，影射出了20世纪初美国小镇居民褊狭自满和保守愚昧的观念。

2. 关于“消费文化与等级观念”的重要观点

在高度组织化的工业社会里，良好声誉的基础终归是财力强度，而展现财力强度的手段及由此赢得或维持一个好名声的方式，就是休闲及对物品的炫耀性消费。社会上没有一个阶级，甚至是最穷途末路的贫户，会舍弃所有惯常的炫耀性消费。

——［美］凡勃伦，李华夏译：《有闲阶级论：关于制度的经济研究》，中央编译出版社2012年版，第59页。

消费的目的不再是为了生存而消费，而是炫耀式消费，即“不是为实际需求的满足”，而是不断追求被制造出来、被刺激起来的欲望的满足。消费是一个与学校一样的等级机构：在物的经济方面不仅存在不平等（购买、选择和使用被购买力、受教育水准以及家庭出生所决定）——简言之，正如不是人人都有相同的读书机会一样，并不是人人都拥有相同的物。

——［法］让·鲍德里亚，刘成富、全志钢译：《消费社会》，南京大学出版社 2000 年版，第 46 页。

六、文献目录

［1］Sinclair Lewis. Bantam Classics：Main Street. Random House，1996.

［2］［美］H．刘易斯，顾奎译：《大街》，漓江出版社有限公司 2017 年版。

［3］［美］谢尔登·诺曼·格雷布斯坦，张禹九译：《辛克莱·刘易斯》，春风文艺出版社 1994 年版。

［4］杨海鸥：《辛克莱·刘易斯小说的文化叙事研究》，中国社会科学出版社 2010 年版。

［5］张海榕：《辛克莱·刘易斯小说的叙事空间研究》，外语教学与研究出版社 2011 年版。

（陈莉）

毛　猿

作者：尤金·奥尼尔

类型：戏剧

一、作者简介

尤金·奥尼尔（Eugene O´Neill，1888—1953），美国剧作家，美国戏剧的奠基人。奥尼尔在悲剧创作方面有卓越的成就，一生共写剧作五十余部，代表作有《送冰的人来了》《天边外》《毛猿》《悲悼》《长夜漫漫路迢迢》等。奥尼尔出生于纽约百老汇一家名叫巴雷特的旅馆。自出生起他就跟随做话剧演员的父亲颠沛流离，这深刻地影响了他的创作风格。1920年他凭借《天边外》第一次获得普利策奖，而这奠定了他在美国戏剧界的地位。之后他分别在1922年、1928年和1957年获得普利策奖，其获奖作品依次是《安娜克里斯蒂》《奇异的插曲》和《进度黑夜的漫长旅程》。1936年获得诺贝尔文学奖。奥尼尔的创作分三个时期：早期（1913—1920）练习阶段，其题材以现实主义的家庭剧和海洋剧为主，代表作品有

《救命草》《东航卡迪夫》等；中期（19 世纪 20—30 年代）艺术风格成熟，他创作了一系列伟大的现实主义著作并进行了大量的戏剧实验，代表作有《天边外》《榆树下的欲望》《悲悼》《毛猿》等；后期（1946 年后）艺术成就达到新的巅峰，他这一时期的代表作有《送冰的人来了》《进入黑夜的漫长旅程》《月照不幸人》等。

二、作品简析

不同于现实主义的表现方法，表现主义注重对事物的内在本质进行剖析，而不是反映客观事物的真实形象。表现主义着重从人的主观感受出发，通过对人物的内心活动的详细描写、对人潜意识的外化展示揭露人物心灵深处的思想与情感。《毛猿》是奥尼尔创作中期的作品，这一时期也是奥尼尔开始进行戏剧实验、不断尝试各种风格并大胆创新的时期。他不仅运用了许多新颖独到的表现手法，而且将一些古老的戏剧形式加以改造并为己所用，达到了很好的效果。这一时期的实验奠定了奥尼尔鲜明的艺术风格。

作为奥尼尔的表现主义代表作，《毛猿》里最引人注目的莫过于象征手法的娴熟运用。作为一个以创造丰富意象见长的剧作家，奥尼尔善于利用一些具体事物来折射人物的精神世界、阐释作品主题。“笼子”的意象在《毛猿》中贯穿全剧，成为推动情节发展的重要空间线索。邮轮的船舱、监狱的牢房、动物园的笼子等一系列长方体呈现牢笼形态的意象见证了主人公扬克心态崩溃的过程。奥尼尔借助于不断重复的意象，使戏剧的主旨和内涵得以体现，引导读者理解意象背后的寓意投射。这一系列狭窄冰冷的空间正是扬克的主要活动场所，他辗转挣扎于这些物质空间中企图寻找自我价值的证明，最后只能以失败告终。

在戏剧开头，作者首先就描绘了扬克所在的船舱的布景：“被白色钢铁禁锢的、一条船腹中的一种压缩的空间。一排排的铺位和支撑它们的立柱互相交叉，像一只笼子的钢铁结构。天花板压在人们的头上。他们不能站直。”主人公扬克就长年在这种肮脏狭窄的环境里工作，他和他的同事们因为受到笼子的压迫而被“加重了由于铲煤而引起的背部和肩部肌肉过分发达所赋予他们的那种天然佝偻的姿态”。在炉火的映照下，佝偻着的、肮脏凶恶的工人们就呈现出毛猿的姿态。而扬克即使处于奴隶似的境遇之中，仍然为自己的工作所自豪，因为他认为自己比头等舱的资本家们更加高贵。他处在笼中，却从未感受到笼子对他的压迫，依然表现出乐天派的性格和蓬勃的生命力。他对自己被异化和剥削的现实毫无知觉，这种天真无知的状态也暗示了他的悲剧结局。在他遭受一系列打击走向死亡之时，船舱的牢笼威力才渐渐显现。扬克所处的阶级注定了他无望的人生轨迹，因为他只能在资本的压榨剥削下走完悲惨的一生。

为了求证自我的价值而走出船舱的扬克却因寻滋闹事被关进了监狱，从一个笼子进入了下一个笼子："牢房从右前方朝左后方斜伸过去，并没有完，而是消失在阴暗的背影里，好像绵延无尽。"这个时候笼子的威胁正在慢慢侵蚀扬克的身心。他坐在监狱里，"姿态就像罗丹的《沉思者》"。这说明这个时候的扬克依旧充满了蓬勃的生命力，并且依然在自我求证的道路上摸索着。他对牢笼一改之前置身物外的态度，开始意识到自己与它的对立关系并进行了激烈的反抗。这说明此时的扬克依然有强烈的斗争精神，他想要掌握自身命运的意志并没有动摇。所以他选择了再次进行反抗的尝试——去寻求工会的帮助，但这一次的遭遇彻底打碎了他的心理防线，因为他被当作奸细赶了出去。心灰意冷的扬克来到动物园找猩猩倾诉，并死在了动物园的笼子里。这个笼子是最直观具体的笼子，同时也有着深层含义，代表了扬克心中的囚笼。事实上，无论是否意识到，无论如何挣扎，他一直寻求的归属只能是动物园的笼子。这极强的讽刺意味表现了作者对以扬克为代表的社会底层小人物悲剧命运的深刻揭示以及对资本主义社会的强烈批判。

除此之外，奥尼尔还运用合唱手法，通过嘈杂的人声呐喊外化人物的内心活动，制造了音响效果。亚里士多德认为希腊悲剧起源于歌颂酒神的合唱曲。公元前 5 世纪，合唱与戏剧相结合，用于评论戏剧中的事件及阐释戏剧的寓意。《毛猿》里的合唱也对故事主题起到了揭示作用。在作品开场部分，扬克因为自信超群而不屑于融入其他工人的喧闹并制止其他人的过分吵闹，称自己"正在思想"。而其他人为了调侃他便开始重复"思想"一词。文本中是这样描写这种重复的："这个众口同声的词发出一种刺耳的金属音响，仿佛他们的喉咙就是留声机的喇叭。”这种统一的、机械的、毫无变化的声音效果反映了众人对扬克的嘲笑和讽刺，凸显了扬克最初觉醒的自我意识。这种与众不同为他的悲剧命运埋下了伏笔。同样的，在扬克受到了米尔德里德小姐的侮辱内心痛苦不已时，作者又将他人的声音安排在扬克的周围。当扬克再一次提到自己“正在思考”时，作者笔下对众人的反应的描写从一开始的调侃变成了明显的揶揄。扬克的心绪不宁通过他对外界的反应进一步表现了出来。当他第一次被调侃时，他的感受并没有如此强烈，而此时的喧哗吵闹刚好烘托了他内心的烦躁不安。在扬克被关进监狱时，他又听到了七嘴八舌的声音——但此时的人声只是他的幻觉，是他内心声音的外化，这意在表现他受到第二次挫折后从屈辱转为愤怒的心路历程，促使了他自以为是的复仇行动。

独白经常出现在奥尼尔的表现主义戏剧中。作为一种古老的戏剧表现手法，独白的运用最早可追溯至古希腊悲剧。莎士比亚也曾用大量独白来体现人物的性格，如《哈姆雷特》和《李尔王》。《毛猿》的第八场完全由扬克的独白组成。心灰意冷的扬克来到动物园，对着笼子里的猩猩倾诉自己的烦恼。这既是他内心情感的告白，又是其思维过程的显露。人物独白往往触及其潜意识，呈现出无意识的、跳跃的特征。扬克的独白看似絮絮叨叨、毫无逻辑，实际上展露他内心真实的痛苦。他时而清醒时而糊涂，一会悲伤一会愤慨，甚至出现了有人在和他对话的幻觉。这不仅宣告了扬克寻找归属感的失败，而且凸显了扬克被社会力量所扼杀的悲剧命运，极大地增强了该剧的悲剧效果。

三、作家自白

我的所有的剧本，即使最实利主义的，在它们的精神蕴涵中都是一种寻找和抗议它们自己无信仰的荒野中的呼喊。

——［美］尤金·奥尼尔语，载［美］弗吉尼亚·弗洛伊德，陈良廷、鹿金译：《尤金·奥尼尔的剧本：一种新的评价》，上海译文出版社 1993 年版，第411页。

在希腊悲剧中，人物都在命运的道路上被推赶向前。古希腊悲剧家动笔开始创作时，他笔下的人物就永远不会离开那条受命运驱赶的道路。生活本身也是这样一条路。你一上了路，不管你如何动作，也不管你如何设法去改变或修正你的生活，都无能为力，因为命运，或说天机，或随便你怎么称呼它，都将驱赶你沿着这条路一直走下去。

——［美］尤金·奥尼尔，郭继德等译：《奥尼尔文集》（第6集），人民文学出版社2006年版，第207页。

四、名家点评

多少年来，戏剧家们企图发现一种迈出当代戏剧界栅的作品，如今，奥尼尔解决了这个问题。

——萧乾：《论奥尼尔》，载《国闻周报》1936年第47期。

《毛猿》不同于美国三十年代的抗议戏剧，但是它也具有深刻的社会抗议内容。这是它首先值得肯定的成就。

——廖可兑：《论〈毛猿〉》，载《外国文学研究》1986年第3期。

五、研讨平台

1. 研讨题目：现代悲剧美学的演变

提示：19世纪末20世纪初，处于精神创伤和信仰失落中的西方世界开始进行对传统哲学的反思。西方哲学从认识论转向存在主义，人们开始用忧郁的目光关注人的存在与自我意志。以尼采、叔本华、萨特和海德格尔为代表的哲学家开启了现代非理性主义的先河。在西方文化转型的整体环境下，现代悲剧美学也出现了对传统的反叛和颠覆：不再推崇庄严崇高的悲剧精神，英雄史诗荡然无存，抗争精神淡出舞台；平凡人进入文化视野，文本聚焦现代人平淡庸俗和无意义的生活碎片；艺术的教化作用被削弱，取而代之的是对人类的终极关怀；悲剧冲突也直指人物的内心矛盾。现代审美活动呈现一种支离破碎的倾向，呈现出迷失与抗争并存的矛盾状态。如果说传统悲剧的审美功能在于悲悯引起的心灵净化，那么现代悲剧审美则更多的是引发人类关于自我存在的审视与反思。

2. 关于"现代悲剧美学演变"的重要观点

> 悲剧是对于一个严肃、完整、有一定长度的行动的摹仿；它的媒介是语言，具有各种悦耳之音，分别在剧的各部分使用；摹仿方式是借人物的动作来表达，而不是采用叙述法；借引起怜悯和恐惧来使这种情感得到陶冶。

——［古希腊］亚里士多德，罗念生译：《诗学修辞学》，上海人民出版社 2015 年版，第 36 页。

> 艺术作品的人物只是把精神的理性和真理表达出来。真正的悲剧苦难落到剧中人物身上，只是作为他们自己所作所为的后果，他们是全心全意投入这种动作的，既有辩护的理由，又犹豫导致冲突而有罪过。通过显示冲突双方对片面性来恢复理念的统一，悲剧人物的毁灭是永恒正义的胜利。

——［德］黑格尔，朱光潜译：《美学》，商务印书馆 1981 年版，第 288 页。

> 并不是现代人意识不到人生悲剧性的一面，而是悲剧由于长度有限、情趣集中、人物理想化，已不能满足现代人的要求。

——朱光潜：《西方美学史》，人民文学出版社 1983 年版，第 449 页。

六、文献目录

[1] Richard D. Skinner. Eugene O'nill：A Poet's Quest. Longmans Green，1935.

[2] Sophus K. Winther. O'Neill：A Critical Study. Russell and Russell，1934.

[3] [美] 弗吉尼亚·弗洛伊德，陈良庭、鹿金译：《尤金奥·尼尔的剧本：一种新的评价》，上海译文出版社 1993 年版。

[4] 廖可兑：《尤金·奥尼尔戏剧研究论文集》，外语教学与研究出版社 1997 年版。

[5] 刘德怀：《尤金·奥尼尔传》，时代文艺出版社 2013 年版。

[6] 刘海平、徐锡祥：《奥尼尔论戏剧》，大众文学出版社 1999 年版。

[7] 刘砚冰：《论尤金·奥尼尔的现代心理悲剧》，载《河南师范大学学报》1992 年第 3 期。

[8] 史永霞：《论〈毛猿〉中的自我求证》，载《四川戏剧》2011 年第 1 期。

[9] [美] 尤金·奥尼尔，郭继德等译：《奥尼尔文集》，人民文学出版社 2006 年版。

[10] 汪义群：《奥尼尔研究》，上海外语教育出版社 2006 年版。

[11] 卫岭：《奥尼尔的创伤记忆与悲剧创作》，中国人民大学出版社 2009 年版。

（刘芷懿）

群芳亭

作者：赛珍珠

类型：小说

一、作者简介

赛珍珠（Pearl S. Buck，1892—1973），一位因书写中国而享誉全球的美国作家。她出生在美国弗吉尼亚州的西部，4个月后，被父母带到中国。她在童年时就开始同时学习中西文化，这为她形成跨文化的视野和思维奠定了坚实的基础。1910年，赛珍珠由中国进入美国弗吉尼亚州伦道夫·梅康女子学院攻读心理学。1914年，她获得文学学士学位。毕业后，她返回中国。1917年，她与约翰·洛辛·布克结婚。1921年秋，赛珍珠与布克一起来到金陵大学任教。婚姻期间，赛珍珠更为深刻地认识到男女平等的重要性。1925年至1926年，赛珍珠在美国康奈尔大学攻读硕士学位。1926年，赛珍珠回到中国，担任东南大学外文系兼职教师。同年，《亚洲》杂志发表了她的第一部长篇小说《东风·西风》。1931年，美国纽约庄台公司出版了她的长篇小说《大地》，在美国文艺界引起了巨大的轰动。1932 年，赛珍珠获得普利策小说奖。1938 年，由于“为中国题材小说作出了开拓性贡献”，赛珍珠成为美国历史上第三个诺贝尔文学奖获得者。赛珍珠的作品主要有：小说《东风·西风》《大地三部曲》《龙子》《群芳亭》《母亲》《帝王女人》《中国天空》《炎黄子孙》《北京来信》《梁太太的三个女儿》等，散文集《中国的小说》《中国的人民》《我所见到的中国》等。在中国和中国人形象长期被漫画化、意识形态化的西方，赛珍珠的这些较为客观地表现中国的作品，产生了非常积极的影响。

二、作品简析

无论在中国，还是在西方，赛珍珠的《群芳亭》都具有划时代性的意义。

在赛珍珠写作《群芳亭》之前的“五四”时期的中国文学中，家庭伦理一直是一个非常敏感和尖锐的问题。如果说在鲁迅、冰心、冯沅君等人的《伤逝》《斯人独憔悴》《隔绝》中的家庭伦理叙事呈现的是一种非人性的本土伦理与现代的西方伦理的对立与冲突，那么，在赛珍珠的《群芳亭》中，由于作家拥有的双重文化身份，她并没有以一种非此即彼的二元对立的思维将传统/现代、东方/西方看成截然对立、冰火不容的，而是采取了较为辩证的立场，既对传统家庭伦理压抑女性的独立、自由的一面进行了揭露，又对传统家庭伦理促进家庭和社会的和谐的一面进行了肯定。更为重要的是，如果说以往西方中西跨国恋题材作品中的西方男子总是以居高临下的姿态拯救了东方女子，那么，这部小说中无论在拯救的形式和内涵上都有了较大的改变。一方面，由于被拯救者吴太太的社会地位和智力都不亚于拯救者安修士，因而，拯救的实现，既得力于安修士的启蒙，也得力于吴太太的自觉。另一方面，拯救的实现不再是表现为西方文化对东方文化单方面的征服，而是表现为自由、博爱的西方文化与“亲亲”“泛爱众”的儒家文化的融合。

这就使得这部小说虽然是写跨国恋的，但无论在思想内涵上还是在艺术技巧上，都与以往同类题材的小说相比具有重大的突破性。

在主题思想上，这部小说的最大亮点是呈现了个体生命的三种维度和形态：顺从与受困、驱魔与迎神、再生与成长。

首先，是个体生命的顺从和受困。

女性自从进入男权社会以来，地位一落千丈。在男权社会设置的“夫为妻纲”、“三从四德”等道德规范的长期训导下，女性的主体意识受到了极大的限制。她们的视野被限制，思想被固化，言行被操控。像小说中的秋明，因为是一个女婴，所以被母亲遗弃，后来虽然被人收养，但也是被当作童养媳来利用。一旦这家人的儿子死了，她就又被当作牲口一样出卖到吴家。而秋明在这种男权的压迫之下，却放弃了反抗，视一切为理所当然，心甘情愿地接受这种被凌辱的命运。在刚刚来到吴家时，她甚至企图从吴家对她的反应中来确立自己作为女性的价值所在。

这种女性自身将父权意识内在化，完全按照男权社会所期许的方式去生活的问题，在小说中的吴太太那里也同样存在。吴太太因为出身名门、相貌出众、聪明过人而成为当地大户人家的实际掌门人。然而，就是这样一个各方面都非常优秀的女子，在传统道德的规约下，既没有像鲁迅《伤逝》中的子君那样一边高喊“我是我自己的”，一边离家出走与恋人同居；也没有像冯沅君的《隔绝》中的女主人公隽华那样一边高喊“不得自由我宁死”，一边准备与自己的恋人冲破家庭的围墙去私奔，而是深受传统道德的影响，被传统道德观念塑造成了一个贤妻良母的道德楷模。

吴太太尽职尽责、孝顺明理。她任劳任怨地孝敬公婆，殚精竭虑地帮助丈夫，尽心尽力地养育儿子。吴太太言语得体、谈吐有致。对康太太，她的言语是热情但有节制；对夏修女，她的言语是礼貌但不热情；对刘妈，她的言语是客套但比较谨慎。吴太太心灵手巧、厨艺精通。夏天，她知道用黄瓜汤为家人解暑；冬天，她知道用牛肉为家人补身体。她的亲家兼好友康太太难产时，她甚至凭借着丰富的中药知识使康太太转危为安。

这一切的一切，都使吴太太得到了邻居、朋友的称赞，也得到了她的公婆的认可。然而，它们也使她的身体极度疲惫，精神极端压抑。当她走出公众的视野，一个人独处时，“刹那间她看起来像一朵枯萎的花，模样同她实际的年龄差不多”。于是，跨入 40 岁门槛时，她的自我意识觉醒了。“我要在剩下的岁月里集合我自己的精神和灵魂，我将细心保护我的身体，不是为了再去让男人喜欢，而是因为我住在里面，我要依靠它。”她从与丈夫合住的富丽堂皇的牡丹院搬到了公公吴老太爷曾经住过的兰花园。这一空间的变化，具有两重象征性意义。其一是，女性拥有一间属于自己的屋子，这标志着吴太太自我意识的觉醒。其二是，从充满男女激情的牡丹院进入男权中心标志的兰花园，这显示了吴太太对压抑个性的男权的反抗和对个体自由追求的开始。

其次，是个体生命的驱魔与迎神。

在吴太太的生活中，她似乎总是面临着选择。在40岁生日之前，她面临着追求肉体满足还是追求精神满足的问题。搬入兰花园以后，她在获得了独立空间的同时也获得了身体的解放，但是，如何获得精神的解放？如何获得真正的生命自由？这时候的吴太太仍然是不清楚的。

这种情况，直到安修士的出现才得以改变。安修士被请到吴府教育她的第三个儿子峰镆。不过，从中受益的既有峰镆，也有她。如果说，以往传统的教育告诉她，女人的肉体和精神一生只能属于一个男人，那么，她现在则对这种教育表示了怀疑。如果说，她原来听从公公的话，不仅隐藏了自己思想的锋芒，而且压抑了自我对知识的渴望，那么，她现在就希望借助安修士为代表的先进的现代文化力量，上演驱魔与迎神的仪式，驱除恶魔一样存在的吴先生，迎来神一样存在的安修士。

与自私、冷漠的吴先生相比，安修士是无私、博爱的。他对自己的生活的要求很低。他的家当只有两套换洗衣服，一个留声机，一个天体望远镜。但他给予别人的帮助则是巨大的。他收养了二十多个孤儿，免费给乞丐提供吃和住的地方。与平庸、软弱的吴先生相比，安修士是聪慧、自信的。吴先生与吴太太结婚二十多年都没有读懂吴太太，安修士第一次见吴太太就读懂了她。他对她说：“你也是个好人”，“但我不敢肯定你是否幸福”。与机械呆板的吴先生相比，安修士又是机智幽默的。安修士趣味高雅、富有情调，知道如何与女人对话和交流，时常给吴太太制造一些小惊喜和大感动。

通过种种对比，吴太太深刻地认识到，像吴先生这样无知、冷漠而又自私狭隘的男性是女性生命中的梦魇，而像安修士这样无私、聪明、博学、博爱的男性才是真正理想的男性。安修士就像她人生道路上的指路明灯，驱逐了她生命中的黑暗，照亮了她生命的行程。

再次，是生命的再生与成长。

值得注意的是，如果说一般的中西跨国恋作品将中国女子的获救归功于她们对西方文化的认同，那么，《群芳亭》中吴太太的获救与其说得益于安修士宣扬的博爱、自由的西方文化的影响，不如说得益于她在安修士的启示下对中西文化价值观的融合、升华。在小说中，这种融合与升华主要表现在两个方面：

第一，自由不是自私，个体应该成为一个有责任的自由者。吴太太为了获得个人完全的自由，自作主张为丈夫纳妾，为峰镆娶妻，却根本没有考虑到丈夫、儿子的意愿。结果，她与吴先生、峰镆都没有获得她预期的幸福。儿子不幸福，出国了；老公不幸福，嫖娼了；老公的小老婆不幸福，上吊了。她自己想重回老公身边时，老公拒绝了。在事实面前，吴太太认识到，个体在追求西方式的自由时，不能完全抛弃注重家庭责任的中国传统文化，而应该融合中西文化之精华，做一个负责任的自由者。于是，她不再将自己的自由建立在另外一个女人的不自由之上，为秋明找到了生母并允许她离开吴家。她也不再为了追求自由而忽视丈夫的内在需求，同意吴先生娶令他感到舒心、快乐的青楼女子茉莉为妾。就这样，她在实现了自我的自由的同时，也让他人获得了生命的自由和幸福。第二，博爱就是由己推人，让个体成为一个既爱亲人也爱他人的“泛爱”者。在安修士的启发下，吴太太认识到，爱不是爱自己，而是应该由己推人、知邻如知己。如果说基督教并不赞同对亲人与他人施加不同的爱的话，那么，儒家则认为“爱亲”是“泛爱众”的基础。吴太太和安修士都认为，基督教要求“爱邻如爱己”的思想过于理想化，不太切合实际，应该用带有中国文化色彩的“由己推人”的思想对其进行重构。于是，在安修士为救人而被青帮打死后，吴太太主动承担起照顾安修士收养的二十多个孤儿的任务，将这些孤儿看成自己的孩子，让他们住到了她的家中，供他们吃住，供他们读书。此外，她鼓励峰镆、琳旖离开家庭去农村办学，为贫穷的村民传授文化知识。这时候的吴太太，已经将西方的人道之爱与东方的仁爱之德完美地结合在了一起。这个全新的她与其说是被安修士改变的，不如说是被优秀的中西文化综合改造而成的。

这部小说在艺术上的一个突出特点，就是作者运用梦幻化和哲理化的叙事方法，立体、多层次地表现了主人公深层的内在生命和复杂的精神世界。

赛珍珠是学心理学的。人的内在生命和复杂的精神世界是贯穿这部小说的中心问题，而她对这些问题的考察又纯粹是从自己的哲学理念出发的，因而，这部小说的叙事带有较为强烈的梦幻化、哲理化色彩。

在小说中，梦幻既是一种叙述方式，也是我们探测人物深奥而又复杂的精神世界的一个视角，同时，也是我们了解赛珍珠价值观和道德信仰的一个维度。

从某种程度上说，现实世界和梦幻世界往往与个体生命的两极相联系。在现实世界中，吴太太等女性的生命被理性、道德所控制，潜在、隐秘的心理被压抑；而在梦幻世界中，她们的生命被潜意识所驱使，长期被压抑的欲望和冲动获得了实现的机会。这种个体生命在梦幻世界的觉醒与自由在第八章关于吴太太“灵魂出窍”的叙述中表达得淋漓尽致。安修士在对吴太太宣扬了一段关于爱、信仰、自由的观点后离开了，吴太太一个人坐在院子中的椅子上仰望着星星。望着望着，她进入了梦幻状态：“她已经越出了围墙。她想，围墙没有高耸入云，把星空切成方块。当她登上星星时，看见整个地球躺在她的眼前，上面布有七个海洋、各个国家和她从书本上了解到的各种民族，南极北极及其不融解的冰雪、热带以及热带地区的生命。”“她有生以来第一次想越过围墙，在地球各处旅行，去看一切，了解一切”，她决定，“一旦获得自由，我便离开这个宅子，义无反顾地勇往直前”。这里，被现实世界中道德、理性长期压抑的个体生命自由的欲望，在梦幻世界中借助于飞翔获得了实现。

在赛珍珠的笔下，飞翔不仅是吴太太在梦幻中的一个简单的动作，而且是一种具有象征色彩的姿态。“飞翔”意味着吴太太摆脱现实中的种种束缚和困境，获得精神的飞升和自由。由此，“飞翔”就既是生命对理想人性的寻求，也是生命对理想主义的张扬。

这，实际上也是一种哲理化的叙述与表达。事实上，在这部小说中，几个主要人物，都是作家思想观念的代言人，都体现着作家的人生理想。这其中，安修士的一些颇富人生哲理的言论，与其说是安修士的，不如说是赛珍珠的。在谈到吴太太只顾个人的自由却忽视了对家庭中其他人的责任时，安修士语重心长地对吴太太说："别专门想到你自身的自由，而是想一想你如何使其他的人获得自由。"在安修士和赛珍珠看来，自由不只是意味着占有，而且意味着给予和付出。而后者，才是个体生命一种崇高道德精神的体现。事实上，在整部小说中，如果说拯救是安修士和赛珍珠的意识核心，那么，爱与牺牲就是实现拯救的重要方式。在回答吴太太关于他的传教的方法的提问时，他说道："在睡觉和走路之中，在打扫我的屋子和花园之中，在喂养我拾到家里的弃婴之中，在到这里来教授你的儿子之中，在陪坐病人和帮助弥留的人之中——这样他们也许能平静地死去。"所以，尽管安修士后来为了拯救别人而牺牲，但是，悲剧性并不是安修士的人生的基调。赛珍珠对安修士悲剧性结局的设定，并不只是为了构造惊心动魄的戏剧冲突、凸显主人公的崇高境界，而且是试图通过安修士为了拯救别人而牺牲这一行为本身和过程，来证明爱与牺牲对于个体生命价值实现的意义。

三、作者自白

尽管孔夫子是个哲学家，不是牧师，但实际上正是他为中国社会、为他的子孙创立了一整套与宗教、与道德作用相同的伦理纲常。恐怕还要经过相当长的时间，中国人才会重新认识孔夫子这个最伟大的人物对中华民族的贡献有多大。

——［美］赛珍珠，尚营林等译：《我的中国世界》，湖南文艺出版社1991年版，第196页。

我也以自己的方法，在自己的时代，听从了上天的旨意。对我说来，这是通过孔子的永恒真理之词来表述的。虽然他出生在基督之前五百年之久，却至今还活在人们心中。

——［美］赛珍珠，汪健译：《最后的倾诉》，载《当代外国文学》1996

年第 3 期。

四、名家点评

她的经历和经验也使她具备了在任何形势下都能全面分析问题的能力。无论是作为一个普通人还是作为一位作家，东方和西方这两个世界都充实拓展了赛珍珠的精神领悟力，增强了她的理解力和同情心。东西方在赛珍珠身上融为一体，有助于形成她对其中异同点的成熟认识；而这种认识最终成为她生活观念的一个显著特点。赛珍珠是两个世界和两种文化的媒介。

——［美］保罗·A. 多伊尔，张晓胜等译：《赛珍珠》，春风文艺出版社 1991 年版，第 2 页。

表面上看，这是一个中国女性在基督教感召下对自我价值的寻求过程。“从他（安德雷修士）那里我们了解到自我所拥有的权利”，吴太太由此获得了灵魂上的自我拯救，但赛珍珠不仅仅展示一个旧式中国女人受到西方思想启蒙后的灵魂自修过程，她还展示安德雷所强调的“奉献”观如何在年轻一代身上体现。

——朱骅：《美国东方主义的“中国话语”——赛珍珠中美跨国书写研究》，复旦大学出版社 2012 年版，第 240~241 页。

五、研讨平台

1. 研讨题目：不同民族文化的多元共生

提示：无论是在过去，还是在今天，赛珍珠的跨文化创作都具有重要的意义。赛珍珠反对西方文化中心主义，主张以开放、包容的心态对待其他民族的文化，认为在跨文化交流的语境中，不同民族一方面要加强文化之间的对话，并努力寻找到共同的文化话题，另一方面也要保持各自文化的独特性，寻求不同文化在差异中的和谐共处。

2. 关于“不同民族文化的多元共生”的重要观点

多元文化主义首先是一种文化观。多元文化主义认为没有任何一种文化比其他文化更为优秀，也不存在一种超然的标准可以证明这样一种正当性：可以把自己的标准强加于其他文化。多元文化主义的核心是承认文化的多样性，承认文化之间的平等和相互影响。其次，多元文化主义是一种历史观。多元文化主义关注少数民族和弱势群体，强调历史经验的多元性。多元文化主义认为一个国家的历史和传统，是多民族的不同经历相互渗透的结果。再次，多元文化主义是一种教育理念。多元文化主义认为传统教育的对非主流文化的排斥必须得到修正，学校必须帮助学生对其他文化的误解和歧视以及对文化冲突的恐惧，学会了解、尊重和欣赏其他文化。

——［英］沃特森，叶兴艺译：《多元文化主义》，吉林人民出版社 2005 年版，第 1 页。

一是多元文化主义是对现代多元社会的提出的理论和实践主张，多元文化是当今时代客观存在的事实；二是多元文化主义回应的是对现实事实的一个证明而不是反对或者仅仅是宽容；三是多元文化主义论述的是单一社会中的多元文化政策应该不仅仅包括对多元文化的一般支持，而是在整个社会中，公共政策和公共机构中也应该提供积极的承认。

——George Crowder. Theories of Multiculturalism—An Introduction. Polity Press，2013：7.

六、文献目录

[1] Katherine Woods. Pearl Buck on Men and Women. New York Times，1941：6.

[2] [美] 彼得·康，刘海平、张玉兰等译：《赛珍珠传》，漓江出版社 1998 年版。

[3] 陈敬：《赛珍珠与中国——中国文化冲突与共融》，南开大学出版社 2006 年版。

[4] 郭英剑编：《赛珍珠评论集》，漓江出版社 1999 年版。

[5] 郝志刚：《赛珍珠传》，时代文艺出版社 2012 年版。

[6] 刘龙主编：《赛珍珠研究》，云南人民出版社 1992 年版。

[7] 宋兆霖主编：《诺贝尔文学奖全集（1901—2012）》，北京燕山出版社 2006 年版。

[8] 姚君伟：《论中国小说对赛珍珠小说形成的决定性作用》，载《中国比较文学》1995 年第 1 期。

[9] 朱骅：《美国东方主义的“中国话语”——赛珍珠中美跨国书写研究》，复旦大学出版社 2012 年版。

（赵小琪）

喧哗与骚动

作者：福克纳

类型：小说

一、作者简介

威廉·卡斯伯特·福克纳（William Cuthbert Faulkner，1897—1962），美国著名作家，意识流文学的代表人物。他出身名门望族，其曾祖父威廉·克拉科·福克纳的成功和母亲的坚强自尊对他影响很大，不过屡屡失败的父亲也对他影响较深。“坚强”和“软弱”、“成功”和“失败”形成了巨大反差。再者，他身材矮小，家庭的分裂加上身体的劣势，让他喜欢从内发掘自己的想象力，从小便立志成为作家。他的作品以长篇小说和中篇小说见长，许多小说的背景大多被设定在他的故乡——密西西比河流域的约克纳帕塔法县，被称为“约克纳帕塔法世系”；小说剧情大多浸染着人物的复杂心理变化，里面大量运用意识流、多角度叙述和陈述中的时间推移等富有创新性的文学手法，所以福克纳被认为是 20 世纪 30 年代唯一一位真正意义上的美国现代主义作家。1949 年，因“他对美国小说作出了强有力和艺术上无与伦比的贡献”而获得诺贝尔文学奖。

二、作品简析

《喧哗与骚动》描绘了美国南方杰弗生镇上的没落地主康普森一家的家族悲剧。如莎士比亚的悲剧《麦克白》中所说，“人生如痴人说梦，充满着喧哗与骚动，却没有任何意义”。这就是一部充满着喧哗与骚动，但最终又归于没落与沉寂的小说。

一家之主老康普生终日无所作为，嗜酒如命。老康普生太太身为母亲和妻子却自私冷酷，对丈夫和孩子极少关心，整日怨天尤人、无病呻吟。长子昆丁是个有些极端又充满悲情的人，他虽进入哈佛大学学习，但深受南方传统思想影响，传统保守，把家族荣耀看得至关重要，认为妹妹凯蒂未婚先育的行为辱没了南方淑女身份，因而受到刺激，悲愤交加，最终选择溺水自杀。次子杰生作为康普生家“唯一一个心智健全的人”，却冷酷自私、无情无爱，对家庭痛恨至极。作为儿子和兄弟，他自私自利，对父母和兄弟姐妹毫不关爱；作为舅舅，他苛待自己的外甥女小昆丁，导致其离家出走。三子班吉是先天白痴，只有感觉和印象而没有思维能力，家中没有人理解他，只有凯蒂和善良的黑人女佣迪尔西关心他。

凯蒂没有正面出场，却是全书的中心，她活泼、善良，可以说是极端压抑的康普森一家的一线阳光，是社会变革时期的一个悲剧人物。在情窦初开之时，她摆脱“闺秀”身份，与情人私会并怀有身孕，然后却嫁给了另一个男人。这也决定了她的悲剧命运，婚后不久她即被抛弃，私生女小昆丁也只能交给康普森一家抚养。小昆丁在痛苦中诞生，在疾病痛苦中长大，最后难以忍受杰生的冷酷吝啬，而与外人私奔，痛苦悲哀注定伴她一生。而凯蒂的命运，也造成了康普森家的悲剧。长子昆丁热爱妹妹凯蒂，将她视作夏娃，视作南方淑女的典范，可因为凯蒂失贞之事，他陷入痛苦之中，因无力改变家族荣誉现状而以死作为解脱。凯蒂失贞也让次子杰生深恶痛绝，本来可靠凯蒂丈夫谋得不错差事的他，却因凯蒂婚前有孕事件而失去机会，因此他将凯蒂视作“婊子”，对凯蒂的私生女也极为苛待。杰生虽有情人却没有结婚也没有孩子，生活在抱怨与仇恨中。

表面上看，《喧哗与骚动》似乎仍是一部传统的家族小说，但耐人寻味的是其家族悲剧外表下福克纳的乡土情怀与种种隐喻。“故乡始终是一个主题，一个忧伤而甜蜜的情结，一个命定的归宿，一个渴望中的或现实中的最后的表演舞台。”福克纳通过小说对故乡进行了多维度描写，创造出一个极具时代特征和社会文化意义的世界。在小说中，故乡的任何变化都会让白痴小儿子班吉惊恐不已。对于身边的一切事物他都有固定的认同，一切经验也都必须符合他的感知。在长子昆丁身上，这种对于故乡的感受也体现得十分显著。他试图维护南方传统文化和秩序，因此他把妹妹凯蒂的贞操视作家乡传统荣誉的象征。可妹妹的失贞却打破了这一神圣的象征，打破了昆丁心目中南方传统文化和秩序的神圣意义，昆丁失去了精神上、文化上的故乡，以至于精神崩溃走向死亡。小说中人物对于故乡的认知，何尝不是福克纳对于故乡的情怀呢？这点从福克纳对于次子杰生的塑造上也得到了反证。在小说中，如果说班吉和昆丁代表着福克纳对传统故乡的“爱”与“守”，杰生则代表着福克纳对传统故乡受到冲击后的“恨”与“变”。随着金钱势力对南方影响的加深，杰生顺应潮流，推崇金钱至上，漠视情感与家庭。他恨妹妹，恨外甥女小昆丁，恨善良的女佣迪尔西，恨身边的一切。在杰生身上，福克纳表达了对腐蚀南方思想的现代金钱势力的厌恶。

昆丁与杰生的精神危机，是福克纳故乡土地上沙多里斯、斯诺普斯两大家族的精神状况的缩影，是美国南方人们信仰和价值体系崩塌的象征，同时也是福克纳对人们失去“上帝”信仰后的“荒原”景象的隐喻。失去传统信仰后，就意味着既定价值体系被摧毁，一切需要重新估定。旧传统摇摇欲坠，新的秩序又远未建立，所以人们仿佛置身于精神荒漠。沮丧、失望、厌倦情绪蔓延，如昆丁那样想要时间静止：“我来到梳妆台前拿起那只表面朝下的表，我把玻璃蒙子往台角上一磕，用手把碎玻璃渣接住，把它们放在烟灰缸里，把表阵拧下来也扔进了烟灰缸”。仿佛破坏闹钟就能阻止时间流逝，阻止南方传统的消逝。甚至，还有人和昆丁一样无法接受现有社会的变化，想要不惜代价脱离尘世：“这个世界之外真的有一个地狱就好了：纯洁的火焰会使我们两人超越死亡。”冷漠、自私、邪恶，一如杰生：“我压根儿没功夫谴责您的良心。我没机会像昆丁那样上哈佛大学，也没时间像爸爸那样，整天醉醺醺直到进入黄泉。我得干活呀。不过当然了，若是您想让我跟踪她，监视她干了什么坏事没有，我可以辞掉店里的差事，找个晚班的活儿。这样，白天我来看着他，夜班嘛您可以叫班来值”。

处于精神荒漠中的人们又将走向何方？在这一点上，福克纳是个悲观主义者，他对美国南方曾有的那种阳刚精神的逝去表示哀悼，对现代人精神堕落和异化表达了不满与痛苦。康普生家的三个儿子一个自杀，一个“不娶妻”，一个“被阉”，男性生殖力的丧失或许是弥漫着错乱自怜的家族乃至整个南方文化走向终结的象征。

在艺术结构上，《喧哗与骚动》也称得上是一部里程碑式的小说。“喧哗”形容声音大而杂乱，“骚动”指躁动和不安定的波动，也指动乱、变乱。两个词语都和杂乱的声音有关，反映了社会变革动荡时期的复杂的众生生活面貌，同时也彰显了全书在艺术结构上的独具匠心。小说共分四个章节，分别选取了康普生家四个特别日子，以班吉、昆丁、杰生、迪尔西四个身份和性格迥异的人物感知和意识构成篇章。四个迥异的人物、四种不同的意识流行文风格，好像充满了喧哗杂乱的声音，与时代大环境十分相契。但若都是喧哗杂乱之声，未免失去了小说统一之美。所以，福克纳让四个章节都围绕凯蒂失身这一个事件展开叙述，就像一部乐章有了主旋律，有了基调和灵魂。

对于班吉而言，凯蒂就像是慈爱的母亲；对于杰生来说，凯蒂是堕落的娼妇；而在昆丁那里，凯蒂又成了家族荣誉的象征；在女佣迪尔西眼中，凯蒂又是一个相对客观真实的女性形象。因此，虽然四人意识不一，语言不一，但都围绕同一件事发表自己的感受与看法，这让凯蒂的形象更加真实鲜明的同时也让四位叙述者的形象鲜明，这就让纷繁杂乱的声音奏成了一曲和谐乐章，最大化地彰显出美国南方文明受到冲击时不同人物的喧哗与骚动。

总之，《喧哗与骚动》是部思想与形式融合甚佳的小说。它通过一个绝妙的视角，让我们从破碎的文字、多重思想的对话中体会到了阅读、想象的快感，感知到了当时美国南方没落的原因，也触摸到了现代社会“荒原”里冰凉的沙石。这正是文学的魅力所在，而这也正是福克纳的理想。

三、作者自白

作家必须把这些铭记于怀，必须告诫自己：最卑劣的情操莫过于恐惧。他还要告诫自己：必须忘掉恐惧。占据他的创作室的只应是心灵深处的亘古至今的真情实感、爱情、荣誉、同情、自豪、怜悯之心和牺牲精神，少了这些永恒的真情实感，任何故事必然是昙花一现，难以久存。他若是不这样做，必将在一种诅咒的阴影下写作。因为他写的不是爱情而是情欲；他所写的失败里没有希望，而最糟糕的还是没有怜悯或同情。他的悲伤并不带普遍性，留不下任何伤痕。他描写的不是人的灵魂而是人的内分泌。

——［美］威廉·福克纳：《在接受诺贝尔文学奖时的演说》，载李文俊编选：《福克纳评论集》，中国社会科学出版社 1980 年版，第 254 页。

我认为我们的美国文化促使我们的作家仅仅在次要的意义上认为自己是美国作家，我们首先还是认为自己是致力于称为文学的那种普遍意义的产品的男人和女人。我相信我们并没有真正试着去创造美国文学，甚至都没有想去提高它的声望。我相信我们是在试着去提高普遍意义上的文学的声望。我相信当我们看上去显得笨拙和乡土气十足时，那是因为我们本来就是乡土气十足。

——［美］威廉·福克纳：《在美国文学研讨会上的讲话》，载［美］威廉·福克纳，李文俊译：《福克纳随笔》，上海译文出版社 2008 年版，第 302 页。

四、名家点评

人类一直在通过一个灰暗、荒凉的混乱时代。我的伟大的前驱威廉·福克纳在这里讲话时，称它为普遍恐惧的悲剧：它如此持久，以致不再存在精神的问题，唯独自我搏斗的人心才似乎值得一写。

——［美］斯坦贝克：《约翰·斯坦贝克授奖演说》，载朱树飏选编，邹蓝译：《斯坦贝克作品精粹》，河北教育出版社 1994 年版，第 581 页。

这本小说有坚实的四个乐章的交响乐结构，也许要算福克纳全部作品中制作得最精美的一本，是一本詹姆士喜欢称为“创作艺术”的毋庸置疑的杰作。错综复杂的结构衔接得天衣无缝，这是小说家奉为圭臬的小说——它本身就是一部完整的创作技巧的教科书。

——［美］康拉德·艾肯：《论威廉·福克纳的小说的形式》，载李文俊选编：《福克纳评论集》，中国社会科学出版社 1980 年版，第 4 页。

五、研讨平台

1. 研讨题目：20 世纪经典意识流小说的同与异

提示：“意识流”流派是 20 世纪上半叶在欧美各国盛行的现代派文学流派。法国哲学家柏格森提出“真实”存在于“意识的不可分割的波动之中”，把时间看作各个时刻依次延伸、表现宽度的数量概念，而“心理时间”则是各个时刻相互渗透、表示强度的质量概念。受这种时间观的影响，“意识流”小说家反对像传统作家那样采用上帝一样的视角，对人物、环境和事件进行事无巨细的描绘，强调作家必须“退出作品”，深入开拓人物的内心世界，尤其是人物的潜意识，将人物的内心打开，把人物的全部意识原原本本地呈现给读者。因此，该派作家使用的最重要的写作手法是自由联想与内心独白，并崇尚多层次的意识结构。

1913 年，法国作家普鲁斯特发表了意识流流派里程碑式的作品——《追忆似水年华》第一卷《在斯万家那边》，从此，意识流小说掀起了高潮，并出现了其他三大经典作家：英国的沃尔夫、美国的福克纳与爱尔兰的乔伊斯。

维吉尼亚·沃尔夫（1882—1941）是英国意识流文学代表人物，其小说有《达罗卫夫人》《到灯塔去》等。美国作家威廉·福克纳（1897—1962）的代表作是长篇小说《喧哗与骚动》，该小说被推崇为不可多得的意识流小说典范之作。詹姆斯·乔伊斯（1882—1941）是意识流文学中最重要的代表作家，其代表作《尤利西斯》为最负盛名的意识流小说不朽之作。运用比较文学视角，梳理并探究这几位经典意识流作家在创作思想与艺术构造等方面的异与同，相信会对意识流小说有立体认知，并对今后的意识流小说创作大有裨益。

2. 关于“20世纪经典意识流小说的同与异”的重要观点

单一聚焦方式很难全面地把握人物内心思想的变化，运用多种聚焦方式的频繁转换交叉可以从多角度更有效地表现这一主题，避免了叙述的断裂和转换的生硬。《尤利西斯》中不同聚焦方式，尤其是零度聚焦和内聚焦之间在整部小说中频繁地转换过渡，从不同的角度展现人物的言行举止和内心思绪。福克纳在《喧哗与骚动》中通过叙述视角的流畅转换，用外聚焦来弥补内聚焦所留下的缺憾，使小说从朦胧的精神世界转向清晰的外部世界，读者也从混沌迷乱的人物内心世界进入了清晰的客观世界。伍尔夫《达洛卫夫人》也为了保持叙述的完整性和衔接性，设计了一系列特殊的场合，让两个或多个聚焦者相遇，在读者尚未觉察到的时候，叙述焦点的转换瞬时完成。

——赵国龙：《性相近，习相远——意识流小说叙述视角的比较研究》，载《理论探讨》2013年第8期。

当论者比较我们意识流作品与西方意识流的不同时，其相比较的对象是完整形态的西方意识流文学，而不是翻译过来的意识流文学。论述我们的意识流没有西方意识流小说的性意识心理、晦涩、朦胧的意绪等等，实际上这些在新时期初期意识流作品的翻译时都作了剔除。

——查明建：《意识流小说在新时期的译介及其“影响源文本”意义》，

载《中国比较文学》1999 年第 4 期。

六、文献目录

[1] John T. Matthews: William Faulkner: Seeing Through the South. Wiley-Blackwell, 2009.

[2] 蔡勇庆:《生态神学视野下的福克纳研究》, 中国社会科学出版社 2012 年版。

[3] [美] 杰伊·帕里尼, 吴海云译:《福克纳传》, 中信出版社 2007 年版。

[4] Philip M. Weinstein: 《威廉·福克纳》英文版, 上海外语教育出版社 2000 年版。

[5] 陶洁主编:《福克纳的魅力: 福克纳国际研讨会论文选集》英文版, 北京大学出版社 1998 年版。

[6] 肖明翰:《威廉·福克纳研究》, 外语教学与研究出版社 1997 年版。

[7] 朱振武:《在心理美学平面上的威廉·福克纳》, 学林出版社 2004 年版。

(孙培培)

老人与海

作者：海明威

类型：小说

一、作者简介

欧内斯特·海明威（Ernest Hemingway，1899—1961），出生于芝加哥橡树园镇，是20世纪具有广泛影响力的美国作家。海明威的一生，是充满传奇、浪漫色彩的一生。他参加过第一次世界大战，非常年轻的时候就成为人们敬仰的英雄。他是美国“迷惘的一代”作家中的标志性人物，但为他带来全球性声誉的则是他塑造的“一个人可以被毁灭，但不能被打败”的“硬汉子”形象。他的作品语言清新流畅、简洁凝练，创建了一种影响深远的“电报式”的“海明威风格”。1952年，他的《老人与海》获得美国普利策文学奖，两年后，它又一举夺得诺贝尔文学奖。在反英雄极为流行的20世纪，海明威却成为那个时代引领时尚的先锋。他是一个出色的运动家和旅行家，一个优秀的狩猎者和渔夫，一个勇往直前的拳击手，一个善于将吃转化为一种艺术的酒徒和美食家。1961 年，由于病痛等原因，海明威在家自杀。海明威的肉体生命虽然消失了，但是他的精神的影响是巨大的。肯尼迪总统说："几乎没有哪个美国人比欧内斯特·海明威对美国人民的感情和态度产生过更大的影响"。海明威的作品主要有：长篇小说《太阳照常升起》《永别了，武器》《丧钟为谁而鸣》，中篇小说《老人与海》《乞力马扎罗的雪》，短篇小说集《没有女人和男人》《有的和没有的》《在我们的时代里》，随笔《危险的夏天》《非洲的青山》《死在午后》《曙光示真》等。

二、作品简析

谈及海明威和海明威《老人与海》中的圣地亚哥，一般人关注的是他们性格上"硬"的一面，而忽视了他们性格的矛盾性和复杂性。事实上，倔强与柔情的共生，乐观与悲观的并存，既是海明威性格的独特之处，也是圣地亚哥性格的独特之处。因而，在阅读《老人与海》时，任何将小说的意义仅仅解读为对"硬汉"精神的弘扬的观点，都有将小说丰富的意义简单化的嫌疑。

那么，小说丰富的意义具体又表现在哪些方面呢？

首先，表现在人与社会的对立统一之上。

我们看《老人与海》，首先感到的巨大震惊是，捕鱼技术顶呱呱的老人竟然在 84 天之中，一条鱼也没有捕到。这是为什么呢？往下一看，我们明白了。因为老人固守传统的价值观，将捕鱼看成自我价值的体现，看成人与自然亲切的对话过程。在捕鱼过程中，他尊重自然，敬畏对手。

但是，现实是无情的。现代文明已经渗透进老人所在的小镇。当老人还在依靠一条小船、一根鱼叉、一张网等传统的捕鱼工具去捕鱼的时候，大量渔民一方面被现代化的技术所吸引，一方面为巨大的利润所驱使，已经动用汽艇、拖网渔船去捕鱼。如果说老人捕鱼依赖的是自我对自然万物的了解，为自己对海洋和鱼群的熟悉而骄傲，那么，以现代化机器捕鱼的人已经基本上可以不在乎天气状况，也可以不需要非常深入地了解自然万物。于是，吊诡的事情出现了，深谙捕鱼技术却拒斥现代文明的圣地亚哥 84 天没有捕捉到鱼，而对海洋鱼群信息一窍不通的马诺林的新雇主却用现代化机器在头一个礼拜就捕到了三条好鱼。

在一个高速发展的现代工业文明时代，老人却坚守传统的价值观和传统的捕鱼方式，他的失败是必然的。他自然也因为这种失败而遭到现代文明社会中人们的抵制和嘲弄。在这种抵制和嘲弄中，他作为捕鱼高手的尊严遭受到极大的挑战。老人可以不认同把捕鱼视为征服自然、生活成功的标志的现代社会的价值观，但他却不能不捍卫自己作为捕鱼高手的尊严。而对于他这样一个社会认同较为缺失的人，要想重新获得社会的认同，就必须征服比自己能力更为强大的对手。于是，捕捉大鱼成为达到这一目的的有效途径。只有捕捉到大鱼，他才能重新获得人们的尊敬，重建冠军圣地亚哥的社会形象。

这是社会文明剧烈变化带来的老人的思想和性格的矛盾。一方面，他爱大海，爱大鱼，他不愿意去深海捕鱼，对自己去深海捕鱼感到深深的不安。“‘鱼啊，我不应该把船划到这么远的地方去。’他说，‘既不是为了你，也不是为了我。我很不好受，鱼啊。’”但是，为了重新树立自己作为强者的社会形象，他却不得不压制本我的冲动，在超我的驱使下在大海中与大鱼展开激烈的搏斗。

其次，表现在人与自然的对立统一之上。

读《老人与海》，我总是会想到本雅明关于人与自然关系的话。在本雅明看来，人类的堕落，是从他们与之直接同一的事物相分离而开始的。他强调指出：“在人的堕落过程中，他放弃了具体含义的直接性并堕入所有交流中的间接性的深渊。”① 相对于人与自然、上帝、语言和精神的原初的完整、同一，人在把自己变成了万物的主人的同时，也破坏了人与自然万物之间原有的和谐统一的关系。

而小说中的老人，显然与自然有着和谐的一面。如果说，在其他受现代文明价值观影响的渔民那里，大海与鱼是他们的敌人，与他们存在着竞争关系。那么，在老人这里，大海与鱼则是他的朋友，与他是一种平等的对话关系。因而，无论是在过去，还是在将来，老人对大海与鱼都关怀备至。这种

① ［德］瓦尔特·本雅明：《论语言本身和人的语言》，载陈永国、马海良编译：《本雅明文选》，中国社会科学出版社 1999 年版，第 274 页。

对大海、鱼的情感来自他的内心深处，在那里保留着远古人类的万物有灵的思想，而这恰恰是受现代文明价值观影响的人所极为匮乏的。可以说，在小镇中，没有任何人比他更了解自然，也没有任何人比他更有资格与大海和鱼对话。他伸手到海里，可以测度出小船航行的速度；他根据对天空中云彩和星斗的观察，可以知道天气的变化。

然而，老人对待大海与鱼的心态又是矛盾的。他已经 84 天没有捕到鱼了，经济上的极端困窘和精神上的绝对孤独使他极为渴望用成功来证明自己的价值。为了生存，为了荣誉，他不得不向大海和鱼宣战。在老人与马林鱼搏斗的过程中，在外形上，老人与马林鱼形成了极大的反差。马林鱼青春、健壮、庞大，重达一千三百多斤；老人衰老、疲惫、瘦小。然而，硬汉之所以是硬汉，就在于他不会在强大无比的对手面前低头，就在于他明知不可为而为之。在这场老人与马林鱼的漫长的斗争中，自始至终坚定沉着、不屈不挠的既有老人，也有马林鱼。他们共同完美地阐释了“可以被毁灭，但不能被打败”的意义。

再次，表现在人与他人的对立统一之上。

海明威写作《老人与海》的时期，正是他极为孤独的时候。1937 年以来，由于自高自大等原因，他把许多人从自己的视野中驱逐了出去。而在他孤独、寂寞的十来年时间中，他的创作才华像他笔下老人捕鱼的才能一样遭到了众人的质疑。于是，他将自己最为隐秘的思想情感投射到老人身上，以释放因孤独而带来的生命的焦虑。小说一开始，作家就为我们展现了老人触目惊心的孤独的生活状况。他“是个独自在湾流中一条平底小帆船上钓鱼的老人”。

老人的妻子早已去世，膝下也没有儿女。他孑然一身，以简易的窝棚为家。当他 84 天没有捕到鱼的时候，渔村中的绝大多数的人不仅没有给予他支持和帮助，反而尽力躲避他、嘲笑他。只有小男孩马诺林与众不同。他由衷地钦佩他、关心他。然而，就是这唯一的朋友，最后也在马诺林父母的逼迫下离开了老人。至此，老人在心理上陷入了绝对孤独的状态。

不过，老人对众人的种种疏离和嘲弄不以为然。他背对着人群，只身勇敢地驾着一叶扁舟驶向远海。他离人群越远，离大海的心脏就越近。“天下熙熙，皆为利来；天下攘攘，皆为利往。”再热闹的人的社会，也不过是一个你争我夺的利益场。而只有大海，才是一个本真的世界。在这个本真的世界中，老人可以自由自在地唱歌、自言自语、看风景。在这里，他越加深刻地发现作为社会人的“自我”局限性，也越加深刻地激发了作为自然人的无限的生命欲望与能量。

毫无疑义，老人确实“不同寻常”。他不再拘囿于海明威作品中以往“硬汉子们”活动的空间，在与世隔绝的大海上享受着自由自在的孤独的快乐，向世人展示了独自面对自然世界的傲岸的气概。

然而，人毕竟是社会的动物，内心中都有对爱的需求。表面上看，老人对他人的疏离毫不在乎，甚至故意将船划向远离其他捕鱼船的深海。而实质上，他在海上捕鱼的过程中，不时涌动着渴望帮助、寻求理解的意识。他九次说道：“但愿那孩子在这儿就好了。”在归途中，他甚至开始想念原来他并不在意的镇子里的人，认为他们会为自己的安危担心。“好多老渔夫也会担心的。还有不少别的人。我住在一个好镇子里啊。”应该说，这些表现了他想把自己融入到由众多他人构成的世界之中去的强烈愿望。

最后，表现在寓意深刻的象征性意象之上。

在《午后之死》中，海明威曾经将文学创作比喻为海上漂浮的冰山。“冰山在海上移动是很庄严、很宏伟的，这是因为它只有八分之一露在水面上。”①海明威的《老人与海》，就是一座漂浮在浩瀚无边的大海上雄伟而壮观的冰山。表面上看，它的人物、事件、语言都较为简单，而实质上，它们的背后却潜伏着比我们看到的还要大几倍的景观。这其中，大海、狮子几个意象寓意之深刻，令人极为震撼。

“大海即命运”是小说中贯穿始终的隐喻。在小说中，大海是仁慈、宽厚的，它为人类提供了取之不尽、用之不竭的资源；大海也是残酷、无情的，今天它可以将老人推上成功的巅峰，明天它就可以借助鲨鱼将老人拉入失败的深渊。弱肉强食、适者生存既是大海的游戏规则，也是人类社会的竞争法则。

---

① 董衡巽编选：《海明威谈创作》，生活·读书·新知三联书店 1985 年版，第 17 页。

狮子是老人三次梦中出现的意象。老人年轻时曾经是远近闻名的强者。但随着生命逐渐老去，老人需要一个支撑点，让自己仍然屹立不倒。而狮子，正是他生命的支撑点。如果说捕鱼前的梦中自在地嬉戏玩耍的狮子象征着自由的生命，捕鱼期间的梦中闯入海滩的狮子象征着永不满足、永远进取的生命意志，那么，捕鱼归家后梦中的狮子就是老人与狮子的混融体。这个时候，狮子就是老人，老人就是狮子。老人的形象借助狮子意象而升华，成为“可以被毁灭，不可以被打败”的强者形象的代名词和象征。

真正的文学大师往往能够用最简单的语言阐述最丰富、最伟大的意义。海明威就是这样的文学大师。斯人已逝，但他的《老人与海》就像大海中不沉的海船上高耸的桅杆和风中猎猎作响的旗帜，成为世界文学史上永恒的壮丽风景。

三、作者自白

我只知道这是我这一辈子所能写的最好的一部作品了，别的优秀而成熟的作品与它相比大为逊色。我今后还要努力写得更好些，但这会是非常困难的。请不要以为我头脑发热，骄傲自满。

——［美］海明威：《致华莱士·梅耶》，载董衡巽编选：《海明威谈创作》，生活·读书·新知三联书店 1985 年版，第 140 页。

《老人与海》花了我一生来写作，但是涵容了现实世界和一个人的精神的所有纬度。

——［美］海明威，杨旭光、袁文星译：《海明威书信集》（下），河南文艺出版社 2012 年版，第 763 页。

我总是试图根据冰山的原理去写它。关于显现出来的每一部分，八分之七是在水面以下的。你可以略去你所知道的任何东西，这只会使你的冰山深厚起来。这是并不显现出来的部分。如果一位作家省略某一部分是因为你不知道它，那么在小说里面就有破绽了。

——［美］海明威：《海明威访问记》，载董衡巽编选：《海明威谈创作》，生活·读书·新知三联书店 1985 年版，第 50 页。

四、名家点评

海明威笔下无根的美国人灵与肉都在暴风雨里，他们唯一的防御是努力出色地滑雪、出色地射杀狮子、建立良好的男女关系和男人与男人之间的关系，这些技术和品德在那个更好的世界无疑是极有用的，只是他们都不相信有这么一个世界。

——［意］卡尔维诺，黄灿然译：《海明威与我们》，载《城市文艺》2006 年第 8 期。

小说所要表现的，远远不仅是一个简单的老渔人，而是人的硬汉精神，是人的“打不垮精神”。这就是小说的象征意味。而人物身上若干限定性的简略与空旷寂寥的大海画面，正是这种象征意味的补佐。

——柳鸣九：《性格描写中的“冰山”艺术与象征艺术——海明威〈老人与海〉》，载《名作欣赏》1995 年第 6 期。

五、研讨平台

1. 研讨题目：孤独的意义

提示：《老人与海》的第一句话是：“他是个独自在湾流中一条平底小船上钓鱼的老人。”这既是老人生命状态的写照，也是海明威当时的生命状态的写照。在海明威和老人这里，孤独并非源自个体被世俗之人疏离和排挤，而是来自自我对喧嚣与浮华的尘世的轻视和拒斥。因而，孤独属于那些看淡世俗利益的智者与强者，是强者在精神上的超群卓绝的表现。在一个“天下熙熙，皆为利来；天下攘攘，皆为利往”的时代里，孤独是自我防护的武器，是自我人格独立意识的强化，也是自我冷静审视他人的一种方式。

2. 关于“孤独的意义”的重要观点

> 我始终相信孤独无所不在。它占据了一切，和大家一样，没有孤独便无所事事，便不再注意什么东西。那是一种思维方式，一种推理方式，但使用的却是日常的那种思维。

——［法］杜拉斯，曹德明译：《写作》，春风文艺出版社2000年版，第16页。

> 孤独的坏处就算不是一下子就被我们感觉得到，也可以让人一目了然；相比之下，社交生活的坏处却是隐蔽的：消遣、闲聊和其他与人交往的乐趣掩藏着巨大的，通常是难以弥补的祸害。青年人首上的一课，就是要学会承受孤独，因为孤独是幸福、安乐的源泉。

——［德］叔本华，韦启昌译：《人生的智慧》，上海人民出版社2014年版，第133页。

> 从心理学的观点看，人之需要独处，是为了进行内在的整合。所谓整合，就是把新的经验放到内在记忆中某个恰当位置。唯有经过这一整合的过程，外来的印象才能被自我所消化，自我也才能成为一个既独立又生长着的系统。所以，有无独处的能力，关系到能否真正形成一个相对自足的内心世界，而这又会进而影响到他与外部世界的关系。

——周国平：《论孤独的价值》，载《粤海风》1998年第1期。

六、文献目录

[1] Scott Donaldson. By Force of Will：The Life and Art of Earnest Hemingway. Viking Penguin, 1977.

[2] 董衡巽：《海明威研究》，中国社会科学出版社 1985 年版。

[3] 董衡巽编选：《海明威谈创作》，生活 · 读书 · 新知三联书店 1985 年版。

[4] [美] 肯尼思 · S. 林恩，任晓晋等译：《海明威》，中央编译出版社 1997 年版。

[5] 李瑞红、孟晓媛：《海明威》，辽宁人民出版社 2014 年版。

[6] [美] 库尔特 · 辛格，周国珍译：《海明威传》，浙江文艺出版社 1983 年版。

[7] 杨恒达：《海明威》，长春出版社 2001 年版。

[8] 张薇：《海明威小说的叙事艺术》，上海社会科学院出版社 2005 年版。

（赵小琪）

愤怒的葡萄

作者：约翰·斯坦贝克

类型：小说

一、作者简介

约翰·斯坦贝克（John Steinbeck，1902—1968），出生于美国加利福尼亚的萨林纳斯镇。从小在乡村牧场中度过的斯坦贝克，对山区的自然风光和底层劳动人民有着天然的亲厚心理。自 1919 年高中毕业后，斯坦贝克于 1920 年至 1925 年断续在斯坦福大学从事海洋动物学研究，由于在毕业前夕转向文学创作，因而未获学位。为了生计，斯坦贝克从事过多种以体力劳动为主的职业，这些经历加深了他对底层劳动人民的同情和理解。他曾两次考察访问苏联，并以记者的身份在欧洲战场亲历过第二次世界大战。1939 年，斯坦贝克因《愤怒的葡萄》而获得普利策奖，1962 年，“由于他那现实主义的、富有想象力的创作，把蕴含同情的幽默和对社会的敏感结合起来”的创作特色，成为美国第 7 个获得诺贝尔文学奖的作家。1964

年，斯坦贝克获美国总统自由勋章。他的代表作品还有《煎饼坪》《小红马》《人与鼠》《相持》《月亮下去了》《罐头厂街》《珍珠》《伊甸之东》《烦恼的冬天》等。

二、作品简析

《愤怒的葡萄》以纪实的笔法对美国资产阶级导致的经济大萧条、大恐慌进行了史诗性的描述，反映了一个时代的集体性悲剧。乔德一家是生活在俄克拉荷马州的农民，在土地被银行没收、房屋被拖拉机破坏之后，看到了由加利福尼亚州传来的招工传单，决定举家向西部迁移。乔德一家十二口人将家中的一切变卖，换了一辆破旧汽车，经由著名的六十六号公路向西部逃荒而去。然而到达西部之后，等待他们的是剥削、敌意和驱赶，于是他们在绝望中挣扎、改变。

古希腊神话用"潘多拉的魔盒"来解释人类苦难的来源，而事实上人类的苦难只不过是有些人的私欲所导致的必然后果。斯坦贝克就是通过《愤怒的葡萄》讲述了因一些权力拥有者不断膨胀的欲望而导致的集体性灾难。由于资本主义的发展，极少数人占有了绝大部分的社会资源。他们先将农民从土地上赶走，剥夺了农民赖以为生的生活来源。同时，为了私人利益的最大化，他们又将几十万农民从中部引诱到加利福尼亚，造成当地劳动力的激增过剩。而西部劳动力的过剩，使资本家得以最大限度地剥削穷苦百姓的最后一点剩余价值。与此同时，由于供需的极端不平衡，大资本家为了保证产品的销售价格，将大量无法销售的葡萄、牛奶直接倾倒在河流里，将猪直接宰杀掩埋在地底。失业者衣不蔽体，资本家又极端浪费，这造成了阶级的尖锐对立和社会矛盾的激增。斯坦贝克亲历了这一历史事件，他曾与失去土地的农民一起前往加利福尼亚，并目睹了那些农民到达加利福尼亚之后的悲惨遭遇。在斯坦贝克的叙述中，集体性的苦难以及导致苦难背后的人性和制度因素都得到了全面的展示和反思。

《愤怒的葡萄》以乔德一家人的迁移经历为叙事主线，反映了美国经济大萧条时期农民的惨状。小说将这样一个大的历史事件聚焦到一个具体的家庭，通过对这个家庭成员切身苦难的描述，让人们重新意识到当人连基本生存的权利都被剥夺时，一切的道德和秩序都将被重新定义。从人物形象的塑造来看，小说成功地讲述了牧师凯西、乔德和乔德的母亲在苦难中磨砺成长，阶级意识被逐渐激发觉醒的过程。牧师凯西是这场大灾难中的第一个觉醒的人物。从美国中部到西部的迁徙过程中，凯西的思想完成了从空洞的灵魂拯救到解决大众生命困境的转变。他曾对乔德说："我考虑了圣灵和耶稣的道理，我心里想：'为什么我们非在上帝或是耶稣身上转念头不可？'我想：'我们所爱的也许就是一切男男女女；也许就是所谓圣灵——那一大套反正就是这么回事。也许所有的人有一个大灵魂，那是大家所共有的。'"由于凯西的这种思考，他质疑宗教形式上传道的意义。到达加利福尼亚的第一天，凯西为了给乔德顶罪而被投入监狱。在监狱里，凯西真切地感受到穷人迫切的生存需求，从而意识到真正的传道不是例行的洗礼和祷告，而是真正为穷人谋取现实生活的福祉。在凯西的影响下，乔德也逐渐走向觉醒。乔德一路随着家人到达加利福尼亚，在意识到生存之路一点点被堵死，并亲眼目睹凯西因罢工而被杀后，乔德终于领悟到凯西对他所说的那番话的真意："他说荒野不好，因为他那一小部分灵魂要是不跟其余的在一起，变成一个整体，那就没有好处。"继而他也理解了变成一个"整体"的现实意义："到处都有我——不管你往哪一边望，都能看见我。凡是有饥饿的人为了吃饭而斗争的地方，都有我在场。凡是有警察打人的地方，都有我在场。"乔德本来只是一个刚出监狱的血气方刚的农民青年，最终却成长为有思想武装的革命实践者。《愤怒的葡萄》还塑造了一位饱含智慧的女性形象，即乔德的母亲。她坚韧而富有知见，以果断而坚毅的性格保护着一家人在苦难中不陷入绝境。她对阶级有着敏锐的感觉："你要是遭到了困难，或是受了委屈，有了急需要——那就去找穷人吧。只有他们才肯帮忙——只有他们。"她告诉乔德要紧密地团结其他的穷人。更难能可贵的是，乔德母亲对于现实苦难有着理性而深刻的认识："依我看，凡是我们干的事情，都是以前进为目的。我的看法就是这样。就连饿肚子——害病，都有意义；有的人尽管死了，剩下的人却更坚强了。总得把眼前的日子过好，一天也不能放松。"乔德的母亲是这个苦难家庭的主心骨和定心丹。

从艺术风格上来看，《愤怒的葡萄》善用隐喻。其中“葡萄”意象多次与《圣经》中的意象构成互文，有着丰富的象征内涵。首先，“葡萄”象征着富足与希望。《圣经·民数记》记载，摩西派十二个支派的人前往迦南，让他们打探之后摘一些果子回来，那时正是葡萄成熟的季节，使者“砍了葡萄树的一枝，上面挂着一串葡萄”，带回给在旷野中等待的以色列人。而这里带回的“葡萄”就象征着富饶的流着奶与蜜的迦南之地，它是以色列人的期许之地。“葡萄”在斯坦贝克的笔下也是作为富足希望的象征，吸引着乔德一家离乡西行。在乔德一家必须要离开故土又满怀恐惧时，爷爷这样安慰自己：“让我到加利福尼亚去吧……我要从葡萄架上摘一大串葡萄来，按在脸上使劲挤，让汁水顺着下巴往下流。”这时的加利福尼亚就仿佛《圣经》中所描写的流着奶与蜜的迦南之地。而“葡萄”的象征意义却在他们真正到达加利福尼亚之后发生了改变：当地的葡萄虽然生长在饿殍满地的加利福尼亚，却被大农场主直接扔到河里，烂在地里。这样可怕的现实激怒着人们：“愤怒的葡萄充塞着人们的心灵，在那里成长起来，结得沉甸甸的，准备着收获期的来临。”小说书名取自于《共和国战歌》里这样一句歌词：“他将愤怒的葡萄堆踏在脚下。”而“愤怒的葡萄”又是援引《新约·启示录》的典故。《圣经·启示录》中记载：“那天使就把镰刀扔在地上，收取了地上的葡萄，丢在神忿怒的大酒榨中。”这里“葡萄”象征着愤懑的情绪和不良的果实。而在小说的结尾，“葡萄”又有了新的象征意义。乔德的妹妹罗莎夏辛苦怀孕，却生下了一个死胎。罗莎夏情绪面临崩溃时，却于简陋的避雨仓棚里遇见了一个濒死的男人，她决定用自己的乳汁救济他。罗莎夏虽然无法哺育自己的小孩，却救活了同处困境的濒死同类，因而她露出了“神秘的微笑”。《旧约·雅歌》中说：“你的身量好像棕树，你的两乳……好像葡萄累累下垂。”罗莎夏的乳房，就如葡萄累累下垂，有着救赎的象征意义。除“葡萄”意象以外，小说还有其他意象具有同样的象征功能，如第二章爬行的乌龟象征着农民的卑微和坚韧，最后一章那场暴雨也似乎意味着穷人的心灵得到了最后的洗礼和成长。

小说的成功之处还在于作者巧妙地使用了明暗交织的两条线索进行叙事。其中叙事明线按照乔德一家人离家—赶路—到达加利福尼亚的迁徙过程展开。

在明线的叙事中，乔德一家不断失去赖以生存的物质基础，悲剧性地从农民成为彻底的无产者。作品以全知视角对这一庞大的迁徙事件进行叙述，并结合蒙太奇的手法，使乔德一家从美国中部穿越六十六号公路到达西部的各个场景得以自然转换，保证了叙事的灵活性和全面性。小说的叙事暗线则是几个主要人物的意识觉醒历程。伴随乔德一家人一路迁徙、一路失去，他们的内心世界发生了翻天覆地的变化，他们的阶级意识不断受到激发。随着凯西和乔德的身份从农民转变为工人运动的革命者，这条叙事暗线最终完成。小说暗线的叙事，得益于作者对人物性格的把控以及对人物心理的巧妙把握。简而言之，《愤怒的葡萄》以农民物质基础的失去为叙事明线，以农民阶级意识的觉醒为叙事暗线，在两条线索的交织中，完成了磅礴大气的历史事件叙事和细腻动人的人物心理刻画的高度切合，展示了作者高超的叙事技巧。

值得一提的是，斯坦贝克不仅描绘了那些受压迫的善良的劳动人民的心灵世界，也展示了压迫者和帮凶的内心世界，体现了作者的人道主义情怀。在文中，作者提及："业主方面的人有的很和气，因为他们憎恶自己所不得不做的事情，有的很生气，因为他们并不愿意残忍，有的很冷酷，因为他们早就体会到人要是不冷酷，就不能做业主。"作者并不是一味地抨击资产阶级，而是从人性的层面对社会现实进行深度解剖。同时，《愤怒的葡萄》还体现了斯坦贝克对于人与自然关系的思考："如果一份产业书是属于个人的，那么他会关心这块地，会因为收成不好发愁，会因为雨终于下到地里而开心，人始终都是主体，因为他拥有了一份产业。但是如果产业属于那些不亲自劳作的人，他就不能照自己的心意行事，他看不见产业，却被产业物化的数字左右，因此他反而成为产业的仆人。"可见对于工业化带给人类的影响，作者有着深沉的忧思和顾虑。

三、作者自白

波瓦洛曾说过，王公、诸神和英雄们才是文学所适合表现的主题。作者只能写他所崇仰者。今日之王公并不太让人兴奋，诸神们度假去了，剩下的英雄是些科学家和穷人……但是穷人们还在空白之中。当他们奋斗时，如果失败，这个英雄的奋斗就会带来饥馑、死亡或监禁作为惩罚。我们人类崇仰英勇无畏，因此作者每见到大无畏便会表现它。他现在于奋斗的穷人中发现了大无畏。

——［美］斯坦贝克语，载罗伯特·迪莫特编，邹蓝译：《斯坦贝克日记选》，百花文艺出版社 1992 年版，第 6 页。

也许把灾难遗忘掉是正确的甚至是必需的。看来战争的确是人类容易忘却的灾难。如果我们能从灾难中学到什么，那么让记忆长存才有益，但我们偏不去学。据说古希腊每隔二十年至少要打一次战争，因为每一代人都得了解战争是什么样子。在我们看来，必须忘记或千万别再耽迷于那种残忍的胡闹。

——［美］斯坦贝克，朱雍译：《战地随笔》，湖南人民出版社 1985 年版，第 7 页。

四、名家点评

它通过一个家庭的变迁，捕捉了那个时期农民困惑—失望—绝望—愤怒的情绪，写出了他们从分散的个体聚结为集体、从“我”——“我们”，也就是从农民阶级过渡到工人阶级的历史过程。如果没有这样一部作品，美国文学史就缺少了重要的一章。

——董衡巽：《论斯坦贝克的兴与衰》，载《外国文学评论》1996 年第 1 期。

他因善写美国底层社会人民悲惨痛苦的生活，富有乡土气息，文笔清新可诵，被公认为美国现实主义作家中一个大有前途的小说家。

——赵家璧：《〈月亮下去了〉修订重印后记》，载［美］斯坦贝克，赵家璧译：《月亮下去了》，百花洲文艺出版社2009年版，第120页。

五、研讨平台

1. 研讨题目：文学的政治关怀

提示：政治是每一个社会人都无法逃脱的生态环境，正如高尔基认为的“文学是人学”，因此政治与文学之间必然有着无法割断的牵连。政治可以介入文学，但是真正伟大的文学则像一面镜子，将不同时代的政治生态进行真实的映照，从而让那些合理的政治生态得以颂扬，亦使扭曲的政治生态无所遁形。中国文学自先秦以来就有着明确的政治关怀意识，东汉末年郑玄的“论功颂德，所以将顺其美；刺过讥失，所以匡救其恶”就阐明了中国文学自《诗经》以来所确立的“针砭时弊”的使命与诉求。西方文学的“两希”传统以及中世纪的文学关注神的世界，关注社会的道德，对文学中的政治关怀不像中国文学那样有明确的要求，而近代法国思想家萨特则认为文学应当服务大众。西方知识分子更在20世纪普遍而广泛地参与到政治中来，特别是在资本主义大萧条及工人运动屡遭镇压的现实面前，他们笔下的政治意识和政治关怀也愈加凸显。

2. 关于“文学的政治关怀”的重要观点

无论高级的或初级的，我们的文学艺术都是为人民大众的，首先是为工农兵的，为工农兵而创作，为工农兵所利用的。

——毛泽东：《在延安文艺座谈会上的讲话》，载《毛泽东选集》第3卷，人民出版社1991年版，第863页。

在每一个时代，作家都处在一种具体环境之中：他的每一句话都会产生回响，每一个沉默也是如此。我以为，巴黎公社失败之后发生的镇压，福楼拜和龚古尔都要对此负责，因为他们没有写出一行阻止镇压的话来。

——［法］萨特：《现代》杂志发刊词，载赵天舒：《西方文论关键词：介入文学》，载《外国文学》2018 年第 5 期。

六、文献目录

［1］Paul McCarthy. John Steinbeck. F. Ungar, 1980.
［2］董衡巽：《论斯坦贝克的兴与衰》，载《外国文学评论》1996 年第 1 期。
［3］田俊武：《约翰·斯坦贝克的小说诗学追求》，中国社会科学出版社 2006 年版。
［4］张昌荣：《约翰·斯坦贝克创作研究》，国防工业出版社 2011 年版。

（周肖肖）

洪堡的礼物

作者：贝娄

类型：小说

一、作者简介

索尔·贝娄（Saul Bellow，1915—2005），美国当代著名作家。贝娄生于加拿大魁北克，但其父母是来自俄罗斯的犹太移民。贝娄的童年基本上在加拿大蒙特利尔的犹太人贫民区度过，直到9岁时他才随父母迁居美国芝加哥。贝娄先后就读于芝加哥大学、西北大学和威斯康星大学，曾获社会学和人类学学士学位、荣誉博士学位。他曾从事过编辑、记者等多种职业，但其长期坚持的职业是大学教师。就是在执教大学期间，贝娄创作了一系列文学作品。1941年，他以短篇小说《两个早晨的独白》初涉文坛。之后，他于1944年出版长篇小说处女作《晃来晃去的人》，又于1953年出版成名作《奥吉·玛奇历险记》。20世纪六七十年代可谓贝娄文学创作生涯的黄金时期，因为长篇小说《赫索格》《塞姆勒先生的行星》《洪堡的礼物》，短篇小说集《莫斯比的回忆》，戏剧《最后的分析》以及回忆录《耶路撒冷去来》等重要作品都诞生于这二十年间。其中的《赫索格》为贝娄在美国当代文坛占据一席之地，而《洪堡的礼物》则为其赢得1976年的诺贝尔文学奖。

二、作品简析

索尔·贝娄既景仰狄更斯、陀思妥耶夫斯基和托尔斯泰等现实主义大师，又推崇乔伊斯、福克纳和卡夫卡等现代主义大家，以至于他一直游走于现实主义和现代主义之间。也正因如此，贝娄既继承了现实主义的优秀传统，又尝试了现代主义的全新探索，进而将传统技法与现代手法完美融合，形成自己独特的风格，创作出一部又一部既现实又现代的作品。这其中，《洪堡的礼物》就是贝娄将现实主义与现代主义相结合的代表作。

从故事情节的角度而言，《洪堡的礼物》主要讲述了20世纪美国知识分子冯·洪堡·弗莱谢尔及其学生查理·西特林一生的命运沉浮。洪堡出身于匈牙利犹太移民家庭，学识渊博，极富诗人的浪漫气质，早在30年代便以表现爱人之心的浪漫主义抒情诗《滑稽歌谣》闻名遐迩，但他也不过是名噪一时而已，因为他的声名在40年代末便不见经传了。虽然如此，天真的洪堡还是执着地认为文艺可以改造社会。然而，无情的现实一次又一次地摧残他的美好理想，以至于他最终不得不黯然离开文坛。不过，失意于文坛的洪堡随即又转向政坛以实现其改造社会的美好理想。当时，他殷切盼望能够助其完成理想的史蒂文森当选总统，但结果是事与愿违——史蒂文森最终落选。理想又一次化为泡影，而洪堡则又一次退而求其次，即受聘为大学教授，试图通过三尺讲台上的教书育人来间接实现其理想。可悲的是，洪堡执教不久就被辞退。于是，在文坛、政坛、讲坛都接连遭受失败的洪堡精神崩溃了，并被送入疯人院，及至出院后，又流落街头，最终落魄潦倒地死于一家下等客栈之中。就在洪堡的光环完全褪去的50年代初，由洪堡引荐先后步入讲坛、文坛的学生西特林却声名鹊起。西特林本是俄国犹太移民后裔，在洪堡一举成名时特意前往纽约追随洪堡，并被洪堡推荐为大学讲师。后来，西特林以洪堡为原型创作的历史剧又使他名震一时。可是，成名后的西特林得意忘形，挥霍无度，而妻子、情妇以及流氓的诱骗、敲诈更加速了他的破产。不久之后，西特林便流落到西班牙一个低级膳宿公寓里。就在落魄潦倒、走投无路之际，西特林竟意外而幸运地获得了老师洪堡遗留的礼物，并借此摆脱困厄。彼时彼刻，西特林愧疚难当，于是他重新安葬了洪堡，之后便前往欧洲开始新的生活、新的征程。

就像贝娄的其他小说一样，《洪堡的礼物》具有极为浓厚的自传色彩。洪堡的原型就取自于贝娄的朋友——小说家艾萨克·罗森菲尔德、诗人德尔莫·施瓦茨以及诗人贝里曼，而西特林的原型则主要是作者贝娄自己。此外，小说中的其他人物其实也都各有所本而并非凭空捏造。显然，无论是故事情节的逼真性，还是人物原型的真实性，以及叙述语言的条理性，都表现出《洪堡的礼物》具有强烈的现实主义色彩。但是，这部小说又迥异于传统的现实主义小说，因其处处隐现着新兴的现代主义小说的光芒。大体而言，这部小说的现代主义色彩，主要表现在三个方面，即叙述时间的二元化、叙述内容的意识流以及叙述人称的多样性。

小说以主人公西特林回忆并追忆往事的形式展开叙述，但这并不等同于传统的回忆录小说。这是因为，小说不仅叙写前不久发生的一些前尘往事而表现为一种回忆，还在叙写这些前尘往事的过程中不断地前溯更为久远的陈年旧事而表现为一种回忆中的追忆。小说在表面上仅仅是通过西特林的回忆叙写了此前四个多月时间内所发生的前尘往事，而且主要事件只占据其中的几天时间，如西特林在芝加哥的四五天（占全书一半篇幅有余）、在纽约的两三天、在得克萨斯的两天以及后来又回到纽约的一天，等等。这便是小说的第一条叙述时间线，也是小说最为主要的一种叙述时间线。显然，在这看似长达四个多月的叙述时间内，小说其实主要着墨于其中的十来天。与此同时，小说又通过西特林的追忆叙写了半个多世纪的陈年旧事，即从 20 年代西特林的童年一直写到 70 年代洪堡的重新落葬。这便是小说的第二条叙述时间线，也是小说所暗藏的一条叙述时间线。这两条叙述时间线的交错，必然导致叙述内容的转换甚至重复。不过，这种转换与重复，也能更好地反映一个人的忧思难忘以及愧疚难当。如小说一再重复写到的西特林在纽约街头远望洪堡的场景以及洪堡的死亡消息等，都很好地达到了这种叙述效果。

从主人公西特林的思维意识的角度而言，小说的叙述内容可分为三个部分：一是西特林的回忆内容，二是西特林在回忆中再度前溯而追忆到的内容，三是西特林在回忆和追忆过程中联想到的内容。三部分内容水乳交融而难以分辨，这主要是因为小说运用了意识流的写作手法，往往由一个点而牵引出无限联想，一环扣一环。在小说叙述时间二元化的框架下，前两部分内容的交替呈现，就已然昭示出这部小说的意识流色彩。不过，小说最为典型而浓厚的意识流写作之处，在于第三部分内容，也即西特林时不时产生的联想。比如，西特林曾由自己的汽车被砸一事，从最初推断可能是坎特拜尔所为，回想起结识坎特拜尔的地点——斯威贝尔家，于是联想到斯威贝尔的性格特点、人生经历以及与自己的交往，进而又因这一交往曾受妻子丹妮丝的刁难而联想到丹妮丝的性格特点以及人生经历，等等。叙述内容的意识流非常直接地描绘了西特林的种种心理感受，这在直截了当地揭举西特林的内心世界复杂多变的同时，也淋漓尽致地表现了西特林发自内心的焦虑不安。纯粹的意识流作品通常有其难以避免的局限，即往往因着墨于小说人物的意识活动而忽略小说人物的体貌特征、无视小说情节的完整连贯，以至于小说人物模糊不清、小说情节支离破碎。但在《洪堡的礼物》中，意识流只是作者所采用的多种叙述方法中的一种，所以《洪堡的礼物》并不存在纯粹意识流作品的弊病。

除了叙述时间的二元化、叙述内容的意识流外，《洪堡的礼物》的现代主义色彩还表现在叙述人称的多样性。诚然，小说主要以“我”——西特林这个第一人称的叙述者身份展开叙述，并且也如此这般地贯穿整部小说始终，即通过“我”将过去种种前尘往事连接在一起，进而铺陈演绎；但是，小说中也不乏第二人称、第三人称甚至复数人称的叙述者。由此，小说便呈现出叙述人称的多样性。多种多样的叙述人称的出现虽然在表面上给人以叙述凌乱之感，但是却与叙述时间的二元化、叙述内容的意识流相得益彰，从而更加契合叙述者在回忆、追忆以及联想过程中的思维的模糊性和跳跃性。

综观贝娄的小说，偏于现实主义者有之，偏于现代主义者也有之，但始终不会偏离探求社会人生的大方向。在工业高速发展的 20 世纪 30 年代，高尚的艺术被物质化的社会弃若敝履，所以在《洪堡的礼物》中，坚守艺术纯洁性和高尚性的洪堡势必会被边缘化。与此相反，无视职业操守甚至不惜哗众取宠的西特林反而成为识时务者而受到大肆追捧。显然，洪堡晚年的潦倒而死、西特林成名后的穷奢极欲都意味着艺术的纯洁性、高尚性的丧失。洪堡抵制住物质诱惑却只落得潦倒而死的悲惨结局，西特林甘为物质奴隶却也只能风光一时而终至绝境。可见，无论是退是进，洪堡和西特林这两代艺术家或者说知识分子其实都无异于无路可走而无法规避悲惨结局。事实上，小说就是在锐意暴露那个一切以物质利益为中心的物质化现代社会的罪恶，同时也相当忧虑地揭示艺术家或知识分子的严峻生存问题。在小说的结尾处，西特林最终依靠洪堡的礼物脱困，而洪堡的礼物则是两个剧本的提纲，也即艺术。当时，西特林仅仅是依据其中的一个剧本提纲进行创作，并将之改编成电影，便产生了轰动世界的影响。由此，西特林的生活得到大幅度的改善，而其前程也展露出曙光。也正是通过这一礼物，西特林才深深地明白洪堡曾经的痛苦与疯狂，进而深刻地理解知识分子在当时那个特殊时代下注定的悲惨命运。虽然曾经执着地认为艺术可以改造社会的洪堡最终归于失败，但是如此这般地安排小说的结尾，似乎意味着作者贝娄到底还是主张用艺术净化罪恶的物质化现代社会。

三、作者自白

从不同的角度看，美国读者有时会反对我书中的那股外国味，似乎我在摆架子，抬高自己。我愿意承认，自己作品中的确有很多令读者费解之处；并且由于无知的人普遍在增多，我就更像一个难以理解的东西了。衡量自己读者的智能从来就不简单。有些事情人们应该懂得，如果他们终究还打算读书，哪怕不为崇敬书本，只为装装样子，也需要接受与自己有关的20世纪的历史知识，而不是被动地成为历史的一个证明。

——［美］贝娄：《序言》，载［美］哈罗德·布鲁姆著，缪青等译：《走向封闭的美国精神》，中国社会科学出版社1994年版，第6页。

我作为一个作家，正在思考他们提出的一系列问题：对道义的极端敏感，对完美状态的想望，对社会缺点的不能容忍，他们那种感人的同时又是可笑的无止境的要求，他们的忧虑、急躁，敏感、脆弱，他们的善良，他们爆发性的情感，他们对待吸毒、接触疗法和投掷炸弹的轻率态度。

——［美］贝娄：《台风眼中的宁静》，载魏建主编：《著名文学家演讲鉴赏》，山东人民出版社 1995 年版，第 348 页。

四、名家点评

在 20 世纪下半叶的美国小说家中，索尔·贝娄是其中一个突出的巨人，也许他才是真正的巨人。他的鼎盛时期从 50 年代初（《奥吉·马奇历险记》）延续到 70 年代末（《洪堡的礼物》），尽管迟至 2000 年他仍在推出值得注意的小说（《拉维尔斯坦》）。

——［南非］库切，黄灿然译：《内心活动：文学评论集》，浙江文艺出版社 2010 年版，第 214 页。

《洪堡的礼物》似乎是贝娄调制的充满生气的滋补剂，用以弥补《塞姆勒先生的行星》中的悲惨疾苦和道德磨难。这是贝娄的传道书的欢快版：所有一切都是虚妄，什么都不是！

——［美］菲利普·罗斯，蒋道超译：《行话：与名作家论文艺》，译林出版社 2010 年版，第 186 页。

五、研讨平台

1. 研讨题目：意识流手法的利与弊

提示：“意识流”的概念源出于美国心理学家威廉·詹姆斯，而奥地利精神病医生弗洛伊德又肯定潜意识的存在，并将之视为意识活动的基础。后来，这些理论观点被文学界所接受，并逐渐发展成意识流写作手法。在“一战”以前，意识流作品并未引起广泛关注，而在“二战”以后，意识流作品开始进入大众视野，并广泛流传。意识流作品能够直击人物隐秘的心灵世界，展现最为真实的人的思想，这或许是意识流写作手法受到青睐的主要原因之所在。然而，人的意识除了理性、自觉的一部分外，还有非理性、无逻辑的另一部分。所以，意识流作品难免存在非理性化和无逻辑性的问题。此外，意识流作品往往还存在忽略小说人物的体貌特征、无视小说情节的完整连贯等问题。基于这种种，意识流作品一般都晦涩难懂。

2. 关于“意识流手法的利与弊”的重要观点

> 意识流小说的各节并不是以人物行动的进展连接起来，倒是凭着象征和形象不断的前后参照连接起来，而这些象征和形象只能在空间产生联系。

——［美］梅尔文·弗拉德曼：《〈意识流〉导论》，载《现代美英资产阶级文艺理论文选》（上编），作家出版社 1962 年版，第 279 页。

> 意识流不过是现代文学的一种叙述语言，有其所长，也有其所短。在描写纷繁的客观世界，展现宽阔的社会生活和复杂的矛盾冲突时，就受到了一定的限制。

——［法］高行健：《现代小说初探》，花城出版社 1981 年版，第 33 页。

六、文献目录

［1］Harold Bloom. Saul Bellow: Modern Critical Views. Chelsea House Publishes, 1986.

［2］Peter Hyland. Saul Bellow. Macmillan Education Ltd, 1992.

[3] 刘文佳:《索尔·贝娄研究综述》，载《美与时代》2011 年第 11 期。

[4] 刘文松:《索尔·贝娄小说中的权力关系及其女性表征》，厦门大学出版社 2004 年版。

[5] 宋兆霖:《索尔·贝娄全集》，河北教育出版社 1999 年版。

[6] 汪汉利:《索尔·贝娄小说研究》，浙江大学出版社 2016 年版。

[7] 王化学、曾繁亭：《外国作家作品专题研究》，山东人民出版社 2001 年版。

[8] 吴富恒、王誉公:《美国作家论》，山东教育出版社 1999 年版。

（徐旭）

傻瓜吉姆佩尔

作者：辛格

类型：小说

一、作者简介

艾萨克·巴什维斯·辛格（Issac Bashevis Singer，1904—1991），美国籍犹太裔作家，出生于沙俄统治下的波兰华沙附近的莱翁钦镇（Leoncin），成长于犹太居民区的一个犹太教拉比（Rabbi）世家，身为虔信派拉比、坚持传统的父亲和宣传犹太启蒙运动、否定传统的哥哥伊斯雷尔·辛格对辛格后来成为一名世俗意第绪语作家起到很大影响作用。辛格 15 岁时开始用希伯来语创作诗歌和短篇小说，17 岁后改用意第绪语写作，1923 年开始在华沙最大的意第绪语文学刊物《文学丛刊》从事校对工作；1925 年，他的意第绪语处女作短篇小说《老年》发表；1934 年，他的第一部长篇小说《撒旦在戈雷》在波兰发表，随后出版；1935 年，辛格移居美国，以为意第绪文报纸《犹太前进日报》供稿维生，随后走上创作之路，并于1978年获得诺贝尔文学奖。辛格通常用意第绪语进行创作，在与译者逐字逐句交流讨论后，再由译者将作品翻译成英文，他的作品以二战前波兰的犹太人生活和移居美国后的犹太人生活为主要内容，他一生创作颇丰，代表作有长篇小说《卢布林的魔术师》《撒旦在戈雷》等，短篇小说《傻瓜吉姆佩尔》《市场街的斯宾诺莎》等。

二、作品简析

20世纪众多文学家中，辛格是颇为特别的一个，我们很难将他划归某一流派、某种主义，他的作品也并不属于当时的文学时尚：辛格坚持用意第绪语——一门越来越少为人使用、被认为渐渐死亡的语言，来创作犹太人的故事，使东欧犹太已经消亡的历史、渐趋式微的传统在他的文字中得到保存，在他精妙而富于情感的叙事艺术中重新焕发出古老而恒久的生命力。辛格的作品在保持独特鲜活民族风貌的同时，将最表象的生活与最深刻的意义结合，兼具了深邃与清澈、朴质与激情的动人魅力，故事里承载的犹太民族的生命体验与精神遭际经由英文转译、传播，进一步融入人类共通的情感命运长河。这一特质在他的短篇小说代表作《傻瓜吉姆佩尔》中有着丰富的体现。

《傻瓜吉姆佩尔》的主人公——弗拉姆波尔镇上的吉姆佩尔，是一个孤儿，从小到大被镇上除了拉比之外的所有人嘲笑、捉弄、欺骗，却总是选择相信别人，总是一次次地上当受骗。吉姆佩尔被哄骗、逼迫着娶了离了婚的寡妇埃尔卡，婚后受到妻子埃尔卡变本加厉的蒙骗与羞辱，长住面包房的吉姆佩尔仍然辛勤工作养家，20年来对埃尔卡和她的孩子倾注了全部的爱与呵护，却直到妻子临死前向他忏悔时才得知六个孩子没有一个是他的。吉姆佩尔深受打击，在魔鬼的引诱下准备报复全镇人，但对上帝的信仰让他最终还是放弃了，他将全部积蓄分给埃尔卡的孩子后，一个人离开了镇子，从此四处漫游。这篇反讽意味十足的小说以第一人称展开叙述，带领我们进入吉姆佩尔的精神世界，跟随这个被嘲弄、被欺骗的傻瓜经历他迷茫困惑而又固执坚持的一生，体会投映于这个可怜个体身上的笼罩整个时代、整个民族乃至全体人类的苦闷迷惘以及挣扎求索。

小说中人人可欺的傻瓜吉姆佩尔并不是真正意义上的弱者，他身体健壮，“要是我打人一拳，就会把他打到克拉科夫去”；他谋生有方，作为一个孤儿，从早年面包房里的学徒发展到后来拥有自己的一家面包房，“在弗拉姆波尔镇上也算是个富翁了”；他懂规矩、明事理，对应当奉行的宗教、道德、习俗有着清楚的认识并认真遵循；他对自身以及自身遭遇也有着清醒的认识，“我不认为自己是个傻瓜”，“我认识到我是在受人欺骗”，“我相信他们说的话，我希望至少这样对他们有点好处”……内聚焦叙述视角下，镇上众人众口一词声称的“傻瓜”向读者敞开了他完整而独立的世界，文本中一言以蔽之的“傻”也有了更复杂深刻的寓意。

首先，主人公的“傻”有着特殊的文化背景与思想渊源。相比被广泛接受的索尔·贝娄译成英文的“Gimpel the Fool”，小说的意第绪语标题“Gimpel Tam”更加凝缩了人物的民族文化特质。除了为大众所理解的“傻”，“tam”这一源于希伯来语的词汇在犹太经典中还具有纯洁、虔诚的意蕴，正如同镇上人人嘲讽的“低能儿、蠢驴、亚麻头、呆子、苦人、笨蛋和傻瓜”吉姆佩尔事实上是上帝最淳朴、虔敬的犹太教信徒。在传统犹太社会里，拉比负责执行教规、律法并主持宗教仪式，犹太教徒对律法与礼俗的恪守、对上帝的敬畏、对宗教经典及其注释的信奉在民族历史发展的过程中衍生成一整套宗教生活的礼仪准则与为人处世的伦理道德规范，信仰融贯于犹太人生活的方方面面。基于这一背景，吉姆佩尔的许多行为都得到了解释。吉姆佩尔的容易受骗源于他对于宗教、对于传统的虔信不疑：只要上帝存在，一切皆被允许，所以吉姆佩尔愿意相信遇到的所有不符合常理的事情，如同对上帝神圣意志、对犹太经典中记录的神迹的相信，愿意接受所有的欺压伤害，如同接受上帝降予人类的苦难；他不怀疑律法礼俗对于所有人的约束力，不怀疑其他人是否同样虔诚地信仰上帝、遵循道德，于是总是接受其他人对他说的话、做的事，总是怀有善意的宽容。然而，在全知全能的上帝面前，人世无智者，正如拉比告诉吉姆佩尔的“圣书上写着，做一生傻瓜也比作恶一小时强”，比起满口谎言、行为放纵的埃尔卡和镇上那些以捉弄他人取乐、自以为高明的居民，认为“肩膀是上帝造的，负担也是上帝给的”、始终用近似傻瓜式的温和态度与容忍心态面对一切的吉姆佩尔身上真正体现了犹太人对古老传统的坚持，甘愿做一个世俗观念上的“傻瓜”恰恰反映出他的宗教忠诚性与道德纯粹性。

其次，主人公的“傻”有着特殊的社会背景与现实意义。吉姆佩尔的傻瓜形象是被言说、被制造出来的，人们给他起了“傻瓜”的绰号，用对待傻瓜的方式对待他，赋予他“傻瓜”的价值判断与社会定位，于是他便真正成为一个符号化的异类。正如辛格所言，《傻瓜吉姆佩尔》讲述的并不是一个微不足道的小人物的可笑一生。吉姆佩尔与周围人的格格不入在于他是一个处于传统衰落社会中的传统理想型人物，是一个在信仰逐渐失落的世界中从信仰里寻找答案的恪守教义者，是一个纠集了社会复杂心态的矛盾观念集合。小说不仅通过描写吉姆佩尔的经历展现了近代犹太启蒙运动以来处于传统向现代变革历史背景下的犹太人道德秩序与宗教信仰境遇反思，而且以一种互文性观照将吉姆佩尔这一个体与犹太民族命运连通。吉姆佩尔对埃尔卡的爱与呵护如同《圣经》中圣人何西阿赎回不贞之妻歌篾的新历史主义演绎，《圣经》中的这则故事表达了上帝对犹太人的爱与宽容，为犹太人长期以来的信仰注入精神力量。但是当辛格亲身经历了二战中犹太民族受迫害的巨大悲剧，当“这个受尽嘲弄与迫害的不幸民族再次在这个镇上的傻瓜身上体现出来”，当救赎与出路茫茫不可见，吉姆佩尔式的“傻”在“不合时宜”的纯洁信仰之外，更混合了求索无解的困惑怀疑。这种对民族历史、现实、命运的思考，同时也是现代性危机下人类命运共同体关注、探索的重要议题。

正如辛格在他的诺贝尔文学奖获奖演说中所表达的对于上帝、对于灵魂的不朽、对于伦理道德效力的相信，在《傻瓜吉姆佩尔》中，他重回犹太居民区，立足犹太传统文化的同时跳出犹太教义的束缚，“以自己的方式试图解开世事变迁之谜，试图找到困难的根源，揭示处在残酷无情深渊中的爱”。

三、作者自白

如果作家设法将生命注入人物之中，那么他们，连同作者本人，永远活着。当人们问我：“为什么你描写一个消失了的世界?”我回答说：“一个英雄，不管他今天是否活着，是否20年后才死去，或是他20年前，200 年前就死了，如果作家赋予他生命，他（或她）将是人类意识的一个活着的部分。”

——［美］辛格，方平译：《艾·辛格的魔盒：艾·辛格短篇小说精编》，中央编译出版社 2006 年版，第 327 页。

我笔下的人物，尽管不是那种在世界上起重要作用的大人物，但也并非微不足道，理由是按照他们自己的方式，他们是有个性的人，有思想的人，历经折磨的人。……他们的悲剧是不同的，吉姆佩尔不是个小人物，他是个傻子，但他并不是微不足道的。

——［美］辛格：《尽力讲好我的故事》，载王宁、顾明栋编：《诺贝尔文学奖获奖作家谈创作》，北京大学出版社 1987 年版，第 467 页。

四、名家点评

《傻瓜吉姆佩尔》是一部震撼灵魂的杰作，吉姆佩尔的一生在短短几千字的篇幅里得到了几乎是全部的展现，就像写下了浪尖就是写下整个大海一样，辛格的叙述虽然只是让吉姆佩尔人生的几个片段闪闪发亮，然而他全部的人生也因此被照亮了。这是一个比白纸还要洁白的灵魂，他的名字因为和傻瓜紧密相连，他的命运也就书写了一部受骗和被欺压的历史。辛格的叙述是如此的质朴有力，当吉姆佩尔善良和忠诚地面对所有欺压他和欺骗他的人时，辛格表达了人的软弱的力量，这样的力量发自内心，也来自深远的历史，因此它可以战胜所有强人的势力。

——余华：《温暖的旅程》，新世界出版社 1999 年版，第 8 页。

辛格短篇小说的妙处来自他对生活的细致观察，对人性各种奇妙形态的深刻领会，看似简单的故事背后时时透出意蕴复杂的洞察。

——陆建德：《为了灵魂的纯洁——读辛格短篇小说有感》，载《当代外国文学》2006 年第 2 期。

五、研讨平台

1. 研讨题目：权威的虚拟与信仰的悖论

提示：许多时候，符号性权威在实现自身、获得有效性的同时必须悖论性地保持在虚拟的维度，过于直接地落实反而会带来权威的损害与影响的无力。信仰同样是在虚拟符号层面实现自身，作为被假定相信的主体而构造了现实并在现实中发挥作用。人们在不得对信仰加以质疑的情况下，更易于接受能够证明信仰真实性的证据，被环境的力量和自己的激情支配着仍然保持信仰，但这种相信同样是在一个想象的层面，常常从虚拟维度获得权威，在现实维度陷入困境，在现代性的浪潮下表现出信仰的悖论。

2. 关于"权威的虚拟与信仰的悖论"的重要观点

以一种离奇的方式，信仰永远以这样一个"远距离的信仰"的伪装发挥作用：为了让信仰发挥作用，必须存在一些它的终极保证，然而这个保证永远是推迟的、置换的，永远不会亲自出现。那么，信仰怎么才能有可能性呢？这个延迟的信仰的错误循环如何可以减短？要点当然在于，为了让信仰得以被运作，并不需要直接相信的主体存在：预先假定这个主体的存在就足够了，也就是说，相信它的存在——或者以并非我们的经验现实领域的神话般形象为伪装，或者以非人的"有人"为伪装。

——［斯洛文尼亚］齐泽克，胡雨谭、叶肖译：《幻想的瘟疫》，江苏人民出版社 2006 年版，第 132 页。

上帝与每一个个体的关系是一种独特的和主观的经验。绝不可能先于现实的关系而获得关于它的知识。任何企图获得关于这种关系的客观知识的努力都只能做到接近它。只有信仰行为才能确保我与上帝的个人关系。一旦我发现我在美学阶段和伦理阶段的存在是不充分的，在上帝那里实现自我的愿望就对我变得清晰起来了。我体验到我的自我异化，从中领悟到上帝的存在。当我看到上帝在一个有限的人类个体即耶稣的身上显现自己的时候，一个信仰悖论就出现了。

——［美］撒穆尔·伊诺克·斯通普夫、［美］詹姆斯·菲泽，邓晓芒、匡宏译：《西方哲学史：从苏格拉底到萨特及其后》，世界图书出版公司 2009 年版，第 338 页。

六、文献目录

［1］Grace Farrell. Critical Essays on Isaac Bashevis Singer. G. K. Hall，1996.

［2］［美］爱德华·亚历山大，汪榕培、任秀桦译：《艾萨克·巴什维斯·辛格》，春风文艺出版社 1995 年版。

［3］［美］丹尼尔·霍夫曼主编，《世界文学》编辑部译：《美国当代文学》，中国文艺联合出版公司 1984 年版。

［4］冯亦代：《卡静论辛格》，载《读书》1979 年第 1 期。

［5］黄铁池：《当代美国小说研究》，上海三联书店 2014 年版。

［6］陆建德：《为了灵魂的纯洁——读辛格短篇小说有感》，载《当代外国文学》2006 年第 2 期。

［7］王宁、顾明栋编：《诺贝尔文学奖获奖作家谈创作》，北京大学出版社 1987 年版。

［8］［美］辛格，鹿金、吴劳译：《卢布林的魔术师》，上海译文出版社 1979 年版。

［9］［美］辛格，方平译：《艾·辛格的魔盒：艾·辛格短篇小说精编》，中央编译出版社 2006 年版。

（杜什悦）

所罗门之歌

作者：托妮·莫里森

类型：小说

一、作者简介

托妮·莫里森（Toni Morrison，1931— ），美国著名非裔女作家，1993 年诺贝尔文学奖得主。莫里森生长于美国俄亥俄州一个普通黑人家庭里，18 岁时以优异的成绩考入美国霍华德大学专修英语文学专业，1955 年获得康奈尔大学文学硕士学位。她曾是兰登书屋的资深编辑，主编有被誉为“美国黑人史百科全书”的《黑人之书》，也曾先后在美国纽约州立大学、耶鲁大学、普林斯顿大学等多所大学讲授美国黑人文学与文学创作课程，还为《纽约时报》撰写过多篇优秀的书评。从 20 世纪 70 年代至今，她先后创作了《最蓝的眼睛》《秀拉》《所罗门之歌》《柏油孩子》《宠儿》《爵士乐》《天堂》《家园》等十多部脍炙人口的小说，多次荣获美国国家图书奖、国家图书评论奖、普利策奖等重要的文学奖。

二、作品简析

非裔美国人是美国多元文化社会的第二大族群，他们的祖先是16世纪被欧洲殖民者由非洲贩卖到美洲的黑奴，其后又经历了南北战争、美国独立战争和抗暴平权运动，世代为反抗种族歧视与压迫、追求自由与平等而努力。作为一位非裔美国作家，黑人在美国的历史、命运与未来一直是托妮·莫里森最为关注的问题。在小说《所罗门之歌》中，莫里森用“黑人会飞”的古老神话诠释了她对当代美国黑人追求精神自由、探寻种族出路的思考。

《所罗门之歌》这部长篇小说由上、下两部共14章组成，主要讲述了黑人青年“奶娃”的成长历程，并以此为线索串联起麦肯·戴德这个黑人家族的历史。奶娃的祖父麦肯·戴德是美国南北战争后第一代被解放的黑奴，他在获得自由后建立了“林肯天堂”农庄，但也因此遭到白人的嫉妒、强夺而丧命。奶娃的父亲第二代麦肯·戴德从南方农村来到北方城市，将占有资产作为人生的唯一信条，唯利是图而残酷无情。奶娃的姑母派拉特则保留着黑人传统的价值观和人生观，她蔑视金钱，游走四方，与女儿和外孙女在黑人社区的贫民窟里过着质朴的生活。主人公奶娃最初也是一个自私狭隘、没有责任感、精神空虚的纨绔子弟，但他最终在自北向南的寻根之旅中证实自己的曾祖父沙理玛就是黑人民谣与传说中飞走了的所罗门，并在姑母派拉特的精神引领下蜕变为一个善良淳朴、强壮勇敢的新人。另外，小说还讲述了奶娃的朋友吉他由于家庭的变故而成为一个向白人疯狂复仇的杀手。由此，我们在小说《所罗门之歌》中看到了非裔黑人男性自来到美洲为追求自由、实现人生价值所作的各种尝试。他们中有的人为了反抗种族压迫、重获自由之身而抛妻弃子、一走了之，他们的离去给妻儿留下无尽的痛苦；有的人放弃传统，一味迎合白人的社会准则盲目追求财富与名利，其结果是迷失自我，成为没有根、没有精神寄托的行尸走肉；有的人为了保持黑人纯粹的民族性而刻意与白人社会隔绝，成为乌托邦的理想主义者；更有人在对白人的仇恨与对抗中生活，用血腥、偏激的行为以暴抗暴，在激化的种族仇恨中害人害己，成为丧失人性的恶魔。在托妮·莫里森看来，尽管这种种尝试都不能指引美国黑人走向真正的自由之路，但黑人男性对自由的渴望以及世代不懈的努力使得“黑人会飞”的古老传说代代相传，预示着这个民族腾飞的希望。更值得一提的是，托妮·莫里森超越了美国黑人历史与黑人文学一贯以来对女性声音的忽视，特别强调了女性在陪伴黑人男性探寻自由之路时的奉献与创伤。《所罗门之歌》正是托妮·莫里森为数百年来在美洲大陆上顽强生存，将黑人的民族文化精神融入美国本土社会，为美国黑人社会保驾护航的黑人女性所写的一首赞歌。

献词是帮助我们理解《所罗门之歌》这部小说深刻内涵的重要提示。托妮·莫里森在《所罗门之歌》的首页上只写了两个字——“父亲”，继而又在第二页上写道：“父亲们可以翱翔/而孩子们可以知道他们的姓名”。托妮·莫里森在这如诗般美妙的献词里明确提到了父亲以及父亲和孩子的关系，却有意未提在家庭关系中同样重要的另一个角色——母亲以及母亲与父亲、母亲与孩子这另外两组关系，但同时她又用了两个描述父亲们和孩子们可能状态的陈述句提醒我们注意：在献词中被遗漏的母亲是否与父亲们可能的翱翔、孩子们可能的寻根之间存在着某种特殊的联系？而这正是我们进一步探寻《所罗门之歌》主题的重要提示。接下来，小说为我们讲述了一个名叫奶娃的黑人青年在北方密西西比的城市生活和他南下宾夕法尼亚、弗吉尼亚的寻根之旅。我们发现，在以奶娃为中心人物所构成的麦肯·戴德这个美国黑人家族的家庭谱系中，处于缺席状态的家庭成员并不是被献词遗漏的母亲们，而恰恰是献词中明确提到的父亲们。奶娃的曾祖父沙理玛抛弃妻子和21个孩子从所罗门跳台上“飞走”了，奶娃的祖父麦肯·戴德为了守护林肯农场被白人枪杀，奶娃的父亲第二代麦肯·戴德痴迷于财富的积累，对妻儿冷酷无情、形同虚设，派拉特的女儿丽巴的父亲以及丽巴的女儿哈格尔的父亲在小说中更是一笔带过。可见，《所罗门之歌》中没有一个黑人父亲真正陪伴了孩子的成长，他们在各自追求梦想、实现人生价值的“飞翔”中，让他们的妻子和孩子深陷无名又无根的痛苦之中。这时候，谁来抚平孩子缺乏父爱的创伤？谁去引导孩子勇敢地寻根？谁来教会孩子理解“飞翔”的真谛？托妮·莫里森给出的答案是女性，而且必须是像派拉特那样勇敢、坚韧、独立、乐观、博爱，将黑人的民族文化之根深深扎入美国现实土地的黑人女性。只有这样的女性，当她成为母亲时，她才能帮助父亲们实现真正意义上的飞翔，才能让孩子们勇敢地踏上追溯家族历史和父亲姓名的寻根之旅。

黑人会飞吗？以科学常识来看，答案当然是否定的，但在小说《所罗门之歌》里，“黑人会飞”的民间传说与布鲁斯小调却成为莫里森精心设计的文化隐喻，让黑人奇幻浪漫的民间文化与托妮·莫里森探讨黑人民族出路的严肃主题完美融合，并由此形成了这部小说独特的神话原型结构。小说一开篇，托妮·莫里森便为读者虚构了一个现代的飞翔神话：当黑人保险推销员史密斯穿着自制的蓝绸翅膀在白人慈善医院楼顶飞起时，派拉特唱起“甜大哥飞去了/甜大哥走掉了/甜大哥掠过天空/甜大哥回家了”的歌谣，黑人女孩亲手制作的丝绒玫瑰花瓣随风飞舞，主人公奶娃就这样意外地成为白人慈善医院里诞生的第一个黑人婴儿。之后又写到，当少年的奶娃出于好奇偷偷闯入派拉特贫民窟的家中时，听到的正是由派拉特领唱、丽巴与哈格尔伴唱的这首焦糖人之歌。在奶娃30岁时的南下寻根之旅中，这首黑人会飞的民谣又在小说中多次唱响，从而让奶娃的成长历程与黑人会飞的民间神话紧密结合、交相辉映。最终，当奶娃一步一步揭开家族之谜，发现歌谣里所唱的“所罗门”就是自己的曾祖父时，他才最终完成了精神蜕变，在歌声中得以重获新生。由此，莫里森通过这首在黑人民间社会口耳相传的“所罗门之歌”委婉地表达了当代美国黑人探寻种族出路的现实诉求，亦真亦幻，引人入胜。

与此同时，《所罗门之歌》还大量利用欧洲白人的文学与文化资源来隐喻当代美国黑人的现实境遇与精神状态，巧妙地将黑人在美国的生存感知与白人的经典文化记忆建立起一种隐秘而深刻的对应关系。托妮·莫里森虽然成长于一个普通的黑人工人家庭，但白人文化毕竟是美国文化的主流，加之她从小热爱文学、成绩优异，在霍华德大学和康奈尔大学攻读学士与硕士期间又一直以英语古典文学和现代文学为专业，毕业后不仅在大学教授文学，还曾长期担任兰登书屋的编辑。如此一来，欧洲文学与文化几乎和黑人民间文化一样是托妮·莫里森文学创作最自然而然和得心应手的文化资源，使得她不仅对白人的文学传统和文化典故谙熟于心，更有意在小说创作时将它们运用得不露痕迹而又寓意深刻。在《所罗门之歌》这部小说中，莫里森首先借鉴欧洲成长小说的叙事结构将新一代美国黑人精神成长的命题嵌套于“奶娃”

南下寻根之旅的故事框架中。其次，她大量借用《圣经》与古希腊神话中的人名来为《所罗门之歌》中的人物命名，并赋予他们相似的性格或命运。再次，她还用磨坊女、汉赛尔和格莱特等欧洲民间童话隐晦地表达露丝、奶娃、吉他等人物的特殊境遇与心理状态。除了灵活化用欧洲的古典与民间文学资源，托妮·莫里森也深受伍尔夫、福克纳等西方现代作家的影响，这突出地表现在《所罗门之歌》对莱纳、哈格尔等疯女人形象的塑造以及对奶娃梦境的多处描写上。

托妮·莫里森对黑人民间文化与白人主流文化兼收并蓄的开放心态与写作策略不仅让她从非裔美国文学家中脱颖而出，也为美国少数族裔文学开创了一条既回归种族文化传统又面向美国多元文化的复兴之路。这样一种回归、融合与超越的文学实践或许也正是托妮·莫里森在《所罗门之歌》中向当代美国黑人所倡导的真正意义上的飞翔。

三、作者自白

写作赋予我的正是万有引力、空间和时间在舞台上赋予舞蹈者的东西。它充满活力、和谐，宁静而且流动。那儿总有一种成长的可能，我永远无法达到顶峰，因此，我永远无法停止。

——［美］托妮·莫里森、［美］托马斯·勒克莱尔，少况译：《语言不能流汗：托妮·莫里森访谈录》，载《外国文学》1994 年第 1 期，第 24 页。

我许多书里的神话可以起到一种转化作用，使人看到危险究竟在哪里，什么是极乐世界，什么是庇护所。这些人人都可以看到，但是对那些长期文化上固步自封的人来说，小说就是转化剂。

——［美］托妮·莫里森、［美］查尔斯·鲁亚斯，斯默译：《我怎么写小说》，载宋兆霖选编：《诺贝尔文学奖获奖作家访谈录》，浙江文艺出版社 2005 年版，第 357 页。

四、名家点评

塑造我人生、让我最感动的书是《圣经》。不过此外，托妮·莫里森的《所罗门之歌》也许是我最喜欢的书之一，那是本很美、很美的书。今年竞选期间，我有机会结识了托妮·莫里森，她和你向往的一样文雅、聪慧，又有思想。你知道，与你向往的人见面总是很棒的。她实在是个绝佳的作家，绝佳的女人。

——《〈圣经〉感动奥巴马，麦凯恩最爱〈丧钟为谁而鸣〉》，人民网，2008年11月5日。

人的体验和欲望还有想象和理解，会取消所有不同的界限，会让一个人从他人的经历里感受到自己的命运，就像是在不同的镜子里看到的都是自己的形象。我想这就是文学的神奇，这样的神奇曾经让我，一位遥远的中国读者在纳撒尼尔·霍桑、威廉·福克纳和托妮·莫里森的作品里读到我自己。

——余华、白睿文译：To Live（后记），美国兰登书屋2003年版。

五、研讨平台

1. 研讨题目：非裔美国文学的双重意识

提示：非裔美国文学作为美国少数族裔文学最典型的代表，与生俱来地存在着“双重意识”，即“黑”与“白”的纠葛。这首先体现在非裔美国作家在身份上的双重性，他们既是有着黑人血统的非洲后裔又是深受美国精神影响的美国人；其次是非裔美国文学秉承着非洲民间的口头文学和欧洲精英的书面文学这双重文学传统；最后非裔美国文学还必须同时满足黑人读者和白人读者双方的心理需求。正因为如此，非裔美国文学是双色双调的黑白混血儿。

2. 关于“非裔美国文学的双重意识”的重要观点

> 黑人作家同黑人文学的批评家一样，都是通过阅读文学，尤其是通过阅读西方传统的正典文本而学会写作的。其结果是黑人文本类似于其他西方文本。这些黑人文本使用了组成西方传统的诸多文学形式惯例。黑人文学和主要用英、西、葡、法等语写成的西方文本传统之间的共同点远大于不同点。然而黑人在形式上的重复总是伴随着差异，这种黑人差异在具体的语言使用中显现了出来。黑人差异的源头与反映是语言，而储备语言的仓库是黑人英语土语传统。

——［美］小亨利·路易斯·盖茨，王元陆译：《意指的猴子：一个非裔美国文学批评理论》，北京大学出版社2010年版，第4页。

> 美国黑人作家面临着一般作家一无所知的问题——双重读者问题。这不仅仅是双重读者，而是分裂的读者，是由意见相左、观点对立的两种人构成的读者。一个黑人作家一拿起笔，或坐在打字机前，他就必须立刻有意或无意地解决这个双重读者的问题。

——［美］J.W.约翰逊：《黑人作家的困境》，转引自虞建华等：《美国文学的第二次繁荣》，上海外语教育出版社2004年版，第512页。

六、文献目录

［1］Evelyn Jaffe Schreiber. Race, Trauma, and Home in the Novels of Toni Morrison. Louisiana State University Press, 2010.

［2］［美］查尔斯·鲁亚斯，粟旺、李文俊等译：《美国作家访谈录》，中国对外翻译出版公司1995年版。

［3］毛信德：《美国黑人文学的巨星：托妮·莫里森小说创作论》，浙江大学

出版社 2006 年版。

[4] [美] 托妮·莫里森，胡允桓译：《所罗门之歌》，南海出版公司 2010 年版。

[5] 王守仁、吴新云：《性别·种族·文化：托妮·莫里森的小说创作》，北京大学出版社 2004 年版。

[6] 章汝雯：《托妮·莫里森研究》，外语教学与研究出版社 2006 年版。

（张晶）

第三部分　诺贝尔文学奖中南美洲作家作品

总统先生

作者：阿斯图里亚斯

类型：小说

一、作者简介

米格尔·安赫尔·阿斯图里亚斯·罗萨莱斯（Miguel Ángel Asturias Rosales，1899—1974），作家、记者、外交官，出生于危地马拉城的中产家庭，在印第安居民当中度过了童年和少年时代。在20世纪20年代，阿斯图里亚斯前往索邦大学学习人类学。在巴黎，阿斯图里亚斯受到超现实主义的影响，并且积极研究本民族神话和魔幻现实主义风格写作。在此基础上，1930年，他完成小说《危地马拉传说》。1933年，阿斯图里亚斯回到危地马拉，开始从政。在这一时期，他创作出版了小说《总统先生》《玉米人》等作品。因与当权者政见不合，阿斯图里亚斯在1954年至1961年流亡阿根廷。经过数年的流亡和边缘化，阿斯图里亚斯的文学作品在20世纪60年代终于获得了广泛认可。

二、作品简析

阅读阿斯图里亚斯的《总统先生》，我们会想起《1984》中可怖的极权政治。阿斯图里亚斯在《总统先生》中建构起一个阴森可怖的地狱，在这座地狱当中，唯一的主宰便是不知姓名的总统先生。拥护在他身边的一群魑魅魍魉和他一起在这座地狱里飞扬跋扈，而所有在这个地狱中的人都被剥夺了自由，相互猜忌、揭发，最后在谄媚中得以苟活。在阿斯图里亚斯辛辣的笔触下，诡谲的阴谋与诡异的幻象相交叠，道德的光辉为残酷的现实所压制，生命、尊严、爱情、亲情无一不被独裁政治撕毁，成为独裁政治的牺牲品。

在阿斯图里亚斯看来，拉美小说应该反映拉美的社会、政治和经济环境，拉美的文学应当是反抗的文学。在这种主张下，阿斯图里亚斯将写作的注意力集中在了抑制拉美社会发展的“考迪罗主义”独裁政治上。作为一本有关独裁者的小说，小说的主题之一就是在独裁政治之下，人如何失去了人的身份。首先，阿斯图里亚斯塑造了让人印象深刻的独裁者形象。在整本小说当中，总统的姓名从未被提及过，所有人都只称呼他为“总统先生”。总统在全文之中一直处在隐秘之中，正如书中所言：“谁也不知道总统在哪里安寝，因为在城郊有许多处总统的官邸，谁也不知道总统如何睡法，因为据说他睡觉时还守着电话，手里攥着皮鞭，谁也不知道总统什么时候入睡，因为他的朋友们断言他从不睡觉。”总统对于所有人来说，都是陌生的存在，然而他作为权力的符号，却让所有人恐惧、惊慌。阿斯图里亚斯本人曾担任过特别法庭的秘书，他曾谈到独裁者对于人民的特殊权力：“我几乎每天都在监狱里看到他（危地马拉第 13 任总统埃斯特拉达 · 卡布雷拉）。而且我发现毫无疑问，这样的人对人有特殊的权力。在某种程度上，当他是一名囚犯时，人们会说：‘不，那不可能是埃斯特拉达 · 卡布雷拉，真正的埃斯特拉达 · 卡布雷拉已经逃脱了。他们关在这里的是一个穷苦的老人。’”在这种环境之下，阿斯图里亚斯笔下的总统具有一种神话色彩，读者关于他的大多数印象是依赖他人的叙述建立起来的。总统如同邪神一般控制着小说中的每一个人，他的形象也在被他控制的人的叙述中被构建起来。

伴随着总统的暴政，人群也发生了异化。总统身边的弄臣、情妇，政治机构底层的便衣警察，被陷害和侮辱的将军与律师，社会最底层的乞丐和傻子……无论社会阶层、地位，凡是这个国家的公民，命运皆围绕着总统的旨意而动。在这样的环境当中，人被剥夺了成为“真正的人”的资格，他们不具备自由意志，只能在强权下被无情地剥夺生命，或者依附强权谄媚地苟活。在这里，乞丐被视作“苍蝇”，政府可以肆无忌惮地剥夺他们的生命；在这里，女人可以被权力买卖，孩子可以被视作对于一个母亲的威胁；在这里，律师不具备为自己辩护的可能，只能任由子弹穿过自己的胸膛……傻子佩莱莱的形象也是所有被统治的人的形象：“呻吟着，像蠕虫似的沿着街道向前爬行。”在独裁政治之下，自由成了顺从的对立面，一个人永远无法拥有自己的自由意志，反抗带来的就是死亡。为了生存，人们所面临的唯一选择就是扭曲的顺从。

在暴政和异化之下，小说的另一个主题就是人性的道德与希望。小说塑造了一个在道德与堕落之间挣扎的形象——卡拉·德·安赫尔。作为总统身边的亲信，文中一再提到“他像魔王撒旦一样，外貌英俊，内心险恶”。在最初，他是麻木的、冷漠的，尽管他察觉到周身一切的可鄙和可悲，仍然选择漠视自己内心的道德取向。他是陷害卡纳莱斯将军的执行者，然而在卡米拉点燃了他爱情的火焰之后，他开始寻求一种更高的道德目标，不断地在道德与堕落之间挣扎。在初次与卡米拉对话时，安赫尔的内心被欲火不断地冲击：“他的脑子里闪过一个邪恶的念头，把火吹灭，占有这个柔弱的女子。吹灭了火……不管她愿意不愿意，都能占有她。”然而最终，看着卡米拉憔悴不堪的模样，安赫尔内心的道德诉求战胜了欲念，怜惜起卡米拉的命运。瓦茨拉夫·哈维尔曾在《政治与良心》当中表示：“良知只是在极权专制的环境下才具有特殊的意义，因为当公共的价值思考被极权统治窒息的时候，个人的直觉良知才成为保存人类普遍价值意识的最后手段，个人的良知才成为抵抗极权统治的最后一道防线。”安赫尔最终为卡米拉提供了最后一道道德防线，他给了卡米拉爱情，也给了卡米拉生的希望。然而这种道德在极权面前却不堪一击，安赫尔对于爱情的坚持最后也在总统的阴谋当中破碎。安赫尔曾经给予卡米拉的希望，也只能是一场镜花水月，最终卡米拉只能在乡村过上离群索居的生活。

作为拉美较早运用“魔幻现实主义”的作家，阿斯图里亚斯在当时大胆地运用了蒙太奇的手法，将大量的幻象与现实交叠，让神话突破时空呈现在文本当中。阿斯图里亚斯曾在采访中表示，他并没有将笔下的世界定义为“一个具体的现实，而是一个源于一种绝对神奇的想象的现实……在这种现实中，我们看到真实的隐匿和梦想的出现，其中梦想被转化为有形的现实”。在这种定义之下，阿斯图里亚斯对小说时间的处理非常模糊。虽然小说的第一部分和第二部分的标题表明它们发生在4月21日和27日之间，而第三部分的标题却是“年年，月月，日日……”这个时间尺度最初看起来非常具体，但作者却并没有指明年份。同样，作者也没有指明小说发生的地点，这种模糊使得小说在现实和幻境之间摇摆。

同时，作者将人物的心理状态通过幻象表达出来，在这种梦境和现实的重叠当中，我们得以窥见小说人物的心理空间。在总统对安赫尔下达出国命令之时，安赫尔的眼前出现了托依尔舞的幻象：“一群螃蟹从血淋淋、颤巍巍的枝条上掉落了下来，许多蛆虫也在匆匆逃离篝火，人们只能不停地跳舞，直跳得脚不沾地，身如陀螺……”在这种可怖的幻象下，安赫尔的内心已经处于一个崩溃的临界点，他的内心隐藏着巨大的恐惧，感受到身边的一切在向着一个非理性的方向发展。而托依尔神的权力隐喻着总统的权力，在安赫尔的幻象中，托依尔神大喊：“现在我可以把我的统治建立在人猎捕人的基础之上了。从此就不会有真正的死和真正的生了。大家都为我高举希卡拉酒罐畅饮狂舞吧！”这种幻境与现实的交织产生了强大的张力，神话的仪式和政治的压制相互映照，塑造了文本噩梦般的氛围，凸显了制度和人的异化。

除了蒙太奇画面，阿斯图里亚斯对于语言的运用也别出心裁。阅读《总统先生》，我们可以明显感受到其中丰富的声音。阿斯图里亚斯运用了大量的重复短语、拟声词营造了声音的盛宴。在小说开篇第一段，“发光吧，发出明矾之光，鲁兹贝尔，发出你腐朽之光！”随后，在这一段落当中这一句话不断地重复。在西班牙语里，“发光”“明矾”“腐朽”具有相同的词尾，音节的重复使这一段话听起来既像是钟声，又像是祷告的声音，与天主堂的门廊相互呼应。同时，这些词组的叠加让人想起巫术当中的咒语，加强了神秘诡异的氛围。

在读到阿斯图里亚斯用精妙的技巧描述这个充满压迫与恐惧的社会时，我们常常会感到失望。在这个社会里，革命的火焰还未燃起就被扑灭，盲目且麻木的人永远比清醒的人更多，那么我们应当如何获救？也许这本书本身就是答案，阿斯图里亚斯的写作本身就是对极权的反抗。《总统先生》既是对被迫害的亡灵的哀悼曲，也是吹响号角的战歌。

三、作者自白

在 1917 年 12 月 25 日晚上 10 点 25 分，一场地震摧毁了我的城市。我看到巨大的云彩隐藏了巨大的月亮。我被安置在地窖，洞穴或其他地方。就在那时，我写了我的第一首诗，一首告别危地马拉的歌。后来，我对瓦砾被清除的环境以及如此血腥而明显的的社会不公感到愤怒。

——［危］阿斯图里亚斯，载洛伦兹与阿斯图里亚斯 1970 年采访，Gunter. W. Lorenz. “Miguel Ángel Asturias with Gunter W. Lorenz”. Hispanic Literature Criticism. Gale Research，1970：159.

我们的小说（拉美小说）的冲击力可以比作灾难性的魔力，它要毁掉各种不合理的结构，为新生活开辟道路。蕴藏在被深重的误解、偏见和禁忌束缚着的人民之中的炸药突然在我们的文学作品（寓言、神话等）中爆炸开来，发出隆隆的抗议声和谴责声，提出响亮的见证，筑起文字的堤坝，像沙粒似的或则遏制现实使幻想展翅高飞，或则遏制幻想让现实挣脱樊笼。

——［危］米盖尔·安赫尔·阿斯图里亚斯，刘习良、笋季英译：《玉米人》，上海译文出版社 2013 年版，第 409 页。

四、名家点评

阿斯图里亚斯主张文学应该对社会有所“承诺”。他说：“拉丁美洲文学绝对不是廉价的消遣文学，而是战斗的文学，历来如此。”他强调，正是那些具有鲜明社会倾向的作家开创了拉丁美洲文学的先河，“他们的作品给了风花雪月的文学一记响亮耳光，将新大陆面临的问题放到了首位”。他公开声明自己的文学艺术观，就是“为民喉舌”。总之，《总统先生》是拉丁美洲文学的经典作品，因为它的思想性和艺术性均属上乘，作者在人生、社会和文学方面的真知灼见将永远成为人类文化的宝贵财富。

——赵德明：《〈总统先生〉的看点》，载《光明日报》2014 年 2 月 17 日。

阿斯图里亚斯把自己的文学创作看作是伟大的玛雅人的民间传说和神话故事的继续，成功地运用了魔术现实主义的方法来揭示现实背后隐藏的秘密，表现人民的生活、斗争、愿望和理想。

——朱景冬、孔令森：《魔术现实主义作家——阿斯图里亚斯》，载《外国文学研究》1980 年第 3 期。

五、研讨平台

1. 研讨题目：政治与文学的关系

提示：自从文学作为独立的学科以来，不断有文论家和作家探讨文学与政治的关系。然而事实上，任何一种文学的产生都是无法与当时主流政治剥离的。政治会参与建构文学作品的环境、主体，文学势必会受到主流政治的规约。与此同时，作者往往具有其特殊的政治立场，创作的文学作品也会对政治进行介入，维护社会现有的社会制度或者催生社会变革。

2. 关于“政治与文学关系”的重要观点

> 人类中大多数群体，并不是那么自私，大概在30岁以后，他们几乎完全放弃了作为个体的感觉——他们主要是为其他人活着，并且在劳作之中慢慢地萎顿下去，但是，也有少数天赋高，意志强的，他们决意要过自己的生活，作家就属于这种人。有人说，艺术与政治完全无关，这种看法本身就是一种政治态度。

——［英］乔治·奥威尔，李存捧译：《政治与文学》，译林出版社2011年版，第412页。

> 所谓大国，就是吞吃那多多少少的小部落；一到了大国，内部情形就复杂得多，夹着许多不同的思想，许多不同的问题。这时，文艺也起来了，和政治不断地冲突；政治想维系现状使它统一，文艺催促社会进化使它渐渐分离；文艺虽使社会分裂，但是社会这样才进步起来。文艺既然是政治家的眼中钉，那就不免被挤出去。外国许多文学家，在本国站不住脚，相率亡命到别个国度去；这个方法，就是“逃”。要是逃不掉，那就被杀掉，割掉他的头；割掉头那是最好的方法，既不会开口，又不会想了。

——鲁迅：《文艺与政治的歧途》，载《集外集　集外集拾遗》，中国文史出版社2002年版，第94页。

六、文献目录

［1］Lorenz Gunter. W. Miguel Ángel Asturias with Gunter W. Lorenz. Hispanic Literature Criticism. Gale Research，1970：159-163.

［2］Martin Gerald. “Cronología” . ElSeñor Presidente. Madrid，2000：ALLCA XX.

[3]［危］米盖尔·安赫尔·阿斯图里亚斯，黄志良、刘静言译：《总统先生》，上海译文出版社 2013 年版。
[4]［危］米盖尔·安赫尔·阿斯图里亚斯，刘习良、笋季英译：《玉米人》，上海译文出版社 2013 年版。
[5] 宋炬：《〈总统先生〉艺术表现方法论析》，载《重庆工商大学学报》2002 年第 5 期。
[6] 赵德明：《〈总统先生〉的看点》，载《光明日报》2014 年 2 月 17 日。
[7] 朱景冬、孔令森：《魔术现实主义作家——阿斯图里亚斯》，载《外国文学研究》1980 年第 3 期。

（时梦圆）

情诗·哀诗·赞诗

作者：巴勃鲁·聂鲁达

类型：诗歌

一、作者简介

巴勃鲁·聂鲁达（Pablo Neruda，1904—1973），出生于智利中部的帕拉尔城。中学时开始从事文学创作，1917年首次在特木科《晨报》发表文章《热情与恒心》，从此开启了自己的写作生涯。1924年，聂鲁达的成名作《二十首情诗与一首绝望的歌》问世，这部诗集情感大胆奔放，略带忧伤地歌颂了纯真的爱情，引起了较大的反响。1927年起，他开始在外交界任职，并在1931年至1935年创作并发表了《大地上的居所》第一、二卷。辗转各国出任领事的经历开拓了聂鲁达的眼界，这两卷诗集也以"混乱的世界"为主题，表达了诗人身居异乡的孤独与困惑。1936年，西班牙内战刚一爆发，聂鲁达就着手创作《西班牙在心中》这首长诗，坚决支持西班牙人民的反法西斯斗争。而这也成为聂鲁达创作之路的一个转折点，从这时起，他将自己的主要精力放在政治活动上，诗歌创作则处于从属地位。1945 年，他当选为国会议员，加入智利共产党，获得智利国家文学奖，两年后，创作出了《大地上的居所》第三卷。1948 年，智利发生叛乱，聂鲁达开始了长达四年的流亡生活。在这期间，他以《漫歌集》获得了国际和平奖。1952 年，聂鲁达重返祖国，受到智利人民的热烈欢迎。稳定的生活使得他的创作进入了高峰，《元素的颂歌》《第三卷颂歌》《遐想集》《十四行情诗一百首》等诗集相继问世，他本人也在 1957 年当选为智利作家协会主席。1971 年，聂鲁达荣获诺贝尔文学奖，两年后因病与世长辞。

二、作品简析

《情诗·哀诗·赞诗》这本书里收录了聂鲁达在《二十首情诗和一首绝望的歌》《大地上的居所》《漫歌集》等多部诗集中的代表作，涵括了聂鲁达所创作的多种类型的诗歌。事实上，聂鲁达最开始进入中国是以政治抒情诗人的身份而为人所熟知的，这一方面是因为他创作了许多政治题材诗歌，另一方面也是因为他反复强调诗歌与人民生活之间密不可分的关系，因此在中国他被视为一个反对剥削的社会主义歌手，他的诗歌不仅鼓舞了很多革命者，而且影响了一大批中国诗人，最著名的当属艾青。随着更多聂鲁达的爱情诗、哲理诗被翻译、传播到中国，人们才渐渐认识到他奔放热烈、充满哲思的一面，聂鲁达的形象也逐渐从一个符号式的政治诗人变成了一个立体丰富的诗歌艺术家。

将诗歌与人民的斗争和世界政治主流紧密结合，是聂鲁达诗歌创作的一个重要特点。1949 年 9 月，在墨西哥召开的全美洲保卫和平大会上，聂鲁达在发言中提到，我们所生活的时代是诗人所统治的时代，并特别强调中国的领导人毛泽东就是一位伟大的诗人，足见他对政治生活的关心与重视。正如他自己所言："政治因素断断续续渗透到我的诗中和生活中。在我的诗中，我不可能关闭通往大街的那扇门，我同样不可能把我这个青年诗人心中通往爱情、生活、喜悦和悲哀的那扇门关闭。”① 这在他的诗歌创作中也有非常突出的表现。《大地上的居所》第三卷中就收录了许多政治诗歌，投身于马德里反法西斯斗争的聂鲁达创作了一系列保卫西班牙的诗——《西班牙在心中》，这组诗的副标题就是“赞歌献给战争中伟大的人民”。在这组诗中，既有鼓舞人民勇敢斗争，抗击外敌保卫家园的豪迈战歌：“首先，为了在纯洁、绽开的玫瑰上，/为了天空、大气和土地的起源，/愿意唱一首带着爆炸声的歌，/愿意唱一首伟大的歌，/愿意拿起战争与热血的铜管乐”，字字铿锵，句句有力，令人热血涌动；又有对饱受战争折磨的民众的同情和怜悯：“灰烬，落下/铁屑/和石头/和死亡的哭声和火焰，/谁，谁，我的妈呀，向何处去?”——战争摧毁了家园，曾经的温暖归属炸成了粉末，凄凄然立于废墟炮火之中，无尽的火焰和粉尘从空中坠落，该向何处去？无助的悲凉涌上心头，所有人是枪弹的牺牲品，是大地的孤儿。此外，诗歌中更有对剥削者振聋发聩的批判，展现出了聂鲁达不畏强权、勇于斗争的坚定意志和决心：“你们是豺狼都要拒绝为伍的豺狼！/你们是连干刺菜都要坚决唾弃的顽石！/你们是连毒蛇都要十分厌恶的毒蛇！/面对着你们，我看到西班牙的血正在腾起，/仅仅一个匕首般的骄傲巨浪，/就将你们统统淹死!”身为外交官的聂鲁达目睹了许多灾祸、战乱，对不幸的人民深怀同情，和平早已成为他最大的心愿。

热血勇敢的斗士只是聂鲁达的一个侧面，他在爱情诗中则展露出了自己的浪漫感性。他始终认为，诗人应该向人们展示人的天性和本质，男女之间的感情是一种纯粹自然的快乐，他在诗歌中毫不掩饰自己对女性的迷恋和对情欲的渴求，字句中暗暗涌动着动人的诱惑和炽热的欲望。爱，便爱得彻底热烈，燃烧肉体，燃烧欲望，不顾一切地奔向对方。因此，不同于以含蓄婉转为特征的传统东方审美，在聂鲁达的诗歌中充满着许多对于肉体的描摹与歌颂。《二十首情诗和一首绝望的歌》里便以一篇赞颂女性肉体的诗歌开篇：“女人之躯，洁白的山丘，洁白的腿/你那委身于我的姿势就如同大地/我这粗野的农夫之体在挖掘着你/努力让儿子从大地深处的欢声堕地”，诗人毫不掩饰地用各种各样的比喻表现了女性的柔美与力量——洁白无瑕的身躯纯净又

① ［智］聂鲁达，林光译：《回首话沧桑——聂鲁达回忆录》，知识出版社 1993 年版，第 59 页。

柔软，委身的姿态谦逊且娇弱，但这却是孕育新生命之体，是使得人类后代繁衍不断的博大宽厚的地母之躯，因此诗人在后半部分发出了内心的感叹：“我女人的身躯，/我要执著地追求你的美。/我的渴望，/我无限的焦虑，/我游移不定的路！”此外，值得注意的是，聂鲁达常常会将自然之景与男女情爱结合在一起，更为诗歌增添一种原始纯粹、梦幻神秘的气息，人与自然完全融为一体，全然释放本我的天性，构建出了一个属于男性和女性的伊甸园，比如：“你每天都同宇宙之光嬉戏。/精明的女客人，/你乘着鲜花与流水而至。”心爱之人完全沉浸在宇宙之光里，仿佛是被派遣下来用爱拯救“我”的女神；“因为万物里都有我的灵魂，/充满了我的灵气你才脱颖而出。/梦中的蝴蝶，你就是我的灵魂”，“我”化身与万物之中，而你正是捕捉到了我的灵气才成为“我”唯一的蝴蝶；“在我那晚霞的天空上你宛若一片云彩/你的肤色和体形正是我所爱”，我们幻化成天空与彩云，相互依托承载，彼此相爱。如此这般，宇宙万物都充盈着我们的爱，我们也委身于宇宙万物，享受这自然的浪漫。

除此以外，在聂鲁达的诗中也不乏充满哲理的反思和对日常物品的致敬。比如在 1954—1962 年出版的《元素的颂歌》中，他就为番茄、衣服、手表等物品写了颂歌，记录下诗人在日常生活中的思考。在《衣服颂》里，诗人歌颂了平凡生活中微不足道的衣服，仿佛这些平常的衣服本身就具有鲜活的生命和主动的意识。“我伸进你的袖子，我的脚找寻/你裤管的空裆，让你无穷的忠心，这样裹住。”在诗人眼中，衣服成为他忠实的仆人，老老实实地包裹住他身体的每一寸皮肤，忠诚地给予保护和温暖。然而，他与衣服的情谊并不仅仅止于主仆，更是战友，是茫茫宇宙中唯一可共生共死的伴——“我问，会不会/有一天，敌人的/一颗枪弹/使你染上我的血，使你/跟我一同死掉，也许/事情不会/这么戏剧化/而单纯些，让你，衣服，跟我一道/生病，跟我，跟我的躯体/一道衰老，然后一道/埋入/泥土。”诗人用频繁紧凑的断句，发出了悲凉无依的叹息，在不断的重复中，描绘出了与衣为友，茕茕而立，独自在漫长孤苦的岁月中老去的画面。然而，若诗歌感情仅止于此，难免流为表面的感伤，诗人在结尾又指出即使仅有衣服陪伴，也要倔强顽强地继续活下去：“我们继续活着/在风里，/在黑暗里，/在街道上，/在斗争中，/都是同一个身体，/也许，也许什么时候静止不动。”在聂鲁达的笔下，衣服成为忠诚的伙伴，番茄则成为可爱无私的奉献者：“番茄，地上的星，不断/繁殖的/星，向我们展示/它的旋线，它的运河，显赫的富足/和没有骨/没有壳/没有鳞也没有刺的/饱满，送给我们/颜色火辣的/礼物/和十足的清凉。”毫无防御的柔软的番茄，将自己的全身心献给了人类，热烈而可敬。在《海光颂》中，诗人更是极力赞美了光的博大与柔韧，它播撒在宇宙万物上，却不会被任何事物所截断，有着蓬勃的生命力：“光/在空间巩固威力，是漫过我们却又/不流水迹的浪，是宇宙的腰，是不断/苏生的玫瑰”。如此，诗人从生活的细微之处着手，根据平凡事物的特性来总结升华出其独特的价值，发人深省。

总而言之，被誉为“大地歌王”的聂鲁达的诗歌具有极大的广博性，他不是单纯的某一种类型的诗人，而是一个丰富且多面的有血有肉的人。我们通过他的不同类型诗歌，看到了他的爱与恨，也更体会到了独属于聂鲁达的诗歌魅力。

三、作者自白

我认为诗是一时的然而又是庄严的产物，是孤独与相互关切、感情与行动、一个人的内心活动与大自然的神秘启示，成对地构成的。我还同样坚信，通过我们把现实与梦想永远结合在一起的活动，一切——人及其形影、人及其态度、人及其诗歌——都将日益广泛地一致起来。因为只有这样，才能把现实与梦想结合起来，融为一体。

——［智］聂鲁达，江志方等译：《吟唱诗歌不会劳而无功》，载《聂鲁达散文选》，百花文艺出版社 1987 年版，第 146 页。

首先诗人应该写爱情诗。如果一个诗人，他不写男女之间的恋爱的话，这是一个很奇怪的诗人，因为人类的男女结合是世间一件非常美好的事情。如果一个诗人，他不描写祖国的大地、天空和海洋的话，也是一个很奇怪的诗人，因为诗人应该向别人显示出事物和人们的本质、天性。

——［智］聂鲁达，邹绛、蔡其矫译：《诗和人民》，《聂鲁达诗选》，四川人民出版社 1983 年版，第 418 页。

四、名家点评

虽然他（指聂鲁达）也写过不少超现实派的诗作，但他终于成为一个马克思主义的现代诗人；反对剥削人的旧世界，歌唱无剥削制度的新社会。他是我们的诗人，他是进步人类中的卓越的一员：世界公民，社会主义的歌手。

——徐迟：《袁水拍译〈聂鲁达诗文选〉再版序》，载《外国文学研究》1984 年第 3 期。

巴勃罗，坚强而纯朴，你的声音好像是从地层下面发出来的、沉洪的、使地面为之震动的声音。从你的声音里，可以听见美洲人民的力量，从你的声音里，可以听见美洲的希望。这种声音是属于新大陆的、大瀑布的声音，大河流的声音，高原上的大风暴的声音。这样的声音将愈来愈洪亮，象从海洋里来的台风，吹刮整个美洲大陆，激起争自由争民主的巨浪，冲垮一切腐朽的堤堰……

——艾青：《旅行日记》，上海文艺出版社 2004 年版，第 515~516 页。

五、研讨平台

1. 研讨题目：诗歌的世界性与民族性

提示：当前各民族的文化交流日益增多，如何让本民族的文化走向世界，成为许多文艺创作者所面临的重要问题。首先，不存在完全与世界大环境割裂的民族文学。任何一个民族、国家的文学，若要实现繁荣，必然需要不断发扬自己的优点和独特魅力，在持续不断地交流之中取他者之精华，创造出更加丰富的文化成果。然而，大力推行本民族的文化走向世界也并非是要抛弃自我，一味迎合。民族性是本民族文化赖以存在的基础，如若一味地追求"世界性"，便很容易丧失自己最本质的特征。纵观世界文化之林，凡是长盛不衰的文学作品，无一不是以表现本民族鲜明特征而闻名于世，聂鲁达诗歌就是典型的代表，他兼收并蓄各家之长，为反法西斯斗争发出呐喊的同时，也发出了具有强烈本土色彩的拉丁美洲的声音。因此，在文学创作、传播的过程中如何平衡世界性与民族性的关系，二者的限度又在哪里？则成为我们需要思考的议题。

2. 关于"诗歌的世界性与民族性"的重要观点：

在这个世界上，每年都有无数种语言在消失，有不少民族的文化也面临着难以传承下去的危险。当然，文化的继承、发展和融合是一个非常复杂的问题。但当我们面对这个多元文化并存的世界，作为人类精神文化代言人的作家和诗人，我们必须表明自己的严正立场，并将身体力行地捍卫人类各民族文化的多样性。我想正因为人类不同文明的共存，人类不同民族文化的共存，这个世界才会是丰富的，这个世界的全面发展也才是合乎人道的。

——吉狄马加：《吉狄马加演讲集》，四川文艺出版社 2011 年版，第 44 页。

作家表达一种文化，不是为了向世界展览某种文化元素，不是急于向世界呈现某种人无我有的独特性，而是探究这个文化"与全世界的关系"，以使世界的文化图像更臻完整。用聂鲁达的诗句来说，世界失去这样的表达，"就是熄灭大地上的一盏灯"……巴勃罗·聂鲁达就在他的伟大诗歌《亚美利加的爱》里直接宣称，他要歌唱的是"我的没有名字不叫亚美利加的大地"。如果我的理解没有太大的偏差，那么他要说的就是要直接呈现那个没有被欧洲语言完全覆盖的美洲。

——阿来：《我只感到世界扑面而来——在渤海大学“小说家讲坛”上的讲演》，载《当代作家评论》2009 年第 1 期。

六、文献目录

[1] B. Bellit. The Moving Finger and the Unknown Neruda. New Poems by Neruda. Grove Press Inc，1972.

[2] Harold Bloom ed. Modern Critical Views：Pablo Neruda. Chelsea Houser Pulishers，1988.

[3] 艾斐：《愈是民族的，便愈是世界的——论文艺的个性、民族性和世界性的嬗递特征与辩证关系》，载《文艺理论与批评》1987 年第 4 期。

[4] 阿来：《我只感到世界扑面而来——在渤海大学“小说家讲坛”上的讲演》，载《当代作家评论》2009 年第 1 期。

[5] [智] 巴勃鲁·聂鲁达，赵德明等译：《情诗·哀诗·赞诗》，漓江出版社 1992 年版。

[6] [智] 巴勃鲁·聂鲁达，林光译：《聂鲁达自传》，东方出版中心 1993 年版。

[7] 赵振江、滕威编著：《山岩上的肖像：聂鲁达的爱情·诗·革命》，上海人民出版社 2004 年版。

[8] 陈光孚：《聂鲁达的探索道路》，载《诗探索》1982 年第 1 期。

[9] 江志方：《“历尽沧桑”的诗人——聂鲁达研究札记二则》，载《外国文学》1981 年第 2 期。

[10] 张敏：《论诗人阿来对聂鲁达的艺术借鉴》，载《民族文学研究》2008 年第 1 期。

（袁媛）

百年孤独

作者：加西亚·马尔克斯

类型：小说

一、作者简介

加夫列尔·加西亚·马尔克斯（1927—　，Gabriel José de la Concordia García Márquez），出生于哥伦比亚马格达莱纳省的阿拉卡塔卡镇。1947 年，他进入波哥大大学学习法律，并开始进行文学创作。1948 年，哥伦比亚发生内战，加西亚·马尔克斯被迫中途辍学。1955 年，他因揭露时弊而得罪了当权者，被迫离开哥伦比亚任《观察家》报驻欧洲记者。1961 年至 1967 年，他一直居住在墨西哥。1982 年，他从国外回到哥伦比亚。他的主要作品有长篇小说《百年孤独》《家长的没落》《霍乱时期的爱情》，中篇小说《枯枝败叶》《没有人给他写信的上校》《一件事先张扬的凶杀案》，报告文学《一个海上遇难者的故事》《米格尔·利廷历险记》等。其中，1967 年出版的长篇小说《百年孤独》是他影响最大的作品。

小说融印第安传说、阿拉伯神话故事以及《圣经》典故等于一体，采用现实的怪诞化、梦幻化等魔幻叙事方法，展现了布恩地亚家族和马贡多乃至整个拉美民族具有普遍意义的精神状态和命运本质。正因如此，加西亚·马尔克斯获得了 1982 年的诺贝尔文学奖，拉美的魔幻现实主义文学也因这部小说引起了世人的瞩目。

二、作品简析

毫无疑义，《百年孤独》是一部令人叹为观止的奇书。而孤独则是贯穿整部小说的主旋律。孤独既是一代又一代布恩地亚家族成员共同的精神特征，也是马贡多人乃至整个拉美民族的总体精神特征。在小说中，作家采用魔幻式叙事的方法，深刻地展现了个体与民族的这种无论怎样挣扎都无法摆脱孤独的生命困境。

在时间的轮回和历史的循环中展现孤独的不可摆脱，是这部小说的一大特色。

霍赛·阿卡迪奥·布恩地亚是这个家族的第一个孤独者。作为马贡多和布恩地亚家族的创建者，他具有非凡的创造力和勇于开拓的精神。他不想坐井观天，受吉普赛人带来的发明的刺激，希望开拓一条马贡多通往现代文明的道路。他不愿过着愚昧而又简单的生活，而是对磁铁热、天文计算、炼金术如痴如狂。他的超出常人的想象力和创造力，使他在家族和马贡多镇成为高高在上的孤独的智者。最终，他被众人绑在树下，凄凉地死去。

奥雷良诺上校是霍赛·阿卡迪奥·布恩地亚的二儿子，也是布恩地亚家族第二代中孤独的代表者。对于他来说，孤独就像一种刻在骨头里的东西，自他出生的时候就与他如影随形。很小的时候，他就对世俗的东西不屑一顾，而对父亲的种种科学实验极为迷恋。他在父亲的实验室中流连忘返，他沉迷于羊皮纸的研究，沉迷于枯燥的炼金术，孤独将他与纷繁的世俗社会与俗人拉开了距离，他离群索居，鹤立鸡群。然而，现实是残酷的，它不会让一个有良知的人在血雨腥风中无动于衷。于是，超然的奥雷良诺开始介入现实，开始革命。但是，经历了 32 次武装起义，他不仅让政府当局极为痛恨，也被因战争而颠沛流离、妻离子散的民众所怨恨。于是，他再次回到父亲的实验室，生命中曾经拥有的所有辉煌，都将用漫长的孤独来偿还。他的生命从孤独中开始，也在孤独中结束。

展现因为地理空间的与世隔绝而带来的孤独，也是这部小说的一大特色。

布恩地亚家族七代人居住的马贡多是一个地理上非常偏僻、封闭的地方。在小说的第一章，老布恩地亚带着人们去探索一条连接马贡多与文明世界的通道。然而，他绝望地发现，马贡多的周围是被大海包围着的。面对着这种无路可走的现实，一直以勇于开拓著称的老布恩地亚也不得不发出悲叹："我们永远也到不了任何地方去，我们将一生烂在这里，得不到科学的好处了。"

百余年间，为了摆脱地理空间的偏僻、封闭带来的生命的孤独，布恩迪亚家族和马贡多中的一些勇于探索者都进行过奋力的抗争，都离开过马贡多去外面的世界进行过探索。然而，无一例外，他们的探索都以失败而告终。第二代的大儿子霍塞·阿卡迪奥跟着一个吉普赛姑娘跑了，但后来又跑回来了。第五代的霍塞·阿卡迪奥曾经去罗马留学，但后来也跑回来了，并且死在了马贡多。第五代的阿玛兰塔·乌苏拉去布鲁塞尔留学，已经在外面嫁人，但是她也竟然回来了，并且在生下长着猪尾巴的布恩迪亚家族第七代后大出血而死。

一个又一个勇于探索的人出去后竟然又回来了，而他们回来后，并没有架起一座马贡多通往现代文明世界的桥梁。马贡多仍然是那样封闭而又落后，马贡多人也依旧重复着他们孤独的命运。小说一开始，吉普赛人来到马贡多，发现这里人傻钱好挣，他们用磁铁、放大镜、望远镜这些不值钱的"魔物"骗取马贡多人的骡子、山羊和金币。小说结尾时，吉普赛人来到马贡多，发现这里仍然是人傻钱好挣，他们仍然用磁铁、放大镜来糊弄马贡多人。封闭偏僻的环境就这样使马贡多人一代又一代地重复着他们的孤独和愚昧的生存困境。

而加西亚·马尔克斯的伟大之处在于，他不仅展现了马贡多人孤独的生存困境，而且揭示了造成这种孤独的深层原因。那就是，马贡多人过于自恋，缺乏爱的能力。因为缺乏爱的能力，家族成员与家族成员之间无法相互沟通和相互合作；因为缺乏爱的能力，离开过马贡多镇的人与待在马贡多镇的人无法相互理解。于是，在依无所依的时候，马贡多人就只有守候孤独了。这既是马贡多人的精神状态与处境，也是所有拉丁美洲人的精神状态与处境。而拉丁美洲人要想改变这种精神状态与处境，就必须团结。因为，“孤独的反义词是团结”。

以魔幻叙事的方法来表现个体、家族乃至民族的孤独，是这部小说的另外一个特色。在小说中，马尔克斯借助一系列大胆离奇的构思和想象，将现实怪诞化、梦幻化，创造出了人与怪、人与鬼相互连通、相互转换的奇幻的艺术世界。

首先，是现实的怪诞化。印第安人有一个根深蒂固的万物有灵的观念。他们相信，人与自然界的一切动物、植物一样，都是有灵魂的。既然自然之物可以在春天发芽、夏天生长、秋天成熟、冬天死亡，第二年春天又复活，那么，人的生命也可以在死亡之后再生。因而，生与死、人与鬼的世界之间并不是截然对立、冰火不容的，而是可以相互连通、相互渗透的。在小说中，吉普赛人首领墨尔基阿德斯死了之后，其隐身鬼魂一直在布恩地亚家里游荡，不断指导布恩地亚家族的子孙解读预言布恩地亚家族命运的羊皮书。被老布恩地亚刺死的普罗登肖的幽灵经常出没在布恩地亚家里，在老布恩地亚被众人遗弃的时候，他的幽灵竟然以德报怨，每天两次来跟老布恩地亚谈话，帮他擦洗，给他喂食。阿玛兰塔则具有通灵的功能，她既可以在走廊上与死神讨论死期，也可以替全镇人给死去的亲友捎信。这里，鬼魂不仅不是可怕的，而且是充满爱心和人性的。

其次，是现实的梦幻化。像法国超现实主义者一样，马尔克斯极为重视梦幻的作用，认为它可以使人从逻辑、理性的束缚中解放出来，使生命的种种潜能得到释放。小说中，现实与幻象、现实与梦境相互交织、相互混融的场景随处可见。奥雷良诺上校在梦中发现，自己在过去的许多梦中都走进了一个其他人还没有进入过的四周都是白色墙壁的空荡荡的房间。阿卡迪奥在临刑前听到了早已死去的墨尔基阿德斯在一字一句地诵读训谕。第六代奥雷良诺在墨尔基阿德斯住过的房间窗户的反光中则可以看到早已死去的戴着鸭舌帽的墨尔基阿德斯的阴郁的脸。可以说，小说中现实与梦境、幻觉的相互交织具有相辅相成的双重意义。一方面，表面不可理喻的梦幻其实拥有穿透现实的真实性；另一方面，人们习以为常的现实却往往具有匪夷所思、荒唐不经的梦幻特质。如果说梦幻中的世界是奇异的，那么，现实中的世界有时又是神秘怪诞的。于是，借助于梦幻，马尔克斯使现实染上了光怪陆离的魔幻色彩，使他的小说世界似真非真、似假非假、既虚又实、既真又假。它的复杂性，已经远远超出人们的想象。

三、作者自白

我发现一个人不能任意臆造或凭空想象，因为这很危险，会谎言连篇，而文学作品中的谎言要比现实生活中的谎言更加后患无穷。事物不论多么荒谬悖理，总有一定之规。只要逻辑不混乱，不彻头彻尾地陷入荒谬之中，就可以扔掉理性主义这块遮羞布。

——［哥］加西亚·马尔克斯、普阿·门多萨，林一安译：《番石榴飘香》，《世界文学》1984 年第 5 期。

我的结论是，任何一位批评家，只要他不放弃教皇的面孔，只要他还从“这部小说完全缺乏严肃性”这个再清楚不过的基础出发，他就不可能使他的读者对《百年孤独》有什么真正的看法。我是有意识这么做的，因为我厌恶那许多卖弄学问的短篇小说，那许多顺从天意的短篇小说和那许多不是试图讲述故事而是企图推翻政府的长篇小说；我厌倦我们这些作家板着严肃的面孔，自以为举足轻重。

——［哥］加西亚·马尔克斯，朱景冬译：《诺贝尔奖的幽灵：马尔克斯散文精选》，中央编译出版社 2001 年版，第 349~350 页。

四、名家点评

《百年孤独》不仅在内容上极为丰厚，在艺术上更是大可把玩。它被众口一词地视为“魔幻现实主义”的代表与经典并不是一件简单的事。所谓“魔幻现实主义”，说得朴素些，即是把拉美世界中的神奇现实与作家的幻想结为一体，以最大程度的实感（它可能是不真实的幻想，但写出来，读起来却有极真实的感觉）表现出来。换言之，真实与幻想的奇妙结合及神奇的表现，乃是魔幻现实主义的本质特征。

——仵从巨：《大师与大书：马尔克斯与〈百年孤独〉》，载《名作欣赏》2001 年第 1 期。

《百年孤独》包罗万象，它既是一部人类社会史，又是一部新大陆“文明”史，更是一部拉丁美洲和哥伦比亚民族文化史和民俗史，或者说，是对这些“史”的高度的、形象的、象征的概括。

——陈众议：《“百年孤独”及其艺术形态》，载《外国文学评论》1988 年第 1 期。

五、研讨平台

1. 研讨题目：圆形叙述结构

提示：《百年孤独》在叙事上的一个非常突出的特点，就是圆形叙述结构。诺贝尔文学奖获得者巴尔加斯·略萨将这种叙述结构称为“首尾衔接的时间”结构和“停滞的循环的时间”结构。这种叙事的形态为：从现在到将来再回到过去又返回到现在。其叙事结构表现为一个轮回的圆。这种圆形叙述结构，与印第安文化中的“圆”的文化观念有着非常密切的关系。印第安人认为时间就像自然之物一样，是周而复始、先后承续的。因而，现在与过去、现在与将来、过去与未来都不是截然对立的，而是相互联系、相互渗透的。

2. 关于“圆形叙述结构”的重要观点

圆形叙述具有一种大团圆式的隐蔽神情。它隐蔽得如此让人难以察觉，相当于我们根本就没有想过要在皮笑肉不笑中去寻找“笑”一样。但它是一种完整的、滴水不漏的、堪称封闭的叙述方式。通常说来，一种完整的叙述对应的应该是一种完整的人格（或事件），完整的人格（或事件）也只有在完整的叙述中充分发展、浑圆，才能最终肉体化式的完成自己。

——敬文东：《圆形叙述的黄昏——余秋雨论》，载《首都师范大学学报》2001 年第 3 期。

由于打破了线性时间观念的逻辑性存在，物理时空被心理时空所取代，生命消失的荒诞感、虚无感被生命过程的精彩所取代，而表现生命过程最简单也是最复杂的审美形式就是将生命的起点和终点重合在一起，形成循环不断的生命过程……既然世界是由无数的大小圆圈的生命轨迹所组成，每一个人每一件事都只是一个个大小不一的圆圈，因此，就命运而言，休论公道，每个人都在自己命定的那条轨道上运转。世界的无限循环，人生的荒谬感也不断地显现，同样，生命的理想也不断地凝聚。

——邓齐平：《论史铁生创作中的时间意识及其圆形结构艺术》，载《湖南社会科学》2014 年第 6 期。

六、文献目录

[1] Bell-Villada, Gene H. ed. Gabriel Garcia Marquez's One Hundred Years of Solitude: A Casebook. Oxford Univer, 2012.

[2] 陈众议：《魔幻现实主义大师——加西亚·马尔克斯》，黄河文艺出版社 1988 年版。

[3] 陈众议：《加西亚·马尔克斯评传》，浙江文艺出版社 2001 年版。

[4] [哥] 加西亚·马尔克斯，朱景冬等译：《两百年的孤独：加西亚·马尔克斯谈创作》，云南人民出版社 1997 年版。

[5] 林一安编：《加西亚·马尔克斯研究》，云南人民出版社 1993 年版。
[6] 徐玉明：《幽香的番石榴——拉美书话》，江西教育出版社 1999 年版。
[7] 朱景冬：《马尔克斯：魔幻现实主义巨擘》，长春出版社 1995 年版。
[8] 张国培编：《加西亚·马尔克斯研究资料》，南开大学出版社 1984 年版。

（杜从英、张娟）

米格尔街

作者：维·苏·奈保尔

类型：短篇小说集

一、作者简介

维·苏·奈保尔（1932—2018），印度裔英国作家，2001年度诺贝尔文学奖获得者。奈保尔出生在特立尼达和多巴哥共和国的一个印度婆罗门家庭，18 岁时获特立尼达政府奖学金前往英国牛津大学攻读文学。毕业后定居英国，担任过英国广播公司（BBC）“加勒比之声”的编辑，也曾为《新政治家》等报纸杂志撰写书评和政论文，除此以外，他没有从事过任何作家以外的职业。奈保尔一生创作颇丰，尤以小说与游记为著，自 1957 年以来先后出版了《灵异推拿师》《毕斯沃斯先生的房子》《斯通先生与骑士伴侣》《模仿者》《游击队员》《河湾》《抵达之谜》《半生》《魔种》等十多部长篇小说，《米格尔街》《岛上的旗帜》《在一个自由的国度》三部中短篇小说集，以及《中间通道》、“印度三部曲”、《超越信仰：

在皈依伊斯兰教的民族中的旅行》等游记、散文随笔集、历史著作、书信集二十余部。他几乎囊括英国文坛的各项文学奖，也因为杰出的文学贡献在1990年被英国女王授予爵士头衔，与萨尔曼·拉什迪、石黑一雄并称为“英国移民文学三雄”。

二、作品简析

《米格尔街》是奈保尔最早将故乡特立尼达生活经验写入小说的试笔之作，是初来英国就下定决心永不再回特立尼达的年轻的奈保尔对所来之地的一种特殊的回望。多年后，在谈到自己与作品的关系时，奈保尔认为自己是其所有作品的总和，他的小说是基于直觉体验而写成，既源于过去又高于过去，这一切应归因于他简单而又复杂的背景。过往的特立尼达经验是奈保尔在英国创作《米格尔街》的灵感源泉，这份经验又在经历了时间与空间的双重距离后转化成一份特殊的回忆，《米格尔街》正是奈保尔对自己特立尼达经验与回忆的情感沉淀和美学升华。

由17篇各自独立又相互关联的短篇小说所组成的《米格尔街》以20世纪三四十年代特立尼达首府西班牙港的米格尔街为背景，让一个在米格尔街上生活了12年、成年后又留学英国并游历世界的“我”作为统一小说集各篇的叙述者，以看似幽默轻松的语气为我们讲述了生活在这条街道上的17个小人物的故事，深刻呈现了殖民地下层人民卑微、边缘化的生存状态与绝望无助的精神群像。男性形象在《米格尔街》的人物塑造中居于主导地位，他们肤色不同、性格各异，却最终都难逃命运的摆布，殊途同归。这其中，最让叙述者“我”喜欢的是窝在小街里与世无争、自娱自乐的波普、沃兹沃斯和比哈库。木匠波普日复一日地在院子里做着一件“叫不出名堂的事”；流浪汉沃兹沃斯一月只写一行诗，却梦想能写出一首震撼全人类的诗篇；比哈库被称作机械天才，整天钻在车底下捣鼓汽车发动机。他们三人有着手艺人的专注，也有着诗人般的浪漫，愿意不计功利地将时间与生命花费在自己热爱但在常人看来却毫无意义的事情上。与之不同的是另外两个同样有梦想却爱慕虚荣、追逐名利的焰火师摩尔根和会计师霍伊特。摩尔根虽然也是“我”尊敬的手艺人，而且也花费了全部的时间在琢磨焰火，但却是为了“英国的国王和美国的国王会给我上百万块钱，让我们给他们制造焰火，制造任何人都没见过的、最美丽的焰火”，而且随着时间的推移，当他发现没有一个人愿意买他的焰火时他甚至开始嘲笑自己的焰火。有学问的霍伊特虽然乐于助人、勤奋好学、热衷教育，似乎也是米格尔街上最有文化和使命感的人，但他所做的一切都是为了见之于报、公之于众。因此，摩尔根和霍伊特这两个人物既是不合米格尔街时宜的异类，又是迷失自我、哗众取宠的小丑，总是被叙事者“我”所嘲笑。

此外，奈保尔还借叙述者之口对盲目崇拜美国文化、处处模仿美国生活方式的博加特和爱德华进行了冷嘲热讽。肌肉丰满的博加特在离开米格尔街后开始酗酒、骂街、赌博，拿腔拿调地说着美国腔的英语，甚至在穿衣打扮和举止行为上也模仿电影《卡萨布兰卡》中的男主角：压低帽檐、双手插着裤兜、嘴里叼着烟卷，一副玩世不恭的模样。爱德华在美国大兵来到西班牙港后也投靠了美国人，他的衣着、语言、习惯都彻底地美国化，甚至娶了个高个子白皮肤的女人回来。另外，《米格尔街》还塑造了像曼门、博勒和伊利亚斯那样被殖民地的政治、媒体、教育和宗教蒙蔽、欺骗和伤害的人：曼门为竞选拉票、用英国腔调说话和模仿耶稣受难等深受殖民文化影响的行为像疯子一样古怪又可笑，博勒一次次被报纸的猜球游戏、建房互助计划和彩票所欺骗，成为一个什么也不相信的最悲观的人，而原本决心靠自己的努力以考试的方式谋得一份好职业的伊利亚斯在一次次落选后终于看清了殖民地腐败和虚伪的选拔机制。更多生活在米格尔街上的男人们几乎都是在无所事事、安于现状中日复一日地苟且偷生，他们有的像海特那样用看球、看报、闲聊和赌博来打发时光，有的像乔治和大脚那样用暴力野蛮的外表掩盖内心的脆弱和无助，更有的像垃圾车司机埃多斯那样将白人丢弃的废物视作变卖和收藏的珍宝。奈保尔用《米格尔街》中15个男人的故事告诉我们：处于奴役与绝望中的殖民地男人们要么被现实摧垮，要么向命运妥协，在衰老与孤独中慢慢老去，永远无法成为英国的绅士和美国的硬汉。

《米格尔街》中仅有《母亲的天性》和《爱爱爱，孤独》这两篇小说是以女性为主人公的，我们将这两篇特写的劳拉、海瑞拉夫人与其他篇目中闪现的女性形象结合在一起，会看到特立尼达殖民地女性较之于男性更为悲惨的命运。她们是男性情欲与暴力发泄的对象，习惯沉默忍受却被整条米格尔街的人习以为常，被乔治暴打致死的妻子和乔治女儿在婚礼上的哭声让人不寒而栗；她们为爱来到米格尔街又因绝望而纷纷离开，高贵优雅的海瑞拉夫人曾放弃医生太太的优越生活与水手托尼私奔到米格尔街，却最终无法忍受情人的暴躁与疯狂回到丈夫身边；还有被生活的重担压得喘不过气来的妻子们，她们或像波普的老婆一样与人私奔，或像摩尔根老婆和比哈库太太那样暴躁而粗鲁。最令人印象深刻的是《米格尔街》中的母亲形象，一个是“我”的母亲，一个是有着8个孩子的单身母亲劳拉。这两个母亲一个丧偶，一个不结婚，都是没有男性依靠却乐观坚强的女性，而且她们都深爱自己的孩子，并愿意为孩子的教育付出最大的努力。“我”的母亲为了送“我”出国留学跑关系求情，劳拉以出卖身体养家并将孩子送去学校。两个母亲都将梦想寄托于下一代，将教育看作殖民地人改变命运的救命稻草。劳拉的人生在大女儿重蹈覆辙的噩耗传来时被彻底毁灭，而“我”的母亲虽然实现了送孩子去英国留学的梦想，但“我”从此不愿再回特立尼达，某种意义上说她也是永远地失去了自己的孩子。

《米格尔街》所写的正是这些生活在20世纪三四十年代特立尼达殖民地一条普通街道上的凡人小事。奈保尔的语言简洁幽默，他用细致入微的观察和入木三分的叙述将每个人物最主要的特点用漫画式的笔法勾勒出来，让殖民地的小人物成为自己笔下英语文学的主角，在继承西方文学传统的同时又揭示了殖民地社会“被压抑历史的真实存在”，至今读来依然令人回味无穷。从文体形式上看，《米格尔街》这部小说集虽然每篇都有着不同的主要人物、独立的故事情节，但各篇之间又通过统一的叙述者“我”、人物的相互穿插和相同的时空背景构成了一个有机的整体，这样彼此独立又相互联系的框架结构很像拉伯雷的《十日谈》。另外，从表现的主题内容上看，《米格尔街》也具有传统现实主义小说真实性、批判性与典型性的特点，描绘了特立尼达殖民地边缘绝望的社会面貌。而《米格尔街》各篇小说在短小精悍的篇幅、简洁明快的语言中弥漫着的忧郁、伤感和无奈的情调则更是对拉伯雷式的讽刺和契诃夫式的幽默等西方现代短篇小说艺术精华的继承。

值得一提的是，出生和成长在特立尼达的殖民地生活经验和边缘杂糅的文化背景赋予了奈保尔在文学创作中更为灵活和多元的立场，这集中地体现在《米格尔街》的叙事策略上。首先，《米格尔街》中的叙事者“我”拥有经历者和回忆者的双重叙事视角，有别于传统小说第三人称的单一视角。作为经历者的“我”，既是米格尔街故事的讲述者，又是米格尔街生活的体验者，奈保尔将这样的叙述者身份赋予给“我”这样一个正在米格尔街上成长的印度裔少年，让孩子以天真、客观而又单纯、有限的视角去观察和讲述米格尔街上各色奇奇怪怪的人和事，营造出一种生动有趣、轻松幽默的氛围。同时，奈保尔还为“我”设置了一个成年回忆者的视角，那是离开米格尔街后在世界各地游走的成年的“我”。这个“我”与前面孩子视角的“我”在《米格尔街》中同时出现，奈保尔用成人事后的、理性的、局外人的眼光补充孩子在场的、经验的、当事人视角的不足，在不经意的视角转化和叙述的对比中深化小说对特立尼达殖民地社会的讽刺与批判，形成了小说既诙谐幽默又冷峻疏离、既满怀深情又犀利嘲弄的看似矛盾又别具一格的复调文风。

不仅如此，《米格尔街》还常常借小说其他人物之口来补充“我”对米格尔街人和事的叙述。《米格尔街》中有一个和“我”一样，在整本小说集里反复出现、串联前后的特别人物——“海特”，海特的话在《米格尔街》的叙事策略中十分重要。在第二篇《波普》中，海特对波普有两次评价，当小说描写波普端着朗姆酒故作姿态时，海特说：“波普那个娘娘腔，根本算不上个男人”，而当波普沦落成小偷、锒铛入狱时，他又感叹道：“咱们以前错怪了波普，他是条汉子，和咱们完全一样”。海特的话代表着米格尔街人的看法，也正是在海特的评价中我们看到了特立尼达殖民地底层社会认同的生活方式和价值观念。在《劳拉的天性》这一篇中，海特对劳娜的一番评价意味深长：“这些人都是这样，她们朝海里游啊游啊，直到筋疲力尽游不动为止”，这时的海特如哲学家一般洞察世事，他成为作者的代言人，他的话是小说主旨的点睛之笔。除此以外，海特的话还和小说中其他人物的话语一样，发挥着补充故事情节、深化小说主旨、变化叙事视角的作用。

《米格尔街》中不仅有叙述者的话语、小说人物的话语，而且创造性地将特立尼达特有的“卡里普索”小调作为本土的、民间的、集体的话语丰富着《米格尔街》的叙事。《米格尔街》中有多篇都引用了卡里普索小调，它们有的是对事件进行诙谐的浓缩，如《波普》用“有那么一个木匠来到阿里马/要找一个名叫艾米勒达的娘儿们”说明波普跑到阿里马殴打情敌这件事；有的展现当地的社会面貌，如《直到大兵来临》借“遍地金钱！/扬基美元，/哎！父亲、母亲和女儿/一起为扬基美元工作！”表现了美军驻扎特立尼达后社会的拜金之风；有的表现人物无奈的处境，如《蓝色卡车》中以“男人的心肠歹毒，/女人的心肠的更加狠毒”唱出埃多斯被女人以怀孕相威胁的窘迫。克里普索小调是特立尼达人关涉现实、表达心声的一种特殊的艺术方式，是特立尼达人幽默诙谐、苦中作乐的性格体现。奈保尔在《米格尔街》中多次创作的克里普索小调一方面以本土的、民间的、集体的声音来补充叙述者“我”和人物话语单一的、主观的和个体的声音，另一方面民谣的引入也让小说的语言获得了韵白交错的音乐节奏，使小说充满了浓厚的特立尼达地方文化色彩。

作为英国文化的养子，奈保尔一方面在文体结构、主题内容、叙事风格上借鉴与继承了西方文学的传统，另一方面又难以忘怀特立尼达的殖民地背景，在表现题材、人物塑造和叙事话语上都进行以上诸多独具特色的改造与创新，使得《米格尔街》成为解读奈保尔离散生存体验与多元文化身份的一部经典作品。

三、作者自白

我不想强迫自己适应特立尼达的生活方式。我想，假如我不得不在特立尼达度过余生，我肯定会被憋死的。那个地方过于狭小，社会上的种种观念全然不对，那里的居民更是卑微狭隘，目光短浅。

——［英］奈保尔，北塔、常文祺译：《奈保尔家书》，浙江文艺出版社

2006年版，第325页。

终于，有一天我意识到，我可以从我们从查瓜纳斯搬到西班牙港时的街道开始写起。那里没有瓦楞铁门将世界挡在外面，街道的一切展现在我面前。对我来说，站在阳台上观察这一切是一种莫大的快乐。我的创作从街道上的芸芸众生开始。我希望我能一蹴而就，避免过多的自我拷问，因此我简化了一切。我简化了儿童讲述者的背景，忽略了街道上种族和社会复杂性。我什么都不解释，简单到底。我仅仅按照街道上人们本来的面目来描写他们，每天写一个故事。开始的故事都很简短，我担心我的素材是否能写得足够长。那时写作本身开始呈现它的魔力。这些素材开始从多个角度呈现自己。故事变得越来越长，已经无法在一天内写完。到了某个阶段，灵感开始变得触手可及，那时灵感开始带着我前行，直至终点。那时，那本书已经完成，我在自己的心中成了一名作家。

——［英］奈保尔：《两个世界——诺贝尔文学奖受奖词》，载［英］奈保尔，余珺珉译：《毕司沃斯先生的房子》，译林出版社2013年版，第482页。

四、名家点评

奈保尔何以能写出这样丰满生动的人物？大街上的人物为什么是这般让人爱又令人哀？这首先应归功于奈保尔的经验：他有类似的街头生活的经历与体验；其次应归于他的小说观：重视深入的考察与唤起“真正惊奇感”的揭示或诺贝尔文学奖授奖辞中所谓“具有洞察力的叙述和不为世俗所囿的详细考察”，但最根本的，是勘破世界的奈保尔根基于多元文化又立足其上的“世界公民”的超越性阐释：贫穷、封闭、落后造成了僻陋蒙昧的环境，如是的环境生发了如是的人群与他们群落共性之下的各自性格，他们在狭隘之境中自以为是甚至洋洋自得，但同时他们又有市井劳动者的善良、友好与热情，虽则在顷刻间这又会转化为自私与利己的欲念。

——仵从巨：《一条大街与一个世界——说奈保尔与〈米格尔大街〉》，载《名作欣赏》2002 年第 5 期。

最近几年获得诺贝尔文学奖的作家中，我比较喜欢奈保尔。短篇小说写得很棒，有契诃夫风格。而且他是一个能够为世界提供思想的作家。

——于坚：《他对东方不以为然》，载《新世纪周刊》2008 年第 12 期。

五、研讨平台

1. 研讨题目：移民作家的文化认同与文学再造

提示：20 世纪以来，伴随着战争、经济和文化的流动，人类进入了有史以来最为频繁和剧烈的移民时代。时至今日，跨国移民已近乎成为一种常态，移民文学也日益成为世界文坛引人注目的强大力量。移民作家凭借离散跨界的生存体验而拥有了多重的文化身份、多元的文化视野和多样的文学传统，使得他们在文学创作中总是富有改造和创新的勇气，让离散的边缘体验具有了文化融合与文学创新的美学意义。

2. 关于“移民作家的文化认同与文学再造”的重要观点

大多数人主要知道一种文化、一种环境、一个家，然而流亡者至少知道两个；这个多重视野产生一种觉知：觉知同时并存的缅想，而这种觉知——借用音乐的术语来说——是对位的……在这种理解中有一种独特的乐趣，特别是流亡者觉知到其他对位的、贬低正统的判断并且提高欣赏的同情心的时候。流放的状态提供了局外人观察多于两种文化的机会，而他们的感知也是对位的。流亡是过着习以为常的秩序生活以外的生活。它是游牧的、去中心的、对位的；但每当已习惯了这种生活，它撼动的力量就再度爆发出来。

——［美］爱德华·W. 赛义德，单德兴译：《知识分子论》，生活·读书·新知三联书店2002年版，译者序第1页。

殖民地作家身处迥异的文化世界的夹缝中，他们能借鉴多种传统，却又不属于任何一个传统。面对令他们不舒服的边缘地位或附属身份，他们终归会诉诸或许能称为自己经验的那些东西（依据具体情况可指自己对环境的切身体验、迁移、入侵等），找到自己的定位，进行自我再造。

——［英］艾勒克·博埃默，盛宁、韩敏中译：《殖民与后殖民文学》，辽宁教育出版社1998年版，第133页。

六、文献目录

[1] Feroza Jussawalla. Conversations with V. S. Naipaul. University Press of Mississippi, 1997.
[2] Paul Theroux. V. S. Naipaul: An Introduction to His Work. Deutsch, 1972.
[3]［英］艾勒克·博埃默，盛宁、韩敏中译：《殖民与后殖民文学》，辽宁教育出版社1998年版。
[4]［美］保罗·索鲁，秦於理译：《维迪亚爵士的影子》，重庆出版社2005年版。
[5]［英］奈保尔，王志勇译：《米格尔街》，浙江文艺出版社2009年版。
[6]［英］奈保尔，北塔、常文祺译：《奈保尔家书》，浙江文艺出版社2006年版。
[7]［英］奈保尔，余珺珉译：《毕司沃斯先生的房子》，译林出版社2013

年版。
[8]［美］奈保尔，邹海仑等译：《抵达之谜》，浙江文艺出版社 2004 年版。
[9]［美］帕特里克·弗伦奇，周成林译：《世界如斯：奈保尔传》，中信出版社 2012 年版。

（张晶）

潘达雷昂上尉和劳军女郎

作者：略萨

类型：小说

一、作者简介

马里奥·巴尔加斯·略萨（Mario Vargas Llosa，1936—　），一位拥有秘鲁和西班牙双重国籍的作家和诗人，是“拉美文学风暴”四大主将之一。其诡谲而丰富的小说技法为他带来“结构现实主义大师”的称号。略萨1936年出生于秘鲁南部城市阿雷基帕。中学时他被父亲送进纪律森严的莱昂西奥·普拉多军校，在此他发现了“人生中的暴力”。1953年他进入秘鲁国立圣马尔科斯大学，主修文学与法律，并于语言学研究所继续读研。1958年，略萨离开祖国秘鲁，客居法国、西班牙等国，后长期定居英美，曾在剑桥大学、哥伦比亚大学、哈佛大学、普林斯顿大学等多所世界一流大学任教。

略萨创作勤奋，著作等身，主要代表作有《城市与狗》《绿房子》《酒吧长谈》《世界末日之战》《谎言中的真实》

等。略萨非常关心政治，坚信“小说需要介入政治”，这是他与其他拉美作家的显著区别。反独裁是略萨大部分作品中的主题之一，腐蚀人民灵魂的政权、军权和神权都成为他揭露和抨击的对象，这使得他的小说异常尖锐且具有现实批判性。《潘达雷昂上尉和劳军女郎》就是典型代表之一，这部小说出版后在秘鲁一度被列为禁书，后因拍成同名电影而家喻户晓。

二、作品简析

略萨的创作思想有阶段变化，这部《潘达雷昂上尉和劳军女郎》属于其早期作品，意在揭露反动军事独裁的腐败与残暴，以及其对人性格和日常生活的戕害。

小说主要由一主一副两条线索构成，主线是陆军总部为解决边境地区屡次发生士兵强奸妇女事件，选中并指派一直以来兢兢业业的潘达雷昂上尉奔赴亚马孙第五军区所在地依基托斯，秘密招募当地妓女组成军中“服务队”（军中流动妓院）以解决士兵性饥渴问题。副线是弗兰西斯科兄弟在依基托斯发展壮大了民间宗教组织“方舟兄弟会”，宣扬世界末日论，主张把生灵钉死在十字架上，学习耶稣为人类赎罪，以推迟末日的到来。这两条线索原本分开进行，之后主人公的妈妈雷奥诺尔太太和日后进入“服务队”的妓女们在传教活动中相继成为“姐妹”，随着“服务队”业务的日渐壮大，这些妓女把“方舟兄弟会”的宗教也传入了军营，此时主副两条线索紧紧交织在了一起。

主人公潘达雷昂（简称潘达）是一个认真负责、积极工作的军官，同时也十分刻板严肃，认真到可笑的地步。在组织“军中服务队”这样一个他既不擅长也不喜欢的尴尬工作里，他偏偏做得如鱼得水、成绩卓然，以至于“把服务队搞成了一个全陆军最有效率的机构”，甚至引起上级军官、平民百姓对“服务队”的饥渴欲望，导致在一次劳军途中，服务支队惨遭劫掠，其成员之一“巴西女郎”不幸身亡。潘达在送葬时为了安抚服务队，公然穿上军装诵读悼词，暴露军人身份，从而坐实了军队组织卖淫这一行迹，一时间社会舆论哗然。陆军总部在风口浪尖急于销声匿迹，一边解散这个被丑闻包围的“服务队”，一边将潘达召回并发配至高寒地区，潘达最终成为试验方案下的替罪羊。

回过头看，潘达自接下这份不讨好的差事以来，没日没夜地忙着工作，先是忍受了隐瞒身份、家属不受照顾的委屈，接着让工作逐渐吞噬了他的日常生活，做出以身试药、勾上妓女等种种“敬业”却荒唐的行为。工作内容被别人无意捅破后，妻子愤然带着女儿离他而去。而正当服务队需求日增，他踌躇满志一心想要扩大业务规模时，却被紧急叫停，最终成为被陆军总部用完丢弃的一颗棋子。到这里军事独裁者终于撕掉伪装，露出了其冷漠残酷的嘴脸。而潘达仍然至死不渝信奉“陆军是我一生中最重要的东西”，最后被发配至高寒地区仍然“亲自去看士兵的早饭”，这份负责的“愚忠”让人哀其不幸，怒其不争。潘达有着卓越的工作能力，却做不到离开给他带来荣誉也祸害其精神意志的军队，选择继续在这里虚无地耗尽一生。然而略萨终究是对笔下这个人有着深重怜悯，在小说最后一节，潘达在寒冷的高山地区还有原配妻子的陪伴，不至于太过凄惨。

这样一个故事和人物也许不足以称得上新颖奇妙，然而略萨讲故事的方式却足够让人眼前一亮。“结构现实主义大师”不是浪得虚名，在结构艺术上的探索上，这部小说又推陈出新。

全篇采用了人物对话、主人公梦境、军中公文批示、电台广播、新闻社评等各种不同体裁的文字，先后展开叙事。例如第一章写潘达被上级指派任务，全家奔赴依基托斯，潘达在百难中尝试认识妓院老板，从零着手组织服务队，这段内容全部由纯粹的人物对话和动作描写构成。至于“军中服务队”的建立过程，从指挥所地址的确立、劳军女郎的招募、配套水陆空交通工具的调动、医疗队伍的组织，服务队第一次去指定军营“示范演习”，到最后服务队的财务和规章制度的确立完善，这一系列叙事都是通过第二章、第四章中所有往来的军中报告和批示文件完成的，相当紧凑有序。之后作者又用第七章电台广播“辛奇之声”的社评，叙述了如下事实：依基托斯早已传开潘达组织“军中服务队”之事，并戏称其为“潘达乐园”，对他本人和他所创立的这个乐园口诛笔伐、深恶痛绝，同时潘达的妻子也因为知晓此事而选择离开丈夫。第九章又用大小不一的新闻报道向我们呈现了“巴西女郎”的遇害全程、葬礼全程、社会影响等。

笔者称这种叙事方式为“主角缺席的周边叙事”，即除非写到了人物自己在写信或对话，大部分时间绝不探入人物的意识或通过人物的眼睛来直接描写，只写相关的事件和周边人物的反应来达到叙事目的，并适当留白，就连表现主人公在执行任务过程中的恐惧、难堪等情绪和心理，都是通过其梦境来侧面勾勒，可以说这是对传统小说注重人物心理描写这一特点的巨大突破。细细一想，略萨这种叙事策略的效果，其实与读者日常接触和认知周围事物的个体经验更加吻合。因此可以得出结论，略萨变换如此多的叙事花样不为别的，就是企图用线性文字为我们全方位展现一个立体生动的、几乎可以触摸感知的真实世界。

再说回人物对话的叙事艺术。首先，人物对话的留白和琐碎等特点被充分利用起来：通过纳入大量信息，来回无缝切换，起到了浓缩时间和空间、推动故事发展的作用。如此一来，阅读过程里就需要读者充分调动自己的推理和想象，把漏掉不写的部分脑补出来，这种强烈的主动参与感也是对传统阅读方式的一种挑战。

如第二部分“精彩阅读”里摘出的片段，作者用蒙太奇手法把各个场景都拼接在一个平面上，全面、同时推进故事情节，随着人物的“话头”一秒切换：这一行刚写到斯卡维诺将军要指派一名中尉做联络员，下一行就直接切到中尉本人与主人公在吃饭对话。斯卡维诺将军前面刚说为了掩藏身份，主人公一家不能住陆军住宅区，接下来读者就读到了主人公的妈妈在抱怨非陆军住宅区的破旧房子。节奏紧凑、惜字如金，甚至不加过渡，不给读者喘气的空当。

在这种对话场景切换中，作者还经常故意打乱时间顺序，把事件结果提前穿插在正在叙述的这个事件中。例如第一章里，潘达雷昂刚被叫进陆军长官办公室，读者正好奇柯亚索斯长官到底要派遣他去何地，交给他什么神秘任务时，下一刻作者拨快时钟，笔锋一转，马上写到了柯亚索斯长官打电话通知依基托斯地区的主管军官斯卡维诺，告诉他，这个叫潘达雷昂的人即将过去组织“服务队”，接着才重新调回正常的时间线，回来继续叙述这个办公室里，长官是如何说服潘达雷昂接受这个荒唐又艰巨的任务的。

这样的处理，小说里比比皆是，读完第一章，几乎可以了解到第三章的进程，读到第三章又知道了第五章的大致发展，如此往复直至一口气看完全篇。笔者把这种写法定义为“前置叙事”，这种处理方法能加强作品的吸引力和表现力，对于热爱思考的读者来说无疑是一场完美享受。

其次，作者还善于在人物对话中完成一系列动作过程描写，犹如电影镜头叙事般高度凝练又精心谋划，这种写法曾经被评论家称为“双线推进法”，即一面以对话推进小说的主线，一面以行动过渡时间。例如下面一段描写：

> “我们不能同军官家属聚会?”雷奥诺尔太太拿起掸子、扫帚、铝桶，又是掸，又是扫，又是擦，最后惊奇地说道，“我们要跟老百姓一样?”
>
> ……
>
> “连邻居都不能让他们知道你是上尉?”波奇塔擦着玻璃，洗刷地板，粉刷墙壁，最后也吃了一惊。
>
> ……
>
> “一个特殊任务?”波奇塔在门上打蜡，在衣柜上糊纸，在墙上挂画，“你要在情报局工作? 啊，我一看你着这神秘劲儿就猜出来了，潘达。”
>
> ……
>
> “什么军事秘密? 屁!”雷奥诺尔太太整衣柜，缝窗帘，掸灯罩，插开关，“对妈妈也保密? 哎呀呀，你瞧瞧……”

短短一段描写（省略号省略了其他人物和场景的对话描写），我们不仅知道了潘达一家对外要隐瞒身份、潘达对妻母隐瞒了自己的实际工作，还眼看着潘达的妻母一起按步骤收拾完了破旧的房屋。

除此之外，作者还善于把写景摹物有机融合入对话中，借着说话人的眼睛，不忘对整个城市和众生相做一番刻画。因为篇幅所限，在此就不一一举例说明了。

综上所述，这种行文“代码”的布置，使得整部小说呈现出一种既复杂又清晰的“立体感”，让读者在多个场景并列的叙述中享受视听盛宴。或许有人要说，这本来就是为电影构思的小说，镜头感足、影像化叙事的特点是可以预料到的，但是在具体阅读中，略萨给我们带来的惊喜与震撼远远不止这么简单。

三、作者自白

说起来令人难以置信，那时由于受到萨特版的“承诺理论”的极坏影响，我一开始曾打算写成一个严肃的故事。但是我发现难以做到，因为这故事要求的是嘲讽和笑声。也就是在那时，一种得到了解放般的感觉向我显示：在文学里也存在着游戏和幽默的可能。我以前写作时总是大汗淋漓，而这次却不同，我写起来很顺利，而且很开心。

——［秘］马里奥·巴尔加斯·略萨，孙家孟译：《潘达雷昂上尉与劳军女郎·再版前言》，人民文学出版社2017年版，第Ⅲ页。

文学所带给我们的对于现实世界的不安和忧虑，正是一种批判的精神，这种批判精神能够萌生改变、变革和改善的意愿，而正是这种变革的意愿推动着人类的进步，让人类从山洞中走出来，不断发展、进步、完善，直至今天这个奇妙的世界。

——［秘］马里奥·巴尔加斯·略萨，杨玲译：《一个作家的证词——巴尔加斯·略萨在中国社会科学院的演讲》，载《外国文学动态》2011年第4期。

没有什么能比文学更好地保护人类抵制愚蠢和偏见、种族主义、排外主义、宗教或者政党的狭隘和短见，以及民族沙文主义。

对于志得意满的人们，文学不会告诉他们任何东西，因为生活已经让他们感到满足了。文学为不驯服的精神提供营养，文学传播不妥协精神，文学庇护生活中感到缺乏的人、感到不幸的人、感到不完美的人、感到理想无法实现的人。

——［秘］马里奥·巴尔加斯·略萨语，载赵德明编译：《巴尔加斯·略萨谈文学》，载《外国文学动态》2003年第4期。

四、名家点评

在《潘达雷昂上尉与劳军女郎》第一章中，以潘达雷昂上尉受命组织劳军队为主线，以多组对话的形式，将这次任务的背景、性质、组织方式交待得一清二楚。出场对话的人上至国防部的将军、军区司令、市长，下至酒吧侍者、妓院老板，多达23人。作者把人物不同方式的谈话穿插到潘达雷昂接受任务这条主线上来。但在每个“穿插点”上作者却不加任何解释和说明，全凭读者根据自己的想象和推理把每个人物的对话同小说的主线相联结。这种力图表达“总体现实”的技巧，大大丰富了小说的表现力和艺术感染力。

——赵德明：《巴尔加斯·略萨的文学创作道路》，载《拉丁美洲研究》1987年第5期。

我认为略萨的作品有两大特点：贴近现实和结构新颖。他的作品以辛辣的笔法深刻揭露和鞭挞拉丁美洲军事独裁政权、封建迷信和帝国主义的剥削压榨。

他的每一部作品在结构上绝不雷同，如《绿房子》是情节小块的拼合；《潘达雷昂上尉与劳军女郎》是各种文件、信件和对话的结合；《酒吧长谈》则是若干组对话波的组合。这样的作品乍一看很吃力，但越往下看就会被其结构所制造的悬念抓住，产生非一气读完不可的愿望。这也是我愿意译介其作品的原因之一，希望能为我国作家提供一些创作上的借鉴。

——孙家孟：《政治的头，文学的手，拉美的心》，载《乌鲁木齐晚报》2010年10月11日。

五、研讨平台

1. 研讨题目：欲望的满足与落空

提示：《潘达雷昂上尉和劳军女郎》整部小说其实都在围绕“驻外士兵的性欲望到底要不要采取解决措施”这样一个古老又严肃的问题，展开啼笑皆非的故事情节。其中的两难之处在于：若不组织“军中服务队”，那么士兵糟蹋民女的恶劣社会问题一定会继续上演。一旦“军中服务队”组织起来，又引起新的问题：士兵们得寸进尺，要求更高频率和质量的服务，连上级军官、平民百姓也眼馋起来。从这一层面上看，作者其实抛出了一个具有哲学意义的思辨：怎么认识人的欲望？是尽力满足好，还是让其落空好？其中的平衡尺度该如何把握？

2. 关于“欲望的满足与落空”的重要观点

欲望不满足就痛苦，满足就无聊，人生如同钟摆在痛苦和无聊之间摆动。

——［德］阿图尔·叔本华，韦启昌译：《人生的智慧》，上海人民出版社2008年版，第157页。

人的欲望是在他者的欲望里得到其意义。这不是因为他者控制着他想要的东西，而是因为他的首要目的是让他者承认他。

——［法］雅克·拉康，褚孝泉译：《拉康选集》，上海三联书店2001年版，第278页。

六、文献目录

［1］Braulio Muñoz. A Story Teller：Mario Vargas Llosa Between Civilization and

Barbarism, Lanham. Rowman & Littlefield Publishers, 2000.
[2]［德］阿图尔·叔本华，韦启昌译：《人生的智慧》，上海人民出版社 2008 年版。
[3]［西］洛·迪亚斯，尹承东译：《巴尔加斯·略萨的自白》，载《世界文学》1988 年第 4 期。
[4]［秘］马里奥·巴尔加斯·略萨，孙家孟译：《潘达雷昂上尉和劳军女郎》，人民文学出版社 2017 年版。
[5]［秘］马里奥·巴尔加斯·略萨，杨玲译：《一个作家的证词——巴尔加斯·略萨在中国社会科学院的演讲》，载《外国文学动态》2011 年第 4 期。
[6]马志宇：《政治的头，文学的手，拉美的心》，载《乌鲁木齐晚报》2010 年 10 月 11 日。
[7]［法］雅克·拉康，褚孝泉译：《拉康选集》，上海三联书店 2001 年版。
[8]赵德明：《巴尔加斯·略萨传》，新世界出版社 2005 年版。
[9]赵德明编译：《巴尔加斯·略萨谈文学》，载《外国文学动态》2003 年第 4 期。

（罗丹）

第四部分　诺贝尔文学奖亚洲、非洲、大洋洲作家作品

吉檀迦利

作者：泰戈尔
类型：诗歌

一、作者简介

拉宾德拉纳特·泰戈尔（Rabindranath Tagore，1861—1941），出生于印度加尔各答，他从小就热爱诗歌创作，1878年赴英留学，1880年回到印度，开始进行专职文学创作，从此时起到19世纪末，泰戈尔出版了《暮歌》《晨歌》《刚与柔》《收获集》《梦幻集》等诗集以及戏剧、小说等各种文学作品。1905年，泰戈尔投身到印度民族运动的大潮中，但由于意见分歧，他失望地退出运动，一头扎进文学创作的世界中。1910年，泰戈尔出版了重要作品孟加拉语韵文诗集《吉檀迦利》，后来他将《吉檀迦利》以及其他两部诗集中的部分作品译为英语散文诗，并重新集结为英文版的《吉檀迦利》。1913年，《吉檀迦利》在英国出版并在欧洲引发了一轮热潮，同年泰戈尔因此获得诺贝尔文学奖，成为亚洲首位获此殊荣的作家。1941 年，泰戈尔在加尔各答祖宅中离世。

二、作品简析

俄国形式主义文论家什克洛夫斯基曾说过这样一句深刻的话：“艺术是永远独立于社会生活的，它的颜色从不反映飘扬在城堡上空的旗帜的颜色。”对于诗歌，我们似乎有种将其独立隔离以形成一个纯净的世界的倾向。泰戈尔的《吉檀迦利》同样也是如此，尽管在这一文本跨国旅行的过程中，同样也有着殊堪玩味的权力运作与话语策略。不容否定的一点是，在泰戈尔自译《吉檀迦利》时，种种有意为之的翻译策略已经劫持或改写了原文，超出了传统意义上翻译的范畴，所幸的是泰戈尔利用作者自译这一奇妙的译者身份免去了对原文不忠的指责，而这种对原文事实上的不忠、越界与改写其实也反过来极大地促进了《吉檀迦利》在欧洲的传播与接受。而我们同样不能忘记的是，尽管在经历了从孟加拉文到英文再到中文的两次脱胎换骨般的转译之后，“劫后余生”的《吉檀迦利》从韵文变成了散文，从印欧语系变成了汉藏语系，它对中国读者而言仍然具有一种神异而熟悉的艺术魅力。说它神异是因为诗中浓厚的宗教氛围以及《圣经》原型意象对我们而言显得陌生而无法理解，而说它熟悉则是因为，作为印度文化中的一部分，佛教文化实际上早已进入中国人的日常生活乃至思维方式中，我们不难知晓诗中的禅意。因而，我们不妨先行放下诗境之外的种种喧哗与骚动，深入《吉檀迦利》的堂奥以一窥这种神秘而又熟悉的艺术魅力是如何生成的。

首先不应忽视的是《吉檀迦利》中舒缓而又深情的诗歌节奏。所谓“吉檀迦利”，在孟加拉语中是“献给神的赞歌”的意思。作为奉献给神的诗歌，《吉檀迦利》的节奏自然也与西方的宗教赞美诗有着类似的特征：舒缓而庄严。这种舒缓的节奏首先出现在单篇的诗行之中。《吉檀迦利》的孟加拉语版本使用的是分行并配乐的韵文诗歌，而英语版本中则被改为了散文诗这一形式，泰戈尔大刀阔斧地将孟加拉语原诗中的几行整合为一行，拉长诗歌的节奏与气息。与短句式的韵文相比，英文版采用的连绵而又沉稳的长句似乎反而更为贴合诗歌的内在节奏，因为只有在舒缓而沉静的咏叹之中，才能更好地感受到诗中的“我”对“你”这样一个熟悉而又陌生的至高存在的虔敬与崇拜。这一舒缓的节奏不止出现在单篇的诗中，也出现在整本诗集的结构之中。用心的读者不难发现，《吉檀迦利》中有着不少相似的诗句乃至篇章，例如“为你歌唱”“为你献花”这样几个动作就多次在诗歌中反复出现，“音乐”“雷霆”“风暴”“土地”等意象也是诗中的常客；同时，在诗歌顺序的安排上，泰戈尔也按照“赞颂神灵—渴望神灵—失去神灵—与神合一”这样一个环形来组织，因此整本诗集形成了一种回环往复、一唱三叹的效果。在这样的循环往复中，诗集中的情绪得到不断的酝酿，而诗歌中的节奏就显得更为庄严肃穆，因为只有在一次又一次瑜伽般静谧的冥思中，“我”才能不断地确证和加深对“你”的喜爱与信仰。而英文版中，泰戈尔刻意模仿《圣经》的语体色彩（使用中古英语中的 thou 等代词就是明显的一个例子）更是为诗歌抹上了一层庄严而虔敬的气息。如果说《吉檀迦利》的每首诗都是一条潺潺自流的河流，那么诗集本身便是由无数条这样的小河而汇聚成的丰饶之海。它汇纳百川又静水流深，给我们留下无尽的遐思。

其次，我们还应注意到《吉檀迦利》中朴实而又新奇的诗歌意象。一方面，泰戈尔选取的许多意象，都有着宗教与神话原型的色彩，而这些原型的意象，所包含的附加信息量则远非一般意象所能相比，因为它们凝聚了埋藏在每个人心底的宝藏：人类童年时期的种种“集体无意识”；而且这些意象经过一代又一代的阐释与积淀，形成了无比丰富的意义体系。例如诗集中经常出现的“脚凳”“杯”等意象，就是《圣经》中常见的与上帝有关的意象，脚凳是耶和华在凡间落足的地方，而“杯”则代表了上帝对凡人的赏赐。通过使用这些意象，泰戈尔不仅使得自己的诗句获得了来自基督教世界的理解与认同，还使得《吉檀迦利》具有了更多的历史韵味与宗教哲思。而泰戈尔在化用这些《圣经》意象时，又没有落于陈陈相因、照搬一气的窠臼，他创造性地熔西方意象与东方哲学为一炉，用《圣经》式的语体说着东方宗教（准确地说，是泰戈尔自创的宗教）的故事，正因如此，《吉檀迦利》才能给予读者更多想象与回味的空间。另一方面，《吉檀迦利》中所选取的部分意象来自我们的日常生活，但泰戈尔却能匠心独具地点石成金，挖掘出这些意象的新意。以第 72 首诗为例，诗中写道：“就是他用金、银、青、绿的灵幻的色丝，织起幻境的披纱，他的脚趾从衣褶中外露。在他的摩触之下，我忘却了自己。”丝线本是极为常见的物品，但要把丝线这一人们太过熟悉的意象写出诗意却不太容易。而泰戈尔诗心独运之处则在于他把握住了丝的若即若离这一特性，将丝线与同样迷离的幻境结合在一起，让丝线“织起幻境的披纱”，让丝线与幻境相得益彰、彼此成就。一方面，幻境使丝线由实入虚，变得神秘而梦幻，缥缈而灵异，另一方面，本就迷离的幻境在披纱的掩映下则显得更加朦胧神秘，神韵则更上一层楼。

我们还应注意到的是诗歌中那神秘而又无间的主体：“你”。关于《吉檀迦利》中的“你”，学界向来众说纷纭，有学者认为“你”是西方基督教上帝的化身，也有学者针锋相对地指出“你”有自然神色彩，还有学者从印度宗教出发论证“你”就是所谓的“梵”……这些观点都有着一定的可取之处，但学者们之所以争得不可开交，恐怕还是因为诗中的“你”其实是泰戈尔综合了多种宗教体系所创造的全新主体。“你”有着上帝般的权能，却不是《旧约》中那个喜怒无常、难以揣测的天父；“你”与“我”有着梵我合一式的默契，但又不像“梵”那样虚无缥缈、高蹈凌空；“你”与自然与大地亲密无间，但“你”又显然不仅仅是自然和大地的化身……总而言之，我们能在《吉檀迦利》中感受到各种宗教的魅影，这些魅影融为一体，在为“你”增加庄严感、仪式感、超越感之外，也额外地增加了一份捉摸不透的神秘。就连泰戈尔自己，在被问及“你”这个神到底是什么时，也总是语焉不详。总而言之，《吉檀迦利》中的“你”在某种程度上超越了单一的宗教体系，也超越了诗人自己的言说，因而显得如梦似幻、神秘莫测。但“你”又不仅仅只是神秘而已，我们的确无法知道“你”是什么，但我们却知道“你”与“我”的亲密、平等与无间。诗中的“你”与“我”不禁让人想起宗教哲学家马丁·布伯的著作《我与你》来，在此书中，布伯提出了一种“我—你关系”，他认为这一关系才是一种人与人、造物与造物之间根本的、真正的关系，而在《吉檀迦利》中，我们恰好就能发现这种真正的关系。虽然“你”贵为“我”的主人，但“我”与“你”的关系是一场平等的对话与相遇，具有直接性、相互性。“你本是我的主人，我却称你为朋友”（第 2 首），这体现了“我”与“你”的平等交流；“我们的主已经高高兴兴地把创造的锁链带起；他和我们大家永远连系在一起”（第11首），这体现了关系的直接性；“在我潜意识的深处也响出呼声——我需要你，只需要你……而你的呼声也还是——我需要你，只需要你”（第38首），这体现了关系的相互性。一言以蔽之，《吉檀迦利》中“你”与“我”的互动，闪烁着主体间性的微光。

三、作者自白

人类是由个人组成的，但是个人本身即具有一种人群关系的交互性，此种交互关系使人类世界具有一种生气蓬勃的团结力。而整个宇宙也以同样的方式跟我们联系着，因此它是一个人性的宇宙。这种思想是我个人透过艺术、文学，以及人类的宗教意识领会到的。

——［印］泰戈尔，蔡伸章译：《泰戈尔与爱因斯坦对话录》，载《泰戈尔论文集》，志文出版社1975年版，第7页。

人心的某个特殊面貌，聚集在某个诗人的想象里，通过美显示出自己多彩多姿的惊人光彩……他的想象建立了一个特殊的中心，通过吸引排斥的重力规律，用一个特殊优美方式使人心世界里的某个不清晰的东西明白如画了——这就是评论家应该思考的内容。

——［印］泰戈尔，倪培耕等译：《泰戈尔论文学》，上海译文出版社1988年版，第57页。

四、名家点评

这些（孟加拉文的）原版歌词——据我的印度朋友所说——洋溢着精妙的节奏、无法翻译的精致色彩与韵律的发明，而其思想则展示了一个我长年以来梦寐以求的世界。这些作品是高度文明的结晶，然而它们的存在又像从土地中长出草木一般理所应当、自然而然。诗教的传统，历经几个世纪，从知识与民间汲取着隐喻和情感而逐渐汇聚，重新回到众多学者与贵族的脑海中。

—— W. B. Yeats. Introduction to Gitanjali (Song Offerings). The Collected Works of W. B. Yeats Vol. V: Later Essays. Scribner, 1994.

印度人说他是诞生在歌鸟之巢中的孩子，他的戏剧、小说、散文、论文、书信，都散发着浓郁的诗歌的气味。他的人民热爱他所写的自然而真挚的诗歌。当农夫、渔民以及一切劳动者，在田间、海上或其他劳动的地方，和着自己的劳动节奏，唱着泰戈尔的诗歌，来抒发心中的快乐和忧愁的时候，他们并不知道这些唱出自己情感的歌词是哪一位诗人写的。

——冰心：《吉檀迦利》译者序，载［印］泰戈尔，谢冰心译：《吉檀迦利》，人民文学出版社 1955 年版。

五、研讨平台

1. 研讨题目：翻译与权力

提示：法国修辞学家梅内曾将翻译比作“不忠的美人” (les belles infideles)，这其实暗示着传统翻译观下原文与译文的权力结构：原文是本原而译文是派生，原文强劲而译文孱弱，原文对译文处于支配作用，而译文则必须对原文忠诚。但无论是泰戈尔的自译实践，还是莫言英语翻译作品中看得见的译者葛浩文，当今的翻译实践都在某种程度上挑战或颠覆了这一惯常的权力结构。而在理论层面，女性主义的翻译理论者们不满于翻译中的二元对立结构，提出了女性主义的种种翻译策略以凸显女性的主体性；与此同时法国文论家埃斯皮卡则提出“创造性叛逆”这一关键词，强调了媒介者的主体作用，指出“翻译”这一行为在文学传播的各个层级上都不可避免地会对原作进行再建构，并添加许多新的内容，因此原文与译文、作者与译者甚至译者与读者的二元权力结构也就此被打破。不平等的秩序濒于瓦解，我们自然应该弹冠相庆，但在此，我们需要思考的一个重要问题是，这一在实践与理论中的新的转向是否存在着矫枉过正的风险？

2. 关于“翻译与权力”的重要观点

> 说翻译是叛逆，那是因为它把作品置于一个完全没有预料到的参照体系里；说翻译是创造性的，那是因为它赋予作品一个崭新的面貌，使之能与更广泛的读者进行一次崭新的文学交流；还因为它不仅延长了作品的生命，而且又赋予它第二次生命。

——［法］罗·埃斯皮卡，王美华、于沛译：《文学社会学》，安徽文艺出版社 1987 年版，第 137 页。

> 他们没有意识到，无论是什么样的翻译，只要它还算“翻译”，那就有着对原作的一定程度的“忠实”，其中的“叛逆”也是在“忠实”基础上的“叛逆”。“忠实”与“叛逆”的这种矛盾运动，是贯穿于一切翻译，也包括文学翻译的根本属性。

——王向远：《“创造性叛逆”还是“破坏性叛逆”？——近年来译学界“叛逆派”、“忠实派”之争的偏颇与问题》，载《广东社会科学》2014 年第 3 期。

六、文献目录

［1］Rabindranath Tagore，Mohit Kumar Ray. The English Writings of Rabindranath Tagore，Vol. 2 Poems. Atlantic Publishers & Distributors，2007.

［2］陈明：《“你是天空，你也是鸟巢”——简论〈吉檀迦利〉中的神秘主义》，载《国外文学》1996 年第 2 期。

［3］侯传文、王汝良等：《东方诺贝尔文学研究 ：从泰戈尔到莫言》，中国社

会科学出版社 2016 年版。
[4] 刘燕：《泰戈尔：在西方现代文化中的误读——以〈吉檀迦利〉为个案研究》，载《外国文学研究》2003 年第 2 期。
[5] 欧东明：《泰戈尔〈吉檀迦利〉的宗教思想试析》，载《南亚研究季刊》2001 年第 2 期。
[6] [印] 泰戈尔，谢冰心译：《吉檀迦利》，人民文学出版社 1955 年版。
[7] [印] 泰戈尔，倪培耕等译：《泰戈尔论文学》，上海译文出版社 1988 年版。
[8] [印] 泰戈尔，沈益洪编：《泰戈尔谈中国》，浙江文艺出版社 2001 年版。
[9] 曾琼：《〈吉檀迦利〉翻译与接受研究》，中央编译出版社 2014 年版。

（陈志文）

婚礼的华盖

作者：阿格农

类型：小说

一、作者简介

撒母尔·约瑟夫·阿格农（Shmuel Yosef Agnon，1888—1970），生于波兰加利西亚地区的布察兹小镇的犹太望族后裔的家庭，自小受到良好的教育和犹太宗教文化的熏陶。阿格农从8岁起就开始写作诗歌，15岁时发表了他的第一篇诗作《雷纳的约瑟夫》。1905年，阿格农任职于《哈耶》报馆，与现代希伯来文学先驱约瑟夫·海姆·布伦纳结识。1907年，阿格农离开家乡来到巴勒斯坦的雅法，在锡安热爱者协会和巴勒斯坦局担任秘书，还担任犹太治安法庭第一书记员。1908年，阿格农首次以“阿格农”为笔名发表了第一篇短篇小说《弃妇》并因此成名。1910年，他前往圣城耶路撒冷，运用希伯来语从事写作和文学研究，后又于1912年出版《但愿斜坡变平原》。1913年，阿格农移居德国研究德、法文学。1922

年，阿格农出版长篇小说《婚礼的华盖》。1924年，阿格农定居耶路撒冷并正式以“阿格农”为姓。1932年至1950年，阿格农出版了《行为之书》《大海深处》《宿客》《订婚记》《昨日未远》等小说。由于“叙述技巧深刻而独特，并以犹太民族的生命汲取主题”，阿格农荣获1966年的诺贝尔文学奖。

二、作品简析

阿格农真诚地热爱犹太民族文化，曾在20岁时参加犹太复国运动，而其笔名“阿格农”在希伯来语意为“漂泊”，也隐喻了渴望犹太民族能够寻找到自己的归宿。《婚礼的华盖》中的瑞布·余德尔经过多日的颠沛流离，为女儿寻找到归宿，将其完美地送入婚礼的华盖，而这充满了浪漫乐观主义的情怀。该小说也是一部关于犹太人过去传统生活的写照，因其通过描写各阶层人物的群像反映了犹太人的苦难、善良及其对信仰的执着等，从而表现出对犹太民族之过去的一种追忆与寻觅。另外，《婚礼的华盖》以框架式结构、奇特的想象、类型人物形象瑞布·余德尔的塑造以及富有表现力的语言等，表现出极具特色的艺术风格。

小说采用了框架式结构。所谓框架式的结构，即以主干故事为主，其间套入其他的小故事，从而使众多的故事能协调地组成一个严谨的叙述系统。小说以瑞布·余德尔和车夫努塔游历为主线，穿插了一系列的故事。如客店老板巴尔提尔讲述“三代人的故事”：在巴尔提尔的母亲快分娩时因付不起房租而被庄园主驱逐到露天场所，耶拉麦尔拉及时出现用本要给女儿筹集婚礼的钱帮其付清房租而使母子获得平安；巴尔提尔很幸运地被免除在恺撒的部队里服兵役；巴尔提尔在公墓巧遇同命相怜的撒拉而与之完婚等。巴尔提尔认为这都是上帝的力量和爱使然，所以他感恩上帝自始至终宠爱着自己这样微不足道的犹太人。这个故事反映了贫穷犹太人的困苦生活、友爱互助以及对宗教的信仰。瑞布·余德尔讲了《米德拉西》中的一个故事：有个犹太人为了执行许多诫命卖掉了房子和家产。在住棚节结束的前一天，他又捐出本该给孩子买东西的十个银币，并且无法回家的他拾了一袋枸橼来到王宫。正巧国王闹肚子梦见要煎服枸橼才能够治愈。他们寻找每一寸土地，直到看到那个犹太人坐在袋子上。他们打开袋子发现枸橼并治好了国王的病，为此他们将袋子装满黄金返还给他。这个故事不仅歌颂了犹太人好善乐施，还表达了执行诫命的善人有好报的思想。另外，还有“锅的故事”“两只眼的拉比和一只眼的布道士的故事”“所罗门·雅各的床”等许多内容丰富深刻的故事巧妙和谐地穿插于主干故事之中。阿格农使用这种框架式结构不仅使小说容量增大，而且使小说反映了犹太民族重具象的文化特征。犹太民族擅长以具体的形象来表达抽象的理念，因此用故事来阐释问题已成为一种传统。《婚礼的华盖》正是遵循这一传统，用穿插故事的方法来反映犹太人的生活。这些小故事基本都有自己的主角和情节，似乎与“瑞布要完成婚礼的华盖的诫命”关系不大，但正是这些故事使作品内容丰富，展现出当时社会、文化、经济、道德及其风俗等各个方面的风貌，呈现出东欧犹太人的生活画卷。

小说想象力丰富，极具浪漫主义色彩。小说里描写了一个棕仙，即传说中夜间替人做家务、施善行的仙客，住在佩赛斯家的地下室为其带来财富。努塔的两匹马名叫“孔雀”和“象牙”，它们富有思想且经常谈论所见所闻。象牙还给孔雀讲“老鼠和公鸡的故事”以劝告它不要多管瑞布·余德尔的闲事。小说有些描写甚至具有神秘主义色彩。瑞布·余德尔在路上为徘徊的灵魂说神圣的言词，因为只要犹太人说上个神圣的字眼和主意，这些灵魂就会立即行动起来升向天堂。瑞布·余德尔在母亲去世周年纪念日做了一个梦：母亲从阴间世界前来安抚他睡觉却被父亲反驳，而当他在父亲的催促下前往诵经堂时，母亲则跟在他身后并给他塞了一块饼。瑞布·余德尔醒来发现面前果然有一块饼，但这其实只是一个贫妇给他的。

丰富奇特的想象还给小说增添了许多离奇的故事情节。瑞布·余德尔筹到金钱后，入住客栈潜心研究《托拉》。客栈老板娘依瑞布·余德尔的长相而判定他为嫁女儿而来，并告知媒人。媒人拜访瑞布·余德尔后，误以为他是布洛德的富有的慈善家瑞布·余德尔·内桑森。在媒人的牵线下，瑞布·余德尔和富有的沃维·肖尔为其子女订下了婚约。瑞布·余德尔在客栈待到身无分文才步行回家，回家后也只是继续学习。沃维·肖尔在普珥节将赠予新娘的礼物送到富有的瑞布·余德尔·内桑森家。这位没有女儿的慈善家按礼节还礼，之后他为了不毁掉这桩婚姻而选择继续与对方通信并确定了婚期。

直到沃维·肖尔亲自登门拜访这位慈善家，才解开了误会。沃维·肖尔最终在诵经堂找到瑞布·余德尔并被邀请参加宴席。瑞布·余德尔的妻子只好用家里唯一的公鸡给亲家做饭。逃避追捕的公鸡飞进了堆满财宝的山洞，瑞布·余德尔由此获得了财富，将女儿送进婚礼的华盖。可以看到，瑞布·余德尔只是专心研究经书，从说媒到互通信件确定婚期，再到获得财富等情节充满了巧合和误会，也正是这些一个个接踵而来的离奇的情节才得以成就了完美的婚礼。

阿格农塑造了瑞布·余德尔这一类型人物形象。作为一个虔诚的哈西德派教徒，家徒四壁的他超然脱俗，既不社交、应酬，也不做买卖，其人生的一切意义在于学习研究经书，在信仰中得到快乐与升华。阿格农运用夸张、对比、心理描写等手法着力表现瑞布·余德尔坚定而虔诚的宗教信仰。小说夸张地描写他在公鸡没叫完就飞一般冲进诵经房，一直读到灵魂超脱了感官。小说通过瑞布·余德尔和车夫努塔的对比来凸显瑞布·余德尔的虔诚。在路上，努塔提醒瑞布·余德尔躲进车篷以防顽童的石头，瑞布·余德尔认为已做过祈祷而不会遇到危险，努塔为此嘲讽其如同蠢驴还给马儿带来麻烦。在他们吃坏肚子之后，努塔找异教徒女巫治病，而瑞布·余德尔训斥他并要求他赶快远离去做祈祷。旅途中，瑞布·余德尔温和而谦逊且常吐出智慧的言辞，而努塔却不甚理解，但是努塔最后也折服于瑞布·余德尔虔诚的信仰与高尚的道德。阿格农细腻生动地展示了瑞布·余德尔的心理活动，尤其善于运用内心独白来剖析其内心世界。瑞布·余德尔在遇到任何困惑时，能很快从信仰中寻得安慰。瑞布·余德尔在追问为什么有人一生只待在一个地方而得到上帝赐予的一切而自己一无所有还要背井离乡且颠沛流离时，他马上从《托拉》中思索到令自己满意的答案。可以说，瑞布·余德尔的性格特征主要就是信仰虔诚，他依靠这种朴素坚定的信仰克服生活中的艰难困苦，在他身上实际体现了犹太民族的性格及其生活特点。

小说语言也极富有表现力。文中穿插了许多歌谣，如“正是我自己的眼睛，目送丈夫离走。当他归来时，做妻子的欢乐泪水不住地流”。这首歌谣用质朴真诚的语言表达出细腻的情感。瑞布·余德尔和努塔吃坏肚子后，努塔说：“面包吃完了他就给我端来面包，我还没有来得及停下来休息一下，我的肚子就撑炸了。”努塔夸张风趣的语言达到了幽默的效果。有关风景的描写，如“新旧两城两相对峙，凝视着水面，宛若一老一少两妇人，对镜顾盼美颜”。新旧两城拟人化的描写使语言富有优美俏皮之韵味。另外，阿格农灵活运用古典和现代的希伯来语来创作小说，使之同时具有古典韵味和现代气息，对现代希伯来文学语言作出了贡献。

三、作者自白

在这个世界上，每当欢庆幸福降临的时刻，我们都要敬颂上帝的赐福。

——［以］撒母尔·约瑟夫·阿格农，王逢振：《诺贝尔文学奖辞典》，漓江出版社 1997 年版，第 622 页。

此外，还有另外一种影响，就是我平生遇到的每一个人，无论是男是女，是老是少，是犹太人还是非犹太人，他们的言论和他们所讲的故事都深深地印入我的心中，有的还流露于我的笔端。大自然的景色也同样感染了我。如死海，那是我习惯每天在旭日东升时，从住处屋顶眺望的地方；阿能溪，则是我经常沐浴的去处；每到夜晚，我常常与虔诚的教徒们一起来到哭墙旁——正是这些夜晚赐给我以双眼，让我看到了神圣的土地。

——［以］撒母尔·约瑟夫·阿格农，徐新等译：《婚礼的华盖》下册，漓江出版社 2001 年版，第 575 页。

四、名家点评

阿格农是一位现实主义作家，然而他的作品却不乏神秘主义成分，使那些最灰暗、最普通的情景都笼罩在一层金黄色犹如童话诗一般的奇妙气氛之中，令人不禁联想到夏加尔从《圣经》中汲取主题的绘画。阿格农是一位具有高度创新精神的超俗作家，不仅具有非凡的幽默和睿智，而且具有敏锐的洞察力。总之，他是一位以淋漓尽致手法表现犹太民族性格的作家。

——［瑞典］安德斯·奥斯特林语，载宋兆霖主编：《诺贝尔文学奖全集（1901—2012）》，北京燕山出版社 2012 年版，第 743 页。

在阿格农的所有作品中，贯穿始终的是犹太人的信仰。这不仅包括对人物的刻画，景物的描写，还包括对犹太民族所有精神建树的深刻理解和灵活运用。只要翻开其作品，便会立即感受到扑面而来的以犹太人特殊信仰为主干的犹太文化所特有的古风和韵味，从《圣经》《密西拿》《塔木德》到历代犹太圣贤所撰写的犹太文化经典之作的精神无一不融入其中。

——徐新：《现代希伯来文学的丰碑——阿格农论》译本前言，载［以］撒母尔·约瑟夫·阿格农，徐新等译：《婚礼的华盖》上册，漓江出版社 2001 年版，第 16 页。

五、研讨平台

1. 研讨题目：宗教对文学的影响

提示：宗教是人类社会的一种文化现象，其本质是一种精神寄托和终极关怀。文学则是文人运用语言文字来表达社会生活和心灵世界的结晶。宗教和文学都属于人类社会意识形态范畴，且两者具有密切的联系。宗教作用于文人的生活方式和价值观念，从而影响文学创作的选材、思想内容、艺术技巧及其审美风格等方面，有利于推动文学发展。

2. 关于“宗教对文学的影响”的重要观点

宗教无论如何受科学的排斥，而在文艺方面仍然是有相当的位置的。

这并不是赞扬宗教，或是替宗教辩护，实在因为它们的根本精神确是相同。即便所有的教会都倒了，文艺方面一定还是有这种宗教的本质的情感。

——周作人：《宗教问题》，载《少年中国》1921 年第 11 期。

就基督徒艺术家而言，其作品背后的世界，其作品所表现的世界，将具体体现着他的基督教信仰。在这一方面，他的艺术同他的生活没有分离。艺术是生活的一个片段。

——［美］N. 沃尔斯托夫著，沈建平等译：《艺术与宗教》，中国工人出版社 1988 年版：第 312~313 页。

六、文献目录

［1］Aberbach David. At the Handles of the Lock：Themes in the Fiction of S. J. Agnon. Oxford University Press，1984.

［2］黄铁池、杨国华主编：《20 世纪外国文学名著文本阐析》，北京大学出版社 2006 年版。

［3］宋兆霖主编：《诺贝尔文学奖全集（1901—2012）》，北京燕山出版社 2012 年版。

［4］［以］撒母尔·约瑟夫·阿格农，徐新等译：《婚礼的华盖》，漓江出版社 2001 年版。

［5］王逢振主编：《诺贝尔文学奖辞典》，漓江出版社 1997 年版。

［6］徐新：《阿格农及其佳作〈大海深处〉》，载《当代外国文学》1990 年第 2 期。

［7］许相全：《简论阿格农与圣经的关系》，载《圣经文学研究》2014 年第 2 期。

［8］许相全：《圣经中的“弥赛亚”与阿格农小说》，载《圣经文学研究》

2015第2期。
[9] 许相全：《用文学重现圣殿的荣耀：以色列诺贝尔文学奖获奖作家阿格农研究》，新华出版社2015年版。
[10] 钟志清：《阿格农的〈昨日未远〉与第二次阿里亚》，载《外国文学评论》2017年第4期。

（胡严艳）

雪　国

作者：川端康成

类型：小说

一、作者简介

川端康成（Kawabata Yasunari，1899—1972），日本文学界受人尊敬的“泰斗级”人物，出生于大阪府北区的一个医生之家。从一岁多到十五岁，川端康成经历了一系列的不幸事件。他的父亲、母亲、祖母、姐姐、祖父先后去世。他成了“参加葬礼的名人”。《祖母》《十六岁的日记》《参加葬礼的名人》《致父母的信》等作品就表现了他这一时期深入骨髓的哀伤和孤独的情感。1917 年 3 月，川端康成考入第一高等学校（大学预科）。1920 年 7 月，他进入东京帝国大学文学系英文学科学习。1924 年 3 月，他从东京帝国大学毕业。这一期间，他先后经历了与几个千代的恋爱。这其中，伊藤初代的毁约事件极大地强化了川端康成的人生无常的观念，对他的人生和文学都产生了重要的影响。《南方的火》《篝火》《非常》

《伊豆的舞女》等就表现了这几段恋爱的落花般的哀伤与凄美。1960 年以后，川端康成的虚无意识日趋严重。《古都》《睡美人》等作品中就都表现了较为强烈的人生虚幻的思想。1968 年，因《雪国》《古都》《千只鹤》“以卓越的艺术手法，表现了道德与伦理的文化意识”和“在架设东西方文化桥梁方面作出了贡献”，川端康成获得了诺贝尔文学奖。1972 年 4 月 16 日夜，因不堪病痛等的折磨，川端康成含煤气管自杀身亡。

二、作品简析

《雪国》讲述的是这么一个故事，在那遥远的雪国，有几个美丽的姑娘，她们为爱而生，为爱而死。这样的空间，是一个集爱、美、自由于一体的所在，合乎我们对乌托邦的所有的想象。我们在读《雪国》的时候，总是在不经意间被这样的美景、美人和他们拥有的“爱”所打动。

“肉体之爱”与“性灵之爱”之间形成的张力，是《雪国》首先打动我们的地方。

翻阅小说，一股浓重的爱情至上的气息，让人沉溺其中，其中虽然不时浮动着哀伤的气氛，却又叫我们无法自拔地痴迷流连。无论是驹子，还是叶子，都是那么纯粹，那么为爱不惜一切。她们感动了我们，也感动了具有虚无主义意识的男主人公岛村。从某种程度上说，岛村三次由现代都市社会进入雪国的过程，就是他经历由“肉”到“灵”的被女性拯救和自我救赎的过程。这其中，他从驹子那里获得的主要是生命的充实和活力，他从叶子那里获得的主要是精神的净化和升华。

一般认为，驹子是肉体美的象征，吸引岛村的是她的充满活力的性感的身体。不可讳言，驹子的肉体是性感、充满活力的。她有着“绯红的面颊”和“微微泛红的脖颈”，她的“纤巧而抿紧的双唇，如同水蛭美丽的轮环，伸缩自如，润滑细腻”。在严寒与素白的雪国，红色、灼热的驹子确实让岛村产生了一种“对肌肤的依恋”。然而，在岛村所在的东京，具有驹子这种性感火热的女子，应该是不乏其人的。驹子的超俗之处，在于她的洁净和执着。驹子给予岛村最初的刺激就是她的那种不同凡俗的洁净美。“女子给人的印象洁净得出奇，甚至令人想到她的脚趾弯里大概也是干净的。”为了突出驹子的这种洁净的美，小说中后来还连着用了两个比喻，说她“娇嫩得好像新剥开的百合花或是洋葱头的球根”。而驹子最终打动岛村并促使他有所改变的，则是她的那种非功利的执着追求的精神。在一个追求用最小的代价获得最大的利益的现代社会，生活在偏僻山村里的驹子的非功利的执着追求既是令人费解的，也是令人震撼的。天天写日记，许多大学教授做不到，生活在偏僻山村里的驹子做到了。从 16 岁开始就坚持做阅读文学作品的笔记，许多文学专业的大学生做不到，没有学习任务的驹子做到了。独自依靠谱子来练习、弹奏复杂的传统曲子，许多艺术专业的大学生做不到，不想扬名立万的驹子做到了。不图名、不图利，无怨无悔地把自己的肉体和精神全部交付给一个“对什么都无所谓”的有妇之夫，绝大多数的都市女白领做不到，作为乡村艺妓的驹子做到了。这种知其不可为而为之，知其不可企及而不能不为之感召，知其也许走到底仍是海市蜃楼却不改初衷而无畏前行的精神，这种为着爱而不惜一切的超越功利主义的热情和力量，像汹涌澎拜的潮水一样不断击打着岛村，使他逐渐有所感悟和改变，他那空虚、无力的生命也获得了充实和生命力的再注。

然而，驹子可以给予岛村以生命的感动和充实，但还无法让岛村的精神净化和升华。当无论是声音、形体还是精神都极为圣洁的叶子出现时，岛村又将追求的目光转向了叶子。

虽然不能说驹子就是动物性的欲的象征，但是与叶子相比，驹子毕竟与岛村有着肉体方面的关系。而叶子是植物性的灵的象征则是无疑的。因为，她不仅有“纯粹的肉体”，而且有“纯粹的声音”和“纯粹的精神”。叶子首先吸引岛村的是她的“纯粹的声音”。她那“优美而近乎悲戚”的声音仿佛天籁之声，穿越种种世俗的浮华与嘈杂，“久久地在雪夜里回荡”，触动了岛村内心中最为柔软的地方。其次叶子吸引岛村的是她的“纯粹的肉体”。“灯火映照在姑娘的脸上时，那种无法形容的美，使岛村的心都几乎为之颤动。”车窗玻璃中的叶子宛若从仙境下凡的仙女，有着一种不食人间烟火，拒陌生男子于千里之外的神情，使岛村感觉“就像是在梦中看见了幻影一样”。叶子最能吸引岛村的是她的“纯粹的精神”。如果说驹子的执着仍然与现实有关，与她和岛村的爱有关，那么，叶子的所做所为都是超脱世俗的。行男活着的时候，她照顾行男，不是为了获得肉体上的爱，而是为了获得精神上的爱；行男死后，她天天去给行男上坟，仍然是来源于她对行男那不变的精神上的爱。这样的叶子，只应天上有，人间哪得几回见？于是，小说中的叶子以超凡脱俗的形象出场，又以超凡脱俗的形象告终。小说结尾，一场大火使叶子的肉体与精神都彻底地超离了尘世，上升到了空灵、超越的世界，同时，也净化了岛村与驹子的灵魂。“仿佛在这一瞬间，火光也照亮了他同驹子共同度过的岁月。这当中也充满一种说不出的苦痛和悲哀”。如果说驹子是用她无私的性爱和执着的精神感动了冷漠空虚的岛村，那么，叶子则是用她虚幻的美和超越的精神使岛村感受到一种难以抗拒的吸引力，净化了轻浮世俗的岛村的灵魂。这是叶子生命的永生，也是岛村和驹子生命的再生。

唯美与虚无之间形成的张力，也是《雪国》打动我们的地方。《雪国》既是一个爱的世界，也是一个美的世界。翻阅小说，我们会被种种不同的美所吸引、所震撼。美轮美奂的自然美，艳丽动人的肉体美，空灵、超脱的精神美，原始、本真的乡情美，这些共同构成了一个远离都市的世外桃源般的空间。

小说一开篇就为我们展现了一个远离都市喧嚣的纯美的雪国：“穿过县界长长的隧道，便是雪国。夜空下一片白茫茫。火车在信号所前停了下来。”这里，窄窄的隧道将喧嚣的都市与雪国隔离开来。这是两个完全不同的世界，甚至雪国“星星的光，同东京完全不一样。好像浮在太空上了”。这个世界有着“远方的峰峦”“远处的群山”“遥远的山巅”，有着红叶飘零、片片杉林。这一切的一切无一不是美的。而其中最美的，则是那一望无际的雪。雪，外表上晶莹剔透，内质上洁净纯白。它埋葬了大地上的所有污秽，将世界装点得如梦如幻、分外妖娆。

然而，再晶莹剔透的雪，它也易消难存，“雪国”中雪的美丽，本身就是短暂无常的。一如“雪国”中人的美丽一样，也是短暂无常的。

小说中对美的人的描写，最为人乐道的是“暮景之镜”和“晨雪之镜”。可以说，“暮景之镜”和“晨雪之镜”最为集中地写出了叶子和驹子的美。

无论是驹子，还是叶子，都是大自然的精灵，都与雪有着某种内在的联系，她们既是至纯至美的雪的化身，也是飘忽易逝的雪的象征。“晨雪之镜”中的驹子，在旭阳的映照和白雪的反射下，脸颊通红，头发闪烁着紫色的光，显得更加乌亮了。这使岛村感受到一种无法形容的纯洁的美。然而，美在于美本身，像驹子这样过于具体、实在的美，正如鲜花一样，是不可能持久、永恒的。因而，尽管岛村依恋驹子的这种感官美，但他知道“不可能永远这样放荡不羁”。而“暮景之镜”中的叶子，则“是透明的幻影”，她的眼睛像“夕阳的余晖里飞舞的妖艳而美丽的夜光虫”，给人一种虚无缥缈的美。这样的美是一种可以观望却不可触碰的抽象、虚幻的美：“叶子那张美丽的脸依然映在窗上，而且表情还是那么温柔，但岛村在她身上却发现她对别人似乎特别冷漠，他也就不想去揩拭那面变得模糊不清的镜子了”。叶子最终坠落在被火光烤化、映红的雪水中，也隐喻了她如雪一样美得虚幻的短暂而又美丽的一生。

不同叙事声音碰撞、交流形成的张力，也是《雪国》打动我们的地方。

《雪国》并不是以展现复杂曲折的故事情节、跌宕起伏的人物命运而见长的，而是以展现人与人交往过程中的微妙而又复杂的思想、情感而吸引人的。在小说中，作者常常通过不同主体之间的话语交锋，展现着雪国人物和世界的矛盾性和多面性。

美国学者 W. C. 布斯在《小说修辞学》中提出了“不可靠叙述”理论。在书中，布斯主要关注的是两种不可靠叙述：事实轴上的不可靠叙述和价值轴上的不可靠叙述。布斯所说的这两种不可靠叙述，在《雪国》中都有较为突出的表现。

如上所述，这部小说主要是写人与人交往过程中的微妙而又复杂的思想、情感，因而，主体叙述的可靠性，就必须建立在他对不同人物的身份和他们之间的复杂而又微妙的关系的了解之上。然而，由于作为闯入者的岛村的视角是受限的，他无法清晰而又深刻地了解雪国中驹子与行男、叶子与行男等人之间的关系。因而，岛村常常从自己的主体意识出发，对这些关系进行了不可靠的叙述。

在小说中，有一个长期被忽视的人物，即行男。实际上，这个连一句话都没有说就英年早逝的人是一个举足轻重的角色。岛村与驹子、叶子的关系以及他们三个人的命运都受到他的影响。

而在这其中，岛村对于行男与驹子的关系的事实认定在很大的程度上决定了他与驹子、叶子的关系，也决定着三个人的命运发展。岛村认为，“驹子是她师傅儿子的未婚妻”。

那么，驹子究竟是不是行男的未婚妻呢？岛村对于行男与驹子的关系的事实认定是建立在盲人按摩女的叙述基础之上的。盲人按摩女说：“是真的。听说他们已经订婚了。我是不太了解，不过人家都是这么说的。”盲人按摩女的叙述本身就是不充分的，因而也是不可靠的。然而，岛村却将这种不充分的叙述当成了事实。不能不说，岛村的这种叙述，是布斯所说的一种“错误报道”。

后面驹子的叙述，也证明了岛村的这种叙述是一种“错误报道”。驹子对岛村说：“我明说吧，师傅也许想过要让少爷同我成婚。可也是心想而已，嘴里从来也没有提过。师傅这种心思，少爷和我也都有点意识到了。然而我们两人并没有别的什么。就是这个样子。”师傅既然想让行男和驹子结婚，但又不提出来。这是因为驹子虽然其他方面的条件很好，但家境贫寒，师傅希望自己的儿子能够找一个比驹子家庭条件更好的对象结婚。驹子知道这一点后，被迫去了东京。

从理性的角度看，岛村在听到当事人的叙述以后，应该非常清楚地认识到驹子和行男不是未婚夫妻的关系的事实。然而，极为诡异的是，此后的岛村不仅没有纠正因“不充分报道”导致的“错误报道”，而且，在这种“错误报道”的基础上，进一步做出了错误的价值判断。

最为典型的表现是，当叶子赶到火车站恳请驹子回去同行男做最后的诀别时，驹子拒绝了。这时候的岛村“突然对驹子感到一种生理上的厌恶”。他认为驹子因为爱上了自己而决绝斩断了与行男的联系。于是，他粗暴地对驹子说：“别固执了，干脆让一切都付诸东流吧。”

尽管驹子对他说：“你误解了。”“我不愿看一个人的死，我怕。”尽管他看到驹子听到行男要死的消息时“踉踉跄跄地走了两三步，就哇哇地想要呕吐”，但他仍然从伦理道德的角度判定驹子是“冷酷无情”的。

当不同叙述人对同一个人的同一件事的价值判断出现偏差时，我们可以借助互文性理论，在这一文本与其他文本的关系中找到人物与事件的原型，帮助我们去理解这一人物与事件。关于驹子，川端康成曾经说过这样一句话："驹子的感情，实际上就是我的感情，我想，我只是想通过她向读者倾诉而已。"① 而驹子不愿亲眼目睹自己亲近的人死亡的事情，与川端康成不愿目睹祖父死亡的事情如出一辙。而在川端康成看来，一个人不愿目睹自己亲近的人的死亡，却悲痛异常，这不是"冷酷无情"，而是由于爱得太深，以至于生命无法承受这种伤痛。

由此，我们看到，小说中岛村对驹子错误的价值判断不仅扭曲了驹子与行男之间的关系，而且再次暴露了岛村漠视驹子对他的爱情和他自己爱情道德的缺失。当驹子对他的爱情越发执着的时候，为了推卸责任，他明明知道驹子与行男并没有婚约，对行男也没有承担道德责任的义务，他却偏偏要将道德绳索捆住驹子。于是，岛村对驹子错误的价值判断，使小说产生了较为强烈的反讽效果。尽管岛村反守为攻，通过将驹子推上道德的审判台来建构自己道德维护者的形象，然而，他的这种判断因为与隐含作者的判断并不一致，显示出了一定的虚伪性。因而，聪明的读者往往会越过他的价值判断，沿着与其相反的方向去领悟作家对于驹子的判断。

三、作者自白

《雪国》中的驹子是有模特儿的。然而，这部小说是不是模特儿小说呢？作为作者，我觉得是个疑问。这部小说并没有把模特儿现实地加以写生。例如，脸型等也都特意描绘成另副模样。叶子则没有模特儿，完全是虚构的。岛村不是我。他似乎只不过是作为一个男子存在罢了。大概只是像映照驹子的镜子那样的东西吧。此外，虽说作者并非没有"作者的语言"，不过我不喜欢对自己的作品做解说，惟希望读者自由阅读，我觉得作品的命运就维系在读者的自由阅读中。

---

① ［日］川端康成，金海曙等译，叶渭渠主编：《川端康成文集·独影自命》，中国社会科学出版社 1996 年版。

——［日］川端康成，叶渭渠译：《川端康成谈创作》，生活·读书·新知三联书店1988年版，第183页。

我认为东方的古典，尤其佛典是世界上最大的文学。我不把经典当作宗教教义，而是当作文学幻想来敬重。

——［日］川端康成，叶渭渠译：《川端康成谈创作》，生活·读书·新知三联书店1992年版，第104页。

《雪国》中的故事和感情等等也是想象比实际的成分更多。特别是驹子的感情，实际上就是我的感情，我想，我只是想通过她向读者倾诉而已。

——［日］川端康成，金海曙等译，叶渭渠主编：《川端康成文集·独影自命》，中国社会科学出版社1996年版，第123页。

四、名家点评

川端康成的小说以《雪国》最著名，大概作者本人也这样认为。当他晚年出版作品集时，选入了这部作品，我也觉得《雪国》是他最好的小说，理由有二：一是这部小说集中了川端式的一切，并且达到了它的巅峰，若以《雪国》为中心，川端以前的作品好像全是其变奏曲，《雪国》这样的小说，只此一部而已；二是《雪国》超越了川端派小说的典型，达到了一种非川端式的境地，这样的小说，大概也只有一部。

——［日］加藤周一：《有别了！川端康成》，载《日本文学》1985年第2期。

川端氏战后的一切作品，都建立在世界是虚妄的这种谛观之上，因此川端发出偶然相逢的人与自然都是永久的美的感叹。这几乎就是日本中世的思想和美意识，也可以说这也是今天这样的乱世的思想和美意识。飞花落叶的思想是日本人古来的悲哀。

——［日］山本健吉：《战后的川端文学》，载《每日新闻·写真集·川端康成其人与艺术》，每日新闻社1969年版，第144页。

五、研讨平台

1. 研讨题目：虚无之美

提示：川端康成的小说有着非常浓重的“虚无”色彩。不过，川端康成小说中的“虚无”与西方虚无主义的“虚无”有着较大的区别。在诺贝尔文学奖获奖演说辞《我在美丽的日本》一文中，他强调指出：“有的评论家说我的作品是虚无的，不过这不等于西方所说的虚无，我觉得这在‘心灵上’，是根本不同的。” “……这种‘无’不是西方的虚无，相反，是万有自在的‘空’，是无边无涯无尽藏的心灵宇宙。”如果说西方虚无主义的“虚无”是对一切事物的彻底的否定，那么，川端康成的“虚无观”则深受佛教禅宗的影响，认为“无”并不是对“有”的否定，有和无、生与死，实际上是生命存在的两种形式。因而，死亡不是生命的结束，而是生命的再生。死在净化一切、升华一切的同时，可以使生命焕发出一种永恒的美的光辉。

2. 关于“虚无之美”的重要观点

就算不管多么残酷地被迫切腹，把竹刀扎进腹部本身，是武士道以名誉的意志性行为，不管导演多么嘲笑这种“名誉”的固定观念和“错误”的道德，我们内心深处依然抱有自杀的美学，无意识地将切腹者的果断看作是一种高洁的意志的表现和一种美的形态。

——［日］三岛由纪夫，唐月梅译：《艺术断想》，河北教育出版社2002年版，第215页。

过去的生命已经死亡。我对于这死亡有大欢喜，因为我借此知道它曾经存活。死亡的生命已经朽腐。我对于这朽腐有大欢喜，因为我借此知道它还非空虚。

——鲁迅：《题辞》，《鲁迅全集》第 2 卷，人民文学出版社 2005 年版，第 163 页。

六、文献目录

[1] Cassegard Carl. Shock and Modernity in Walter Benjanmin and Kawabata Yasunari' Japanese Studies, 1999 (3).

[2] Burleigh David. Snow Countries: Joyce and Kawabata, Journal of Irish Studies, 2009 (24).

[3] [日] 长谷川泉，孟庆枢译：《川端康成与诺贝尔文学奖——兼论川端文学入门的钥匙》，载《外国文学研究》1999 年第 4 期。

[4] [日] 川端康成，叶渭渠译：《我在美丽的日本》，河北教育出版社 2002 年版。

[5] 刘象愚、胡春梅：《感悟东方之美：走进川端康成的〈雪国〉》，北京师范大学出版社 2007 年版。

[6] 叶渭渠：《东方美的现代探索者——川端康成评传》，中国社会科学出版社 1989 年版。

[7] 张石：《川端康成与东方古典》，上海古籍出版社 2003 年版。

[8] 周阅：《人与自然的交融——〈雪国〉》，云南人民出版社 2002 年版。

（赵小琪）

风暴眼

作者：帕特里克·怀特

类型：小说

一、作者简介

帕特里克·维克托·马丁代尔·怀特（Patrick Victor Martindale White，1912—1990），出生于伦敦的颇有田园风光的海德公园之中的威灵顿大院。1932 年，他在剑桥大学攻读现代语言，阅读了大量的欧洲文学作品，深受乔伊斯、劳伦斯等作家的影响。他还利用假期时间游历欧洲各国，接触音乐、绘画和表演艺术。二战爆发后，怀特到英国皇家空军情报部工作。1948 年，他回到国内，潜心写作，并在 1955 年出版了小说《人类之树》。两年后，他发表了小说《沃斯》。20 世纪 60 年代至 70 年代是怀特文学创作的高峰期，他在这个时期写作了《战车上的乘客》（1961）、《活体解剖者》（1970）、《风暴眼》（1973）、《树叶圈》（1976）等长篇小说以及《火腿葬礼》（1961）、《大玩具》（1978）等多部剧本。他的短篇小说集有

《烧伤者》（1964）、《白鹦鹉》（1974）、《三则令人不安的故事》（1987）。此外，怀特还写了一部自传《镜中瑕疵》。

二、作品简析

文学即人学，人的复杂决定了人性书写的千姿百态。中外文学史上从来不乏描写人性善恶的作品，而决定了《暴风眼》能从中脱颖而出，助帕特里克·怀特赢得诺贝尔奖殊荣的是它的史诗般的叙事艺术、成功的人物描写和“将一个新的大陆介绍进了文学领域”的功劳。

《风暴眼》以澳大利亚为背景进行写作，真正关注的却在于人。小说中的人物超越了地区和民族的界限，而小说对人的内心描写也指向普遍的人性存在。亨特太太是小说的中心人物，她已僵卧病榻，双眼几乎失明。在她身边的是管家、律师和几个轮班的护士。亨特姐弟在母亲行将就木之时匆匆从国外赶回，以“探望”母亲为名，实则各怀鬼胎，打着母亲遗产的主意。这是一场由金钱引起的风波，利益以强劲的魅惑力撕扯掉遮盖在人物脸上的道德面纱。亨特姐弟俩明争暗斗又狼狈为奸。为了诱骗钱财，姐姐多萝茜甚至想要将母亲置于死地。律师威勃德也从中作梗、谋求私利。小说围绕金钱问题将人的贪婪、自私和虚伪的一面暴露出来，表现了人与物质世界的冲突纠葛。

如果说金钱是使人物陷入漩涡的“风暴眼”，那“性”则让这个风暴世界更加污浊和混乱。当一切沦为金钱的同谋时，欲望控制着人的心窍，于是所谓的道德观念便不复存在。亨特太太在年轻时过着放荡的生活，她一边“真挚地爱恋自己背叛的男人”，一边疯狂地追求情欲的满足，对政客投怀送抱，和律师寻欢作乐，与女儿追求同一个男人；多萝茜在梦境中与律师威勃德先生赤身裸体、相互抚摸，最后竟与弟弟巴兹尔在父母的床榻上发生乱伦；巴兹尔在护士胡曼德的身上得到了肉欲的满足，将这些当做“淋漓尽致的表演”。错乱的性爱让人与人的关系变得畸形、扭曲，欲望取代了和谐美好的人际情感，打乱了一切道德秩序。在这个情欲泛滥的世界里，男女相拥，疯狂放纵。

在物欲与情欲满足之后的，是人的心灵的空虚和孤独。亨特太太虽然拥有丰富的物质生活，但是却长叹“漂亮的脸蛋和物质生活的富足并不能赶走孤独和失望”，她常常要求护士与她聊天，渴望有人作伴。多萝茜争夺财产、发生乱伦，以虚假做作的姿态待人，而陪伴她的不过是自己一直念念不忘的“公爵夫人”的空名。巴兹尔是一名莎士比亚戏剧演员，却也把戏外生活当做舞台。在他看来，无论争夺财产还是与胡曼德护士的调情都是表演，所以他对母亲装出虚伪的热情，在情爱中戴上表演面具。然而，他是一个失败的演员。他在舞台上演不了莎剧中的李尔王，而在现实生活中又不能展现自己的真我。在小说里，人物不过是失去灵魂的空壳，没有了理性，被欲望和非理性操控。人与人之间充满了争斗和欺瞒，在无爱、冷漠、畸形的世界里，每个人都形单影只，空虚失落。正如《风暴眼》中的贴切比喻：每个人都是一座海岛，虽然之间有海水、云团和雾气连接，但是谁也不会向谁靠近，而“最冷峻、最不友好的海岛莫过于自己的儿女”。

读《风暴眼》，我们感受到了弥漫在作品中的悲观主义气息。小说以犀利的笔锋来剖析人的灵魂，深刻地揭露了人的罪恶和内心的阴暗。这种阴暗让人窒息，因而也有评论家认为怀特的小说是“歇斯底里的厌世之作”而对之加以批判。然而，小说并非完全否定人性的真善美。“风暴眼”是一个形象的比喻：尽管这是一个污浊不堪的风暴世界，强烈的风暴却能洗涤人性，而风暴过后，一切归于平静，人也能实现彻悟。的确，小说的中心人物亨特太太就是在生命弥留之际，回首一生，重新认识自己，看清世间百态，最后“不再用虚幻的东西来填补空虚”，在思想的自我救赎中走向永生。这似乎是作者的美好信念，让一丝光亮得以照进人性的阴霾中。

怀特受弗洛伊德理论的影响很深，他在小说中以梦境表现人生，重视人的潜意识描写，同时借鉴了詹姆斯·乔伊斯、伍尔夫等作家的写作技巧，在小说中使用意识流手法。文中有大量的人物独白、联想、梦境，有些篇幅没有一个标点符号，语言之间没有逻辑、没有停顿，这有力地表现了人物意识的混乱和无逻辑性。意识的流动让过去、现在、未来的时间交织渗透，不同空间以蒙太奇的方式并列展开，人物也轮番出场，活跃在巨大的意识之网上。例如多萝茜在半失眠状态中的一系列联想：金钱—老母亲—海岛旅行—与生态学家的互诉衷肠—母亲—金钱与勒索—杀死母亲—巴兹尔—父亲的铜像—

威勃德先生—抚爱……在朦胧混沌的半睡眠状态中，现实与假想、欲望与道德在内心争斗，这使得她痛苦不堪。怀特用跳跃、断续的意识流动将人内心深处的罪恶展现出来，表现人物的复杂矛盾性以及作家对于人性的深刻思考。

在《风暴眼》中，作者运用了大量的比喻，尤其是暗喻，因而他也被称为“暗喻爆炸专家”。小说的标题“风暴眼”就是一个比喻：在这个世界里，欲望的狂风暴雨将一切和谐与美好的事物毁坏。此外，作者将人比作海岛，生动地表现出人与人之间的疏离、冷漠；把不孝子女比作埋在子宫里的倒钩，极具讽刺意味。这些比喻含义深刻，体现了作者的良苦用心。

在语言的运用上，怀特功力深厚，堪称大师。他用字准确、细腻，同时又不拘泥于语法规则。他在句法结构上做大胆的尝试，比如用不完整的句子作一个段落，或者根据实际需要，用错乱的词序组织句子，以反映人物在意识跳跃过程中的精神恍惚状态。当然，也由于怀特语言及修辞手法使用上的不拘一格和无法捉摸，有些评论家对其提出异议，抱怨他的写作手法过于晦涩难懂。

三、作者自白

离开我憎恶的那所英国学校，回到期盼已久的澳大利亚，要成为作家的思想开始在我的脑子里逐渐形成。不，与其说是逐渐形成，还不如说是环境所迫。生活在一片真空里，我的禀性需要一个能够宣泄自己情感的世界。

——［澳］帕特里克・怀特，李尧译：《镜中瑕疵：我的自画像》，生活・读书・新知三联书店 1998 年版，第 77 页。

在我看来，我最好的三部小说是《坚实的曼陀罗》《姨妈的故事》和《特莱庞的爱情》。这三部书都讲了些对于澳大利亚读者来说并非神圣的东西。起初不少人对这几本书不屑一顾，有的读者甚至大加指责，认为我创作的是色情文学。几年之后，这几本书中的两本被人们接受了。

至于《特莱庞的爱情》还有待于时间的考验。

——［澳］帕特里克·怀特，李尧译：《镜中瑕疵：我的自画像》，生活·读书·新知三联书店1998年版，第243页。

四、名家点评

在他之前，从来没有一个澳大利亚作家这样深刻地揭示澳大利亚的社会问题，以及澳大利亚人作为互不相同的个体内心世界的冲突。帕特里克·怀特描绘的这幅澳大利亚的画图并不取悦于他的观众，他表现了澳大利亚的美丽、友爱，也暴露了它的丑陋和破坏力。可是，经历了最初的抵制，澳大利亚读者总是很快便认识到，怀特描绘的这幅图画诚实，充满炽热的感情，努力向真理的目标求索。

——［澳］帕特里克·怀特，李尧译：《镜中瑕疵：我的自画像》，生活·读书·新知三联书店1998年版，第2~3页。

怀特接受的影响是多方面的。思想和性格都不能用一个简单的公式来概括。对于他的著作也很难用一两句话就概括清楚。不论评论界如何争论不休，应该承认，怀特是现代派中具有特色的、颇有造诣的一位作家。

——胡文仲：《一位有特色的澳大利亚作家——帕特里克·怀特》，《胡文仲学术研究文集》，上海外语教育出版社2017年版，第306页。

这似乎是屡见不鲜的题材，但怀特却以独特的表现手法赋予它新意。他不是直接揭露资本主义社会中的丑恶，而是把笔触探到人物的内心深处，从心理剖析入手，表现人与人之间的隔阂和敌对，揭示人物腐朽、堕落的灵魂，引起人们对那个社会的思考和怀疑。

——朱炯强：《一把解剖灵魂的手术刀——评怀特的〈风暴眼〉》，载［澳］帕特里克·怀特，朱炯强译：《风暴眼》，译林出版社2009年版，第5页。

五、研讨平台

1. 异化的人际关系与人的孤独

提示：20世纪是现代技术文明飞速发展的时代，这个时期生产制度的理性化却带来了社会的非理性。在西方社会中，资本主义价值观念引导人们追求实用性和利益最大化，以达到自己需要的预期目的，同时又漠视人的情感和精神价值。因而，人只关注自己，贪求所有东西。正如帕特里克·怀特、D. H. 劳伦斯等作家所描绘的那样，在欲望面前，人与人之间冷漠、孤立，充满斗争，形成一种畸形、异化的人际关系。这种疏离的关系将人与人分开，每个人都封闭在自我的世界之中。因而孤独也就成为现代工业社会语境下的人的存在状态。

2. 关于“异化的人际关系与人的孤独”的重要观点

> 现代人所有的人际关系特征进一步加深了他的孤立及无能为力感。一个人与他人的具体人际关系已失去了其直接性与人情味特征，而呈现出种操纵精神与工具性特点。市场规律是所有社会及人际关系的准则。很显然，竞争对手之间的关系必须以人与人间的相互漠不关心为基础。否则，任何一个就会寸步行，无法完成其经济任务，即，相互斗争。如有必要，在实际的经济斗争中毫不留情地摧毁对方。

——［美］埃里希·弗罗姆，刘林海译：《逃避自由》，国际文化出版公司2000年版，第85页。

> 所有这些人愈是聚集在一个小小的空间里，每一个人在追逐私人利益时的这种可怕的冷淡、这种不近人情的孤僻就愈是使人难堪，愈是可

恨。虽然我们也知道，每一个人的这种孤僻、这种目光短浅的利己主义是我们现代社会的基本的和普通的原则，可是，这些特点在任何一个地方也不像在这里，在这个大城市的纷扰里表现得这样露骨，这样无耻，这样被人们有意识地运用着。人类分散成各个分子，每一个分子都有自己的特殊生活原则，都有自己的特殊目的，这种一盘散沙的世界在这里是发展到顶点了。

——《马克思恩格斯全集》第二卷，人民出版社 1957 年版，第 303～304 页。

六、文献目录

[1] Walsh William. Fiction as Metaphor: The Novels of Patrick White. The Sewanee Review, 1974.

[2] [美] 埃里希·弗罗姆，刘林海译：《逃避自由》，国际文化出版公司 2000 年版。

[3] 邓瑶：《〈风暴眼〉中的异化人际关系解读》，载《环球纵横》2016 年第 9 期。

[4] 邓瑶：《在梦境中重建现实——帕特里克·怀特小说〈风暴眼〉的意识流解读》，载《西南科技大学学报》2016 年第 1 期。

[5] 黄源深：《澳大利亚文学史》，上海外语教育出版社 2014 年版。

[6] 刘丽君：《评帕特里克·怀特的〈风暴眼〉》，载《汕头大学学报》1998 年第 3 期。

[7] [澳] 帕特里克·怀特，朱炯强译：《风暴眼》，译林出版社 2009 年版。

[8] [澳] 帕特里克·怀特，李尧译：《镜中瑕疵：我的自画像》，生活·读书·新知三联书店 1998 年版。

[9] 唐正秋：《澳大利亚文学评论集》，河北教育出版社 1993 年版。

（覃琛然）

森林之舞

作者：沃莱·索因卡

类型：戏剧

一、作者简介

沃莱·索因卡（Wole Soyinka，1934—　），尼日利亚剧作家、诗人、小说家、评论家，出生于尼日利亚西部约鲁巴族世代居住的阿贝奥库塔城。索因卡先在尼日利亚伊巴丹大学接受教育，1954 年进入英国利兹大学的英语文学系深造。1957 年大学毕业，1958 年到伦敦皇家宫廷剧院担任校对员和编剧，1960 年回到尼日利亚研究非洲戏剧。在考察和研究民间文艺的基础上，索因卡创造性地将西方的戏剧艺术与非洲传统的音乐、舞蹈、戏剧相结合，开创了富有非洲特色的用英语演出的西非现代戏剧。索因卡一生创作了 30 多部作品，对非洲的社会文化风气和社会弊端进行了尖锐讽刺。主要作品有剧本《沼泽地居民》《狮子与宝石》《强大的种族》《森林之舞》《路》，诗集《伊达纳及其他诗》，长篇小说《译员》（亦译作

《痴心与浊水》），自传体作品《阿凯——童年纪事》等。1986年索因卡凭借《狮子和宝石》获得诺贝尔文学奖，颁奖词称赞他“以广博的文化视野创作了富有诗意的人生的戏剧”，索因卡成为非洲历史上第一位获得诺贝尔文学奖的作家。

二、作品简析

为庆祝尼日利亚民族独立日，索因卡创作了剧本《森林之舞》。在这部戏剧中，死去了300多年的幽灵重返人间，森林中各种精灵悉数登台，尽情狂欢，过去与现实交织、人类与鬼神共处。因其奇特浪漫的想象与神秘梦幻的色彩，《森林之舞》被瑞典文学院誉为“一种赋有精灵、鬼怪与神的非洲的‘仲夏夜之梦’”。

1960年，索因卡作为一名戏剧研究员回到尼日利亚，他身体力行漫游全境，着重考察和研究尼日利亚民间文艺，并创造性地将西方戏剧艺术同非洲传统音乐、舞蹈、戏剧结合起来。在古代与现代、新与旧、非洲与欧洲的相互交织下，索因卡凭借广阔的文化视野开创了用英语演出西非戏剧的新时代。索因卡早期的创作倾向于用现实主义的手法反映社会问题，如《沼泽地居民》《狮子与宝石》；而后，其创作风格朝着荒诞、神秘的方向转变。《森林之舞》就是一部典型的充满荒诞色彩的戏剧。

《森林之舞》是一部两幕话剧。由于尼日利亚人的祖先生活在森林中，因而“森林”具有明确的指代含义——尼日利亚，“森林之舞”意即尼日利亚之舞。在黑非洲一直延续着一个传统，那就是节日的狂欢。每逢重大节日，人们总会载歌载舞隆重庆祝，并邀来死去的亡灵共同庆祝，这些亡灵则由活人戴假面具加以扮演。黑非洲人民崇尚万物有灵。于他们而言，不仅人有灵魂，日月山河、花草树木、飞禽走兽都有灵魂。把握了黑非洲特有的原始宗教观念，就很容易理解为何在《森林之舞》中活人和死人、人类与幽灵、森林中的各种精灵能够共存、交流了。可以说，《森林之舞》完美地继承了黑非洲的文化因子，迎合了黑非洲观众的欣赏心理和审美趣味。

戏剧的第一幕写人类举行欢庆民族大团聚的宴会，决定邀请杰出的祖辈前来参加，瘸子阿洛尼请来了生前是马塔・卡里布军队队长的男幽灵和他怀孕300年一直未生产的妻子。两个死去300年仍不安分的幽灵，从森林的地缝中钻了出来，准备参加人类的狂欢。在索因卡笔下，幽灵不再作为一种象征而是一种实实在在的存在，与活人共同推动戏剧的矛盾发展。这样的写作观念与作家本人所接受的宗教和文化思想密切相关。在西非人看来，家庭和部落中死去的祖先依然存在，他们会不断地影响后世之人。因而，也就出现了死去几百年的幽灵来到人类社会参加庆祝，并要求今人为他们的冤案平反的情节。在8个世纪前的马塔・卡里布王朝，队长因拒绝参加争夺王后嫁妆的不义战争被国王贩卖为奴，水性杨花的乌龟夫人（王后）试图让队长与她在一起而免他一死，队长的拒绝使乌龟夫人恼羞成怒，最终，队长与孕妻双双含冤死去。男女幽灵应邀来到人间，却遭到了四个前世是马塔・卡里布王朝的活人的驱逐。因为“他们原先的生活和活着的四个后代有着暴力和血肉的联系”。这四个后代分别是罗拉、阿德奈比、戴姆凯和阿格博列科。与这些人不同，阿洛尼保护了队长夫妇，森林之王为他们举行舞会，并邀请了戴姆凯、阿德奈比和罗拉参加。

四个后代中，罗拉是历史上的王后，现在的名妓，因为长寿，所以被称为“乌龟夫人”；阿德奈比是古代宫廷的史学家，现在是议会的演说家；戴姆凯是历史上的宫廷诗人，现在是雕刻匠；阿格博列科生前为占卜先生，现在是律师中的长者。在第二幕中，现实和过去交织，森林舞会与王朝旧事共存。时间倒回马塔・卡里布王朝，生性放荡的乌龟夫人、吹嘘拍马的诗人、正直忠臣的武士、昏聩暴躁的国王、刚愎自用的大臣、凶狠残暴的奴隶贩子等角色共同演绎了队长含冤死去的经过。在多神崇拜、万物有灵思想的浸润下，索因卡传达出历史循环的观念。如曾经因美貌引发部落战争的乌龟夫人如今以妓女的身份唆使一个男人杀死情敌；历史上，阿德奈比曾接受贿赂，如今故伎重演，再次接受贿赂以致酿成惨祸。回到现在，女幽灵向森林之王诉说冤情，在森林之王的指示下，阿洛尼帮助女幽灵产下了三胞胎。在戏剧结尾，森林中的各种精灵悉数登场，热闹非凡。

《森林之舞》中最突出的表现手法莫过于象征。整部戏剧通过大量的象征传达出索因卡站在新的时间坐标轴上对现实与过去、民族与世界的关注与思考。就“森林之舞”而言，象征着尼日利亚之舞——国家的狂欢；庆祝民族大团结的聚会即代表了尼日利亚人民庆祝民族独立的盛会。黑暗的马塔·卡里布王朝象征着尼日利亚不光彩的过去，王朝统治者昏庸无能、是非不分，尼日利亚则长期受他国殖民奴役，人民生活苦不堪言。女幽灵经过三百载的痛苦折磨诞下的三个半人半鬼的孩子象征着形式独立但力量微薄的非洲国家；孩子出生的艰辛经历好比非洲国家曲折获得独立的过程；孩子半人半鬼的模样则是非洲独立国家先天畸形的真实写照；孩子反复诉说“我生下来就会死的，我生下来就会死的”则是新生国家对自身前途命运的深切担忧。

索因卡在推动黑非洲英语文学尤其是戏剧语言艺术的发展上作出了重要贡献。诺贝尔颁奖词如此评价索因卡戏剧的语言特色：“在语言上，索因卡也是杰出的。他掌握了大量丰富的词汇和表现手法，并把这些充分运用于机智的对话、讽刺和怪诞的描述、宁静的诗歌和闪现生命力的散文之中。”与此同时，非洲英语又本能地带有非洲的传统思维和表达习惯。索因卡巧妙地将自由体诗和约鲁巴谚语结合在一起，创造出一种新颖独特的表达方式和美学风格。如第一幕中出现的唱挽歌者则是约鲁巴族舞蹈与诗歌相结合的艺术形式的具体表现，舞与诗共同缔造出美妙瑰丽的情景。一面是西方现代戏剧的表现方式，一面是非洲本土的民谚，看似互不相容的两者以巧妙的方式共存于作品中，这样的安排大胆新颖，使读者在阅读时能够游走于不同的审美风格之中，从而获得更大的审美冲击与愉悦。此外，索卡因戏剧中人物的语言准确精炼，富有个性化，语言和人物性格高度契合。如品格正直的武士语言铿锵有力、充满正义，面对国王的要挟，他坚守立场：“这是一场不义之战，我不能仅仅为了找回任何一个女人的嫁妆而带领我的士兵去打仗”。放荡的乌龟夫人语言轻浮，遭到武士的拒绝后，她百般纠缠：“一个男子汉干嘛要白白地葬送掉自己呢？你干嘛要为马塔·卡里布这样的傻瓜断送自己呢？你选择吧，让我和你在一起吧”。女幽灵无辜受害，冤屈难伸，自然有了“可怜可怜吧”的请求。

在文学创作之外，索因卡还是国家政治的积极参与者。索因卡出生时，尼日利亚尚处在英国的殖民统治之下，索因卡本人也生活在一个充满浓厚政治氛围的家庭，成长过程中的耳濡目染使索因卡对政治一直抱有极大的热情。

索因卡对国家和民族的命运有着客观理性的认识，一方面他敏锐意识到国家虽然形式独立但先天不足，另一方面，索因卡对国家的未来仍然抱有希望和信心，这一点在《森林之舞》中由戴姆凯将孩子交给女幽灵这一情节即可看出。作为一个具有敏锐洞察力的作家，索因卡在欢庆民族独立的特殊时刻，以文学承载起探寻国家出路的使命感和责任感，试图通过该剧告诉同胞要清醒地认识这个国家所经历的过去和尚且存在的弱点，并且传达出这样一种信心——从“耻辱的娘胎”中诞生的新生儿仍然具有生命力，能够茁壮成长。因此，不仅尼日利亚的人民需要正视过去，憧憬未来，而且所有非洲大陆的独立国家的人民都要宽容地接受刚从殖民压迫下反抗成功却依旧伤痕累累、虚弱无力的祖国，并对国家的明天心存希望。

三、作者自白

从少年时代开始我就对戏剧感兴趣，我还把小孩子们召集起来，以故事、传说为素材，大家一起演戏，有时我们还即兴来点喜剧的花样，我们模仿周围的成年人和他们与众不同的特点。我很早就参加了学校的剧社，很早。我演主角。我们演的戏叫做《魔术师》。所以说我始终对戏剧感兴趣，如你刚才所说，我的身边就是剧院，不同形式的剧院。

——［尼］沃莱·索因卡，史国强译：《我的非洲大地》，载《东吴学术》2012 年第 3 期。

我从不接受这样的观点：一个作家，就因为他是一个作家，就应该干预政治。我的观点非常简单且带有主观性。我喜欢挑选一部文学作品来读纯粹是作为艺术欣赏——作为一个扩展人类视野的途径。这是文学的治疗作用，这种体验我们存在的方式未必是政治性的。换句话说，我是将自己当做一个文学的消费者。而且我相信我有权利选择我想消费的东西，如果一切都政治化了，那将是多么枯燥的生活或文学呀！

——贝岭、徐兰婷：《与沃·索因卡对话》，载《花城》1996年第5期。

四、名家点评

索因卡被瑞典文学院称赞为“最富有诗意的英语剧作家之一”，他的戏剧深深地植根于非洲的土地和非洲的文化，善于取其菁华、弃其糟粕；他谙熟欧洲文学，从不生搬硬套，而是有选择地加以利用。索因卡既是现代非洲文学的重要作家，又是世界范围内最优秀的作家之一。他的作品展现了现代非洲人生活变化万千的场景，从始至终贯穿着他坚守的信念：非洲艺术家的作用应当是“记录他所在社会的经验与道德风尚，充当他所在时代的先见的代言人”。

——李永彩：《沃莱·索因卡——非洲社会经验与道德风尚的代言者》，载［尼］沃莱·索因卡，邵殿生等译：《狮子与宝石》序，北京燕山出版社2015年版，第1页。

索因卡不仅是戏剧家和小说家，同时还是社会批评家。其作品中包含着对尼日利亚历史的回顾与思考，对现状的重现与审视以及对未来的憧憬与祝福。作为第一个获得诺贝尔文学奖认可的非洲作家，索因卡对尼日利亚英语文学乃至于整个黑非洲英语文学都起到了推动作用。

——朱振武、韩文婷：《文学路的探索与非洲梦的构建——尼日利亚英语文学源流考论》，载《外语教学》2017年第4期。

五、研讨平台

1. 研讨题目：撒哈拉以南非洲戏剧创作的民族性与世界性

提示：一方面，撒哈拉以南非洲的戏剧创作乃至文学创作受传统主义影响，如努力使用英语对撒哈拉以南非洲语言进行转译，再现部落生活，探讨现代撒哈拉以南非洲文学的本土源头等。另一方面，作为西方的殖民地，撒哈拉以南非洲的戏剧创作又在很大程度上受到了西方文化的影响和渗透，呈现出非洲与欧洲、传统与现代交织的特点。

2. 关于“撒哈拉以南非洲戏剧创作的民族性与世界性”的重要观点

在对传统的批判和继承中，索因卡积极借鉴西方文学，化深厚的传统学养为创新的动力，逐步形成了自己独特的创作理念和创作特色，实现了戏剧理论和戏剧创作实践从内容到形式对非洲传统的继承和创新，创造了一种既不同于西方戏剧又全新阐释非洲传统文化意识的新型戏剧，实现了在两种异质文化二重组合中的双向超越，期盼在非欧文化碰撞之中探索出一条非洲文学乃至于非洲社会从传统走向现代的可行之路。

——陈梦：《论索因卡戏剧对非洲传统的反思与超越》，载《首都师范大学学报》2015 年第 4 期。

撒哈拉以南非洲的民族主义文学的基本情怀是爱国主义或跨越国界的泛非主义，基本品格体现在表现内容上：对种族和民族命运的关注、对历史和现实社会问题的思考，在表现手法上是自由的。

——高文惠：《论黑非洲英语文学中的传统主义创作》，载《山东社会科学》2016 年第 4 期。

六、文献目录

[1] Hans M. Zell, Carol Bundy, Virginia Coulon. A New Reader's Guide to African Literature. Heinemann Educational Books, 1983.

[2] 陈梦：《索因卡与西方传统戏剧》，载《求索》2016 年第 8 期。

[3] 黄坚、禹伟玲：《〈森林之舞〉与〈路〉的后殖民主义解读》，载《当代戏剧》2015 年第 3 期。

[4] 侯传文、王汝良等：《东方诺贝尔文学研究——从泰戈尔到莫言》，中国社会科学出版社 2016 年版。
[5] 宋志明：《“奴隶叙事”与黑非洲的战神奥冈——论沃勒·索因卡诗歌创作的后殖民性》，载《外国文学研究》2003 年第 5 期。
[6] 王燕：《整合与超越：站立在东西方文化交融的临界点上——对于索因卡戏剧创作的若干思考》，载《外国文学研究》2001 年第 3 期。
[7] 吴保和：《非洲文坛的一颗明珠——诺贝尔文学奖获得者渥尔·索因卡》，载《艺术百家》1987 年第 2 期。

（粟超）

七月的人民

作者：纳丁·戈迪默

类型：小说

一、作者简介

纳丁·戈迪默（Nzdine Gordimer，1923—2014），出生于南非约翰内斯堡附近斯普林斯小镇的一个富有犹太家庭。母亲是一个极具同情心与平等意识的犹太裔英国人，她在城市近郊的黑人聚居区开办诊所和孤儿院帮助当地的黑人。受母亲的言传身教，加上随着年龄增长和知识视野的开阔，戈迪默对给黑人造成沉重苦难的种族隔离制度的厌恶不断加深。美国左翼小说家厄普顿·辛克莱的《屠场》等作品也对戈迪默产生了影响，她成年后走上了以作品揭示、抨击南非种族歧视制度和呼吁种族平等的道路。戈迪默的主要作品有《说谎的日子》《陌生人的世界》《已故的资产阶级世界》《尊贵的客人》《自然资源保护论者》《博格的女儿》《七月的人民》《士兵的拥抱》《大自然的游戏》《根本的姿态》和《我儿子的故事》等。由于其鲜明的反种族歧视立场，戈迪默的作品在南非数次被禁。1991 年戈迪默获得诺贝尔文学奖，成为第一位获得该奖的南非作家。授奖词概括其“壮丽如史诗般的作品使人类获益匪浅”。

二、作品简析

在《七月的人民》的创作时代，南非的种族隔离制度已经摇摇欲坠，但新的时代何时来临，以何种面目来临，仍是摆在南非人民面前迫切的问题。戈迪默在经历了 1976 年索韦拖暴乱和 1980 年的爱尔西河事件后，以前瞻性的视角、天才的想象，创作出了这部带有警示性质的预言小说。

小说以南非发生内战，黑人起义者们占领城市的政府机构与交通枢纽并狙击白人为背景，描述了白种富人巴姆与莫琳一家人在黑人仆人七月的帮助下，逃到黑人村落避难的故事。故事的中心不在于逃难的经过，而在于莫琳一家在黑人村庄落脚后的日常生活。一家人被迫告别原来白人优越的生活方式，艰难地适应非洲黑人的居住状况与生活习惯。然而不管他们做出多少努力（打猎、挖野菜、借车子等），他们永远与周围的黑人社群格格不入。在这个过程中，一家人与七月的关系也发生着微妙的变化，过去的仆人慢慢开始转变成为他们的保护人与主人，无形中控制着他们。生活的巨大反差慢慢地击垮妻子莫琳的心理防线，她对生存状态越来越无法忍受，于是有一天，在看到村边有一架飞机降落时，她不管飞机究竟属于交战的哪一方，不顾一切地朝飞机奔去。小说就此戛然而止，留下了一个开放式结尾。

小说细致地展现了南非种族隔离制度所造成的严重的社会不平等。首先是生活环境的不平等。起义前白人与黑人划地而居，白人居住在繁华的都市里，而黑人聚居在偏僻落后的乡村，黑人的住所是“没顶棚的小屋，小屋像一座大蚁冢那么红，厚厚的泥墙上好多地方被冲掉又和泥地融成一片……”。这里物资短缺，没有通电，水资源也非常匮乏，卫生纸、肥皂等生活用品有钱也买不到。小说中描写曾经养尊处优的莫琳在黑人居住地生活后感受到的巨大反差，“她给孩子洗了澡，然后用他们的脏水给自己洗；

她平生第一次发现她两腿之间有股难闻的味儿，并且把孩子打发出去，用麻袋把门口挡好以后——满心厌恶地在肥皂水和泡沫里搓洗她光滑阴道内里和肛门上看不见的疖疤。她丈夫找了个机会到河里洗澡去了——所有这些向东流的河都有血吸虫感染的危险”。其次是生存资源分配的不平等。小说中以巴姆和莫琳为代表的白人拥有受教育权，优先享有工作的选择权。而难以受到教育的黑人们，要么在乡村贫瘠的土地上使用落后的生产工具去耕种，艰难地维持一家的温饱，要么就如同七月一般，到城市里成为白人的仆佣，成为他人的附庸。小说中黑人七月为白人莫琳一家工作了 15 年，他在主人面前的奴颜婢膝，与家人的常年分离使他回到家时，对自己的孩子都十分陌生。

小说抨击了殖民统治下南非的白人中心主义思想。七月的雇主巴姆和她的妻子莫琳是相对开明的白人。他们带有人道主义思想，对于黑人持同情态度，日常生活中也常常表现出种族平等的意识。比如他们始终拒绝七月称呼他们为主人，大方地付给七月酬劳等。但这种所谓的平等经不起考验。当他们一家人逃难到七月家时，一开始仍然习以为常地接受七月的各种照顾，就如同黑人伺候白人是天经地义一般。而一旦莫琳发现，七月的态度发生变化，对他们不再像以往那般恭顺时，她立刻觉得受到莫大的侮辱。她回顾过去作为雇主时对七月的善待，认为七月是忘恩负义之人，认为七月想要霸占他们的财物，而拒绝去想七月冒着生命危险收留他们这一事实。莫琳在与村落中黑人相处时也表现出一种无法掩饰的隔膜，优越性的失落与身份的转变让她变得焦虑狂躁。小说揭露出那些所谓开明白人同情黑人的本质，他们只愿意在不触犯自身已得利益的前提下提倡平等，而潜意识中他们对于白人奴役黑人的社会现实是认同的。

小说同时也展现出南非黑人自我身份的迷失。小说中的黑人仆人七月，真名叫穆瓦瓦提，白人主人为了方便，给他取了一个新名字“July”，从此他就成为七月。“七月”这个名字与笛福《鲁滨逊漂流记》中的“星期五”一样，标志着黑人文化身份的被剥夺。七月给白人当了 15 年的奴仆，对于奴仆的地位习以为常，甚至奴性已经深入骨髓。他安于现状，对于改变黑人处境的起义没有好感，主动帮助白人主人逃跑。当主人逃难到自己家时，七月起初仍是端茶倒水，卑躬屈膝，他甚至让妻子给主人洗衣服以获取报酬。七月所表现出的对政治的淡漠与对金钱的狂热，既是身为黑人的长期经济困窘导致，也与其生活在白人区受到金钱至上思想影响有关。更有甚者的是，小说中描写，一些黑人因为自身的保守与狭隘，居然将黑人起义者视为敌人。七月部落的酋长认为，“那些从索韦拖来的人（指黑人），他们和俄国人，另外那些从莫桑比克来的人（指黑人），一块来这儿，他们全部想抢我们部落这地盘，他们不是我们部落的，是阿玛祖路，阿玛青萨，巴索色……要是他们来了，政府就会给我枪，我们会干掉那些带着枪来的人”，他们不仅不支持黑人革命斗争，反而愿意帮助白人政府，以维持自己生活的现状。在黑人已被白人统治几百年的南非，白人文化的入侵旷日持久，政治上的斗争固然艰苦卓绝，而黑人自我身份的重建、黑人民族文化的重建则更加任重而道远。

最后，小说通过女主人公莫琳的逃离揭示出作者对南非未来命运的深深忧虑。小说中所描绘的莫琳一家固然由于身份地位的转变无法适应黑人村落的生活，而村落里的黑人也自始至终对于白人一家抱有挥之不去的敌对态度。这种互相的猜疑与隔膜导致了莫琳一家的无所归依。而他们本来是白人中最为同情黑人、秉持人道主义自由主义精神的那一批，但他们不仅不能被黑人革命者纳入同一阵营，反而不断被排斥、被拒绝，甚至被杀害。伴随着黑人起义胜利后的也并非是预想中的种族平等，而是更为尖锐的种族对抗，黑人中心主义取代了白人中心主义，小说以七月与其雇主一家关系的破裂为缩影，通过三个关键性的意象：“钞票”“汽车”“猎枪”表现出逐渐占据主导地位的黑人是如何一步步地完成权力的争夺，达到主奴关系的倒置。这样的前景，显然不是作者所希望看到的。正如戈迪默说的那样：“种族隔离的墙倒塌了，我们不停狂欢，但之后我们必须面对彼此——我不得不说，这需要很大的勇气和决心，很多事情都错了，但我们已经做了很多工作才战胜南非的过去。现在，我们必须头痛明天的事情……而今，黑人和白人已经达成共识将为一个多元民族共存的民主政权而努力奋斗。但是，种族隔离制度虽然结束，其余毒仍然存在，渐渐演变成街头的杀戮，黑社会的暗杀和持械抢劫等。南非的未来并非仅仅是全民公决的问题，而是要努力创造出一种民族精神，黑人和白人完全平等的精神”。

《七月的人民》在艺术上也有许多独到之处，比如作品总是不断变换人物视角来描述故事空间；外部世界与小说中人物内心活动互为对照，如莫琳在黑人的小屋中一方面努力适应，另一方面又不断回忆起从前的生活空间，而这种回忆又不断加强她对当下处境的反感，使她愈加迷惑。又如使用不同的语言来表现人物心理的微妙变化。最初七月坚持使用他蹩脚的英语与莫琳一家交流，而当他们矛盾加深时，七月在争吵时脱口而出地使用了黑人的土语。语言的转变标志着七月从一个依附性的仆人正式成为一个独立的主体。

三、作者自白

> 我们对世界的影响，在于如何使这个世界更富于人性。尤其是就狭义的解释，就政治影响而言，应当如此。很难说，现代社会有哪个国家的作家对统治阶级的政府产生了什么影响，并且能够为社会的人道化和民主化直接发挥作用。但是，我们的文学创作可以以另一种方式发挥作用，而且，其作用更持久，更潜移默化。

——［南非］纳丁·戈迪默等，傅正明译：《诺贝尔文学奖得主四人谈》，载《天涯》2002年第3期。

> 我们穷毕生精力企图通过语言释译我们在各种社会、我们身为其中一分子的世界中所汲取的书本知识，正是在此意义上，在此无法解决、不可言说的参与关系中，写出永远且同时是对自我和世界的探索，对个体和集体存在的探索。

——［南非］纳丁·戈迪默，莫雅平译：《我儿子的故事》，译林出版社1998年版，第265页。

四、名家点评

她的作品中有巨大的政治内容，这并不是简单地因为她处理的是当代的现实，一种种族隔离的现实，更是因为她长久以来一直为一个问题所困挠，那就是，南非的各个种族是否能够共同生存，怎样才能共同生存。

——［南非］吉利安·贝克：《纳丁·戈迪默的政治性》，载 Commentary 期刊 1992 年第 2 期，第 51 页。

戈迪默赢得国际文坛声誉，当然是因她能利用南非种族隔离制度的特殊情况——白人统治阶级与黑人被压迫阶级之间的冲突——作为她的创作题材。但是我们不能忘记，南非的政治条件之外，她的著作的重心却是集中在人与人之间所发生的复杂紧张情绪。文学艺术应描写生活经验，不然便只成为肤浅的宣传品。她的小说的长处是在于敏感、深见、而不具感伤主义。

——董鼎山：《正义的南非女作家》，载《读书》1987 年第 8 期。

五、研讨平台

1. 研讨题目：理性的种族关系

提示：理性的种族关系是否可能，或是如何建立理性的种族关系，这一直是文学史上充满争议的问题。一方面殖民问题与种族冲突的不断产生构成了近现代世界历史的独特图景，无数人类的生活因此产生了翻天覆地的变化。另一方面，是否能解决种族冲突，建立合理的人类秩序又是一个被争论不休，但始终悬而未决的疑问。在文学领域里，一大批如纳丁·戈迪默和约翰·马克斯韦尔·库切等深具历史使命感的作家便将这一命题纳入自己的文学作品中，孜孜不倦地探求使人类拥有更为平等的未来的答案。

2. 关于“理性的种族关系”的重要观点

> 一个世纪以来民族主义政治汹涌澎湃，其部分原因就是人们感受到周围其他人的轻视或尊重。多民族社会之所以可能分裂，其中一个主要原因是某个群体不能得到其他群体对其平等价值的（可感觉到的）承认。

——［加］查尔斯·泰勒：《承认的放治》，载汪晖、陈燕谷主编：《文化与公共性》，生活·读书·新知三联书店 1998 年版，第 322 页。

> 我们知道，承认历史罪责是不容易的，因为那常常意味着有付上代价的风险，但是在认知当中如何定位自身、如何对他者进巧承认等问题，却是重要的——没有人愿意暴露自己脆弱或罪恶的一面，但是如果要进行宽恕并取得成功，罪犯的承认是必不可少的，因为承认真相，承认错待了他人的历史罪责，是真正触及犯罪根源的重要条件，即只有真正的忏悔与承认才能达到真正的种族和解，真正的和解不能草率，上帝为此付出的代价是他唯一的儿子的生命。

——［南非］德斯蒙德·图图，江红译：《没有宽恕就没有未来》，广西师范大学出版社 2014 年版，第 222 页。

六、文献目录

［1］Nadine Gordimer. July’s People. Jonathan Cape，1981.

［2］Nadine Gordimer . My Son’s Story. Penguin Group，1990.

［3］Nadine Gordimer. None to Accompany Me. Bloomsbury，1994.

［4］［美］伦纳德·S. 克莱因主编，李永彩译：《二十世纪非洲文学》，北京语言学院出版社 1991 年版。

［5］［南非］纳丁·戈迪默，莫雅平等译：《七月的人民》，漓江出版社 1992

年版。
[6] 潘兴明、李忠:《南非——在黑白文化的撞击中》,四川人民出版社 2000 年版。
[7] 赵稀方:《后殖民理论》,北京大学出版社 2009 年版。
[8] 郑家馨:《南非史》,北京大学出版社 2010 年版。

(何娟)

万延元年的足球队

作者：大江健三郎

类型：小说

一、作者简介

大江健三郎（1935— ），日本当代作家，生于日本四国。他于1954年考入东京大学。大学时代，大江健三郎深受存在主义思潮的影响。1957年他的短篇小说《奇妙的工作》获《东京大学新闻刊》“五月祭奖”，次年发表短篇小说《饲育》，该作获第39届芥川小说奖。1963年，大江健三郎的妻子生下了他们的长子——光，然而这个孩子头盖骨先天缺损，脑组织外溢，为此大江健三郎曾痛不欲生。同年夏天，大江健三郎赴广岛参加了原子弹爆炸的有关调查，并开始思考死亡与再生的意义。此后，大江健三郎发表了一系列与残疾人、核问题相关题材的作品，如《个人的体验》《万延元年的足球队》《广岛日记》等。1965年，他以《个人的体验》获第11届新潮文学奖；1967年，他以《万延元年的足球队》获第3届谷崎润一郎奖。1994 年，大江健三郎因作品中“存在着超越语言与文化的契机、崭新的见解、充满凝练形象的诗这种‘变异的现实主义’”而荣膺诺贝尔文学奖，成为日本第二位获此殊荣的作家。

二、作品简析

1860 年 3 月，日本发生针对幕府与美国签署一系列不平等条约事件的倒幕运动及大濑暴动，结束后，安政七年被改为万延元年。此书的日文名为《万延元年のフットボール》，直译是《万延元年的 Football》。Football 既指脚踢的足球，也指手持的橄榄球。那时的日本既打算对外开放，又准备闭关锁国，政治斗争仿佛成了足球一样的游戏与狂欢。《万延元年的足球队》讲的便是发生在 1860 年和百年后 1960 年的具有象征性的故事。

故事的主线是鹰四领导的一场村民暴动。在距万延元年一百年后的 1960 年，哥哥蜜三郎和弟弟鹰四一起回到了家乡洼地。蜜三郎是一个谨小慎微、畏缩内向的大学讲师。他因与妻子菜采子生出一个残疾孩子以及挚友的自杀而深受打击。鹰四曾经在日本国内作为学生领袖抗议日美安保条约，失败后赴美国参加谢罪演出。回国后他极力鼓动兄嫂与他一起回到家乡开始新的生活。回乡后，鹰四很快获得当地年轻人的信任，被委任去与山脚朝鲜人开设的超级市场的负责人交涉事务。鹰四在这个过程中则有意地挑拨村民与超级市场的关系，引发大家对超级市场的仇恨。此外，鹰四假借蜜三郎之名将祖屋祖产变卖给超级市场，获得了一大笔活动经费，用以给自己组建的村民足球队员发工资。为此，蜜三郎非常气愤，决意离开洼地，无奈大雪封山无法成行。趁着新年过后超级市场促销的时候，鹰四发动村民及足球队员在超市里哄抢货物。随后年轻的足球队员把持了超市物资，并且强迫村里所有人都来抢夺。蜜三郎虽然不赞同鹰四的作为，却也无法阻止他。鹰四将这场暴动称作“想象力的暴动”，暴动伴随着山谷里的诵经舞，村民们重新找回了昔日的家园感。超级市场天皇在这里象征着资本主义的经济权威地位，山民们在日常的状态下无力抗拒它，而借由这场暴动，他们短暂地感受到了过去人与人之间的和谐以及地方文化的凝聚力。

故事的第二条线索是家族间的乱伦。在暴动发生的过程中，鹰四与菜采子之间发生了奸情。蜜三郎得知后找鹰四询问，鹰四却说自己对菜采子没有欲望，只是在尽应尽的责任。大雪将尽，山即将解封，蜜三郎准备独自离开。鹰四却在这个时候称自己强奸并杀害了一名村里的女性，足球队员纷纷星散。就在审判即将来临的前夜，鹰四向蜜三郎坦诚了自己多年以来埋在心底的秘密，妹妹的死亡与自己有关。当年大哥死在战场，S 哥死在朝鲜人的刀下，父亲死在中国，蜜三郎出去读书，而鹰四和白痴妹妹被住在山脚的伯父收养。鹰四虚构了一个神话，说妹妹和自己是高贵的种族，借以不与其他人交往。随后兄妹俩发生了乱伦。妹妹怀孕后被伯母带到医院做了流产和绝育，直到自杀她也没有招供出鹰四。在倾吐出这最后的秘密后，鹰四选择了举枪自决。鹰四后悔的并不是与妹妹乱伦，而是自己当初对于责任的逃避。在日本文学里，乱伦是一个重要的母题。《古事记》中伊邪那岐与伊邪那美便是兄妹通婚而诞下日本的国土与诸神。在鹰四这里，他追求的是兄妹同体的隐喻，他说，“我们要远离一切的人，兄妹两个背离社会永远一同生活下去”。他对于妹妹的忏悔化作了暴力事件中的献祭，将自己永远地留在了山村之中。

故事的第三条线索则是对发生在万延元年的暴动的追溯。鹰四死后，超级市场又重振旗鼓，村里的人多少怀有歉疚，对于涨价的物品照买不误，还偷偷把抢来的电器还了回去。超级市场的主人，被称作超级市场天皇的男人来蜜三郎这里接收房屋地产。在拆除的过程中发现了房屋里的地下室。原来，万延元年的时候领导暴动的蜜三郎和鹰四的曾叔祖父并没有独自逃离，他在地下的石室里度过了余生。对于万延元年的那一场暴动，蜜三郎曾认为那是曾祖父与曾叔祖父的共谋，是他们为了疏解村里年轻人的暴力而采取的一种应对手段。而鹰四则对其无限向往，视曾叔祖父的暴动为一种英勇的行为。发生在万延元年的这个事件被村里惯行的夏日诵经舞所记载下来，保存在集体的记忆里。这样暴动的血脉也同样保存在根所的家族之中。当蜜三郎与鹰四成年之后重聚，再次回到曾经生活过的村庄里，村里的住持、山林间的隐士阿义、少时的保姆阿仁，都慢慢地帮助兄弟二人将回忆一一拼接。在对待共同的回忆时，蜜三郎与鹰四总是争辩不休。村里的人在鹰四死后也要走了他的一套衣服，将其化为诵经舞中的一个角色，化为山村集体记忆里的一部分。而蜜三郎则带着回忆与鹰四留在妻子菜采子腹中的孩子继续生活。

对比，是《万延元年的足球队》中一个十分突出的艺术特色。面对暴力，蜜三郎和鹰四采取了截然不同的态度。无论鹰四对蜜三郎做了多么过分的事情，蜜三郎都没有像个男人一样对他挥出拳头，反而害怕鹰四对自己举起枪。而鹰四不仅在足球队中用暴力控制队员，还十分懂得煽动与刺激他人，制造暴力情绪，使事态走向自己想要的地方。相比于瘦小却充满勇气与激情的弟弟，蜜三郎却是一个老鼠一般的人。他常常用老鼠来形容自己，也被别人这样形容。他总是有一种要待在洞穴里的冲动，要将自己藏起来。当鹰四在山谷里热火朝天地搞出动静时，他默默地翻译自己的书稿，仿佛对一切无动于衷。他极力克制的是暴力的冲动，希望过一种平淡稳定的生活。相比于弟弟的精干强壮，他只是一个蜷缩在角落里的独眼男人。相比于蜜三郎执着于各个事情的真相，鹰四却乐于用自己的想象来填满回忆。所谓万延元年的足球队，实际上是对万延元年暴动的想象性模仿。对于超级市场的哄抢，是孩子气的，却也是残酷暴力的。在这里血是真的，毁灭也是真的。鹰四的激情与冲动下面是他深深的忏悔，是他知道无论如何遮掩改编也遗忘不了的伤痛的记忆。为此，他献祭了自己的生命。

大量使用象征与隐喻，也是《万延元年的足球队》中一个突出的艺术特色。畸形的婴儿、失败的暴动、凄惨的乱伦、阴郁的森林，都带着远古神话原型的力量而以象征的方式出现在作品之中。蜜三郎和鹰四长时间地穿越茂密的森林而回乡，实际上象征着二人向神话中的地下世界坠落的过程。他们回到曾经发生过暴动的那个场所，登上了家族悲剧的舞台。在这个舞台上，哥哥蜜三郎是旁观者，弟弟鹰四是行动者，戏仿式地重现了现实中在东京未能实现的革命。在一百年前，曾祖父与曾叔祖父也同样在这个舞台扮演了同样的两个角色，发生过同样的暴动。在根所家族的血脉中，暴力与对暴力的恐惧是同时存在的，兄弟之间始终处于象征性的分裂之中。在万延元年，曾祖父的弟弟袭击了根所家的宅邸。在宅邸被拆除、地下室暴露之后，蜜三郎才发现，曾祖父兄弟之间的敌对本身是一场合谋。在乡村诵经舞的见证中，过去与当下、幻想与现实、历史与传说交织着上演在读者的面前。

三、作者自白

以大约五十年前的战败为契机，正如“战后文学者”作为当事人所表现出来的那样，日本和日本人在极其悲惨和痛苦的境况中又重新出发了。支撑着日本人走向新生的，是民主主义和放弃战争的誓言，这也是新的日本人最根本的道德观念。然而，蕴涵着这种道德观念的个人和社会，却并不是纯洁和清白的。作为曾践踏了亚洲的侵略者，他们染上了历史的污垢。

——［日］大江健三郎，王琢译：《个人的体验》，中国文联出版公司1995年版，第299页。

可我所有的小说都是以某种方式讲述我自己，我作为年轻人、有个残疾儿的中年人和老年人的所思所想。相对于第三人称，我养成了那种第一人称的风格。这是一个问题。真正好的小说家是能够用第三人称写作的，但我用第三人称从来都写不好。从这个意义上讲，我是个业余小说家。虽说过去我用第三人称写过，人物却不知怎的总是像我本人。原因在于，只有通过第一人称我才能够确定我内在的真实情况。

——［日］大江健三郎语，载［美］《巴黎评论》编辑部，黄昱宁等译：《巴黎评论·作家访谈2》，上海文艺出版社2015年版，第357页。

优秀小说家就是优秀阅读者。所以，有才气的年轻作家因为某种兴致读了我的小说，抓住某个被因此而唤起的东西，然后用自己语言自由地使其丰富起来，这种事情也是常有的吧。我本人就是最经常使用这种方法的人，有很多思路是被法国、英国、南美的诗人以及作家所唤起的。我认为，我的小说也可能就这样被改写为下一代或下下一代的新小说。我觉得这就是文学的传统，而且还是活生生地被传下去的文学传统。

——［日］大江健三郎，许金龙译：《大江健三郎口述自传》，新世界出版社 2008 年版，第 156 页。

四、名家点评

大江先生是一个坦率的人，他在大是大非问题上爱憎分明，绝不暧昧。他是那种忧国忧民、以天下为己任、将自己的写作与重大世界问题纠缠在一起的作家，因此他的文学具有强烈的当代性和现实性，因此他的文学是大于文学的。

——莫言：《莫言：多余的序言》，转引自［日］大江健三郎，许金龙译：《大江健三郎口述自传》，新世界出版社 2008 年版，第 15 页。

大江发现了想象力与语言的相位，让其文学的想象力立足于语言的总体化的位置上，使语言物质化根源化的作用和与状况对应的语言多样化作用互制互补，既扩大其想象的活动范围，又保持与实存世界最直接、最具体的联系。这就是大江“存在论”文体的基本特征，也是大江存在主义文学日本化的根本保证。

——叶渭渠：《战后日本存在主义》，载刘硕良主编：《诺贝尔文学奖作家论》，漓江出版社 2013 年版，第 229 页。

五、研讨平台

1. 研讨题目：艺术中的特殊性与普遍性

提示：大江健三郎在诸如《万延元年的足球队》《个人的体验》等诸多作品中都采用了第一人称“我”来叙事，他却并非仅仅将目光局限在自己的私人生活上，而是引入社会事件、历史事件，深刻描绘了与当代人类命运息息相关的主题。他超越了曾经泛滥在日本文坛上的私小说，使自己的作品有了一种超越性力量。特殊的事物能够象征普遍事物这一信念，是日本近代文学中私小说写作的一个理论支持。大江健三郎则将这种象征拓展，他笔下微观的乡村暴乱与宏观的历史事件相重叠，暗示了一种世界结构的相似性。在象征性的小说中，特殊的事物成为普遍的，别人的事情能够作为自己的事情产生共鸣。在作家深入探索个别事物的时候，普遍性的事物被发现，特殊事物早已寻找到自己的普遍性归属。

2. 关于"艺术中的特殊性与普遍性"的重要观点

> 写诗这种活动比写历史更富于哲学意味，更被严肃地对待；因为诗所描述的事带有普遍性，历史则叙述个别的事。

——［古希腊］亚里士多德，罗念生译：《诗学》，上海人民出版社 2005 年版，第 39 页。

> 诗人是针对普遍寻求特殊，还是在特殊当中看普遍，这里有很大的差异。前者产生寓意（讽喻），这种情况下，特殊和普遍都不过是一个例子。后者，理应构成文学的本质。那就是不考虑普遍也不指出普遍而表示特殊。能够活生生把握特殊的人不知不觉地——或者后来才知道——同时获得了普遍。

——Walter Benjamin. The Origin of German Tragic Drama. Verso, 2009：161.

六、文献目录

［1］Walter Benjamin. The Origin of German Tragic Drama. Verso, 2009.
［2］［日］柄谷行人，王成译：《历史与反复》，中央编译出版社 2011 年版。
［3］［日］大江健三郎，许金龙译：《大江健三郎口述自传》，新世界出版社 2008 年版。

[4] [日] 大江健三郎，王中忱、庄焰等译：《我在暧昧的日本——大江健三郎随笔集》，南海出版公司 2005 年版。

[5] [日] 大江健三郎，于长敏、王新新译：《万延元年的足球队》，光明日报出版社 1996 年版。

[6] 刘硕良主编：《诺贝尔文学奖作家论》，漓江出版社 2013 年版。

[7] [古希腊] 亚里士多德，郝久新译：《诗学》，江西教育出版社 2014 年版。

（刘骁）

耻

作者：库切
类型：小说

一、作者简介

约翰·马克斯韦尔·库切（John Maxwell Coetzee，1940— ），南非著名作家、评论家。库切出生于南非三个首都之一的立法首都开普敦，但其祖上为荷兰人。在20世纪60年代，库切先是移居英国从事计算机软件开发工作，后又远赴美国攻读文学博士学位。毕业后，库切一度在纽约州立大学巴法罗分校任教，后于1971年返回南非，并任教于开普敦大学英文系。库切于1974年出版其生平第一部小说《幽暗之地》而在文坛崭露头角，以后作品不断，且频频获奖。1980年出版的《等待野蛮人》，为库切摘得费柏纪念奖、布莱克纪念奖等奖项。1983年出版的《迈克尔·K.的生活和时代》以及1999年出版的《耻》都获得了代表英语文学界最高荣誉的英国布克奖，于是库切因成为唯一两度获得布克奖的作家而享誉国际文坛。除此之外，库切还曾获得过法国费米那奖、美国普利策奖、英联邦作家奖以及诺贝尔文学奖等诸多文学奖项。2002 年，库切移居并入籍澳大利亚，工作于阿德莱德大学。在此期间，库切创作并出版了融杂文和小说于一体的《伊丽莎白·科斯特洛：八堂课》、长篇小说《慢人》《耶稣的童年》等作品。库切不仅是一位著名的作家，而且是一位优秀的评论家，而其文学评论文章则主要收录在《异乡人的国度》（1986 年至 1999 年文学评论集）、《内心活动》（2000 年至 2005 年文学评论集）等书中。

二、作品简析

库切的小说经常出现“耻”字或与“耻”相关的语词，进而编织着与“耻”相关的故事。诸如《等待野蛮人》《凶年纪事》《慢人》等作，无不是如此。至于长篇小说《耻》，更是直接地以“耻”为题，详细地叙写了个人失德之耻、种族没落之耻、殖民主义之耻等多种类型的“耻”，进而警告世人非法越界终将付出沉重的代价。

贯穿小说始终的主人公是一位白人教授，即南非开普技术大学文学与传播学教授戴维·卢里。小说一开篇，年届五十二的卢里已是位离异独居之人。每周四下午，他都会准时地驱车赶往格林角与妓女索拉娅幽会以解决自己的性需求。不过，卢里每次都只能在约定的每周四下午与索拉娅见面，更不能进入索拉娅的私人生活。后来，卢里似乎对索拉娅萌生了爱情。于是，不满足于每周一次见面的卢里便通过私人侦探获得了索拉娅的联系方式，并且在非约定时间中联系了她。结果，索拉娅怒不可遏而断然与卢里绝交。小说开头叙写卢里与索拉娅的故事其实有着深刻的用意。一方面，小说有意借卢里嫖妓之事点题，亦即引出小说所着力的“耻”字。虽然说卢里有生理上的客观需求，但嫖妓毕竟是不道德的行为，更何况一位大学教授定期嫖妓。事实上，这也恰恰是小说试图表现的第一个耻，也是第一种耻，即主人公卢里道德沦丧的个人失德之耻。另一方面，小说有意借索拉娅与卢里绝交之事引出非法越界必将付出沉重代价的主题思想。起初，在卢里与索拉娅之间，只存在着纯粹的钱色交易。除此之外，二人都不能打听对方的任何信息。这就是二人都不能违背的“法”，也是他们不能跨越的“界”。在遵“法”守“界”的前提下，二人一直相安无事。但是，当卢里擅自联系索拉娅而试图与她交往时，卢里便已然闯入了索拉娅的私人生活，从而打破了此前的遵“法”守“界”的平衡。简而言之，此时此刻的卢里已成为一名非法越界者，而其非法越界所付出的沉重代价就是不但未能进一步地拉近自己与索拉娅的关系，反而永远地失去了索拉娅。

卢里与索拉娅的故事并不太长，像一个引子隐喻着后文，成为解读整部小说的锁钥。其实，后面的故事都是这一故事在不同层面上的深化。具体而言，小说后文主要叙写了两件事：一是卢里在校期间勾引自己的女学生引发的性丑闻事件，二是卢里被迫离开学校后寄居在女儿露茜的农场中所发生的事。前者仍着眼于个人失德之耻，而后者则升华至种族没落之耻、殖民主义之耻。

失去索拉娅这一性伴侣之后，卢里整天怅然若失。直到有一天，他勾引了自己的学生梅拉妮·艾萨克斯并与之发生性关系。这其中，其实根本没有爱情的基础，因为卢里始终只是将梅拉妮视为发泄性欲的工具。也正因如此，卢里才会毫无顾忌地对梅拉妮说出“我不收集女人”之类的话语。这些话语既深深地刺痛了梅拉妮的心，也促使她愤而揭发她与卢里之间的不伦关系。东窗事发后，校方曾组织专门的调查小组与卢里展开非公开的讨论，并提议卢里公开悔过以保留教职，但卢里毫无悔过之心。卢里这次是公开地突破了为人师表的道德底线，同时也再次成为非法越界者而遭受了身败名裂并被逐出学术界的沉重代价。

一般而言，耻的意义奠基于两个层面：一是客体赋予主体的道德评判，二是主体给予自己的心理感受。显然，第二个层面的耻较之于第一个层面的耻更加深刻。然而，无论是与妓女索拉娅幽会还是与学生梅拉妮交往，卢里从头至尾都没产生过丝毫的耻辱感或羞辱感。也就是说，小说所叙写的个人失德之耻奠基于第一个层面，仅限于身为旁观者的读者附加给主人公卢里的道德评判。从旁观者的角度看去，卢里显然是一个无耻之徒，但卢里偏偏恬不知耻。这其实反衬出卢里作为白人的傲慢自大，进而与后文白人优越地位的丧失形成对比，同时也为后文奠基于第二个层面的耻——种族没落之耻、殖民主义之耻的萌发埋下伏笔。

事实上，小说后半部不但表现出卢里作为白人的优越感的丧失，还处处折射出南非白人种族的没落，进而谴责殖民主义的罪恶。卢里被迫离开学校后来到乡下，寄居在女儿露茜的农场中。一直以来，生活在城市中的卢里都有一种莫名的身为白人的优越感。但来到乡下后，他不得不与许多他以前看不起的人——尤其是黑人共事。这显然让他感到耻辱，而这又恰恰是非法越界——从城市闯入乡下的一种代价。小说写到这里，一切的耻都仅就卢里个人而言，而当小说写到露西被三个黑人轮奸之时，耻的主体、客体和意义都得到了极大的升华。露茜从小生活在乡下，她不是非法越界者，本不应遭此不幸。但从另一个角度而言，露茜又确实是非法越界者，因为她及其父亲卢里都是西方殖民者的后代，而西方殖民者对于南非来说都是非法越界者。所以，露茜的不幸遭遇俨然就是其祖先非法越界的代价。露茜深刻地明白这一点，为了洗涤她的“原罪”，也为了在南非继续生存下去，她最终不得不嫁给她原先雇佣的工人黑人佩特鲁斯，成为其第二个小老婆。由此，她的名誉、身体、财产乃至于精神都归于黑人。正是因为女儿及自己那崇高的白人身份遭遇否定甚或践踏，卢里发自内心地感受到了白人辉煌不再的种族没落之耻，进而更为深刻地感受到殖民主义之耻：殖民者非法越界至南非进行侵略、掠夺本身就是耻，而他们的非法越界进行侵略、掠夺所犯下的罪孽却由自己那些无辜的后代去清偿则更是耻。

《耻》在写“耻”论“耻”的过程中，大量地使用了反讽的手法。在小说中，主人公卢里有三个值得注意的身份，即教授、文学与传播学专家以及白人。事实上，这些身份既一直为小说所强调，又为小说运用反讽手法提供立足点。首先，教授的身份与卢里的违背师德构成反讽。作为一名为人师表的教授，卢里不但应谨守师德，还应表率道德。但事实上，他先是定期嫖妓，嫖妓不成后又无所顾忌地勾引学生，并且自始至终都毫无后悔、羞耻之感。本应谨守师德、表率道德之人却私德有亏，甚至一而再再而三地突破道德底线，其中的反讽之意不言而喻。其次，文学与传播学专家的身份与卢里的糟糕沟通构成反讽。身为文学与传播学方面的专家，沟通应该是卢里的强项。但在小说中，卢里不主动与人沟通则罢，一旦主动与人沟通就必然不能取得预期的效果，甚至还会加剧事件的恶化。比如说，当他主动联系索拉娅以期拉近彼此之关系的时候，索拉娅竟气愤地终止其与卢里的钱色交易；当他主动约谈梅拉妮以期缓解其不满情绪的时候，梅拉妮竟愤怒地公开其与卢里的不伦关系。就连与自己的女儿露茜的沟通，结果也是如此，因为每当他主动与露茜攀谈以期扭转其人生观的时候，露茜总是嗤之以鼻，之后还会赌气好几天不与卢里说话。本应擅长沟通之人却总是沟通失败，而这其中的反讽之意也是显而易见。最后，白人的身份与卢里的现实遭遇构成反讽。在诸多身份中，卢里最看重也最引以为傲的就是这一白人的身份。卢里发自内心地认为，白人的身份就是高贵的代名词，更是特权的同义词。也正因如此，他在嫖妓和勾引学生的时候都是那么地有恃无恐。甚至于在勾引学生的性丑闻事件暴发后，他依旧有恃无恐地拒绝与校方调查小组配合。沦落乡下农场后，他又极端蔑视乡下的黑人。然而无情的现实是，白人的身份并不能使他吸引住索拉娅、梅拉妮等女性，也不能使他免除性丑闻事件的惩罚。这已然蕴含着巨大的反讽，但还有更大的反讽——那就是白人的身份使他以及他的女儿注定将为其身为殖民主义者的先祖偿还对南非黑人欠下的血债。自己遭黑人殴打，女儿遭黑人轮奸后又嫁黑人为小老婆，这一切无疑都嘲讽着卢里那最引以为傲的白人身份。

在叙事层面，《耻》采用第三人称的叙述视角，相当严格地按照故事发展的时间顺序有条不紊地叙述。总体而言，这是一部传统的现实主义小说。不过，这其中也不乏一些现代派创作技巧的融入。每当小说叙及卢里的内心挣扎时，往往会采用意识流的手法，而这可以相对真实地反映卢里的心理。此外，这部小说还充满象征或隐喻。在小说中，英国浪漫主义诗人威廉·华兹华斯及其诗作经常被提及，而具有文学与传播学专家身份的卢里不仅极为欣赏华兹华斯，还一直致力于批评和研究华兹华斯及其作品。显然，华兹华斯的生平及其诗作对卢里的所作所为会有所影响。这一情节的设置必然有其象征或隐喻意义，但具体所指难以遽断。也正是因为诸如此类的难以遽断的象征或隐喻存在，整部小说最终的主题意义也呈现出了一定的模糊性——尽管写“耻”论“耻”是其显而易见的一大主题。中外学术界普遍认为，《耻》揭露当下社会的道德沦丧，谴责西方殖民主义的罪恶，具有积极的意义。然而，在小说所依托的地理空间——南非大地上，上至总统下至民众大多认为这部小说意在歪曲南非的社会变革、丑化南非的黑人种族，极富消极意义。或许正是因为难以承受南非社会的舆论重压，年过花甲的作者库切才会在这部小说出版后不久移居并入籍澳大利亚。

三、作者自白

> 有趣的是，在世界某些愚昧的角落（最明显的是某些特定的愚昧落后地区），每当通奸的人们受到惩处时，我们都会批评那里的法律在惩处他们的时候忽略了他们的人权。

——［南非］库切：《2009 年 4 月 24 日》，载［南非］J. M. 库切、［美国］保罗·奥斯特，郭英剑译：《此时此地：保罗·奥斯特与 J. M. 库切书信集》，译林出版社 2017 年版，第 67 页。

> 人们甚至可以大胆地说，批评的功能是由经典来界定的：批评必须担当起考量、质疑经典的责任。因此，没有必要担心经典是否能够经得起批评的种种解构行为；恰恰相反，批评不仅不是经典的敌人，而且实际上，最具质疑精神的批评恰恰是经典用以界定自身，从而得以继续存在下去的东西。这个意义上的批评也许是狡猾的历史得以延续的手段之一。

——［南非］库切：《何为经典？——一场演讲》，载［南非］库切，汪洪章译：《异乡人的国度：文学评论集》，浙江文艺出版社 2010 年版，第 21 页。

四、名家点评

1999 年出版的长篇小说《耻》是库切的重要作品。在这部小说里，他一反惯用的象征隐喻，直接描写了人的一生是如何被政治和历史的力量摧毁的。

——宋兆霖：《2003 年 库切（南非）》，载宋兆霖选编：《诺贝尔文学奖获奖作家传略》，浙江文艺出版社 2005 年版，第 414 页。

库切的小说还有一个需要深入挖掘的特点，那就是它们特有的伦理内涵。他的小说《耻》（Disgrace）、《等待野蛮人》（Waiting for the Barbarians）、《国家中心》（In the Heart of the Country）等作品，不仅构思纤美精巧、文白韵味深刻、分析精辟入微，而且在对伪善、欺诈和冷酷的批判方面也是笔锋犀利、入木三分。

——聂珍钊：《序：“库切研究与后殖民文学”国际学术研究会开幕词》，载蔡圣勤、谢艳明编：《库切研究与后殖民文学》，武汉大学出版社 2011 年版，第 2 页。

五、研讨平台

1. 研讨题目：后殖民主义与后殖民文学

提示：后殖民主义又叫后殖民批判主义，兴起于 20 世纪 70 年代的西方学术界。后殖民主义的概念莫衷一是，但都指涉一套聚焦于曾经的殖民地宗主国与其曾经的殖民地之间的错综复杂关系的话语，并且往往不脱反思与批判殖民主义之意。此外，文化差异、文化霸权、权力与话语、身份与认同、自我与他者等，都是后殖民主义的重要话题。广义上的后殖民文学即是反映后殖民主义的文学，而狭义上的后殖民文学则是指反映曾经的殖民地、后来获得主权独立的国家的后殖民主义的文学。

2. 关于“后殖民主义与后殖民文学”的重要观点

后殖民主义把自己选择研究的问题和知识融入到了西方和非西方对于权力结构的研究之中。它致力于改变人们的思考方式和行为方式，以在不同种族之间创造出一种更加公正和公平的关系。

——［英］扬，容新芳译：《后殖民主义与世界格局》，译林出版社 2013 年版，第 6~7 页。

说到“后殖民（的）”文学，它倒并不是仅仅指帝国“之后才来到”的文学，而是指对于殖民关系作批判性的考察的文学。

——［英］艾勒克·博埃默，盛宁、韩敏中译：《殖民与后殖民文学》，辽宁教育出版社 1998 年版，第 3 页。

六、文献目录

[1] David Attwell. J. M. Coetzee: South of Africa and Politics of Writing. University of California, 1993.
[2] Catherine Belling. On J. M. Coetzee's Disgrace. Literature Annotation, 2003.
[3] 蔡圣勤、谢艳明编：《库切研究与后殖民文学》，武汉大学出版社 2011 年版。
[4] ［南非］大卫·阿特维尔，董亮译：《用人生写作的 J. M. 库切：与时间面对面》，黑龙江教育出版社 2016 年版。
[5] 高文惠：《后殖民文化语境中的库切》，中国社会科学出版社 2008 年版。
[6] ［南非］J. C. 坎尼米耶，王敬慧译：《J. M. 库切传》，浙江文艺出版社 2017 年版。
[7] 罗晓燕：《库切的后期创作与西马思潮影响》，武汉大学出版社 2017 年版。

[8] 史菊鸿：《种族·性别·身体政治：库切南非小说研究》，南京大学出版社 2017 年版。
[9] 王敬慧：《永远的流散者：库切评传》，北京大学出版社 2010 年版。
[10] 张冲、郭整风：《越界的代价——解读库切的布克奖小说〈耻〉》，载《外国文学》2001 年第 5 期。

（徐旭）

我的名字叫红

作者：奥尔罕·帕慕克

类型：小说

一、作者简介

费利特·奥尔罕·帕慕克（Ferit Orhan Pamuk，1952— ），土耳其当代作家、编剧、学者，生于伊斯坦布尔。帕慕克求学于伊斯坦布尔富家子弟所上的罗伯特学院，接受了世俗的西式教育。1982年，帕慕克出版了处女作《杰夫代特先生》，其后他又出版了《寂静的房子》（1983）、《白色城堡》（1985）、《黑书》（1990）、《新人生》（1994）、《我的名字叫红》（1998）。2003年帕慕克因《我的名字叫红》获得国际IMPAC都柏林文学奖，同时还赢得了法国文艺奖和意大利格林扎纳·卡佛文学奖。2006年，帕慕克以“在对故乡城市悲怆灵魂的追踪中发现了文化冲突与融合的新象征”获得诺贝尔文学奖。作为土耳其最杰出的小说家之一，帕慕克的作品以63种语言卖出了超过1300万本，使他成为该国最畅销的作家。

二、作品简析

奥尔罕·帕慕克用6年时间精心完成了作品《我的名字叫红》。故事发生在16世纪末的奥斯曼帝国。苏丹的细密画师高雅惨遭谋杀，尸体被抛入深井。高雅生前曾接受一项秘密委托，与另外三位优秀的细密画师——橄榄、蝴蝶、鹳鸟一起在姨父大人（黑的姨父，谢库瑞的父亲，其他人称他姨父大人）的领导下分工合作，为苏丹绘制一本画册。三位画师并不了解这一次绘画的意图和目的，彼此之间多有猜忌与嫌隙。年少时的黑也曾经是姨父大人的学徒，因为那时他疯狂地爱上了姨父的女儿谢库瑞，被姨父驱逐，于是离开了伊斯坦布尔。阔别故乡多年以后，黑被姨父召回，希望他协助自己完成苏丹的秘密任务。此时的谢库瑞带着儿子与父亲住在一起，她的丈夫在战场失踪，小叔子哈桑想强娶她。归来后的黑发现自己依然爱着谢库瑞。故事在爱情与阴谋的交织中层层展开。

《我的名字叫红》并非一个简单的关乎爱情的悬疑小说，其中最为独特的是作者高超的叙事安排。全书共有59个章节，其中有20个角色出场并以第一人称视角来分别讲述故事，在59章之中进行了58次视角的转换，没有任何一个角色连续地出场过。小说的主线是黑的破案，黑与凶手之间的冲突也构成作品的基本架构，是推进情节发展的关键。然而作品并不仅仅只有黑与凶手的内聚焦叙事，一条狗、一棵树、一枚金币、一匹马，甚至是作为颜色的红，都成为章节中的叙事者，将自己的“所见”“所闻”“所想”娓娓道来。狗说，“对一条狗而言，确实，没有什么比在一股本能的愤怒下，用牙齿深深咬进可恶敌人的身上更令它愉快的”；树说，“我不想成为一棵树本身，而想成为它的意义”；金币认为“如果我不存在，便没有人能够区别好画家与烂画家”；马说，“我已经奔跑了好几个世纪”；红则思考着“身为红色的意义”。那些看似毫不相干又无关紧要的细枝末节被纳入同一幅画面上来，就像是在模仿细密画艺术中的散点绘画，所有的事情同时发生着。读者可以通过它洞察许多不同角色的心理活动，甚至以从未想象过的视角开始一次全新的凝视。

小说在叙事方面的另一个特点是作者在其中使用的不可靠叙事的手法，每一个出场人物说的话都不一定可信。有时候尽管人物是在自言自语，但也有可能是对事实的掩盖。凶手隐藏在作者的叙事当中，以“人们将我称为凶手”开启一个章节，却在叙事中丝毫不透露自己的线索。他为自己辩解道：“许多人之所以自认为清白，只因他们还没有机会干掉一个人”。在多个角色出于不同目的而进行遮掩的叙事中，读者会发现角色在不同的环境里会呈现出完全不同的面目。这种不可靠叙事让故事愈发扑朔迷离。黑与谢库瑞的爱情是小说另一条十分重要的线索。尽管黑爱着谢库瑞，但是主动向黑传递信件的是谢库瑞。谢库瑞写给黑一封拒绝的信，却在信中夹带了黑曾经画的霍斯陆与席琳的爱情故事。不仅如此，她还主动站在窗前与黑四目相对，唤回了黑逐渐黯淡的回忆。正如作者帕慕克后来在文集《别样的色彩》里透露的，作品中的女性角色是清楚读者在侵犯她们的隐私的，因此，“即使在聊天时，她们也在打扫房间，收拾衣服，小心谈话，从不失言”。例如当布商辗转于谢库瑞与她的两个追求者之间传递信件时，谢库瑞的叙述总是斟酌着要告诉读者多少关于自己的事情，“我本想对你们说，哈莉叶通报说艾斯特来了的时候，我正把昨天洗好已经晾干了的衣服收进衣柜……可是我何必说谎呢？好吧，当艾斯特来到的时候，我正透过橱柜里的窥孔偷看父亲和黑……”正是通过这样的叙事手法，谢库瑞的聪明谨慎，被窥视的不安活灵活现地呈现在观众眼前。

小说当中还有一个非常有趣的叙事游戏。故事的结尾，谢库瑞这样说道，“我把这个画不出来的故事告诉了我的儿子奥尔罕，希望他或许能把它写下来。……如果在奥尔罕的叙述中，夸张了黑的散漫，加重了我们的生活困苦，把谢夫盖写得太坏，将我描绘得比实际还要美丽而严厉，请千万别相信他。因为，为了让故事好看并打动人心，没有任何谎言奥尔罕不敢说出口”。女主人公谢库瑞要我们千万不要相信这个故事，不要相信奥尔罕的话。读者应该不会忘记作者的名字就叫做奥尔罕·帕慕克。在《别样的色彩》中，作者又一次呼应了《我的名字叫红》中的不可靠叙事，他说“谢库瑞身上还有些我母亲的影子，她与我母亲同名。小说里，她训斥奥尔罕的哥哥谢夫盖的方式，照看兄弟俩的方式——这些，以及其他许多细微之处都是生活的复制”，“我告诉母亲和哥哥，我曾想象把20世纪50年代的伊斯坦布尔放到1590年，保持一切不变”。作者在非虚构的作品中称自己是在复制生活，保持不变，而在虚构中以母亲谢库瑞的口吻称一切都是编造故事。不可靠叙事被作者延伸到虚构与非虚构的交界处，营造出一个多重的意义世界。

层层叙事的背后暗含着的是东西方文化的剧烈冲突，这一点，首先是由死者高雅在第一章“我是一个死人”中预告给读者的：“我死亡的背后隐藏着一个骇人的阴谋，极可能瓦解我们的宗教、传统以及世界观。睁大你们的双眼，探究在你们信仰、生活的伊斯兰世界，存在着何种敌人，他们为什么要除掉我，去了解为什么有一天他们也可能会同样对你们下毒手”。在土耳其传统细密画与西方透视画之间，横亘着难以调和的文化冲突。没有故事的图画能否存在？画家该不该有自己的个人风格？绘画与时间之间存在怎样的关系？故事中的角色在这些问题上都有不同的思考和回答。死者高雅先生是一个极端的伊斯兰宗教主义者，他视西方绘画为异端，认为姨父大人编纂的画册是禁忌之书；凶手则反对伊斯兰宗教主义，他认为姨父大人的画册并无为宗教不容的内容，姨父大人是假装在编纂禁忌的作品以满足个人的虚荣；姨父大人却只是一个文化融合主义者，他认为只要让艺术发展进步就是优秀的作品，他试图将细密画与西方透视画融为一体。黑与谢库瑞的爱情则游荡在东方细密画与西方透视画之间。少年时代，坠入情网的黑比照着霍斯陆与席琳爱情故事的细密画画下自己与谢库瑞并在上面标注名字。后来谢库瑞又将此画赠还给黑以表情意。据帕慕克透露，黑的原型就是霍斯陆本人，他失去了爱情而开始流浪，却因为没有一幅西方肖像画而淡忘了恋人的面容。对于黑而言，他认为“只要爱人的面容仍铭刻于心，世界就还是你的家”。在谢库瑞心里，她也同样渴望有一张能辨识出属于她年轻面庞的肖像画，她认为苏丹的细密画家无法画出独特的她来。两位主人公实则摇摆在细密画与透视画这两种艺术风格之间而不能决断。

在16世纪末的奥斯曼帝国，波斯艺术家们为人们所知的从来就不是其独特的风格，而是他们的国王、工作间与工作的城市。艺术家被鼓励去追寻伟大的艺术传统，而不是展现自己的特质与个性。我们当下语境中所说的风格实际上是西方艺术史家们提出的概念，它鼓励艺术家们在作品中展现自己独特的特质，赞赏个性。这两种理念在伊斯坦布尔这个东西方文化的交汇处碰撞在一起，形成了作品中最主要的张力。通过谋杀事件，帕慕克勾勒了土耳其奥斯曼帝国时期东西方文化艺术融合的艰难。作者关注的焦点从来都不在真凶，而是文化融合过程中异质文化的冲突，以及这种冲突给人们带来的焦虑。东方和西方都是想象出来的产物，对于东方和西方的概括往往是那些过于相信西方的西方性和东方的东方性的人们概念化的认识。事实上，东方不应该只是东方，西方也不应该只是西方。而这一点，我们在《我的名字叫红》中可以窥见。

三、作者自白

现在，即使在土耳其，在宗教以及生活习惯方面也在不断西欧化。我一直在思索，西方人在这一进程中将代表我们说些什么？他们试图控制我们吗？即便在地域主义、民族的自我认同、各种意识形态方面也是如此。土耳其也是个曾遭受帝国主义的殖民地化威胁的国家。

西方作家也未必充分理解我们，他们甚至竭力宣传从来访者那里得到的错误见解。我们对这种见解的批判，只是在保护我们自己，仅此而已。或许，我们有必要睁大眼睛，从我们内部来批判自己的文化，以此来保持一种平衡。

——［土］奥尔罕·帕慕克，许金龙译：《作家的使命——大江健三郎与帕慕克对谈》，载帕慕克、陈众议等：《帕慕克在十字路口》，上海三联书店 2009 年版，第 234 页。

我所有的小说都是东西方手法、风格、习俗和历史的交融，如果说我是富有的，那要感谢这些遗产。我的安适、双倍的快乐，来自统一源泉：我可以毫无愧疚地在两个世界中徜徉，二者都给我如家之感。保守派和正统宗教人士，不会如我那般容易接受西方，而最前卫的理想主义者，最难以接受传统，他们也永远不会明白我何以如此。

——［土］奥尔罕·帕慕克，宗笑飞、林边水译：《别样的色彩》，上海人民出版社 2011 年版，第 305 页。

三十出头的时候，我经常在想，我或许受托尔斯泰和托马斯·曼影响太大了。我希望在我的第一部小说里，呈现出这种温和的贵族式文风。可是我最终意识到，我在技巧上平庸了些。但我毕竟是在世界上的这个地方写作，离欧洲很遥远——至少在当时看来，在这种不同的文化和历史氛围里，吸引不同读者，我想这个事实本身，就能让我有独创性，哪怕这种独创性是通过一种廉价方式得来的。

——［土］奥尔罕·帕慕克，黄昱宁等译：《奥尔罕·帕慕克》，载美国《巴黎评论》编辑部：《巴黎评论·作家访谈 I》，人民文学出版社 2012 年版，第 317~318 页。

四、名家点评

应该如何将身为作家的自我置放在小说的根本之处？在此基础上，如何超越自我的局限，以在世界范围内广泛普及的形式来把握同时代的问题？长年以来，我为这些问题冥思苦想、绞尽脑汁。帕慕克先生就是这样一位在非常广泛的范围内，以非常开阔的视野把握土耳其问题的作家，成功地把他的小说写得富有魅力，甚至使得原本喜欢恋爱小说以及推理小说的读者也热衷于阅读他的作品。

——［日］大江健三郎：《作家的使命——大江健三郎与帕慕克对谈》，载帕慕克、陈众议等：《帕慕克在十字路口》，上海三联书店2009年版，第230~231页。

从凯末尔以来，一个多世纪里，土耳其一直致力于向西方学习，争取加入欧盟，土耳其人自认为已经西化并艰难地找到自己的身份了，可欧洲人仍然觉得他们太土耳其化。这使得这个近代自我裂变的民族依然在痛苦着、寻觅着。帕慕克用他的笔在《我的名字叫红》中，通过16世纪威尼斯画与奥斯曼细密画之间的冲突，揭示其本质是西方文化与伊斯兰文化的交锋，真实地记录、描摹了这一过程中的种种创伤和耻辱。

——孟昭毅：《东方文学专题讲稿》，安徽大学出版社2014年版，第297页。

五、研讨平台

1. 研讨题目：传统与个人风格

提示：通常我们会发现，一部杰出的艺术作品，一方面需要继承过去的伟大传统，另一方面却不能是对传统的简单复制，它需要有所超越、有所创新。对于诗人、作家或者艺术家而言，传统与个人风格的问题往往会成为他们在创作过程中反复思考的命题。创作者需要消化、提炼传统，使之成为自己的一部分才能够做到真正的创新；传统也需要不断地被新的时代的创作者继承才能够延续其经典地位。在传统与个人风格的辩证关系中，我们可以窥见时代精神的延续与发展。

2. 关于“传统与个人风格”的重要观点

意识到影响的焦虑——我们对影响的焦虑、莎士比亚当年对影响的焦虑——也许能够部分地涤净我们作为学者对迟来性的愤恨情绪。把莎士比亚加以历史化、政治化，甚至女权化，那完全是多此一举。莎士比亚从来就站在我们面前。我们没有听说过莎士比亚曾经把什么人从当年的权力架构中解脱出来，他也不可能把我们从当今感受到的社会禁锢中解放出来。如果你想从莎士比亚身上发掘出什么终极性意义，你将会一无所得，你将会掉进实用主义的陷阱——把莎士比亚等同于他自己笔下的高级虚无主义者。

——［美］哈罗德·布鲁姆，徐文博译：《影响的焦虑——一种诗歌理论》，江苏教育出版社2006年版，第17页。

诗人把此刻的他自己不断地交给某件更有价值的东西。一个艺术家的进步意味着继续不断的自我牺牲，继续不断的个性消灭。

剩下要做的事就是对个性消灭的过程，以及对个性消灭和传统意识之间的关系，加以说明。正是在个性消灭这一点上才可以说艺术接近了科学。

——［英］托·斯·艾略特，李赋宁译：《艾略特文学论文集》，百花洲文艺出版社1994年版，第5页。

六、文献目录

［1］Mehnaz M. Afridi，David M. Buyze. Global Perspectives on Orhan Pamuk. Palgrave Macmillan，2012.

［2］［土］奥尔罕·帕慕克、陈众议等：《帕慕克在十字路口》，上海三联书店2009年版。

［3］［土］奥尔罕·帕慕克，沈志兴译：《我的名字叫红》，上海人民出版社2006年版。

［4］［土］奥尔罕·帕慕克，宗笑飞、林边水译：《别样的色彩》，上海人民出版社2011年版。

[5] [美] 哈罗德·布鲁姆，徐文博译：《影响的焦虑——一种诗歌理论》，江苏教育出版社 2006 年版。
[6] 孟昭毅：《东方文学专题讲稿》，安徽大学出版社 2014 年版。
[7] [英] 托·斯·艾略特，李赋宁译：《艾略特文学论文集》，百花洲文艺出版社 1994 年版。

（刘骁）

红高粱

作者：莫言

类型：小说

一、作者简介

莫言（1955 年 2 月 17 日—　），中国当代著名作家，山东省高密市东北乡人。1976 年夏，莫言加入中国人民解放军，成为那个时代的幸运儿。1981 年 5 月，莫言在《莲池》上发表他的第一篇小说《春夜雨霏霏》。1984 年秋，莫言考入解放军艺术学院文学系。1984 年秋，标志着莫言创作转折点的短篇小说《白狗秋千架》发表。这是莫言发表的第一篇以“高密东北乡”为题材的小说。1985 年、1986 年，莫言相继发表《透明的红萝卜》《红高粱》，在文坛引起了极大的轰动，奠定了他在文坛的地位。此后，围绕着“高密东北乡”，莫言发表了《天堂蒜薹之歌》《丰乳肥臀》、《四十一炮》《生死疲劳》《檀香刑》《蛙》等长篇小说，把“高密东北乡”打造成了一个世界闻名的文学地标，也为莫言赢得了世界性的声誉。2012

年，因他的小说“通过幻觉现实主义将民间故事、历史与当代社会融合在一起”，莫言获得诺贝尔文学奖。

二、作品简析

在中国当代文学史上，莫言的《红高粱》具有较为重要的突破性意义。首先，它以原始狂野的性爱叙事超越了传统的道德叙事。其次，它以民间的“小叙述”超越了传统的历史“大叙述”。再次，它以魔幻叙事超越了传统的线性叙事。正是这三重超越，给这部小说带来了声誉，也给文坛带来了一股狂野而又诱人的气息。

首先，它以原始狂野的性爱叙事超越了传统的道德叙事。

如果说，一般的“寻根小说”重在表现民族的历史记忆，那么，莫言的《红高粱》则重在表现个体被压抑的性爱本能和生命体验。原始狂野的性爱本能，成为莫言写作《红高粱》的驱动力，也构成了小说叙事的主导因素。

翻开小说，到处涌动着的是野性的生命力量、汹涌澎拜的原始欲望和激情的性的呼唤。在血染的红高粱的衬托和裹挟之下，“我爷爷”和“我奶奶”等人淋漓尽致地挥洒着生命的血性和烈性，为我们展现了原始狂野的性爱的种种神奇之处。

在小说中，原始狂野的性爱是敏感、冲动的。

通读小说，我们会发现，以往小说中温文尔雅的男子和贤淑、忠贞的女子在这里都荡然无存，代替他们的是每个毛孔都散发着性的气息，对性极为敏感的男女主人公。“我奶奶”16岁时“出落得丰满秀丽，走起路来双臂挥舞，身腰扭动，好似风中招飐的杨柳”。她“鲜嫩茂盛，水分充足”，“丰腴的青春年华辐射着强烈的焦虑和淡淡的孤寂，她渴望着躺在一个伟岸的男子怀抱里缓解焦虑消除孤寂”。在出嫁途中，作家通过“我奶奶”和轿夫们的双向窥视，让身体与感官体验充分参与叙事，既成功地表现了“我奶奶”和轿夫们相遇时由荷尔蒙催生的对双方身体的敏感，也凸显了那个时代孤独而又寂寞的男女对肉体欲望的毫无节制的追逐。男女双方在互相窥视中同时看别人和被人看，轿夫们的“优美颀长的腿”和“我奶奶”“美丽无比的小脚”

将对方的视觉神经挑逗到极致，双方在互相窥视中获得了性的快感。

在小说中，原始狂野的性爱是具有刺激、突发性的。

在“我爷爷”的感觉世界中，我奶奶就是一个全身每个细胞都散发着性的气息和性的诱惑的女子。她的声音给予“我爷爷”以强烈的听觉上的刺激。“奶奶的哭声，唤起他心底早就蕴藏着的怜爱之情。”她的小脚给予“我爷爷”以强烈的触觉上的刺激。“余占鳌就是因为握了一下我奶奶的脚唤醒了他心中伟大的创造新生活的灵感”。她的眼神给予“我爷爷”以强烈的视觉上的刺激。当“劫路人催逼着奶奶往高粱地里走”的关键时刻，“奶奶用亢奋的眼睛，看着余占鳌”。于是，尽管有牺牲的危险，余占鳌也奋不顾身地挺身而出，将劫路人踢飞到高粱地里。“我爷爷”性的力量之所以如此巨大，连死亡之神都无法阻止，一个非常重要的原因，就在于“我奶奶”的性能量的推动与刺激。这种外力的强大刺激在赋予了“我爷爷”超常勇气的同时，也使他的生命在瞬间的冲动中绽放出美丽的光芒。

在小说中，原始狂野的性爱又是疯狂的。

“我奶奶”是良家妇女，当蒙面土匪把她拖进高粱地里意欲强暴时，她理应拼命反抗、叫喊，然而，她不仅没有反抗，而且积极配合，“她甚至抬起一只胳膊，揽住了那人的脖子，以便让他抱得更轻松一些”。这，是性使“我奶奶”疯狂。“我奶奶”是别人家的妻子，余占鳌占有她是违背伦理道德的，然而，他却不顾伦理道德的约束，用拦路抢劫的方式占有了“我奶奶”。占有了“我奶奶”之后，他不仅没有觉得自己在良心、道德上有愧于“我奶奶”的丈夫，反而将并没有做有违道义事情的“我奶奶”的丈夫和公公杀死。这，是性使余占鳌疯狂。如果从传统的角度上看，“我爷爷”与“我奶奶”的这种性爱显然是不道德的。但如果从生命自由的角度看，“我爷爷”与“我奶奶”的这种性爱则是合乎人性的。

其次，它以民间的“小叙述”超越了传统的历史“大叙述”。

反暴复仇是荣格所说的集体无意识的行为，也是中外文学中最常见的母题。不过，虽然《红高粱》写的是抗日战争时期反暴复仇的故事，但它与传统的抗日战争文学大不一样。如果说，传统的抗日战争文学与我们民族的集体记忆有关，复仇的主体是那些具有自觉的民族意识的叱咤风云的政治人物，那么,《红高粱》关于抗日战争时期反暴复仇的想象则与个人记忆有关。经由个人记忆，作家带着非同寻常的生命体验和近乎痴狂的理想情怀，疏离了由传统的历史“大叙述”编织的线性历史，转而向那些游离于历史“大叙述”之外的断裂带、间隙、碎片聚光，去摄照历史的荒原和边界上那些被遗忘、被忽略、被遮蔽的民间化的历史场景，将潜伏的野史中的抗日战争时期民间反暴复仇的秘密揭露出来，蜕掉了土匪毫无人性的外衣，重新激活了人们对于侠义土匪和反暴复仇的浪漫想象。

如果说，在传统的历史“大叙述”之中，民族英雄们的反暴复仇的动机来自民族压迫和入侵，那么，《红高粱》中浑身“匪气”的乡野之人的反暴复仇的动机则主要来自杀亲之仇和杀乡友之仇。怀有三个月身孕的二奶奶恋儿为保护女儿，赤裸地躺在6个日本兵面前，日本兵虽短暂为其献身精神而感到震撼，但年仅五岁的女儿最终仍然被毫无人性的日本兵用刺刀挑死，恋儿自己也因惨遭日本兵的轮奸而死。这对于“我爷爷”余占鳌来说，就是杀亲之仇。在修路工地上，懦弱、忠厚本分的罗汉大爷被监工用藤条一而再、再而三地抽打，他是一而再、再而三地忍受。终于，忍无可忍之际，他将“忘恩负义、吃里扒外、里通外国”的两头骡子铲伤，自己也被日本人残忍地剥皮而死。这对于“我爷爷”和“我奶奶”来说，就是杀乡友之仇。

二奶奶五岁的女儿如此天真无邪，罗汉大爷如此懦弱、忠厚，最终都被日本人杀死，那么，还有哪些中国人能够活下去呢？中国人不复仇还能生存下去吗？在残酷的现实面前，原来对日本人抱着人不犯我、我不犯人的想法的“我爷爷”和众乡亲除了为他们的亲人、朋友报仇以外，已经别无选择。

如果说传统的历史“大叙述”中的反暴复仇的叙事是乐观主义的，战争的牺牲一般是微不足道的，那么，这篇小说反暴复仇的过程则是悲壮而又惨烈的。“我爷爷”和众乡亲打死了1个鬼子少将和30多个日本兵，但“我爷爷”绝大多数的部下以及“我奶奶”也被日本兵打死。与“大叙述”中的结局极力宣扬战争的胜利和辉煌不同，这篇小说借助于“我奶奶”弥留之际对“飘然而起”的鸽子的想象，表达了民众对和平安定生活的渴求。

再次，它以魔幻叙事超越了传统的线性叙事。

《红高粱》中的高密乡，既是一个传奇性的、充满侠骨柔情的空间，也是一个充满神秘性的空间。而这种传奇性的、神秘性的空间的生成，在很大的程度上得益于小说中魔幻式的叙事方法。在小说中，莫言或将人的世界与植物世界相互联系、相互交融，或将不同时空的人与事并存和交叉，从而实现通过自然来隐喻现实、通过历史来影射现实的目的。

在小说中，有两种魔幻式的叙事方法尤其值得我们注意。

第一种是无差别叙事方法。这种叙事方法的特点是，它无视现实世界中不同事物之间的矛盾和差异，将不同空间中差异巨大的事物混融在一起，生成奇幻的图景。在小说中，红高粱与在这片高粱地里生活着的人们形成了一种相互指涉、相互类比、相互渗透的关系。“我爷爷”与“我奶奶”在高粱地野合时，红高粱是他们自由勃发、奔放不羁的生命本能的象征，那时“四面八方响着高粱生长的声音”。而在濒死的“我奶奶”的幻觉中，红高粱时而“哈哈大笑”，时而“嚎啕大哭”，时而与“天与地、与人”“交织在一起”。它大笑，是因为“我奶奶”的生命曾经狂放不羁、飞扬激荡；它大哭，是因为“我奶奶”的生命即将消亡；它与“天与地、与人”“交织在一起”，说明奶奶死后的生命因为与永恒的天、地融合在一起而不朽。

第二种是无时空性叙事方法。这种叙事方法的特点是，叙述人与人物的叙述、故事时间与叙述时间之间构成一种相辅相成的张力，形成了巴赫金所说的复调式叙事结构。其一，是“我”与“我父亲”的叙述交叉。“我父亲”是历史事件的目击者，他的叙述是历史的。由于他是历史当事人，他的叙述的眼光就受到限制，他主要叙述他亲眼目睹的“我爷爷”等人在墨水河畔抗暴复仇的故事。另外，由于他当时还小，他对人与事的认识就都较为直接、感性。例如，在他眼中，罗汉大爷铲伤骡子主要是来自生命受到侮辱以后的一种报复的本能。而“我”是站在今天的立场上去转述长辈们的经历，“我”的叙述是较为全面、理性的。我不仅知道“我父亲”知道的事，而且知道“我父亲”不知道的“我爷爷”与“我奶奶”在高粱地里的事。此外，由于我是一个成熟的当代的叙述人，我对人与事的认识就比较理性。在“我”看来，罗汉大爷铲伤骡子就是一种民族意识觉醒的表现。其二，故事时间与叙述时间的交叉。“我”作为叙述者，讲述“我爷爷”与“我奶奶”的故事。“我”的叙事时间与“我爷爷”与“我奶奶”的故事时间拼贴在一起，形成我与家族长辈、现在与过去的对话。在这种对话中，我在极力凸显“我爷爷”与“我奶奶”旺盛生命力的同时，也对“我”辈生命的萎缩和退化表示了深深的失望与担忧。

三、作者自白

二十多年过去，我对《红高粱》仍然比较满意的地方是小说的叙述视角，过去的小说里有第一人称、第二人称、第三人称，而《红高粱》一开头就是“我奶奶”、“我爷爷”，既是第一人称视角又是全知的视角。写到“我”的时候是第一人称，一写到“我奶奶”，就站到了“我奶奶”的角度，她的所有的内心世界都可以很直接地表达出来，叙述起来非常方便。这就比简单的第一视角要丰富得多、开阔得多，这在当时也许是一个创新，但今天看起来是雕虫小技。

——莫言：《关于〈红高粱〉的写作情况》，载《南方文坛》2006 年第 5 期。

在《红高粱》里，一个中国的屠夫在日本兵刺刀的威胁下，活剥中国人的人皮。有人批评这是自然主义的描写，不美。我当时的辩论是，如果不写日本士兵对中国老百姓施加的无与伦比的残酷暴行的话，就不会激起老百姓的反抗情绪。

——莫言、王尧：《莫言王尧对话录》，苏州大学出版社 2003 年版，第 127 页。

四、名家点评

投身于民族革命战争的人民化为刘罗汉、余占鳌、奶奶、豆官等个性奇异的人物；而这些高于民族精神的人格，又融会到特殊的氛围——

那无边无际散发着甜腥气息的红高粱地，成为悲壮、神圣、永恒的象征。

——雷达：《游魂的复活》，载孔范今、施战军主编：《莫言研究资料》，山东文艺出版社 2006 年版，第 97 页。

莫言用西方人熟悉的技巧，来写符合西方人想象的中国经验。他写人物毫无规矩地乱闹，写他们在酒缸里头撒尿，在娶亲路上颠轿，在高粱地里睡觉——在西方人的想象中，中国文化就是这样，中国人的生活就是这样；崇高而诗意的生活，与中国人是无缘的，高尚而美好的情感，与中国人也是无缘的。

——李建军：《直议莫言与诺奖》，载《文学自由谈》2013 年第 1 期。

五、研讨平台

1. 研讨题目：民俗的不同意义层面

提示：正如对自己的历史观和感觉充满自信一样，莫言对自己的民俗表现也充满自信。不容讳言，莫言对民俗的表现为他的小说带来了较为强烈的地域色彩。然而，正如感觉和想象的历史被莫言描绘到极致一样，民俗也常常被莫言描绘到极致。而事实上，民俗是有不同的意义层面的。无论是物质民俗、社会民俗，还是精神民俗，都存在着较为积极的层面和较为消极的层面。因而，作家对民俗的表现就不应是一种照相机式的机械的复制，而应是一种创造性的阐释。这种创造性的阐释应该将历史的视野与现实的视野相互融合，侧重挖掘和凸显那些在当代社会仍然具有积极性意义的民俗。因而，对排泄器官无节制的展览，对女性的身体狂欢式的展现，对非常态的性爱进行无所顾忌的玩赏，都是一种将民俗等同于庸俗的做法，都是一种值得警惕的“媚俗化”的表现。

2. 关于“民俗的不同意义层面”的重要观点

世间实在还有写不进小说里去的人。倘写进去，而又逼真，这小说便被毁坏。譬如画家，他画蛇，画鳄鱼，画龟，画果子壳，画字纸篓，画垃圾堆，但没有谁画毛毛虫，画癞头疮，画鼻涕，画大便，就是一样的道理。

——鲁迅：《鲁迅全集》第6卷，人民文学出版社2005年版，第620页。

脱胎于“草根文化”土壤的各类民间艺术，都难以褪尽其“俗”之胎记，也未必一定褪去这个原生态的、与生俱来的文化之根。但是，其后续的发展进步绕不开文明的规范。民间艺术若“脱胎换骨”便失其根本，失其本元面目，重要的是经历文明的规范而得以凤凰涅槃。因而，“俗”是本色，但要“俗”之有“度”，不可“俗”失其“度”。

——曲彦斌：《忌庸俗、戒低俗：民间艺术要“俗”之有“度”》，载《文化学刊》2016年第2期。

六、文献目录

[1] M. Thomas Inge. Mo Yan and William Faulkner: Influence and Confluence. Chinese Culture The Faulkner Journal, 1990 (1).
[2] 陈晓明：《莫言研究（2004—2012）》，华夏出版社2013年版。
[3] 贺立华、杨守森等：《怪才莫言》，花山文艺出版社1992年版。
[4] 贺立华、杨守森等：《莫言研究资料》，山东大学出版社1992年版。
[5] 孔范今、施战军主编：《莫言研究资料》，山东文艺出版社2006年版。
[6] 林间：《莫言和他的故乡》，厦门大学出版社2013年版。
[7] 莫言、王尧：《莫言王尧对话录》，苏州大学出版社2003年版。
[8] 邵纯生、张毅编：《莫言与他的民间乡土》，青岛出版社2013年版。

[9] 叶开：《莫言评传》，河南文艺出版社 2008 年版。
[10] 杨扬编：《莫言研究资料》，天津人民出版社 2005 年版。
[11] 张志忠：《莫言论》，中国社会科学出版社 1990 年版。
[12] 朱向前：《莫言：诺奖的荣幸》，百花洲文艺出版社 2012 年版。

（赵小琪）

后　记

诺贝尔文学奖作为世界文学的最高奖项，其获奖作品是20世纪以来世界范围内具有“理想主义倾向”的最佳作品，代表了这一时期世界文学的最高水准。大致而言，诺贝尔文学奖作品具有三个“高”的特性：一是思想上的高境界，它们真实地表达了作者对生命、历史、宇宙的深刻思考和追问。二是艺术表现上的高格调。它们在文学样式、结构、表现方法上不断标新立异，拓展出五彩缤纷的艺术表现的新天地。三是影响上的高覆盖性。诺贝尔文学奖作为一个重大的文化事件和巨大的商业符号，相关作品对不同国家各个社会层面都具有重要的影响。

20世纪80年代以来，随着诺贝尔文学奖在中国传播的范围越来越大，国内学界对诺贝尔文学奖作品的研究也日趋深入。迄今为止，国内尽管没有关于诺贝尔文学奖作品的国家规划教材、“马工程”教材，但关于诺贝尔文学奖作品的其他类别的教材还是出现了一些。大致而言，这些教材主要可以区分为翻译与介绍、概述式解读、历时性描述与阐发三类。第一，是对诺贝尔文学奖获奖作家、作品的翻译与介绍，如刘哲、汪静的《最新诺贝尔文学奖获奖作品选读》、赵志卓的《诺贝尔文学奖经典导读》等就是这类教材的代表。第二，是对诺贝尔文学奖获奖作家、作品进行概述式解读，像邝明艳、张俊的《诺贝尔文学奖名著速读》、易丹的《诺贝尔文学奖名著快读》等都对作家生平、写作背景、思想内容、艺术特色进行了简单的阐述。第三，是对诺贝尔文学奖进行历时性层面的描述与阐发，像兰守亭的《诺贝尔文学奖百年概观》等就大多在宏阔的背景上对诺贝尔文学奖作纵向的文学史铺陈和阐释。

应该说，国内关于诺贝尔文学奖作品的教材，无论是在数量还是质量上都达到了一定的水平。但不可否认，现有的教材仍有不少亟待弥补和改进之处。

首先，这些教材过于重视专业化的文学名著教育，没有很好地处理文学名著教育的“专”与“博”的辩证关系。其次，这些教材过于重视编写者对某一国家的诺贝尔文学奖作品的介绍与分析，却忽视了作家本人、中外其他评论家对作品的分析与评价。再次，这些教材过于重视对学生进行理论知识层面的训练，没有很好地处理文学名著教育中理论与实践的辩证关系。

有鉴于此，我于2018年以“诺贝尔文学奖作品导读”为题申报了武汉大学核心通识课规划教材项目，经专家审查和学校有关部门批准，课题获得了立项。

我们编写《诺贝尔文学奖作品导读》，一是表达我们对于诺贝尔文学奖获奖作家和作品的尊敬，二是希图为国内外的诺贝尔文学奖获奖作家和作品研究工程干些力所能及的添砖加瓦的工作。在编写的时候，我们主要依据三个“切近”的标准选择作品。第一，是切近诺贝尔设置文学奖的初衷，主要分析那些对真理、自由、爱等进行追寻的具有理想主义色彩的作品。第二，是切近历史中的文学现场，主要分析那些在历史中发生过重大影响的作家作品。第三，是切近中国，主要分析那些与中国文化、中国现实有较为密切关系的作品，让学生学会从中国的视角、立场去解读这些作品。

如果说该书还有些价值，我们认为它主要体现在三种独特性之上。

首先，我们编写的《诺贝尔文学奖作品导读》教材较为注重教学内容和结构的系统化。在大的系统上，我们将整部教材分为四大教学板块，即：诺贝尔文学奖欧洲作家作品、诺贝尔文学奖北美作家作品、诺贝尔文学奖中南美洲作家作品、诺贝尔文学奖亚洲、非洲、大洋洲作家作品。在子系统方面，我们的每一个作家作品都是一个小板块。每一小板块都由“作者简介”“作品简析”“作者自白”“名家点评”“研讨平台”“文献目录”六个部分组成。其次，我们较为注重在教材中凸显对话性思维，力求形成作家、编撰者、中外其他评论家之间的多重对话关系。再次，我们的教材除了设置诺贝尔文学奖作品的基础知识板块以外，还设置了问题研讨（学习方法训练）、文献目录（资料猎取训练）两个部分，以培养学生分析问题、解决问题等方面的能力，使学生能以创造性、综合性意识去审视、运用所学的专业知识以及相关学科的知识。

我们希望，该书一方面能拓宽大学生、研究生以及其他诺贝尔文学奖作家作品爱好者的文学视野，使他们了解一批诺贝尔文学奖获奖作家作品的深刻性、创造性的特征，掌握文学鉴赏的基本理论和方法，成为具有较高审美感受和审美鉴赏能力的欣赏主体；另一方面能使大学生、研究生等以中国的立场、方法、话语去阐释诺贝尔文学奖作品，促进中国文化与世界上其他民族文化的相互发现、相互补充、相互融合。

在高校任教三十多年，无论在征途上遭遇多大的险浪，我都从未放弃对教师这一职业的敬畏和热爱。每当站上讲台，看见阶梯教室水泥地上都坐满了听课学生的时候（冯裕淇在《武汉大学报》2007 年 11 月 23 日《有梦相随——〈20 世纪中外名著鉴赏〉课堂拾零》一文中写道：赵小琪娓娓道来，学生如饥似渴，怪不得每次离上课还有半小时，教室里已经爆满，很多人都站在门口，或坐在台阶上，听得如痴如醉），我总是会忘记教室外一切的冷风阴雨，心中被一种强烈的自豪感和成就感充满。常言道，“一分耕耘，一分收获”。作为教师，我有三大收获让自己颇感欣慰。一是获得了武汉大学第 2 届“我心目中的好导师”第一名。二是我主讲的“世界华文文学经典欣赏”于 2017 年被教育部评为国家级精品在线开放课程。三是我主讲的“诺贝尔文学奖作品导读”被教育部评为 2019 年国家级精品在线开放课程。我觉得，任何失去与学生对自己教学的热爱相比都是微不足道的。学生对我教学的肯定是我获得的最大荣誉和成就，没有什么能阻挡我对讲台的崇拜与热爱。在书稿出版之际，我要感谢武汉大学本科生院的老师和相关的评审专家。没有他们的支持，这部教材不可能如此顺利地出版。我也要感谢武汉大学出版社的领导和责编李琼老师，他们为书稿的顺利出版提供了极大的方便。

赵小琪任本书主编，张晶、徐旭、叶雨其任本书副主编。赵小琪负责书稿的纲目拟写、审读、统稿工作。张晶、徐旭、叶雨其协助赵小琪进行书稿的审读、修改工作。具体撰写分工如下：

赵小琪：《驶向拜占庭》《荒原》《群芳亭》《老人与海》《雪国》《红高粱》，以及书稿纲目拟写、统稿工作。张晶：《铁皮鼓》《钢琴教师》《所罗门之歌》《米格尔街》。徐旭：《恶心》《诉讼笔录》《洪堡的礼物》《耻》。叶雨其：《特雷庇姑娘》《魔山》《女士及众生相》《失明症漫记》《远山淡影》。王婧苏：《十字军骑士》《鼠疫》。杜从英、张娟：《百年孤独》。刘婉仪：《基姆》。洪思慧：《骑鹅旅行记》。赵坤：《青鸟》。刘诗雯：《群鼠》。尹菁华：《约翰·克利斯朵夫》。杜什悦：《企鹅岛》《傻瓜吉姆佩尔》。陈志文：《圣女贞德》《吉檀迦利》。张其月：《新娘·女主人·十字架》。汪楚琪：《福尔赛世家》。张益伟：《米佳的爱情》《静静的顿河》《日瓦戈医生》《菲奥里广场》。张博炜：《六个寻找剧作者的角色》。覃琛然：《蒂博一家》《风暴眼》。袁媛：《玻璃球游戏》《情诗·哀诗·赞诗》。赵绮思：《伪币制造者》。孙培培：《爱的荒漠》《喧哗与骚动》。郭文静：《等待戈多》。周秀勤：《癌病房》。粟超：《蝇王》《森林之舞》。徐莉：《弗兰德公路》。刘芷懿：《生日晚会》《毛猿》。朱钰婷：《金色笔记》。杨春芳：《逃离》。张海峡：《暗店街》。陈莉：《大街》。周肖肖：《愤怒的葡萄》。时梦圆：《总统先生》。罗丹：《潘达雷昂上尉和劳军女郎》。胡严艳：《婚礼的华盖》。何娟：《七月的人民》。刘骁：《万延元年的足球队》《我的名字叫红》。

赵小琪

2020 年 8 月 28 日